시들고 싶지 않은 꽃

시들고 싶지 않은 꽃

발행일	2024년 11월 22일		
지은이	오은심		
펴낸이	손형국		
펴낸곳	(주)북랩		
편집인	선일영	편집	김은수, 배진용, 김현아, 김다빈, 김부경
디자인	이현수, 김민하, 임진형, 안유경	제작	박기성, 구성우, 이창영, 배상진
마케팅	김회란, 박진관		
출판등록	2004. 12. 1(제2012-000051호)		
주소	서울특별시 금천구 가산디지털 1로 168, 우림라이온스밸리 B동 B111호, B113~115호		
홈페이지	www.book.co.kr		
전화번호	(02)2026-5777	팩스	(02)3159-9637

ISBN   979-11-7224-387-6 03810 (종이책)   979-11-7224-388-3 05810 (전자책)

(주)북랩 성공출판의 파트너
북랩 홈페이지와 패밀리 사이트에서 다양한 출판 솔루션을 만나 보세요!
홈페이지 book.co.kr   •   **블로그** blog.naver.com/essaybook   •   **출판문의** text@book.co.kr

작가 연락처 문의 ▸ ask.book.co.kr
작가 연락처는 개인정보이므로 북랩에서 알려드릴 수 없습니다.

오은심 지음

시들고 싶지 않은 꽃

나의 삶과 사랑,
그 역사와 추억의 아로새김

북랩

뒤돌아본 내 삶의 역사

올해 내 나이는 말하고 싶지 않지만 마음만은 낭랑 18세 젊음이 그대로 남았다. 나의 취미는 첫째 글쓰기, 둘째 음악 감상, 셋째 독서, 넷째 여행, 다섯째 화초 가꾸기, 여섯째 혼자 조용한 나만의 분위기 속에서 마음의 양식을 쌓으며 기도하는 마음으로 자세를 가다듬고 사색에 흠뻑 젖어보는 낭만의 시간이다.

젊은 청춘 시절에 힘들고 어려운 농촌 생활 환경에 찌들어 살면서 먹고살기에 바쁘고 농사 뒷바라지와 어린 6남매 자식을 키우느라 짓눌린 삶의 무게를 실감하며 허덕이고 살았다. 모든 꿈을 다 접고 취미가 무엇인지도 모른 채 오로지 육 남매를 거느리고 사는 데만 얽매여 사느라 아까운 청춘을 순전히 남편과 자식에게 다 바치다시피 열심히 살았다.

힘든 고비를 넘기며 꽃다운 청춘을 다 보내고 47세에 큰딸 왕초 결혼해서 우리 큰사위 만났다. 6남매 자식들이 두 살 터울 연년생으로 탄생하더니 딸 다섯 명 결혼식도 연년이 하고 그랬다. 1991년

4

3월 25일 어느 봄날 큰딸 왕초 강원도 신라예식장에서 결혼식 올리고 그해 초겨울에도 결혼식 치렀다. 1991년 11월 12일 셋째 딸 기쁨조 결혼하자 그 이후 1993년 가을 상달 시월에 둘째 딸이 결혼했다. 1995년 2월 어느 날 막내딸이 결혼한 그해 겨울 12월 9일 넷째 딸이 황 서방이랑 결혼했다. 장남이자 세상에 하나밖에 없는, 애지중지 금이야 옥이야 귀하게 키운 아들 2004년 6월 20일 결혼했다.

보기에도 아깝고 눈에 넣어도 안 아플 끔찍이 귀엽고 예쁜 우리 손자 민서 금년에 벌써 여섯 살이다. 토끼같이 귀엽고 예쁜 우리 손녀 은서는 아직 돌도 지나지 않은 두살배기 귀여운 아가인데 한참 귀엽고 이쁘다. 구름에 달 가듯 후딱 가버린 지난 세월 뒤돌아보니 그 힘들고 어려웠던 가시밭길 인생 세파 속에서 참 힘들게 살았다.

지금 생각해보면 어떻게 참고 견디며 살아왔는지 지난 시간을 반추할 때마다 안도의 한숨이 절로 나온다. 아무리 박복한 사람이라도 한가지 복은 타고 태어나는지 자식들이 잔병치레 없이 건강하게 잘 자랐다. 6남매 자식들 부유하게 호강은 못 시켰지만 건강하게 무럭무럭 잘 성장해줘서 참으로 다행이고 큰 복이라고 생각한다.

6남매 자식들을 다 결혼시키고 큰일 다해서 이제는 한숨 돌리고 살 만해지니 신께서 행복할 여유 허락지 않나 보다. 처자식 먹여 살리느라 동분서주하며 고생하던 우리 그이가 2007년 5월 19일 새벽 5시 10분, 사랑하던 가족들을 남겨둔 채 홀연히 저세상으로 떠났다. 세상에 홀로 남아 조용히 사는 나를 보고 "미경 엄마 혼자 쓸쓸하지? 외롭지 않아?" 그럴 때마다 나는 "아니요. 쓸쓸하지도 외롭지도 않아요. 책 읽고 글 쓰고 화초 가꾸다 보면 하루해가 언제 저무는지 모르게 너무 짧아서 아쉬워요" 했다. 젊은 시절부터 책을 좋아해 돈 주고 사 보지는 못해도 아무 책이나 있으면 펼쳐 보았다. 눈코 뜰 새 없이 바쁜 시절에도 짬만 나면 하다못해 자식들이 공부하는 교과서라도 뒤적여 읽어보곤 했다. 지금은 짬만 생기면 텔레비전 보는 대신 책도 읽고 낙서하듯 글도 써본다. 백지 위에 마음 가는 대로 글 쓰다 보면 시간이란 파도가 너무 짧아 안타깝고 아쉬운 날이 많았다.

나는 전문 글쟁이는 아니지만 겨울 농한기 돌아오면 조용히 나만의 시간을 추구한다. 상상의 나래를 펴고 마음속 감정을 가감 없이 글로 표현한다. 전문 글쟁이들 눈에는 수정도 없이 인터넷 글방에 바로 쓰는 내가 우습겠지만 호젓한 글쓰기 시간은 세상 그 무엇과도 바꿀 수 없는 나만의 행복한 순간이다.

고운 낱말로 글 쓸 때는 그 감정이 내 마음속 온 전신에 전율처럼 퍼지듯 느껴지는 행복함이 황홀할 때도 더러 있다. '이래서 글쟁이들이 몇 날 며칠 밤을 새워가며 글을 쓰는구나' 하고 공감한다. 그런데 둘째 딸은 바쁜 중에도 내가 쓴 글들을 언제 다 읽어보는지 글 잘 쓴다면서도 타박이 많다. 전문 글쟁이들 글처럼 흡족하지 않아 늘 마음에 걸렸는데 마침 전화했기에 한마디 했다. "애 둘째야, 엄마가 잡지에 나온 기사 읽었는데 글쟁이도 말로 해서 편한 것만 써놓은 뒤에 큰소리로 여러 번 읽고 시도 때도 없이 친한 친구들에게 전화해 잘 들어보라고 읽어주면서 껄끄럽거나 어색한 건 없냐고 묻는단다. 있다면 즉석에서 수정한다며 내 친구들은 무슨 고생인지 고맙고 미안하다고 하더라" 했다.

내 말을 끝까지 들은 둘째 딸은 예식장 가야 한다며 급히 끊더니 몇 분 후 메시지 한 통을 보내왔다. '전문가에 비해서 그렇다는 것뿐이지 평범한 사람이 누가 그렇게 엄마처럼 글 잘 쓸 수 있나? 내가 못 살아.' 둘째 딸 메시지에 조금은 위로가 되었는지 움츠러들었던 마음에 힘과 용기가 생겨난다.

지금까지 내가 써온 하루하루 일상이 담긴 글들은 평생 살아온 나의 인생과 역사와 혼이 담긴 시간의 주름이다.

2024년 가을
오은심

차례

제3부

마음에 내리는 비 249

제4부
시들고 싶지 않은 꽃 361

제5부
지금은 행복할 시간 461

제6부
육 남매 웃음꽃 565

제1부

글이 만약 그대라면

하늘나라 당신에게

　당신이 그렇게도 귀하게 여기고 예뻐하며 사랑하던 손자 민서네 가족을 남겨두고 다시 못 올 머나먼 하늘나라로 떠난 지도 어언 10개월이 다 되어가네요. 그곳 생활은 어떠세요. 나한테는 야박했지만 남들은 당신이 법 없이도 살 사람이라며 착하디착한 사람이라는 말을 많이 듣고 살아온 당신이기에 지금쯤은 아무 근심 걱정 없고 아픈 고통도 없이 하늘나라 천국에서 우리 가족들을 지켜보며 잘 지낼 거라고 믿어요.

　당신이 우리 곁을 떠나 있는 동안 많은 일들이 있었습니다. 아이가 없던 우리 집에 첫 번째 태어난 외손녀 솔지를 참 귀여워했지요. 겉으로 드러내놓고 표현하는 성격이 아닌 당신은 유독 솔지를 예뻐하고 등에 업고 이웃집에 마실 다니던 외손녀 솔지는 벌써 고등학교 2학년이에요.

　귀하고 끔찍해서 보기에도 아까운 우리 손자 민서도 벌써 5살이에요. 가끔 사진을 보며 "할아버지, 할아버지" 부르는 걸 보면 어린 손자 꼬맹이 민서가 아직도 당신을 잊지 않고 기억하고 있나 봅니다.

아직 손자인지 손녀인지 확실히 모르지만 5월이면 민서 동생도 태어나는데 엊그제 병원에서 딸이라고 했다나 봐요. 당신 아프지 않고 건강하게 우리 곁에 더 있어주었더라면 둘째 손녀 볼 수 있어 참 좋았을 텐데. 서운함과 아쉬움이 늘 마음 한구석에 남아 아프게 당신을 기억하게 하네요.

2008년 3월 15일, 민서네 가족은 태평아파트를 떠나 서정리 부영 아파트로 이사 가는데 날씨도 좋고 새로 이사한 집에서 건강하고 화목하게 잘살 수 있도록 도와주세요. 당신의 영혼이 정말 있다면 아들 인훈이 근심 걱정 없이 잘 살도록 잘 지켜주길 바라요.

어젯밤 아들 인훈이가 손자 민서 데리고 우리 집에 잠깐 왔다 갔답니다. 당신 유택에 비석 세우는 일로 작은 다툼이 있었어요. 당신 너무 섭섭하게 생각하지 말아요. 아들딸 자식들이 나이도 연소하고 기반 잡은 자식들이 없고 둘째 딸네는 딸 사위가 둘이 벌어 형편이 조금 나은 편이지만 나라 경제도 어렵고 모두 다 힘들게 살잖아요. 그래서 이렇게 하면 좋을까, 저렇게 하면 좋을까 혼자 고민 많이 했는데 아들 훈이가 "엄마, 아부지 비석 세우는 일은 알아보셨어요?" 하기에 "비석만 세우기도 그렇고 상석, 둘레석 갖추어 공사하자니 비용이 너무 많이 드는구나. 비석 세우는 일은 급하지 않으니 더 있다 회비 좀 더 모이면 천천히 해도 되지 않느냐" 했어요.

내 말을 듣고 있던 인훈이가 "엄마는 왜 맨날 이랬다저랬다 하시고 기분 내키는 대로 하시냐" 하는 말에 내가 신경이 너무 예민했는지 아들 인훈이 나이 34세 되도록 생전 처음 화내며 언성을 높이고 내 생각과 입장을 말했더니 인훈이도 서운했나 봅니다. "민서야, 집에 가자. 이제 우리 할머니네 집에 오지 말자" 하며 손자 민서 데리고 휭하고 나가는 아들 대문 앞에서 배웅하고 들어왔어요.

안에 들어오니 서글프고 마음이 너무 아파 멍하니 소파에 앉아 이생각 저 생각 하다 내 마음 내가 달래고 잠자리에 들었는데 자식 마음은 부모 마음이랑 다른가 봅니다. 그러니 당신도 금년에 비석 못 세워드린다고 섭섭해 말고 조금만 기다리세요. 착한 당신이 육 남매 자식들 가족 잘 지켜주고 당신도 하늘나라에서 잘 지내세요. 이제 앞으로 당신 유택에도 자주 찾아가 잡초도 뽑아주고 응답 없는 당신에게 기쁜 일, 힘든 일 하소연도 하고 그럴게요.

생전에 당신이 한 살이라도 젊어서 운전이나 배워두라고 말할 때마다 차도 없는데 운전면허 취득해서 뭣 하냐고 말했지요. 아들 인훈이 차 사주었는데 인훈이가 운전하면 됐지 이제 와서 내가 무슨 운전을 배우냐고 당신에게 곱지 않게 퉁명한 어투로 말하던 내가 이제 와서 자식들 도움으로 당신이 바라던 운전면허 취득하게 됐어요. 필기시험은 단 한 번에 합격하고 기능시험은 한 번 떨어지고 두 번째 합격했어요. 다음 주 월요일부터 주행 교육을 받고 합격하면 차 구입하는 대로 당신 유택에 찾아갈게요.

남들이 말하기를 부부 내외가 30년 동거하기도 쉽지 않다고 말하는 소리 많이 들었지요. 당신과 나는 늦게 만났어도 42년이란 세월을 같이 살았는데 마지막 말 한마디 없이 당신은 떠났어요. 잠자는 듯 눈 감고 홀연히 떠나는 당신이 너무나 밉고 야속하고 원망스러워서 눈물도 나오지 않았는데 자식들은 슬피 울면서 조문객을 맞았지요. 내 마음속에는 당신에 대한 원망으로 가득 차서 슬픔보다는 미움이 앞섰는데 세월 지나고 보니 미움보다 그리움이 밀려오고 눈 감으면 생전의 당신 모습이 선하게 떠오르고 눈에 밟히네요.

그리고 당신 생전에 늘 내게 하던 말이 생각나네요. 내가 어린 육 남매 자식 뒷바라지하느라 힘들어 짜증 부리면 당신은 항상 이렇게 말했지요 "나도 당신 애들 키우느라 힘들게 고생하는 거 다 알아. 당신이 항상 고맙지. 그래서 언제가 될지 모르지만 내가 죽을 때는 육 남매 자식 내 앞에 다 불러 앉혀놓고 신신당부할 거야. 나 죽고 없어도 너희 엄마한테 잘해주라고 꼭 당부하고 죽을게. 엄마가 너희들 키우느라 고생 많이 했는데 나 없어도 잘하라고. 꼭 그래야 한다고 꼭 말해주고 죽을게"라고 수십 번도 더 다짐하던 당신은 세상 떠날 기미도 없이 나 없이도 씩씩하게 잘 살라는 말 한마디 없이 내가 수저로 떠넣은 물 몇 수저, 베지밀 서너 숟가락 받아넘기고 조용히 잠자듯 눈 감고 홀연히 저세상으로 떠났지요.

난 당신이 얼마나 미웠는지 몰라요. 당신은 내 마음 조금도 모를 거예요. 당신한테 하고 싶은 말도 참 많았는데 이제 와 다 무슨 소용이 있겠어요. 평생 혼자 가슴에 묻고 살아야지요. 내가 당신을 찾아갈 때쯤 그때나 만나서 서로 하고 싶었던 말, 못다 한 말 다 해봅시다. 다시 한번 당신한테 부탁하고 싶은 말은 우리 자식들 육 남매 모두 건강하고 한 치도 기우는 자식 없고 편안하게 잘살 수 있도록 하늘나라에서 잘 좀 지켜보고 도와주세요.

지금 당신에게 이 글을 쓰고 있으면서 늘 당신이 나에게 했던 말들이 생각나네요. "당신은 짜는 것만 빼면 다 좋은데 짜드는 게 병이야. 당신 얼굴값 좀 해. 남들이 그 얼굴을 보면 누가 이렇게 짜는 줄 알것어"라면 신경질 부리던 나도 웃음이 나와서 제풀에 풀어지고 했는데 언제부터인지 그런 말은 쏙 들어가고 정 떼려고 그랬는지 아무 일 아닌 것에도 쓸데없는 간섭과 잔소리로 나를 힘들게 했지요. 예전에는 내가 짜증 부릴 때마다 슬그머니 피하고 밖으로 나가 내 화가 풀리면 슬그머니 들어오곤 하던 당신이 점점 맞장구치고 성질에 안 맞으면 이유도 없이 짜증 부리고 시비 걸고 그럴 때마다 나도 참 많이 힘들었어요. 자식들은 내가 말 안 해서 잘 모르겠지만 한동안 나를 지치도록 힘들게 한 적 있었다는 걸 당신은 알고 있는지 모르겠네요. 당신하고 행복해서 좋았던 일, 힘들었던 일들은 앞으로 추억으로 간직하고 먼 훗날 당신이 머무는 그곳이 어딘지 물어물어 내가 당신 곁으로 찾아갈게요.

아플 거 다 아프고 하늘나라 천국에 갔으니 당신 이제 아프지 말고 건강하게 잘 지내다 우리 만납시다. 사랑하는 당신 아내가 당신의 명복을 빕니다.

2008년 3월 5일 오후 4시 35분 당신 아내

육 남매 자식들의 아부지 당신에게

인훈이 아부지, 지금 창밖에 봄비가 촉촉히 내리고 있어요. 텃밭에 봄 채소 씨앗 뿌리라고 하늘님께서 고운 단비 내려주시는 것 같아요. 넷째 딸 선화가 유난히 상추와 야채를 좋아해서 해마다 갖가지 씨앗을 사다주며 "엄마, 상추씨 좀 많이 심으슈" 하는 말에 당신하고 단둘이 살면서 별로 먹지 않아도 육 남매 자식에게 유기농 채소 먹이려고 봄이면 상추, 아욱, 쑥갓 씨앗을 골고루 심었잖아요. 정성 들여 씨앗을 심고 사나흘 후에 새싹이 움트면 잘 가꾸고 자식들이 왔다 갈 때마다 많이들 갖다 먹으라며 손수 채소를 솎아주곤 했지요.

그런데 금년 봄부터는 나 혼자 상추, 아욱 씨앗을 심고 가꾸어서 채소 솎아주며 당신이 했던 그 말을 내가 대신 하면서 자식들에게 나눠줘야겠네요.

생전에 늘 당신은 한 살이라도 더 젊어서 운전면허 취득하라고 했었지요. 그런데 이제야 필기시험, 도로 주행 합격하고 엊그제 도로 주행 예약하러 갔더니 요즘은 교육생이 많아 4월 중순쯤이나 날짜가 잡힌다고 했어요. 시간은 아무 때나 좋다고 했더니 "어머니 혼자 계서요?"라는 직원의 물음에 가슴이 뜨끔하고 먼 하늘나라로 외출한 당신의 빈자리를 말하기 싫었어요. 그래서 "아니요, 혼자 살긴요. 우리 그이랑 두 식구 살아요." 이렇게 거짓말하고 가슴이 뜨끔하고 두근두근 얼마나 당황스럽던지 꼭 죄지은 기분이 들어 서둘러 사무실을 나왔답니다.

모르는 사람에게 당신의 빈자리를 숨기고 싶어 내키지 않는 거짓말까지 하고 집에 돌아와서 생각하니 내가 왜 그랬을까 서글펐어요. 직원이 혼자 계시냐고 물었을 때 차라리 사실대로 "네, 저 혼자 살아요"라고 할 걸 얼마나 후회되던지 당신은 이런 내 마음 모를 거예요.

열흘 전에 당신한테 하늘 편지 써서 육 남매 가족 카페에 올렸는데 다시 읽어보고 싶었어요. 마침 엊그제 컴퓨터 있는 안성 막내딸네 갔기에 "애 막내야, 가족 카페 글방에 엄마가 쓴 글 읽어보고 싶다. 컴퓨터 켜고 가족 카페 글방 클릭 좀 해볼래" 했더니 주방에서 일하던 막내딸이 "엄마, 나는 지금 너무 바빠" 하는 말에 너무 서운했어요. 앞으로 인터넷 가족 카페에 글 써서 자식들 귀찮게 하지 않겠다고 다짐했답니다.

인훈이 아부지, 어제는 아들 인훈이 차 타고 눈에 넣어도 아프지 않을 손자 민서랑 내가 운전할 자동차를 사려고 나갔다가 마땅한 차 있기에 계약을 하고 왔어요. 그래서 하늘나라 당신한테 기쁜 소식 전하고 싶어 또 이렇게 글을 쓰게 되었네요. 이제 당신이 바라던 운전면허도 취득하고 차도 생겼는데 내 마음이 왜 이렇게 무겁고 부담이 되는지 내가 이 세상에 홀로 살아가는 동안 자식들에게 빚진 게 있다면 죽을 때 다 갚고 죽고 싶은 마음이에요. 지금 현재 내 마음과 생각은 이렇지만 그때 가서 뜻대로 잘될지 모르겠네요. 살아생전에 당신이 신경 예민한 나에게 운전면허나 어서 취득하라고 말할 때마다 못 들은 척 한 게 미안하기도 하고 너무 후회스러워요. 이제 와서 당신한테 이런저런 미안함 때문인지 운전면허 취득하고 내 차를 샀어도 이렇게 하나도 기쁘지 않고 부담만 되나 봐요. 살아

생전 당신에게 따뜻하고 살가운 아내가 되어주지 못했지만 42년 세월을 살면서 당신을 내 몸처럼 아끼고 위해주려고 많이 노력하면서 한솥밥 먹고 살을 맞대고 긴 세월 살았던 정으로 정말 당신 영혼이 있다면 이 세상에서 내가 사는 동안 자식들에게 빚지고 가는 일 없이 당신 곁으로 갈 수 있도록 잘 지켜주고 도와주길 바라요. 그래야만 내가 죽어서도 육 남매 자식들에게 떳떳한 엄마로 기억되지 않겠어요. 이 세상에 없는 당신이지만 육 남매 자식들과 이 아내를 모진 비바람을 꼭 막아주고 잘 지켜줄 거라고 나는 이렇게 믿고 싶어요. 당신에게 부탁하고 바라는 욕심이 많다 보니 당신에게 많은 부담을 주는 것 같아 미안하네요.

한참 글 쓰고 있는데 전화벨 울려서 받았더니 둘째 딸이 "엄마 뭐해?"라고 물었어요. "엄마는 지금 글 쓰는 중이다"라며 머뭇거리는데 둘째가 "엄마, 또 글 써?"라고 물었어요. 그렇다고 대답하고 방금까지 쓴 글을 조금 읽어 내려가다 갑자기 목이 메이고 눈물이 왈칵 쏟아지고 하얀 지면을 적셔서 글은 여기서 이만 줄이고 앞으로 사는 그날까지 당신을 기리며 살게요. 그러니 당신도 아무 걱정하지 말고 이 세상에서 아플 거 다 아프고 천국에 갔으니 그곳 하늘나라에서 아프지 말고 편히 쉬세요.

2008년 3월 24일 오전 9시 13분 당신 아내 천사은심

역사적인 자동차 운전 연수

요즘 며칠 동안 바쁜 집안일 하느라 정신없이 아득하도록 무지 바빴다. 어제는 텃밭 일구느라 저녁 땅거미가 내릴 때까지 텃밭에서 밭일을 했다. 해가 저물기에 텃밭 일을 끝내고 집 안에 들어오니 어느새 늦은 저녁 오후 7시 20분이다. 어제는 운전 도로 주행 연수를 못 했기에 오늘은 큰맘 먹고 용기를 내고 혼자서라도 잘 아는 길을 택해서 운전 주행 연수 나가야 될 것 같기에 외출 준비하면서 가만히 생각을 해보았다. 2008년 3월 27일 면허증 받아서 아직은 혼자 도로 운전하고 멀리 못 나갈 것 같기에 아들 훈이한테 전화했더니 신호 한참 울리고 나서야 받는다.

"어머나 아들아, 너 여태 잠자다 이제서야 잠 깼니? 민서 말 소리도 들리네" 했더니 "엄마 요즘 운전 연습 좀 하셨어요? 내일 비 온다는데요"라고 묻는다.

"아들 훈아, 오늘 엄마네 집에 잠깐 왔다 갈래? 너는 아기 돌 집에 저녁 시간에 간다며"라고 말했다. 듣고 있던 아들 훈이 "엄마 알았어요. 씻고 갈게요. 조금만 기다리세요" 하기에 알았다며 전화 끊었다. 밥이 없기에 전화 끊자마자 쿠쿠 밥솥에 점심밥을 안치고 코드 꽂아놓고 밥이 거의 다 되어갈 무렵, 아들 훈이가 귀엽고 이쁜 우리 손자 민서를 차에 태우고 왔기에 "애, 아들 훈아 점심밥이 거의 다 됐다. 우리 점심 식사하고 주행 연습 나가자"라고 했더니 아들 훈이는 지금 밥 생각이 없다면서 "엄마, 큰누나한테 민서 좀 봐달라고 맡기고 운전 연수 나가요"라고 말했다.

우리 귀여운 손자 민서를 큰딸 왕초네 집에 데려다주고 정자동을 지나 새로 생긴 외곽도로 타고 고고씽 어디론가 한 바퀴 휘돌아 가더니 내 차에 기름을 넣었다. 기름 넣고 일단 집에 돌아와 밥솥의 밥을 저어놓고 다시 아들 훈이를 조수석에 태우고 운전 연수를 나갔다. 꼭 일주일 만에 운전대 잡고 큰 도로에 나가보니 핸들 감각이 영 자연스럽지 못하고 부자연스럽고 조심스럽다.

여기저기 지역마다 가는 도로를 익혀두려고 아들 훈이에게 자주 가던 미리내성지 한 바퀴 돌아오자고 했다. 아들 훈이가 안내하는 대로 운전하면서 미리내성지까지는 별 무리 없이 깔끔하게 잘 도착했다. 예전에 미리내성지 다닐 때는 비포장이었는데 깔끔하게 아스팔트로 도로 포장이 잘되어 있어서 왕초보가 운전 연습하기에 아주 편하고 좋았다.

조심조심 미리내성지에 도착하자 주차장에서 주차 연습도 한번 해보다 다시 출발, 안성 가서 천안으로 한 바퀴 돌아 장장 3시간 동안 이리저리 타지방으로 다니며 주행했는데 옆에서 아들 훈 "엄마, 점점 속도가 빨라져요. 이제 핸들 감각이 와요?"라고 물었다. 그런데 주행 연습하는 동안 순간순간 위험한 상황이 서너 번 있었다. 한 번은 덤프트럭이 옆에 너무 가까이 와서 놀라고 당황해 핸들이 지그재그로 흔들려 큰일 날 뻔했다. 두 번째는 무리하게 차선 변경하고, 세 번째는 산업 도로에서 울성리 들어오는 입구로 좌회전하다 너무 속도 빠르게 앞에서 오는 차보다 먼저 좌회전하다 언덕으로 떨어질까 봐 갑자기 급브레이크 밟았다. 아들 훈이는 너무 놀라서 당황하고 겁먹은 표정으로 "아이구, 엄마는 잠깐 섰다가 앞에서 오는 차를 먼저 보내고 지나간 후에 들어와야지요. 회전할 때는 속도 높이면 강한 원심력 때문에 안 된다고 했잖아요!"라며 놀란 기색이 역력했다.

그래도 하늘님이 도우시고 하늘에서 우리 그이가 지켜준 덕분인지 무사히 왕초보 운전 연수 잘 마치고 집에 도착할 수 있어서 여러 신께 진심으로 감사, 감사했다.

운전 연수 받는 동안 위험한 상황 있을 때마다 아들 훈이에게 간곡하게 여러 번 부탁한 말이 있다. "아들 훈아, 오늘 너한테 서너 시간 운전 연수 받는 동안 엄마가 순간 실수할 때마다 있었던 일들을 가족 카페에 올리지 말아달라" 하고 몇 번이나 간곡히 부탁하고 신신당부했다.

"아들 훈아, 엄마네 집에 컴퓨터는 없지만 네가 가족 카페에 글을 올리면 누나들이 엄마한테 꼭 읽어준다. 그러니까 오늘 있었던 실수한 일들은 인터넷에 글 올리면 엄마는 앞으로 너하고 의절이야"라며 우스갯소리를 몇 번이나 했다. 우스갯말하고 가만히 생각을 해보니 잘하는 일만 내세우려고 한 말 같아서 거짓말 못 하는 성격에 양심의 가책이 자꾸만 내 마음 괴롭히기에 할 수 없이 가족 카페에 글을 통해서 스스로 나의 실수를 고백하고 싶었다.

"아들 훈아, 아무튼 엄마를 위해서 너 오늘 고생 참 많았고 수고 많았다. 오늘 실수로 엄마가 너를 많이 놀라게 해서 너무 미안하고 너무 마음 짠하고 아프지만 그래도 아들이 수고한 덕분에 엄마는 운전 경험이 많이 쌓이고 운전 요령 잘 배워서 기분 좋구나. 오늘은 아주 뜻깊은 하루였고 잊지 못할 추억의 운전 주행 연수 잘 받은 날로 영원히 기억하겠다. 운전 연수 잘하고 집에 돌아와서 아들 훈이 네가 귀여운 민서 데리고 집에 간 이후 엄마는 큰매형과 왕초 누나랑 솔지 태우고 이태리 미용실까지 엄마가 손수 운전하고 가서 큰 매형하고 솔지는 머리를 자르고 집에 왔단다. 그리고 큰매형과 왕초 누나 솔지랑 태우고 엄마가 손수 운전하고 수원 셋째 누나네 집까지 갔다 왔다. 셋째 누나가 훈이 너 갖다주라며 이것저것 한 보따리 싸줘서 엄마네 집에 가져다놓았는데 와서 가져가라. 엄마가 열심히 운전 연습 잘해서 운전 경력이 빨리 많이 쌓이면 앞으로 뭐든지 가져갈 물건 있으면 엄마가 갖다줄게. 아직은 네가 엄마네 집에 와서 가져다 먹어라. 아들 훈아, 오늘은 이래저래 바쁜 너에게 힘들게 해서 많이 미안하지만 개구리 올챙이 적 시절을 생각해보자꾸나. 너도 운전면허 취득하고 바로 운전 초보 시절에 차가 논으로 굴러떨어지고 엄마가 렉카 부르고 십만 원 물어주었잖아? 엄마가 이렇게 광고하니까 아들 훈이 너도 기분 나쁘고 창피하지? (ㅎㅎ) 엄마도 그래서 너한테 엄마 운전 연수 받으며 서너 시간 동안 아차 실수한 일들은 카페에 올리지 말라고 신신당부한 거야. 하지만 고지식한 엄마의 양심이 허락지 않아 엄마가 아들 훈이 네 대신 스스로 양심 고백한 글을 올린다. 아들 훈아, 미안 진짜 미안 미안. 이렇게 가족 카페 글방에 글 올리는 이 엄마를 너도 이해할 수 있지?"

2008년 4월 12일 천사은심

화려한 외출

초보운전 도로 주행 연수 겸 큰사위와 큰딸 왕초, 넷째 딸 별달이를 태우고 세교동 개나리아파트 후문에서 출발하여 충주댐을 향해 고고씽 한참 달려 두어 시간 후에 마침내 도착했다. 보라색 진달래꽃 연분홍 벚꽃이 흐드러지게 만발한 화사한 봄 아름다운 벚꽃 잔치에 상춘객을 유혹하고 눈길 끌었다. 봄꽃이 화사하게 수놓은 아름다운 드라이브 코스가 어찌나 낭만적인지 충주댐을 떠나기 싫고 집에 오기 싫었다.

구불구불한 드라이브 산책길이 대관령을 연상케 하고 벚꽃 터널 드라이브하는 낭만이 참 멋지고 근사했다. 가로수 연분홍 벚꽃이 화사한 벚꽃 터널 속을 자가 운전하고 낭만적인 드라이브 하는, 행복하고 역사적인 추억이다. 얼마나 행복하던지 우리 곁을 훌쩍 떠난 그이 생각이 간절하고 혼자 행복해서 많이 미안한 생각이 들었다. 운전하며 마음속에 생전 그이 모습이 자꾸 떠오르고 이런저런 한없는 후회와 아쉬움이 교차하는 순간이었다.

'이제 와서 때늦게 운전면허 취득하고 이렇게 행복할 줄 알았으면 젊었을 때 진작 면허 취득할 걸 그랬다. 우리 그이랑 이렇게 즐겁고 행복한 소풍 나들이하며 행복한 순간의 감동을 함께 느꼈으면 얼마나 좋았을까.' 이런저런 아쉬움과 후회가 온종일 마음속에서 떠나지 않고 머릿속에서 사라지지 않았다. 우리 그이 생전에 둘이서 관광버스 타고 안 가본 지역 없고 비행기로 제주도 여행도 다녀왔다.

오늘 장거리 드라이브 코스 충주댐은 관광버스 타고 우리 그이랑 몇 번씩 다녀온 관광 지역이다. 그런데 오늘 이렇게 내가 직접 자가 운전하고 드라이브 코스 서행으로 주행하는 그 기분은 또 다른 나만의 행복이다. 예전에 우리 그이랑 몇 번씩 관광버스 타고 다녀온 여행지 주변 풍경도 아름답고 너무 멋진 관광 지역이다.

나들이 소풍 나선 김에 큰사위, 큰딸 왕초, 넷째 딸에게 꼭 한번 구경시켜주고 싶었기에 큰맘 먹고 여행길에 나섰다. 초보운전 주행 연수 차 나들이 갔다 돌아온 지역이지만 열 번을 갔다 왔어도 다시 또 가고 싶은 곳이다. 여기저기 한참 운전하고 돌아다니느라 점심 시간을 놓치고 출출해서 공원 벤치에 앉아 피크닉 도시락으로 꿀맛같이 맛난 늦은 점심을 했는데 어찌나 맛있던지.

큰사위와 딸들에게 아름다운 단양팔경 구경시켜주고 싶은 마음에 충주댐에서 또다시 출발했다. 두어 시간쯤 달렸을까 관광지에 도착해 오랜만에 단양팔경을 바라보니 너무 반갑고 감회가 새로웠다. 철렁하게 가득 찬 호수 물속 한복판에 여기저기 높다랗게 우뚝우뚝 장승처럼 서 있는 희귀한 기암괴석 정상 꼭대기 위에 세워진 정자와 유람선 오가는 호수 주변의 갖가지 형상을 한 풍경이 감동이다.

기암괴석 운치 있고 멋진 호수 풍경을 바라보는 순간 잔잔한 감동에 시 한 수 떠올라 적어본다.

충주 호수 정자 올라앉아
아름다운 풍경에 시름 잊었네
한가롭게 유유히 오가는 유람선 바라보니
기암괴석들의 운치 있는 풍경에
감동의 물결 출렁인다

잔잔한 멋진 호수 풍경을 바라보니

행복한 순간 감동에 취해

세월아 네월아 도낏자루 썩는 줄 모르고

신선놀음 따로 없는

경이로운 충주호 단양팔경 참으로 장관이구나

수채화 같은 너의 풍경이

그립고 보고파 이렇게 또 이렇게

다시 와 너를 보니 반갑기 그지없고

감회가 참 새롭구나

멋지고 아름다운 풍경 앞에서

떨어지지 않는 발길 어이하면 좋을까

너를 다시 보니 반갑고 행복한 이 순간

시 한 수 멋지게 읊고 싶구나

이 멋진 풍경 보지 못한 사람은 얼마나 아쉬움이 많을까 안타까운 마음이다. 큰딸 왕초 보기에 호수 주변의 아름다운 풍경들이 멋지고 보기 좋은지 연신 사진 찍느라 셔터를 눌렀다. 여기저기 둘러보며 연신 셔터를 눌러대고 사위와 나란히 팔짱 끼고 기념사진 찰칵 찰칵 분주하고 바쁘다.

예전에 내가 운전 못 할 때 큰사위 차 얻어 타고 이곳저곳 바람 쐬러 많이 다녔다. 소풍 나들이 드라이브 많이 다녔지만 고작 가봐야 아산만, 삽교천 아니면 성구미포구, 대천이다. 언제 기회가 된다면 다음에 자식들에게 정이품송 속리산 관광 꼭 한번 구경시켜주고 싶은 생각이다. 약 600살 되는 정이품송과 불상이 유명한 속리산 관광지에 우리 그이 생전에 나랑 둘이 여러 번 관광 갔다 왔는데 누구나 가볼 만한 멋진 풍경이다.

아들, 며느리, 사위, 딸들아, 기대하시라. 인생은 큰 강물과도 같은 것. 나에게도 이제 늦게나마 행운이 찾아줘서 이제부터 행복 시작이다. 그래서 사람 팔자는 시간 문제, 인생은 새옹지마, 쥐구멍에 볕들 날 있다는 속담도 있지 않은가.

딸 사위랑 즐겁고 행복한 하루 평생 잊지 못할 아름다운 추억으로 기억되고 남을 역사적인 행복한 날이었다.

2008년 4월 15일 천사은심

엄마 외박하느라

어젯밤 늦게 잠자리에 들었더니 너무 피곤했는지 단숨에 꿀잠을 자다 눈떠보니 이른 아침 오전 6시 조금 넘은 시간이다. 가깝게 산다는 이유로 넷째 딸네 집에서 하룻밤이라도 자고 집에 온 적은 역사에 단 한 번도 없었다. 심심하면 어쩌다 더러 한 번씩 별달이네 마실 가면 딸들이랑 종일 놀다 해 저물면 저녁에 집에 돌아왔다.

이제 우리 그이도 사랑하는 가족들과 작별하고 내 곁을 영영 멀리 떠나고 없는데 운전면허 쉽게 취득한 나는 집에 자가용 애마 붕붕이 덕에 시내버스 차 시간에 구애받지 않는다. 언제 아무 때나 마음대로 외출하고 싶으면 횡하니 도로 주행하고 나갈 수 있다. 어제는 다 저녁때 오후 6시쯤 시장 가깝게 사는 넷째 딸 별달이네 집에 저녁 마실 나갔다 난생처음 하룻밤 자게 되었다. 이것도 다 예명 기뚜오(?) 둘째 딸 효심 덕분인데 정말 너무 고맙고 여러 신께 감사하다.

넷째 딸 별달이네 집에서 처음 하룻밤 자고 일어난 이튿날 아침 8시, 넷째 딸 별달이는 거실에 아침 식탁을 푸짐하게 진수성찬으로 차려놓고 "엄마 아침 식사하시게 빨리 나오슈" 한다. 아침 식사하기 너무 이른 시간에 밥 생각은 없지만 상 차려놓은 성의를 봐서 한술 뜨려고 거실로 나갔다. 넷째 딸 별달이가 결혼한 이후 처음으로 밥상 앞에 마주 앉아서 외손자 준하, 병하, 친손자 민서랑 함께 아침 식사하고 컴퓨터 웹서핑하면서 그럭저럭 심심찮게 시간을 보내고 있는데 큰딸 왕초가 큰사위 출근 차 타고 일찌감치 별달이네 도착했다.

이런저런 대화하느라 정오 조금 안 된 시간인데 넷째 딸 별달이 외식하고 싶은가 보다. "엄마 오늘 10개월 할부로 내가 점심 식사 한 턱 쏠 테니 컨벤션 뷔페 식당으로 나갑시다. 3인분이면 식대비 39,000원인데 10개월 할부로 하지 뭐. ㅎㅎㅎ 일단 엄마 카드로 합시다."

그렇잖아도 웃음이 많은 넷째 딸 별달이 한바탕 숨넘어가게 웃더니 우스갯말하기에 나도 한마디 했다. "얘들아, 엄마는 이제 앞으로 너희들이랑 뭉쳐 다니지 못하겠다. 외식비로 엄마 차에 넣을 기름값 해야지."

내 말을 들은 별달이가 "그럼 엄마 그렇게 하슈. 우리도 그런 줄 알아유. 그러니까 아무튼 일단 우리 지금 밖에 나갑시다"라고 말해 큰딸 왕초랑 할 수 없이 따라나서긴 했지만 영 마음이 편치 않았다.

삼수갑산을 가는 한이 있더라도 자식들이랑 같이 먹은 식대 내가 계산해야 하는 현실에서 요즘 주행 연수 한답시고 애마 붕붕이 차에 딸들을 태우고 요기조기 장거리 드라이브 나가서 많이 싸돌아다녔다. 하늘 높은 줄 모르고 고공행진하는 기름값이 부담스럽기에 염치 불구하고 오늘은 얼굴에 철판 깔기로 했다. 컨벤션 뷔페 식당에 가서 두 딸이랑 나란히 마주 앉아 하하호호 하며 거하게 점심 식사하고 놀다가 왔다.

오늘이 지나고 세월이 많이 흐른 뒤에 머~언 먼 훗날에 오늘을 뒤돌아보면 좋은 추억이겠지. 자식들 힘들게 살지 않으면 나는 요즘 운전 연수 고고씽 하는 재미와 즐거운 낭만 속에서 제2의 인생을 신나게 살아가는 행복한 중년 여심인데 조금만 젊었으면 좋겠다. 그렇지만 나만이 혼자 행복한 삶을 사는 것 같아서 이 세상 떠나고 없는 우리 그이에게 미안하다. 미안한 생각이 들 때마다 마음 한구석에 잔잔한 아쉬움과 그이의 대한 그리움이 사무쳤다.

오후 1시 조금 넘어 컨벤션을 나와 큰딸 왕초, 넷째 딸 별달이랑 나란히 손잡고 걸어 넷째 딸네 집으로 가는데 유난히 길이 멀게 느껴졌다. 힘들기에 세교동사무소 앞 공원에서 잠시 쉬었다 가려고 딸들이랑 시원한 공원 나무 그늘 벤치에 앉았다. 벤치에 앉자마자 어느 아주머니 한 분이 커피 석 잔 갖다주기에 고맙긴 하지만 사양했더니 자꾸만 권해서 받았다. 처음 보는 분이지만 고맙다며 딸들이랑 같이 받아 마시고 일어나 넷째 딸네 아파트 정문 앞 주차장으로 향했다. 주차장에 세워둔 애마 붕붕이 시동을 켜고 큰딸 왕초와 넷째 딸 별달이, 외손자 준하를 태우고 우리 집으로 향해 금세 슈웅 고고씽 했다.

우리 집에 도착해 애마 붕붕이 차고에 주차하고 대문 안에 들어서니 우리 흰둥이가 꼬리를 살랑살랑 흔들고 어찌나 반갑게 달려들던지 나도 너무나 반갑고 귀여웠다.

"흰둥아, 엄마가 외박하느라 우리 흰둥이 사료 굶겨서 딱하고 미안해. 배 많이 고팠지? 에구 딱해라." 흰둥이 밥 많이 먹으라며 밥그릇에 사료를 두 배로 많이 가득 푹푹 퍼담아주고 먹으라며 쓰다듬었다.

주부가 하루 집을 비웠더니 할 일이 많아지고 대문 밖 담장 앞에 나란히 줄 서 있는 화분 행렬이 가뭄에 목마른지 생기가 없어 보이기에 물 주고 화단엔 긴 호스로 물을 듬뿍 뿌려주었다. 화초에 물 주고 한갓지기에 큰딸 왕초, 넷째 딸 별달이, 외손자 준하 애마 붕붕이 태우고 외곽도로 고고씽 했다. 관심지 단골 드라이브 코스 길 드라

38

이브 한판 땡기고 비전동 지나 넷째 딸 별달이네 아파트 주차장에 도착했다.

왕초보 운전하면서 도로 상황을 잘 모르고 차선 변경 한 번밖에 안 했더니 신호 대기에서 좌회전 힘들었는데 내가 왕초보인 줄 알고 양보하는 차들이 많아서 넷째 딸 별달이네 아파트 주차장에 무사히 도착했다. 오늘 도로 주행 운전하면서 많은 경험을 얻었는데 앞으로 운전할 내게 많은 도움이 되겠다.

길 안내하는 내비게이션 없이 운전하는 엄마 왕초보라고 큰딸 왕초와 넷째 딸 별달이가 미리 겁을 먹었는지 면허증 나오자마자 큰딸 왕초와 넷째 딸 별달이가 내게 한 말 생각하니 너무 웃음 나온다.

겁 많은 큰딸 왕초 하는 말이 "우리 엄마가 운전하는 차 타려면 앞으로 3년은 더 넘어야겠다." 웃자고 농담 삼아 우스갯말 하던 큰딸 왕초 3년은커녕 면허 딴지 보름도 안 돼서부터 타고 돌아다녔다. 내가 운전하는 애마 붕붕이 타고 삽교천으로, 수원으로, 충주댐으로, 단양팔경으로 신바람 나게 잘만 타고 다녔다. 지금 생각해보니 딸들의 애교 있는 우스갯말들이 재미도 있고 참 유머스럽다. 아무튼 딸들이 가깝게 살아서 친구처럼 뭉쳐서 드라이브하고 맛있는 밥도 사 먹고 오늘도 행복한 하루 잘 보냈다. 인생은 새옹지마라더니 인생 살기 힘들어도 지혜롭게 살다 보면 쨍 하고 해 뜰 날 있고 쥐구멍에 볕들 날 있다.

2008년 4월 17일 밤 11시 정각 목요일 맑음 천사은심

오산 물안개수목원에서

엊그제 와서 벌써 사흘 밤을 넷째 딸 별달이네서 자고 새벽에 일찍 일어났다. 넷째 딸은 나보다 먼저 깨서 어젯밤 가족 카페에 올린 글 읽고 거실로 나온다. 나를 쳐다보던 넷째 딸 별달이 "엄마, 벌써 두 언니들이 엄마가 쓴 글에 댓글을 올렸네. 엄마도 한번 보시유" 한다.

오전 7시가 되자마자 별달이는 "엄마, 아침 식사합시다. 나는 아침 식사 일찍 해야 해유" 한다.

"벌써 무슨 아침밥이야? 나는 아침밥이 싫다. 너나 먼저 먹어라."

"그럼 나 혼자라도 밥 먹어야징."

"애 별달아, 너도 참 대식가구나. 눈뜬 지 얼마나 됐다고 벌써 밥을 먹니?"라고 말했더니 속 좋게 웃으며 "나는 먹어야 돼유. 엄마"라면서 식사하기에 텔레비전 시청하다가 컴퓨터 켜고 가족 카페를 클릭했다.

둘째 딸 (별명) 기뚜오랑 셋째 딸 기쁨조가 쓴 댓글에 답글 쓰고 인터넷 검색하고 있는데 8시 30분쯤 귀엽고 예쁜 민서가 마실을 왔다. 넷째 딸이 외손자 준하 학용품 사준다고 밖에 나가더니 아들 훈이랑 민서 만나서 민서만 데리고 들어왔는데 어찌나 반갑고 예쁜지 어쩔 줄 몰라 했다. 민서 아침밥 먹여주고 너무 예뻐서 행복한데 외손자 병하, 준하까지 그렇게 민서를 예뻐한다. 넷째 딸 별달이도 민서가 귀엽고 예뻐 죽겠다며 팔 벌리고 이리 좀 와보라고 아무리 사정해도 쳐다보지도 않고 나한테만 안겨서 내 품을 떠날 줄 모르고 아무도 접근하지 못하게 했다. 귀여운 재롱둥이 손자 민서는 재롱 부리고 싶은지 변덕이 발동한 모양이다.

넷째 딸 별달이가 김에 들기름 바르고 내가 맛소금 뿌려서 김을 굽고 동태찌개 끓였다. 새로 지은 점심밥에 동태찌개랑 구운 김에 싸서 민서 배가 부르게 먹이고 나도 점심 식사했는데 상다리 부러지게 진수성찬 차렸다. 민들레랑 냉이 섞어 삶아 무친 봄나물 무침, 동치미, 고추장 강된장, 들기름 발라 구운 김, 아무튼 상다리가 부러질 정도로 반찬이 가득했다.

오후 1시 조금 넘은 시간인데 큰사위와 큰딸 왕초도 조카 민서가 보고 싶은지 넷째 딸네 집에 왔다.

넷째 딸 별달이가 심심한데 오산 물안개수목원에 가자고 하는데 주행 연습 삼아 내 차로 다녀오고 싶지만 가족이 많아 내 차에 다 못 탈 것 같다. 큰사위 차 6인승 포터 타고 출발했는데 개구리 올챙이 적 생각을 못 하고 불편했다. 툭 하면 아쉬워서 승용차는 아니지만 큰사위 포터를 많이 타고 다녔는데 내 차를 두고 큰사위 차 타려니 기분이 묘했다.

오산 물안개수목원은 가까운 곳에 있지만 처음이다. 도심에 그런 수목원이 있는 줄 꿈에도 몰랐는데 이제야 알아서 너무 아쉬웠다. 일주일 전 아들 훈이가 오늘 다녀온 수목원으로 바람 쐬러 가자고 했었는데 도로 주행 연수하느라 못 갔었다. 오늘 가보니 답답한 도시 생활인들에게 맑은 공기 마시며 잠시 쉼터가 될 만한 곳이다. 드넓은 수목원 주변에 이름 모를 갖가지 봄꽃들이 화사하게 만발해 눈길을 끌고 상춘객 발걸음을 멈추게 했다.

수목원을 산책하고 집에 오려고 나오는데 별달이가 수목원 입구미로원에 들렀다 가자고 했다. 손자 민서 내 등에 업고 뺑글뺑글 요술 숲속 길 걸었는데 아무리 걸어도 걸어도 끝이 나오지 않았다. 한없이 요술 숲속 길을 걷다 처음 들어갔던 입구가 나와 되돌아 나왔으니 망정이지 계속 뺑글뺑글 돌아도 끝이 나오질 않는데 정원사 기술로 꾸며놓은 요술 숲속 길이 묘했다. 정말 요술 길 같아서 내가 그냥 요술 길이라고 하고 싶기에 '요술 길'이라고 정했다.

풍경이 아름답고 드넓은 수목원에서 맑은 공기 마시며 그늘에 앉아 쉬기도 했었다. 우리 귀여운 손자 민서는 큰사위가 꺾어다준 이쁜 꽃 한 송이를 받아 들고 무척 좋아했다. 서너 살 되어 보이는 꼬맹이 여자아이가 저만치 서 있는 걸 본 민서가 가까이 다가가더니 들고 있던 꽃 한 송이를 건네주고는 생글생글 웃으며 내 품에 안긴다. 또, 제 또래 아이들을 보더니 가서 손잡고 악수하고 갈 때는 빠이빠이 손을 흔들어주었다. 오늘은 종일 유난히 "할머니, 할머니" 하며 나를 따르고 내 품에서 떠나질 않고 계속 따라다니는 민서가 어찌나 귀엽고 예쁘던지.

수목원에서 출발해 우리 집에 와서 강아지 흰둥이에게 사료와 물을 듬뿍 주었다. 다시 대문 밖을 나서니 화분에서 핀 영산홍이 어찌나 빛깔이 곱고 예쁘게 피었는지 그냥 집에 있고 싶었지만 내 차가 개나리아파트 주차장에 있는 데다 민서를 떼놓을 수 없었다. 밤에 내가 데리고 자려고 큰사위 차 타고 넷째 딸 별달이네로 다시 나갔다.

민서는 별달이가 아무리 예뻐해도 뽀뽀도 하지 않고 품에 안기지도 않았다. 별달이가 우스갯말로 "괜히 고기 먹이고, 김도 그냥 사다 먹일 걸 괜히 집에서 기름 발라 구워 먹였나 봐" 하면서 한참을 웃었다.

아무튼 오늘 우리 손자 민서는 진수성찬에 동태 살 발라 잘 먹었다. 집에서 구운 김에 싸서 밥을 맛나게 배부르게 먹고 가족들의 사랑 속에서 행복한 하루 잘 보냈다. 내가 보기에도 우리 이쁜 손자 민서를 사랑하는 가족들과 즐겁고 행복한 하루였다고 생각한다. 귀여운 민서야, 진짜 진짜 사랑한다 할머니가~♡

　　　　　　　2008년 4월 19일 맑음 밤 10시 3분 천사은심

고삼 저수지 드라이브

지난 수요일 저녁 식사하고 심심하기에 시내에 사는 넷째 딸 별달이네로 밤마실을 나갔다. 하룻밤만 자고 오려고 했더니 딸들하고 어찌어찌 놀다 보니 나흘 밤을 자고 오게 되었다. 불편하긴 해도 자식들과 어울리는 재미도 있었지만 생각잖게 역사에 없는 밤마실 나들이 나갔었다. 암튼 운전면허 취득하고 보니 이래저래 편리해서 좋은 줄 이제야 알았고 마실 행복 충만한 시간이었다. 둘째 딸 오뚝아, 네 효심 덕분에 엄마는 너무 행복해서 고맙고 또 고맙고 감사하구나.

별달이는 주방에서 아침 식사 준비하느라 정신없고 큰딸 왕초는 새벽부터 부지런 떨었는지 집에서 잡채 잔뜩 만들어 일찌감치 와서 얼마나 맛있게 먹었는지 모른다. 아침 식사 끝나고 넷째 사위랑 넷째 딸은 교회 간다고 성경책 들고 내외가 손잡고 나란히 밖으로 나갔다. 조용하고 심심하기에 인터넷 가족 카페 검색하고 '울엄마 일기방' 노크했더니 아들 훈이와 둘째 딸, 옥경 공주 셋째 기쁨조가 이쁜 글솜씨로 내가 쓴 글에 고운 댓글 달고 나갔다.

어제 수목원에 다녀와서 쓴 글에 어울리게 예쁘고 귀여운 손자 민서 사진 올리고 앙증맞게 태그로 잘 꾸몄다. 인터넷 화면에 반짝반짝 화려한 꽃별이 수없이 쏟아져 내리고 반짝반짝 예쁜 눈꽃이 꽃보라 흩날린다. 경쾌한 음악까지 깔아 즐겁고 재미나서 자꾸만 컴퓨터와 씨름하고 싶어졌다. 셋째 딸 기쁨조가 태그로 예쁘게 꾸민 나의 글방 검색하고 웹서핑하느라 시간 가는 줄 몰랐다. 기쁨조 공주야, 엄마 일기방 너무 예쁘게 잘 꾸며서 기쁜데 네가 너무 수고 많았구나. 진심으로 고맙고 네가 컴퓨터 다루는 기술이 신기하고 기뻐서 이 오마니는 무지 행복하고 즐겁구나.

둘째 딸 오뚜기 거꾸로 읽으면 기뚜오야 셋째 딸 기쁨조 야주공아 오후에 엄마가 운전하고 큰딸 왕초, 별달이, 귀엽고 예쁜 손자 민서와 준하 내 차에 태우고 소풍 나들이 드라이브 나갔다. 그리고 내비게이션 대신 큰사위 조수석에 태우고 엄마가 자가 운전하고 고삼 저수지 갔다 왔다. 드라이브 나갔다가 들꽃이 너무나 하얘서 이쁜 조팝나무도 캐고 씀바귀도 무지 많이 캐 왔단다. 소박하고 하얗게 무리 지어 핀 조팝나무꽃이 너무 예쁘더라. 얼마나 예쁘던지 자연을 훼손하면 안 되는 줄 너무나 잘 알고 있지만 못 참고 캐 왔으니 그 죄가 얼마나 클지 모르겠구나. 꽃을 너무너무 사랑해서 곁에 두고 오래오래 보고 싶어서 한 짓이니 하늘님께서도 엄마를 용서하실 거야. 안 그러냐? 두 딸들아? 너희들 마음은 어떤지 말 좀 해보렴. 둘째 딸 기뚜오, 셋째 딸 기쁨조야 글쎄 큰딸 왕초가 제 차 아니라고 초보 운전하는 엄마를 이리저리 가보라고 내몰았다. 꼬불꼬불 비포장 산골길, 도로 좁은 길로 내몰더니 비 내린 비포장 산골길 무지막지하게 험악한 길을 운전하라고 엄마를 내몰았는데 나도 모르게 "아이고 하나님, 내 차 다 망가지겠네. 좋은 길 놔두고 이게 뭔 짓이야?" 했단다. 왕초는 저도 미안한지 숨을 죽이고 작은 모깃소리만 하게 들릴락 말락 "엄마도 이런 길 다녀봐야 해" 하더라. 왕초가 아마 제 차 같았어 봐라. 입장이 바뀌었으면 그런 말 했겠니? ㅎㅎ 그렇지? 아들 훈아? 둘째, 셋째, 넷째 막내야, 양심대로 한번 말해봐, 안 그러냐? 왕초도 진짜 웃기지? ㅎㅎㅎ 내가 하는 말 다 듣고 왕초

저도 웃긴가 보더라구. 근데 아들 훈이가 알면 기절초풍할 일인데 고백할까 말까? 애들아 언젠가 아들 훈이가 우스갯말인지 진담인지 엄마한테 이렇게 말한 적 있다. 훈이가 엄마에게 뭐라고 말한 줄 아냐? 우리 민서는 3년 더 있다 할머니 차 타야 된다고…. 그런데 어제 내 차에 귀여운 우리 손자 민서 태우고 사방팔방 돌아다녔는데 훈이가 알면 기절초풍한다. 애들아, 끝까지 비밀이야 알겠지? 딸들아 꼭 비밀 지키기 바란다. 그렇지만 내가 얼마나 신경 쓰고 조심조심 운전했는지 아니? 도로 상황을 잘 몰라서 그렇지 이젠 안전 운전 잘한다. 그러니 너희들도 안심하고 엄마 차 좀 같이 타보고 운전 실력이 몇 점인지 평가 좀 해줄래?

쉼터에 앉아 별달이랑 씀바귀 다듬고 고삼 저수지 출발해 개나리 아파트 후문에 큰사위, 왕초, 별달이, 우리 손자 민서, 외손자 준하 내려주고 집에 돌아왔단다. 외출복도 못 벗고 흰둥이 똥 치우느라 뜨락 물청소하고 캐온 조팝나무 화단에 심고 안에 들어왔다. 밥 생각은 없지만 김치 송송 썰어넣고 국수 한 줌 삶아 저녁 식사하고 있는데 별달이는 민서 목욕시켰다고 띠리링 전화해서 한참 통화하다 끊었다. 민서가 기분 좋은지 노래 부르는 소리가 전화선을 타고 들리기에 "우리 귀여운 민서 노래 부르는 소리 들리네?" 했더니 전화 바꿔주기에 손자 민서랑 한참 통화하다 끊었다. 샤워하고 세탁기에 빨래 돌리고 헹굼에서 일시 정지 센서에 맞춰놓고 밤 11시쯤 잠자리에 들었다. 어찌나 잠자리가 편안하고 좋은지 앞으로 자식들네 집에서 외박하지 않아야겠다는 생각이 들었다. 똥간 같아도 내 집이 제일 편하다는 옛 속담이 그래서 생긴 모양이다. 차 운전도 그만하면 주행은 자신 있지만 차 타고 외출은 삼가하고 교통법규 열심히 공부해서 안전 운행 잘해야겠다.

2008년 4월 20일 맑음 천사은심

봄은 사계절의 시작

봄은 사계절의 시작이다. 남촌에서 봄소식이 전해오면 봄의 전령 매화, 연분홍 벚꽃 삼백리 터널에서 꽃물결 일렁인다. 가로수 벚꽃이 흐드러지게 활짝 벙글어 만발하면 사방 천지 벚꽃 잔치 시작, 봄의 향연이 열린다. 살랑이는 봄바람 미풍에 나비처럼 나폴나폴 흩날리는 연분홍 벚꽃잎이 살포시 날아앉아 길을 지우고 화사한 꽃길이 된다.

봄에 내리는 눈꽃처럼 바람에 나폴나폴 날아앉아 꽃잎 융단 깔아 놓은 그 꽃길을 거니는 상춘객들의 발걸음에 이지러지는 연약한 꽃잎 생각하니 마음이 싸하다. 화려한 빛깔 연산홍, 그윽한 라일락 향기, 빨강 명자꽃을 보는 눈이 호강하고 마음 황홀하다.

요즘 눈만 돌리면 알록달록 예쁜 꽃들이 천지에 수놓은 봄의 향연에 소풍 나들이 안 나가도 아름답게 봄을 치장한 멋진 풍경을 볼 수 있어 여행하는 기분이다. 손수 운전해 드라이브 나가보면 현대인들의 복잡한 머리를 쉴 수 있고 스트레스를 해소시켜줄 봄 풍경이 화판에 그려진 한 폭 수채화처럼 운치 있다.

세상에 태어나면 길어봐야 팔구십, 한 백 년도 못사는 짧은 우리 인생에서 즐거운 행복 보람찬 인생 여정을 살아야 할 의무는 누구에게나 주어져 있다. 큰 강물에 수심 깊은 곳이 있으면 얕은 곳도 있듯이, 우리의 인생에서 오르막길 있으면 내리막길도 분명 있기에 우리네 삶은 고달프지만 살아볼 만한 의미가 있다. 험난한 인생 가시밭길 걷다 보면 어떤 날은 꽃길도 걷겠지. 지금 무거운 짐 지고 힘겹게 살아가는 이 세상 모든 이들아, 힘들고 지칠지라도 참고 견디면서 열심히 사노라면 쥐구멍에 쨍하고 볕들 날 오겠지. 마음 놓고 함박웃음 크게 웃으며 행복할 그날이 멀지 않아서 꼭 찾아오리라.

그래서 인생은 새옹지마라는 말도 있지 않은가? 봄이 사계절의 시작인 것처럼 인생의 가시밭길은 미래의 행복을 예약하는 과정일 뿐이라고 믿어 의심치 않는다. 사랑하는 우리 육 남매 자식들은 고달픈 세상 인생 삶을 원망하지 마라. 굳건한 용기와 슬기로운 지혜로 미래의 희망찬 행복을 꿈꾸며 어렵고 힘든 일 있어도 인내로 참고 꾸준히 노력하고 함박웃음 웃을 그날을 만나라. 머지않아 사랑하는 가족들이 행복한 함박웃음 속에서 화려한 인생 꽃길을 걸으며 힘차게 살아갈 그날이 분명 찾아오리라 믿는다. 미래의 희망과 꿈을 안고 열심히 성실하게 노력하는 것만이 인생 여정 가시밭길에서 다치지 않고 잘 헤쳐나갈 수 있는 지름길이다.

어느 날 소리 없이 조용조용 살며시 육 남매 가족들의 가정에 축복과 행운이 찾아오는 그날 아름다운 인생 여정 꽃길에서 우리 다 함께 함박웃음 활짝 웃으며 만나자. 화려한 봄 소풍 나들이 갈 수 있는 풍요로운 여유로움이 우리 곁으로 한발 한발 가까이 다가오고 있다고 그렇게 나는 꼭 믿고 싶고 믿고 있다. 벌써 며칠 안 남은 4월 하순 끝자락이 지나면 계절의 여왕 5월이 소리 없이 찾아오듯 사랑하는 우리 육 남매 자식들의 가족에게 모든 행운과 축복이 조용히 살포시 찾아오리라 나는 꼬옥 꼬옥 믿는다.

육 남매 자식들의 가정에 건강과 행복이 늘 함께 충만하고 아름다운 행운이 가득한 평화로운 함박웃음 활짝 웃으며 사는 모습을 꼭꼭 보고 싶구나. 내일의 미래를 위하여 열심히 노력하고 우리 모두 건강하게 살자.

2008년 4월 23일 오전 7시 40분 천사은심

돈은 목숨같이

두 손을 불끈 쥐고 인내심 있으면 못 할 일 없다는 굳은 믿음 하나로 예약 없고 약속 없는 미래를 위한 고달프고 굴곡진 가시밭길 인생 뒤돌아볼 새 없이 열심히 달려온 나의 삶이다. 무엇이 그리도 얼마나 급해 힘든 삶의 무게를 피부로 느끼며 무거운 짐 등에 업고 달려온 인생길 이제야 돌아보니 너무나도 까마득히 멀리 달려온 멀고 머언 먼 긴 세월이다.

그 세월의 흔적이 거울 속에 비친 내 얼굴 물결 같은 주름살이 힘든 삶을 말해주듯 보인다. 고왔던 내 청춘 다 어데로 가버리고 발 없는 세월은 벌써 말없이 저만큼 흘러가고 말았다. 봄꽃처럼 고왔던 나의 젊은 청춘 시절은 세월과 바람에 다 날려보내고 이제 와서 허무한 인생 어디에서 찾을 수 있으며 이 서글픈 마음 어찌해야 좋을까?

산천초목은 아무 말 없이 초연한데 흘러가는 뜬구름 같고 바람 같은 허무한 인생. 돌아갈 길 없이 너무나 멀리 달려온 지난날들이 모두가 꿈만 같은 이것이 바로 인생이던가. 인고의 세월 속절없이 보내고 숨 가쁘게 달려온 황혼 인생길 하찮은 풀 한 포기도 귀하게 여겨지고 화초처럼 보이는 시점에서 허무한 세월 그 누가 잡을 수도, 막을 수도 없다.

보석도 깎고 다듬어야 빛이 나듯이 인생 삶의 여정도 보석과 마찬가지다. 열심히 노력한 땀방울의 대가로 모은 재물과 부는 진리와 가치가 있는 행복의 근원이다.

이 세상 젊은이들이여, '잔인하고 뜻대로 안 되는 것이 인생'이라고 말해주고 싶은 안타까운 심정이다. 젊은 청춘 고생은 금을 주고 사서 하라는 명언이 있다. 젊은 청춘 철없던 시절엔 그 명언에 담긴 뜻의 진리를 모르고 살았지만 파도와 같은 인생 질곡의 삶을 살면서 깨달은 명언의 진리는 인생의 밑거름이 될 명언 중의 명언이다. 고생을 해본 사람만이 인생의 참맛을 알 수 있고 삶의 소중함이 무엇인지 피부로 깨닫게 될 것이다. 삶의 무게를 등에 짊어지고 고생해 열심히 벌어들인 돈을 함부로 쓰지 않고 한 푼 두 푼 모은 돈이 가치도 있고 돈에 대한 소중함을 알기에 헛되이 쓰지 말아야 한다. 그래야 노후에 고생하지 않는다.

사람에게는 일평생 행운이 세 번은 온다고 했다. 소중한 기회가 올 때마다 부지런과 성실로 열심히 뛰고 달려 노후에는 고생과 작별하고 편안한 삶이어야 한다.

날개가 없어도 한 자리에 오래 머물지 못하고 소리 없이 다른 곳으로 날아가기 쉬운 것이 바로 누구나 다 좋아하는 돈이기에 열심히 저축해야 한다. 여간 지독을 떨지 않으면 한 사람 주머니 속에서 얌전하게 오래오래 머물지 못하고 다른 사람 주머니 속으로 들어가는 것이 개도 안 먹는 돈이란 놈이다.

내가 우리 육 남매 자식을 모두 품 안에 끼고 살던 시절엔 지독하다 못해 나를 두고 말하는 자식들 표현이 있다. '우리 엄마는 구두쇠'라느니 '스크루지 할아버지' 같다느니 별의별 별명을 다 붙여주며 웃었다. 그렇지만 내가 그렇게 지독하게 살지 않았다면 지금 나는 황혼길 귀로에서 어떤 모습으로 살고 있을까?

가끔 지나온 내 삶을 아스라이 떠올려볼 때마다 순간순간 힘든 질곡의 삶을 건너온 기억들이 선명하게 떠오른다. 우리 육 남매 자식들도 내 품 안에 들어온 돈은 목숨같이 소중하고 귀하게 여기고 아끼고 아끼면서 열심히 충실한 삶을 살려고 불철주야 노력해야 한다. 계획 없고 목표 없는 인생을 살지 말고 돈도 헤프게 쓰지 말며 계산적이고 계획적인 생활을 해야 한다. 이렇게 열심히 살다 나의 인생 삶의 여정 소풍 길 끝나기 전에 육 남매가 한 치도 기우는 자식 없이 행복하고 풍족하게 복된 삶을 살아가는 모습을 보고 싶다. 그래야만 저세상에서 우리 그이를 만났을 때 할 수 있는 좋은 말들이 많을 텐데…. 육 남매 자식들은 모두 행복하게 잘 살고 있으니 당신도 아무 걱정 말고 편히 쉬라고…. 바람 앞에 촛불 같은 나의 인생이 앞으로 얼마나 더 사랑하는 자식들과 호호호 함박웃음 웃으며 함께할 수 있을지는 아무도 모르지만 하늘님만은 알고 계시겠지? 아무도 알 수 없는 이 비밀을.

2008년 4월 23일 천사은심

미안하고 고마운 둘째 사위

둘째 사위 박 서방.

그동안 몸 건강하고 우리 둘째 딸 오뚜기와 이쁜 손자 손녀 성준이 지송이, 네 가족들과 웃음꽃 피우며 행복하게 잘 지내고 있으리라 믿네. 며칠째 머리가 좀 아파 병원에 갔다가 차 라디오가 고장인 것 같아 카 오디오 센터에 가서 고치는데 넷째가 시간이 걸릴 것 같다면서 농협에 다녀온다기에 내 통장을 내어주었지. 몇 달 동안 카드 사용만 했기에 잔액이 얼마나 되는지 통장 정리 좀 해 오라고 보냈다네.

집에 와서 돋보기 쓰고 통장을 열고 들여다보았더니 둘째 사위 자네가 내 통장에 112만 원이나 입금해서 깜짝 놀랐다네. 둘째한테 알아봤더니 사위 자네가 보험료 내준 거라고 말하더군. 차 살 때 둘째가 전화로 하는 말이 "엄마, 성준이 아빠가 운전면허 따고 차 산 기념으로 보험료 내드린다면서 보험 가입할 때 성준이 아빠한테 전화하고 가입하래" 했는데 내가 사양하며 "보험료를 왜 사위한테 부담시키니? 내가 알아서 가입할 테니 걱정 말라" 했지. 자식들 힘들게 하고 빚지고 싶지 않다고 말했는데 둘째 사위 자네가 이렇게까지 신경 써주고 보험료까지 고맙지만 자네한테 너무 큰 빚을 지는 것 같고 미안하고 마음이 무겁네. 분수에 맞지 않게 다 늙어 면허 따서 사위한테까지 신경 쓰게 하고 부담주는 것 같아 정말 미안하고 염치가 없어 전화로 고맙다는 표현도 못 하고 메시지로 가족 카페에 글 올리네.

사위 자네가 내 마음 이해하고 영원토록 효심 변치 말고 온 가족이 모두 영원토록 몸 건강하고 평생토록 웃음꽃 떠날 날 없이 영원히 영원히 행복하게 잘 살길 바라네. 마음으로 항상 기도할게.

2008년 5월 1일 평택에서 장모가

민서 고사리손으로 만든 카네이션

어버이날이라고 아들 인훈이가 10시 조금 넘어 짬 내서 왔다. 인훈이는 생화는 낭비라고 생각했는지 선인장 화분을 사 왔다. 아무리 화초를 좋아해도 나는 자식들이 돈 들여 사 오면 좋아하지 않았다. 그런데 아들 인훈이는 한술 더 떠서 비싼 선인장을 사 왔다. 예쁘고 보기 좋았지만 주머니 경제가 달랑달랑할 텐데 호주머니 털어 사 왔을 생각 하니 마음 짠했다. 손자 민서는 어린이집에서 고사리손으로 만든 카네이션을 우리 그이와 내 가슴에 달아주었다. "엄마, 아버지 산소에나 다녀옵시다." "아들아, 근무 시간에 짬 내서 왔을 텐데 아버지 산소는 퇴근길에나 들러 가거라. 손자 민서가 만든 꽃이니 아버지 산소 앞에 놓아드리고." 우리 귀여운 손자 민서가 고사리손으로 만든 꽃을 아들 인훈이 손에 들려 보냈다.

인훈이를 보내고 전화벨 울려 받았더니 셋째 딸 기쁨조가 "엄마, 인훈이 선인장 사서 엄마네 갔지?" 나는 깜짝 놀라 "어머나 기쁨조, 네가 그걸 어떻게 알았어?" "호호호, 인훈이가 엄마 선인장 샀다고 글방에 올려서 알았지" 하기에 엄마도 아버지 1주기 맞아 추모글 썼다며 읽어주었다.

잠시 후 큰딸 왕초가 자전거 타고 오더니 넷째 딸, 외손자 준하, 막내딸, 외손녀 혜연이가 전화도 없이 갑자기 왔다. 점심밥 안쳐놓고 몸이 시원찮아 그냥 앉아 있는 동안 밥이 다 되었기에 딸들에게 엄마는 몸이 시원찮으니 차려서 점심 먹으라고 했더니 금세 있는 반찬 꺼내 상 차려 내왔다. 딸들이랑 가족이 거실 식탁에서 점심 식사하고 설거지하니 오후 2시 조금 넘었다. "엄마, 집에만 있으면 몸이 더 아프니 별달이네 갑시다." 가방 챙겨 들고 막내딸 차 타고 별달이네로 출발했다. 시원찮은 몸으로 가느라 내 애마 붕붕이 집에 두고 가는 기분이 이상하고 왠지 내 발이 묶인 기분이다.

2008년 5월 8일 오후 3시 10분 천사은심

육 남매 어린 시절 추억

별달이네 집에 마실 나갔다가 귀엽고 예쁜 우리 손자 똥강아지 민서와 하룻밤 자고 왔다. 별달이가 민서를 어찌나 예뻐하는지 뽀뽀하려 들면 민서는 귀찮아 짜증을 부린다. "별달아, 애를 그렇게 성가시게 예뻐하지만 말고 제발 민서 귀찮게 좀 하지 마라." "민서야, 할머니한테 이리 오렴." 얼른 내 품에 안기는 민서를 안고 있으니 넷째 별달이가 질투하는 어조로 "우리 엄마는 민서 똥강이지 너무 이뻐한다. 엄마, 너무 과잉보호유. 민서한테 그렇게 하면 안 돼유, 엄마." 질투하는 것처럼 보이게 말했다.

민서 춥겠다며 외손자 준하가 입던 긴 옷을 입히면서 "아이고, 날씨도 이렇게 추운데 아들아, 너는 긴팔 입으면서 어린 민서는 이렇게 춥게 반팔 옷을 입혔니? 이놈 짜식 퇴근해 오기만 해 봐라." 듣고 있던 별달이 "아이구, 아들보다 손자가 더 귀엽다고 하더니 민서 너희 아빠 퇴근하면 할머니한테 돼지게 혼나겠다." 별달이 하는 말에 육 남매 어린 시절 추억담을 말했다.

듣고 있던 별달이는 뜬금없이 "엄마 둘째 언니 별명 기뚜오가 엄청 웃겨유. 셋째 언니는 기쁨조 야주공, 큰언니는 왕초. 나는 별달이, 인훈이는 별명이 뭐유?" 묻기에 "아들은 인훈이지 뭐야" 했더니 "그럼 정화는?" "아이구, 나도 몰라. 쿠키 지지배는 날씨 추우면 추운 방인가? 더운 방인가? 왜 춥다고 춤방 춤방 추운 방 더운 방이라네 하고 노래처럼 부르고 했잖아" 하자 별달이는 "아니야. 엄마 쿠키 걔는 추워도 반팔 입으려고 했어. 기쁨조 언니는 맨날 짜들고 큰

언니랑 둘째 언니는 맨날 서로 설거지 안 하려고 네가 할 차례니 내가 할 차례니 머리끄댕이 잡고 싸우고 둘째 언니는 맨날 도시락 싸가면 이튿날 아침에 꺼내놨잖우. 엄마는 바쁜데 심부름 안 하고 교회만 간다고 엄마는 성경책 태우고 나는 방위성금 달라고 말했더니 150원인데 엄마가 안 줬잖우" 했다. "네가 혼날 짓 한 날인가 보네. 많지도 않은 돈 150원을 왜 안 줬겠니?" "아니야, 그냥 엄마가 안 줬어." "그래서 너도 자식 키워보니 이제는 엄마 심정 잘 알겠지?" "너는 도시락 하나 싸는 것만도 귀찮고 힘든데 엄마는 여덟 식구 살림에 육 남매 다 학교 다니고 도시락 하루 3~4개씩 매일 쌌으니 얼마나 힘들었을지 너 생각 좀 해봐라. 하루종일 책가방 속에 두었다 이튿날 아침 도시락 쌀 때마다 빼빼 말라비틀어진 도시락 꺼내놓으니 너 같으면 어떻게 했겠니? 그것도 도시락 없다고 찾고 너 또 여태 빈 도시락도 안 꺼내놨냐고 물어보면 기뚜오는 그제서야 말라비틀어진 빈 도시락 꺼내 놓는데 네가 엄마라면 너는 어떻게 했겠냐고." 별달이는 그 시절 이 엄마 심정 어느 정도 이해하겠는지 "그려유, 엄마 짜증나지유 뭐" 했다. 그때는 몰랐어도 딸자식들이 결혼해서 자식 낳고 키워보니 여덟 식구 대가족 살림 힘든 줄 알겠지? 어린 자식 한번 업어주고 봐줄 사람도 없이 혼자 치다꺼리하고 농사 뒷바라지하며 살아온 이 어미의 지난 시절 고충이 조금이나마 피부로 느껴지고 이해되는 모양이다. 내가 육 남매 자식들 철없던 시절을 말할 때마다 별달이는 "그려유, 그려유" 하며 내가 무슨 말을 해도 이해하고 동감하는 눈치였다.

그 시절엔 먹고사는 것보다 어린 육 남매 자식들 뒤치다꺼리가 더 고되고 힘들었지만 뒤돌아보면 젊은 청춘 살아가던 그때가 좋은 시절이 아니었나 싶다. 이제는 아무리 그리운 시절이라도 다시 되돌 아갈 수 없으니 쌓인 연륜과 지혜로 현실의 삶을 가꾸며 살아갈 수 밖에 없다.

2008년 5월 11일 오전 8시 5분 천사은심

쑥 모기향 불

얼마 전만 해도 농촌 들녘에서 한창 모내기 작업하느라 난리 북새통이더니 어느새 모내기도 거의 다 끝났다. 앞으로 제초제 뿌리는 일손이 바빠지면 분주한 농심의 주름진 얼굴에 구슬 같은 땀방울이 주르르 흐르겠지. 유월이 돌아오면 몰려오는 먹구름 홍수가 햇님 달님을 어둠 속에 감추고 반갑잖은 유월의 긴 장마는 또 찾아오겠지? 장대비 쏟아지는 장마철에 드넓은 들녘의 논배미마다 허연 물이 철렁하게 차고 넘치면 멀리서도 물결이 바다처럼 보인다. 허연 물빛이 바다를 연상케 하는 농번기가 돌아오면 그때부터 농부들은 땀방울 흘리며 동분서주다. 고달픈 농심은 농번기에 고생한 노고의 대가가 돌아오지 않을 때마다 회의를 느끼고 실망이 커서 울상이 된다. 그래도 어찌 보면 농촌 전원생활은 자연과 더불어 살 수 있는 낭만과 행복이 함께 느껴질 때가 더러 있다. 장마 통의 개구리와 맹꽁이는 논배미에서 개골개골 맹꽁맹꽁 합주곡을 연주하며 농촌 짧은 단열밤을 꼬박 지새운다. 개구리 울음소리에 고단한 농부의 귓전에 자장가처럼 들려오고 사르르 눈을 감고 누워 있으면 단열밤 개구리 맹꽁이 울음소리에 동심 어린 옛 시절의 향수가 그리울 때는 아련히 고향 생각이 떠오르게 마련이다. 언제 기회 있으면 어릴 때 자라던 그리운 고향에 한번 찾아가보고 싶은 생각이 간절한 마음이 들지만 쉽지가 않다. 지금쯤 고향에 찾아가본다고 해도 50여 년 전 한마을에 살고 정겹던 사람은 단 한 사람도 없을 것 같다.

보름달이 휘영청 달 밝은 밤에 반짝이는 별꽃 무리가 무수히 총총히 떠서 밤하늘 수놓은 고향 하늘이 그리운 마음이다. 별빛이 빛나는 밤하늘의 북두칠성 반짝이는 별을 하나둘 헤어보며 옛 시절의 추억이 그리워 더듬더듬 기억을 떠올려본다. 한여름 밤 바깥마당에 멍석을 깔아놓고 모기향 차원에서 마른 쑥으로 모기향 불 피우는 고향 산촌이 참 그립다. 모깃불 연기에 눈이 매우면 손으로 비비고 부채질 바람에 날리는 모깃불 연기로 모기를 쫓던 그 옛 시절 지금은 어데 갔나. 달밤에 찐 감자 찐 옥수수 내다놓고 간식을 먹으며 어른들이 모여 앉아 이야기꽃을 피우면 밤이 깊어가는 줄도 몰랐다. 할머니 무릎 위에 쓰러져 잠이 들 때도 있었고 할머니 졸라서 무서운 귀신 이야기 해달라고 떼쓰던 어린 시절도 있었다. "옛날이야기 좋아하면 가난하게 산단다" 말씀하시던 할머니가 옛날이야기 안 해주시면 꼭 안마를 해드리곤 했었다. 어느 땐 등을 긁어드리겠다 온갖 약속 다 하면 그제서야 옛이야기 들려주시던 할머니 옛날 귀신 이야기에 등이 오싹했다. 옛날에는 무서운 도깨비 귀신 이야기가 왜 그리 많았는지 무서워하면서도 왜 그렇게 옛날이야기 듣기 좋아했는지 모른다. 어스름한 한밤중에 귀신 이야기 듣고 무서우면 오싹하는 몸에 소름이 돋고 바스락 소리만 들려와도 심장이 콩알만해진다.

등이 오싹하면 무섭다고 소리 지르며 할머니 품 안에 와락 달려들어 껴안고 무서움 달래던 시절이 엊그제만 같은데 옛날이다. 어느새 반세기 훌쩍 넘게 세월이 흐른 지금도 장마 통 개구리 울음소리 들리면 옛날 동심의 추억이 떠오르고 그립다.

감성이 예민한 탓일까? 여름이 지나고 찬바람이 나기 시작하는 초가을 밤 풀숲에서 서정으로 들리는 풀벌레 소리 좋아한다. 귀뚜라미 울음소리 들을 때마다 어릴 적의 아련한 추억이 주마등처럼 스치면 그 시절 그리움에 밤잠을 설칠 때도 있다. 몸은 세월 따라가지만 강물 같은 세월 거스르고 살고픈지 옛날의 감성이 그대로 남아 마음만 젊음이 아직도 변함이 없다. 세월이 무섭게 흐른 만큼 그리운 추억과 기다림만 자꾸만 생기는데 강물 같은 세월은 아는지 모르는지 뒤돌아보지도 않네.

2008년 5월 30일 천사은심

죄와 벌

하늘에 구멍이 뚫렸는지 금년 봄엔 봄비 유월에 초여름 비가 유난히 자주 내리고 비바람이 강하게 분다. 온종일 장대 같은 소낙비 쏟아지는 하늘에서 우르르 쾅쾅 천둥 번개 번쩍번쩍 심란한 나날의 연속이다. 세상에 태어나 인생 살면서 숙명적인 것만 빼고 그리 큰 죄 지은 기억은 없는 것 같은데 모르겠다. 천둥 번개 치는 소리에 인생 사는 동안 지은 죄가 있는지 없는지 지금까지 살아온 세월의 뒤안길 뒤돌아보게 한다. 천둥 번갯불이 번쩍번쩍 요란하게 천지를 뒤흔드는 날 정서 불안해하고 심란하다. 그렇지만 이렇게 덩그러니 혼자인데 조금도 무섭다는 생각이 안 드는 것은 무슨 연유이고 무슨 까닭일까?

주님이 나를 불쌍히 여기시고 지금까지 살면서 지은 죄 모두 다 사하시고 긍휼히 여기시는 은혜일까? 너무 감사한 마음이 드는 순간 그래, 하긴 솔직한 양심으로 말해서 넉넉지 못해서 불우 이웃을 돕지 못했다. 그리고 자식들에게 큰 버팀목이 되어주지 못한 것이 죄라면 죄일까 남에게 피해 주는 일은 절대로 없었다. 나의 죄를 모르고 나는 이렇게 생각하지만 그래도 하늘에서 주님이 나를 내려다보시기에 내가 그동안 살아오면서 지은 죄가 있다면 얼마나 큰 죄인으로 보실까. 남에게 좋은 일 많이 하고 사는 사람은 사후에 하늘 천국 티켓이 부여되겠지만 글쎄 지옥으로 떨어질까.

경제가 달랑달랑해서 어려운 삶의 찌든 고달픔에 힘겹고 지친 사람 중에 한없이 좋은 일 하고 싶은 마음은 있지만 넉넉하지 못한 생활에 베풀지 못한 사람은 사후에 어찌 될까. 지옥 불 속 아니면 펄펄 끓는 기름 가마솥에 풍덩? 아휴, 생각만 해도 너무 아찔하고 끔찍하다.

이제 생각할 시간 그리 많지 않은 시점에서 세상 살아가며 앞으로 어떻게 좋은 일 많이 하며 살 수 있을까? 더러 어쩌다 가끔 한 번씩 생각에 잠길 때는 하늘님께서 나에게 살아가는 동안 죄짓지 말게 해주시면 얼마나 좋을까.

좋은 일 많이 할 수 있게 자신보다 힘들고 어렵게 사는 이웃들에게 은혜 베풀며 돕고 살 수 있는 능력을 주시면 좋겠다. 아낌없이 베풀며 살다 어느 날 홀연히 떠나고 싶지만 생각과 마음뿐이지 현실은 너무나 냉혹하고 냉정하다. 늘 좋은 일 많이 해야겠다고 생각하는 마음뿐인 나는 어찌하면 좋을까. 큰 부자는 하늘이 낸다고 하는데 쉬운 일 아니다. 삶이 어려운 서민은 나중에 죽어서 벌을 받더라도 그것이 운명이라면 어쩔 수 없는 노릇이 아닐까? 타고난 모든 운명을 받아들일 수밖에 없는 현실에서 그나마 더 이상 죄짓지 않고 정직한 마음으로 살아보고 싶다.

나의 운명님이 내게 이건 이렇게 해라 저건 저렇게 해라 시키시는 분부대로, 하자는 대로 따르며 능력껏 열심을 발휘해서 살아갈 것을 하늘 우러러 맹세 또 맹세 굳은 맹세 다짐을 해본다.

2008년 6월 2일 오후 1시 35분 천사은심

늘 고마운 큰사위

어제는 일기예보에 비 소식 있고 먹구름 가득 밀려오더니 무섭게 천둥 번개 요란하게 치고 장대 같은 소낙비가 사정없이 쏟아져 내렸다. 비 오는 날은 마땅히 할 일도 없기에 종일 글쓰기 작업하며 그럭저럭 시간을 보냈다. 마음 가는 대로 글 세 편 썼는데 그중 한 편을 카페 글방에 올려달라고 넷째 별달이에게 전화로 읽어주고 나니 문득 돈이 웬수구나 싶다. 불현듯 시 한 편 쓰고 싶기에 사행시 한 편 써놓고 책상 위에 볼펜 내려놓는데 마침 별달이가 또 전화했기에 짧은 글이니 글방에 올리라고 읽어주었다.

오후 6시쯤 저녁밥을 새로 지어 먹고 주방을 나오니 벌써 7시, 갑자기 우르릉 쾅쾅 번쩍번쩍 무섭게 천둥 번개 치고 장대 같은 소낙비가 주방 창문을 사정없이 후려 때린다. 거실 소파에 앉아 티브이 시청하는데 갑자기 전화벨 울려 "여보세요?" 했더니 큰사위 "어머니세요?" "으응, 김 서방이 웬일인가?" "천둥 번개 치고 비 오는데 어머니 저희 집에 오셔서 주무시지요. 제가 솔지 데리러 학원에 가야 하는데 어머니 모시러 갈 테니 저희 집에 오셔서 주무세요." 큰사위 효심에 가슴이 뭉클해서 "사위 말은 고맙지만 아닐세. 괜찮네. 나는 아무렇지 않으니 그냥 집에서 지내겠네." 큰사위는 그제야 "네, 그럼 알았습니다" 한다.

'내가 혼자 무섭고 외로울까 봐 큰사위가 집에 와서 주무시라고 전화했구나' 생각하니 가슴이 찡하고 감동이 느껴져 '아아, 이래서 가족이 소중하고 나는 외롭지가 않구나.' 한참 멍하니 빗소리 들으며 생각에 잠겨 있는데 또 전화벨이 울린다. 이번엔 아들 인훈이 "엄마, 어찌 지내시는지 궁금해서 전화했어요." "인훈아, 그렇잖아도 조금 전에 천둥 번개 무섭게 치고 소낙비 오는데 혼자 무서울까봐 큰매형이 엄마 태우러 올 테니 매형네 집에서 자라고 전화 왔었는데 엄마는 괜찮고 잘 지내니 걱정하지 말아라 했다." 그제사 아들 인훈이도 안심이 되는지 귀여운 손자 민서에게 전화 바꿔줘서 한참 통화하다 끊었다. 그렇잖아도 손자 민서가 보고 싶었는데 귀엽고 예쁜 우리 손자 민서랑 통화했더니 더 보고 싶고 자꾸만 눈에 밟혔다.

2008년 6월 3일 오후 12시 40분 천사은심

추억이 그리운 고향

뒷동산 진달래꽃 울타리에 샛노란 개나리 피면
들엔 꾀꼬리, 종달새 지저귀는
아름다운 그리운 내 고향 산천

시냇물 졸졸졸 흐르는 실개천에
휘늘어진 수양버들 가지 연둣빛 새싹 움트면
물안개 피어오른 앞동산 자락
봄 아지랑이 가물가물 피어오르는
한 폭 동양화 그려내는 고향

눈 감으면 아름다운 산촌 풍경 눈앞에 선하고
아롱진 추억의 향수에 젖어드는 고향

봄이 오면 진한 꽃분홍 빛깔 고운 자운영 꽃물결
산촌 들녘을 온통 붉게 꽃물 들이고
곱게 수놓는 고향 그립다.

시원한 강바람에 갈대꽃 나부끼고
물새 날아드는 강경 나룻터에서
배를 타면 강 건너 시장에 간다.

가까운 세도면에 가면
눈깔사탕 얼음과자 사 먹고 마냥 즐겁던 그 시절
엊그제만 같은데 어느새 많은 세월 흘렀다.

지금은 얼마나 많이 변했을까?
홍가골에서 3~4킬로미터 떨어진
세도면 떠오르면 옛날 향수 너무 그립다.

여행 가는 길 강경 기차역 지날 때마다
어린 시절 살았던 홍가골을
멀리서나마 바라보고 싶어 일부러 창가에 앉는다.

가고 올 때마다 강경 기차역 가까워지면
고개 쭉 빼고 고향 마을 보려고 애쓰지만
뿌옇게 안개만 자욱하고 보이지 않는다.

실망과 아쉬움 많고 많아서 서운하고 또 서운해서
강경역 앞 지날 때마다
차에서 내리고 싶은 심정 그 누가 알까?

옛 시절 추억이 주마등처럼 스칠 때마다
더욱더 가고 싶은 고향 마을에서
자주 부르던 동요가 있다.

나의 살던 고향은 꽃피는 산골
복숭아꽃 살구꽃 아기 진달래
울긋불긋 꽃대궐 차린 동네
그 속에서 놀던 때가 그립습니다

어린 시절 이렇게 즐겨 부르던 동요도 있고
비 개인 고향 하늘에 일곱 빛깔 고운 무지개 뜨면
아이는 손뼉 치며 좋아했다.

고개 들어 한없이 높은 하늘 올려다보고 서 있으면
일곱 빛깔 수 놓았던 고운 무지개는
흐려지다 사라져간다.

흩어져 사라지는 무지개 아쉬워하던
아이 마음은 지금도 생생한데
볼 수 없는 일곱 빛깔 고운 무지개 그립다.

요즘엔 아무리 비가 많이 내리다 개어도
옛날에 어쩌다 보던 일곱 빛깔 무지개를
볼 수 없는 건 무슨 까닭일까.

2008년 6월 4일 천사은심

고마운 생명수

사람이나 식물에게 꼭 필요할 때 내리는 비는 생명수
필요하지 않을 때 시도 때도 없이 내리는 비는 궂은비
울 밑에선 봉선화 단비 내리지 않으면
예쁜 꽃 피워낼 수 없겠지.
비는 때로 수마로 할퀴고 지나가면서
지구에 수난을 준다.

그래도 살그락 살그락 단비 내리는 풍경은 낭만적이고
우수에 젖어 센치해진 마음이 추억 속을 걷게 한다.
고운 단비 내리는 거리 청춘 남녀가
우산 속에서 어깨를 감싸 안고 나란히 걷는다.
그런 다정하고 아름다운 뒷모습은 한 점 수채화 같다.

비라는 존재가 없으면 아무것도 할 수 없고
어떤 생명도 살아갈 수 없다.
시절 맞춰 살그락 살그락 단비가 내려주어야만
모든 식물은 자란다.
모든 생명들이 살아갈 수 있도록
비가 내리는 오늘은 얼마나 축복받은 세상인가.

2008년 6월 4일 천사은심

님은 먼 곳에

그토록 사랑하던 님은 갔습니다.
어이해 나만 혼자 남겨두고
머나먼 길을 떠나셨나요.

당신 빈자리 무엇으로 채우리까.
오늘도 슬픔에 눈물지으며
당신을 그려봅니다.

차라리 가실 바엔 마음도 가져가지
그리움만 남긴 채 가버린 당신
미움과 그리움에 힘이 듭니다.

미워하면서도 사랑했던 당신은
무정하고 야속한 사람
밤마다 꿈속에서 그리움 달래주던 당신
먼 곳에서나마 나를 지켜주고
모진 비바람 막아줄 당신을
나는 아직도 잊지 못한답니다.

2008년 6월 7일 천사은심

눈물의 지우개

핑크빛 사랑으로 아름답고 행복했던
지난날들의 그리운 추억이
슬픔으로 다가오는데
가슴속의 눈물은 빗물처럼 흐르네.

운명적인 만남으로 맺어진 너와 나의 인연을
핑크빛 사연으로 꽃을 피우며
행복했던 지난날들의 추억은
꽃 피고 새 우는 따스한 어느 봄날이었지.

원하지 않아도 소리 없이 찾아온 운명의 이별 뒤에
남은 것은 하염없이 흐르는 눈물뿐
그 슬픈 눈물이 아픈 가슴을
사정없이 찌르는 비수 되어 흐른다.

이별 뒤에 하염없이 흘리는 눈물은
유유히 흘러가는 강물처럼 흐르고
슬픔으로 가득 찬 가슴속에 남은 것은
이루지 못한 사랑의 아픔
깊은 상처 되어 아물지 못하네.

못다 한 사랑의 이별 뒤에
찾아온 슬픔이 이토록 아플 줄이야.
소리 없이 두 뺨 위에 흘러내리는 눈물은
이별의 아픔을 달래는 마음속을 적시고
눈물의 지우개 되어 그리움의 추억을
모두 다 지우려 하네.

2008년 6월 9일 천사은심

한 세월이었네

문풍지 떨고 홀로 울며 지새우는 밤
동지섣달 기나긴 밤
몰래 살포시 내린 눈꽃은
은빛으로 눈부시고 잎 떨군 앙상한 나뭇가지
시루떡처럼 소담한 눈꽃이 내렸네.

그리움이 잔잔한 마음속에
꽃 피는 춘삼월이마냥
그리워지고 깊어가는 밤
나의 창문을 흔드는 이는 그 누구일까?
깜짝 놀라 자리에서 일어나 창문 여니
달밤에 나뭇가지 흔들던 바람이었네.

세상 모두 잠든 고요한 밤
지난날 추억 속을 하염없이 걷노라면
꿈같았던 지난 추억이 한 세월이었네.

눈보라 휘몰아치는 동지섣달
문풍지 떨며 우는 소리에
외로운 고독이 살며시 노크하는
이 내 마음도 함께 따라 우네.

외로운 고독이여,
흐르는 세월 따라 어서 멀리 가거라.
저 멀리 아주 저 멀리로
나뭇가지에 내려앉은 소담한 눈꽃이
소리 없이 툭툭 떨어져 내리는 것처럼

소리 없이 흐르는 눈물이
아픈 여인의 마음을 살포시 어루만지듯
하얀 눈꽃이 내 눈물 닦아주고
외로운 여인의 가슴을
눈꽃님이 실크처럼 부드럽게 어루만져 달래주소서.

2008년 6월 9일 천사은심

내게 남은 값진 인생

누구나 세상에 한번 태어나면
자기에게 주어진 운명대로 살 만큼 살다
다시 흙으로 돌아가야만 한다.

한번 떠나가면 다시는 되돌아오지 못할
험난하고 무서운 캄캄한 머나먼 길….

구름에 달 가듯이 흘러가는 세월 앞에
무릎 꿇고 자연의 순리에 순응하고 살지만
질곡 없는 인생에서
언제나 걱정 없는 마음 편안한 삶 속에서
그리움 없는 인생을 살고픈 마음이다.

한 백 년도 못 사는 짧은 인생에서
울고 웃으며 질곡의 세월 보내며 드라마 같은 인생
삶을 힘들고 힘겹게 살아가야만 하는 운명
때로는 원망될 때 있지만 어쩌겠는가.

기왕 타고난 운명을 속이지 못하고 살 바에
내게 버거운 삶의 무게라 할지라도
차라리 긍정으로 살면서 인간 세상 태어날 때

타고난 운명을 받아들일 수밖에 없지 않을까?

누구나 세상에 태어날 때부터 타고난 운명이라면
불행을 발버둥치며 거부하면 할수록
더 가까이 다가오니

그래 이것이 나의 숙명이자 운명이구나
생각하고 묵묵히 이겨내다 보면
언젠가는 소리 없이 아무도 모르게
행복이라는 단어가 서서히
자신에게 더 가까이 다가오지 않을까.

질곡의 세월 고단한 삶의 가시밭길 인생
쉬지 않고 달려온 지금
내게 남은 인생 종착역까지
거리는 얼마나 남았을까.
그 누구도 인생 종착역 거리 모르고 살지만
내게 남은 값진 인생에 대한 간절한 마음이다.

운명님이 언제쯤
나의 소망을 받들어주실지 모르지만
힘들게 살아온 나의 인생을 혹여
가엾게 여겨주시지 않을까.

운명님이 나의 소망을 배려해주신다면
이제라도 내게 값진 인생을 살고 싶다.

내 남은 인생에 등불이 되어주실
나의 인생 멘토 운명님께서
내 꿈이 너무 야무지다 비웃을지 모르지만
멋진 장밋빛 인생을 꿈꾸면서
값진 인생의 소망을 이루고 싶은 마음은
영영 변함이 없으리라.

2008년 6월 21일 천사은심

아련한 추억의 목화솜

목화솜을 떠올리면 지금도 잊히지 않는 아련한 추억이 주마등처럼 스치며 살포시 마음을 노크한다. 내 어릴 적 살았던 시골 농촌 들녘 벌판에 나가면 여기저기 드넓은 목화밭이 참 많았다. 한여름 넓은 들녘엔 우아한 목화꽃이 만발했는데 흰색, 분홍색, 노랑색, 고운 빛깔 겹겹이 탐스럽게 피었다 지고 그 자리에 탱자처럼 동그란 열매가 열려 가을 햇볕에 잘 여물어간다. 불그스름하게 열매가 익으면 하늘 향해 사방 열십자로 쩍쩍 벌어지고 입을 크게 벌린 열매 속에서 하얀 목화솜이 솜사탕처럼 부풀어 오른다. 눈이 부시도록 하얗게 핀 목화솜이 한창 부풀어 오를 때는 목화꽃보다 더 눈부시도록 하얗고 아름답다. 목화는 일 년에 꽃을 두 번이나 피우는 셈이다.

가을이 오기 무섭게 열매가 여물고 익어 탐스럽고 하얗게 부풀어 오른 목화솜이 탄생하면 주인은 가을 햇살 아래에서 정성을 다해 목화솜을 딴다. 그렇게 수확한 목화는 솜틀집에서 틀어 시집가는 큰애기 혼수 이불을 만들기도 하고 시장에 내다 팔기도 했다. 요즘은 눈을 씻고 찾아봐도 목화꽃이 피고 목화솜이 피어나는 농촌 들녘의 풍경을 볼 수 없다. 그렇게 많이 따 먹던 목화꽃을 본 지도 몇십 년이 흘렀지만 까마득한 먼 옛날 목화꽃과 목화솜을 떠올리면 지금 당장 현실처럼 추억하게 한다. 어린 마음에도 목화꽃밭 풍경이 아름답게 느껴지던 추억이 많아 몇십 년 세월이 흘러 강산이 몇 번이나 변한 지금도 목화꽃과 목화솜이 잊히지 않고 아련하게 그립다.

 지금은 초등학교라고 하지만 50~60년 전 시대 그때 그 시절에 옛날 국민학교 다니던 시절 간식거리라고 해야 찐 고구마, 찐 감자, 찐 옥수수, 밀가루 부침개밖에 없었던 시절이었다. 밖에 나가면 친구들이랑 뛰놀다 출출하고 입이 심심하면 까맣게 익은 버찌 열매나 뽕나무 열매 오디를 따먹고 뒷동산에 가서 삘기도 뽑아먹고 산딸기 따 먹으며 놀았다. 버찌나 오디를 먹느라 입술에 온통 새까맣게 물들고 얼굴 여기저기 묻어서 친구들은 서로 얼굴 마주 보고 깔깔대고 숨넘어가게 웃으며 목화밭 옆을 지나다니기도 했다.

 맺은 지 얼마 안 된 연한 목화 열매를 따 먹으려고 아이들은 목화밭 주인에게 들킬세라 숨을 죽이고 살금살금 조심조심 목화밭으로 기어 들어가곤 했다. 겁이 많던 어린아이 가슴이 콩닥콩닥 두근두근 조마조마 얼마나 겁나고 무서웠을까. 갑자기 어디선가 인기척이 들리면 들키고 붙잡힐세라 겁에 질린 아이들은 두 주먹 불끈 쥐고 서로 앞에 가려고 죽을힘을 다해 도망을 치다 서로 다리에 걸려 넘어지기도 했다. 아이는 땅에 주저앉아 쓰리고 아픈 무릎을 들여다보며 호호 불고 약을 바르는 대신 손끝으로 침을 바르곤 했다. 넘어진 아이가 다친 무릎에 난 상처를 호호 불고 있으면 앞서 뛰어가던 아이들이 되돌아와서 "너 많이 다쳤니? 피 나려고 하네. 많이 아프겠다 애." 위로하면 철부지 어린아이는 더 많이 아파하고 엄살 부리기도 했다.

 친구가 어깨 위에 넘어진 아이 팔을 걸고 부축하면 다친 아이는 다리를 절룩이며 친구의 어깨에 의지하고 걸었다. 지금도 눈을 감으면 무궁무진하고 아련한 추억이 주마등처럼 스치며 그때 그 시절

81

이 마냥 그립다.

　요즘 세상은 눈만 돌리면 음식점 간판이고 언제 어디서나 계절과 상관없이 먹고 싶은 요리 실컷 먹을 수 있고 양보다 질적인 맛으로 먹는 세상이지만 옛날엔 너나 할 것 없이 가난해서 힘들고 어렵게 살았다. 그래서 어리고 연한 목화 열매 따 먹기도 했는데 겉껍질 벗기면 익어서 목화솜이 될 하얀 알맹이는 꼭 귤 알맹이처럼 생겼고 조각조각 쪼개어보면 귤처럼 네 쪽으로 나뉘어 속을 꼭꼭 채우고 잘 자라면 여물어서 하얗게 피어오르는 목화솜으로 탄생한다. 엄지손톱만큼 자란 어린 목화 열매껍질 까서 하얀 알맹이를 먹으면 처음에는 달짝지근한 것 같지만 다 먹고 나면 입안이 씁쓸해지고 떫고 써도 아이들은 잘 먹었고 목화밭 옆을 지나가는 사람은 어른이나 아이들이나 그냥 지나쳐 가지 못하고 한두 개라도 꼭 따먹으며 지나가곤 했다.

　요즘 아이들은 목화꽃이 어떻게 피는지 어떻게 생겼는지 목화솜이 무엇인지 모르고 살아도 좋은 옷에 좋은 음식 맛난 요리 골라 먹으며 좋은 세상에서 배부르게 호강하고 행복하게 잘 산다. 세상 어린아이들이 지금 좋은 세상에서 행복하게 잘 살 수 있는 것은 다 옛 조상님들의 지혜가 현대인의 꽃길 내비게이션이 되어주었기 때문이다. 요즘같이 좋은 세상에서 우리들이 풍요로운 삶을 사는 것도 조상들의 지혜를 물려받고 대대손손 잘 지켜주시기 때문이라고 나는 믿어 의심치 않는다.

　이제는 황혼을 바라보는 나이가 되었지만 봄이면 산과 들에서 나오는 삘기도 뽑아 먹고 밭에서 노랗게 핀 장다리도 꺾어 먹고 어린 목화 열매, 오디, 산에서 빨갛게 익은 멍석딸기를 보이는 대로 따 먹으며 놀던 추억을 잊지 못한다. 마음이 조용하고 한가할 때 가끔 살포시 눈을 감고 추억을 떠올리며 어린 시절의 옛 추억 속으로 돌아가본다. 평생 잊히지 않을 어린 시절의 옛 추억을 마음속에 간직하고 그리울 때마다 이렇게 꺼내어 본다.

2008년 6월 28일 추억의 글 천사은심

목백일홍

    누군가 이 세상에서 제일 좋아하는 꽃이 무슨 꽃이냐고 묻는다면 다 예쁘고 좋아하는 꽃이 너무 많아 딱히 대답하기 어렵다. 그래도 누군가 내게 꼭 대답해달라고 한다면 향기 그윽한 하얀 백합, 붉은 흑장미, 꽃분홍과 하얀 목백일홍, 겹봉숭아꽃, 알록달록한 복합분꽃, 빨간 카네이션이라고 말하고 싶다. 수많은 꽃 중에 우리 집에 없는 꽃은 흰 백합과 붉은 흑장미다. 그렇지만 노랗게 피어 봄이 다 가도록 화사하게 우리 집 대문 앞을 환하게 치장해주는 외래 품종 백합이 있다. 개량 백합은 예전에 우리 집에서 가꾸던 토종 흰 백합처럼 그윽한 향기는 없지만 화려하고 예쁘다.

    평소에 갖고 싶었던 목백일홍이 너무 예뻐서 한 그루 심고 싶었다. 그래서 시장에 나갈 때마다 묘목을 파는 식물원에 가보았지만 목백일홍 묘목이 없어 끝내 심지 못했다. 그러다 작년 여름휴가 어느 날 육 남매 가족이 서해안 해수욕장으로 피서를 간 적이 있다. 해마다 가끔 다녀오는 곳인데 양쪽 도로에 빨갛고 예쁜 목백일홍 꽃등 행렬이 끝도 없이 이어졌다. 눈이 부시도록 고운 꽃등 행렬이 얼마나 감동스럽던지 꽃가지를 한 움큼 꺾고 싶었다. 꽃을 너무 좋아해서 그런지 몰라도 너무 예뻐서 죄가 되지 않으면 눈 한 번 질끈 감고 목백일홍 나무 한 그루 쑥 뽑아 오고 싶었지만 꾸욱 꾸욱 참았다. 너무나 예쁘고 빛깔이 고와서 가로수 목백일홍 꽃 터널을 달리는 차 안에서 감동하는 나를 보던 셋째 딸 기쁨조가 영 마음에 걸려서 안 되겠나 보다. 자꾸만 효심이 발동하는지 피서갈 때 같이 간 기쁨조 X 언니 땡순이를 꼬드겼는지 도로 가에 차를 세우라고 말했다.

기쁨조랑 땡순이가 잠시 볼일이 있다며 내리더니 도로 가에 털썩 앉아서 아무 장비도 없이 맨손으로 땅을 파 제꼈다. 둘이서 한참 힘들게 손으로 땅을 파헤치더니 땅속에서 회초리처럼 가느다란 목백일홍 나무 한 그루를 쑥 뽑았다. 기쁨조가 무서운지 얼른 차 타더니 "엄마, 집에 가면 이거 정성 들여 잘 심어"라며 장비도 없이 힘들게 캔 목백일홍 나무 한 그루를 건넸다. 그 나무를 받아 들고 마음에 어찌나 죄지은 기분이 들던지 가슴이 두근두근했다.

집으로 오는 내내 마음속으로 '모든 신께서 용서해주세요. 화초와 꽃을 너무나 좋아하고 사랑하다 보니 이렇게 또 죄를 지었습니다. 재산 삼으려고 캐 오는 것이 아니라 꽃을 너무 좋아해서 그랬으니 제발 벌주지 마세요.' 무언으로 간절하게 양심 고백을 했다. 그래도 마음이 찜찜하고 정서 불안한 마음은 영 가시질 않았다. 그렇게 죄를 지으면서 셋째 딸 기쁨조랑 X 언니 땡순이가 손으로 땅 파고 간신히 뽑아준 소중한 목백일홍 나무 한 그루 이튿날 식전에 눈뜨자 정성들여서 꼼꼼히 잘 심었다. 그러나 그렇게 정성으로 심은 목백일홍은 캘 때 뿌리가 잘려나가서 그런지 심은 지 며칠 안 돼서 아깝게 죽었다. 저렇게 죽을 줄 알았으면 차라리 뽑지 못하게 할 걸 후회 많았다.

그리고 난 이후 며칠 뒤 갑자기 볼일이 생겨서 큰딸 왕초, 넷째 딸 별달이랑 같이 시장에 갔다. 시장 가는 길목 어귀에서 화초 꽃시장 열리는 곳에 가보면 혹시 목백일홍을 살 수 있을까 해서 찾아보았다. 그날은 마침 시장 입구에서 꽃장수가 팔고 있는 목백일홍 화분을 보니 어찌나 반갑던지 돈은 아깝지만 꼭 사고 싶었다. 목백일홍 꽃이 활짝 핀 화분을 보자 너무 사고 싶었던 마음이기에 "꽃 핀 목백일홍 화분 가격 얼마예요?" 물었더니 화분 한 개당 5,000원이라고 했다. 눈 한번 질끈 감고 연분홍색 보라색 꽃 핀 목백일홍 화분 2개를 만 원에 사 왔다.

그렇게 사고 싶었던 목백일홍 꽃을 사다놓고 시시때때로 들여다볼 때마다 마음 흐뭇하고 뿌듯했지만 화분 값 만 원이 자꾸만 눈앞에 떠오르고 밟혔다. 꼭 필요한 물건도 아니고 화분 사는 데만 들어간 돈 만 원이 아깝다고 생각하는 한편 마음이 짠하기도 했다. 집에 오자마자 큰 도자기 화분에 목백일홍 옮겨 심고 화분 갈이 해서 대문 밖에 내놨다. 신경 써서 잘 가꾸었는데 작년 여름 내내 그것도 찬바람이 나는 늦가을까지 계속 연이어 꽃이 피고 지고 해서 꽃을 오래 볼 수 있고 참 좋았다. 그렇게 오래도록 꽃을 잘 피우고 대문 앞을 환하게 치장해줘서 보기에 참 좋았다.

집 주변이 환해서 그렇게 보기 좋더니 지난 추운 겨울 지나는 동안 아직 어려서 그랬는지 추위를 이기지 못하고 밖에서 얼어 죽었나 보다. 따뜻한 봄이 찾아왔는데 아직도 나뭇가지에 연둣빛 새싹이 돋아나지 않는 걸 보니 영영 작별인지 실망이 되고 너무 속상했다. 설마 하는 마음에서 목백일홍 마른 나뭇가지 끝을 조금씩 잘라보니 나뭇가지 끝마다 조금씩 얼어 죽어서 가위로 잘라주었다. 그리고 난 후 며칠 뒤 어느 날 대문 앞에 놓아둔 큰 도자기 화분을 우연히 들여다보았다. 조금씩 잘라준 나뭇가지에서 연둣빛 새싹이 이쁘게 움터서 얼마나 반갑던지 다행이다. 돋아난 연둣빛 새싹이 얼른 잘 자라서 보라색 목백일홍 나뭇가지에 올망졸망 조롱조롱 꽃망울 달고 꽃피울 준비에 분주할 생각 하니 마음 참 뿌듯했다. 꽃분홍

86

색 목백일홍 화분을 또 들여다보니 뿌리까지 다 얼어 죽었는지 여태까지 나뭇가지에 새싹이 돋을 생각도 소식도 없는 걸 보니 아깝고 속상한데 인위적으로 어쩔 도리가 없다. 앞으로 언제 또 재래시장 나가게 되면 목백일홍 몇 그루 더 사다 화분에 심고 꽃을 가꾸는 행복한 마음으로 살아야겠다. 나의 마지막 인생 삶이 다할 때까지 내가 좋아하는 꽃들과 목백일홍 꽃이랑 함께 즐거운 마음으로 살고 싶은데 꽃들은 내 마음 알아줄까.

2008년 7월 10일 천사은심

풍경이 아름다운 설악산

관광버스 타고 강원도 설악산 여행 가다 보면 설악산 길목에 띄엄띄엄 보이는 전형적인 산간 오지 마을이 정겹다. 하늘만 빼꼼히 보이고 캄캄한 밤이면 산간 오지 마을 집 안에서 흘러나오는 전깃불만 반짝일 뿐 인적 드문 마을에 몇 채 안 되는 작은 집들이 옹기종기 모여 정겹게 살아가는 인심 좋은 산촌 마을 같다.

텃밭에서 옥수수, 감자, 호박이 싱그럽게 자라고 앞산 뒷산에 병풍을 빙 둘러치듯 웅장한 고산 풍경이 좋다. 사방 빙 둘러선 높은 산 정상에 장승처럼 우뚝 솟은 희귀한 기암괴석 풍광이 관광객의 눈길을 끈다. 봄이면 울긋불긋 불타듯 산골짜기마다 진달래 만발하고 아기자기한 산촌 아름다운 꽃동네로 치장했다.

여름이면 기암괴석 사이로 맑은 계곡물이 시원스럽게 폭포를 이루고 하늘만 빼꼼히 보이는 설악산은 절경이다. 싱그러운 신록이 뿜어내는 신선한 산소 같은 맑은 공기는 상쾌하고 겨울 설악산은 눈부신 하얀 눈꽃 설경이 장관이다. 설악산 여기저기 구경하고 권금성 정상을 왕복으로 오르내리는 케이블카 타는 재미도 참 쏠쏠하다.

정상에 오르면 속초 시내가 한눈에 내려다보이고 기암괴석이 우뚝우뚝 솟은 정상이 얼마나 높은지 아찔하다. 간이 콩알만 해져서 무섬증까지 드는 권금성은 기암괴석으로 이루어진 바위와 울산바위가 천태만상이다. 금강산 못지않게 아름다운 설악산, 하늘을 찌르듯 우뚝우뚝 치솟은 기암괴석 울산바위와 흔들바위는 산 정상에 우뚝우뚝 서서 관광객을 반기고 있다.

산을 오르다 보면 수정같이 맑은 계곡물이 흐르는 주변에 여기저기 예쁘게 핀 노란 달맞이꽃이 관광객의 눈길을 끈다. 노란 달맞이 꽃송이가 어찌나 크고 예쁜지 야생 들꽃이지만 이름 모를 화초처럼 청순하고 예쁘게 핀다.

깊은 산속에 산소 같은 맑은 공기 마시고 이름 모를 갖가지 야생화 꽃구경하며 아름다운 설악산 풍경에 빠져들어 일행들과 산을 오르다 보면 천 명이 들어도 꼼짝도 안 할 집채만 한 둥근 흔들바위가 있다. 서너 명이 빙 둘러 붙어 서서 죽을힘을 다해 바위를 힘껏 떠밀어보면 그냥 느낌인지 모르지만 약간 흔들리는 듯한 신기한 바위다. 흔들바위에서 조금만 더 올라가면 산 정상인데 울산바위 기암괴석 하늘을 찌르듯 우뚝우뚝 무섭게 서 있는데 웬만한 강심장 아니면 감히 오르지 못한다.

그뿐인가. 낙산사, 낙산 해수욕장, 강릉 경포대, 강릉 해수욕장, 정동진이 대표적인 관광지다. 그리고 오징어 물회, 감자옹심이처럼 강원도 대표적인 토속 음식으로 손꼽히는 음식도 맛볼 수 있다. 여행이라면 몇 번이고 가도 또 가보고 싶은 곳이 강원도이고 설악산이다. 이렇게 경치 좋고 물 맑고 풍경이 아름다운 산촌에서 한번 살아봤으면 얼마나 좋을까? 자주 여행 가고 싶고 생활의 활력소 될 만한 곳이 어디냐고 누가 묻는다면 강원도 설악산 여행을 꼽겠다.

2008년 7월 15일 천사은심

꽃비 내리는 남이섬 추억

눈이 부시게 화창하고 고운 햇살 포근한 어느 봄날, 하늘나라 먼 길을 떠난 우리 그이와 함께 남이섬으로 관광 여행 다녀온 적이 있었다. 관광버스 타고 가다 목적지에 도착하면 일행들과 함께 내려 푸른 물결이 춤을 추듯 물비늘 넘실대는 선착장에서 배 타고 들어가면 바로 남이섬이다.

일단 버스에서 내리면 선착장에서 여행객을 태우려고 대기하고 있는 유람선을 타야 한다. 미끄러지듯 유유히 흐르는 유람선에 몸을 싣고 곳곳에 자태를 뽐내며 손님을 기다리는 아름다운 풍경에 흠뻑 빠져들다 보면 눈 깜짝할 새 맞은편 선착장에 도착한다.

공원을 산책하듯 걷다 보면 드넓은 남이섬 공원에 빨강, 노랑 알록달록 튤립이 화사하게 꽃 천지를 이루고 흐드러지게 만발한 왕벚꽃잎이 솔솔 불어오는 미풍에 한 잎 두 잎 살포시 날아 꽃비 내리는 서정이 참 아름답다. 따사롭고 화창한 봄볕을 받아 울창한 아름드리 수목과 연둣빛 새싹 돋아난 숲이 싱그럽다.

볼거리 많은 산책길 거닐다 잠시 앉아 쉴 수 있는 벤치도 여기저기 놓였는데 여행 온 청춘 연인들이 쌍쌍이 앉아 쉬면서 속삭이는 모습을 보면 아름다운 예술이다. 드넓은 공원을 거닐다 목이 마르면 일행들과 옹기종기 모여 앉아 동동주에 해물파전 시켜놓고 주거니 받거니 이야기꽃을 피우고 목을 축이며 낭만을 즐길 수 있다.

공원 산책길 따라 여기저기 둘러보다 보면 남이섬의 유례가 적힌 푯말이 이정표처럼 우뚝 서 있다. 남이섬은 공원이라기보다는 식물원이라고 해도 잘 어울린다. 대지가 어찌나 드넓고 광활한지 우선 공기가 좋아서 가슴이 탁 트인다.

푸른 물결이 넘실대는 남이섬 아름다운 풍경을 보면 누구나 한 번쯤 여행을 오고 싶은 곳이다. 지금도 옛 추억이 떠오를 때마다 30여 년 전 남이섬 공원을 알록달록 수놓은 튤립 꽃밭에서 우리 그이랑 둘이 팔짱을 끼고 찍은 빛바랜 사진을 가끔 꺼내어 본다.

왕벚꽃이 만발하고 꽃비 내리던 남이섬에 언제 또 한 번 가볼까 좋은 추억이 많았던 남이섬에 가보고 싶다. 계절 따라 여행지의 풍경이 달라지는 봄이면 벚꽃이 유명한 진해와 하동 쌍계사에 여러 번 갔었다. 여름이면 시원한 해안을 끼고 장시간 드라이브 코스 안성맞춤인 변산반도에 가볼 만하다. 가을 단풍과 맑은 호수가 아름답고 경치 좋은 단양 도담삼봉, 충주호, 환상의 뱃길 130리 주변 풍경이 참 아름답다.

해발이 높아서 단풍이 유명한 아름다운 지리산, 내장산 정상을 차 타고 오르내리면 구불구불 미시령을 연상케 한다. 높고 웅장한 산새와 아름다운 단풍을 구경할 수 있는 지리산, 내장산이 있고 겨울이 오면 설악산 눈꽃과 38선 휴게소에서 바라보면 파도치는 바다 풍경이 참 멋지다. 겨울에 강한 바닷바람타고 스멀스멀 밀려왔다 밀려가는 집채만 한 파도 소리 생각만 해도 환상적이다.

봄, 여름, 가을, 겨울 사계절이 아름다운 여행지 강원도는 가도 가도 또 가고 싶은 좋은 여행지다. 하늘이 내게 기회를 주신다면 이곳저곳 여행 다니며 견문도 넓히고 세상 구경하며 즐겁게 살아보고 싶다. 지금까지 고생한 보상이다 생각하고 감사하며 이 세상 소풍 끝날 때까지 소박한 행복과 늘 함께하고 싶다. 그렇게 살다가 하늘

나라 그이 곁으로 가는 것이 바람인데 인생은 마음대로 되지 않지
만 바람대로 살면 좋겠다.

2008년 7월 18일 천사은심

들녘에서 만난 조합장

이른 아침 식전 논을 한 바퀴 휘둘러보려고 대문을 나서니 아침 맑은 공기가 상쾌하고 시원해서 기분 좋았다. 논에 나가 물꼬 둘러보고 다른 논으로 가려고 농로를 걸어가다 방금 둘러본 논이 미심쩍기에 발길을 돌리는데 승용차 한 대가 내 앞에서 멈춰 섰다. 물꼬 보러 온 차인가 했는데 조합장님이 내려 내가 서 있는 곳으로 걸어오기에 초라해서 난감했다. 작업복 차림에 서로 눈길이 마주쳐 목례하자 "이거 드세요. 피로회복제예요." 내가 사양하자 "이미 뚜껑 열었어요." 자꾸 건네주기에 할 수 없이 받아들었다. 차 안에서 어떻게 나를 알아보고 음료수까지 챙겼는지 고마웠다. "이른 아침 식전에 무슨 일로 이렇게 타 지역 들녘에 나오셨어요?" "조합원들 벼 계약 단지 둘러보러 나왔어요." 한참 서서 농사에 관한 이야기 나누느라 시간 가는 줄 몰랐다. 농협 부녀회장 회의 때마다 깔끔한 모습만 보이던 나는 농촌 작업복 차림에 푸시시한 머리가 부끄러웠다.

그동안 깜빡 잊고 살다 작년 5월, 우리 그이 장례식장에 다녀간 조합장님 생각이 난다. 작년 5월 20일 조합장님은 우리 그이 조문 와서 조의금 30만 원 하고 갔는데 이후 손수 농사짓느라 깜빡 잊고 살았다. 작년 그 이후로 조합장님 처음 만났는데 아녀자 몸으로 손수 농사짓는 줄 알고 "농사일 힘드시지요?" "네, 농사가 너무 힘드네요. 농사짓던 사람도 힘들 텐데. 제 손으로 안 짓던 농사일을 하려니 무리예요." 팔을 쭉 뻗고 손으로 가리키며 "저기 보이는 저 논이 우리 논이에요. 이삭거름 줘야겠지요?" 논을 바라보더니 "글쎄요,

지금 벼 빛깔 안 줘도 될 것 같은데 봐가면서 주세요. 작년 농사는 농민들이 욕심을 너무 부리고 거름을 너무 많이 줘서 벼들이 많이 쓰러졌잖아요." "네, 작년에 우리 논에 벼도 다 쓰러지고 벼 때깔이 안 좋아 수매도 못하고 정미소에서 쌀로 다 찧었어요. 그래서 정미소에서 직접 쌀을 다 팔아주었어요."

한참 서서 대화하다 조합장님 차에 오를 때 보니 기사인지 운전석에 한 명이 타고 있었다.

조합원 가정에 경조사 있을 때마다 어쩌다 조합장님을 만날 때도 더러 있었다. 그런데 작년에 우리 그이 조문 왔던 조합장님이 부조금을 30만 원이나 해서 부담이 됐다. 다른 조합원 경조사에도 부조금을 그렇게 많이 하는지 궁금하기도 했다. 부담스러운 마음에 신경도 쓰이고 궁금해서 작년에 조합회원 이 사람 저 사람에게 물어보았더니 5만 원이 장부에 적혀 있다고 했다. 나는 조의금 30만 원 받았다는 말도 못하고 그러냐고 했는데 농협 부녀회장 활동한 결과인가?

다 같은 조합원인데 다른 집은 왜 조의금 5만 원씩 내고 우리 집은 30만 원씩이나 했을까? 곰곰이 생각해보니 내 짐작이 맞는지 모르지만 딱 떠오르는 생각이 있었다. 지난 3년 전 1995년 12월 말에서 2000년 12월 말일까지 꼭 만 5년 동안 지역 부녀회장과 농협 부녀회장을 겸직 활동하는 동안 열심히 노력한 끝에 농협 발전에 기여한 공이 크다고 해마다 상하반기 부녀회장 대회의 하는 날 시상을 했다. 5년 동안 활동하면서 시상식 할 때마다 한 번도 거르지 않고 표창장과 부상을 받았다. 부상으로는 카세트 녹음기, 주방 그릇 세트, 스텐 냄비 세트를 받은 역사가 있다. 그렇게 5년간 부녀회장 활동 기록들이 남아서 조합장님이 우리 집에 조의금을 더 많이 냈나 하는 생각이 지워지지 않았다. 내 짐작이 틀렸는지 모르겠지만 아무튼 조의금에 대한 이유를 확실하게 알 수 없어 지금까지 참 궁금하다. 그렇다고 조의금에 대한 궁금증을 조합장님께 직접 물을 수도 없으니 내게 큰 숙제로 남아 있다.

논마다 둘러보느라 힘들었지만 뿌듯함을 가득 안고 걸어오는 발걸음이 가벼워 단숨에 집에 왔다. 어제만 해도 걷다가 몇 번씩 쉬어가며 쉬엄쉬엄 간신히 걸어왔는데 조합장님이 건네준 피로회복제 한 병 마셔서 그런지 정말 힘든 줄 모르게 쉬지도 않고 거뜬하게 걸어왔다.

2008년 7월 23일 천사은심

은혜로운 감사함이

3일 전, 우리 집에서 3.5킬로미터 떨어진 거리에 사는 넷째 딸 별달이네 갔는데 그날따라 심심하고 집에만 있으려니 답답한지 "엄마, 어디든지 좋으니 잠깐이라도 우리 휭하니 밖에 나가서 바람도 쐴 겸 드라이브 한 바퀴 돌고 옵시다. 멀리 나가지 않아도 어디 가서 바람이라도 좀 쏘이고 옵시다." 어린애처럼 보챘다.

비싼 기름값 때문인지 별로 밖에 나가고 싶은 생각이 없기에 "얘 별달아, 요즘 자주 나가던 곳이고 어디 나갈 데 있니?" 하며 꼼짝도 안 하고 자리에서 일어나지 않았다. 그래도 별달이는 바람 쐬러 드라이브하고 오자며 자꾸 보채고 서두르는 바람에 주변의 제일 가까운 연암대에 갔다 온 적 있었다.

그 이후 잠잠하더니 어제 오후 전화벨 울려 받았더니 별달이가 "엄마, 쿠키 온다고 했수. 내일 쿠키가 김밥 싸 온다고 했는데 내일 엄마도 나오슈"라며 나를 또 불러낸다. "그래? 그렇다면 엄마는 사과 몇 개랑 얼음물 가지고 나갈 테니 기다리렴." 별달이랑 전화 끊고 상념에 젖어 이런저런 생각을 해보았다. 차 운행을 별로 많이 하지 않아도 비싼 기름값이 한 달에 4~5만 원이 더 들어가는데 지난 9월 26일 기름 가득 채워 넣었더니 4만 원이 더 들었다. 기름 가득 채운 지 14일 만에 주유했는데 자주 운행 안 해도 그렇다.

차 운행 자주 안 했어도 벌써 계량기 빨강 바늘이 게이지 중간에 떡하니 서 있다. 그런데 내일 또 나가면 차에 4~5만 원어치 넣은 기름이 한 달도 못 가고 또 기름 떨어지겠다 생각하니 고유가 시대가 참 유감스럽고 기름값을 아끼자니 지금 이 나이에 언제 운전 실력이 늘 것이며 꼭 가야 할 곳에만 가야 한다면 차 운행할 일도 별로 없는데 안달 떨면 안 되겠다.

나이 들어 면허 취득했는데 이것저것 따지고 계산만 하면 앞으로 운전을 얼마나 더 하게 될까. 그래서 오늘은 눈 한번 딱 감고 큰딸 왕초와 넷째 별달이랑 막내딸 쿠키를 차에 태우고 80킬로미터 속도로 고고씽 40분 달리고 달려서 삽교천에 드라이브 나갔다 왔다. 신바람 나게 고고씽 하다 보니 목적지 삽교천 주차장에 도착하자 주차하고 우리 일행은 차에서 내렸다.

우리 사총사는 푸른 바다가 훤히 내려다보이는 공원 벤치에 앉았다. 가슴이 탁 트이는 바다 위를 고깃배들이 섬처럼 떠다니고 가을 바람도 시원하게 불어왔다. 해상공원 탁자에 앉아 솜씨 좋은 막내딸 쿠키의 예술 같은 김밥을 냠냠 먹으며 즐거움을 만끽했다. 큰딸 왕초는 김밥을 먹다 말고 자리에서 일어나더니 찰칵찰칵 사진을 찍었다. 벤치에 나란히 앉아 있는 막내딸 쿠키에게 포즈 좀 취하라며 찰칵찰칵 셔터를 눌러댄다. 옹기종기 이마를 마주 대고 앉아 김밥 도시락 맛있게 잘 먹고 해변 테라스 산책하다 놀이공원으로 갔다. 귀여운 꼬맹이 유치원생 소풍 나온 걸 보니 귀엽고 이쁜 우리 손자 민서가 생각나고 보고 싶어 눈에 밟혔다. 날씨도 흐리고 평일이라 그런지 사람도 별로 없어 한산하고 조용해서 휴식하기 좋았다. 소풍 나온 꼬맹이들을 뒤로한 채 아쉽지만 놀이공원을 나와 다시 해상공원으로 갔다. 바다 공원 그네도 타고 시원한 벤치에 앉아서 모녀 사총사는 이야기꽃을 피우며 즐거운 시간 만끽했다. 하루 저무는 해가 서쪽 수평선을 넘어갈 즈음 삽교천을 출발해 빠른 속력으로 평택을 향해 달리는 순간 가슴 뿌듯함에 세상 모든 신께 고맙고 감사함이 피부로 뜨겁게 느껴졌다.

지금까지 이만큼 살아오는 동안 육 남매 뒷바라지하며 정신적 육체적으로 힘들게 살아왔다. 비록 그이는 지금 내 곁에 없지만 늦게나마 면허 취득해서 딸들을 태우고 운전하는 행복함을 운명님께 감사했다.

그런 데다 내 곁에서 든든하고 믿음직스럽게 나를 잘 지켜주는 효심 깊은 육 남매 자식들이 너무 감사했다. 그 은혜로운 감사함이 온 전신에 전율처럼 뜨겁게 흐르는 순간 딸들에게 말했다.

"딸들아, 기름값이 비싸든 말든 기름 대신 물이라도 마구 퍼 쓸 수 있다면 너희들 태우고 언제나 어느 곳에 가보고 싶은 곳에 마음대로 가볼 수 있으련만." 혼잣말처럼 내가 하는 말을 삼총사 세 딸들은 들었는지 못 들었는지 꿀 먹은 벙어리처럼 이렇다 저렇다 아무 말도 없이 차 안에 침묵만 흘렀다. 나 같았으면 "엄마, 그렇게 말이유. 기름 대신 물이라도 퍼 쓸 수 있는 세상이라면 얼마나 좋겠수?"라며 맞장구쳤을 텐데. 더구나 막내딸은 제 자가용도 있고 운전도 하면서 말이다.

2008년 10월 10일 오후 5시 35분 천사은심

세월의 무상함

또 한 해를 보내고 황혼 인생에서 말하고 싶지 않은 나이를 한 살 더하게 되면 가을 추풍낙엽 인생이 멀지 않았다고 생각하니 어쩐지 마음 한구석이 뻥 뚫린 것처럼 시린 서글픔이 세월의 무상함을 절실하게 한다.

누구나 이 세상에 왔다 잠시 잠깐 쉬었다 가는 짧은 인생, 삶의 여정에서 아등바등 허리띠 졸라매고 안간힘으로 버티며 산다. 그렇게 무거운 삶의 무게를 실감하며 어둡고 긴 터널을 지나고 나서 한숨 돌릴 만하면 사랑하는 가족과 작별 고하고 저세상에 가기 마련이다.

그 짧은 인생에서 왜 울고 웃으며 살아야 하는지 이 세상 창조자님께 묻고 싶다. 인생 운전을 어떻게 해야 우여곡절 없이 평범한 인생 소풍길 걸으며 해맑게 웃고 살다 먼 길 떠날 수 있을까 묻고 싶다.

그러나 이 세상 창조자님을 우리 눈으로 볼 수 없으니 어찌해볼 도리가 없어 유감스럽다.

독서의 계절이자 풍요로운 수확의 계절 이 가을에 모든 근심 걱정 고민은 향기로운 커피 향으로 날려보내고 아름다운 오색단풍 고운 계절에 서정의 낭만 만끽하고 후회 없는 고운 노을빛 인생 되어보자.

2008년 10월 13일 오전 10시 10분 천사은심

가을 벼 베는 날

오곡백과 한창 여물어가는 한 달 내내 비 한 방울 내리지 않고 가
뭄 심했었다. 그런데 논에 벼 베려고 날 잡은 싹을 보았는지 엊그
제 필요 없는 비가 찔끔 내려서 어제 벼를 베지 못했다. 이른 아침
전화벨 울려 받았더니 일꾼 "아줌니, 날씨 봐서 오후에 베야겠어
요" 하더니 다시 "오후에 베려고 했는데 날씨 흐리네요. 또 비가 올
것 같으니 천상 내일 베야 할 것 같아요" 한다.

벼를 내일 베겠다는 전화 받고 가슴 덜컥 비 그치면 날씨 춥겠다
는 일기예보 귀뜸했는데 큰 걱정이다. 농작물이 비를 애타게 기다
릴 때는 탱탱 가물어서 농심 애간장 타게 하더니 요즘은 필요도 없
는 가을비가 자꾸 오려고 꾸물대면서 벼 베기를 방해한다. 잿빛 구
름 가득하던 하늘에 구멍이 뚫렸는지 금세 빗방울이 한참을 오락가
락하더니 소낙비가 마구 쏟아지기 시작한다.

'오늘 비 오지 않아야 내일 벼를 베게 될 텐데'라며 혼잣말을 중얼
중얼 걱정하며 밖을 내다봤다. 비가 오려면 진즉에 올 것이지 하필
가을 추수철에 필요 없는 비는 왜 자꾸 오는지 모르겠다. 가뭄에 김
장 무, 배추 흉년 들었는데 텃밭 농작물 다 망쳐놓고 쓸데없는 비 온
다고 혼자 넋두리했다.

어제 초저녁 밤에 꽤 많은 비가 내려서 걱정하며 고민하느라 밤늦
도록 영 잠이 오지 않았다. 비 많이 오면 천상 며칠 후 일요일에 벼
를 베게 될 텐데 여기저기 가야 할 예식장이 두 곳이나 된다. 회비와
축의금 내려면 현금 14만 원 가지고 나가야 하는데 인편에 보낼 수

도 없는 일이다. 어찌해야 하나 이렇게 해야 하나 저렇게 해야 하나 고민고민하다 밤늦게 간신히 잠이 들었다.

새벽에 일어나니 사방이 어둑어둑한데 날씨 추워지고 오늘 벼 베지 못할까 봐 얼마나 걱정했는지 모른다. 비는 또 얼마나 왔는지 날씨는 흐린지 맑은지 궁금해서 눈 뜨자마자 날도 밝지 않았는데 대문을 열었다. 밖을 내다보니 다행히 비는 오지 않고 날씨도 맑을 것 같더니 오전 7시쯤 동쪽 하늘이 훤하고 여명이 밝았다. 휴우 안도의 숨을 쉬고 있는데 아침 붉은 노을 속에서 떠오르는 밝은 태양이 얼마나 반갑던지 참 다행이다.

걱정 끝에 한시름 놓고 아침밥을 안치고 북어 무국 끓이는데 전화벨 울려서 받았더니 오전에 벼를 베겠다고 한다. 서둘러 아침 식사하고 소주 2병, 사과 배 몇 개 챙기고 냉동실에서 부침개 꺼내 전자레인지에 돌려 따뜻하게 데웠다.

술안주와 요구르트 5병 챙겨 차에 싣고 논에 나가보니 벌써 논 한 배미 벼를 다 베고 다른 논을 베고 있다. 차는 농로 한적한 곳에 세우고 술과 안주를 가지고 나가 벼 베는 일을 지켜보며 감독하고 서 있었다.

한참 벼를 잘 베더니 갑자기 기계가 고장 나고 고치러 온 사람이 살피더니 부속이 없는지 휑하고 나가버린다. 한참 후 부속을 가지고 온 사람이 기계를 뜯어고치니 그제야 기계가 돌아가고 다시 벼를 베기 시작했다. 벼를 다 베고 추수한 벼를 정미소에 실어 나르느라 점심도 못 먹고 정미소를 왕복 네 번이나 왔다 갔다 했다.

인건비 주려고 33만 원 가지고 나갔는데 품삯 24만 원, 벼 운임비 5만 원, 점심 식대 2만 원, 총 31만 원이다. 수고했다며 인건비 주고 서둘러 쌩하니 차 타고 집에 와보니 어느새 벌써 오후 1시 훨씬 넘었다. 국 데워 점심 식사하고 주방에서 나오니 갑자기 검은 먹구름 홍수가 몰려오더니 강한 바람이 세차게 몰아친다. 비를 몰고 오는 강한 서풍에 갑자기 후두둑 소리와 함께 굵은 빗방울이 마구 쏟아지기 시작하더니 금세 뚝 그친다. 한 치 앞도 안 보이고 사방이 캄캄하더니 한기가 느껴질 정도로 쌀쌀하고 초겨울 날씨처럼 추위가 느껴졌다. 날씨가 너무 화창해서 선크림까지 바르고 논에 나갔는데 다행히 벼를 다 베고 나서야 날씨가 변덕을 부린다.

추수 끝나려면 내일까지 꼬박 일해야 한다는 일꾼이 하는 말 듣고 내 집 일은 아니지만 남의 일 같지 않았다. 만약 오늘도 우리 벼를 다 베지 못했다면 정말 큰일인데 신께서 불쌍히 여기셨는지 그래도 하늘님이 도우셨다. 오전엔 날씨도 맑고 춥지 않아서 벼도 잘 베고 가을 추수 끝나서 근심 걱정 사라지고 이제는 마음 푹 놓인다. 벼를 정미소에 실어나르며 나도 모르게 "아이고 이제 나도 모르겠다. 비가 오든지 눈이 오든지"라고 말했다. 그런데 막상 금세 날씨 흐리고 찬바람이 쌩쌩 불고 쌀쌀하게 춥기 시작하니 겨울 월동 준비 걱정이 태산 같다.

날씨 하는 걸 보면 내일이라도 당장 찬 서리 내릴 것 같아 예쁜 선인장 화분을 거실 정원에 들여놔야겠다. 화초를 좋아하고 화분이 많다 보니 계절에 따라 좁은 집안 실내에 일일이 다 들여다놓기도 큰일이고 힘들다.

2008년 10월 24일 오후 2시 50분 천사은심

마음이 끌리는 풍경

귀뚜라미 울음소리 뚝 그친 달 밝은 가을밤
자장가처럼 매일 밤 들려주던 하모니도
시나브로 끊어지고
가을을 상징하던 귀뚜라미도
동면 채비로 분주한가 보다

며칠 전, 거실 청소하다 기도 못 펴고
힘없이 엉금엉금 기어가는 귀뚜라미
두어 번 본 적 있다
귀뚜라미는 메뚜기보다 빠르게
팔짝팔짝 뛰는 곤충인데
찬바람 나고 스산한 초가을
창 열고 청소하는 틈 타 몰래 들어왔을까

굳게 닫힌 창문으로 새어드는 달빛 향수 그리움
추억하고 있노라면
사뭇 고향을 그립게 하는 귀뚜라미
울음소리마저 뚝 끊어진 고즈넉한 초저녁
귀뚜라미 우는 날은 가을 서정 낭만에 한몫한다

외로움에 쓸쓸한 이들은

가을을 고독한 계절이라고 하지만
가을밤 자장가처럼 하모니 들려주는 귀뚜라미
고운 단풍 그윽한 들꽃 향기
마음에 끌리는 풍경이 있기에
가을은 아름답고 삶은 행복이다

2008년 10월 25일 이른 아침 6시 55분 천사은심

빨간 홍시와 보석 같은 석류알

우리 육 남매 자식들은 하늘나라 우리 그이를 닮아 그런지 하나같이 착한 효자 효녀들이다. 그중에 항상 성격이 밝고 상냥해서 싹싹하고 사려 깊은 셋째 딸을 별명으로 기쁨조라 부른다. 며칠 전 쉬는 날이라고 평택에 온다는 말 듣고 파마도 할 겸 서둘러 시내 사는 넷째 딸네 갔다.

넷째 딸 단골 미용실에 가서 파마하려고 머리 자르고 보니 웨이브가 남아 있고 자연스러워 파마는 좀 더 있다 해도 될 것 같기에 커트비 5천 원만 내고 넷째 딸 집에서 쉬고 있었다.

그때 큰딸 왕초랑 셋째 딸 기쁨조가 양손에 한 보따리 들고 들어오더니 "엄마, 이건 셋째가 애들도 주지 말고 엄마네 집에 가져가라고 샀어. 저리 잘 둬"라며 건네준다. 까만 봉지를 살짝 들여다보니 일회용 그릇에 빨간 홍시가 하나 가득 들어 있다. 다른 한 봉지에는 하얀 청포묵이 들어 있다. 홍시와 청포묵을 보는 순간 효심 가득한 기쁨조에게 또 듣기 싫은 소리 한마디 했다. "사람은 늙을수록 돈이 있어야 하는데 힘들게 벌어 헤프게 쓰지 말고 꼭 쓸 데만 쓰라고 엄마가 말했잖아. 올 때마다 돈 쓰고 다니려면 오지 말라고 귀에 못이 박히도록 말했는데 감을 또 뭐하러 사 오니?" 했더니 기쁨조는 "엄마, 나도 살 만하니까 사 온 거유. 집에 올 때나 돈 쓰지 다른 곳에서는 절대로 안 쓰고 쓸 필요도 없어요. 그러니 엄마는 절대 내 걱정은 하지 마시와요" 한다. 기왕 사 온 거니 할 수 없지 싶기에 "애 왕초야, 세상에 손자 아이들도 안 주고 어떻게 집에 가져가서 혼자 먹

105

니? 홍시 한 개씩 먹자" 하며 감을 꺼내려니 "아이구, 엄마 그럴까 봐 아이들 먹으라고 귤 한 보따리 따로 사 왔잖아." 큰딸 왕초가 얼른 귤을 한 보따리 내놓는다. 귤 먹느라 홍시는 꺼내보지도 못하고 집에 가져와 냉장실에 넣어두고 심심할 때마다 한두 개씩 꺼내 먹곤 하는데 아직도 몇 개 더 남았다. 오늘은 예식장에서 점심 식사 늦게 해서 저녁 식사하지 않고 그냥 자려니 서운한 것 같다. 냉장실에서 홍시 2개 꺼내 씻어 입에 넣고 한입 딱 베무는 순간 기쁨조 효심에 뜨거운 감동의 물결이 전율처럼 흐르고 뭉클했다. 집에 올 때마다 쓸데없는 돈 쓰지 말라고 그렇게 신신당부했는데 홍시를 먹으며 생각하니 고맙기도 하고 짠한 마음이 들었다. 문득 작년 이맘때 기쁨조가 사다준 석류가 생각난다. 갱년기에 석류가 좋다며 세 개씩 포장된 석류를 가끔 몇 개씩 사다주더니 어느 날은 한 박스 들고 와 듣기 싫은 소리한 적 있다. 아끼고 아끼며 하루 한 개씩 먹으며 보니 석류알이 얼마나 예쁜지 빨간 석류 알알이 다이아몬드 보석 같고 틈도 없이 촘촘하게 박힌 석류알이 너무 예쁘다. 먹기 아까울 정도로 예쁜데 가격이 너무 비싼 게 흠이다. 형제가 고만고만해서 육 남매 키울 때는 힘들고 고생이 되었지만 다들 건강하게 잘 성장하고 열심히 살아가는 모습을 보면 대견스럽고 흐뭇해서 지금 마음은 한없이 행복하다.

2008년 10월 27일 오후 12시 5분 천사은심

신호 없는 침묵 속을 달리는 인생

나에게 인생이란 무엇인가?
바람처럼 왔다 물처럼 흘러가는 것이
바로 우리의 인생이다
세상에 한 번 태어나면 싫든 좋든
정해진 운명대로 살아야만 하는 것이 숙명이다

삶의 환경에 따라 인생이 길게 느껴지기도 하고
짧게 느껴지기도 하겠지만 마음속을 철들게 하고
모든 지혜를 일깨워주는 나의 인생 멘토는 세월
그 세월이 너무 야속할 만큼
소리 없이 냇가의 물처럼 빠르게 흘러간다

내게 주어진 인생의 시간은
아무런 소리도 내지 않고
세월은 내 등을 떠밀며 빨리 가자 재촉한다
쏜살같이 빠르게 흘러가는 세월은
아무 소리도 내지 않고
시곗바늘 초침 소리 따라
조용한 침묵 속에 흘러간다

아쉬운 시간들이 침묵 속에

흘러가버리는 현실이 아깝고 안타깝다
인생을 살아가는 것처럼
힘들고 어려운 일이 또 어디에 있을까?
세상에 없다 그러나 우리는
힘든 인생을 살아가는 동안
무엇이든 배울 수밖에 없고
스스로 지혜를 터득하며 살아야 한다

참 인생이란 무엇일까?
힘들고 고단하게 살아도
정직과 신뢰를 저버리지 말고
항상 기본적인 양심을 지키며 살아야 하기에
참 어렵고 쉬운 일 아니다
정직과 신뢰를 지키고 살자면
모든 조건이 잘 따라주고 지켜주며 받쳐줘야 한다

각박한 현실 속에서 살아야 하는
우리의 힘든 인생길은
까마득하고 멀게만 느껴지는데
인생을 달리는 속도
20대는 20킬로 30대는 30킬로 달린다고 하지만
나의 인생은 60킬로 속도로 마구 달리고 있다

나의 인생길 종착역은 앞으로 몇 킬로나 더 남았을까?

서서히 삶의 여정을 정리할 시간이 가까워지는 시점에서
언제 무엇을 어떻게 해야 할까?
남은 인생은 굴곡진 인생 없이
평탄한 꽃길 달리고 싶다

2008년 10월 30일 새벽 5시 30분 천사은심

외손녀 지송이의 호피 지갑 선물

한 달 전 어느 일요일 큰사위 큰딸 왕초하고 대천 해수욕장으로 바람 쐬러 간 적이 있다. 차에서 내려 걷고 있는데 휴대폰 메시지 알람이 뜬다. 확인해보니 둘째 딸 전화번호만 뜨고 아무런 내용 없이 호피 무늬 사진만 보인다. 한참 후 휴대폰 울리기에 보니 외손녀 지송이다. "할머니 호피 지갑 사진 보셨어요?" "무슨 호피 지갑? 메시지 온 줄 알고 확인해봤더니 너희 엄마 오뚝이 휴대폰 번호만 뜨고 얼룩무늬 사진만 보인다. 그게 호피 지갑이야?" "네, 할머니 맘에 드세요?" "글쎄, 사진으로는 잘 모르겠는데 예쁘겠지 뭘?"

잠시 후 휴대폰이 또 울리더니 둘째 딸 "엄마 오늘이 지송이 생일이야. 지송이가 나한테 자기를 낳아주서서 고맙다며 호피 지갑 이만 원 넘게 주고 사서 선물한 거야. 내가 할머니한테 잘 어울리겠다고 말했더니 지송이가 그럼 할머니한테 드리라고 하네. 엄마 보시라고 사진 찍어 보냈는데 마음에 들어? 맘에 들면 택배로 보낼게요" 하더니 바로 끊는다.

며칠 후 둘째 딸에게 왜 여태 호피 지갑은 소식이 없냐고 문자 보냈더니 금세 '여사님이 맘에 드신다면 얼른 보내드려야지요.' 메시지 보내온 지가 일주일 넘었다. 그렇게 시일이 지나도 호피 지갑에 대해 아무런 소식이 없더니 마침 둘째 딸 안부 전화가 왔다. "애 둘째야, 호피 지갑은 왜 안 보내니? 궁금해 죽겠는데" "엄마 결혼식 있어서 평택에 갈 때 엄마 집에 들러야 하잖아? 그때 가져갈게요" 한다.

일주일 후 토요일 둘째 사위와 둘째 딸은 이종사촌 아들 결혼식에 참석하려고 성남까지 그 먼 길을 왔다. 둘째 딸이 "엄마, 지송이 선물이에요" 하며 예쁘게 포장한 선물 상자를 건네기에 급한 마음에 결혼식장 로비에서 상자를 풀어보니 호피 무늬 손지갑이 아주 예쁘다. 갈색 바탕에 검은 호피 무늬가 너무 고급스럽고 세련돼 보여서 너무 마음에 들었다. 결혼식 끝나고 사위와 둘째 딸은 우리 집에서 하룻밤 자고 갔다. 외손녀 지송이에게 선물만 받고 답례를 못 해서 마음에 걸리고 미안했다.

외손녀 지송이와 전화 통화하며 호피 지갑이 너무 예쁘고 맘에 들었다며 앞으로 엄마한테 선물할 일 있으면 엄마 수준에 맞추지 말고 할머니 수준에 맞춰라, 그래야 또 할머니한테 선물이 오잖아? 그럼 넌 일석이조잖아? 선물 하나로 엄마한테 할머니한테 하고 말이야 했다. 가만히 듣고 있던 외손녀 지송이도 농담이 기막히고 우스운지 헤헤 웃으며 아무런 대답이 없었다. 외손녀 지송이는 어리지만 마음이 포근하고 따뜻해서 어린아이 같지 않게 철이 많이 들고 애교가 똑똑 떨어지게 많아 머지않아 기쁨조라는 별명을 얻을 것 같은 예감이다. 지송아, 그동안 생일 선물 한 번도 못 줘서 할머니 너무너무 미안하구나. 지송이는 할머니한테 스카프도 두 장씩이나 선물하고 가죽 장갑, 호피 지갑까지 선물해주었다. 그런데 할머니는 외손녀 지송이에게 양말 한 짝도 못 사주고 진짜 진짜 정말로 미안하고 마음에 걸려서 짠하구나. 겨울방학 때 오면 두터운 양말이나 한 컬레 선물로 사줄까나? 지송이는 기대하시라. 할머니의 양말 선물 알겠지? 참, 할머니 면허 취득하자마자 차에 달고 다니라고 스킬 십자수로 할머니 전화번호 방석 이만 원 넘게 들여서 만드는 중이라고 말한 지가 언제니? 지송아, 여태 지금까지 전화번호 방석 선물 소식도 없고 어찌 된 거니? 전화번호를 십자수로 쓰다 어려워서 너 포기했지? 너는 말하지 않지만 엄마한테 들어서 다 알고 있다. 지송아, 말하고 싶지 않은 비밀인데 할머니가 폭로 다 해서 정말 정말 미안해. 그 대신 할머니가 지송이 하늘만큼 땅만큼 사랑한다.

2008년 10월 31일 8시 45분 천사은심

지금 천사 엄마는 성나고 뿔났다

부모와 자식 간 사랑도 한계가 있는 모양이다. 밑반찬 맛깔나게 만들어 자식들 갖다 먹이는 일이 재밌어서 이것저것 만들어다 주곤 했다. 김장 김치 해주면 맛있다며 좋아하고 잘 먹는 모습이 한없이 기쁘고 뿌듯했다. 밑반찬은 가끔씩, 김장 김치는 일 년에 한 번씩 20년 가까이 해주었는데 지금은 여덟 집 김장이 얼마나 큰 행사인지 모른다.

예전엔 김장 무, 배추를 우리 그이랑 함께 도와가며 가꾸어 힘이 덜 들었는데 지금은 혼자 심고 가꾸어 김장까지 해주려니 너무 힘이 많이 든다. 고추며 마늘, 새우젓, 액젓 이것저것 양념 준비하는데 신경이 많이 쓰여 더 힘들다. 그래서 작년 김장할 때도 딸들에게 김장 김치 담그는 법도 가르치고 전수하려고 김장 도와주러 온 사람들도 다 보내고 큰딸 왕초 넷째, 막내딸 데리고 김장했다.

딸들도 힘들었겠지만 알아서 척척 도와주지 못하고 시켜야만 하는 일도 서툴다. 주도적으로 내가 모든 일을 책임지고 나서서 하려니 여러 명이 3시간이면 끝내던 김장이 종일 걸렸다. 작년엔 김장하고 몸살로 한 달이 넘게 몸져누워 앓고 일어났다. 생각 끝에 금년 김장은 각자 집에 엄마 초빙해 나누어 하자고 지나가는 말로 여러 번 말한 적 있지만 이렇게 하나 저렇게 하나 걱정이다. 무 배추 넉넉하면 갖다 먹게 하려고 열심히 가꾸는데 고추도 알아서 살 생각을 안한다. 큰딸 왕초와 농협은행에 볼일 있어 갔다가 농협에서 판매하는 고추 큰딸 20근 넷째 딸 20근 사라고 했다. 딸들은 김장 걱정이

113

안 되는지 태평 세월이고 나만 마음이 바쁘고 추운데 김장할 걱정이 지금부터 태산이고 나 혼자 몸달아 마음만 바쁘다.

금년 김장은 각자 해 먹자고 말했어도 고추 40근이 모자랄 것 같아서 10근 더 사고 새벽 5시에 일어났다. 새벽에 고추 꼭지 따고 말려서 고추 빻아 올 것도 큰 걱정이다. 다행히 날씨가 화창하고 가을볕이 좋아 고추 말리는 모기장 멍석을 옥상에 폈다. 오십 근이나 되는 고추 자루를 한쪽 어깨에 메고 한 손에 고추 자루 들고 옥상까지 몇 번을 오르락내리락 했다. 혼자 무거운 고추 자루 어깨에 메고 손에 들고 날라다 고추 널고 나니 너무 힘들어 등에서 땀이 난다. 8,000원 주고 사다놓은 모기장이 얼마나 넓고 큰지 그 많은 고추를 한 군데에 다 널 수 있어 그나마 쉬웠다.

그렇게 큰 모기장 멍석에 많은 고추를 널고 보니 일이 편하고 좋아서 혼자 중얼중얼 사람도 죽이고 살리는 돈이 좋기는 좋구나 했다. 넓고 큰 모기장 안 샀을 때는 고추를 좁은 데 여러 군데 널어 더 힘들었다. 고추 널고 나니 등에서 땀이 나서 축축하고 힘들기에 소파에 앉아 쉬고 있는데 나도 모르게 아이구 힘들어 하는 말이 저절로 나온다. 김장할 생각하니 걱정인데 자식들은 이렇게 힘든 사정도 모르겠지. 한두 해 해 먹는 김장도 아니고 18년 전부터 해마다 김장철만 돌아오면 혼자 바쁘고 힘들다.

떨어져 사는 자식들에게 무 배추 뽑아 들일 때마다 와서 거들라고 할 수 없어서 혼자 해야 한다. 갑자기 날씨가 추워지면 무 배추 얼까 봐 발을 동동 구르며 걱정하고 이 딸 저 딸네 전화해 봐도 안 된다. 작년에도 넷째 딸을 불러서 무 뽑아 들이는데 쇼핑 카트에 무를 실어 날랐다. 비포장도로 바퀴가 구르지 않아서 무밭 중간쯤 쇼핑 카트 세우고 어깨에 메어다 실어 들여 와서 김장했다. 남들은 나를 보고 자식들 버릇 잘못 들여서 사서 고생을 한다고 한다. 자식들이 겨우내 먹을 반양식이기에 그렇게 힘들어도 참고 하는데 이제는 나이 탓인지 정말 힘들다. 자식 사랑이 한계에 도달했는지 여덟 집 김장하기는 이제 너무 힘들고 버겁다. 여러 사람이 한 사람 신경 쓰는 게 아니라 한 사람이 여러 자식들을 신경 쓰고 걱정하니 아이고 나도 모르겠다 생각하며 거실에 놓인 화분을 둘러보았다. 꽃봉오리 터트리고 살짝 벙그는 동양란 꽃 빛깔이 너무 곱고 선명해서 꽃을 보는 순간 힘들던 마음이 금세 사라지고 마음이 밝아졌다. 작년 4월에 예쁘게 꽃이 피고 향이 너무 좋기에 사서 집에 있던 도자기 화분에 화분 갈이 해준 동양란이 꽃대가 올라와서 예쁘다. 꽃봉오리 맺힌 걸 보니 머지않아 꽃봉오리 탁 터뜨리고 향기 좋은 예쁜 꽃을 피울 것 같다. 꽃들을 바라보는 순간 힘들던 마음이 봄눈 녹듯 사라지는 걸 보니 세상 모든 사람들이 자연과 꽃을 사랑하면 행복한 마음 갖게 되고 성품이 온화해지겠다.

2008년 11월 4일 뿔난 천사은심

따뜻한 차 한잔 그리운 계절

울긋불긋 고운 단풍 향기 그윽한 향기로운 가을 국화꽃이 천지를 아름답게 수놓았다. 고운 오색 단풍 꼬까 때때옷 갈아입고 아름답던 가을 계절은 어느새 서서히 우리 곁을 떠나려나 보다. 날씨 쌀쌀하고 발이 시리기에 아끼고 아끼던 난방 보일러를 오늘에서야 처음 켜기 시작했다. 가을 날씨답지 않게 쌀쌀하고 추운 탓인지 따뜻한 차 한잔이 그립다. 식탁에 놓인 찻잔 앞에 앉으니 모락모락 피어오르는 은은한 모닝커피 향이 참 좋다. 코끝에서 머무는 은은하고 향긋한 커피 향이 온몸을 감싸 안아 내 마음을 따뜻하게 행복을 전해 준다.

행복이란 무엇일까? 돈 많이 없어도 가족 모두 건강하고 화목하고 근심 걱정 없으면 제일 큰 행복이 아닐까? 돈이 억수로 많으면 행복하겠다는 사람도 있을 테고 맛난 음식을 배불리 먹고 좋은 곳으로 여행을 다니며 행복을 느끼는 사람도 있겠지. 행복이란 머언 곳에 있는 게 아니라 자기 마음속에 있다.

나 자신도 지금까지 살아오며 만족과 행복을 느끼며 진심으로 감사하게 살았던 세월이 있다. 돌이켜 보면 그리 넉넉지 못해도 자식들 모두 다 건강하게 잘 자라주고 삼시 세끼 때 거르지 않고 뜨신 밥에 고기반찬은 아니더라도 배불리 먹고 재롱떠는 자식들이 장글장글하게 이쁘고 귀여울 때의 뼛속까지 파고드는 행복은 무엇과도 바꿀 수 없는 나만의 기쁨이었다.

유난히 아이를 너무 좋아하고 예뻐하는 나의 타고난 성격은 아이

사랑이 너무 많아 아들딸이 많은가 보다. 고만고만한 육 남매 키울 때 사람들은 나를 보고 아무개 엄마는 애를 징그럽게 이뻐해서 딸 많이 낳았다고 했다. 남의 집 아기라도 예쁘면 손이라도 잡아보고 싶고 한번 안아보고 싶은 그런 마음이 간절할 때 있다.

감수성이 너무 예민한 탓인지 혼자 집에서 커피 한잔을 마셔도 습관적으로 커피 맛 때문에 그냥 마신 적이 없다. 따뜻한 커피잔 앞에 앉으면 은은하게 풍기는 커피 향이 나만의 호젓한 시간 속에서 사색에 젖게 한다. 누구나 한평생 사는 동안 때에 따라 행복을 느끼고 모든 소망을 바라는 차원은 사람마다 각자 다를 게다.

한참 어린 자식을 품 안에 품어 키울 때는 가족과 자식들이 모두 모두 건강하고 큰 걱정 없이 화목하게 잘 사는 것이 바람이었고 행복이었지만 이제 나이 들고 보니 나의 행복보다 자식들의 행복이 더 우선이다.

부모의 소망은 오직 자식들이 모두 건강하게 걱정 없고 힘들지 않게 잘 살아주는 것이다. 자식들이 내 소망대로 잘 살아주기만 한다면 그것이 바로 나의 기쁨이요 행복이다. 나의 진실한 소망이 하나님께 전해져서 나의 분신인 육 남매 자식들에게 모두 하나같이 하나님의 은총이 내리시기를 간절하게 기도드리고 기원해보지만 언제쯤 응답을 내리실까.

앞으로 한 달 후면 연말이 다가오고 크리스마스다 망년회다 해서 다사다난했던 한 해를 마무리해야 한다. 제대로 일 한 가지 해놓은 것도 없는데 허무하게 또 한해를 쓸쓸하게 그냥 보내는구나. 이러한 아쉬움도 있지만 2009년 새해도 일 년 내내 열심히 뛰고 또 뛰어서 지난 한 해보다 더 잘 살아야겠다. 내가 바라는 희망과 소망이 이

루어져서 가족들의 행복과 늘 함께 살고 싶은데 꼭 그렇게 살아볼
계획이다.

2008년 11월 2일 밤 8시 40분 천사은심

첫서리

이른 아침 대문 밖에 나가보니 단풍잎 다 떨어지고 헐벗은 앙상한 나뭇가지에 밤새 몰래 하얀 첫서리 꽃이 살포시 내려앉았다. 대문 앞 화단 꽃밭에 한창 무리 지어 연꽃 모양처럼 활짝 핀 다알리아를 보는 이마다 예쁘다며 탐냈는데 벌써 서리꽃이 내려 싸한 마음 들고 안타깝다. 갑자기 내린 찬 서리에 깜짝 놀란 다알리아는 아직 서리에 절지 않아서 꽃 모양은 그대로 유지하고 있지만 대궁에 돋아난 이파리는 푹 절어 안타까운 심정이다.

더 추워지면 된서리 내리는데 다알리아가 밖에 그냥 서 있으면 예쁜 꽃이 다 얼어 죽고 망가질 텐데 애처롭고 딱해서 어쩌면 좋을까. 된서리 내리고 꽃이 더 얼어 죽기 전에 꽃대궁을 한 아름 잘라 화병에 꽂아서 거실 좌탁 위에 올려놓고 날마다 보니 집안 분위기도 한결 밝아져서 좋다. 그리고 얼기 전에 고구마처럼 생긴 다알리아 알뿌리도 다치지 않게 호미로 조심조심 캐 상자에 담아 다용도실에 들여놓았다.

하고 싶어서 한 일이지만 어젯밤 늦도록 책 읽느라 자정쯤에야 잠자리에 들었더니 한낮에 자꾸만 졸리고 눈이 감긴다. 밤이 깊어가기에 아무리 잠을 청해도 심취해서 읽은 책 내용이 머릿속에 떠오르고 쉽게 잠들지 못했는데 새벽 5시 휴대폰 알람에 습관적으로 잠이 깼다.

좀 더 자고 싶기에 눈감고 누워 잠을 청해도 한번 달아난 잠은 오지 않고 정신만 더 말똥말똥하고 어둠에 싸인 창밖은 칠흑 같은 어둠 깔린 고요한 새벽이다.

적막한 새벽 시간, 청승맞게 거실 탁자에 앉아 전등불 밑에서 조용히 글 한 편 쓰고 있으니 그제서야 서서히 여명이 밝아오고 먼동이 튼다. 아침밥 안쳐 코드 꽂고 밥하는 동안 독서에 푹 빠져 시간 가는 줄 모르고 몇 시간 책을 읽었다.

그렇게 독서하다 보니 아침밥 다 했다고 쿠쿠 밥솥에서 빽빽 부저 울리기에 아쉬운 마음으로 재밌게 읽던 책을 덮었다. 식탁 차려 아침 식사 마치자 집안일 다 접어두고 다시 책을 읽기 시작했다. 오전 11시 되어 가는데 늦게 잠자고 일찍 일어난 데다 너무 오래 책을 읽은 탓인지 눈이 침침하고 피곤하다. 침대 매트 따뜻하게 온도 높이고 누워서 뒹굴다 피곤했는지 깜빡 잠이 들어 한숨 푹 자고 일어났다.

정신을 맑게 하려고 거실 소파에 앉아 화분 행렬 가득한 거실 정원을 둘러보니 눈이 맑아지는 느낌이다. 며칠 전부터 서양란 꽃봉오리가 벙글락 말락 방실방실 꽃망울 터트릴 준비에 분주하다. 간밤에 밤새도록 자고 일아나서 거실 정원 들여다보니 서양란 꽃 한 송이가 예쁘게 살포시 꽃을 피우고 굿모닝 한다. 예쁘게 활짝 핀 서양란 꽃을 보니 외로운 다알리아 꽃 한 송이보다 두 송이가 정답게 모여서 활짝 벙글고 빵끗 웃는 다알리아 꽃이랑 너무 잘 어울리는 서양란 꽃이 너무 곱다. 꽃을 좋아하는 나는 예쁘고 아름다운 서양란에 한동안 넋을 놓고 들여다보고 있노라니 아무 말 없이 초연해지는 잔잔한 마음속에 벌써 꽃들이 서정에 빠져들게 한다.

원래 화초를 좋아했지만 혼자 조용히 지내다 보니 외롭지 않으려고 꽃을 끔찍이 좋아하게 되나 보다. 집안에서 늘 함께 같이 지내다

보니 자식 키우는 심정으로 화초를 가꾸게 되었는데 이제는 취미 생활에 한몫을 더하고 있다. 화초를 바라볼 때마다 눈에 박히도록 보고 또 봐도 눈을 뗄 수 없을 정도로 예뻐서 혼자 두고 보기에 아깝고 아쉽다. 이렇게 곱고 예쁜 꽃들을 혼자만 보고 남에게 보여주지 못해 안타까워하는 사람의 심정을 그 누가 알까. 추운 겨울 날씨에 밖에 내다놓고 남에게 자랑할 수도 없는 일이고 아름답고 귀한 꽃을 집안에 두고 혼자만 보고 지내야 하는 마음이 한없이 아쉽기만 하다. 꽃을 보는 행복함 속에서 꽃들에 대한 고마움과 혼자만 봐야 하는 아쉬움이 교차하는 안타까움이 영 가시질 않는다.

2008년 11월 9일 오후 4시 35분 천사은심

늦게 운전면허 취득했지만

나흘 전 장날 재래시장에서 건고추 50근 사 왔기에 꼭지 따는데 눅눅해서 청명한 가을 햇살이 눈부시게 화창한 어느 날 밖에 내다 펴 널어 바람 쐬고 살짝 말렸다. 이튿날 오전 꼭지 딴 고추를 자루에 미어터지게 담아 차에 빼곡하게 싣고 고춧가루 빻으려고 시내 방앗간으로 갔다. 오전 일찍 서둘러 나갔더니 손님 없어서 방앗간 앞 도로 가에 주차하고 차에서 내렸다. 방앗간 주인이 차에서 내리는 나를 보았는지 서둘러 나오더니 차 뒷문을 열어달라고 했다. 내가 차 뒷문을 열자마자 방앗간 주인 아주머니는 기운이 얼마나 센지 고추 자루를 꺼내더니 방앗간 안으로 몇 번을 들어다 날랐다. 주인은 고춧가루를 빻기 시작하더니 고운 고춧가루가 나오는 대로 비닐봉지에 담는다.

"아주머니, 농협 하나로마트에서 사 온 고추 어때요?" 내가 이렇게 묻자 "고추가 참 좋네요. 고추 아주 잘 사셨어요." "어머, 아주머니는 고추 좋은지 나쁜지 어떻게 그렇게 잘 아세요?" 재삼 또 물었더니 아주머니는 고춧가루 빛깔도 빨갛고 고와서 참 좋다고 했다.

"나쁜 고추는 빻으면 검은빛이 돌아요. 고추 오십 근 사셨나 봐요?" 나는 깜짝 놀라며 "어머나, 그건 또 어떻게 아세요?" "우리는 한 번 딱 보면 알지요. 말 안 해도 보면 고추가 몇 근인지 대충 알아요." 이야기하는 동안 고춧가루 다 빻아져서 주인은 비닐봉지 세 장 꺼내더니 빻은 고춧가루를 나누어 담고 저울에 달아본다.

"고춧가루는 36근이네요. 35근 치고 공전 18,000원만 주세요."

지폐 2만 원을 꺼내주었더니 거스름돈 2천 원을 거슬러준다.

고춧가루를 차에 싣고 집에 오는데 문득 늦게 운전면허 취득했지만 지금이라도 다행이란 생각이 머릿속에 스친다. 항상 바쁜 아들 사위 귀찮게 안 하고 내가 손수 차에 고추 자루 미어터지게 싣고 방앗간에 가서 고춧가루 빻고 집에 오며 생각하니 마음 뿌듯하고 흐뭇했다.

운전면허 취득한 기쁨을 실감하는 순간 운전면허 취득하게 도와준 둘째 딸에게 너무 고맙고 감사한 마음이 얼른 가시지 않아서 그래 이래서 사람이 살기 마련이구나 했다. 진작 운전면허 취득했으면 더 좋았을걸, 집에 오면서 내내 이런저런 생각하는 동안 어느새 산업도로에서 우리 집에 오는 도로 입구에 도착했다. 큰딸 왕초가 궁금해서 휴대폰으로 전화했더니 오늘은 웬일로 외출도 안 하고 집에서 전화 받기에 큰딸 왕초네 방향으로 차를 돌렸다. 금세 큰딸 왕초네 주차장에 도착하자 차에서 내리자마자 서둘러 계단을 올라가 초인종 눌렀더니 큰딸 왕초가 "엄마야?"라며 현관문을 열어준다. 큰딸네 거실에 들어서자마자 외손녀 솔지 방에 들어가 무조건 컴퓨터부터 켰다. 어젯밤 글방에 내가 쓴 글을 읽고 있는데 큰딸 왕초가 오븐에 구운 고구마 한 접시 가득 담아 쟁판에 받쳐 들고 들어온다.

"엄마, 오븐에 구운 고구마 좀 드셔봐" 하기에 한 개 먹어보니 오븐에 구워서 그런지 달고 맛있다. 고구마 한 개 먹고 있는데 큰딸은 나도 모르게 언제 주문했는지 양념 치킨이 배달 왔다. "배부른데 뭐하러 돈 들여 치킨을 시켰니?" 했더니 "엄마는 양념 통닭을 좋아해서 양념 치킨 시켰어. 식기 전에 얼른 드셔 엄마." "그래. 너도 같이 먹자" 하며 배부르지만 기왕 주문한 치킨 맛있게 잘 먹었다.

시계 보니 오후 3시 되어가기에 원곡으로 드라이브 한 바퀴 휘돌아 오자며 큰딸 왕초와 외손녀 솔지를 태우고 출발해 만세고개 넘어 원곡으로 두어 바퀴 휘돌아 오는 길에 넷째 딸 별달이네 잠깐 들러 한 시간쯤 놀다 집에 돌아왔다.

어제는 오후 1시 예식이 있어서 일부러 미리 오전 9시 30분 출발하고 넷째 딸 집에 가서 컴퓨터 켜고 인터넷 글방에 글 한 편 올리고 오전 11시 30분 넷째 딸 집을 나왔다. 시장에 볼일 있다며 넷째 딸 별달이도 나랑 같이 시장까지 걸어가다 CD 가게에서 발길 멈추었다. 내 차 타고 다닐 때마다 차 안에서 들려주는 음악이 싫증이 나는지 어느 날 큰딸 왕초, "엄마 CD 한 장 사줘야겠다"라고 한 말이 생각나서 CD 한장 고르고 지갑을 꺼내는 사이에 별달이가 어느새 벌써 CD 값 만 원을 내고 내게 건네주기에 받았다.

"무엇 하러 너는 돈을 그렇게 쓰고 그러냐?"라고 했더니 별달이는 "그렇잖아도 엄마한테 CD 한 장 선물하려고 했수. 그동안 내가 엄마 차 많이 얻어 타고 다녔잖우. 차에 기름도 한 번 넣어주려고 했는데 어쩌다 엄마 차에 기름 한 번 못 넣어주었잖우"라고 말했다.

큰딸 왕초네 집에서 넷째 딸이 사준 CD 음악을 들으며 왕초랑 놀다 오후 5시쯤 집에 돌아왔다. 넷째 딸이 사준 CD 음악을 차 안에서 또 들으며 집에 오는데 경쾌한 음악이 너무 듣기 좋았다. 집에 오려고 현관문을 나서는데 큰딸 왕초가 집에 갖고 가서 심심할 때 드시라며 오븐에 구운 호박 고구마 한 보따리 싸주기에 받아 집에 왔는데 뿌듯하다. 왕초가 엊그제 가져온 오븐에 구운 호박 고구마도 아직 한 개 남았는데 잘 먹겠다며 받아 왔다.

2008년 11월 9일 밤 10시 55분 천사은심

서운사의 밤

인적 없는 서운사
재잘대던 산새들도
고이 잠든 밤

스님 염불 목탁 소리
새벽을 깨운다

속세에 두고 온 정 잊지 못해
법당에 홀로 앉아
염불하는 번뇌 그 누가 알랴

희미한 촛불 앞에
외로운 검은 그림자
문틈으로 새어드는 새벽 달빛에
울고 있는 찬바람은 알고 있겠지

적막강산 여명 밝아오는 아침
산새도 목탁 소리 맞춰 합장하네

2008년 11월 13일 천사은심

낙엽 지는 소리

울긋불긋 곱게 물들었던
아름다운 고운 단풍잎
한 잎 두 잎 떨어지는 소리 쓸쓸한 가을밤
자장가처럼 들리던 귀뚜라미 노랫소리
점점 멀어져 가네

저 멀리서 들려오는 소쩍새 우는 소리
고요한 가을밤 정적을 깨우고
사그락 사그락 낙엽 지는 소리에
쓸쓸한 외로운 가을바람에 실려 어디로 갈까

고독이 머무는 외로운 가을밤
밤이슬에 젖어 노래하던 귀뚜라미
낙엽 지는 소리에 화들짝 놀랐는지
풀숲에 꼭꼭 숨었네

소슬바람에
살그락 살그락 낙엽 지는
가을 고운 단풍 낙엽 비
내리면 귀여운
아기 다람쥐 고운 오색

단풍 이불 덮고 겨울잠 자네

2008년 11월 13일 천사은심

초보운전 경험

이틀 전 별달이와 막내딸이랑 큰딸 왕초네서 김장 마늘 까자고 약속한 날 이야기다. 마늘 한 자루 애마 붕붕이에 싣고 과수원 길로 접어들었다. 구불구불 좁은 시골길이라 시속 30~40킬로 속도로 목장을 지나는데 먼발치서 냉동차 한 대가 마주 오고 있다. 사십여 년 세월을 다닌 길이라 어디쯤 공간이 있는지 잘 알기에 속도를 높였다. 냉동차가 2~3미터 정도만 후진하면 차를 비켜줄 만한 곳이 두어 곳이나 있다. 그런데 냉동차는 무턱대고 달려와 20여 초 동안이나 꼼짝을 안 하고 떡하니 섰더니 차에서 내린다. 기사가 길옆을 살피기에 차창 내리고 "아저씨, 저는 면허 취득한 지 얼마 안 된 왕초보인데요. 미안하지만 아저씨가 조금만 후진하시면 빈 공간 두어 곳이나 있어요. 미안합니다." 애교 있게 공손히 말했다. "차를 보았으면 오지 말고 기다렸어야죠." 차에 오르면서 하는 말이 기가 막히고 어이가 없었다. 도로 빈 공간을 지나쳐 오는 사람이 나에게 차를 보았으면 기다렸어야 한다니. 나는 50여 미터 이상 후진을 해도 비켜줄 수 없어 애써 속력을 높여 달린 건데 아저씨가 경우 없는 듯해서 "아저씨는 조금만 후진하시면 차 비킬 공간이 두어 곳이나 있잖아요? 뒤를 보세요. 반듯한 길도 아니고 구불구불한 시골 커브에서 어떻게 마주 오는 차가 보여요? 이곳 지리를 잘 알아서 아저씨 차를 본 순간 일부러 속력 내서 여기까지 온 거예요. 저는 50여 미터 후진해도 차 지나갈 만한 빈 공간이 없어서요."

내가 말하는 동안 냉동차 뒤에 흰색 승용차 한 대가 미끄러지듯

서행하더니 별장 들어가는 입구 공간에 차를 세우고 기다리고 있다. 냉동차가 후진해 비켜주기에 기분은 안 좋았지만 예의상 목례하고 앞에서 기다리는 흰색 승용차와 교차하면서 고맙고 미안해서 목례로 답했다.

큰딸네 가는 동안 기분 상해서 이런저런 많은 생각이 들었다. 오늘 만난 냉동차 기사는 이해할 수 없이 경우도 없고 예의 없어 안 좋은 인상을 주었다. 운전을 안 할 때는 몰랐는데 운전하다 보니 별의별 사람들이 많았다. 왕초보 표지를 붙였는데도 깜빡이도 안 켜고 갑자기 쌩쌩 달려서 내 차 범퍼를 스치다시피 앞지르기하는 차에 놀란 적도 많다. 신호 기다리느라 정차한 내 차 앞으로 쌩하니 신호 무시하고 달리는 차도 여러 번 목격했다. 하지만 말 안 해도 잘 비켜주고 기다려주고 배려해주는 고마운 사람도 많다.

언젠가 땅거미 내린 초저녁 아들 훈이네 집에 다녀오는 길이었는데 도로공사 중이라 복잡하고 차선이 분명치 않은 왕복 4차선 도로에서 2차선이 1차선이 됐다. 당황해서 차선을 바꾸려고 우측 깜빡이 켜고 한참 기다리고 있는데 퇴근 시간이라 끝도 안 보이게 차가 밀려 당황스러웠다. 거북이처럼 기어가다시피 뱀처럼 길게 꼬리를 물고 서 있어 도저히 끼어들 자신이 없어 꿈쩍도 못 하고 있는데 어떤 분이 들어오라고 손짓해주어 얼마나 뼈저리게 고맙고 감사하던지.

한번은 세교동 별달이네 집에서 놀다 오는 도로에서 차선 안 바꾸려고 2차선을 타고 달렸다. 그런데 웬 차들이 쭈욱 기사도 없이 정차해 1차선으로 끼어들지도 못하고 등에서 식은땀이 나는데 어느 분이 양보해줘서 참 고마웠다.

큰딸네 거실에 들어서자마자 왕초에게 "아휴 얘, 오늘 엄마는 과수원길로 오다가 별장 조금 못 미친 좁은 길에서 마주 오는 냉동차 한 대 만나 수난을 많이 겪었다" 하면서 사연을 털어놓았다. 내 말을 다 들은 왕초는 "그려? 우리 집 오는 길에 엄마 고생 많이 했네." "그럼, 고생 많았지. 좁은 시골길 운전해 오느라 마음은 상했지만 대신 초보운전 경험 많이 해본 셈이다."

2008년 11월 14일 9시 30분 천사은심

김장한 날 웃음보 터진 사연

2008년 11월 25일 우리 육 남매 가족들이 겨우내 먹을 반양식 김 장하는 날 날씨 춥지 않고 따뜻해서 천만다행이고 감사했다. 불볕 같은 강렬한 태양 아래 삼복더위 무릅쓰고 구슬땀 흘리며 자갈밭을 손이 부르트도록 힘들게 일군 텃밭에 밑거름 계분 충분히 뿌리고 밭고랑 만들었다. 자식 키우는 심정으로 가물면 물 주고 거름 주며 잘 가꾸었다. 땀방울 흘린 대가로 배추는 무성하게 자라서 속이 꽉 꽉 차고 무도 크게 잘 들은 데다 예쁘게 잘도 생겼다. 무 뽑아 들이 는 날 큰딸 왕초, 넷째 딸 막내딸은 이구동성으로 무가 예쁘게 잘생 겼다고 수없이 야단이다.

지난 23일 일요일, 아들 인훈이와 큰사위, 큰딸 왕초, 넷째 사위, 넷째 딸이랑 텃밭에서 배추 뽑아 들이는데 큰사위가 자꾸만 속이 덜 차서 양이 얼마 안 된다고 걱정했다. 앞마당에 산더미처럼 쌓아 놓은 배추는 충분할 것 같은데 큰사위랑 왕초가 자꾸만 부족하다며 아쉬워하는 것 같아 큰사위 차로 시장에 가서 배추 30포기 45,000 원 주고 샀다.

이튿날 배추 절이는데 보니 우리 배추 속이 얼마나 꽉꽉 찼는지 산더미처럼 절인 배추가 숨이 죽어도 통 줄어들지 않았다. 양이 너 무 많아 절이지 않은 배추도 남겼는데 욕심이 많아 자꾸만 모자랄 것 같단다. 농사지은 배추도 남기면서 일부러 시장에 나가 배추 사 들인 생각하니 짠한 마음에 두 딸들에게 "배추 속이 너무 꽉 차서 절 여도 줄지 않아서 큰일났다. 이 배추 다 어떻게 한다니? 누가 책임

질 거야? 우리 배추만 해도 충분히 김장하고 남는데 또 사 왔으니 어쩌면 좋아?" 걱정했더니 큰딸 왕초 염치없는지 깔깔 웃으며 "어젯밤에 우리 솔지 아빠는 배추 속이 안 차서 얼마 안 될 것 같다고 몇 번이나 말했어. 엄마 ㅎㅎ. 솔지 아빠가 밤새 얼마나 걱정했는데 배추가 왜 이렇게 속이 꽉꽉 찼어 엄마? 배추 따 들일 때는 속이 안 차 보였는데." 큰딸 왕초도 배추 양이 너무 많아 걱정하는 눈치가 역력했다.

더구나 막내딸은 시부모님 생신에 내려갔다가 김장 담가 와 여덟 집 김장이 일곱 집 김장으로 주는 바람에 김장 김치 충분히 담고도 절인 배추가 남아 김장 도와주러 온 종구 엄마 다 주었다. 힘들게 농사지은 무, 배추 남겨가며 돈 들여 배추 사들인 생각 하니 하루 종일 짠한 마음이 가시지 않았다. 다행히 이튿날 김장 끝내고 저녁 7시 넘어 한바탕 배꼽이 빠지도록 웃는 바람에 짠했던 마음이 사라졌다. 김장하고 무, 배추가 많이 남아 고민하던 끝에 넷째 사위가 잘 가는 단골 식당에 갖다주고 식사라도 한 끼 하고 오면 어떨까 해서 넷째 딸에게 사위한테 전화 좀 해보라고 했다. 넷째 딸은 사위가 쪽팔리게 어떻게 그런 말 하냐고 펄쩍 뛰며 얼른 전화 끊었다고 한다. 할 수 없이 내가 114에 식당 전화번호 물어 식당 주인아주머니랑 통화했다. "아주머니, 시골에서 직접 무 배추 심어 김장하고 무가 많이 남았는데 무가 속도 단단하고 이쁘게 잘생겼네요. 아까워서 그러는데 식당에 무 갖다드리고 식사 한 끼 하고 올 수 없나요?" "아이구, 진작 전화하시지유. 어제 깍두기 많이 담았씨유. 무가 처치 곤란하시면 식당으로 가지고 나오셔서 식사나 하시고 가셔유." 처치 곤란이라는 말이 듣기 거북해 처치 곤

133

란이 아니라 무 속이 너무 좋은 데다 예쁘게 잘생기고 아까워서 그런다고 말했다.

옆에서 통화 내용을 듣고 있던 큰딸 왕초랑 별달이가 웃음보가 터졌는지 갑자기 주방으로 달려가 숨넘어가게 깔깔대고 웃는 바람에 나도 덩달아 웃음보가 터져 간신히 참고 통화 마쳤다.

전화 끊고 나서도 한바탕 집이 떠나가도록 자지러지게 눈물이 쏙 빠지도록 웃느라고 집안이 온통 웃음바다 되었다. 그리고 큰사위 처다보며 "김장배추 충분한데 사위가 자꾸 욕심부려서 배추 많이 남았네. 저 김장 다 어떻게 할 거야? 겨울 동안 내내 김장 김치 남기지 말고 김 서방 자네가 다 먹어 치워야 하겠네. ㅎㅎ" 했더니 "배추 따드릴 때는 속이 하나도 안 찬 것 같더니만 그러네요." 이 말 한마디만 하고 소리 없이 빙긋이 웃어넘기는데 김장 많다는 말에 흐뭇한가 보다. 뭐니 뭐니 해도 겨울엔 김장 김치가 반양식인데 넉넉해야 든든하고 적으면 아껴 먹느라 마음대로 못 먹는다.

2008년 11월 29일 오후 6시 천사은심

기다림의 한 생애

한겨울 칼바람이 마음을 시리게 하는 날
눈꽃님 오실 준비에 분주한 어느 날
잿빛 구름이 우주에 살포시 내려앉았다
무성하게 푸르던 나뭇잎 새에
채색으로 곱게 물들인 단풍
다 떨구고 추위에 떨고
홀로 외롭게 서 있는 앙상한 나뭇가지에
하얀 눈꽃이 소복이 내려앉아
계절에 초목은 명년 춘삼월
기다리며 그리워하고
우리의 인생은 일장춘몽이 아니던가

인생은 뜬구름 바람 같은 세월
굴곡진 인생 삶의 과정에서
힘들고 지친 긴 터널 지나고 나면
어느새 곱던 얼굴에 물결 같은 주름만 늘어가고
검었던 머리 위에 하얀 서리꽃이 내려앉아
쓸쓸한 마음 서글프기만 하다

무작정 기다림의 한 생애
머리 하얗게 서리꽃이 피도록

그리움 쌓아가며 참아내는 인고의 시간들
지나온 시간 속에 저물어가는
이 한 해 삶의 무게만큼이나 힘들고
추운 겨울 찬바람 섞인
눈 아닌 빗방울 떨어질 때면
가끔은 고개 들고 하늘 올려다보며
지난 세월 떠올리며 생각에 젖어본다

이제는 어쩔 수 없이
나이 들어가는 신호일까? 조급한 마음에서일까?
때로는 한없이 서글프고
조금만 서운해도 나도 모르게 눈물이 난다
절절 끓던 사랑하는 사람보다는
대화가 잘 통하고 마음 서로 터놓고
얘기할 수 있는 그런 친구가 그립고
시린 등 덮어줄 수 있는 친구가 그리울 때인지
이른 아침 밝은 햇살 눈부신 창가를 보며
가끔 나이를 헤아려본다

세월이란 두 글자 앞에 무릎 꿇고
흰머리 주름진 얼굴 거울 속에 비치는 내 모습은
너무 초라하지만
평범한 시골 아낙인 나를
잊지 않고 기억해주는 사람이 있어

그래도 위로가 되고 조금은 행복하다고 느낄 때 있다

새벽 찬바람은 가로등 불빛에 얼고
별빛은 어둠의 빛을 안으며
내 그리움은 싸늘한 겨울 찬바람에 잠이 들어
어색한 마음은 따스한 온돌방 안에 숨 쉬는데
고요한 새벽이 열리면 숨 고른 사람의 입속에 중얼대듯
그 이름 되뇌어본다

커피라도 한잔 마시는 날엔 잠이 오지 않아
속옷 바람에 홀로 거실 분합문 창가 앞에 앉아 있으면
까만 밤 사이 지붕 끄트머리에 남은 별무리가
가로등 위 높은 나뭇가지 끝에 내려와 앉는다

겨울밤은 차고 뜨겁게 달구는 석유 보일러 소리와
고요를 외치는 어둠만이
지금 현재 이 시각을 간직하고 있다
사람 발자국 소리도 고요하고 정적이 감도는데
가로등 불빛에 놀랬나 어느집 개가 컹컹 짖어
내 시선을 추위에 홀로 남게 하고
더욱 쓸쓸한 외로움에 떨게 한다

2009년 1월 10일 천사은심

귀뚜라미야, 미안해

아직 날씨는 춥지만 아침 햇살이 거실에 가득 들어와서 노닐고 동양란, 서양란, 사계절 꽃피는 꽃기린, 게발선인장이 활짝 꽃을 피우고 꽃을 안 피운 화초는 기지개 켜고 좋아한다. 눈부시게 밝고 화창한 햇볕이 좋기에 창문을 조금 열고 먼지 털며 청소하고 물걸레로 거실 바닥을 닦았다. 청소하다 보니 추운 겨울 동안 어디서 살다 나왔는지 귀뚜라미 한 마리가 웅크리고 앉아 있다. 초겨울 어느 날 웅크리고 앉아 있는 귀뚜라미 보자 손으로 살짝 잡았더니 잽싸게 폴짝 뛰어 달아났다. 그때 내 손에 잡힌 귀뚜라미가 도망가느라 다리 한쪽을 내 손에 남겨두고 간 적이 있었다. 그런데 오늘 그 자리에 귀뚜라미 한 마리가 웅크리고 앉아 있기에 혹시 그때 다리 한쪽을 떼놓고 달아나 숨어버린 귀뚜라미가 아닐까 싶어 자세히 들여다보았다. 눈이 침침해 잘 안 보이기에 바닥을 닦다 말고 돋보기를 찾아 쓰고 들여다보았다.

"어머나, 한쪽 다리밖에 없네." 한쪽 다리밖에 없는 귀뚜라미를 보는 순간 가슴이 덜컥 가엾고 불쌍했다. 내 손으로 귀뚜라미를 잡지만 않았어도 귀뚜라미가 다리를 잃지 않았을 것을 생각할수록 큰 죄 지은 느낌이 들어 마음이 영 편치 않았다. 나도 모르게 작은 목소리로 '귀뚜라미야, 미안하구나. 이제는 너를 괴롭히지 않으마. 추운 겨울 동안 얼어 죽지 말고 우리 집 어디에서 살든 잘 살아라.' 이렇게 속으로 말하는 순간 몸집 작고 연약한 귀뚜라미는 재빠르게 폴짝폴짝 뛰어 거실 구석으로 숨어버렸다.

'우리 집 어느 곳에서 살아도 얼어 죽지는 않겠지만 귀뚜라미는 뭘 먹으며 살지?' 굶어 죽기라도 하면 어쩌나 불쌍한 생각이 들어 걱정이 이만저만이 아니었다. 작은 곤충이지만 내가 귀여워서 잡는 바람에 도망가느라 다리 한 짝 떨어진 귀뚜라미가 불쌍해서 마음 아팠다. 귀뚜라미는 혐오스럽지 않고 해를 끼치는 해충이 아닌 데다 가을 찬바람 나면 각종 풀벌레와 어울려 가을밤 하모니 들려주고 폴짝폴짝 뛰는 모습이 깜찍해 나는 참 좋아했다. 해마다 초겨울 되면 어느 틈에 들어왔는지 청소할 때 몇 번 눈에 띈 적 있다. 시골 농촌 주택이다 보니 주변에 텃밭이 많고 풀숲이 많아 추워지면 귀뚜라미가 집 안으로 들어오는 모양이다. 볼 때마다 반갑고 좋았는데 얼마 전 눈에 띈 귀뚜라미가 귀여워 살그머니 잡아본다는 것이 어쩌다 한쪽 다리를 잃게 만들어 마음속에 죄의식이 느껴지고 한동안 우울했다. 추운 겨울이 빨리 지나가고 따뜻한 새봄이 얼른 돌아와서 가을 되기 전에 떨어진 한쪽 다리에 새 뼈가 생기고 살이 돋아서 건강한 다리로 다시 태어났으면 좋겠다.

2009년 1월 13일 천사은심

제2부

창밖에 바람은 불어도

내 생애 최고 행복한 날

나 때문에 다리를 잃은 귀뚜라미의 깊은 상처를 기록으로 남기는 중인데 아들 인훈이가 귀여운 손자 민서를 안고 현관문 안에 들어온다. "갓난이 손녀 아기 은서는 날씨가 너무 추워 오늘은 못 데리고 왔어요."

어젯밤 인훈이는 전화로 "엄마, 지금도 다리 많이 아프셔요? 용한 의원 있다는데 내일 저랑 함께 침 맞으러 가보시죠." 혹독한 추위에도 성환으로 침 맞으러 가자고 꼬맹이 손자 민서를 데리고 왔다. 인훈이가 운전 경력 쌓게 내 차로 가자 했는데 화창했던 날씨에 흰 눈이 나폴나폴 내리더니 갑자기 솜방망이 함박눈이 펑펑 쏟아진다.

"아들아, 눈도 내리고 아직은 어린 민서를 태우고 엄마가 운전하기 싫다. 네가 운전하고 가렴." 애마 붕붕이 키를 건넸더니 "엄마 운전하시게 하려고 엄마 차로 가자는 건데요." "아니다, 아들아 네가 운전하고 가야지. 엄마는 사랑하는 손자 민서랑 뒷좌석에 타고 갈게." 내 말이 떨어지기 무섭게 인훈이가 내비게이션 안내를 받으며 용하다는 의원을 찾아 성환까지 갔지만 영 마음에 내키지 않고 침을 맞기 싫어 그냥 돌아왔다.

밖에 눈 내리는데 TV 시청하던 아들 인훈이는 갑갑하고 심심했던지 "엄마 우리 드라이브 나갑시다." 성환까지 갔다 왔는데 드라이브 한판 땡기자는 아들 인훈이는 드라이브 좋아하는 나를 위해 바빠도 짬을 내 드라이브 나가던 시절이 있었다. 경관이 아름답고 운치 있는 풍경이 좋아 늘 머릿속에 그리며 손수 운전하고 가보고 싶었던 관심지가 있다. 내가 운전해 그곳에 가보려 사방 돌아다니다 못 찾고 그냥 온 적 있는데 잘됐다 싶어 따라나섰다. 인훈이에게 대충대충 말했더니 어디를 말하는 건지 잘 모르겠다며 운전하고 한없이 가다 보니 내가 늘 가보고 싶어하던 곳에 도착했다. 창밖에 보이는 시원한 호수를 보자 아이들처럼 기뻐하며 그렇게 와보고 싶어 찾던 곳이 여기라고 했다. 바다처럼 넓고 긴 호수를 끼고 굽이도는 도로를 손자 민서를 안고 드라이브하는 동안 즐겁고 행복했다. 봄여름엔 온갖 꽃들이 흐드러지게 만발하고 싱그러운 신록이 호수와 잘 어울려 한 폭 동양화를 연상케 하는 곳이다.

오늘은 쓸쓸한 겨울이지만 풍경이 운치가 있고 맑은 호수에 물오리가 무리 지어 노닐고 있었다. 호수 위를 동동 떠다니는 오리 발이 호수에 얼어붙었는지 오리 떼는 미동도 하지 않았다.

"할머니, 싫어요." 손자 민서 재롱떠는 말까지 사랑스럽고 세상에서 제일 귀하고 이쁜 우리 손자 민서랑 드라이브하면서 세상 무엇과도 바꿀 수 없는 행복에 뿌듯했다. 손자 민서가 세상없이 귀엽고 예뻐서 안고 뽀뽀하려 하니 "할머니, 싫어요" 하며 뿌리치는데 오늘은 웬일인지 대여섯 시간 동안 내 품 안에 꼭 안긴 채 "할머니 좋아요." 조잘조잘 말도 잘한다. 오늘 하루 나의 행복이 내일이면 역사적인 아름다운 추억이 되겠다고 행복한 마음을 아들에게 말로 표현했다. 운전하는 아들 훈이는 못 들었는지 아무 말 없이 미리내성지로 향했다. 한참 머물다 돌아오는 길에 아들 인훈이가 방금 다녀온 관심지로 차를 돌리기에 초보운전 엄마 길 익히게 하려나 보다 생각하고 "으이그, 아들아, 네 자가용 아니라고 기름값 생각 안 하고 사방팔방 잘 돌아다니는 것 좀 봐. 으이그 제 차 같았어 봐, 이렇게 사방팔방 돌아다닐까. 오늘 기름이 한 드럼 더 들어갔겠다." 한바탕 웃으며 아들을 쳐다보니 농담인 줄 아는지 아무 말 없이 빙그레 웃고만 있었다. 드라이브 코스 돌아 고고씽 하던 아들 인훈이는 내비게이션 안테나 줄이 성가시다며 만세고개 근처에 정차해 날씨도 추운데 언 손을 호호 불며 한참 고생했다.

드라이브 나갈 때부터 컨벤션 뷔페 식식권이 있다며 식사하러 가자기에 나는 싫으니 가족끼리 가서 먹으라고 했더니 "엄마, 가족끼리만 외식하면 음식이 목에 넘어가요? 민서 엄마도 엄마랑 같이 가자고 했으니 엄마도 같이 가서요." 그래도 오붓하게 아들, 며느리, 손자, 손녀 행복한 시간 갖게 해주고 싶어서 안 가려고 했다. 그런데 드라이브 갔다 오는 길에 아들 인훈이네 먼저 들르는 바람에 할 수 없이 컨벤션에서 식사하고 왔는데 어쨌든 최고 행복한 날이었다. 나이 들어도 행복할 수 있는 일이 여러 가지구나. 이런저런 생각에 잠겨 하루 여정을 떠올려보았다. 아들 며느리 행복한 시간 방해했구나 생각하니 아들보다도 며느리에게 더 미안한 생각이 들었다. 집에 돌아와 누워 있으니 오늘따라 내 품 안에 척척 안기고 재롱떨던 손자 민서가 눈에 밟히고 자꾸만 보고 싶었다.

2009년 1월 13일 천사은심

행복을 전하는 책 시집

어제는 큰딸 왕초, 넷째 딸 별달이랑 안경점에 갔다가 바로 옆 건물에 서점이 있기에 들어갔다. 책을 좋아하는 나는 기쁨조 셋째 딸이 준 도서 상품권이 몇 장 있기에 시집 한 권을 골랐다. 새벽에 일어나 어제 산 따끈따끈한 시집에 푹 빠져 시간 가는 줄도 모르다가 여명이 밝아오기에 읽던 시집을 덮고 거실로 나왔다.

창밖을 내다보니 소담스럽게 함박눈이 나폴나폴 꽃잎처럼 수직으로 내리더니 금세 소복소복 쌓인다. 눈 많이 쌓이면 치우기 힘들기에 대문 앞에 나가 쌓인 눈을 깨끗이 쓸고 차고에 나가 보았다. 차 위에 백설기 시루떡처럼 소담하게 켜켜로 쌓인 눈을 치우다 보니 손이 시려 두 손을 호호 불며 서둘러 집으로 들어와 거실 책상 앞에 앉았다. 눈을 치우느라 힘들기에 쉬면서 꽁꽁 언 손을 녹이고 덮어놓고 나간 시집을 다시 펴들고 읽기 시작했는데 천지를 하얗게 덮은 눈꽃에 설레선지 시 구절구절마다 감동으로 밀려온다.

한참 책을 읽다 말고 한동안 넋 나간 사람처럼 아무 생각 없이 멍하니 초점을 잃고 앉아 있었다. 한 곳만 주시하고 앉아 있으니 갑자기 이런저런 생각들이 머릿속에 떠오른다. 시인은 어쩌면 이렇게 감동스럽게 아름다운 시를 쓸 수 있을까. 이런 시를 쓰는 사람은 마음도 이렇게 이쁘고 아름답겠지 하고 막연하게 생각해보았다.

글이란 쓰는 사람 마음속에 느낀 감정대로 써지는 건데 어쩌면 이렇게 글이 아름다울 수 있을까. 마음속에 잔잔한 감동의 물결이 밀려오는 순간 내 맘속에 잠재해 있던 잔잔한 생각들이 고개를 쳐들기 시작한다. 때와 시기는 많이 늦었지만 이제부터라도 문학을 배우고 싶은 욕망이 불현듯 마음속에 솟구쳐 오른다. 문학을 공부해서 지금껏 사는 동안 표출하지 못했던 마음속 언어들을 글로 표현하고 싶다.

이제 얼마 안 있으면 아니 열하루만 있으면 내 나이 벌써 한 살 더 플러스되는데 아직은 오늘이 제일 젊은 날이다. 농촌에 살면서 자연과 꽃을 사랑하고 좋아해서 그런지 서정시를 너무나 좋아해서 마음은 아직도 젊은 청춘 동심이다. 서점에서 책 한 권 고르려고 이 책 저 책 조금씩 읽어보다 지금 읽고 있는 시집이 너무나 마음에 쏙 들었다.

책을 고르며 "별달아, 엄마는 시집이 너무 좋아서 이 책을 꼭 사고 싶구나. 이 책을 살까? 고운 글귀에 너무 감동인데 엄마는 왜 이런다니? 나이는 들었지만 지금도 이런 책들이 너무나 좋은데 큰일났다." 별달이는 "우리 엄마는 서정시를 좋아하시네. 그게 좋은 거야, 엄마 그 책이 좋으시면 사시유. 엄마."

별달이는 내 나이를 위로하는지 별달이 말이 사실일까. 나이에 맞지 않게 서정시 좋아하는 나로서는 별달이 말처럼 정말이지 좋은 현상일까?

나이는 들었지만 마음만큼은 언제나 조금도 변하지 않고 소녀 적 마음 그대로이다. 어찌 생각하면 아직도 생각 없이 너무 나이답지 않아서 가끔 어느 때는 고민처럼 생각될 때가 있다. 창밖에 윙윙 겨울 칼바람 울음소리 토하고 밤새 내려 쌓인 눈꽃이 칼바람에 휙휙 흩날리며 눈보라 친다. 칼바람이 혹독하지만 창문을 통해 들어오는 아름다운 설경을 보면서 좋은 책을 읽으니 마음이 따뜻해진다. 독서하는 행복을 피부로 느끼는 순간 시집 책 한 권 속에 내가 표현하고 싶은 모든 것이 가득 다 들어 있다. 책을 읽는 행복은 낭만의 추억에 젖어 들게 하고 때로는 외로운 고독이 친구 하자 손 내밀면 독서가 친구 된다.

2009년 1월 14일 천사은심

마지막 찬비

입춘 지나고 봄소식 준비하려는 계절은 분주한지
창밖엔 마지막 늦겨울 찬비
혼자 쓸쓸히 내리고 있다
벌써부터 불어오는 꽃샘추위
강한 칼바람이 품 안을 쏙쏙 파고든다

바람을 동반하고 쓸쓸히 내리는
마지막 겨울 찬비
오늘따라 유난히
쓸쓸하게 느껴지는 것은 무슨 이유일까

따끈한 차 한잔 생각나는 계절
노르스름한 빛깔 잘 우러난
따뜻한 상황버섯차
가득 담긴 찻잔 앞에 앉아
늦겨울 비 풍경 바라보고 있다

꺾일 듯 말듯 찬바람에 애처롭게 수난을 겪는
앙상한 감나무 한 그루 눈에 들어온다

울타리 담장 너머 짙푸르던 감나무 잎새 채색되어

붉고 곱던 오색 단풍잎 다 떨구고
헐벗은 가지만 앙상하게 남아
알몸으로 몰아치는 눈 비바람 다 맞고
부대끼며 흔들리고 있다
작고 여린 나무 한 그루도 추위를 견디고
모진 풍랑을 다 겪어야만
올곧은 나무로 자랄 수 있다

사람의 인생 또한 세파에 시달리고
힘든 역경을 이겨내며 열 번을 쓰러져도
쿨하게 딛고 오뚜기처럼
빨딱 일어설 수 있는 사람만이
큰 목표를 향해 달릴 수 있다

창밖에 쓸쓸히 내리는
겨울 찬비는 어느새 뚝 그치고
마지막 떠나려는 겨울 끝자락에 선 계절은
아쉬움이 남는지 시위하듯 앙탈을 부린다
태풍에 강한 바람 소리 윙윙 토해내며
포악스럽고 무섭게 미련을 떤다
강한 바람에 덜컹대는 창문 흔들리는 소리에
정신이 어수선하고
정서 불안정해서 마음 심란하고
쓸쓸한 이럴 때는 따뜻한 봄이 더욱 그리워진다

쌩쌩 부는 칼바람도 이제 막 떠나려는 마지막 겨울
끝자락 중간에 서 있는 계절을
이제 서서히 보내려니 아쉬운 모양이다
시간이 지나갈수록 거세게 토해내는
강한 바람 소리 요란하고
변죽 맞은 날씨더니 어머나
방금 그쳤던 겨울 찬비가 금세 다시 내리기 시작한다

쓸쓸히 내리는 겨울 찬비야
외로운 고독을 부르지 말고 제발 어서 멈추어다오

2009년 2월 13일 천사은심

산다는 것은

만물이 소생하는 생명의 계절
아름다운 봄은 분주한 계절이기도 하다
진달래 꽃피는 봄동산 위에 올라가면
파란 하늘가에 흘러가는
저 조각구름 꽃구름은 정처 없이
어디로 저렇게 흘러가는 걸까
사람은 자연과 벗삼아 서로서로
함께 어울리며 그렇게 살아간다
자연과 세상의 모든 생명을
추위에 떨고 움츠리게 하던 겨울 끝자락도
이제는 서서히 떠나려는지
작별 준비에 분주한 모양이다

사계절 중에서 제일 먼저 반기고 싶은 계절은
따스한 봄 고운 햇살이다
새 희망 가득 품은 봄
아름다운 계절이기도 하지만 만물이 소생하는 봄이다
봄, 여름, 가을, 겨울 사계절마다
이런저런 이유로
어느 계절 하나라도 없어서는 안 될
사계절이 있어야 하는 건 분명하다

꿈과 희망 그리고 아름다운 자연의 싱그러움을
선물하는 낭만과 즐거움의 행복을 안겨주는
사계절 모두 다 소중하다

계절마다 우리 마음속에 느끼게 하는 것은
낭만과 삶의 즐거움
그리고 행복이라고 하는 이런 매력은
봄 여름 가을 겨울 계절마다 각기 다르다
굴곡진 삶의 무게에 짓눌리고 지쳐서
고달픈 현실이지만 우리는
아무리 힘들어도 인내로 이겨내며 살아야 한다
살기 힘든 세상에서 살아가는 우리가 시원하게
숨 쉴 수 있고 위로받을 수 있는 것이
바로 아름다운 자연과 계절이다

우리에게 싱그럽고 신선한 맑은 산소를 공급하는
울창한 나무 숲 향기 나는 녹음 방초
녹색 바람은 바로 여름 계절이 아닐까 하는 생각이다
그리고 보면 풍요로움과 고운 단풍 계절 가을은
또 그 얼마나 좋은 계절인가?
누구든지 힘들 때나 슬플 때는
훌훌 털고 산과 들에 나가보라

하찮은 풀 한 포기도 언 땅속을 헤집고 나와
눈 비 바람 호되게 맞으며
혹독한 추위를 이겨내고 탐스러이 내민 잎들을 보라
하물며 자연의 생명도 그러한데
인간의 생명은 또 얼마나 더
소중하고 고귀한가 말이다

그래서 봄은 모든 생명을 잉태하는
생명의 계절이기도 하다
겨우내 움츠리다 따뜻한 봄이 오기 무섭게
농부는 텃밭에 온갖 씨앗을 뿌린다
나뭇가지에 물이 오르면
연둣빛 새싹과 잎이 싱그럽게 피어나고
꽃대궁에 봉긋봉긋 맺힌 꽃망울 터트릴 준비에
분주한 계절인 것도 바로 봄의 계절이다

사람과 자연이 함께 어울려 산다는 것은
사람은 자연을 사랑의 손길로 가꾸고
자연은 우리가 숨 쉴 수 있는
상큼한 산소 같은 신선한 공기를 선물한다
그래서 자연이 없으면 우리가
단 하루도 살아갈 수 없는 현실이다
그래서 사람은 자연을 아끼고
자연은 우리에게 싱그럽게 신선하고 청정한

맑은 공기 마시게 한다

2009년 2월 18일 천사은심

후진 주차 첫 경험

이틀 전 전화벨 요란하게 울려 받았더니 큰딸 왕초가 오랜만에 잔치국수 해 먹게 넷째 별달이랑 오라고 했다. 아침 일찍 부지런히 집안일 다 해놓고 오전 10시 조금 넘었기에 차 타고 큰딸 왕초네 집에 갔다. 다음 달이면 면허 취득 일 년인데 그동안 후진 주차 한 번 못 해봤다. 큰딸네 도착하자 용기 내 후진 주차 시도했더니 어렵잖게 차선 한가운데 차가 쏙 들어갔다. 차에서 내려 애마 붕붕이 쳐다보니 참 신기하고 내가 너무 대견스러웠다.

면허 취득하고 바로 둘째 딸이 주차 연습하자고 그 먼 길 광양까지 내려오라고 들볶다시피 해 간 적 있다. 2박 3일 묵으며 둘째 딸이랑 비어 있는 주차장에서 몇 시간 전진 주차 연습했다. 둘째 딸이 전진 주차만 가르쳐주는 바람에 여태 후진 주차를 한 번도 시도해보지 못했다. 그런데 운전이 익숙해졌는지 안 해봐서 그렇지 더 쉽고 편할 것 같다는 생각이 들어 봐주는 사람도 없는데 용기 내 후진 주차 시도했다. 오늘 처음 해봤는데 하나도 어렵지 않고 주차장에서 나갈 때도 편하고 좋았다.

큰딸 왕초네 들어서자마자 기분이 좋아서 "얘 왕초야, 엄마 지금 후진 주차하고 들어왔다. 오늘 처음 해본 건데 하나도 삐뚤지 않게 차선 안으로 똑바로 차가 들어갔는데 후진 주차도 별거 아니네. 얘 왕초야, 후진 주차가 훨씬 더 편한데 기뚜오가 왜 전진 주차만 가르쳐주었을까?" 흥분된 어조로 힘들여 말했는데 표현력 없는 우리 큰딸 왕초 싱겁게 "그려?" 하고 딱 두 마디뿐이다. 만약 자식들이 그런 말을 내게 했다면 나는 기쁨에 어쩔 줄 몰라 "그래? 참 대견하다" 했을 텐데 말이다. 나도 딱 하루만 그렇게 무덤덤하고 내성적으로 살아봤으면 하고 더러 생각할 때가 있다. 하지만 타고난 성격을 쉽게 바꿀 수 없어 나도 그냥 살아간다.

재미없고 심심한 성격의 소유자 큰딸 왕초하고 외손녀 솔지랑 TV 시청하는데 넷째 별달이가 외손자 준하랑 거실에 들어서기에 "애 별달아, 너 들어오면서 엄마 차 좀 봤니? 주차 똑바로 아주 잘했지? 큰 용기 내서 처음 후진 주차해봤는데 어때?" 넷째 딸 "으응…. 엄마 차 선 안에 똑바로 잘 세워졌어"라고 했다. 점심때 큰딸이 봄동 겉절이에 잔치국수 해줘서 맛있게 잘 먹고 놀다 오후 3시에 별달이네 집으로 갔다. 별달이네 도착하자마자 인터넷 글방 클릭해보니 어제 쓴 글에 둘째 딸 댓글이 두 개나 올라와 있다.

별달이네 저녁 반찬으로 두부조림 해주고 부침개 썰어 갖은 양념에 무쳐 찜솥에 쪘다. 넷째는 화분 정리하고 나는 분갈이하며 가을 국화 묵은 대궁을 잘라주고 오후 5시 30분 집으로 왔다. 주차장에서 빠져나올 때 너무 편해서 좋았다. 그동안 출발할 때 힘들게 고생한 게 억울했다.

2009년 2월 23일 천사은심

강산이 여섯 번 변한 인생

10년이면 강산도 변한다는 말 있듯이 나를 스쳐 지나간 그 세월이 몇몇 해이던가. 손꼽아 헤아려보니 빠른 세월에 강산이 여섯 번 더 변하고 남았을 강물 같은 세월이 흘렀다. 강산이 여섯 번 변하고 남았을 세월이 흘러가는 동안 나의 모든 것들은 또 얼마나 초라하게 변했을까? 지난 세월 살아온 삶의 여정을 잠시 회고해보면 유수 같은 세월 속에서 울고 웃던 연극 같은 인생을 살아왔다. 행복했던 순간과 삶의 무게를 느끼며 힘겹던 지난 나날들이 참 많았지만 이제는 머언 추억이 됐다. 기쁜 일, 슬픈 일, 울고 싶던 일, 죽고 싶도록 속상하던 일, 참을 수 없이 우습던 일, 이런저런 사연들이 많았다.

이런저런 힘든 일들이 많고 많았지만 하늘이 무심치 않았는지 나를 온전하게 잘 지켜주셨다. 힘든 시련을 주어진 숙명으로 알고 묵묵히 겸허한 자세로 최선을 다해 노력하고 지금까지 외길 인생으로 열심히 살아왔다.

세상에서 가장 기뻤던 일은 딸 다섯 출산한 끝에 아들 훈이를 낳았던 그 순간이다. 자면서도 잊을 수 없고 잊히지 않는 그날의 내 심정은 천하를 다 얻은 듯한 기쁨과 행복이다. 그토록 기쁜 마음으로 키운 육 남매 자식들이 잘 성장해서 하나둘 인연 찾아 결혼하던 날들이 두 번째 기쁨이다.

힘들었던 일은 농촌 어려운 생활 현실에서 터울 잦은 육 남매 키우며 농사일 뒷바라지하는 일이었다. 삼시세끼 일꾼들 먹이려고 혼자 밥해서 어린아이 등에 업고 무거운 밥 광주리 머리에 이고 살

158

왔다. 들녘에 새참이며 일꾼들 점심밥을 머리에 이고 가는 일도 벅차고 힘든데 일손이 모자라 들에서 농사일까지 도왔다.

울고 싶었던 일은 고생을 고생인 줄 모르고 힘들게 키운 자식들을 부모 마음대로 할 수 없을 때이다. 죽고 싶도록 속상한 일은 자식들이 결혼해서 자식을 낳아 기르면서도 부모 심정을 모르고 배신할 때였다. 제일 슬픈 일은 40여 년을 한솥밥 먹으며 기쁜 일 슬픈 일 힘든 일 속상한 일 함께 다 겪으며 고생하고 살아온 그이가 작별 인사도 없이 가족을 떠나 홀연히 저세상에 가던 날이다.

생각해 보면 강산이 여섯 번 변하는 동안 이런저런 일로 행복했던 일 가슴 아팠던 일들이 참 많고 많았다. 내 가슴 속은 까맣게 숯검댕이가 되었지만 나를 힘들게 하던 운명님이 이제는 모두 내 편이 되어주시나 보다. 육 남매 자식들도 걱정 없이 성실하게 열심히 잘 살아주고 비록 그이는 내 곁에 없지만 나는 지금의 현실에 만족한다. 소박한 생활에 만족하고 욕심이 없기에 늘 감사하고 행복한 삶을 살아가는 지금 나에게 더 이상 큰 바람은 없다. 욕심이 과하면 불행하니 이 세상 소풍 끝날 때까지 지금처럼만 안 아프고 건강하게 살 수 있다면 제일 큰 행복이다.

2009년 2월 27일 천사은심

재롱둥이 손자 민서 짝사랑

옛말에 이월 꽃샘추위에 물동이 얼어 깨진다는 말도 있지만 윤달이 있어 그런지 입춘도 지나고 우수도 지난 지 보름이 넘었는데도 쌀쌀한 날씨가 옷깃을 여미게 한다. 지난 주말 넷째 딸네 마실 나갔더니 마침 사랑하는 우리 이쁜 손자 민서가 마실을 왔다. 넷째 딸네서 놀다 이쁜 민서를 꼭 껴안고 행복한 하룻밤을 자고 이튿날 아침 손자 민서 밥을 떠먹이고 옷을 입혀 할머니 차 타고 가자고 했다. 외손자 병하, 준하랑 노는 재미에 푹 빠진 손자 민서는 도리질을 하며 "싫어요. 할머니 집에 안 가요." 민서를 집에 데리고 오고 싶은데 영 따라나서지 않자 넷째가 교회 간다며 민서를 데리고 나갔다. 민서를 두고 혼자 집에 와서도 너무 서운하고 자꾸만 눈에 민서 얼굴이 밟힌다. 다음 날 큰딸 왕초네 점심 초대에 넷째랑 가기로 약속했는데 거기에 민서 데리고 오면 우리 집으로 같이 오고 싶었다. 그런데 그날은 아들 인훈이가 집으로 데리고 가서 얼마나 서운하던지 아쉬운 마음이 가시지 않았다. 선교원에 다니는 재롱둥이 민서는 일주일 간의 방학을 마치고 내일부터 다시 선교원에 가는 모양이다. 아직 사랑하는 손자 민서를 혼자 태우고 운전할 용기가 없어 민서가 눈에 밟혀도 많이 참고 지낸다.

오늘 오전 10시쯤 아들 인훈이가 민서를 데리고 왔는데 거실에 들어서자마자 집에 가자고 자꾸만 보채고 떼를 쓰고 아들 훈이를 너무 힘들게 한다. 민서가 그렇게 좋아하고 잘 먹는 고구마 주면서 먹으라고 해도 들은 척도 안 하고 쳐다도 보지 않았다. 텔레비전 켜고 어린이 만화 짱구 보라고 해도 싫다며 나가자고 너무 보채서 아들 훈이가 데리고 나갔다 들어와서 간신히 달래놓고 집으로 갔다. 그렇게 보채고 쌀쌀하던 민서는 아빠가 없어서 그런지 언제 그랬냐는 듯 내 품에 안겨서 연신 뽀뽀를 해대고 "할머니 좋아요. 할머니 좋아요"라며 재롱부리고 찍소리 없이 나랑 잘 지냈다. 민서가 졸린 것 같아 침대 매트에 온도 높이고 따뜻한 침대에 살포시 눕혀서 재웠다.

쌔근쌔근 낮잠 자던 손자 민서 오후 4시 30분에 깨서 나를 보더니 살포시 웃기에 "민서야, 따뜻하게 잘 잤지?" 민서가 누워서 웃으며 "네" 하기에 "할머니네 침대는 따뜻해서 좋지?" 또 물으니 웃으며 "네" 한다. 한참 동안 민서를 꼭 껴안고 누워 민서 볼때기에 뽀뽀 세례를 한참 퍼붓고 예뻐서 어쩔 줄 몰라 했다. 나는 왜 그렇게 민서가 예쁘고 좋은지 모르겠고 오후 6시쯤 "민서야, 밥 줄까?" 물었더니 "아까 먹었는데요?" "민서야, 아까 먹은 밥은 점심이고 지금은 저녁밥 먹어야지. 맘마 먹어야 아빠가 데리러 오면 얼른 집에 간다" 했더니 알아들었는지 "밥 먹을 거예요." 쟁반에 동치미, 달걀찜, 미역국을 차려서 거실에 내왔다. 거실 책상에 갖다놓으며 "민서야, 맘마 먹자." 티브이 보던 민서는 안방에서 나오더니 밥상 앞에 다소곳이 앉는다. 민서는 반찬을 가리키며 "이것도 먹고 이것도 먹고 이것도 먹었는데요." 두 번이나 똑같은 말을 되풀이한다. 점심에 먹인 반찬을 또 먹이냐는 뜻인 것 같아 속이 뜨끔했는데 하는 짓이 너무 귀엽고 우습다. '민서도 이제 많이 컸구나.' 얼마 전까지만 해도 삼시 세끼 먹여주는 대로 아무 말 없이 잘 먹었다. 이제 좀 컸다고 오늘은 점심에 먹은 반찬 또 주느냐 하는 뜻인 모양이. 점심밥도 저녁밥도 민서가 배부르다고 두 손으로 배를 만지며 "배불러요" 할 때까지 밥을 잘 먹여주었다.

저녁 7시 조금 넘은 시간에 아들 인훈이 퇴근하고 와서 사랑하는 이쁜 우리 민서를 데리고 갔다. 차고까지 따라 나가서 손 흔들어 배웅하고 안에 들어와서 조금 있으니 전화벨 울린다. 서둘러 받았더니 "엄마, 민서가 엄마 할머니 싫대요." "벌써 집에 갔니?" "아니요. 차가 밀려요." 차 많이 밀려 정차하고 있는데 아들 인훈이는 민서 재롱이 귀여워서 혼자 보기 아까운 모양이다. 손자 민서는 엄마 아빠 없을 때는 내 품에 척척 잘 안기고 연신 뽀뽀도 잘하면서 "할머니 좋아요. 할머니 좋아요." 재롱부리다가도 엄마 아빠만 있으면 나를 마귀할멈 대하듯 하는데도 끔찍이 이쁘다. 그것도 재롱으로 느껴지는 걸 보면 내가 손자 민서한테 푹 빠져 나를 싫어하는 민서를 짝사랑하는 게 분명하다.

2009년 3월 1일 천사은심

춘삼월 눈

새벽녘에 창밖을 내다보니 언제 살포시 도둑눈이 내렸는지 은빛 세상에 눈이 시리다. 춘삼월 눈이 너무나 신기해서 '어머, 춘삼월에 함박눈이 내리네.' 나도 모르게 혼잣말을 하면서 뒤꼍 차고에 가보니 눈이 꽤 많이 쌓였다. 눈을 쓸어줄까 하다 때 없이 펑펑 쏟아지는 함박눈을 맞으며 걷고 싶은 충동에 하얀 눈길을 하염없이 걸었다. 바람 한 점 없이 포근한 춘삼월 우산 없이 맨몸으로 함박눈을 흠뻑 맞으며 추억 속을 걸었다. 유년 시절 아련한 추억에 빠져 뽀드득뽀드득 걷다 보니 어느새 마을 어귀 언덕길에 도착했다. 발길을 잠시 멈추고 은빛으로 눈 이불 덮은 드넓은 들녘을 한동안 바라보고 서 있었다. 텅빈 들녘, 나폴나폴 내리는 눈꽃 풍경에 마음까지 정화되는 느낌이 들어 개운하고 시원했다.

차고 앞에 쌓인 눈을 쓸지도 않고 들어와 면경을 들여다보니 까만 머리에 눈꽃이 하얗게 내려앉았다. 감기가 오려는지 재채기가 그치지 않기에 따끈한 모과차 한 잔 끓여 마셨다. 밤새 외출에 맞추었던 보일러 온도를 조금 높이자 감기 기운이 무서워 도망갔는지 어느새 뚝 사라졌다. 떠나는 겨울 끝자락을 보내기 아쉬운지 지난밤부터 쉬지 않고 내리던 눈은 낮 12시 5분이 되어서야 서서히 그치고 날이 개기 시작했다.

2009년 3월 3일 천사은심

별달이네 집 단장 리모델링

설경 아름답던 겨울은 서서히 물러가고 요즘 반짝 꽃샘추위가 심술이 나는지 옷깃을 여미게 한다. 언젠가부터 별달이는 십 년 동안 살던 집이 싫증 나는지 볼 때마다 집을 리모델링하고 싶다고 말한다. 그럴 때마다 허리띠 졸라매고 살던 부모 입장에서 "별달아, 아이들 성장하고 졸업할 때까지 도배나 하고 그냥 살다 리모델링하든지 집을 짓든지 해라." 내가 그렇게 경제적인 걱정을 해도 별달이는 이 어미의 계산대로 살 수 없는지 대답이 없었다.

그러던 어느 날 큰딸 왕초랑 사흘 동안 여기저기 알아보더니 370만 원에 3월 9일부터 리모델링하기로 계약서 작성하고 왔다고 했다.

나는 걱정부터 앞섰다. 공사는 나흘 걸리고 넷째 사위는 본가와 처가가 각각 5분 거리에 있는데 회사에서 사흘 밤을 지내기로 했단다. 어쩔 수 없이 별달이에게 아이들 둘 데리고 우리 집에서 지내라고 했다.

공사 첫날 아침 별달이에게 전화하자 아이들은 등교하고 한참 공사 중이라기에 날씨도 쌀쌀하고 추우니 우리 집으로 오라고 했더니 서둘러 우리 집으로 왔다. 일찌감치 점심 식사하고 별달이를 태우고 개나리아파트에서 외손자 병하, 준하를 기다렸다. 집 안에도 못 들어가고 밖에서 4~5시간을 기다리자니 지루하고 힘들었다. 별달이도 따분한지 놀이터에서 시소라도 타자기에 시소도 타고 그네도 타며 꼬맹이들 노는 모습 구경하다 보니 해가 기울어가니 바람이 쌀쌀하게 불고 춥다. 금세 감기 기운이 느껴져 갑갑하지만 할 수 없이 차에서 지루한 시간을 보냈다.

오후 4시 30분 외손자들 학원에 보내고 다시 차에서 기다리다가 오후 5시 30분 학원에서 돌아온 외손자들과 별달이를 태워 집에 돌아오니 여섯 시가 넘어 벌써 땅거미가 내렸다. 외손자들이 김치볶음밥 먹고 싶다기에 김치 송송 썰어 볶음밥 해주었더니 맛있다고 야단들이다. 정말 맛있었는지 또 해달라고 하기에 두 번이나 더 해 먹이고 아이들을 일찌감치 재웠다.

매일 아침 6~7시에 일어나던 나는 이튿날 새벽 다섯 시에 일어나 아침밥 준비하기 바쁘고 6시 30분 두 애들 아침밥 먹이기 바쁘게 서둘러 6시 50분 외손자들을 등교시키고 8시에 집으로 돌아와 식탁 차리고 늦은 아침 식사했다.

쉴 새 없이 점심 식사도 못 하고 오후 1시 되기 전부터 꼬박 네다섯 시간을 차에서 기다렸다가 두 아이들을 우리 집으로 데리고 와야 했다. 첫째, 둘째 날 아침은 어찌나 쌀쌀하고 춥던지 히터를 켜고 운전을 해도 손이 시리고 추웠다. 오전 7시 개나리아파트에 도착하면 큰아이는 중학생이라 바로 등교하지만 둘째 손자 준하는 초등학생이어서 8시 20분이 되어야 학교에 보내고 집으로 왔다.

차에서 기다리는 동안 문득 둘째 딸 별명(기뚜오)가 너무 고맙고 감사하다는 생각이 뼛속 깊이 파고들었다. 운전면허 취득해서 고추 가득 싣고 고춧가루 빻아 오던 날도 큰 보람 느끼고 고맙다는 생각을 했다. 이 추운 아침 내가 운전 못 하고 차 없으면 어쩔 뻔했나 싶기에 "애, 별달아 엄마 운전면허 취득하기 잘했다. 고춧가루 빻아 오던 날도 보람을 느꼈지만 오늘 같은 날은 운전면허 취득한 보람이 뼛속까지 깊이 느껴진다. 애야 엄마는 기뚜오 성화에 취득한 운전면허가 그렇게 고마울 수가 없다"라고 말했다. 가만히 듣고 있던 별달이는 "고맙지. 그런데 엄마가 기회를 잡은 거지. 기회가 와도 엄마가 못 하고 그 기회를 못 잡으면 놓친 거지"라고 했는데 우리 둘째 딸 기뚜오 덕분에 취득한 운전면허 고맙고 감사, 감사하다.

2009년 3월 13일 천사은심

인생은 무조건 직진

씨앗을 땅에 심으면 제 살갗을
찢어야 싹을 틔울 수 있다
땅에 심은 묘목도 마찬가지
무서운 폭풍과 거센 소나기와
혹독한 한파 겨울을 이겨내었을 때
비로소 큰 나무가 되는 것처럼
젊어서 고난을 겪지 않으면
큰 인물이 될 수가 없다

인생도 마찬가지 고생을 안 해본 사람은
온실에서 자란 식물과 같고
온갖 시름을 눈물겹게 다 이겨낸 사람만이
강하고 굳건하게
인생을 살아갈 수 있기 때문이다

고생한 경험 이것이 바로
인생의 내비게이션이다
짧은 인생을 어떻게 잘 살아야
후회와 미련 없이 보람된 인생 살 수 있을까
마음대로 살 수 없는 것이 인생이고

싫든 좋든 무조건 직진, 그게 바로 인생이다

2009년 3월 22일 천사은심

신이 나에게 물으신다면

들녘에 나가보니 어느새 양지쪽에 쑥, 냉이, 씀바귀, 민들레 봄나물이 언 땅을 뚫고 뾰족뾰족 고개 내밀고 파릇파릇 움트던 새싹은 밤새 내린 찬 서리에 화들짝 놀라 움츠러들었다. 시위하는 꽃샘추위에 봄의 전령은 우리 곁에 성큼 다가오지 못하고 토라진 봄은 저만치 서 있다. 봄이라고 하지만 아직은 꽃샘추위 미련에 아침저녁으로 옷깃을 여미게 한다. 그렇지만 봄의 전령사 노오란 개나리, 분홍빛 진달래꽃은 꽃샘추위 아랑곳없이 만발했다. 꽃들은 봄을 화려하게 치장하고 봄 꽃놀이 나온 상춘객의 눈길을 끌고 어서 오라 유혹한다.

해마다 계절은 돌고 돌아 다시 봄이 오고 겨울잠에서 막 깨어난 산천초목은 기지개 켠다. 봄이 오기 무섭게 잎 돋고 꽃 피건만 어찌하여 인생은 한번 가면 다시 오지 못할까? 빠르게 뛰어가는 세월에 모든 걸 내맡기고 속절없이 가는 세월에 잃어버린 청춘이 아깝고 안타까울 뿐이다. 청춘은 엊그제 같은데 가시밭길 숨 가쁘게 달려와 한숨 돌리고 보니 말없이 저만치 가버리고 이제 내게 남은 건 세월의 창날 비켜서지 못한 초라한 모습뿐이다.

신이 나에게 "앞으로 인생을 무한정 살게 해줄까? 아니면 40대로 돌아가 앞으로 꼭 10년만 더 젊고 행복하게 살다 가게 해줄까?" 물으신다면 나는 단 1초도 주저하지 않고 후자를 택할 것이다. 지금의 내 삶이 힘들어서라기보다 추하게 오래 살고 싶지 않기 때문이다.

살다 보면 어찌 웃을 일만 있을까마는 나도 모르게 쓸쓸하고 우울할 때가 더러 있다. 나이 들어가는 탓일까? 살포시 비 내리는 살그락 소리만 들어도 쓸쓸하고 스치는 바람에도 마음 한켠이 시려 견딜 수 없다. 지나간 세월이 아쉬워 괜스레 눈물이 날 때가 있다. 감성 무딘 사람이 보면 배부르고 등 따뜻해 이런 말 한다고 하겠지만 사람은 감정이란 게 있다. 강물처럼 속절없이 가버린 청춘이 죽을 만큼이나 억울하다. 그 좋은 청춘 시절을 굴곡진 삶의 무게에 눌려 허무하게 보내버렸다. 젊음은 돈을 주고도 살 수 없는 재산인데 먹고사느라 허둥지둥 청춘이 뭔지도 모르고 살았다. 이제는 고생 끝 행복 시작인데 살 만해지니 초라해진 모습은 자신감을 앗아가고 나를 우울하게 한다. 지금부터라도 눈 한번 질끈 감고 마음만 고쳐먹는다면 새로운 인생길이 열리련만 무엇을 해도 나이가 태클이다.

2009년 4월 3일 천사은심

나의 소박한 삶의 풍경

살아 있는 모든 생명들이 기지개 켜는 봄, 누구나의 가슴에도 봄은 활짝 웃으며 찾아오지 않을까 싶은 날이다. 아침 산책길에 다정한 친구처럼 정답게 나란히 서 있는 서너 그루 나뭇가지에 활짝 피어난 연분홍 복사꽃을 만났다. 먼발치에서만 보던 복사꽃을 가까이에서 요리조리 살펴보니 이렇게 예쁜 줄 처음 알았다. 개복숭아 나뭇가지에 이겨 붙인 듯 흐드러지게 핀 복사꽃 꽃술이 새빨갛다 못해 간덩이 같고 꽃잎에 내려앉은 영롱한 아침 이슬이 햇살 받아 눈이 부시다.

수줍은 새색시 볼그레한 얼굴처럼 화사한 복사꽃을 욕심 같아서는 한 움큼 꺾어 화병에 꽂아 놓고 매일 보고 싶었다. 누가 보지 않기에 꺾을까 말까 망설이다 죄의식이 느껴져 차마 꺾지 못하고 남은 산책길을 걸었다. 드넓은 과수원 길에 당도하니 봄눈 내린 듯 배꽃이 하얘서 눈이 부시고 하얀 조팝나무꽃도 한몫하면서 내 마음을 사로잡고 발길을 자꾸만 더디게 하더니 결국엔 발길을 멈추게 했다.

나도 모르게 "어머나 세상에 예쁜 꽃들아 너희들은 정말 너무나 이쁘구나. 나도 너희들처럼 한번 예뻐봤으면 참 좋겠다." 혼잣말하며 향기 맡아보니 아침 이슬 때문인지 향기는 없다. 봄을 수놓은 들꽃들과 무언의 대화를 나누니 새털 같은 기분이다.

집을 나설 때는 과수원 입구까지만 산책하려고 했는데 꽃들에 반해 걷다 보니 나도 모르게 과수원 길을 지나 외곽도로 지하도를 건너갔다. 얼마 전 차 타고 지나면서 넓은 공터 공사 현장을 보았는데

171

어느새 큰 공장이 들어섰다. 크게 잘 지어진 건물 앞에 끝도 없이 아름다운 화단이 조성되어 화초 가족이 옹기종기 재깔재깔한다.

화단에 앉아 쉬며 하늘을 올려다보니 동쪽 하늘 붉은 노을 속에서 불덩이처럼 빨간 아침 해가 찬란하게 솟아오르고 서쪽 하늘 끝에 희미한 반달이 떠 있다. 낮에 나온 반달을 보며 날짜를 헤아려보니 음력 3월 22일 하순 그믐달이다. 지금껏 살면서 해 뜰 무렵 새벽달은 처음 보았다. 이토록 신비로운 감동과 기쁨이 넘치는 내 마음속은 한없이 출렁이고 황홀했다. 한동안 하늘에 떠 있는 낮에 나온 반달을 쳐다보며 아아, 이래서 동요 '낮에 나온 반달' 노랫말이 있구나.

자연 풍경에 흠뻑 빠져들어 시간 가는 줄 모르고 앉아 있다 아쉽지만 집에 오려고 휴대폰을 보니 아침 6시 14분이다. 자리에서 일어나 배꽃, 복사꽃, 조팝꽃 자연에게 내일 또 만나자며 손 흔들며 아쉬운 작별하고 빠른 걸음으로 집에 돌아왔다. 시계는 오전 6시 46분을 가리키고 아침 꽃길에서 만난 향기에 젖어 하루를 시작하는 여정에 기분 좋았다. 욕심 없이 자연을 벗 삼아 살면서 한 송이 들꽃에도 애착을 느끼며 살아가는 나의 소박한 삶의 풍경이다.

2009년 4월 17일 천사은심

손자 민서와 배꽃 드라이브

지난 일요일 오후 3시쯤 전화벨 울려서 받았더니 큰딸 왕초, "엄마, 4시 넘어 우리 예전 살던 성환으로 배꽃 구경 갈 거야?"라고 묻는다. 산책길에 배 과수원이 있어서 매일 아침마다 배꽃을 볼 수 있기에 잠시 망설였다. 배꽃 구경하겠다고 일부러 성환까지 가기는 그랬지만 "왕초야, 배꽃 구경 가는 건 네 맘대로 해"라고 했다.

갑작스런 전화에 바쁜데 3시 30분쯤 큰사위가 우리 귀여운 친손자 민서랑 왕초 딸인 우리 외손녀 솔지 태우고 클랙슨 울리며 기다리기에 얼른 차 타자 개나리아파트에서 넷째 딸이랑 외손자를 태우고 성환으로 출발했다.

드넓은 배 과수원이 여기저기 수없이 많고 배꽃이 만발해서 마치 봄눈이 내린 것처럼 천지가 하얀 과수원 사잇길을 달리는 동안 넷째 딸은 "어머 어머 너무 예쁘다. 오늘은 아주 기분 좋은 날이네" 하고 감탄하며 어쩔 줄 모르며 연신 입을 다물지 못했다. 나도 무리지어 곱게 피어나는 봄꽃들이 눈부시게 예뻐서 눈길을 어디에 두어야 할지 가슴이 한없이 설렜다.

오는 길에 천안 연암축산대학교에 들러 매장을 돌아보고 쉼터에 앉아 정원의 화사한 꽃을 보니 눈이 황홀했다. 이름 모를 꽃도 화려하고 분홍색 왕겹벚꽃이 흐드러지게 만발해서 화사한데 잘 가꾸어진 정원수도 눈길을 끌었다. 봄을 기념하는 사진 한 컷 찰칵 찍고 싶은 생각이 들기에 외손녀 솔지에게 부탁했다. 예쁜 꽃가지 휘어잡고 꽃그늘에서 멋지게 사진 한컷 찰칵하는 동안 우리 손자 민서는 놀이터에서 아이들하고 놀았다.

해 질 무렵, 별달이가 정신없이 놀고 있는 손자 민서를 몇 번씩 큰 소리로 부르며 집에 가자고 해도 들은 척을 안 하자 손을 끌고 억지로 데리고 왔다. 민서는 "집에 안 갈 거야~ 나 싫어~ 싫어." 떼쓰더니 차에 타서도 발버둥을 치며 "내릴 거야. 나 집에 안 갈 거야" 하고 차 문을 열려고 울고불고하며 진땀이 나게 했다. 별달이에게 안긴 민서가 뿌리치고 힘들게 하기에 조수석에서 내가 안고 달래야 할 것 같아 도로 가에 잠시 정차했다. 내가 안고 오는데 달래다 달래다 안 되겠다 싶어서 민서 엉덩이 맴매했다. 두어 번 토닥토닥 맴매했더니 떼쓰고 울면서 "고모한테 갈 거야, 고모한테 갈 거야~" 해서 차를 다시 잠시 정차했다. 민서를 다시 뒷좌석에 태우고 넷째 딸이 안고 오는데 중간쯤 오다 그만 지쳤는지 떼쓰던 손자 민서가 조용해졌다.

"애 별달아, 아파트에 어린이 놀이터 있고 선교원도 있는데 왜 저런다니?" 듣고 있던 별달이는 "엄마 민서가 여자 친구하고 놀고 있는데 내가 데려와서 그러는 거유. 민서는 그 여자애가 좋은가 봐." 별달이 하는 말에 우습기도 하고 여자 친구 때문에 집에 오기 싫어서 떼쓰는 어린 손자 민서가 귀엽기까지 했다. 엉덩이 두어 번 맴매했다고 나를 싫어하면 어쩌나 싶어서 차에서 내리자 나한테 업히기 좋아하는 민서를 불렀다.

"민서야, 할머니 업자. 업고 계단에 오르자" 했더니 별달이가 "그냥 손잡고 걸어가게 해. 엄마" 했다. 듣고 있던 민서가 어린 양을 부리며 "할머니 업을 거야"라며 내 등에 덥석 업혀서 별달이네 거실까지 업고 들어갔다. 지금 생각해봐도 여자 친구 때문에 집에 오기 싫

174

다고 떼쓰던 손자 민서 재롱이 너무 우습기도 하고 너무 귀엽다.

2009년 4월 23일 천사은심

육 남매 아들딸 사위 효심

지금 살고 있는 우리 집을 새로 지은 지도 벌써 햇수로 27년이 되었다. 당시엔 장기 주택자금 무이자 융자를 받아 양옥집으로 많이 개축하던 시절이었다. 우리도 융자를 받고, 있는 돈도 보탰으면 보기 좋게 2층 양옥집 지을 수 있었다. 그런데 나는 세상에서 빚지는 게 젤 무섭기에 알뜰하게 조금씩 저축한 돈에 금 열 돈, 금목걸이, 금반지 팔고 곗돈 보태서 빚 한 푼 안 얻고 우리 집을 새로 건축했다. 한 푼이라도 절약하려고 싱크대 대신 벽돌로 쌓아 시멘트 바르고 타일 붙여 개수대 만들어 사용했다.

그리고 몇 년 후 제일 비싸고 좋다는 유명 브랜드 백조싱크대를 설치했다. 당시 48만 원이었는데 그때만 해도 돈 값어치 높아 지금 환산하면 두 배는 넘을 것 같다. "어머나 안방이 운동장처럼 넓고 참 좋으네. 우리는 언제 이런 집에서 한번 살아본다?" 집들이하는 날 동네 사람들이 요모조모 쓸모 있게 잘 지은 집이라고 부러워했다.

요즘 아파트가 많이 생기고 주택을 지어도 요즘은 2층 양옥집을 지어서 27년 전 지은 우리 집이랑 많이 다르다. 그때는 좋았지만 지금은 다 낡아서 볼품없는 오두막집이 된 셈이다. 최고 브랜드로 알아주던 백조싱크대도 이제는 다 낡아 주방에 밤낮없이 쥐가 드나들어 괴롭히고 힘들게 한다. 깨끗하게 청소해도 아침에 일어나 보면 쥐들이 밤새도록 도깨비장난을 쳐놔서 정신이 하나도 없다. 별걸 다 씹어 놓고 식탁에 물건 올려놓고 깜빡 잊고 아침에 보면 물건 한

176

개도 안 남기고 다 물어가고 없다.

까만 쥐똥이 여기저기 쌓이고 쥐 지린 냄새 말도 못 하게 나서 너무 지겹고 속상해서 쥐를 일망타진하고 싶었다. 지금은 세상에 없는 쥐띠 우리 그이가 떠오르면 '으이그 인쥐가 속 썩이더니 이제는 진짜 쥐들이 나를 속 썩이는구나. 아이구, 내 팔자야.' 혼자 중얼거리며 푸념을 다 했는데 지난 5월 24일 휴일에 아들, 딸, 사위들이 우리 집을 방문했다.

주방 정비하고 깨끗하게 도배하고 25일 월요일 130만 원 들여 고급 브랜드 백조싱크대를 들여왔다. 그래서 아들, 딸, 사위 효심에 지금은 도시 고급 아파트가 부럽지 않게 깨끗하고 편리한 집에서 잘 살고 있다. 미안해서 볼 면목은 없지만 육 남매 자식들과 사위들의 효심이 너무나 감사하고 고맙다. 부모 입장에서 어렵게 살아가는 자식들에게 버팀목은 되어주지 못하고 늘 무거운 짐만 되는 것 같아 부담만 크다.

특히 집안에 큰일 있을 때마다 정신적, 육체적으로 큰사위를 제일 힘들게 했다. 정말 큰사위 보기에 미안하고 안쓰럽고 짠한 내 마음 어떻게 다 표현해야 할지 모르겠다. 주방 수리하는데 큰사위와 큰딸 왕초, 넷째 사위와 넷째 딸, 막냇사위, 우리 아들 인훈이가 너무 고생을 많이 했다. 너무 고맙고 감사해서 백분의 일이라도 갚고 죽어야 할 텐데 하는 마음뿐이다. 말로는 천 번을 해도 소용없는 말이지만 그래도 육 남매 자식들이 나의 진심만은 꼭 알아주었으면 좋겠다. 주방에 들어가서 식사 준비하고 식사할 때마다 육 남매 자식들과 사위들의 고마움을 잊지 않고 기억하며 살아야겠다.

육 남매 가족 모두 화목한 가정에서 건강하고 행복한 삶이 되기 바라고 하는 일마다 무궁한 발전 있기를 두 손 모아 빈다. 어렵게 조금씩 모은 회비에서 주방 수리비 충당한 비용이 너무 많이 들어서 짠한 마음인데 어쩌면 좋을지 모르겠다. 싱크대 130만 원, 도배 장판 13만 원, 주방문 교체 15만 원, 식대비 155,000원 총 1,735,000만 원 지출했다. 회비 잔액이 얼마나 남았을지 모르지만 육 남매 자식들의 피 같은 돈인데 연말 결산 회의 날짜 돌아오니 두려워진다. 아들, 딸, 사위들의 효심에 정말 고마운 마음인데 이렇게 글로밖에 표현할 수 없어 미안하고 또 미안하다.

2009년 6월 4일 엄마 천사은심

아들 인훈이 제초제 뿌리던 날

십여 일 전만 해도 한창 모내기 철이라 농부의 이마에 구슬 같은 땀방울 흘리며 숨 가쁘게 분주했다. 그 대가로 요즘 한참 뿌리내리고 파릇하게 잘 자라고 있는 싱그러운 벼들이 푸른 물결 같고 참 보기 좋다. 벼 심은 지 오늘이 13일째, 아들 인훈이가 더워지기 전에 일찍 제초제 뿌리겠다고 해 뜨기 전에 손자 민서 데리고 서둘러 왔다.

식탁 차려서 아들 훈이와 민서랑 아침 식사하고 둥굴레차 얼음물 한 병, 얼리지 않은 물 한 병과 컵을 챙겨 훈이 차에 싣고 논으로 나갔다. 농사일에 익숙지 않은 훈이가 제초제 뿌리는 동안 나는 서서 한참을 지켜봤다. 벼가 심기지 않은 빈자리에 손으로 모를 심어 때우고 허술한 물꼬는 다시 막아놓고 안전하게 손질했다. 논에서 일하는 걸 알고 큰딸 왕초가 하나밖에 없는 조카 민서가 보고 싶었는지 꽤 먼 거리를 걸어오자 훈이가 마중 가 태우고 왔다.

일을 다 마치고 민서랑 왕초랑 훈이 차 타고 집으로 오는 길에 그이 산소에 가서 사방을 둘러보았다. 점심 식사하려고 상추밭에 나가보니 상추가 연하디연해서 먹음직스럽다. 배추 속 차듯 상추도 속이 꽉꽉 들어차서 맛있게 점심 식사하고 집에 가는 왕초한테도 한 보따리 뜯어 보냈다.

안에 들어와서 벽에 걸린 달력을 쳐다보니 벌써 6월 초순, 사흘 후면 중순이다. 세월은 무서운 속도로 냇가의 물처럼 흘러가고 금년도 이제 6개월밖에 남지 않았다. 아무리 세월이 유수와 같다고 하

지만 세월은 눈 깜짝할 새 없이 지나가버리고 해놓은 일 없는 마음
은 허전하다. 봄인가 싶더니 봄은 소리도 없이 우리 곁을 떠나고 어
느새 초여름이 다가와서 햇빛이 따갑고 초록빛 잎새가 싱그럽다.
서툰 농사일 하고 아부지 산소에 제초제 뿌리느라 우리 아들 훈이
수고 참 많았다.

2009년 6월 7일 천사은심

내게 소중한 그릇

　보름 전 아들, 딸, 사위 효심 발동이 주방 수리 공사에 도배까지 깨끗하게 하고 비싼 백조싱크대를 들여놨다. 이튿날 사용하지 않는 그릇 정리하겠다고 했더니 큰딸 왕초와 넷째 별달이가 도와주겠다고 왔다. 사십여 년 동안 장만한 시골 농촌 살림이다 보니 없는 그릇이 없고 한 번도 사용하지 예쁜 새 그릇이 참 많다. 옛날 그 시절 마을 잔칫집 도와주러 가면 칼, 도마, 심지어 대야까지 빌려 오는 집이 많았다. 이 집 저 집에서 빌려다 사용한 그릇을 일일이 집집마다 갖다주러 다니는 걸 보니 그것도 큰 군일 같고 귀찮은 일이다.

　뭐니뭐니 해도 주부는 주방 살림을 용도에 맞게 갖추어야 한다는 생각에 틈틈이 주방 살림을 장만했다. 그래서인지 삼사십 대부터 시장에 가면 화장품이나 예쁜 옷보다 예쁜 그릇들이 먼저 눈에 들어오고 사고 싶었다. 그릇 하나둘 장만하다 보니 잔치를 해도 영 아쉬운 것 없이 도에 맞게 척척 꺼내쓸 수 있다. 거기다 무슨 물건이나 조심조심 아끼고 아끼는 꼼꼼한 성격 탓에 다 새것 같고 깨끗하다.

　큰딸 왕초는 "엄마네 주방 살림이 왜 이렇게 많아? 당장 쓸 그릇만 남기고 좀 다 버려. 누구나 나이 들면 살림을 줄여야 하는데 이참에 다 버려"라며 주섬주섬 비켜놓는다. "얘, 아깝다." "나는 엄마가 이런 그릇에 담아주는 음식 한 번도 못 먹어봤는데 이것도 안 쓸거면 아까워도 버려." 도자기 접시, 유리 화채 용기, 밥공기, 국대접, 글라스 할 것 없이 새 그릇 모두 다 버리라며 내놓는다. 이쁘고 유행도 안 타는 그릇을 버리라고 하기에 "얘, 이렇게 예쁜 새 그릇을 아까워

181

서 어떻게 버리니? 설에 자식들 오면 식혜는 어디다 퍼 먹으라고 이이쁜 화채 그릇을 버려? 너 그릇 닦기 힘들어서 다 버리라는 거지?"

큰딸 왕초 눈치를 슬금슬금 보며 죽어도 버리기 아깝고 애착이 가는 그릇들은 몰래몰래 한 켠에 감추어두었다. 다 저녁때 애들이 돌아간 뒤에 물에 깨끗하게 닦아 주방으로 가져가며 '그래. 아끼느라 마음 놓고 이쁜 그릇 못 쓰고 다 버리라는데 아끼지 말고 예쁜 그릇에 반찬 담아 먹어야겠다' 생각했다.

큰딸 왕초가 버리라던 그릇들을 깨끗이 닦아서 식기 건조대 위에 엎어놓고 요즘 이쁜 그릇에 음식을 담아 먹는다. 얼마 전 텃밭에 열무 씨앗 뿌렸는데 엊그제 내린 비 맛을 보더니 연하고 딱 먹기 좋게 자랐다. 큰딸 왕초 넷째 딸 별달이에게 열무김치 담가 나누어 먹자 전화했더니 쌩하고 눈썹을 휘날리며 총알 같이 달려왔다. 삼총사가 열무 다듬고 씻어 소금 살짝 뿌리고 거실에 앉아 쉬고 있는데 큰딸 왕초가 목이 마른지 주방 냉장고에서 물병 꺼내 컵에 따라 마시는 소리 들린다. 점심밥 안치려고 쌀 씻으며 왕초가 마시다 반쯤 남긴 물컵을 보는 순간 속으로 어찌나 웃었는지 모른다. 그릇 정리하는 날 쓰지도 않은 새 도자기 컵이랑 유리 글라스 다 버리라고 그렇게 야단이더니 웬일로 물 따라 마셨다. 많은 컵 중에서 제일 눈에 띄고 예뻤는지 버리라고 구박하던 컵인 줄도 모르고 물 따라 벌컥벌컥 마시고 나온다. 점심 식사할 때 가만히 보니 밥공기도 많고 국대접도 많은데 하필 버리라고 내놓던 유리 화채 그릇에 밥을 퍼먹는다. 속으로 못 참게 웃음이 나오는 걸 미리 말하면 한바탕 숨넘어가게 웃느라 점심밥을 못 먹을까 봐 억지로 꾹꾹 참아가며 식사했다. 점심 식사하고 '왕초야, 그릇도 많은데 하필 버리라고 그렇게 구박한 컵에 물 마시냐? 그리고 밥공기도 그렇게 많은데 다 갖다 버리라고 비켜놓던 유리 화채 그릇에 밥은 왜 또 퍼먹었니? 너는 그릇한테 미안하지도 않니?' 벼르던 우스갯말들을 식사하느라 깜빡 잊고 못 해 아쉽다.

요즘은 핵가족 시대고 집안에 행사 있어도 주부들 편하게 외식으로 해결하다 보니 그릇도 많이 필요하지 않다. 그래도 주부는 용도에 맞는 그릇이 많아야 일하기 좋고 일손도 빨라져 주방일 하기도 편리하다. 어쩌다 자식들 집에서 하다못해 김치나 밑반찬 해주려고 보면 용도에 마땅한 그릇이 없어 불편할 때 참 많았다.

우리네 살림은 손톱만 한 그릇에서부터 대형 밥솥, 스텐 대야, 플라스틱 대 중 소, 양동이, 소쿠리 다양하다. 크기별로 층층이 포개진 그릇이 많아 손만 닿으면 척척 꺼낼 수 있다. 아무리 큰 잔치를 한다 해도 불편함 없이 일할 수 있어 얼마나 편하고 좋은지 아마도 딸들은 모를 게다.

2009년 6월 13일 천사은심

둘째 딸이 보낸 책 선물

독서와 책을 좋아하지만 마음 놓고 책을 사보지 못하는 나에게 둘째 딸이 택배로 책 선물을 보내왔다. 며칠 전 아침, 바쁜 시간일 텐데 전화해서는 "엄마 신문에서 보니 신경숙 작가가 쓴 장편소설 제목이 『엄마를 부탁해』야. 책이 좋아서 동료 선생님한테 빌려 읽어봤어. 엄마가 읽기에 좋은 책 같아서 인터넷 주문 신청해서 보냈으니 읽어봐, 엄마" 했다.

그 책이 하필 내가 외출하고 없는 날 택배로 왔는데 기사가 그냥 갈 수 없었는지 마을 슈퍼마켓에 맡기고 간 상황을 외손녀 지송이를 통해 알게 되었다.

외출에서 돌아오는 길에 마을 슈퍼마켓에 들러 책을 찾고 집에 돌아오자마자 시간 가는 줄도 모르고 두어 시간 꼼짝도 하지 않고 읽었다. 전등불 밑에서 돋보기 안경을 오래 쓰고 책을 읽었더니 자꾸 눈앞이 뿌옇게 보이고 눈이 침침하고 피로해서 책을 덮고 이튿날 집안일 다 해놓고 오전부터 종일 또 책을 읽었다.

책의 줄거리는 이 소설을 쓴 신경숙 작가의 어머니가 한 가족 구성원 안에서 찢어지게 가난한 살림으로 책임감 없고 매정하게 인정머리 없는 남편과 철없는 자식들에게 헌신적으로 힘들게 살아온 내용이다. 가난 속에서도 젊어서 혼자가 된 시누이와 자식 같은 시동생을 거두느라 고생하며 살아온 삶과 지금까지 살아온 인생 여정을 소설의 주인공인 어머니의 딸 신경숙 씨가 쓴 자전적 소설이다.

특별하게 가난한 삶을 살아보지 않은 사람을 제외하고는 대부

분 우리 엄마들의 옛날 고생한 이야기다. 1960~1970년대 살기 어렵고 힘들었던 시절을 배경으로 가난에 시달려야 했던 우리 엄마들은 누구나 소설 속 어머니처럼 힘든 삶을 살았다. 그래서인지 책 속의 주인공과 동질감이 느껴지고 어느 대목에서는 뼈저린 아픔이 피부로 느껴지기도 했다. 인정머리 없고 매정한 사람을 남편이라고 같이 살면서 가난을 헤쳐나가며 힘들게 살았던 어머니 모습이다.

어린 자식들이 다 성장하고 제 갈 길 갔으니 조금은 한숨 돌리고 두 다리 펴고 살 때가 되었지만 혼자서는 어디든지 못 찾아다니는 신경숙 씨의 어머니는 전철역에서 잡고 있던 남편의 손을 놓쳤다. 무신경한 남편은 혼자 전철을 타고 한참을 가다가 뒤늦게서야 혼자라는 걸 알았다고 한다. 주인공인 어머니는 어린아이처럼 집을 못 찾고 떠돌이 신세가 되고 가족들과 생이별하게 되었다. 가족들은 죽었는지 살았는지도 모르고 작가의 엄마를 찾으려고 전단지도 돌리고 사방으로 찾아 헤맨다.

매정했던 남편도 과거의 잘못을 후회하고 곁에 있을 때는 아내의 존재를 모르고 살았고, 엄마의 존재도 모르고 엄마의 그늘을 몰랐던 자식들도 철없던 시절을 뉘우치고 깨닫는다. 이 장편소설은 재미로 읽기보다는 옛날 한 많은 삶을 살아오며 가시밭길 인생 걸어온 기억들을 떠올리게 하고, 읽기 쉽고 이해하기 쉬운 우리들의 삶이 고스란히 담겨 있다.

그러나 끝까지 다 읽어 보았지만 지루함이 느껴지고 다음 페이지로 유도하는 매력이 없는 책이라고 생각된다. 둘째 딸 기뚜오야, 좋은 소설책 보내준 덕분에 재밌게 잘 읽었다. 마음의 양식이 되겠구나.

2009년 6월 29일 독후감 천사은심

둘째 딸 효심 행복한 순간

나의 하루 여정 일상은 그날 오전부터 서둘러 집안일하고 남는 시간은 늘 책과 볼펜을 벗 삼아 지낸다. 특별히 문학에 대한 지식도 교양도 없지만 취미가 독서다 보니 책 읽기와 글쓰기를 참 좋아한다. 지면과 볼펜만 가까이 있으면 습관적으로 글을 써야 하는 취미와 성격 때문에 도무지 손이 한가할 새가 없다. 순간순간 떠오르는 생각을 무조건 지면에 옮겨 써야 직성이 풀리고 글 쓰는 순간이 제일 즐겁고 행복하다. 세상 잡념도 사라지고 마음이 평안하지만 눈 깜짝할 새 없이 시간도 잘 흘러간다.

독서와 글쓰기 좋아하지만 집에 공부하는 학생이 없고 책상도 없다 보니 책 읽고 글쓰기 불편했다. 하루 여정을 하루도 거르지 않고 일기장에 쓸 때는 주방 식탁에 앉아 쓰고 책도 거기서 읽곤 했다.

그러다 둘째 딸이 아이들 가르치던 책상을 가져와 거기서 책 읽고 글 쓰다 손자 손녀 오면 밥상 하라고 했다. 책상을 좌탁처럼 늘 펴놓고 앉아 책도 읽고 글 쓰고 차 마시다 보니 편해서 참 좋았다. 책상 없었을 때는 춥지 않으면 주방 식탁을 책상처럼 사용했는데 추운 겨울엔 밥상을 방에 들여놓고 사용했다. 때에 따라 밥상을 들고 이 방 저 방 사방으로 옮겨 다니며 책도 읽고 글도 쓰고 차도 마시고 다양하게 사용했다.

그렇게 책상을 몇 년 사용하다 보니 더 좋은 거실 탁자가 있었으면 좋겠다는 욕심이 발동했다. 옛말 속담에 말 타면 종 두고 싶다더니 언제부터인지 책상이 너무 좁아졌다. 처음엔 글 쓰며 책을 읽었는데 책상에 이것저것 올려놓은 책과 물건을 내렸다 올렸다 불편해지기 시작했다. 글 쓸 때는 책과 펜 통을 바닥에 내려놓아야 하고 글다 쓰고 나면 다시 올려놔야 하는 불편함을 느끼기 시작했다. 잡지나 신문이라도 읽으려면 책상이 비좁아 요즘도 책 읽고 글 쓸 때는 식탁을 이용하고, 어느 때는 글도 쓰다 보니 사람 욕심이 한도 끝도 없다는 생각이 든다.

우연히 홈쇼핑 카탈로그 뒤적이다 좌탁 광고를 보니 거실에 들여놓고 취미 생활 하면 참 좋겠다. 광고 볼 때마다 몇 번 사고 싶었지만 너무 비싸서 책 읽고 글 쓰자고 선뜻 들여놓지 못하고 지금까지 버텨왔다. 먹고살기 위해 글 써서 돈 버는 글쟁이도 아니고 학자도 아닌데 손 싸매고 죄 없는 밥만 죽이고 고작 좋아하는 취미 생활 좀 하자고 비싼 좌탁을 사들이는 건 사치라는 생각에 마음이 선뜻 허락하지 않았다.

불편하면 불편한 대로 지냈는데 사흘 전에 둘째 딸이 인터넷에 좌탁을 주문해서 택배로 보내주었다. 택배 받아놓고 미안한 마음이 앞서고 부담이 느껴졌지만 뛸 듯이 기쁘고 선물 중에 가장 마음에 들고 흐뭇했다. 내게 꼭 필요한 좌탁이라 그런지 그 무엇과도 바꿀 수 없을 만큼 행복한 순간이었다. 택배 받자마자 어린이 책상을 얼른 접어두고 좌탁 포장을 열어 거실에 떡하니 펴놓았다. 좌탁 위에 책 몇 권을 떡하니 올리고 일기장, 노트, 볼펜 통, 휴대폰 꽂이, 화병을 올려놓고 보니 햐아, 작가 된 기분이다.

세상 사람들은 돈이 웬수라고 하지만 그 웬수 같은 돈이 좋긴 참좋구나, 머릿속에 떠오르자 둘째 딸이 참 고마웠다. 산 사람을 죽이고 죽을 사람을 살리기도 하는 특권을 가진 돈이기에 많으면 좋고 없는 서민에게는 웬수 같다. 그래도 나는 항상 마음속에 더 이상 내게 넘치는 과욕은 없다고 수없이 뇌이고 또 되뇌이며 다짐 또 다짐해본다. 누구나 다 좋아하는 돈이지만 서민들에겐 그 웬수 같은 돈을 짝사랑하지 않을 만큼만 있고 돈 웬수 갚아보고 싶다. 둘째 딸 효심의 고마움과 감사함을 언제나 잊지 않고 늘 기억 하면서 선물로 보내준 좌탁은 잘 사용할게. 둘째 딸 고맙다.

2009년 7월 9일 천사은심

쌀 소득 직불금이란

　열흘 전 동사무소에서 쌀 소득 보전 직접 지불금 지급 대상자 등록 신청 서류가 우편으로 왔다. 서류를 자세히 읽어보니 신청서에 본인이 짓는 농경지 지역 이장님 사인을 받아 서류를 7월 31일까지 면사무소에 제출하고 기한 내 미신청 시 지급 대상에서 제외된다는 내용이다. 농경지가 방축리와 동고리 두 지역에 속해 사인 받으러 다니는 일도 쉽지 않겠다. 3~4킬로미터 떨어진 2개 동네를 찾아가도 이장님 못 만나면 두세 번 가야 한다. 먼 길 두 번씩 가는 일 없도록 방축리 사는 지인에게 이장님 댁 전화번호를 물어 이른 아침 전화했더니 "직불제 신청 서류에 사인 받아야 하는데 언제쯤 가면 될까요?" "아주머니가 직접 농사지으세요? 아저씨 성함이 누구세요?" "안 계세요. 제 이름 ○○○이에요." 꼬치꼬치 묻는 말에 다 대답해 주었더니 "아침 7시 조금 넘으면 오세요. 저는 그 시간에 집에 있습니다." 바로 가겠다며 전화 끊고 6시 50분 운전해서 이장님 댁을 찾아갔다.

　방축리 입구에서 마침 한동네 사시는 분을 만나 쉽게 이장님 댁을 찾아 서류를 내놓았더니 이장님은 사인을 하시며 "예전 같지 않게 법규가 강화돼서 함부로 사인 못 해요. 제가 사인 잘못하면 일 년 이상 징역 살아야 해요. 저는 울성리 분들이 누가 농사짓는지 잘 모르잖아요. 한동네도 아니고. 그래서 아주머니 전화 받고 울성리 잘 아는 분에게 전화해서 아주머니가 직접 농사지으시는지 확인해보고 사인해드리는 거예요" 했다. 바쁘신데 일찍 전화드리고 여러모로 귀찮게 해 미안하다며 안녕히 계시라고 말하고 자리에서 일어서는데 이장님이 음료수 뚜껑까지 열어주며 마시라기에 받아 마시며 대화하고 나와 동고리 이장님 댁에서 사인 받아 돌아왔다.

쌀 보전 직불금이란 농민들이 피땀 흘리고 고생해 지은 쌀값이 파동으로 하락하는 것에 대비하는 차원에서 정부가 농민들에게 보조금을 주는 제도다. 양심 없는 땅 주인은 남에게 도지로 농토를 내주고도 자기가 직접 농사짓는 것처럼 서류를 꾸며 경작하는 사람이 받아야 할 쌀 소득 직불금을 받아 챙긴다. 그래서 작년에 사회를 발칵 뒤집고 티브이 매스컴에서 시간마다 보도되고 얼마나 떠들썩했는지는 국민 누구나 다 알고 있을 것이다. 그 이후부터 불법을 막기 위해 법이 강화되고 바쁜 농민들이 더 힘들어졌다. 양심과 도덕을 지키는 사회로 거듭나서 불법이 사라지고 서로 믿고 살 수 있는 양심적인 사회, 밝은 사회로 발돋움하길 바란다. 법을 잘 실천해 농민들이 덜 고생하고 편안한 마음으로 농사짓고 사는 사회가 하루빨리 조성되기 바란다.

2009년 7월 17일 천사은심

셋째 딸 기쁨조 선물 컴퓨터

혹독한 엄동설한 눈보라 치던 겨울 끝자락에서 꽃샘추위 지나면 따스한 봄이 찾아오듯 내 삶의 여정에도 고운 햇살 눈부신 봄이 찾아왔다. 서툰 농사일에 조금은 힘들지만 텃밭에 갖가지 채소를 심고 화초처럼 가꾸며 결실의 기쁨을 누린다. 한가한 삶의 여백은 책과 볼펜을 벗 삼아 상상의 나래로 글 쓰며 행복하게 살고 있다. 전문 작가처럼 풍부한 교양과 지적인 글은 아니지만 하루하루 일상 속에서 느끼는 감정을 숨김없이 표출하는 글쓰기는 유일한 나의 취미생활이자 삶의 활력소다.

수많은 날들의 일상을 하루도 거르지 않고 쓴 일기장 15권 유일한 내 인생 기록이 담긴 보물들이다. 글이라고 보기에 너무 부족하고 미약해 부끄럽지만 누구나 공감할 수 있는 이야기가 아닐까 하는 생각이다. 그래도 글이라고 생각되는지 아들 인훈이는 육 남매 가족 카페에 '울엄마 일기방'을 개설해주었고 현재까지 900여 편이 올라가 있다. 집에 컴퓨터 없어도 시간이 많은 나는 가까운 넷째 딸네 마실 가서 인터넷으로 글 올리고 온다. 자식들은 치매 예방에도 좋은 취미 하며 음으로 양으로 많은 도움을 준다. 가끔 전화로 내가 쓴 글 읽어주면 셋째 딸 기쁨조, 넷째 딸 별달이가 글을 올려 주기도 했다.

셋째 딸 기쁨조는 바쁜 시간 짬 내서 글에 맞는 음악도 깔아주고 예쁜 그림 포토샵 해서 태그로 꾸며줘 글 수정할 때마다 감동을 느끼고 기쁨조 실력에 깜짝 놀라곤 했다. 얼마 전 둘째 딸 기뚜오는 글

쓰기 좋아하는 내가 책상이 없어 불편할까 봐 좌탁도 보냈다.

오늘은 셋째 딸 기쁨조가 효심이 발동했는지 아들 훈이 통해 컴퓨터 한 대 사서 보내주었다. 집에 컴퓨터 들여와서 기분이야 좋지만 힘들게 번 돈을 엄마 취미 생활을 위해 지출한 셋째 딸 기쁨조 얼굴 떠오르자 가슴이 너무나 절절하고 마음 짠했다.

마음의 부담 때문인지 미안함과 기쁨이 교차하는 이 순간을 어떻게 표현할 수 있을까. 그동안 글 몇백 편 인터넷에 올리는 동안 셋째 딸 기쁨조, 넷째 딸 별달이는 전화로 글 올려주느라 고생했다. 육 남매 자식들은 바쁜 시간 내가 올린 글을 읽고 댓글까지 달아주는 수고에 고생이 많았다. 우리 기쁨조 효심으로 사준 침대며 식탁을 끔찍이 아껴 아직도 새 제품 같다. 누가 보아도 방금 사다놓은 것처럼 산뜻하고 반짝반짝 빛난다. 기왕에 사준 컴퓨터 짠하고 미안한 마음은 흘러가는 저 강물에 모두 다 흘려보내고 열심히 글 쓰고 싶다.

컴퓨터 사준 기쁨조 효도 잊지 않고 늘 생각하면서 글방에 예쁘고 고운 표현으로 재미난 글 많이 많이 쓰고 행복한 인생 여정의 추억을 고이고이 간직해야겠다.

셋째 딸 기쁨조 옥경 공주야, 너무 고맙고 감사하다. 아끼고 잘 사용할게. 진심으로 감사하고 고맙구나. 효심 많은 착한 우리 육 남매 자식들이 곁에 있어서 늘 든든하고 엄마는 너무나 행복하다. 이제는 육 남매의 엄마 인생에도 쨍하고 밝은 햇살 화려한 인생 여정의 행복한 봄날이 찾아왔네. 앞으로 쭈욱 이 엄마에게 무한한 행복이 찾아오기 시작하네. 셋째 딸 기쁨조 옥경 공주야 땡큐 땡큐 고맙다.

2009년 7월 21일 천사은심

메밀꽃 필 무렵

가을 구월의 달 밝은 밤 메밀꽃 향연에
하얀 서리꽃이 내렸나 소금꽃을 뿌렸나
작고 앙증맞은 메밀꽃 잔치가 한창이다

휘영청 달빛에 멀리 서서
드넓은 메밀밭 바라보노라니
가을 달밤에 하얀 눈꽃 내린 듯
눈 시리게 하얀 메밀꽃 수놓았다

조각구름 흘러가는
파란 하늘 아래 우주에
하얀 꽃물결 일렁이는 서정은
제목 메밀꽃이 필 무렵
문학 소설 작품을 떠올리게 한다

은은한 달빛 그림자에
하얀 메밀꽃을 바라보니
소박한 여인이 다소곳한
모습처럼 보이는
이것이 바로 메밀꽃 작품이다

산 좋고 물 좋아 인심 좋은
산촌 마을 살기 좋은 곳

온통 메밀 꽃밭으로 수놓은
자연 풍경 속에서
마음이 하자는 대로
손끝이 가자는 대로
글 쓰며 상상의 나래 펴고 싶은 곳이다

꽃물결 사잇길을 청춘 남녀
둘이 손잡고 정답게 속삭이며 거니는
연인의 뒷모습은
한 점 수채화 같은 아름다움
서정이 가득한 풍경을 스치는 바람이 전하는 말
사랑이 영글어가네

바다처럼 드넓은 봉평 마을
들녘에 가득 메운 하얀 메밀꽃
일렁이는 꽃물결이 봉평 가을 들녘을
하얗게 수놓은 꽃이 너무 하얘 눈 시리다

봉평 마을 천지 사방에 수놓은
메밀꽃 향기 맡아보니 라일락꽃 향기 같고
내 맘속에 머무는 향기 가득한 봉평 메밀꽃 향연에

출렁이는 여심 마음속에 꽃 물결 일렁이는 서정이

아름답게 가을 낭만이 흐른다

2009년 7월 23일 천사은심

그리운 우리 엄마

그토록 보고 싶고 그리운 우리 엄마, 살아생전 효도 한 번 제대로 못 한 것이 평생 죄스럽고 마음 저려옵니다. 어려운 농촌 살림살이 삶의 무게에 짓눌려서 육 남매 어린 자식들을 키우며 하루하루 힘든 삶을 살다 보니 부모님을 뒷전으로 미루고 살아온 자신이 죄스러워 이렇게 마음이 아픕니다. 나이 드니 늦게나마 철이 드는지 불효를 뉘우치고 단 한 번만이라도 기쁘게 해드리고 싶었습니다. '늦었지만 이제라도 여식으로서 효도 흉내라도 한 번 내봐야지.' 늘 마음 한켠에 담고 살았지만 냉정한 현실 속에서 살아야만 했던 이 못난 불효 여식은 끝내 효도 한 번 제대로 못 하고 살았습니다.

엄마를 모시고 살던 남동생이 교육받느라 광주 지방에 내려가서 일 년이란 짧은 세월 동안 저희 집에 지내실 때가 그나마 기회였습니다. 그때만이라도 엄마께 잘해드리고 효도했어야 했는데 이제 와서 생각하니 너무 후회스럽습니다.

밤에 예고도 없이 갑자기 엄마가 돌아가셨다는 비보를 받고 자정 넘어 기차 타고 정신없이 사촌 남동생이 근무하는 서울삼성병원에 달려갔지만 생전의 엄마 얼굴 뵙지도 못하고 소천하신 엄마의 모습이 마지막이었지요. 너무나 뜻밖에 당한 일이라 죄 많은 불효 여식은 엄마가 돌아가셨다는 사실이 영 실감이 나지 않았습니다.

엄마, 나는 엄마 장례를 모시고 삼우제 지내고 집에 내려와서도 한 달 이상을 마음고생 참 많이 했답니다. 그동안 사는 데만 급급해서 너무 불효했다는 죄책감 때문에 한동안 가슴이 찢어지듯 너무 마음이 아팠어요. 잘해드리지 못한 후회와 우울증으로 한 달 정도 시름시름 몸져눕고 자리보전하고 아파했답니다.

저도 지금은 환갑을 훨씬 넘기고 자식들 효도 받을 때마다 엄마 생전 모습 떠올리며 마음 아파합니다. 자식들 효도 받을 때마다 미안하고 염치없어서 불효자의 미안함과 죄책감 들 때도 참 많았답니다. 엄마가 돌아가시고 몇 년 동안은 제 꿈속에 찾아오셔서 아무 말씀도 안 하시고 저를 물끄러미 바라만 보셨지요. 아무 말씀도 없는 엄마의 모습을 바라보다 꿈을 깨곤 했는데 요즘은 꿈속에서나마 엄마의 모습을 뵌 지 오래되었습니다.

그러고 보니 제 본심은 원래 나쁘지 않은 불효 여식이었나 봅니다. 세상에 안 계시는 엄마를 그리워하는 걸 보면요. 요즘도 설거지할 때나 조용히 혼자 있는 시간이면 생전의 엄마 모습이 떠오르고 문득문득 그립습니다. 형편이 좋아졌으니 엄마가 지금까지 살아만 계셨더라도 얼마나 좋을까 가끔 생각해볼 때 많답니다.

엄마가 잠깐 저희 집에 오셔서 함께 지내실 때 가끔 "이 서방은 나이가 좀 많아서 그렇지 사람은 참 무던하고 착하고 참 보기 드문 사람"이라고 말씀하셨지요. 착하디착하던 애들 아부지도 2년 전 가족을 남겨두고 홀연히 머언 하늘나라로 외출했답니다. 그런데 엄마가 돌아가셨을 때처럼 통곡하고 가슴 저미듯 쓰리고 아프지 않은 것은 왜일까요? 부부는 헤어지면 남이라고 하더니 그래서 그런가 봅니다.

요즘 들어 하늘나라에 계신 엄마가 자주 눈에 밟히고 많이많이 뵙고 싶어요. 엄마 사랑합니다. 이제는 저도 자식들에게 효도 받으며 행복하게 잘 살고 있으니 엄마도 하늘나라에서 근심 걱정 놓으세요. 저 혼자 있어도 몸과 마음 편히 잘 살고 있으니 엄마께서도 하늘 나라에서 편히 푹 잘 쉬세요. 엄마 꼭요. 엄마 생전에 효도 못 해드린 불효 여식이 이제서야 후회하며 엄마께 두 손 모아 명복을 빌어 드립니다.

2009년 7월 24일 불효 여식 올림

즐거운 여름 휴가

해마다 여름 휴가철이 되면 우리 육 남매 가족들이 뭉쳐서 휴양지로 피서를 다녀오곤 했다. 그런데 금년에는 어제 아들 훈이네, 큰딸, 넷째 딸, 막내딸 가족이랑 이렇게 사 남매 가족이 연포 해수욕장을 다녀왔다. 해마다 아들, 딸 사위들이 휴가 날짜 비슷해서 육 남매 가족이 함께 휴가를 즐겼다. 지난 7월 25일 둘째 사위와 딸이 우리집에 와서 그럭저럭 3박 4일 만에 가고 셋째 딸 기쁨조는 늘 바빠서 어쩌다 큰맘 먹고 한 번씩 왔다 가고 피서는 한두 번 같이 갔다.

육 남매 가족들이 다 함께 뭉쳐서 피서 갈 때는 음식도 푸짐하게 장만해서 가져가곤 했다. 하루종일 먹으며 손자 손녀들은 입술이 파래지도록 바닷물에 들어가서 수영하고 물놀이했다. 늦게 출발해서 밤늦게 집에 도착했는데 어제는 네 집 식구뿐이라 단출했다.

대가족이 다 함께 가지 않아서 번거로움은 없었지만 둘째 딸네 가족과 셋째 딸 기쁨조랑 함께 피서를 가지 못해 쓸쓸하고 허전하고 서운했다. 작년까지만 해도 귀찮은 줄 모르고 육 남매 가족이 다 함께 뭉치고 휴가 떠나면 모든 준비는 내가 주관했다. 큰딸, 둘째 딸이랑 같이 마트에 가서 피서 갈 장 보고 했는데 이제는 나도 나이를 먹긴 먹은 모양이다. 밥이며 반찬들을 내가 손수 해 가지고 가야 직성이 풀리고 마음이 놓이곤 했는데 금년부터는 피서도 가기 싫어지고 귀찮아 참견을 안 했더니 첫째 딸, 넷째 딸, 아들 훈이가 시장 보러 갔다.

바닷가에 가서 먹을 밥이랑 반찬도 각자 해 가기로 하고 아들 훈이 가족과 내가 먹을 밥은 찰흑미 넣어 밥을 맛있게 도시락 싸고 얼음물 3병, 일회용 그릇, 컵, 나무젓가락, 상추, 참외 이렇게 내가 준비해 갖고 갔다. 해마다 그 많은 가족들이 먹을 얼음물도 미리미리 냉동실에 얼려서 내가 갖고 갔었다.

어제 피서갈 때는 미리 각자 집에서 얼음물 가져가라고 딸들에게 명령조로 말했다. 참견 안 하고 자식들에게 다 맡겼더니 이번 피서갈 준비는 훨씬 수월하고 힘도 덜 들고 고생 안 했다. 이제는 마음마저 늙어가는지 피서 가는 것보다 집에서 방콕하고 있는 게 제일 편하다. 내년부터는 피서도 가지 않겠다고 지금부터 마음속에 다짐해 두었는데 잘 지켜질지 모르겠다. 집에서 선풍기 켜놓고 조용히 책 읽고 글쓰기 작업이 제일 행복하게 느껴지기 때문이다.

2009년 8월 3일 천사은심

인생은 나그네 길

올해는 윤달이 들어서인지 아직 유월 중순이지만 벌써 입추가 사흘밖에 안 남았다. 눈 깜짝할 새 화살처럼 빠르게 흐르는 세월을 어떻게 인위적으로 우리 곁에 머물 수 있게 할 수 있을까. 신께서는 알고 계시겠지? 오늘도 조용히 소리 없이 흐르는 시간 속에서 하루 일상을 또 이렇게 보내고 있다. 걷잡을 수 없는 시간은 침묵 속에서 어제와 조금도 다름없이 흐르고 흘러 또 하루가 소리 없이 저물어간다. 이렇게 하루 고달픈 인생은 어디서 왔다 어디로 가는 걸까? 세상에 잠시 머물다 가는 우리 인생은 나그네 길이다. 뜬구름 흘러가듯 아무 소리도 내지 않고 흐르는 조용한 세월과 시간은 누가 재촉하지 않아도 쏜살같이 흘러간다. 하루하루 반복되는 소소하고 단조로운 일상이지만 지금까지 세상에 머무는 동안 나는 무슨 일을 했을까?

이른 아침 차 타고 들녘에 나가 논 한 바퀴 휘돌아보고 물꼬 점검하고 왔을 뿐인데 나같이 편한 삶의 여정은 없다. 바쁘게 서둘러 뛰어가는 세월과 째깍째깍 일 초를 알리는 시곗바늘 초침 소리는 내 심장을 마구 뛰게 한다. 고달픈 인생길을 서성일 때는 빠른 세월에 대한 개념도 없었을 뿐 아니라 어서 빨리 세월이 흘러가길 바랐었다. 어서어서 세월이 지나가서 어린 육 남매 자식들이 얼른 성장하길 바랐었는데 그때 그 시절이 그립다. 세월에 묻힌 추억들이 엊그제 일만 같은데 새파랗게 젊었던 아낙네는 언제 어느새 이렇게 나이가 쌓였나? 석양의 노을빛이 되어가는 시점에서 조용히 사색하다 보면 추억이 주마등처럼 스쳐가고 많은 생각을 하게 된다. 내 의사와 상관없이 아무런 대가도 없이 그냥 이 세상에 태어나서 인생의 가시밭길 수없이 많이 걷고 여기까지 왔다. 이 세상에 잠시 머물러 소풍하는 세월 동안 허둥지둥 뒤 볼 새 없이 지금까지 어떻게 힘든 삶을 여기까지 살아왔을까? 어느 날 갑자기 아무 소리도 없이 조용히 이슬처럼 가야 하는 마지막 인생을 생각하면 허무하기 짝이 없다. 기왕 세상에 태어났는데 한 세기 백 세 다 못 살고 어느 날 갑자기 무섭고 쓸쓸한 먼길을 동행해주는 이 없어도 가야만 하는 인생인데 그 짧은 세월을 왜 무엇 때문에 고달픈 인생을 살아야만 했는지? 이 세상 창조자님께서 인간에게 왜 이런 힘든 시련과 고통을 주셨는지 알 수조차 없고 원망스럽기도 했었다. 그러나 지금은 묵묵히 모든 어려운 힘든 고비는 다 넘기고 한숨 돌리고 나니 맘편히 숨 쉴 수 있는 시간들이 나에게 주어졌지만 앞으로 이 시간들이 나에게 얼마나 남았을지 아무도 모른다. 그동안만이라도 소중한 시간을 아끼고 아끼며 하고 싶은 일 하면서 그렇게 조용히 살고 싶을 뿐이다. 자식들이나 타인의 눈치도 보지 말고 자신의 능력껏 후회 없이 한 세상을 멋지고 행복하게 살아보고 싶다. 자식들은 아무 걱정 없으니 나는 이대로만 살아도 만족하고 아무 여한이나 바라는 욕심도 없다. 나의 분신인 자식들하고 잘 지내다 아무 고통 없이 이 세상 안녕 하면 그것이 크나큰 행복이 아닐까 한다. 지금의 노후 생활에서 더 바랄 나위 없지만 모든 신께서 끝까지 현재 나의 운명을 언제까지 허락해주실는지….

2009년 8월 4일 천사은심

평생 나의 동반자

나는 요즘 내 친구 컴퓨터가 안방에 떡하니 버티고 있어서 즐겁고 행복해서 하루해가 너무나 짧다. 하루해가 짧다고 느껴지면 밤이라도 길어야 하는데 하고 싶은 일 하다 보면 밤 11시 훌쩍 넘는다. 잠자는 시간도 아까운데 세월과 시간이 너무 빠르게 지나가서 아쉽다 못해 초조하다.

새벽 5시에 일어나서 작업복 찾아 입고 논에 물 대러 가려고 차 타고 출발하면 금세 논에 도착한다. 이웃 논에서 물이 넘쳐흘러 자동으로 우리 논에 물이 철렁하게 차고 긴 앞둑 물꼬에 물이 넘쳐흐른다. 기분이 너무 좋아서 다른 논배미에 가보니 그 논에도 물이 철철 흘러넘친다.

흐뭇한 마음으로 집에 도착하자 주차하기 무섭게 작업복 벗어놓자 컴퓨터 켜고 가족 카페 출석방 점검하려고 클릭했다. 벌써 부지런한 아들 훈이가 먼저 출석체크 하고 다녀갔는네 평소 같으면 아직 새벽잠 잘 시간인데 놀랍다. 휴가 기간을 이용해 부산 처가에 가려고 일찍 새벽잠 깨서 금반지 빼앗길까 봐 일등으로 출첵? ㅎㅎㅎ. 오늘 부산 처가댁에 가는 날인데도 훈이는 금반지 한 돈에 눈독 들이더니 일찍 출석체크 하고 상품 찜해놓고 갔다.

그러다 보니 인정 많고 착한 우리 넷째 딸 별달이는 출첵방에 결석이 많아 제일 걱정이고 큰일이네. 상품 앞에서는 남이고 형제고 안 따지는데 아이들 교육 문제로 넷째 딸네 컴퓨터 마우스는 우리 집에 갖다놨다. 아이들 공부 때문에 컴퓨터 마우스를 우리 집에 맡겼으니 국자는커녕 꼴찌를 하게 생겼으니 어쩌면 좋을까?

나는 두 번째로 출석체크 하고 아침 식사와 설거지하고 거실에 나와보니 집 안이 깨끗해 청소 안 해도 될 것 같다. 그동안 밀린 글쓰기 마무리해야겠다 싶어 소파에 앉아 일기장을 펴보니 아이구 이게 웬일일까? 7월 22일까지만 쓰고 어제까지 12일이나 밀렸네. 어쩌나? 큰일이네 아이구, 어째 쓰까이. 큰일 났다. 까마득하고 앞이 캄캄해서 아이구 나도 모르겠다, 혼잣말하며 엄두 안 나는 일기장을 다시 덮고 말았다. 글쓰기 작업을 좋아하면서 밀린 글쓰기 작업은 왜 그렇게 귀찮고 힘든지 나도 모르겠는데 어쩌나?

세상에 글이 있고 책이 있어 행복한데 거기다 컴퓨터까지 있어서 나는 세상에 부러울 게 없고 행복한 인생이다. 우리 육 남매 자식들이 평생 건강하고 아프지만 말고 먹고살 만큼 부자로 걱정 없이 산다면 감사하고 참 좋겠다. 그렇게 된다면 당장 칵 죽는다 해도 여한이 없고 더더욱 더 행복할 텐데 모든 신께서 도와주시면 감사, 감사하겠다. 내가 사랑하는 가족들, 그리고 컴퓨터, 책과 글, 화초는 평생 나의 동반자. 그래서 나는 행복한가 보다.

2009년 8월 4일 천사은심

억누를 수 없었던 감정

    더위가 한풀 꺾였는지 창을 통해 시원한 바람이 들어와 독서하고 글 쓰기 참 좋은 계절이다. 시원해서 참 좋다는 느낌이 들자 금세 마음 한 켠에 추운 겨울 비싼 연료비 걱정이 엄습해온다. 자고 새면 그놈의 기름값은 하늘 높은 줄 모르고 고공행진 하는데 살기 어려운 서민들은 겨울 동안 어찌 살아야 할까.

    글쓰기 좋아하는 나는 요즘 셋째 딸 기쁨조가 선물한 컴퓨터 덕분에 집에서 편하게 앉아 인터넷으로 글쓰기 한다. 집에 컴퓨터 있으니 넷째 딸네 갈 일도, 차 운행할 일도 없어서 기름값이 많이 줄었다. 두 달 전에 차 기름 가득 채우고 4만 4천 원 지출했는데 아직도 기름이 많이 남아 든든하다. 그래서 요즘 기름값이 얼마나 하는지 잘 모르고 있지만 자꾸 고공행진할까 봐 걱정이다.

    이제부터 글을 쉬엄쉬엄 써야겠다고 다짐, 또 다짐했지만 지금 또 이렇게 글을 쓰고 있다. 글쓰기도 술, 담배 못 끊는 사람처럼 중독되어가는 것 같아 좀 쉬어야겠다고 수십 번을 더 다짐했는데 쉽지가 않다.

    손 싸매고 멍하니 앉아 있으면 무료하고 시간이 안 가서 하루해가 지루하게 느껴지는 까닭은 무엇일까? 심심해서 그동안 글방에 올린 글들을 책 읽는 셈 치고 읽어보려고 제목을 고르고 골라 「인생은 나그네 길」 클릭했다. 내가 쓴 글이지만 왜 그렇게 가슴이 뭉클한지 모르겠다. 감정을 억제할 수 없이 울컥하는 심정에 눈가에 이슬이 맺히고 복받치는 감정은 나이 들어 서러운 탓일까? 아니면 지난 삶의 여정을 회고하는 쓸쓸함 때문일까? 아무튼 내가 직접 쓴 글이지만 울컥해서 눈가를 적셨다.

글을 읽고 난 후 억누를 수 없는 감정들이 마음속에서 고개 들고 일어나 글을 다 읽지 못하고 컴퓨터 껐다. 소파에 앉아 감정을 추스르고 있는데 좌탁에 놓인 볼펜 통으로 눈길이 쏠렸다. 나도 모르게 저절로 볼펜에 손이 가고 볼펜이 하자는 대로 마음이 하자는 대로 오늘 또 이렇게 글을 쓰게 한다. 둘째 딸이 엄마는 글 중독이라고 하기에 글도 조금씩 써야겠다 다짐을 하고 해도 안 되지만 이것으로 만족해야지.

2009년 8월 5일 천사은심

누나도 이제 문인 같네

　며칠 전부터 김장 무 배추 심을 걱정이 태산같이 밀려와서 앉으나 서나 마음이 한갓지지 못하고 심란하다. 아직도 날씨 더운데 참외, 오이 넝쿨 걷어내고 밑거름 비료와 계분을 뿌리고 손수 쇠스랑으로 밭을 파야 한다. 그런데 요즘 비가 오지 않고 밭이 너무 마르고 딱딱해서 땅파기 힘들 텐데 어쩌면 좋을지 모르겠다. 차라리 편하게 무 배추 사서 김장하면 좋겠지만 텃밭을 두고 그럴 수 없고 울며 겨자 먹기로 심는다. 내 몸이 편하면 텃밭이 금세 풀밭 될 게 뻔한데 큰 걱정이다.

　어제저녁 오이 좀 따려고 텃밭에 가보니 가지가 주렁주렁 많이 열리고 늙어서 아깝다는 생각을 많이 했다. 방울토마토, 일반 토마토가 새빨갛고 예쁘게 익어서 선보이며 어서 나를 따주세요, 주인의 손길을 기다리고 있다. 일반 토마토, 참외, 방울토마토 따고 텃밭 주위 무성한 잡초는 낫으로 베고 잡초는 손으로 뽑았다. 손으로 잡초 뽑는 일은 힘들지만 해야 할 일을 깔끔하게 끝내서 마음 뿌듯하고 홀가분하고 개운했다. 장맛비에 죽은 참외 넝쿨 다 뽑아버리고 밭에 깔았던 비닐도 다 벗기고 거실에 들어오니 오전 8시 10분이다.

　아침 식사하고 오전 9시 조금 넘었기에 컴퓨터 켜고 출석방에 들어가 보니 출석 상품 걸었던 금반지 도둑을 맞았다. 금반지 한 돈 찜하고 엊그제 부산 처가에 간 아들 훈이는 출석체크 못해서 조바심 났는지 ㅋㅋ 벌써 출석했다. 훈이는 쌍용자동차 뉴스 궁금하고 걱정돼서 기사 읽으려고 PC방에 갔나 보다. 나보다 먼저 눈썹이 휘날리게 출석체크 하고 내가 쓴 글에 댓글 올리는 성의까지 보였다.

2등으로 출석체크 하고 가족 앨범 뒤적여 보고 있으려니 갑자기 휴대폰 벨이 울렸다. 돋보기 안경 안 쓰면 작은 글씨가 잘 보이지 않아서 예전에는 무턱대고 아무 전화라도 받았었다. 그런데 요즘은 꼭 발신자 확인 후 전화 받는 습관이 생겼는데 모르는 전화번호다. 받을까 말까 한참 망설이다 받았더니 오랜만에 반가운 친정 남동생이었다. 너무 오랜만이라 반가움에 안부 물으며 이런저런 통화 하다 "너 요즘 바빠서 우리 육 남매 가족 카페 글방에 출석 못 하지? 좋은 글은 못 되지만 그동안 글 많이 올렸는데" 했더니 통화 중에 금세 컴퓨터 켜고 읽어보았는지 "아이구 누나 글 잘 쓰네. 어디서 이렇게 좋은 글귀들이 나와? 참 멋있수. 누나도 이제 문인 같네" 했다.

오랜만에 동생이랑 이런저런 얘기 하고 끊었는데 걸려 온 번호는 집 전화인 모양이다. 통화 마친 후 컴퓨터 켜고 가족 카페 점검했는데 '울엄마 일기방' 클릭하자 친정 남동생 닉 '오스카'랑 넷째 딸 별달이 닉 '인생멘토'가 인터넷 창에 오래 있었다. 인생멘토는 한참 후에 카페에서 나가고 남동생 오스카는 오전 10시 29분에 들어왔다. 바쁜 사람이 오후 4시 넘도록 카페에서 무슨 일 하느라 그렇게 오랜 시간까지 있었는지 너무 궁금했다. 어쨌든 텃밭 일 다 하고 한가한 마음에 글 쓰고 있으니 조바심 없어 마음 편하고 좋다.

2009년 8월 6일 천사은심

소꿉친구 전화

　오전에 날씨 흐리고 비가 조금 오락가락하더니 오후 2시부터 갠 하늘에 햇살이 빵끗 웃고 얼굴 내밀더니 후덥지근하고 덥다. 국수 한 줌 삶아 점심 식사하고 소파에 앉아 독서하려고 책을 고르고 있었다. 갑자기 깜짝 놀랄 정도로 전화벨 소리가 유난히 크게 울려서 가슴이 쿵쿵 두근거렸다. 발신자 확인을 깜빡하고 전화를 받았더니 상대방이 "너는 지금 뭐 하고 있냐?" "실례지만 누구세요?" "으이그, 지지배 누구긴 누구여 상례지"라고 한다. 얼마나 반갑던지.

　소녀 시절 상례는 길 하나 사이에 두고 우리 집 뒷집에 살던 동창 소꿉친구다. 서로 반가움에 어쩔 줄 몰라 시간 가는 줄도 모르고 삼십 분 이상 통화했다. 통화 길어서 휴대폰이 뜨끈뜨끈 귀 언저리가 뜨겁게 느껴졌다. "지금 너는 뭐하고 지내냐?" 물었더니 "세 살배기 손자가 어린이집에 갔다 와서 지금 자고 있는데 오후 5시까지 자는데 네 생각이 나서 전화했다" 한다.

　이제 차도 있으니 운전해 친구네 놀러 오라기에 "나는 운전은 자신 있지만 아직 가보지 않은 먼 길을 찾아다니는 일은 아직 자신이 없다" 했더니 "나도 이제는 나이 먹고 나도 너처럼 시골에서 살고 싶다" 했다. 우스개로 우리 동네로 이사 오라고 했더니 친구는 "이제 나이 먹어서 새로 집 짓기는 그렇고 깨끗한 집 나는 거 있으면 알아봐서 전화해줘" 했다. 우리 동네 팔려고 내놓은 집이 있긴 하지만 지은 지 너무 오래되었다고 했더니 한번 알아봐서 전화해달라고 부탁했다.

친구와 긴 통화 끊고 가만히 생각해보니 부동산에 내놓은 집이 두 채가 있다. 주인한테 직접 알아봐서 친구에게 전화해줘야지. 소개해 주고 운 좋으면 소개비도 챙기고 소꿉친구와 한마을 살게 되니 참 좋겠다.

2009년 8월 8일 천사은심

쌍용 사태 해결사

7개월이라는 기나긴 시일 동안 쌍용은 노사 갈등으로 전쟁터를 방불케 하고 피해를 입은 희생자들이 많이 발생해서 남의 일 같지 않고 마음이 무겁다. 쌍용 노사분규로 사원들의 가족은 물론 시민들이 불안하고 나라 경제까지 흔들린다. 쌍용 사태 뉴스 시청할 때마다 가슴 조이고 불안해서 가슴 쿵 하고 정서 불안하다. 늦은 감은 있지만 이제라도 서로 양보하고 한 걸음씩 뒤로 물러서 타결된 것이 얼마나 천만다행한 일인지 감사하게 생각한다. 앞으로 어느 기업이든 갈등으로 조업을 중단하고 사건이 커져서는 절대 안 되고 평생에 이런 일 없기를 간절히 바라는 마음이다.

시골에서 농사만 짓고 살아 노사 갈등이 무엇인지 나는 잘 모른다. 하지만 직장 생활 하는 아들, 딸, 사위들이 있기에 어느 기업이 파업에 들어갔다는 뉴스를 접할 때마다 가슴이 쿵쿵 내려앉고 불안하다. 이번 쌍용 사태로 아들 인훈이 얼굴에 그늘이 지고 웃는 모습을 통 보지 못했다. 힘들어하는 아들에게 버팀목이 돼주지 못하고 힘이 돼주지 못하는 부모 심정이 어땠을까. 늘 마음 한구석에 아들에 대한 걱정이 도사리고 있어 웃을 일이 있어도 마음 놓고 한 번 웃어본 적이 없다. 사태가 원만하게 해결돼 아들 인훈이도 마음이 놓이고 안심이 되는지 어제 오후 며느리와 손자 민서, 손녀 은서를 태우고 왔다. 인훈이가 말수도 늘고 표정도 밝아 보여 덩달아 나도 기분 좋았다. 인훈이는 오자마자 드라이브 가자며 나를 차에 태워 아산만 한 바퀴 휘돌고 식당에 들러 저녁 식사했다. 아들 인훈이가 힘든 줄 알면서도 선뜻 식대비를 계산하지 못해 오는 내내 짠한 마음이 들고 그놈의 돈이 웬수라는 생각이 들었다. 별 수입도 없는 내가 종합토지세 ○○원 내고 재산세, 차 세금, 차 수리비, 경조사, 축의금 갑자기 이리저리 목돈이 한 번에 많이 들어갔다. 그래서 손녀 은서 태어나고 여태 옷 한 벌 사주지 못해 아들 며느리 보기에 너무 미안했다. 며느리는 잘 몰라도 아들 인훈이는 엄마 입장을 잘 알고 이해하겠지만 부모, 할머니 역할을 다하지 못하는 자신이 부끄러울 따름이다. 아무튼 쌍용 사태 잘 해결돼서 다행이고 진심으로 감사하다.

2009년 8월 8일 천사은심

사랑은 무죄

사랑은 무죄
그대는 나의 운명인가
사랑할 수 없는 사람이
알 수 없는 향기로 조용히
자꾸만 내게로 다가온다

내 마음 아는지 모르는지
무작정 내게로 다가오는 그대
그대는 정녕 나의 운명인가

알 수 없는 인연이 자꾸만 내게로 다가오지만
소금이 쉬고 소금에 꽃이 핀다 해도
그대를 받아줄 마음 없는데
그대는 왜 내 가슴 속에 살아 있는가

그리움이 아닌 그 사람을
마음에서 멀리 밀어내어보지만
그럴수록 내게 더 가까이 온다
서로의 몸과 마음은 보이지 않고
멀리 떨어져 있지만
마음만은 서로의 가슴속에

살아 숨 쉬고 있는 것 같다

어떻게 표현해야 좋을까 이 내 심정
어떻게 말을 해야 하나 나를 향한 그대 마음
절대로 받아줄 수 없는 내 가슴 속
사랑이 지는 자리 눈물꽃 피어난다

그대여
그렇다 해서 울지는 마오
이슬처럼 왔다 구름처럼 흘러가고
바람처럼 가버리는 사랑

그 누가 사랑은 무죄라 했나

2009년 8월 9일 천사은심

애어른 외손녀 지송이

　연이어 내리던 비가 오전 9시 넘어서부터 서서히 그쳐 다행이다 싶었는데 조금 전부터 다시 비가 내린다. 소파에 조용히 앉아 생각하니 불현듯 사흘 전 둘째 딸에게 받은 문자 메시지 내용이 갑자기 또 생각이 난다. '엄마 지똥이가 외할아버지한테 해드린 게 없다고 지금 엉엉 울고 있어.' 아직 어린 나이에 하는 짓이 기특한데 무슨 뜻인지 잘 모르겠다.

　둘째 딸에게 답장을 보내고 조금 있으려니 둘째 딸이 전화했다. 수화기 들자마자 "얘 조금 전에 보낸 메시지 내용이 무슨 뜻이니? 지송이 또 어린 양 한 거지? 할아버지 돌아가신 지 벌써 2년이나 지났는데 그때 울었어야지" 했더니 "아니야 엄마, 몇 년 전에 지송이가 엄마한테 비싼 장갑 선물하고 아부지한테는 런닝셔츠 사다드리고 했잖아. 지금 지송이는 그때 할머니한테는 비싼 장갑 사드리고 할아버지한테는 싼 런닝 사드렸다고 엉엉 울고 있어. 옛날에도 지송이 용돈으로 엄마 장갑 샀는데 남해 친할머니 장갑은 싼 걸로 샀잖아" 했다.

　가만히 생각해보니 몇 년 전 겨울방학 때 우리 집 오면서 런닝셔츠 선물은 기억나지 않지만 나한테 검정 가죽장갑 선물한 기억은 나는데 아직 어린애로만 보았던 지송이가 애어른 같다. 비싼 선물 못 해드렸다고 마음에 걸려서 세상에 안 계시는 외할아버지 생각하고 엉엉 울고 있는 외손녀가 갸륵했다. 아직 철없는 아이로만 보았는데 어린아이 같지 않게 행동하는 지송이가 기특하다. 이제부터는

216

어린아이로 보지 말고 말도 행동도 조심해야겠다는 생각이 들었다.
"지송아, 그 예쁜 마음으로 영원히 영원히 예쁘게 잘 성장해주기 바
라고 언제나 항상 건강하고 공부 열심히 잘해서 훌륭한 숙녀로 마
음이 참 예쁜 숙녀로 잘 성장하길 바란다."

2009년 8월 12일 천사은심

기름값 오만칠천 원

새벽 일찍 논둑에 풀 베러 오겠다며 휘발유를 사다놓으라고 어제 아들 훈이한테서 전화 왔었다. 마침 차에 기름도 넣어야 하고 주유소에 가려고 하는데 비가 오락가락 날씨 궂어 귀찮았다. 다른 볼일도 없는데 일부러 차에 기름만 넣으러 가기도 그렇고 해서 훈이에게 전화 걸었다. "아들아, 내일 비 오면 풀베기 못 하는데 이틀 후 주말에 풀 베면 어떻겠니?" "엄마, 내일 비 안 와도 그냥 토요일 아침 일찍 풀 벨게요."

이튿날 아침 일찍 일어나보니 날씨 맑아서 햇살이 화창하고 눈부시다. 주유하러 가야 하는데 며칠 전 별달이에게 신용카드 빌려줘서 일부러 찾으러 가야겠다. 별달이에게 전화해 큰딸 왕초네 놀러 가자며 신용카드 잊지 말고 갖고 오라 했다. 외출 준비하고 서둘러 출발하고 큰딸 왕초네 가는 길에 논배미마다 한 바퀴 휘둘러보았다. 마침 큰딸이 앞동 1층에 마실 가서 나를 기다렸는지 베란다에서 내다보고 나오기에 같이 큰딸네 집으로 갔다. 거실에 들어서자 왕초가 냉장실에서 포도 꺼내 함께 먹고 있는데 넷째 딸이 또 포도를 사 왔다. 점심에 왕초가 수제비 맛있게 해줘서 배부르게 잘 먹고 놀다 오후 3시 50분 큰딸네 집을 나와 별달이를 태우고 우리 집에 와서 휘발유 통을 싣고 주유소로 가 차에 기름을 넣고 예초기에 넣을 휘발유 한 통 샀더니 총 오만칠천 원 지출했는데 잡초를 베는 데에도 돈이 든다.

별달이를 농협 앞에 내려주고 나는 곧바로 집에 돌아와 컴퓨터 켜고 인터넷 글방 클릭하고 글쓰기 작업하느라 바쁜데 뒷집 깨숙이가 마실을 왔다. 글 몇 편 읽다가 저녁밥 안치고 대문 밖 화단에 엎드려서 한참 잡초 뽑아주고 서 있었다. 그때 삼일목장 박세숙 씨가 먼발치에서 걸어오며 나를 보자 목례하더니 "미경이 어머니 책 빌려드리러 왔어요." "어머, 고마워요." 안에 들어가자며 거실 소파에 안내하고 시원한 아이스커피 한 잔 내왔다.

박세숙 씨는 쇼핑백에서 『농어촌 여성문학』이라고 쓴 책을 꺼내더니 안 바쁠 때 읽어보라고 했다. "미경이 어머니 취미 생활 하시는 데 도움이 될 거예요"라며 책을 주더니 샘표국수 소면 두 봉지, 흰떡 한 봉지 꺼낸다. "혼자 계시는데 입맛 없을 때 끓여 드세요." 주기에 받았지만 너무 고맙기도 하고 미안했다. 얼마 전에도 창란젓 갈이며 사과를 가져와 부담스럽고 많이 미안했는데 무엇으로 갚아야 할지 고민이다. 나는 아무것도 뭐 한 가지 줘본 적이 없는데 매번 받아만 먹어서 미안하고 부담스럽고 염치도 없었다.

박세숙 씨는 신앙생활을 해서 그런지 남에게 잘 베풀고 볼 때마다 인사성도 밝고 싹싹해서 성격이 좋아 보인다. 집에 있는 물건도 나눠 먹기 쉽지 않은데 국수는 자기네도 사다 먹을 텐데 미안해서 어쩌면 좋을지….

2009년 8월 13일 천사은심

아주까리 등불

말복도 지나고 아침 식전에 들녘으로 나가서 논 한 바퀴 둘러보니 벌써 벼 이삭이 더러더러 팼다. 일용할 양식 벼꽃을 보는 순간 가슴이 뿌듯해서 나도 모르게 어머나 벌써 이삭이 팼네, 아무 소리도 내지 않고 강물처럼 쏜살같이 흐르는 세월이 너무 빠른 것 같아도 이럴 때는 참 좋다. 논에 모를 심은 지 두어 달 조금 지났는데 벌써 이삭이 패다니 봄부터 지금까지 신경 참 많이 쓰고 고생했다. 논에 물이 찼는지 말랐는지 확인하려고 아침저녁 물꼬 보러 다니느라 고생한 걸 생각하니 휴우, 힘들었다. 이제 얼마 안 있으면 물꼬에 신경쓰지 않아도 되겠구나 싶으니 한시름 놓이고 고생 끝이구나 했다. 고생 끝에 수확의 계절도 머지않았다는 생각을 하니 뿌듯함이 벅차오르고 기쁨이 피부로 느껴졌다.

어제 오후 박세숙 씨가 읽어보라고 주고 간 책이 있기에 집안일 다 접고 오늘은 책 읽는 날로 정하기로 했다. 서둘러 급한 일 다 해놓고 한가한 마음으로 오전 내내 소파에 앉아 책 읽고 있으려니 더워지기 전에 논에 다녀오려고 새벽잠 깨서 그런지 자꾸 눈이 감기고 졸려서 독서하는 데 방해된다. 졸음 쫓으려고 찬물에 세수하고 뜨락에 밤새 널어놓은 고추를 차고 앞에 내다 널고 텃밭을 한 바퀴 둘러보았다. 주방 창문 앞쪽을 바라보니 아주까리 나무 몇 그루가 엊그제 내린 비 맛을 보더니 내 키보다 더 무성하게 자랐다. 우산처럼 넓다랗고 커다란 아주까리 연한 잎이 기름기 자르르 흐르고 아주 연해서 먹음직스러웠다. 가까이 다가가 보니 올망졸망 열린 열매에 가시를 촘촘하게 달고 매달려 있다.

시골 농촌에 살면서 남들이 아주까리 나물이 그렇게 맛있다고 말해도 나는 한 번도 먹어보지 못했다. 어떤 맛인지 궁금해 씨앗 몇 알 얻어다 봄에 주방 창문 앞에 심었는데 새싹이 움트더니 무성하게 잘 자랐다. 거름을 안 줘도 가뭄에 쑥쑥 잘 자라고 내 키보다 두 배나 더 넘게 자라서 가지도 많이 치고 연한 잎들이 참 많다. 아주까리 연한 잎을 삶아 말려두었다가 정월 대보름날 묵나물 볶아 먹으면 나물 중에 최고 맛있다고 들었다. 쉬기 전에 연한 잎만 골라서 다 땄더니 잎새가 넓고 크더니 양이 꽤 많아 대소쿠리에 가득 넘치게 찼다. 그냥 앉아 있기만 해도 땀이 줄줄 흐르고 더운 한여름 날씨에 가스 불 앞에서 아주까리 잎을 삶느라 고생했다. 팔팔 끓는 물에 아주까리 잎을 넣고 골고루 뒤적이며 삶아 찬물에 헹구어 꼭 짜서 채반에 얇게 펴 햇볕에 널었다. 태양의 계절 팔월의 강한 뙤약볕이 내리쬐는 양지바른 대문 밖에 내다 널었더니 하루 만에 바짝 말랐다. 푹푹 찌고 삶아대는 한여름 더위에 땀 흘리며 잎을 삶아 말리는 고생만큼이나 나물 맛이 좋을지 모르겠다.

옛날에 아주까리 열매를 기름 짜서 민간요법 약용으로 많이 쓰고 캄캄한 밤중에는 훤하게 아주까리 등불을 켰다. 이렇게 다양한 쓰임새 때문인지 요즘도 농촌 밭 한 귀퉁이에 많이들 심는다. 시골 농촌에 사는 사람은 조금만 부지런하면 반찬값 안 들이고 생활비 절약할 수 있어 좋다. 눈만 돌리면 반찬거리 투성이고 풋고추, 가지, 오이, 부추 이 모든 채소는 건강 웰빙 식품 재료다. 도시에 사는 사람들은 우리네 농촌 사람들이 살아가는 낭만적인 삶이 무엇인지 잘 모르기에 도시 생활을 좋아한다. 복잡한 도시보다는 공기 맑고 조용한 시골 농촌에서 자연을 벗 삼아 함께 어울려 사는 즐거움이 쏠쏠한데 도시인은 모른다. 그래서 지금 살고 있는 어중간한 시골 농촌보다 산 좋고 물 좋은 두메산골 오지 마을 산촌에서 살아보고 싶다. 높고 깊은 산들이 병풍처럼 빙 둘러쳐 있어 봄이 오면 온통 연둣빛 향연이 열리는 세상이 그 얼마나 좋을까. 여름이면 시원한 계곡물이 흐르는 싱그러움을 자랑하고 맑은 산소 내뿜어주는 우거진 자연 숲속 녹음방초가 좋다. 가을이면 아름다운 오색 단풍이 불타듯 곱게 물들어가는 이 아름다운 가을 산 풍경은 또 얼마나 멋지겠는가. 겨울이면 하얀 눈 덮인 웅장한 산세 풍경은 고고한 학이 날아 모여 앉은 듯이 눈부시게 하얘서 얼마나 풍경이 좋을까. 시루떡처럼 소담하게 내려앉은 겨울 산을 상상만 해도 마음까지 하얘지는 느낌이 드는 그런 산촌이 마냥 그립다. 낭만이 충만한 풍경으로 당장 달려가고 싶은 충동에 어느새 지금 나의 마음은 싱그러운 자연으로 돌아가고 있다.

2009년 8월 14일 천사은심

고마우신 분

　새벽에 일찍 일어나 소파에 앉아 카페 글방에 글 한 편 올리고 식사하고 보니 오전 9시 조금 넘었다. 날씨는 맑았지만 불볕더위는 아니고 시원한 바람 불어 일하기 좋을 것 같아 고추 널고 서둘러 텃밭으로 나갔다. 벌써부터 텃밭 일 하려고 생각했지만 불볕더위에 텃밭 일을 혼자 하려니 엄두가 안 나 늘 마음 한구석에 걱정만 하다 여태 못 했다. 정 못 하면 배추 몇 포기 사서 김장해야겠다 생각하면 금세 비싼 무, 배춧값 계산이 앞선다. 배추 한 포기 가격이 얼마가량 한다면 몇 포기에 얼마인데 계산해보면 입이 떡 벌어진다. 죽으나 사나 김장 무 배추 심어야 한다는 생각하면 고생이 막심해서 그동안 내내 고민 아닌 고민을 했다.

　고생을 결심하고 텃밭에 수북이 나온 잡초와 전쟁하고 깨끗해진 텃밭에 계분 여덟 포대 날라 다 뿌렸다. 처음 계분 한 포대를 양팔에 번쩍 들고 낑낑대며 밭머리에 들어다놓고 두 번째 거름을 가지러 갔다. 옆에서 공사하는 아저씨가 보기에 안돼 보였는지 아무 말 없이 거름 포대를 번쩍 들어다 놓는다. 그때 일하다 잠시 쉬던 아저씨들이 우스갯말이 하고 싶었는지 "저 아저씨 좋은 데로 가시것씨유. 기왕이면 밭에 뿌려주지." 말하기 무섭게 아저씨는 빙그레 웃으며 "그려, 밭에 거름 쏟아주기 뭐가 그렇게 어려워? 나르는 것보다 쉽지"라고 우스갯말 받아넘기며 거름까지 퍼주었다. 고맙기도 하고 미안하기에 "아저씨, 괜찮아요. 제가 할게요"라며 말려도 들은 척도 안 하고 도와주었다.

너무 고맙고 감사해 시원한 물 한 사발 대접하고 싶은 생각은 굴뚝같은데 작업복 입고 장화까지 신어 장화 벗기 힘들기에 고마운 답례를 못 했다. 그렇게 거름을 쫙 퍼 헤치고 쇠스랑으로 밭을 파면서 돌까지 주워내려니 일이 더디고 힘들었다. 한참 딱딱한 땅을 파다 손바닥이 아파서 목장갑 벗고 아픈 손바닥을 들여다보니 벌써 손바닥이 부르텄다.

아직 김장 무 배추 심을 밭을 반도 못 팠는데 힘들어서 큰일났다 싶고 언제 밭을 다 파 엎을까 걱정이다. 힘들고 목이 말라 일을 멈추고 집 안에 들어와 찬물을 몇 사발이나 마셨는지 모른다. 너무 힘들어 소파에 쉬면서도 마음 조급한데 집 전화 발신자 표시창을 차례대로 확인하니 여기저기서 온 부재중 전화들이 주인을 기다리고 있다.

쉬는 동안 셋째 딸 기쁨조에게 전화해 텃밭 일 하느라 전화 못 받았다고 했더니 기쁨조 웃으며 여우짓 재롱떨며 하는 말 "엄마, 어제 오늘 바빠서 카페 출석방에 출석 못 했는데 엄마가 좀 대신 해주면 안 될까?" "얘 기쁨조야, 출석 대신이 어딨니? 그렇게 바쁘면 매일 하지 말고 아주 며칠 출석을 하루 한 번에 다 해라." 이런저런 우스갯말을 하고 끊었다.

다시 텃밭에 나가 딱딱한 땅을 몇 번씩 쉬어가며 파다가 오후 2시 넘어서야 늦은 점심 식사했다. 죽기보다 하기 싫었던 일을 꾹꾹 참고 인내심 발휘하며 오후 5시 넘어서야 마쳤으니 며칠 있다 배추만 심으면 되겠다. 초저녁에 가족 카페 들어가보니 아들 인훈이도 힘들고 바쁠 텐데 내일 논둑에 풀 베러 온다고 댓글 올렸기에 엄마도 힘들고 다리 아파서 하루 쉬고 싶은데 제초 작업은 다음에 하자고 전화했다.

2009년 8월 22일 천사은심

일할 기회 주신 은혜

엊그제 비 온 후 아침 공기 더 싱그럽고 시원해서 일상생활 하기 참 좋다. 이른 아침 어제 너무 피곤했었는지 눈이 붙어서 영 안 떨어진다. 논 둘러보고 온 지 닷새쯤 되는데 궁금해서 일어나자마자 서둘러 논을 향해 출발했다. 나가면서 물이 넉넉한지 걱정했는데 도착해 보니 논마다 물이 가득 넘친다. 지난 주말 아들 인훈이 구슬땀 흘리며 고생한 보람으로 논둑마다 잡초 없이 깨끗해서 안심했다. 며칠 전 둘러볼 때는 여기저기 더러 벼 이삭이 패서 놀랐다. 그런데 오늘은 벼 이삭이 쌍둥이처럼 똑같이 다 패어 고생한 보람 느끼고 흐뭇했다. 작년에 인건비 들여 남의 손에 농약 뿌리고 비료 주는 일을 맡겼더니 벼도 잘 안되고 논에 풀도 많았다. 금년에 아들 인훈이가 비료와 농약을 꼼꼼히 잘 뿌려서 논둑에 풀도 없고 벼가 너무 무성하게 잘됐다. 지금 당장 보기에도 벼들이 싱싱하게 잘 자라서 마음 뿌듯하고 흐뭇했는데 가을비가 조금만 내려서 벼가 쓰러지지 않았으면 참 좋겠고 그러길 간절히 빈다.

지난 주말 아들 인훈이에게 했던 말이 지금도 생생하게 떠오르고 잊히지 않는다. "아들아, 작년에 남에게 농사를 맡겼더니 논에 풀도 많고 벼도 금년보다 덜 되었어도 삼 배출 나왔다. 금년에는 인훈이 네가 힘들게 애쓰고 농사지었으니 삼 배출 넘는 쌀은 너한테 다 줘야겠다. 가을 날씨만 좋다면 작년보다 소출이 훨씬 더 많이 나올 것 같구나. 인훈아, 우리 큰 기대 한번 해보자" 했다.

흐뭇한 마음으로 논을 한 바퀴 돌아보고 집에 오는데 막 떠오르는 눈부신 햇살이 차창에 쏟아져 따갑게 느껴졌다. 집에 돌아와 텃밭을 한 바퀴 휘둘러보고 붉은 고추 널고 호박잎을 땄다. 아침이라 덥지 않지만 한낮엔 더울 것 같은 예감이 드는 순간 어제 날씨가 시원해서 참 고맙다는 생각을 했다. 아녀자가 힘든 농촌 일 혼자 한다고 하늘이 가엾게 보시고 일할 기회를 주시는 은혜라는 생각이 들자 사는 동안 죄짓지 말고 살자고 결심했다.

어제 수확한 토마토 몇 개 씻어 믹서에 갈고 호박잎 껍질을 벗겼다. 오늘은 밀린 하루 여정 글쓰기 작업을 해서 그런지 마음이 한가해 오후 내내 그럭저럭 지냈다. 호박잎, 풋고추 씻어서 찜통에 찌고 찐 고추는 곱게 다져 양념장 만들고 청소했더니 오후 5시 넘었다.

2009년 8월 23일 천사은심

간담이 서늘해도 운 좋은 날

내가 서울 친구네 다녀온 지 꼭 6년 만에 소꿉친구가 우리 집에 다녀갔다. 친구는 우리 아들 훈이 결혼식에 왔다 간 후 처음 우리 집에 와서 놀다 저녁에 갔다. 애마 붕붕이 끌고 마을 입구에 마중 나가서 택시에서 내리는 소꿉친구 보니 참 반갑다. 서로 반가워 어쩔 줄 몰라 하며 친구를 태우고 집에 데려와 "친구야, 시원한 아이스커피부터 줄까? 밥부터 줄까?" 물었더니 친구는 아침밥도 못 먹고 와서 배고프다면서 밥부터 좀 달란다. 시계를 보니 마침 정오를 넘었고 점심 식사하기 적당한 시간인데 시골이라 반찬이 없다. 주방에 가서 냉장실에 있는 이것저것 밑반찬 꺼내 식탁을 차려주었다. 반찬이 없어 미안한데 소꿉친구 상례는 호박잎 쌈이 참 맛있다며 반찬 없는 밥을 참 맛있게도 먹는다. 식사 끝나고 설거지하자 거실 소파에 앉아 친구랑 둘이 아이스커피 마시며 그동안 쌓인 이야기꽃을 피우며 회포 푸느라 시간 가는 줄 모르고 동심으로 돌아갔다. 어릴 적 추억담을 서로 주고받으며 대화하던 친구는 내 손을 끌어당겨 들여다보며 "아이구 그 전에 은심이 네 손이 참 이뻤었는데. 손끝이 뾰족하고 갸름해서 참 이뻤는데. 너 그전에 얼굴도 참 이뻤어야. 아침에 나 기차 타고 오면서 속으로 이 지지배 손이 참 이뻤는데 떠올리고 옛날 생각나서 혼자 웃으며 왔다. 은심아, 그래서 처음에 너희 집 와서 네 손부터 쳐다봤다. 그렇게 예쁘던 손이 이제 늙어서 어쩌냐?" "으이그, 지지배. 세월 따라 가는 사람이 늙지 그럼 안 늙냐?"라고 나는 말했다. 친구는 성격이 화통하고 씩씩해서 웬만한 남자보다 시원시원하고 변덕이 없다. "얘 상례야 너 진작부터 우리 집에 한번 놀러 오라고 하고 싶었지만 너는 아파트 생활하잖니. 그런 네가 우리 집에 와서 시골집 풍경을 보고 기절초풍할까 봐 놀러 오라는 말을 쉽게 못 했다." 듣고 있던 상례는 "얘, 너는 별소리 다 한다. 옛날에 너는 대궐 같은 집에서 살고 나는 오두막집에서 살았잖냐? 시골집이라도 대궐 같고 깨끗해서 좋기만 하다"라는 말을 몇 번이나 했다.

오후 3시쯤 내가 소개한 방축리 집을 둘러보기 위해 부동산에 전화하고 가보았는데 친구는 맘에 들어 하지 않았다. 중개인이 세교동에 내놓은 건물이 한 채 있다고 말하자 친구는 지금 가보자고 했다. 중개인과 상례를 내 차에 태우고 세교동 먹자골목으로 갔는데 골목이 많다 보니 이 골목 저 골목으로 몇 번 뱅글뱅글 돌다 겨우 찾았다.

차들이 가득 세워진 좁은 골목에 어떤 이가 차 문을 활짝 열어놓고 서 있다. 뭘 하는지 비켜주지도 않고 서 있기에 간신히 조심조심 옆을 지나는데 느낌이 이상해서 얼른 정차하고 내려보니 내 차에 살짝 스친 그 사람이 손으로 한쪽 팔을 잡고 말도 없이 그냥 서 있다. 깜짝 놀라 얼른 다가가서 "어디 다치신 데 없으세요?" 했더니 "괜찮아요" 했다. 팔을 쳐다보니 다친 흔적도 없고 아무렇지 않아 보였지만 "파스 사다드릴게요" 했더니 괜찮다고 사양했다. 주차할 때 잘 보이라고 아들 인훈이가 달아준 보조 백미러가 떨어졌는지 그분이 주워 손에 들고 서 있더니 내가 달라기도 전에 건네주기에 재삼 미안하다며 받아 들고 출발했다. 얼마나 놀랐는지 한참 동안 가슴이 영 진정이 안 되고 불안한 마음이 오래도록 가시지 않았다.

친구와 중개인을 내놓은 건물 앞에 내려주고 나는 바로 카센터로 갔다. 기사가 차체를 살펴보더니 떨어진 보조 백미러를 수고비도 안 받고 금세 달아주었다. 차 문이 자동으로 자꾸 잠겨서 성가시기에 언제 고쳐도 고쳐야 할 것 같아 기사에게 상담을 했더니 부속을 갈아야 한다고 했다. 눈 딱 감고 비용을 물었더니 6만 4천 원이라고 해서 비싸긴 하지만 고쳤다. 차 문 고치는 동안 친구가 나랑 같이 가서 건물을 둘러보고 싶다고 하기에 가보니 백두대간 생맥줏집이다. 건물을 둘러보고 카센터에 갔더니 차 문을 다 고쳤기에 친구 태우고 그냥 집으로 돌아왔다.

오랜만에 왔는데 나랑 하룻밤 자고 가라고 했더니 손자가 몸이 시원찮아서 집에 가봐야 한다고 했다. 오후 6시 넘어 식탁을 차려 친구에게 반찬 없는 저녁밥을 먹이고 역전에 태워다주고 오니 땅거미 내린다. 친구는 집이 맘에 든다며 며칠 후 남편하고 다시 와보겠다고 했다. 친구 보내고 오는 길이 서운하기도 했지만 오늘 운이 좋았던 것 같다. 앞으로 조심해야겠다는 생각이 들었고 오늘 같은 경험을 했으니 앞으로 운전하는 데 큰 도움이 되겠다.

2009년 8월 24일 천사은심

외손자 준하 축하 손 편지

예순세 번째 생일 아침 아들 훈이네 집에서 아침 식사하고 저녁은 송탄 외곽 신토불이 식당에서 아들, 딸, 사위들 가족이랑 뭉쳐 외식했다. 무엇이 그리도 바쁜지 세수도 못 하고 종일 지내다 평상복 차림에 외출해서 조금 창피했다. 아들, 며느리, 딸, 사위, 손자, 손녀들이 한자리에 모여 웃음꽃 피우고 화기애애한 분위기였다.

식탁 앞에 앉자마자 넷째 딸 별달이가 "엄마, 우리 준하가 할머니 선물이래유" 하면서 건네기에 받아보니 묵직한 게 책 같아서 "할머니 책 좋아해서 준하가 책 선물 사 왔구나? 고맙다" 했는데 식사 끝나기 무섭게 아들 훈이가 궁금한지 "엄마, 선물 뜯어보셔요. 선물은 보는 앞에서 열어보는 거예요" 한다. 그래서 얼른 선물을 뜯고 외손자 준하가 손으로 쓴 생일 축하 편지를 가족들도 다 들어보라며 큰 소리로 식당이 떠나가게 읽었다. 내가 읽은 준하의 편지 내용을 듣고 가족들이 한바탕 하하호호 숨넘어가게 웃었다.

외할머니께.
할머니, 안녕하세요. 저 준하예요. 생신 축하드려요.
8월 29일 할머니 생신날 신종플루 걸리는 사람이 많은데 할머니는 손 잘 씻고 오래오래 200살까지 사세요.

올바른 손 씻기: 손바닥과 손바닥을 마주 대고 문질러주고 손가락을 마주 잡고 문질러줍니다. 손바닥과 손등을 마주 대고 문질러줍니다.

231

엄지손가락을 다른 편 손바닥으로 돌려주면서 문지릅니다. 손바닥을 마주 대고 깍지 끼고 문질러줍니다. 손가락을 반대편 손바닥에 놓고 문지르며 손톱 밑을 깨끗하게 합니다.

할머니, 이것만 잘 지키시면 신종플루에 안 걸려요. 그러니 이것만은 꼭 잘 지키세요. 할머니, 이뻐해주셔서 감사해요. 그리고 선물은 비밀이에요.   - 2009년 8월 29일 토요일 준하 올림

육 남매 가족 카페 사랑하는 가족들은 이 글 한 번씩 다 읽어보고 댓글 꼭 달아주기 간절히 바라고 부탁한다. 댓글 안 달면 반동분자 탈퇴 요망한다. ㅎㅎㅎ.

2009년 8월 30일 천사은심

잊지 못할 봉평 메밀꽃축제 추억 여행

어제 초저녁 큰딸 왕초가 강원도 봉평 메밀꽃축제에 가자고 했다. 날도 밝지 않은 새벽 김장 무 배추밭에 물 듬뿍 주고 간신히 세수만 하고 머리 빗었는데 큰사위 차 벌써 대문 앞에서 클랙슨 울린다. 눈썹이 휘날리게 1.5리터 얼음 물병 4개 챙겨 들고 급하게 대문으로 나갔다. 조수석에 앉은 큰딸 왕초는 "엄마, 내가 얼음물 이렇게 많이 가지고 가는데 엄마까지 뭐 하러 물 많이 가져가" 하며 깽알깽알 했다. "애, 가족이 몇 명인데 이 물이 많다고 그러냐."

넷째 별달이, 외손자 준하 태우고 봉평을 향해 즐거운 여행길에 신바람 고고씽 했다. 강원도 경계선부터 도로에는 이름 모를 들꽃과 구절초가 흐드러지게 피어 오가는 길손을 꽃마중한다. 두어 시간 넘게 달려 봉평에 도착하니 축제장까지는 아직 먼데도 사방 천지 소금 멍석을 펼쳐놓은 듯 나부끼는 꽃물결로 감동 그 자체였다. 축제장 가는 도로는 인산인해를 이루고 줄지어 선 인파는 1킬로미터 정도 장사진을 이뤘다. 주차장이 만차인 데다 조용한 달밤 메밀꽃 풍경을 마음껏 즐기고 달빛 사냥하는 메밀꽃 장관 보고 싶어 차를 돌려 정동진으로 향했다. 점심으로 단골 식당에서 옹심이 칼국수 맛있게 먹었는데 별달이는 입에 안 맞는지 먹는 둥 마는 둥 했다.

식당을 나와 강릉 해안도로 드라이브하다 주문진에서 오징어 3만 원어치 회 떠서 차에서 먹었다. 강릉 해수욕장 도착해 외손자 준하는 신나게 물놀이하더니 물에 풍당 빠진 새앙쥐처럼 푹 젖은 옷을 입고 온종일 다녀야 했다. 오대산을 한 바퀴 돌아 다시 메밀꽃축제장으로 가는 길이 너무나 아름다웠다. "이런 곳에서 살아가는 사람은 얼마나 좋을까. 우리는 왜 어중간하게 삭막한 농촌에 살고 있을까 모를 일이다" 했더니 별달이도 "엄마, 그러게 말이유." 아쉬워하는 눈치인데 아름다운 풍경에 푹 빠져 있다 보니 어느새 축제장이다. 차에서 내려서도 한참을 걸어 메밀꽃축제장에 당도하니 끝없이 드넓은 들녘은 온통 메밀꽃이다. 흐드러지게 만발한 메밀꽃이 축제장을 눈부시게 수놓고 우리를 기다리고 있다. 가까이 가보니 인증샷 찍느라 군데군데 메밀꽃이 짓밟혀 꽃대가 부러지고 망가졌다. 이지러진 꽃밭에 안쓰러운 마음 들었지만 기왕 망가진 꽃밭에서 기념사진 몇 컷 찰칵했다. 봉평 메밀꽃축제를 추억으로 간직하고 싶기에 큰딸 왕초와 큰사위랑 찰칵, 넷째 딸과 손자 준하도 찰칵했다.

땅거미 내리고 사방 어둑해 달빛 환한 저녁 식사하려고 식당을 찾았지만 메뉴는 오로지 막국수뿐이어서 할 수 없이 막국수 먹었다. 식사하며 아름다운 달빛 메밀꽃에 감탄해 시 한 편 쓰고 싶었다. 초저녁 달그림자에 취한 메밀꽃 풍경을 가슴에 담고 아쉬움을 뒤로 돌아오는 길은 정말 행복했다. 집에 올 때까지 얼음물 마시는 왕초 보며 "으이그, 얼음물 녹지 않고 종일 물 안 떨어져서 참 고맙네." 내 말 떨어지기 무섭게 큰딸 왕초가 갑자기 자지러지게 깔깔 웃는 걸 보니 그냥 웃은 게 아니라 얼음물 많다고 깽알깽알했거든. 저는 생수 제일 작은 병 서너 개 챙기고 얼음물 많이 가져가는데 엄마는 뭣하러 물을 이렇게 많이 챙겨가냐고 불평했었다. 얼음물 많이 가져간다고 나한테 깽알대던 왕초가 내가 가져간 얼음물까지 따라 마시려니 염치가 없어 웃었는지 물 마시다 말고 혼자 깔깔대고 숨넘어가게 웃었다. "왕초야, 눈꼽만 한 물병 서너 개 가져가면서 엄마가 얼음물 많이 챙겨 간다고 깽알대던 생각하고 네가 그렇게 웃는 거니? 물 마실 때마다 그래서 네가 그렇게 웃는 거지?" 왕초도 아니면 아니라고 할 텐데 계속 자지러지게 웃는 걸 보니 사실인 모양이다. 돌아오는 길이 조금 막혔지만 생각보다 원활해서 무사히 집에 도착해 다행이고 감사하다. 서너 시간 고고씽 달리고 달려 도착해 시계 보니 밤 11시 조금 넘었는데 오늘 하루 여정은 행복한 날로 기억되겠다.

2009년 9월 6일 천사은심

참을 수 없는 치통

잇몸 질환은 생전 없었는데 요즘 과로한 탓인지 치통이 심하고 잦다. 어제 한밤중부터 치통이 시작되더니 식전에 일어났을 때까지 계속돼 병원 가기 싫은데 은근히 걱정이다. 이 나이 될 때까지 치통이 심해도 병원 한 번 안 가고 약 한 번 안 먹고 버텨왔다. 얼마 전부터 시작된 치통이 하도 아파서 참지 못하고 처음으로 진통제 한 알 먹었다. 진통제 복용하고 치통 없이 잘 지냈는데 어젯밤부터 시작된 치통이 심상치 않다. 치통을 영 참을 수 없기에 오전 9시쯤 진통제 한 알 또 복용했지만 얼른 통증이 멈추지 않았다.

한나절 동안 찬물을 입에 머금다가 뱉어내느라 주방을 뻔질나게 오가느라 집안일을 하나도 못 하고 아까운 시간 멍 때리고 앉아 있었다.

치통이 점점 심해졌지만 그냥 보내는 시간이 너무나 아깝기에 글방에 시 한 편 쓰고 나니 치통에는 밥보다 국수가 먹기 좋을 것 같다. 국수 한 줌 삶아 식사하려는데 전화벨 울려 서둘러 받았더니 별달이다. "엄마, 왜 여태 안 나오슈?" "별달아, 엄마는 치통 때문에 아파서 못 나가겠다." 별달이 실망하는 눈치였지만 치통이 너무 심해 오래 통화 못 하고 얼른 끊고 글 몇 편 쓰다 보니 그렇게 못 견디게 아프던 치통이 조금 가라앉는다. 치통 때문에 아깝고 소중한 시간 보람 없이 허무하게 보내고 오후 6시, 쿠쿠 밥솥에 꽁보리밥 안치고 저녁 7시 밥솥을 열어보니 밥이 아주 맛있게 잘되었다.

저녁 식사하고 오랜만에 필보네 밤마실 갔다가 밤 10시 40분 나

오니 사방 캄캄하다. 필보 엄마가 동네 중간쯤까지 배웅해줘 집에
돌아와 보니 큰사위가 퇴근길에 다녀갔는지 거실장이 뜨락 소파 위
에 올려져 있다. 큰사위 늦은 퇴근에 힘들고 피곤할 텐데 무거운 거
실 장 혼자 내리느라 얼마나 고생했을까. 큰사위 오는 줄 알았으면
밤마실 안 나갔을 텐데 퇴근길에 거실 장 싣고 올 줄 꿈에도 몰랐다.

2009년 9월 17일 천사은심

운전을 못했으면

이른 아침부터 마을 방송 들리는데 숨을 죽이고 귀 기울여도 잘 안 들리고 작은 마을에 결혼식 있다는 것 같은데 혼주 이름 석 자도 또렷하게 안 들려 답답하기에 정아네 전화했다. "정아 엄마, 오랜만이네. 방금 마을 방송 영 안 들려서 전화했는데 작은 마을에 누구네 집 결혼식 있어? 참석할 집이면 나도 가봐야지" 했더니 "형님, 오랜만이유. 건넛마을 유빈이 동생이 오늘 결혼한대유. 오늘 바빠서 저는 결혼식에 못 가고 우리 정아 아빠가 갈 거유."

잘 알았다며 전화 끊고 서둘러 청소하고 외출 준비했다. 축의금 봉투 백에 넣고 출발 시간 넉넉하기에 웹서핑하는데 대문 밖에서 누가 찾기에 내다보니 뒷집 깨숙이가 축의금 좀 전해달라고 가져 왔다.

회관 앞에서 정오에 관광버스 출발한다니 같이 가자고 했더니 "저는 지금 몸이 아프고 시원찮아서 못 가니 아줌니가 봉투나 좀 전해주세요" 한다. 깨숙이랑 대화하다 오전 11시 45분 되었기에 서둘러 마을회관으로 내려가 관광버스 타고 한 시간 넘게 달려간 끝에 예식장에 도착했다.

일행들과 식장에 들어가 신랑 부모에게 축하 인사하고 축의금 접수하고 식사하고 버스 출발 시간 되어 자리에서 일어났다.

그때 주희 엄마가 다가오더니 "아줌니, 차 타고 오셨어요?" "아니, 관광버스 타고 왔어."

"그럼 아줌니는 제 차 타고 저랑 같이 가셔요." "그래? 나도 바쁜데 잘됐네." 옆집 주희 엄마 차로 집에 와보니 1시 25분, 어제 넷째 딸이랑 오늘 고추 꼭지 따기로 약속했다가 갑자기 예식장 가느라 취소했던 차라 전화를 걸었다. "엄마, 왜 그러슈?" "엄마 예식장 갔다가 방금 돌아왔다. 아직 해가 많이 남았는데 지금이라도 너희 집에 갈 테니 고추 꼭지 따자." "엄마 맘대로 하슈." "그래, 알았다. 바로 갈게." 평상복으로 갈아입고 서둘러 별달이네로 갔다.

별달이네 도착하자마자 쉴 새도 없이 고추 자루 열어 거실에 풀어 놓았다. 예식장 다녀와서 그런지 고추 꼭지 따는 일이 왜 그렇게 싫증 나고 힘든지 모르겠다. 어깨가 뻐근하고 옆구리도 당기고 책상다리 오래 앉아 무릎이 어찌나 아픈지 힘들었다. 작년까지만 해도 고추 육칠십 근 사다 혼자 꼭지 따 고춧가루 빻았는데 에구, 이제 이런 일도 힘들고 귀찮다. "엄마는 오늘 고추 꼭지 따는 일이 왜 이렇게 힘들고 싫증 나는지 모르겠다" 했더니 별달이 대답이 가관이다. "엄마, 작년에 내가 혼자 고추 꼭지 땄잖우?" "얘 별달아, 작년에 언제 네가 고추 꼭지 땄니? 내가 고추 40근 혼자 하루에 꼭지 다 땄다. 너랑 만날 때마다 너만 보면 고추 꼭지 얼른 따자고 그렇게 말해도 안 따서 강제로 내가 꼭지 따줄 테니 고추 가져오라고 해서 엄마가 다 땄잖아." 별달이는 그제야 기억이 났는지 "아아~ 그때 그랬었나? ㅎㅎ"라며 한참 웃었다.

별달이랑 둘이서 이런저런 대화하며 지루하게 꼭지 다 따고 나니 오후 5시다. 손 씻고 앉아 쉬지도 못하고 집에 돌아오니 오후 5시 25분 다 돼간다. 그래도 차가 있고 운전도 하고 그러니 예식장에 다녀와 횡하고 딸네 집 고추 꼭지 땄다고 생각하니 다시 한번 면허 따기 참 잘했다는 생각이 든다.

고추 꼭지 따면서 별달이에게 "애 엄마도 차 있으니 좋기는 참 좋다. 엄마가 차도 없고 운전도 못했으면 오늘 같은 날 너희 집 고추 꼭지 따러 어떻게 왔겠니?" 옆에서 조용히 듣고 있던 별달이 "엄마 그려유. 엄마 차 있어서 좋지 뭐유, ㅎㅎㅎ" 하며 웃었다. 오늘 일만 생각해봐도 내가 나이는 들었지만 운 좋고 팔자 좋아 내 운명의 신께 감사했다.

2009년 9월 19일 천사은심

갑자기 떠난 강경 여행

이른 아침 일어나자마자 휴대폰 울리기에 서둘러 받았더니 강경으로 새우젓 사러 가자는 안정리 한 여사 전화다. 한 여사는 딸 깨워 보낼 테니 같이 가자고 조른다. 벌써 6시 넘었는데 언제 준비하고 갈까. 아침밥도 없고 언제 준비하냐고 못 간다고 했더니 버스는 역전에서 8시 출발하니 7시 30분까지 딸 보낼 테니 마을회관 앞으로 나와 있으란다. 진즉 전화하지 아무리 그래도 못 간다 해도 한 여사는 한사코 나오라고 신신당부다. 우정을 생각해 정신없이 준비하면서 혼자는 가기 싫기에 큰댁 질부한테 가자고 했더니 흔쾌히 승락하기에 함께 마을회관 앞에서 기다렸다. 세교동이라며 어디로 가야 하는지 묻는 한 여사 딸에게 주소를 가르쳐주었지만 네 번이나 통화하고 나서야 당도했고 겨우 역에 도착했더니 관광버스는 출발도 못 하고 우리를 기다리고 있다.

우리가 오르자마자 버스가 출발하기에 시계를 보니 오전 8시 16분이나 됐고 이리저리 사방 천지를 돌아 금산에 도착하니 인삼축제 기간이라 수십 대 넘는 관광버스로 주차 공간이 없어 도로에 잠깐 정차, 오래 머물지 못했다. 인삼도 사지 못하고 바로 출발해 아쉬웠는데 5시나 돼서야 강경 젓갈시장에 도착해 보니 날씨도 뿌옇고 흐릿해서 시장통이 쓸쓸하다.

날씨 흐린 데다 다 저녁때라 강경에서 3킬로미터쯤 가면 어릴 때 살던 마을이 있는데 잘 보이지 않았다. 얼마나 향수를 불러일으키던 곳인데 지척에 있는데도 가보지 못해 서운했다. 단체 여행만 아

241

니었으면 당장이라도 가보고 싶었다. 새우젓축제장 구경하다 김장용 새우젓 3만 원어치 사고 젓갈 상회에서 관광객 모두에게 서비스한 잔치국수로 저녁 식사 잘 했다.

강경 시내 사방 둘러보니 유년 시절 다니던 때와 조금도 변함없이 그대로다. 40여 년 세월이 훨씬 넘었는데 어쩌면 그렇게 변함이 없는지 서글픈 마음도 들고 실망도 되었다.

오후 6시 넘어 땅거미 내릴 무렵 새우젓시장을 출발하기에 어떻게라도 내가 살았던 마을 풍경을 조금이라도 보고 싶어 창가에 앉았다. 차장으로 고개를 쭉 빼고 아무리 두리번거리고 둘러봐도 내가 그리워하는 나의 살던 고장은 뿌옇게 깔린 저녁 물안개로 덮인 채 한 치 앞도 보이지 않았다. 아무리 애써봐도 통 눈으로 볼 수 없는 아쉬움만 남긴 채 유년 시절을 추억하며 왔다. 나는 아직도 내가 어릴 때 살았던 부여군 세도면을 잊지 못하고 늘 그리워한다.

강경에서 출발해 약 3시간쯤 고고씽 달리고 달려 캄캄한 밤 9시 평택에 도착해 한 여사 딸이 우리 집 대문 앞까지 태워다줘 고맙고 너무 미안했다. 아침엔 큰딸 혼자 우리 태우러 왔었는데 밤이라 그런지 동생이랑 같이 왔는데 어찌나 상냥하던지 마을 슈퍼마켓에서 내리겠다고 몇 번을 말해도 우리 집 대문 앞까지 태워다주고 차 한 잔 안 마시고 갔다. 한 여사 큰딸을 배웅하고 들어와 외출복 벗으며 우리 자식들도 밖에서 저렇게 배려할 수 있을까. 이런저런 생각하며 너무 피곤해 벽에 걸린 시계를 보니 밤 9시 35분이 깊어간다.

2009년 9월 22일 천사은심

나를 울린 아들 인훈이의 돈봉투

아침 일찍 일어나 아침밥 안치려는데 시간이 너무 이른 것 같아 산책하고 오는데 동네 어귀 언덕배기에 통통하게 잘 여문 왕밤이 두 알 떨어져 있기에 토실토실 얼마나 귀여운지 주워 들고 기분 좋게 왔다. 쌍둥이처럼 모양도 똑같고 반들반들 윤기 흐르는 왕밤 두 알이 아주 귀엽게 생겼다. 귀밀답게 잘생긴 왕밤 두 알을 손바닥에 놓고 한참이나 들여다보는데 먹기도 아깝고 좌탁 위에 올려놓고 매일 보는 게 좋겠다.

청소하다 오전 8시 넘었는데 아침밥 다 했다고 쿠쿠가 부저 울리기에 식사하고 외출 준비했다.

별달이네 마실 가면 큰딸 왕초도 태우고 나갔을 텐데 시장에 볼일이 있어 별달이 사는 개나리아파트에 주차하고 바로 시장에 가려니 왠지 서운했다. 별달이네 안 들르고 바로 시장에 간 걸 알게 되면 서운해할 것 같아 초인종 눌렀더니 방금 청소 끝낸 모양이다.

오전 통화할 때 볼일 있어 나가는데 잠시 들를지도 모르겠다고 했지만 갑작스런 방문이 당황스럽고 의아한 모양이다. "엄마, 입맛도 없고 반찬도 없는데유. 나두 시장에 볼일이 있는데 같이 나가서 우리 맛난 거 뭐라도 사 먹어유." "얘 별달아, 매일 삼시 먹고 살면서 반찬 걱정은 왜 하니? 성경에도 그랬잖아? 무얼 먹을까 무얼 입을까 걱정하지 말라고. 너는 매일 돈 쓸 일만 생각하니? 밥맛 없으면 너희들 좋아하는 라면이나 끓여라. 아니면 밥을 먹든지" 했더니 "엄마를 어떻게 라면을 끓여드려유? 나가서 보리밥 먹읍시다." "엄마는

243

싫다. 밖에 나와서 밥 먹는 건 엄마는 절대로 싫다. 차라리 라면 두 봉지 삶아 엄마 조금만 다오" 했더니 별달이가 금세 라면 삶아 상차림 했다.

둘이서 라면을 먹고 오후 1시 넘어 혼자 시장을 향해 갔다. 중매하려고 의상실 갔는데 마침 손님도 없기에 의상실 운영하는 친구의 아들을 중매했다. 해 입은 지 10년이 훨씬 넘은 원피스 2벌, 블라우스 기장이 너무 길어 기장과 품을 줄여달라고 맡겼다. 끈 원피스 한 벌은 바로 수선해주기에 찾아 들고 5시 별달이네서 15분 정도 머물다 김치통 갖고 오는 길에 동네 마을 슈퍼마켓 잠깐 들렀다. 중매할 아가씨 전화번호 물어 내 휴대폰에 찍고 남자 쪽 전화번호 알려주고 왔는데 중매도 보통 힘든 일이 아니다.

집에 도착하니 내가 외출한 걸 모른 인훈이가 배 한 상자를 놓고 갔다. 옷 갈아입고 컴퓨터 방에 들어가니 아들 인훈이가 놓고 간 봉투가 컴퓨터 책상에 놓여 있다. 깜짝 놀라며 집어 드는 순간 왜 그렇게 마음이 짠하고 가슴이 아려오던지 손자 손녀 양말 한 켤레 제대로 못 사주고 항상 마음에 걸리고 짠했었다. 그렇잖아도 항상 마음에 걸렸는데 힘들게 사는 아들 인훈이 놓고 간 돈 봉투가 내 마음을 아프게 했다. 글 쓰는 순간 주체할 수 없이 쏟아지는 눈물이 키보드에 떨어져 앞이 안 보인다. 누구나 나이 들면 마음이 약해지고 하찮고 소소한 일에도 감정 조절 못 하고 눈물이 흔해지는 모양이다. 나 없는 빈집에 돈 봉투와 차례상에 올릴 배 한 상자 두고 가더니 마음이 안 놓였는지 아들 훈이 전화 와서 이런저런 통화 한참 하다 끊고 글쓰기 하다 보니 벌써 7시 45분이 됐다. 창밖을 내다보니 해는 서산 너머로 넘어가 땅거미 내리고 사방 칠흑

244

같은 깜깜한 어둠에 휩싸였다.

2009년 9월 28일 천사은심

안면도 가족여행

꿀잠 자다 아침에 눈 떠보니 막내딸 쿠키네 집이다. 어젯밤 둘째 딸네 가족만 없고 5남매 가족이 막내딸 쿠키네서 뭉쳤다. 밤에 쿠키랑 소주 2병 마시고 대화하며 놀다 음주운전 걸릴 것 같아 아들 훈이만 갔다. 셋째 기쁨조, 넷째 별달이랑 오랜만에 막내딸 집에서 하룻밤 잤다.

아무리 피곤하고 늦게 잠들어도 아침마다 깨는 시간이 되면 습관적으로 눈이 떠지고 더 자고 싶어도 잠이 안 온다. 6시에 눈떠보니 침대에서 함께 잔 기쁨조는 고단한지 세상모르고 자고 있다. 일찍 일어나 집에 오려고 했는데 다들 잠에 빠져 그럭저럭 기다려 아침 먹고 넷째, 병하, 준하는 개나리아파트에 내려주고 셋째랑 집에 왔다.

큰딸하고 큰사위가 바다 구경 갔다가 식당에 갔더니 국화꽃 화분이 너무 이쁘기에 "아주머니, 국화꽃 화분이 이쁘네요. 저 주시면 안 될까요?" 했더니 "가게에 화분 가져다놓으면 손님들이 보기만 하면 다 달라고 하니 안 볼 때 얼른 가져가세요" 한다. 작년에도 안면도에 갔다가 활짝 핀 국화꽃 화분 한 개 얻어 화단에 심었는데 빨간 꽃봉오리가 얼마나 예쁜지 흔하지 않은 품종이다. 횟집에서 얻은 화분을 차에 싣고 삼봉 해수욕장에 가서 바다 구경했다.

차 안에서 한참을 바다 구경하고 돌아오는 길에는 코스모스가 흐드러지게 군락을 이루고 길손을 맞는 풍경에 반해서 왕초, 기쁨조랑 사진 몇 컷 찰칵, 동영상도 한 장면 녹화했다. 바다 구경하고 새우구이 먹고 실컷 놀다 집에 도착하니 저녁 6시 조금 넘었다.

외출복 벗고 앉아 쉬고 있는데 기쁨조 혼자 저녁 식사하고 나는 밥 생각이 없어 그냥 티브이 보다 그냥 자기 서운해서 밤 9시 넘은 시간에 밥 한술 뜨고 세수했다. 오랜만에 셋째 딸이랑 세수한 얼굴에 마스크팩을 붙이고 나란히 침대에 누워 행복한 꿈나라 여행했다.

2009년 10월 5일 천사은심

제3부

마음에 내리는 비

사랑하는 손자 민서야

　우리 귀염둥이 손자 민서야 안녕.

　이 세상에서 우리 손자 민서를 제일 사랑하는 할머니란다. 오늘 우리 민서가 교회 잘 다녀왔는지 너무 궁금하고 보고 싶구나. 오늘 아침 달력을 보니 얼마 안 있으면 사랑하는 우리 손자 민서 생일 돌아오네. 올해 다섯 번째 맞는 사랑하는 우리 손자 민서 생일 축하하고 사랑한다. 이렇게 민서를 좋아하고 사랑하는 할머니가 생일 축하 편지 쓰고 있으니 감개무량하구나. 우리 귀염둥이 손자 민서가 이 세상에 탄생하던 날 우리 민서를 너무나 기쁘게 만났지. 갓난아이 민서를 품에 안아본 지가 엊그제만 같은데 벌써 만으로 다섯 살이고 며칠 후면 다섯 번째 생일을 맞는구나. 우리 민서 생일을 생각만 해도 이 할머니 마음은 마냥 기쁘고 행복하단다.

　민서야, 그동안 잔병치레 안 하고 건강하게 무럭무럭 잘 자라줘서 너무 고맙다. 유치원에 가기 싫어하지 않고 잘 다녀서 얼마나 기특하고 이쁜지 할머니는 우리 민서만 쳐다봐도 온 세상을 다 얻은 듯한 기쁨이 한량없고 흐뭇하단다. 앞으로 우리 민서 건강하고 유치원 선생님 말씀 잘 들어서 착하고 귀염받는 어린이가 되기 바란다. 우리 민서가 한글을 얼른 빨리 깨치고 배워 할머니랑 손 편지 주고받으면 참 좋겠다. 민서가 좋아하는 동화책도 마음대로 읽는 모습을 얼른 보고 싶구나. 우리 민서가 아가 때부터 종이와 볼펜만 보면 참 좋아했는데 공부하기 좋아하려나 보다. 아무렇게 낙서한 것 같아도 나중에 자세히 들여다보면 어린아이가 낙서한 것 같지 않고 예사롭지 않았다. 민서가 우리 집에서 놀다 간 후 놀았던 흔적을 볼 때마다 혼자 웃음 나서 미소 흘리며 기특해했었다.

유치원 선생님께서 우리 민서가 미술에 소질이 있다고 말씀하셨다고 네 아빠가 전해줬을 때 할머니가 얼마나 기뻐했는지 모른단다. '그래서 우리 민서가 유독 종이와 연필을 좋아하고 낙서하듯 무엇인가를 그리곤 했었구나' 생각했단다. 사실 할머니도 네 아빠한테 우리 민서 미술 솜씨 있다고 말한 적이 있단다.

우리 민서가 좋아하는 미술 공부도 좋지만 어릴 때부터 늘 책을 가까이 두고 좋아하고 잘 읽어야 훌륭한 사람이 된단다. 세상 모든 책 속에는 우리 민서가 배워야 할 공부와 마음의 양식이 가득 들어있기 때문이란다. 어려서부터 책을 잘 읽는 습관을 기르도록 항상 옆에 책을 가까이하길 바란다.

우리 민서가 할머니가 지금까지 한 말들처럼 꼭 잘할 수 있다고 할머니는 믿는다. 유치원 선생님 말씀도 잘 듣고 착한 어린이 되어서 친구들과 사이좋게 놀아주고 좋은 친구가 되자. 그리고 우리 민서야, 집에서는 아빠 엄마 말씀 잘 듣고 귀염둥이 예쁜 아들이고 동생 은서에게 착한 오빠가 되자. 할머니랑 우리 민서 약속할 수 있지? 그래야 할머니가 더 예뻐하고 생일 선물 사주지, 알았지? 민서야.

민서가 이번 생일에 할머니한테 무슨 선물을 받고 싶을까요? 민서가 받고 싶은 선물 있으면 할머니한테 꼭 전화하기 바란다. 장난감은 빼고, 너무 비싼 것도 빼고, 꼭 갖고 싶은 걸로 할머니한테 전화로 말해야 된다.

민서야, 그만 안녕 하자. 건강하고 씩씩하게 잘 자라다오. 민서야, 안뇽. 바이 바이. 민서 건강하게 잘 있어라.

2009년 10월 11일 민서를 제일 사랑하는 민서 할머니가

가을에 어머니께 띄우는 하늘 편지

나는 조용하고 인자하신
어머니의 성품은 닮지 않았지만
다행히 얼굴은 고운 어머니를
많이 닮은 모양입니다
곱다 이쁘다는 말을
많이 듣는 것도 유전인가 봅니다

이승과 저승이 아무리 멀고 멀어도
뵙고 싶은 어머니를 단 한 번만이라도
만나 뵐 수 있다면 얼마나 좋을까요

우리 예쁜 손자 손녀들을 보시면
기뻐하실 어머니가
이 세상에 안 계시니
너무 슬프고 안타까운 마음으로
하늘나라에 계시는 어머니께
슬픈 글을 올립니다

하늘나라에서 이 세상을
다 내려다볼 수 있다면 얼마나 좋을까요
어머니의 옛날 큰 애기

불효 여식의 분신 육 남매 가족들을
다 내려다보시고 기뻐하시고
용기와 힘을 주시구요

세상에 안 계시는 어머니께 글 올리는
이 불효 여식의 가슴이
왜 이렇게 에이듯 쓰리고 아픈지
왜 눈물이 나는지 야속하기만 합니다

철없던 불효 여식이 다 늙어
이제야 철이 드는지
불효했던 기억들이 가슴 저리게 아프고
회한의 눈물이 앞을 가려
더 이상 글을 올릴 수 없어 이만 줄입니다

뵙고 싶은 우리 어머니
하늘나라에서 부디 아무 걱정 마시고
편안히 쉬십시오
불효 여식이 명복을 빕니다

2009년 10월 12일 불효 여식 올림

세월의 한탄

꽃답던 이팔청춘
엊그제만 같은데
백발이 웬말이냐

무정타 야속한 세월아
이 내 청춘 돌려다오
푸르던 나무도 고목 되면
오던 새도 아니 온다

검었던 머리에
흰 서리꽃 내려앉고
눈 귀 어둡고
이는 하나둘씩 빠져
볼품없고 추한 모습
눈물이 난다

서글픈 눈물 앞을 가려
노을 속 저물어가는 황혼
나를 슬프게 한다

빗방울 쏟아지는

인생 위에 남는 것은
과연 무엇일까

뜨지 못한 조각달의 아픔이
스러져가는 초라한 내 모습은 아닐는지

2009년 10월 13일 천사은심

내 인생이 담긴 글 밭

15년 전부터 써 내려온
내 하얀 일기장 속에
나의 인생이 가득 담겨 있습니다

내 하얀 마음속에
나의 인생 미래의 이쁜 꿈들이
한자리에 모두 가득 모여 있습니다

불타는 열정으로
나의 마음속 깊이 자리한
인내심을 빌어 꾸준한 노력으로
나의 인생이 가득 담긴 글 밭을
예쁘게 꾸미고 가꾸어나가고 있습니다

글을 사랑하는 마음을
하얀 백지 위에 숨김없이 털어놓고
인생이 담긴 글 밭을 혼신으로 일구고
사랑으로 가꾸어 새 우주에 담고 싶습니다

2009년 10월 14일 천사은심

하늘을 머리에 이고

태초에 태어난 인간 우리는
머리 위에 높이 존재하고 있는
하늘 아래 우주 공간에서 살아갑니다

우리 생이 다하는 그날까지
살아가는 삶을 한치도 놓치지 않고
내려다보고 기억하고 있을 하늘입니다
세상 사람들은 삶에 지치고
슬프거나 힘들 때마다 하늘이 무심타
원망하고 때로는 마음으로
간절한 기도를 하기도 합니다

하늘이 있기에 살아가는 우리는
현실의 뜻대로 살 수 없을 때
하늘의 뜻이라고 체념하고 때로는
어렵고 힘든 일들이 잘 풀리면
하늘이 도왔다고 말하며
절실한 고마움을 느낄 때 있습니다

우리는 태초부터 머리 위에
하늘을 이고 살아가야 할 운명을 안고

인간으로 탄생했습니다

우리 머리 위에 존재하는
하늘은 우리 인간이 살아가는 데
꼭 필요한 빛과 비를 내려주고
밤이면 풀잎에 방울방울 옥구슬
같은 이슬을 이 땅 위에 곱게 내려줍니다

아름다운 은하수 별빛과
밝은 달빛이 흐르는 하늘이
진심으로 참 감사합니다

맑고 파란 하늘에 솜 같은
하얀 뭉게구름 꽃이
흘러가고 일곱 빛깔 고운
무지개 뜨는 아름다운
저 하늘을 머리에 이고
살아가는 우리는 항상
감사하며 살아갑니다

우리 머리 위에 이고 사는
하늘은 우리의 삶이 힘들거나
지치면 휴우 한숨 지으며 하늘
우러러볼 때 잠시나마 힘든

우리의 가슴을 어루만져주는
감사한 하늘이기 때문입니다

2009년 10월 15일 천사은심

노화 현상은 슬픔

요즘 들어 노화로 인해 나에게 많은 신체적인 변화가 왔다. 한마디로 죽고 싶을 만큼 슬프고 형용할 수 없을 만큼 참담하고 외로움이 절절하게 느껴지는 시점이다. 얼마 전까지만 해도 외롭거나 쓸쓸함을 전혀 모르고 씩씩하게 살았다. 자식들 걱정만 빼면 아무런 일 없고 이 나이 들어 이 정도 살아갈 수 있어서 얼마나 다행인지. 나보다 더 어렵고 힘들게 사는 사람들도 많다. 언제나 스스로 행복한 사람이라고 생각했고 솔직히 단 한 번도 남을 부러워해본 적이 없다.

그런데 이가 빠진 후 알 수 없는 생각들로 불안하고 자꾸만 우울해진다. 노화가 나한테만 오는 것도 아닌데 유독 과민 반응을 하는지 나 자신을 이해할 수가 없었다. 우리 그이 생전에 다른 건 안 맞아도 음악을 좋아하는 취미는 같아 우울할 때 음악을 들으면 금세 기분이 전환되었다. 요즘 혼자 좋은 음악을 들을 때 가슴이 뭉클하고 자꾸 눈물이 나는 것은 무슨 연유일까. 사춘기나 갱년기가 심하게 오는 것처럼 노년기 심하게 오는 현상이 아닐까?

오전에 전화벨 한참 울렸는데 미처 받기 전에 뚝 끊어졌기에 발신자 확인해보니 큰딸 왕초다. "왕초야, 전화했었니?" "엄마 음식은 어떻게 드시나 궁금해서 전화했는데 안 받아서 그냥 끊었지." 감자 채 썰고 국 끓여 밥 말아 먹었다고 했더니 "엄마 사골뼈 사 갈까?" 한다. "애, 무슨 사골을 사 오니. 사골은 겨울에 좋지 지금 무슨 사골이냐?" 하며 사 오지 말라고 당부했다. 사골은 우리 그이나 먹는 줄 알았지. 큰딸의 '사골 사 갈까'라는 말에 당장 노인이 된 기분이다.

그러나 노화 현상을 아무리 슬퍼해보았자 다 소용없는 일이구나 생각했다. 청춘 시절의 감정은 다 지워버리고 이제는 받아들이고 몸도 마음도 나이에 맞게 살자, 이렇게 생각하니 조금은 마음도 편해지는 것 같고 정서가 안정되기에 긍정적으로 살자고 했다. 그렇게 조급하던 마음도 누그러진다. 이루어질 수 없는 욕심은 포기하고 앞으로 건강만 생각하고 운동, 취미 생활 열심히 하며 살아야겠다.

2009년 10월 15일 천사은심

불빛 따라 걷는 사람들

　단조로운 일상에 쫓기듯 내몰던 하루해가 어느새 서산마루에 걸터앉아 노을로 곱게 물들어간다. 하는 일은 제각각 달라도 누구나 다람쥐 쳇바퀴 돌듯 종종걸음 반복되는 생활의 연속이다. 자기가 하는 일을 큰 업으로 삼고 365일 동안 마음 놓고 제대로 한 번 쉬어볼 새 없이 이리 뛰고 저리 뛰고 살아가야 하는 게 인생이다. 그렇게 허덕이다 보면 해는 지평선을 넘어 어둑어둑 땅거미 내리고 하루가 막을 내린다.

　사방 어둠이 쌓이고 밤 물든 거리에 가로등 불빛이 하나둘씩 켜지면 지친 사람들은 불빛 따라 보금자리를 향해 발길을 옮긴다. '나는 참 행복하다' 느끼며 걷는 사람이 있는가 하면 '나는 어쩌면 이렇게 불행할까'라고 생각하며 걷는 사람도 있을 게다. 쌍가마 속에도 근심 걱정 있다고 어찌 인생에서 근심 걱정 없는 사람 있을까마는 고민도 차원 있겠지? 지혜롭고 슬기롭게 잘 헤쳐나가는 사람도 있지만 온 세상 고민을 혼자 다 짊어진 사람처럼 걱정을 싸안고 비관하며 사는 사람도 더러 있을 게다. 버거운 인생을 살면서 고민하고 걱정만 한다고 해결되는 일은 세상에 없다. 어느 날은 이 세상이 다 끝난 것처럼 절망스럽다가도 그럭저럭 견디며 살다 보면 행복이 느껴지기도 한다. 또 어느 날은 왜 이런 세상에 태어나 이렇게 굴곡진 삶을 살아야만 하나 비관적일 때도 있다.

　삶의 무게를 피부로 느끼며 살아가는 인생이 아무리 힘들어도 '개똥밭에 굴러도 산 세상이 좋다'라고 사람들은 하나같이 입을 모은 다. 지지고 볶으며 삶을 살아가는 것이 타고난 여정이기에 극복하는 지혜와 인내하는 요령이 있어야 한다. 인간 세상에 태어나면 누구에게나 불청객으로 끈질기고 악착같이 따라붙는 게 우리네 근심 걱정이다.

기왕 태어났으니 어려운 고비 잘 넘기고 세상 모든 이들이 순탄하고 행복한 삶 살아주길 바라는 간절한 소망이다.

2009년 10월 16일 천사은심

바람은 불어도

이제는 힘든 글 쓰지 않겠다고
굳게 약속한 그 언약 다 어데로 가고
나는 이렇게 또 글을 쓴다

창문 너머 은행나무 행렬
샛노랗게 물든 가을 정경에 마음 빼앗겨
이렇게 홀로 앉아 글을 쓴다

발 없는 세월은 물처럼 흘러가고
등 떠미는 세월의 창날 피하지 못해
초라해진 모습 서글픈 허무에 찢긴 마음
차마 견딜 수 없다

작별 서두르는 세월에 시위하는 성난 갈바람
촛불 같은 인생에 쓸쓸함만 더하고

세월에 시위하는 바람도
세월 원망하며 아파하는 내 마음 아닐는지

2009년 10월 19일 천사은심

큰딸 효심 덕분에 먹어본 동태 꼬기

총알같이 빠른 세월에 시위하듯 무섭게 윙윙 토해내던 바람 소리도 조용히 잦아들었다. 날씨도 맑고 춥지 않아 마음이 한결 밝아지고 우울한 기분도 많이 좋아졌다. 오늘 재래시장 장날인데 기분 전환도 할 겸 시장에 나가서 볼일도 좀 보고 오면 한갓지고 좋겠다. 혈압 약 일주일 복용했으니 병원에 들러 혈압도 재보고 의사 쌤이랑 상담해봤으면 좋겠다. 어제부터 외출 계획 세웠는데 이른 아침 선훈이 엄마한테서 전화 왔다. 얼마 전 선훈이 엄마가 우리 집 마실 왔었는데 밭에 뿌릴 거름 주문한다기에 우리도 30포 신청해달라고 했다. "나유. 오늘 오후 2시쯤 거름 온대유. 집 비우지 말아유."

아침 먹고 텃밭머리 거름 쌓을 자리에 헌 장판 깔아두고 퇴비 덮을 비닐이 푹 젖었기에 햇빛에 펴 널었다. 거름 도착하기 전에 점심 먹고 소파에 앉아 글 쓰는데 또각또각 숙녀 구두 발자국 소리가 현관문 앞에서 멈추더니 큰딸 왕초가 "엄마, 나 빨리 가야 해. 이건 굴이고 이건 동태야. 세 마리 샀어." 양손에 든 물건을 내게 건네주고는 뒤도 안 돌아보고 서둘러 대문을 나선다. 웬일인가 싶어 내다보니 큰사위 차가 서 있다. 왕초가 사위 점심시간 이용해 시장 보고 급하게 가는 모양이다. 시계를 보니 오후 1시 35분, 큰사위 점심시간이 맞다.

신청한 거름이 언제 올지 몰라 일손을 놓고 있으려니 초조해 앉아 있지 못하고 텃밭으로 나갔다. 그렇게 이쁘게 피던 봉숭아꽃이 시들어 뽑아버리며 뒷집 깨숙이에게 "아이구 아깝다. 그렇게 이쁘던

봉숭아도 다 지고 시들어 마르니 이렇게 추하고 지저분하네. 꽃도 시들면 이렇게 추한데 사람이 늙으면 얼마나 더 추하고 보기 싫겠어?"라며 씁쓸하게 말했다. 깨숙이는 "그렇지유. 아줌니, 사람도 늙으면 그렇겠지유?" "그려. 그래서 내가 요즘 마음이 우울한가 봐." 깨숙이랑 이런저런 대화하며 거름 오길 기다리는데 갑자기 휴대폰 벨이 울린다. "나유. 지금 방금 우리 집에 거름 도착했써유. 우리 거름부터 내려놓고 얼른 출발할 테니 그렇게 알고 기다려유." 전화 끊고 기다리고 서 있으니 거름 포대를 쓰러지게 실은 짐차가 우리 차고 앞에 도착했다. 거름 30포 내려 텃밭머리에 쌓고 한 포대 2천 5백원, 총 7만 5천 원을 내주었더니 주인이 서비스라며 한 포를 더 내려주고 갔다. 거름을 비닐 포대에 담아서 비 맞아도 괜찮을 것 같지만 다시 한번 비닐 포장으로 덮고 위에 헌 카펫을 덮었다. 바람에 날리지 않도록 사방 돌로 꼭꼭 눌러 덮고 위에 대문 자른 무거운 쇠붙이를 얹었다. 이런 쓸모없는 물건도 버리지 않고 잘 두었더니 오늘 같은 날 참 요긴하게 사용한다. 흐뭇함에 혼자 미소 지으며 농촌에 살면 아무리 못 쓰는 물건이라도 쉽게 버리면 안 되겠다고 생각했다.

오후 6시, 큰딸 왕초가 사 온 동태로 매운탕 끓이려고 된장 조금 고추장 조금 풀어 가스에 얹었다. 바쁘지만 텃밭에 나가서 무 한 개 뽑아다 도톰도톰 썰어 넣고 동태 매운탕 끓였다. 매운탕에서 비린내도 통 안 나고 살도 연해서 시원하고 얼큰한 맛이 참 좋았다. 다른 생선은 입에도 안 대는데 비린내가 나지 않아서인지 동태찌개는 있으면 잘 먹고 좋아한다. 예전에 어쩌다 우리 그이 식사 때문에 겨울이면 자주 동태찌개 끓였는데 참 오랜만에 끓여 본다. 그이가 세상에 없는 이후부터 시장에 가도 내가 먹으려고 반찬이나 고기 생선은 통 안 사온다. 우리 그이가 세상 떠난 지도 벌써 29개월이니 동태찌개 끓여본 지도 어언 3년 가까이 되는 것 같다.

오랜만에 동태찌개로 저녁 식사하려니 그 옛날 동태 꼬리도 차지 못 하고 무 건더기만 먹었던 생각이 난다. 동태 서너 마리 사 오면 가족 수대로 세어 동태 토막 넣어 끓이고 나는 무 건더기만 한 사발 퍼먹었다. 그이는 동태 두 토막 꼬맹이 육 남매 자식들은 한 토막씩 안 남기고 다 끓이면 나는 머리 아니면 꼬리만 먹었다. 동태 한 번 사다 찌개 두어 번 나누어 끓이는 날은 동태 머리는커녕 꼬리 차지도 안 오고 무 건더기 국물뿐이었다. 오랜 세월 여덟 식구 대가족 살 때는 반듯한 동태 한 토막 맘 놓고 못 먹고 이날 평생 오늘 처음 동태 토막 먹어봤다. '나도 동태 가운데 토막을 다 먹어보는구나.'

나도 꽤 주변머리 없고 안달 떤다고 자책해보지만 그때는 그렇게 살 수밖에 없었다. 그렇게 살기 힘든 환경에서 내가 어찌 그렇게 튼튼하게 살아왔는지 지금 생각해 봐도 모르겠다. 누가 나를 리드하고 시켜서 그런 것도 아니고 다 내 팔자이지 싶다. 아무튼 몇 년 만에 먹어보는 동태 매운탕 큰딸 왕초 효심 덕분에 동태 머리가 아니라 동태꼬기 잘 먹었다. 엄마 자격으로 자식들에게 잘해주지 못하고 자식에게 받기만 해서 미안한데 큰딸 왕초야 고맙고 사랑한다.

2009년 10월 20일 천사은심

아줌니 운전 배우기 참 잘하셨씨유

아침 전화벨 울려 받았더니 10시 30분까지 방아 찧으러 정미소에 오라고 한다. 서둘러 아침 식사하는데 얼마 전 길에서 만난 명구 엄마 생각이 난다. "아줌니는 언제 방아 찧으러 가시유? 아줌니 갈 때 나도 좀 같이 갔으면 좋겠씨유." "그래요. 같은 날 찧으면 같이 가요" 했다. 그렇게 간곡히 부탁했는데 혼자 가기 미안해서 명구 엄마한테 전화했더니 우리 집으로 왔기에 조수석에 태워 방앗간으로 갔다. "아이구 아줌니, 운전 배우기 참 잘하셨씨유. 언제 이렇게 운전을 다 배웠씨유? 작년에 우리 애들이 왔길래 미경이 아줌니 덕분에 차 타고 편하게 정미소에 가서 방아 쪄 왔다고 했씨유. 아침에 아들이 전화해서 방아 찧으러 언제 가느냐고 묻대유. 그래서 미경이 아줌니 차 타고 갈거라고 했더니 명구가 엄마는 방아 찧으러 가는데 호강으로 가네 하더라구유. 아줌니 진짜 운전 배우기 참 잘했씨유. 앞으로 재밌게 사시고 가고 싶은데 막 돌아댕기시유" 하기에 "조카님, 막상 운전하면 그렇게 안 돼요. 기름값이 좀 비싸야지요. 기름 대신 물이라도 마음대로 퍼 쓰면 얼마나 좋겠어요. 기름값 무시 못 해요. 심심하면 옆에 사람들 태우고 여기저기 다니면 참 좋겠는데 막상 운전하니 그렇게 안 되더라구요." 이런저런 대화하며 가다 보니 어느새 고덕면 정미소에 도착했다.

쌀쌀한 이른 아침 서둘러 갔는데도 다른 사람이 먼저 찧고 있어서 한참을 기다려서야 우리 벼를 찧기 시작하는데 왜 그렇게 초조한지 모르겠다. 벼 베는 날 보는 사람들마다 "아줌니네 벼가 참 잘됐씨유. 이런 벼는 쌀이 막 쏟아지게 생겼어." 사람들이 놀라며 말했지만 방아 찧어봐야 소출을 안다. 방아 찧는 내내 쌀이 얼마나 나올까 조급하게 기다리는데 그새 우리 벼를 다 찧고 다른 집 벼가 들어갔다. 겨울 식량할 쌀만 집에 가져오려고 쌀 여섯 가마니만 포대에 담아 쌓아놓고 쌀장수가 가져갈 쌀은 기계에서 빼지 않고 컴퓨터 계산해서 번거롭지 않고 좋았다.

소출이 궁금해 초조하게 기다리는데 명구네 벼를 다 찧고 방아 삯을 계산하기 시작했다. 명구네는 논 네 마지기에서 3배 출 나오려면 쌀 열두 가마니는 나왔어야 했는데 열한 가마니 세 말 나왔다며 실망하고 속상해하는 모습이 안됐다. 그 허망한 기분은 농사지어보지 않은 사람은 모른다. 우리 쌀 찧은 걸 주인이 계산해보더니 스물일곱 가마니 조금 넘게 나왔다고 한다. 속으로 깜짝 놀라고 뛸 듯이 좋았지만 참고 있는데 옆에서 속상해 하던 명구 엄마, "아이구 세상에 아줌니네 쌀은 무지하게 많이 나왔네. 삼 배출 나오고 세 가마니나 더 나왔네유. 우리는 못 나와도 열세 가마니는 나올 줄 알았는데 열한 가마니밖에 안 나왔씨유. 너무 조금 나왔지 뭐유. 우리 벼가 잘 안되기는 했는데 그래도 쌀이 너무 조금 나와 속상해 죽것씨유." 자꾸만 실망하는 모습을 옆에서 보자니 공연히 내가 민망하기까지 해서 곤란했다.

집에 오며 내내 하늘이 고맙게 피부로 느껴져서 속으로 '감사합니다, 감사합니다' 했다. 가을 내내 비 많이 오지 않고 일기가 좋아 태풍도 불지 않고 벼가 쓰러지지 않아 벼가 알알이 톡톡 잘 여물어서 소출 잃지 않아서 작년보다 쌀이 세 가마니나 더 나왔다. 작년 농사는 잘 안됐지만 그래도 삼 배출 나와서 섭섭지 않고 감사했었다. 그런데 금년 농사는 전문직 남자가 짓는 소출보다 더 많이 나왔다. 기쁘고 흐뭇하지만 쌀값 하락으로 큰 실망이고 농심은 울상인데 쌀 세 가마니 더 나온 계산을 하면 어느 정도 보충이 된다. 그래도 작년 쌀값 계산하면 많이 부족하지만 할 수 없지, 이렇게 긍정적인 생각을 했다. 쌀값이 더 오르는 건 어디 갔든지 작년 쌀값만 유지했어도 금년 농사는 대만족이다.

금년 농사짓는 동안 아들 인훈이가 고생 참 많이 했다. 벼 심은 논에 비료 주랴 농약 뿌리랴 논둑에 풀 깎으랴 고생하고 일조했으니 품삯을 주어야 할 듯하다. 농담으로 벼 삼 배출 넘으면 아들 인훈이 다 가져가라고 말했지만 뒷간 갈 때 다르고 나올 때 다르다. 쌀값 하락에 이 오마니 마음 변했으니 쌀값 찾으면 품삯 10만 원만 줘야지 생각했다. 우리 아들 인훈이는 이 글 보면 대 실망하고 놀라겠다. 하지만 엄마가 솔직하게 말 안 하면 인훈이가 소출이 얼마 나왔는지 어찌 알까. 안 그러냐, 아들 인훈아 그렇지? 아들 인훈이도 그렇게 알고 있기 바라고 엄마 농사일 거들어주느라 수고 많았다. 우스갯말이었지만 글쓰기하는 동안 양심 없는 것 같아 마음에 걸리는 건 사실이다. 정미소에서 돌아오니 오후 1시 39분, 정미소에서 점심 식사하고 가라고 했지만 식사 생각 없다고 사양하고 그냥 집으로 왔는데 일찍 아침 식사하고 점심시간 지나서인지 시장기 돌고 출출했다. 집에 도착하자마자 손부터 씻고 점심 식사하고 힘들지만 쉬지 않고 뒤꼍 청소하고 보송하게 마른 빨래 걷어 개켜서 서랍에 넣고 글쓰기하니 오후 4시 40분이다. 내일은 우리 귀염둥이 이쁜 손자 민서 생일인데 어쩌나. 옷값도 비싼데 경제 부담되고 큰일이다. 귀요미 손자 민서 혼자일 때는 그래도 10만 원 넘는 옷도 사 입힌 적 더러 있었다. 그런데 민서 할머니가 왜 이렇게 됐는지 우리 손자 민서 손녀 은서한테 너무 미안하지만 할 수 없었다. 그래도 손자 민서 생일 축하 편지에 선물 사주겠다고 약속했으니 민서야 어쩌겠니. 3만 원짜리 선물이라도 사주어야지. 민서야, 할머니 부자 되면 뭐든지 다 해줄게. 꼭꼭 약속.

2009년 10월 24일 천사은심

둘째 딸 공인중개사 합격 소식

아무리 감기 들어도 평생 머리 아픈 걸 모르고 살았다. 그런데 혈압 약 복용한 후부터 가끔 아프더니 종일 머리가 아프다 말다 한다. 얼굴이 화끈거리고 뒷골이 저리는지 쑤시는지 분간을 못 하겠다. 몸살기도 없는데 머리가 아픈 걸 보니 약이 안 맞는지 내일 병원에 가서 상담해야겠다. 어제 정미소에서 먼지 뒤집어쓰고 왔기에 샤워해야 하는데 컨디션이 안 좋다. 그럭저럭 요즘 글쓰기 작업도 못 했는데 어제 오늘은 눈이 더 많이 떨려서 은근히 걱정이다. 오후 전화벨 울려서 받았더니 둘째 딸이 공인중개사 시험에 합격했다는 소식이다. 너무 기뻐 머리 아픈 것도 잊고 한참을 통화했다.

오후 2시쯤 점심 식사로 찌개 데우려고 막 주방에 들어갔는데 아들 훈이가 귀요미 손자 민서랑 이쁜 손녀 은서 데리고 현관에 들어선다. 점심 안 먹었다고 라면 삶아달라기에 달걀 넣어 끓여 아들 훈이랑 먹고 은서는 밥을 먹었다. 은서는 어찌나 밥을 잘 먹고 보채지도 않는지 귀엽고 신통하다. 점심 설거지 끝내고 나니 큰딸 왕초가 민서 은서 보고 싶다며 귤 한 보따리 사 들고 왔다.

한참을 놀다 별달이네 가서 넷째 사위가 강원도 여행에서 사 온 반건조 오징어를 먹으며 이런저런 대화하고 있는데 띨롱 메시지 알람이 울린다. 안경이 없어 왕초에게 메시지 확인해보라고 했더니 "엄마, 회경이 문자야." "우리 둘째 딸이 보낸 문자라고? 뭐라고 왔니?" "엄마, 내 머리 엄마 닮았나 봐. 똑똑하게 낳아주고 길러주서서 고마워요. 엄마 건강하게 우리 곁에 오래 오래⋯." 하지만 안경이

273

없어 답장을 못 보냈다.

　오후 네 시 훨씬 넘은 시각에 아들 훈이가 우리 민서 은서 데리러 왔다. 민서 생일 선물로 장난감 사주라며 안 받는 걸 억지로 3만 원 주어 보냈다. 너무 약소해서 미안했지만 어쩔 수 없었다. 아들 훈이 보내고 한참 있다 집에 돌아와 배추밭에 물 주고 세차하려다 머리가 너무 아프고 귀찮아 내일 세차하려고 그냥 들어왔다. 글 쓰는데 둘째 딸 전화 왔는데 운전 중인지 금세 끊기에 글 한 편 쓰고 저녁 식사했다.

　　　　　　　　　　　　　　　　2009년 10월 25일 천사은심

아줌마 볼수록 이쁘네유

어제 초저녁 텔레비전 시청하고 있는데 전화벨이 요란하게 울렸다. 안정리 사는 한 여사, "오 여사, 오랜만이네. 매일 집에만 있지 말고 심심하니 내일 나와." 머리 파마한 지도 4개월 넘었고 귀찮은 생각에 선뜻 대답을 못했다. 망설이는데 "오 여사, 여기저기 구경하고 점심 식사도 하고 바람 쐬자. 낼 오전 10시 30분까지 시외버스터미널 버스 정류장으로 꼭 나와." 신신당부했다. 호의를 무시하는 것 같아 내키지 않는 약속을 하고 내내 '괜히 약속을 했구나.' 자꾸 후회가 되었다.

아침 일찍 일어나 아침밥을 안치고 귀찮아 머리는 감지 않고 간신히 세수만 하고 외출 준비하는 동안 쿠쿠가 아침밥 다 했다고 알람 울리기에 찌개 데워 식사하고 9시 30분 출발, 개나리아파트 주차장에 애마 붕붕이를 세우고 시내버스로 평택역에 갔다.

이어 도착한 한 여사는 공도에 볼일 있으니 같이 가자며 50번 버스 도착하자 내 차비까지 내주며 버스에 오르더니 공도에서 내리자 또 누군가에게 전화를 걸더니 한참 통화한다. 한 여사가 전화를 끊고 한참 있으니 흰색 자가용 한 대가 우리 앞에 정차하더니 한 사람이 내려 차 문을 열어주며 매너 있게 에스코트한다. 한 여사와 나란히 뒷좌석에 앉으니 운전자는 목적지도 생각 안 하고 나왔는지 어디로 갈까 묻더니 양성 어느 식당에 차를 댔다. 작년 연말 가족 모임으로 저녁 식사하고 술 한잔 더 하자며 전골 먹었던 식당이다. 그런데 차에서 막 내리는데 한 친구가 나를 쳐다보며 혼잣말처럼 "아줌

275

마, 볼수록 이쁘네유. 처음 볼 때는 이뻐도 볼수록 안 이쁜 사람 있는데 볼수록 오목조목 이쁜 사람 있어요" 한다. 한 여사도 "오 여사는 인상이 좋잖아"라며 거드는데 표현은 안 했지만 기분은 좋았다. 외출 준비 귀찮아 약속 후회했었는데 오늘 한 여사와 만나길 잘했다는 기분까지 들었다.

식당에 들어가자 누가 주문했는지 한참 대화하고 있으려니 전골이 푸짐하게 나왔다. 아침밥 새로 지어 든든하게 잘 먹고 간 데다 별로 전골 좋아하지 않아 먹긴 먹었어도 별맛을 모르고 먹었다. 소주 한 병 주문해서 한 잔씩 마셨는데 한 사람은 운전도 운전이지만 원래 술을 못 마셔서 세 명이 2홉들이 한 병 마셨다.

식사 마치고 독립기념관에 가서 전시관 구경하고 시원한 나무 그늘에 앉아 대화하다 출발했는데 길가의 서정적인 풍경에 마음을 빼앗겨 사람들의 이야기가 잘 안 들리고 집중이 안 되었다.

아름다운 풍경 감상하며 일행들과 대화하는 동안 시장 입구에 도착해 일행과 작별하고 의상실에서 놀다 오후 4시 30분 의상실을 나왔다. 애마 붕붕이 타고 집에 오는데 바람 쐬고 기분 전환했지만 소중한 시간을 빼앗겼다는 생각이 들었다. 집에 도착하자마자 배추 궁금해서 텃밭 한 바퀴 휘둘러보고 애마 붕붕이 차고에 세우고 먼지 탈까 봐 홑이불 씌우고 들어왔다. 평상복으로 갈아입고 오늘 여정을 소재로 글쓰기 했다. 한 여사가 불러낼 때는 귀찮고 방콕하고 싶었는데 생각잖게 즐거운 여정 잘 보냈다.

2009년 10월 29일 천사은심

지독한 추위와 싸움

이른 아침 음산한 날씨가 대단하기에 창밖을 내다보니 옆집 지붕에 된서리가 하얗게 내리고 앙상한 나뭇가지에도 하얀 서리꽃이 피었다. 텃밭에 심은 김장 무가 밤새도록 내린 된서리를 맞아 이파리가 깽깽 얼어 축 늘어져 있다. 아직 보일러 한 번 안 켜고 썻을 때만 잠깐 켰다가 얼른 껐다. 오늘 같은 날은 옷을 세 겹이나 껴입어도 혹독하게 추위가 느껴지는 날이다. 잠깐이라도 보일러 켜고 싶었지만 추운 날씨가 이기나 내가 이기나 해보자는 심산으로 끝까지 보일러 안 켰다.

오전엔 너무 춥기에 동네 보일러 켠 따뜻한 집으로 잠깐 마실 나갔는데 택배 온다고 하기에 서둘러 집으로 왔다. 춥지만 컴퓨터 켜 얼굴 홍조와 눈물이 나오는 원인을 찾아보았다. 정보 검색하며 공부하다 보니 추위도 잊었는지 보일러 켜지 않아도 그럭저럭 지낼 만하다. 둘째 딸이 보낸 땡감을 다른 상자에 옮기려고 열어보니 감이 어쩌나 큰지 모르겠다. 홍시 되면 혼자 한 개 다 못 먹을 만큼 사발만 하게 크다. 열 개쯤 꼭지가 조금씩 무르고 홍시 3개는 제일 밑에 깔려서 조금 터졌다. 홍시는 따로 담아놓고 저녁때 우거지 된장찌개 끓이는데 황량한 빈 들녘에서 찬바람이 쌩쌩 불어온다.

저녁에는 날씨가 더 춥기에 주방 창문 밖을 내다보며 혼자 웃음이 나서 혼잣말로 중얼중얼했다. "날씨야, 네가 아무리 추워봐라. 오늘 그렇게 네가 추워도 보일러 한 번을 안 켜고 지내서 내가 너를 이겼다. 지독하게 추운 날씨야, 내가 너랑 싸워서 지독하게 내가 너를 이

277

겼잖니?" 추위랑 싸워서 내가 승리했다. 내가 고집이 센 건지 너무 지독한 건지 아니면 바보인지 내가 나를 아무리 분석을 해봐도 모르겠다. 심심해서 장난기가 발동한 것인지 지독하게 짠순인지도 모르겠다. 아무튼 추운 날씨가 너무 얄미워서 끝까지 보일러 안 켜고 끈질기게 버텨 추위를 이겼다. 추위랑 싸우느라 실내에서 60 평생 아끼던 반코트를 평상복처럼 입고 종일 지내보기는 난생 처음이다. 늙으면 애 된다더니 난방비 아끼는 차원에서 별짓 다 하는 것 같아 혼자 웃었다.

2009년 11월 3일 천사은심

세월의 종착역

늦가을이 미련 없이 훌쩍 떠나는
세월이 서러운지 찬바람 윙윙
울음소리 토하고 알록달록
곱게 물든 오색 단풍 비 내린다

곱던 단풍잎은
바람에 나부끼다
우수수 떨어져 수북이 쌓이고
담장 밑 곱던 가을꽃은
하이얀 찬 서리에 화들짝 놀라
웅크린 채 떨고 있다

침묵 속에서 쉼 없이
째깍째깍 돌아가는 시곗바늘
초침 소리 따라 흐르는
무심한 세월은 아무 소리도
내지 않고 조용히 속절없이
흘러가고 야속한 세월은
서두르고 어서 가자 내 등을 떠민다

산천초목은
잎 피고 꽃 피울 따스한 봄을
기다리지만 우리네 인생은
저물어가는 황혼 길에서
인생 종착역을 기다리고 있다

한 많은 세상에서
무엇과도 바꿀 수 없는
젊은 청춘을 고달픈 인생에서
좋은 시절을 다 보내고 이제 와서
돌아보니 말없이 흘러간 세월은
저만치 가버리고 남은 것은 세월의
흔적으로 작아진 초라한 모습뿐이다

오는 세월
그 누가 막을 수 있으며
가는 세월을 그 누가 잡을 수 있으리
삶이 나를 속인 것보다
무심히 미련 없이 그렇게
흘러가는 저 세월이
나는 더 야속하고 서글프다

세월아 너는
나와 함께 가려거든 잠시라도

조금만 쉬었다 가자꾸나
인생 종착역은 있어도 세월의
종착역은 왜 끝이 없는지
세월아 네가 쏜살같이 가버리면
안타까운 내 이 심정은 견딜 수 없구나

2009년 11월 4일 천사은심

미용실 원장의 충고

며칠 전부터 벼르고 벼르던 미용실 가려고 애마 붕붕이 타고 막 출발하려는데 휴대폰 울렸다. "엄마, 우리 쌀 떨어져가는데 조금만 가지고 나오슈." 한참 농사 많이 지을 때는 추수 끝나면 아들, 딸 햅쌀 먹어보라고 한 포대씩 주었는데 요즘은 못 주었다. 정미소에서 방아 찧는 날 쌀가마니 채우고 남은 자투리 쌀이 있기에 덜지도 않고 쌀자루째 국화꽃이 담긴 큰 대야에 담아 애마 붕붕이에 실었다. 개나리아파트 주차장에서 쌀자루를 내려주며 "별달아, 그동안 엄마가 너한테 밥 얻어먹은 쌀"이라며 우스갯말하고 걸어서 시장 정숙미용실에 갔다.

언젠가 5개월 만에 머리 파마하려고 정숙미용실 갔더니 "언니같이 파마하면 나는 어떻게 먹고 살아? 언니, 파마하러 자주 좀 나와요" 했다. 미용실 앞에서 그때 원장 말이 생각나서 미용실 문 활짝 열고 들어가며 "나 잊어버렸지?" "언니, 또 어디 갔다 왔지?" "에구, 갔다 오기는 내가 어딜 갔다 와? 머리 파마만 자주 하면 뭘 해? 나 요즘 죽고 싶은 심정인데." "언니, 무슨 일 있어요?" "그럼, 무슨 일 있어도 큰일이지." 미용실 원장은 놀라는 기색으로 "언니, 또 무슨 일인데?" "내 눈 좀 봐. 노화 진행되고 눈 경련 심한데 이까지 빠져 요즘은 집에서 조용히 살고 싶어." "아이구 언니, 눈 경련 더 심하기 전에 어서 고쳐요. 아니 세상에 언니같이 똑똑한 언니가 왜 그래? 다른 사람이면 몰라도 언니는 이해가 안 되네. 빨리 고쳐서 좋은 세상에 재밌게 살아야지. 언니두 참 무슨 소리야? 얼른 빨리 고쳐요"

라며 나보다 더 야단이다.

나는 그동안 한약방에 침 맞으러 다닌 일이며 혈압 약, 마그네슘, 신경증 약 복용 중인 얘기를 했다. "언니, 그러지 말고 보톡스 주사 한 대만 맞으면 금세 눈 떨림 멎어요. 나도 갑자기 눈이 파르르 떨려서 보톡스 주사 맞았더니 지금은 괜찮다" 하며 신신당부한다. 나도 보톡스로 눈 경련 치료한다는 건 알고 있었다. 보톡스 맞는 순간 신경을 마비시켜 치료된다고 하지만 한 대 백만 원이라고 했다. "빠진 이도 해 넣어야지. 에구 나는 못 해요. 이렇게 살다 죽지 뭐." "언니, 보톡스 안 비싸. 보톡스 한대에 10만 원, 20만 원, 30만 원, 40만 원대 하는데 언니가 그걸 왜 못 맞고 못 고쳐요? 주름살 없애는 보톡스는 비싸지만 이건 치료제로 소량만 맞는 거라 10만 원이면 맞아요. 지금 당장 한 대 맞고 가. 저기 보이는 시장 입구에 전문병원 있어요"라며 손으로 가리켰다. "언니, 매주 화요일은 우리 미용실 휴일이니까 다음 주에 언니가 미용실로 나와요. 오전 10시까지 나와서 나랑 같이 성형외과에 한번 가봐요" 했다. 나는 약을 조금 더 먹어보고 안 되면 미용실 쉬는 날 나올 테니 같이 가보자고 했다. 파마 롤 다 말고 칼국수 삶아 우동 대접에 가득 퍼주기에 맛있게 먹고 두어 시간 후 머리 풀고 오후 2시 미용실에서 나왔다.

오랜만에 성원의상실에서 놀다 오후 4시 되기에 병원에 가서 혈압을 재보니 혈압이 다시 160을 넘는다. 혈압 약 20일 넘게 복용했는데도 안 떨어졌기에 의사 쌤에게 왜 혈압이 안 떨어지고 그대로 있냐고 물었더니 약을 조금 더 높게 지어주겠다고 했다. 처방전을 받아 들고 약국에 가서 약사에게 성분을 물었더니 혈압 약인데 신경안정제, 마그네슘 성분이 들어 있다고 했다. 약국에서 나와 시장으로 가는 길 숨차고 힘들기에 의상실에 가서 20분쯤 앉아 쉬었다 나왔다. 더 놀다 오고 싶었지만 짧은 해는 서산마루에 걸터앉고 퇴근 시간 되면 복잡하다. 서둘러 양파 모종 한 단 5천 원, 시금치 씨 한 봉지 2천 원 주고 사서 개나리아파트까지 부지런히 걸었다.

허리, 다리 아파 별달이네서 쉬었다 오고 싶었지만 날 저물어 땅거미 내리면 안 되겠다. 별달이네 들르지 못하고 그냥 와서 별달이가 국화꽃을 화분에 심었는지 궁금했다.

2009년 11월 5일 천사은심

신경과 진단 결과에 좌절감

오전 8시 조금 넘어 휴대폰 울려 받으니 큰딸 왕초다. 어제부터 오늘 병원에 가보자더니 아침부터 전화다. 11시까지 데리러 가기로 약속하고 서둘러 식사하고 10시 23분 출발해 왕초네 집으로 갔다. 왕초네 주차장에서 10분쯤 기다리고 있으려니 큰딸이 나와 "엄마, 왜 그렇게 일찍 왔어?" "에구, 어떻게 시간 꼭 맞춰 태우러 오냐" 하며 바로 출발해 개나리아파트로 갔다. 주차하고 별달이네 들어갔더니 외손자 준하는 학교도 못 간 채 마스크 하고 있고 별달이는 한창 청소 중이기에 쉬지도 못하고 바로 나와 시내버스로 서울안과에 갔다.

접수하고 차례가 되어 진료실에 들어가니 의사가 "어디가 불편해서 오셨나요?" 하기에 증세를 상세히 설명했더니 뇌에 이상이 생기면 신경이 근육을 눌러 그런다면서 일단 약물 치료부터 해보고 그래도 안 되면 보톡스 주사 맞아보라고 권한다.

의사는 보톡스 가격이 만만치 않은데 다섯 명이 같이 맞으면 저렴하게 맞을 수 있다며 소견서 써줄 테니 굿모닝 종합병원에 가보라고 한다. 눈에 적외선 잠깐 쬐어주고 약도 없이 진료비 내고 병원을 나오면서 많은 생각 끝에 굿모닝 병원까지 버스 타고 가기도 싫고 해서 바로 옆에 있는 박애병원으로 갔다.

진료실에 들어가 증세를 자세히 설명했더니 의사는 대뜸 "서울대학병원으로 가셔야 합니다. 정밀검사하고 수술받으셔야 합니다. 뇌혈관에 이상이 생기면 신경이 근육을 누르니까 중간에 쿠션을 넣어

쥐야 해요." "의사 선생님, 제가 인터넷 검색을 해보니 철분, 마그네슘 부족이거나 피로 신경성으로 오는 경우가 있고 마그네슘 보충제 복용하거나 보톡스 치료법도 있다고 하던데요" 했더니 의사는 "보톡스는 일시적 치료인데 환자분은 얼굴 경련까지 심해서 정밀검사 받아보고 수술해야 합니다." "그럼 수술은 간단하게 할 수 있나요?" "복잡한 뇌수술인데 간단하게 볼 수 없죠. 며칠 분 약 드릴 테니 복용해보시겠어요" 하기에 처방해달라고 했다.

5일분을 처방해주기에 약국에 가서 무슨 약인지 물었더니 진통제, 신경안정제, 소화제라고 한다. 별 약 같지 않아 약을 짓지 말까 하는 생각이 들었지만 일단 약이라도 복용해보자고 생각했다. 착잡한 심경에 이제는 나도 모든 게 끝이구나 생각하니 서글픈 눈물이 앞을 가렸다. 이런 증상을 겪으며 오래 사느니 차라리 이런 모습 안 보이고 적당히 살다 가는 게 나의 바람이다.

이런 증상들로 신경 쓰고 요즘 쏠쏠하게 병원비 들어도 신통한 답은 없는데 앞으로 여생을 어찌 보내야 할지 암담한 마음으로 시장으로 걸어가는데 왕초가 점심 식사하고 가자고 한다. 식사하고 의상실에서 놀다 가라는 왕초에게 "다 싫다. 밥은 먹어서 뭐 하니? 엄마는 오래 살지 말고 얼른 죽었으면 좋겠다. 차라리 죽을병이라면 오히려 낫겠다. 엄마는 차라리 얼른 죽고 싶다" 했다.

그런 내 말이 듣기 싫은지 왕초는 "엄마는 왜 자꾸 그런 말을 해" 하며 자꾸만 식당으로 가자고 했다. 마지못해 식당에 가 음식을 기다리고 있는데 참을수록 눈물을 주체할 수 없어 주위 사람들 보기에 민망했다. 억지로 참으며 겨우 식사하고 식당을 나와 왕초는 친구 딸 생일에 가야 해서 의상실 앞에서 헤어졌다. 의상실 소파에 누워 바느질하는 친구와 이런저런 대화하며 놀다 오후 4시 30분에 나와 개나리아파트 주차장에 세워둔 애마 붕붕이 타고 집에 와 글 쓰는데 휴대폰이 울렸다.

큰딸 왕초가 김치통 가지러 수원 갈 건데 같이 가자는데 선뜻 대답을 못 했다. 심신이 피로하고 몸살기 있는 것 같아 별로 가고 싶지 않았지만 셋째 딸 본 지 오래돼서 얼굴 볼 겸 따라나섰다. 글쓰기 마무리 못 하고 가려니 한갓지지 못했지만 오랜만에 기쁨조 얼굴 보니 반갑다. 저녁 생각은 없었지만 사위가 퇴근하고 저녁 식사도 못 하고 가서 전문식당에서 추어탕을 먹었다. 생전 처음 먹어보는 추어탕이 개운하지 않았지만 눈 경련에 영양 보충 차원에서 참고 먹었다. 추어탕 먹고 속이 이상해서 기쁨조네 가자마자 매실차 한 잔 마셨더니 속이 가라앉았다.

셋째 딸이 국수, 당면, 양배추 2포기, 양파, 간장, 올리고당, 식초, 햄, 케첩, 홍초, 이것저것 한 보따리 싸주어 큰사위 차에 싣고 집에 돌아오니 밤 11시 40분, 기쁨조 덕분에 잘 먹겠지만 자식들에게도 나누어줘야지.

2009년 11월 9일 천사은심

287

걱정해주는 자식들 있어 든든

요즘 집 청소도 못 하고 며칠 그냥 지내서 마음이 어수선하고 심란하다. 어제 병원 가서 진료받은 내용이 마음에서 내내 떠나지 않고 신경 쓰이고 속상하다. 어제 병원 가서 검진받고 온 걸 둘째 딸이 어떻게 알고 궁금한지 전화했는데 나보다 더 급하게 서두르고 하루 빨리 치료받아야 한다고 했다. 둘째 딸은 심각하게 말했지만 나는 아프지 않으니 그냥 살고 서울 병원까지 가기 싫다고 했다. 일도 손에 걸리지 않고 집안일이 밀려 오전 내내 바쁘다 보니 고민을 깜빡 잊고 지냈다. 외출복 손세탁해 널고 빨랫감 모아 세탁기 돌려 빨랫줄 가득 널었다.

집 청소하고 기쁨조가 준 양배추 쪄 점심 먹고 나니 벌써 오후 3시가 넘었다. 날씨 추우면 김장 무, 배추 깽깽 얼까 봐 태산 같은 걱정하며 텃밭 둘러보고 날씨 점검했다. 무, 배추가 얼 정도로 춥지 않을 것 같아 마음 놓이긴 하지만 그래도 불안불안하다.

인터넷 검색하고 눈 경련에 관한 정보를 찾아보느라 저물었지만 입맛이 없기에 저녁밥을 안 했다. 칼국수 한 줌 삶아 저녁 때우고 소파에 앉아 있는데 아들 훈이네 가족과 큰사위와 큰딸 왕초가 온다. 어떻게 다 같이 오느냐고 물었더니 우연히 대문 앞에서 만났다고 한다. 큰사위는 넷째 딸네 쌀 실어다주려고 쌀 가지러 오고 아들 훈이는 병원에 가자고 상의하려고 이래저래 걱정돼서 온 모양이다. 훈이는 병원에 빨리 예약하고 진료받아보고 고쳐야 한다고 서두르고 나보다 더 재촉했다. 그냥 이대로 살다 죽지 뭘 서울 병원까지 가

288

서 고치냐고 했더니 엄마는 뭐든지 혼자 자가 진단하신다며 인터넷 예약하고 다음 주에 가보자고 했다.

우리 집은 인터넷이 안 된다며 집으로 간 훈이가 다음 주 19일 오후 2시 20분 예약했다는 전화를 끊자마자 병원에서 보낸 진료 예약 완료 문자 메시지가 울려 마음 불안했다. 기왕 아들 인훈이가 예약했으니 진료는 받아보겠지만 약물 치료로 할 수 있으면 좋겠다.

2009년 11월 10일 천사은심

누굴 닮아 지송이는 여우 햄생일까

극성스럽게 춥고 움츠러들게 하던 날씨는 오후부터 많이 풀린 듯해 다행이다. 오전 8시 조금 넘어 아침 식사로 무국 끓이고 있는데 현관문 열리는 소리 들린다. 누굴까? 궁금해 내다보니 원갑이 엄마 "아줌니, 김장은 언제 한대유?"라며 마실도 참 일찍 온다. 국을 뜨려다 말고 불꽃을 줄이고 거실 소파에 앉아 이런저런 대화하다 보니 마실꾼이 얼른 갈 것 같지 않다. 무국이 시원하고 맛있는데 같이 아침 식사하자고 했더니 "아침 6시에 아침밥 먹고 나왔씨유. 아줌니나 얼른 드세요" 하기에 그럼 주방으로 오라고 했더니 원갑이 엄마 식탁 의자에 앉아 식사 끝날 때까지 지키고 앉아 이런저런 대화했다.

설거지하고 주방에서 나오자 원갑이 엄마는 거실 소파로 가 앉더니 영 집에 갈 생각을 안 한다. 청소도 해야 하고 할 일이 태산 같아서 마음은 급하고 조바심 나서 자꾸만 초조하고 긴장된다. 마침 전화벨 울려 받았더니 둘째 딸이 엄마 뭐 하냐고 묻더니 바쁘냐며 한참 이런저런 통화 하다 끊었다. 소파에 앉아 원갑이 엄마는 자기네 김장해달라는 말은 못 하고 24일에 김장한다는 말을 몇 번이나 하더니 일어서기에 또 오라며 대문 앞에서 배웅했다.

대문 닫아걸고 들어와 시계 보니 오전 10시, 시간이 늦어 청소도 못 하고 세수도 못 했다. 머리도 못 빗어 모자 눌러쓰고 입은 차림으로 차 타고 넷째 딸이 사는 개나리아파트로 갔다. 혈압 약 떨어지고 김장할 생강, 대파 사러 시장에 갈 새 없어 서둘러 나갔는데 너무 이른 시간이다. 따뜻해지면 시장에 가려고 해가 퍼지길 기다리는데 휴대폰 울려 받으니 아들 훈이가 어딘지 묻는다. 생강, 대파 사고 혈압 약 떨어져 병원에 가려고 넷째네 와 있다고 했더니 며느리가 어머니도 볼 겸 놀러 가려고 한다기에 넷째네로 오라고 했다.

한참 후 아들, 며느리가 민서, 은서 병원에 데리고 다녀오는 길이라며 후문으로 나오라기에 넷째랑 같이 나가 아산만으로 드라이브 갔다. 뼈해장국 먹고 아산만 공원 한 바퀴 휘돌아 집에 오는데 큰딸 왕초가 민서 은서가 보고 싶은지 가는 길에 들르라기에 왕초를 태워 나와 왕초는 중앙병원 앞에서 내리고 훈이네는 집으로 갔다.

병원에서 혈압을 재보니 110으로 뚝 떨어졌다며 의사는 "혈압은 좋으시네요" 하기에 날씨도 춥고 바쁠 것 같아 한 달분 처방을 받았더니 약값이 15,000원, 진료비가 3,800원이다.

패션마트 잠깐 둘러보고 시장에서 아이스박스 두 개 8천 원, 생강 2근 7천 원, 김장 비닐 7천 원어치 샀다. 꼭 필요한 물건만 샀는데 몇만 원이 날개도 없이 금세 날아가버렸다.

서둘렀는데도 해가 짧아서 어느새 땅거미 내려서 차에 라이트 켜고 집에 돌아오니 사방 어둑어둑하다. 조수석에 아이스박스 두 개, 뒷좌석에 넷째 딸네 딤채 김치통 가득 싣고 와서 짐 내리느라 시간이 한참 걸렸다.

저녁밥 할 새 없어 쉽게 칼국수 한 줌 끓여 먹고 글쓰기 작업하는데 전화벨 울린다. 둘째 딸이 말도 못 하고 숨넘어가게 ㅎㅎ 웃기에 "너 또 왜 그렇게 웃니?" 했더니 "엄마 우리 지송이가 친할머니 돌아가시면 엄청 많이 울 것 같은데 그다음은 뭐라고 말했게?" "보나마나 평택 할머니 돌아가시면 더 많이 울 것 같다고 말했겠지 뭐 ㅎㅎㅎ 답이 맞고 또 틀렸니?" 둘째 딸은 "엄마, 아니야. 틀렸어. 지송이가 '엄마 나는 친할머니 돌아가시면 엄청 울 것 같아. 그런데 그런데 외할머니 돌아가시면 나 쓰러지면 어떡해? 미리 앰불런스 불러놔, 엄마'" 했다며 또 한바탕 깔깔 웃으며 외손녀 지송이 전화 바꿔주기에 한참 통화했다. 내가 죽었다고 슬피 울면서 쓰러질 지송이 아니지만 재롱떠는 것도 여러 가지구나 했다. 외손녀 지송이는 누굴 닮아서 그렇게 여우 햄생일까? 말이라도 기분 좋은 재롱인데 어쩐지 외손녀 지송이 한 말이 너무 느끼한 것 같다. 지송아, 진심으로 한 말이면 문자 메시지로 직접 네가 한 말들 담아서 보내주기 바란데이.

2009년 11월 20일 천사은심

요즘 산다는 게 슬프다

아침 식사 일찍 하고 넷째 딸 별달이 태우러 가려고 밥 안치고 찌개 끓이는데 오전 7시 조금 넘었다. 큰딸 왕초는 김장배추 절이는데 도와주겠다고 큰사위 출근 차 타고 이른 아침 일찌감치 서둘러 왔다. 별달이는 아이들 학교 보내고 오겠다고 오전 8시 30분 넘으면 데리러 오라고 전화 왔다. 서둘러 아침 식사하고 오전 8시 30분 바쁜 일 다 제쳐놓고 날씨 춥기에 미리 시동 켜놨다. 안개가 뿌옇게 끼고 추워서 안개등과 히터를 켜고 조수석에 왕초 태우고 조심조심 출발해 별달이 태워 오니 벌써 오전 9시 됐다.

집에 도착하자마자 서둘러 김장배추 다듬으며 절이고 있으려니 안성 사는 막내딸 쿠키가 어제 시댁에 가서 김장하고 가래떡을 해 왔다고 한 보따리 싸 들고 일찌감치 왔다. 쿠키는 가래떡 몇 가락 꺼내주며 "시누이가 시어머니 사드린 모피 반코트인데 시어머니가 무거워 안 입으신다며 나보고 입으라고 주셔서 가져왔어. 엄마 한번 입어봐"라며 한참 바쁜 내게 준다. 일하기도 바쁘고 힘든데 옷 입어볼 새가 어딨냐고 말했더니 막내딸은 너무 따뜻해서 좋다며 잠깐 입었다 벗고 내 등산복으로 갈아입더니 배추 몇 포기 다듬었다.

배추 150포기 절이는데 통배추가 얼마나 크고 속이 꼭꼭 찼는지 절이는 소금 한 포대 다 들고도 조금 더 들었다. 예년에는 4포대씩 들어갔는데 금년에는 소금도 많이 안 들었다. 작년에는 아침 일찍 서둘러 배추 절이기 시작해서 오후 5시 넘도록 배추를 절였는데 올해는 늦게 시작했어도 배추가 조금이라 다 절이고 보니 정오 조금 넘고 날씨도 그다지 춥지 않아 수월했다.

대파, 쪽파, 갓은 어젯밤 다 썰어놓고 생강 갈고 무채 썰었더니 힘들어 아침 식사 생각도 없다. 점심도 거르고 큰딸, 넷째, 막내딸이랑 세 자매만 점심 식사하고 막내는 오후 2시쯤 갔다. 나는 무채 썰어 액젓과 새우젓에 버무리고 배추가 골고루 절여지게 뒤적이고 나니 오후 4시 넘었다. 4시 30분쯤 왕초랑 별달이를 개나리아파트 앞에 내려주고 곧바로 돌아왔다.

김치통 닦아 물 가득 채우고 주방에 가서 손 닦으려고 수도를 틀었는데 물이 안 나와 가슴 쿵 당황했다. 서둘러 뜨락에 나가 수돗물 켜보니 역시 물이 나오지 않고 상수도 모터에서는 굉음이 요란하다. 동네 이장에게 전화했더니 요즘 김장철이라 물을 많이 사용해서 그런 것 같은데 공사한 사람하고 연락이 안 된다며 와서 보더니 밤이라 어쩔 수 없는데 큰일이라는 말만 하고 그냥 돌아갔다.

김장배추 잔뜩 절여놓고 큰일 났다. 태산 같은 걱정에 점심도 거르고 저녁 식사하려니 얼마나 애가 타는지 통 입맛이 없다. 고민고민하다 앞집 영민이네 가서 수돗물 나오느냐고 물었더니 "우리도 수돗물이 안 나와서 예전에 사용하던 농업용 자가 수돗물 사용하고 있어요" 한다. 우리는 지대가 높은데 우물을 깊게 파지 않아서 그런지 물이 잘 안 나와서 자가 수도 사용 못 한다고 했다. 영민네는 농업용 모터 놔서 물이 잘 나오지만 우리는 김장배추 절여서 내일 물 안 나오면 큰일 났다고 했더니 내일도 수돗물 안 나오면 영민네 마당에서 배추 씻으라고 한다.

절임 배추는 간기가 있어서 무겁기도 하고 그 많은 그 배추를 어떻게 다 나르냐면서 긴 호스 있는데 늘여서 우리 집에서 배추 씻겠다고 했더니 그렇게 하라고 한다.

아침 일찍 서둘러 배추 씻어야 하는데 이른 아침에 남의 집에 가기도 그렇고 이른 아침 호스 이으려면 춥겠다. 고생될 것 같아 밤 8시 넘어 캄캄하지만 우리 집에 있는 긴 호스 이어놓고 들어와서 지금 글쓰기 작업 중이다. 내일 새벽 6시쯤 일어나 배추 씻어야 하는데 남의 집을 그렇게 일찍 갈 수도 없고 참 난감하다.

수돗물 얻어 쓰려니 아무리 서두른다 해도 아침 7시나 되어야 배추 씻게 생겼다. 이런저런 일로 왜 그렇게 나를 힘들게 하는지 금년 같으면 정말 오래 살까 무섭다. 가로등 불은 환하지만 캄캄하고 어두운 밤에 남자도 아니고 중년 아녀자가 이리저리 다니며 기다란 호스 이어 우리 집 마당까지 늘여놓고 들어오니 밤 8시가 훨씬 넘었다. 김장하기 이렇게 힘든 줄 모르고 다 준비해놓고 잠깐 와서 보조 좀 해주는 것도 딸들은 힘들다고 한다. 내년부터는 사 먹든 말든 김장 끝이라고 넷째 딸한테 말했는데 내가 힘든 건 알고나 그러는지 모르겠다.

가족이 함께 한집에 살면 밤중에 이렇게 남의 집으로 아녀자가 호스 이으러 다닐까? 참 서글프다. 종일 힘들었는데 하필 김장하는 날 수돗물까지 안 나오고 속을 썩여서 말도 못 하게 속상하고 힘들다. 돈 한 푼이라도 아끼라고 자식들 김장해주겠다고 하는데도 딸들은 김장 걱정은 통 없나 보다. 남을 데려다 김장하면 식사 준비도 해야 하고 추운 날 고생한 사람들에게 하다못해 버선이라도 한 켤레씩 사다줘야 한다. 김장할 줄 모르는 딸들만 데리고 하자니 내가 속 썩고 고생하는데 죽자니 청춘이고 살자니 고생이다.

오늘 김장일 하다 보니 마음은 안 그런데 작년보다 일을 더 못 하겠고 힘이 더 많이 들었다. 별달이는 "그러게 먹는 것 좀 잘 드슈."
하지만 내가 못 먹어서 그런 게 아니다. 일하는 데도 한계가 있는 모
양인지 작년까지도 요즘처럼 비실비실하지 않았는데 일 년 더 살았
더니 그렇다. 금년 한 해 더 살면 내년엔 더 힘들 텐데. 세월 앞에 장
사 없다는 말 실감하고 절실하게 피부로 느끼겠다.

2009년 11월 23일 천사은심

아들 인훈이 효심 깊은 사랑의 전화

요즘 집 안팎으로 그윽한 향기 풍기는 국화꽃 풍경에 눈이 호강했는데 어젯밤 밤새 내린 하얀 서리꽃에 고개 떨군 국화꽃이 애잔하다. 어제는 따스한 봄날처럼 햇살이 눈부시고 따뜻하더니 오늘은 또 무슨 변덕인가? 금세 눈이라도 펑펑 쏟아져 내릴 듯 하늘은 잿빛 구름으로 음산하고 세상이 모두 쓸쓸해 보인다. 요즘 들어 왠지 우울한 기분에 마음은 늘 울고 있다.

어제 밤늦게 전화벨 울려서 받았더니 아들 인훈이 "엄마, 여태 왜 안 주무셨어요? 요즘 몸은 좀 어떠세요." "엄마는 카탈로그 좀 보느라고 그냥 앉아 있다. 이제 몸살도 많이 나았다" 했다. 인훈이는 "목소리가 아직도 많이 아프신 것 같은 데 뭘 괜찮다고 하셔요? 낮에 엄마 약 사서 잠깐 다녀오려고 전화드린 건데 엄마 괜찮다고 오지 말라고 하셔서 못 갔잖아요." "우리 손자 민서는 지금 한참 잠자고 있겠네?" "외근 나갔다가 지하철 타고 내려가는 중이에요. 화장실에 어머니에 대한 글귀가 있길래 잠깐 읽어보았어요. 엄마는 부뚜막에 앉아서 밥을 먹어도 괜찮다. 엄마는 힘들어도 괜찮다. 이런 글귀 보니 엄마 생각나서 전화했어요. 요즘 제가 엄마 엄청 사랑하고 어머니보다 엄마라는 단어가 더 친근감이 느껴져서 엄마라고 불러요. 진짜 엄마 무지 사랑해요. 아부지와 엄마의 느낌이 다르게 느껴져요."

'엄마 사랑해요'라는 아들의 말에 마음은 울고 있었지만 겉으로는 웃으며 "그래 엄마도 널 사랑한다. 인훈아, 밤길에 조심히 잘 내

려오렴. 안뇽." 전화 끊고 보니 밤 11시 다 되어가는데 이런저런 상
념에 얼른 잠이 오지 않았다. 지하철 타고 퇴근하는 길에 술기운에
하는 전화도 아닌데 요즘 내성적이던 아들 훈이 성격이 많이 변했
다. 나약해져가는 내 모습이 안쓰러워 그럴까? 많이 살가워진 인훈
이 모습이 너무 보기 좋았다. 나에게뿐만 아니라 사회생활 대인 관
계에서도 살갑고 붙임성 있으면 정말 좋겠다. 나도 하루빨리 3개월
전의 기분으로 되돌아갔으면 좋겠고 자식들만이라도 태평세월이라
면 좋겠다. 언제쯤 나에게 예전 같은 그런 날이 오는지 모르겠지만
지속적인 노화 현상이 이렇게 슬프게 나를 울린다.

2009년 11월 27일 천사은심

마지막 남은 달력 한 장

2009년 12월 달랑 마지막 한 장 남은 달력을 들여다보니 벌써 12월 3일, 금년도 한 달이 채 안 남았다. 1년이란 세월 가불해 살아온 한 해 뒤안길 돌아보니 즐겁고 행복했던 추억도 있지만 마음 아프고 서글펐던 일도 많았던 것 같아서 금년 한 해 운세가 내게는 별로 안 좋았던 것 같다.

생전에 우리 그이는 천식으로 약봉지 곁에 쌓아두고 이 약 저 약 약봉지를 옆에 끼고 살았다. 일 년 중 평균 두세 번은 갑자기 사람 놀라게 하고 그이 병원 입원하고 병원 생활 고생에 아주 덴 사람이다. 그래서 나는 어디가 조금 아파도 그럭저럭 견디고 스스로 치유될 때까지 버티고 살았다.

그러던 나도 이제는 세월에 장사 없다는 말을 실감케 하고 세월의 무게를 피부로 뼈저리게 느낀다. 머리도 빠지고 이빨도 빠져 흉한데 눈과 안면경련 증세까지 나를 슬프게 해서 참 우울하다. 머리카락도 한 줌씩 빠져 머리숱도 적어지고 예전 우리 그이처럼 내 곁에 약봉지가 눈에 띄기 시작한다. 혈압 약, 안면경련제, 종합영양제, 건강식품 이 많은 약을 복용하면 약 먹는 물로 배를 채운다.

내가 청춘일 때는 첫인상이 좋다, 이 고르게 참 잘 나서 웃을 때 이가 참 이쁘다, 피부도 참 좋다, 얼굴 이쁘다, 손 보면 애기 손 같다며 손이 참 이쁘다 이런 말들을 참 많이도 들었는데 이제는 다 틀렸다. 나도 모르게 노화가 진행되고 많은 신체 변화로 얼마나 서글프게 하는지 그저 안타깝다. 나도 이제 육십 중반이고 손자 민서 은서 할머니가 분명한데 어쩔 수 없지 싶다가도 서글프다. 마음 고쳐먹고 내 나이 인정하고 지금처럼만 더 이상 다른데 아프지 않았으면 하는 바람이다. 노화는 여기서 멈추고 얼마 남지 않은 2010년 새해는 온 인류의 희망찬 행운의 해가 되길 두 손 모아 빈다.

2009년 12월 3일 천사은심

새벽을 깨우는 사람들

본격적인 겨울이 시작되고부터 살아온 나날 중 어제와 오늘이 제일 춥게 느껴졌다. 체감 온도 영하 9도까지 내려가고 올겨울 들어 가장 최고 추운 날씨다. 어제는 오랜만에 친구도 만날 겸 시장 구경하고 저녁때 주차장까지 걸어왔다. 잠깐 걷는데도 그렇게 추운데 종일 오가는 길가에서 쪼그리고 앉아 물건 파는 길거리 상인은 얼마나 추웠을까. 시장에서 주차장까지 걸어오며 보니 꽁꽁 언 손을 호호 불며 물건 하나 더 팔려고 애쓰는 상인을 보니 안쓰러웠다. 추워서 부지런히 발걸음을 옮기면서 이렇게 추운 날 밖에서 고생하는 상인들을 보면서 '사람 살기란 참 어렵고 힘들구나. 지금까지 살아온 내 인생을 돌아보니 내가 한 고생은 고생 아니구나' 하며 속으로 많은 걸 깨달았다.

요즘은 해가 너무 짧아져 5시가 안 돼도 해가 기울고 저물기에 오후 4시 30분쯤 집에 오려고 서둘렀다. 개나리아파트에 주차하고 단골 의상실 갈 때 화창한 한낮인데도 하얀 입김이 연기처럼 나오더니 저녁이 되니 혹독한 칼바람이 살을 에일 듯했다. 땅거미 내리는 순간에도 쪼그리고 앉은 상인은 오가는 사람 놓치지 않고 하나라도 더 팔려고 안간힘을 쓴다. 나도 고생한 경험이 있어 하나라도 팔아줄까 싶어 들여다보았지만 필요한 게 없어 못 사고 돌아서는 마음이 미안하고 인정이 갔다.

나도 젊었을 때는 농사 뒷바라지만도 힘든데 육 남매 자식들 키우면서 고생 참 많았다. 지금은 농번기에만 조금 힘들면 혼자서도 평범하게 살아가는데 큰 문제는 없어 보람을 느낀다. 하지만 행복하게 살 만하니 고왔던 젊음은 다 어디로 가버리고 인생의 늦가을에 접어들었다. 게다가 고생 끝자락에 찾아온 노화 증세로 인생에 대한 비관과 허무와 우울이 찾아왔다. 조금이라도 노화 증세를 막아보려고 예전보다 음식 가리지 않고 잘 먹으려고 많이 노력하는 중이다.

어제 귀갓길에서 만난 길거리 상인들은 잘 팔리지도 않는 물건을 종일 끌어안고 쭈그리고 앉아 있었다. 추위에 떨며 고생하는 상인들을 보고 주차장까지 걸어오면서 다시 한번 나를 돌아보고 반성했다. 평소 '그래도 나는 행복하다' 느끼고 현실에 만족하며 살았었는데 최근 노화 증상을 비관하며 우울증까지 겪고 있다가 오늘 정신이 번쩍 들었다. '내가 배부르고 등 따시니까 노화 증상에 실망하고 비관적으로 생각했었구나. 오늘 외출하길 참 잘했구나.'

종합검진 결과가 어떻게 나올지 모르지만 나는 특별히 아픈 곳이 없이 건강한 편이다. 앞으로도 죽을 만큼 아픈 곳 없다면 모든 신경 끄고 나이 먹는 대로 그냥 죽는 그날까지 아끼고 절약하며 소박하게 열심히 살아야겠다는 생각이 들면서 이렇게 살 수 있는 현실에 감사했다.

밤새도록 길거리 상인들이 자꾸만 떠올라 얼른 잠이 오지 않았다. 철없을 나이에 내가 어찌 그리 지독을 떨며 살았는지 모르겠지만 남들처럼 그렇게 편하게 살았으면 어떻게 됐을까. 미래 걱정하지 않고 계산 없이 헤프게 살았으면 지금 나는 어떤 모습일까? 이렇게 안정된 삶을 살아갈 수 있었을까?

2009년 12월 16일 천사은심

중요한 외출

아침 식사하고 감기 몸살 약 먹고 보니 내일 복용할 약이 없다. 완쾌되지 않았는지 몸살이 괴롭히는데 아직 운전해 병원에 못 갈 것 같다. '내일 병원에 갈까? 다른 약은 모를까 혈압 약은 거르지 않아야 하니 컨디션 봐서 늦게라도 다녀와야겠다' 생각하고 있는데 별달이 전화 "엄마, 약 떨어져 어떡하우? 인훈이 잠깐 못 왔다 가남유?" "아니다. 엄마가 병원에 가봐야지. 자꾸 왜 몸이 시원찮은지 큰일이다. 차도 없는데 늦게라도 오늘 병원에 못 가면 내일 갔다 와야지." 오전 내내 자리에 누워 있는데 시계에 우연히 눈길이 가서 보니 정오 조금 넘었다. 갑갑해 일어나 거실로 나갔더니 밝은 햇빛이 화창하고 날도 풀려 춥지 않았다. 억지로 물에 밥 한술 말아 먹고 세수도 못 하고 양치만 한 채 머리에 모자 눌러쓰고 1시 넘어 평상복 차림으로 대문을 나섰다.

운전하고 병원 가는 동안 면허 취득하기 참 잘했다는 생각이 절실했다. 차 없고 운전 못 했으면 이렇게 평상복 차림으로 외출도 못 할 뿐 아니라 몸 시원찮은데 버스 타고 가기도 쉽지 않았겠다. 이대로 병원까지 가고 싶은데 병원엔 주차 공간이 넉넉지 않아 아파트 주차장에 주차하고 걸어갈 생각하니 자신이 없다. 고민하는 새 개나리아파트 주차장 도착하니 군데군데 빈 공간이 있어 일단 주차하고 몇 발자국 걸어보니 영 시원찮고 넷째 딸네 가서 눕고만 싶었다. 걷다 쉬고 또 걷다 쉬면서 겨우 병원에 도착해보니 주차 공간 있다. 이럴 줄 알았으면 차 타고 올 걸 아픈 몸으로 고생하며 걸어온 생각하

303

니 비어 있는 주차 공간이 아깝고 차를 두고 고생한 게 너무 아쉽다. 병원에 접수하고 진료실에 들어가 혈압 재고 진료받으며 "지난번 병원 주차 공간이 없어 유료 주차장을 이용했어요. 며칠 감기 앓고 걷기 힘든데 주차 요금 비싸서 세교동에 주차하고 걸어오느라 죽을 뻔했는데 다음에 주차 공간 없으면 병원 주차장 통로에 잠깐 주차해도 되나요." "네, 그렇게 하세요. 그렇게 주차해도 괜찮아요." 의사 쌤 고마운 말에 안심하고 진료실을 나왔다. 앞으로 주차 신경 안 쓰게 돼서 큰일 한 가지 해결한 기분에 발걸음이 가벼웠다. 세교동까지 곧바로 가기는 무리일 것 같아 지인이 운영하는 옷가게에서 쉬어 가려고 들어갔더니 손님이 여럿 있다. 초라하고 부끄러운 기분이 들어 "며칠 감기로 죽을 뻔했는데 혈압 약이 떨어져 간신히 양치만 하고 세수도 못 하고 집에서 입던 채로 나왔다" 했더니 손님 한 분이 "아줌마, 세수 안 했어도 얼굴만 뽀얗고 주름 하나 없이 이쁘기만 하네요." 손님이 하는 말에 민망했지만 속으로는 싫지 않아서 한 시간쯤 쉬고 나왔다.

시장에서 손두부 두 모, 김 사서 개나리 주차장까지 걸어오는데 날씨 춥지 않아 다행이다. 감기 몸살로 아프지 않았으면 시장에서 더 놀다 오든지 별달이네 들어가서 놀다 왔을 텐데 세교동 주차장에서 차 타고 바로 집으로 출발했다. 마을 앞 슈퍼마켓에 들러 농협에서 나온 새해 달력 얻어 집에 도착하니 오후 4시 조금 넘었다. 휴대폰 울려 받았더니 별달이 "엄마 어디슈?" "엄마 병원에 갔다 지금 간신히 집에 왔다. 몸이 시원찮아 빨리 집에 와 쉬고 싶어 너희 집에 못 들렀다" 하며 이런저런 통화 하고 글방에 글 한 편 썼다. 뭐니뭐니 해도 몸이 건강해야 하는데 어쩌다 감기 몸살이 침투하면 며칠 고생해야 물러간다.

2009년 12월 22일 천사은심

셋째 딸 기쁨조 데이트 신청

아직도 컨디션이 좋지 않아 아침 식사하자마자 바로 자리에 누워 있는데 전화벨 울린다. 셋째 딸 기쁨조, "엄마, 나도 감기 들어서 링거 한 대 맞았더니 괜찮던데 엄마도 한 대 맞아야겠네. 오늘 휴일인데 영양탕이나 드실라우? 한 시간 후 별달이네서 만납시다" 하고 끊었는데 아직도 몸이 찌뿌둥하다.

몸이 시원찮아 귀찮지만 자주 못 보는 셋째 딸 기쁨조 데이트 신청을 거절 못 하고 방금 자리에서 일어난 채 산발한 머리에 모자 눌러쓰고 오전 11시 40분 출발했다. 왕초네 가서 왕초 태우고 별달이네 가서 조금 있으니 기쁨조 왔다. 아무 데도 안 가고 누워 있으면 좋겠는데 기쁨조 오자마자 자꾸만 식사하러 나가자고 했다. 첫째, 셋째, 넷째랑 택시 타고 역전 피자가게 가서 피자 한 판 주문해 먹었다. 얼마 전에도 피자를 참 맛있게 먹어 마음은 많이 먹을 것 같았는데 통 입맛이 없다. 간신히 한 쪽 먹고 두 쪽째는 조금 먹다 입에서 싫기에 못 먹고 아까워 포장해 왔다. 왕초와 별달이가 서로 피자 값 계산하려고 실랑이하는데 기쁨조가 얼른 계산했다.

식당을 나와 기쁨조와 헤어지고 왕초, 별달이에게 세교동까지 택시 타고 가자고 했는데 이것저것 살 게 많다고 해서 몸도 시원찮은데 시장까지 걷느라 죽을 뻔했다. 역전에서 별달이네까지 거리가 만만찮은데 죽을 기를 쓰고 수십 번 더 쉬며 걸었다. 기억하기도 싫을 만큼 힘들어 죽기 일보 직전인데 넷째 딸네 잠깐 들렀다 집에 돌아와 누웠다.

밤 8시쯤 밥으로 누룽지 만들어 푹 끓여 한술 뜨는데 기쁨조 전화
해 괜찮냐고 묻기에 "감기로 몸도 시원찮은데 뭐 하러 와서 돈만 쓰
고 갔니?" 포인트 사용한 거라는 말에 "포인트는 돈 아니니? 포인트
다른 데 쓰면 안 되냐?" 했다. 아휴 참 깜빡 큰딸 왕초한테 꽃분홍
여우털 키홀더 선물 받았다.

2009년 12월 23일 천사은심

엄마 금 한 돈은 누구 거야?

오늘은 무슨 일이 있어도 자리에 눕지 않고 몸살을 참아보겠다고 단단히 각오를 하고 흰둥이 밥을 주었다. 밥을 너무 잘 먹는 흰둥이가 이쁘긴 하지만 비싼 사료 값이 부담스러워 앞집에 줄까 뒷집에 줄까 생각 중이다. 가끔 앙칼지게 짖는 흰둥이 보면 사료 값 안 아까운데 한번 키워볼까. 아니면 며칠 더 같이 지내보고 정 안 되겠으면 다른 집에 입양을 보내야겠다는 생각을 했다. 아파서 일주일 동안 청소도 못 하고 누워 있으려니 마음 편치 않아 오랜만에 대청소하고 티셔츠 손세탁해 널었더니 어쩔 수 없이 또 눕게 된다.

시계 보니 오전 11시 40분, 멸치와 양파, 무 썰어 냄비에 담고 푹푹 고아 멸치 육수 만들었다. 국수 한 줌 삶아 점심 식사하고 싶은데 귀찮아서 김치찌개 데워 먹고 춥기에 또 누워 있었다. 오후 2시 넘어 별달이가 후라이드 치킨 사 오겠다고 전화했지만 "미끄러운 눈길 오지 말고 몸 시원찮아 가만히 눕고 싶으니 너도 그냥 집에 있으라" 하며 전화 끊었다. 돋보기도 안 쓰고 글도 많이 안 썼는데 종일 눈 경련이 심하고 입까지 경련이 심해서 너무 속상했다. 될 수 있으면 활동하려고 노력해봤지만 오후 내내 자리보전하고 누워 있다가 안 되겠다 싶어 컴퓨터 켜고 글쓰기 하는데 전화벨 울려서 간신히 받았더니 기쁨조, "엄마, 가족 카페 출석체크 누가 일등이야? 금 한 돈 누구 거야?" 아직 모른다 했더니 "3등 상품은 뭐야?" 한다. "금 한 돈과 1/3이겠지" 했더니 "3등은 분명히 내가 될 거야. 내 상품은 엄마가 가져요. 엄마, 물 주전자 상품 내걸고 훈이랑 글 한 편 쓰기 대결은 누가 이겼어?" 묻기에 "그것도 아직 모르겠다." "물 주전자 상품 대결 글쓰기는 엄마가 이길 거야. 훈이는 젊으니까 그런 감정이 풍부하겠지? 그렇지만 엄마 세대에 그런 감정 표현하기란 어렵고 쓰기 힘들다며 엄마가 이길 것 같다" 했다. "기쁨조야, 결과는 두고 봐야지"라며 이런저런 통화 하다 끊고 힘들어 글쓰기 마무리도 못 했다.

2010년 1월 6일 천사은심

큰사위, 왕초랑 외식 & 대문 자물쇠 설치

　장장 일주일째 영하권으로 기온이 뚝 떨어져 혹독한 겨울 실감 나게 춥더니 하늘 가득 구름 보자기 펼쳤어도 날이 많이 풀려 활동할 만하다. 몇 날 며칠 아프던 몸살기는 없지만 오래 시름시름 앓은 후유증에 얼른 회복을 못 해 시원찮다. 점심때 놓치고 시계를 보니 벌써 오후 1시 40분, 국수 한 줌 삶아 점심 때울까 일어서는데 전화벨 울린다. 큰딸 왕초 "엄마네 대문 자물쇠 달러 가려는데 점심 식사했어?" "아직 식사 전이라 엄마 국수 삶으려고 하는데 사위랑 같이 국수 먹을래?" "아니여 엄마, 우리 내장볶음 먹으러 갈까?" "그래 그럼 오랜만에 가보자." "엄마, 우리는 외출 준비 다 했으니까 조금만 기다려." 서둘러 전화 끊는다.

　추운데 대문 자물쇠 달려면 힘들 텐데 좋아하는 음식 사 먹이고 싶기에 얼른 그러자고 했다. 갑자기 외출 준비하려니 급하기에 입은 차림에 모자만 눌러쓰고 큰딸 왕초 오길 기다렸다. 한참 후 큰사위가 빠방빠방 클랙슨 울리기에 서둘러 나갔다. 큰사위에게 내 애마 붕붕이 키 내밀며 차 운행한 지 일주일 돼서 어제는 일부러 시동 켜 공회전했다며 배터리 충전 차원에서 내 차로 나가고 싶다고 했더니 "가끔 시동 한 번씩 켜주면 돼요. 갔다 와서 다시 주차하기 귀찮으니 그냥 제 차 타세요" 한다.

　황해식당에서 왕초랑 사위는 내장볶음 시키고 나는 국밥 주문하고 기다렸다. 식사도 나오기 전에 내가 먼저 계산하려는데 눈치챈 큰사위가 나 모르게 먼저 계산했다. "이럴 줄 알았으면 안 나왔지.

내가 언제 아들딸 자식들이 외식하러 가자면 순순히 따라나서는 거 봤니? 내가 내려고 선뜻 그러자고 응했지." 왕초는 "괜찮아 엄마, 일 부러 엄마 밥 사주려고 나온 거야" 했다.

식사 끝나고 사위와 왕초가 물건 사러 시장에 간 동안 나는 식당에서 커피 마시며 기다렸다가 함께 이마트 가서 클렌징 크림, 로션 사고 집에 돌아오니 오후 5시 40분이 넘었다.

사위는 주차하고 오더니 대문을 안에서 잠그고 외출 시에는 밖에서 잠그도록 공사해주고 갔다. 맘이 놓이고 든든해 큰사위가 너무 고마운데 쉬지도 못하고 추운데 수고해서 미안했다. 그렇잖아도 추운 날씨 밖에서 일하는 큰사위가 늘 안쓰럽고 안타까운데 휴일마다 집안일로 힘들고 귀찮게 해서 미안하고 안쓰럽고 짠한 마음뿐이다. 나는 재물 복은 못 타고났지만 식복과 자식 복은 타고났는데 추운 날 큰사위 수고 많았고 고맙네.

2010년 1월 10일 천사은심

311

자상했던 아들 미혼 시절 추억

고즈넉하고 조용한 집에서 혼자 지내다 보니 결혼 전 자상했던 아들 훈이에 대한 추억이 떠오른다. 세상에 하나밖에 없는 아들 인훈이 금이야 옥이야 끔찍하고 귀하게 키운 인훈이가 씩씩하고 건강하게 잘 성장해줘서 참으로 감사하다. 학교 졸업 후 일찍 운전면허 취득하고 잠깐 아르바이트 직장 생활 하다가 입대했다.

눈 깜짝할 새 군대 생활 마치고 전역하자마자 취직해 사회 첫발을 내딛었다. 첫 직장인 안성까지는 출퇴근이 어려워 기숙사 들어가려 했지만 여의치 않아 처음에는 안성 막내딸네 집에서 다니다가 기숙사로 들어갔다. 한 달이면 한두 번 집에 왔다 가곤 했는데 전날 밤에 와서 하룻밤 자고 오후에 기숙사로 갔다.

그러던 어느 날 전화벨 울려 받았더니 아들 훈이 "엄마, 요즘 야근해요. 내일 아부랑 같이 세교동으로 나오세요. 아부지 모시고 엄마랑 점심 식사하게 꼭 나오세요" 한다. 타지에서 직장 생활 힘들겠다며 이런저런 통화 하다 끊고 가야 하나 말아야 하나 몇 번을 망설였다. 생각 끝에 이튿날 우리 그이랑 오전 11시 40분 버스 타고 나가 중앙초등학교 앞에서 내렸다. 버스에서 내려 도로 가에 서 있는데 아들 훈이가 안성에서 오는 시내버스에서 내렸다.

요즘은 여기저기 식당도 많아지고 변해서 어느 식당인지 기억은 잘 안 나지만 안내하는 아들 훈이 뒤따라 식당에 들어가 갈비 구워 점심 식사했다. 식사하며 아들 훈이 얼굴 쳐다보니 야근하고 잠깐 눈 붙이고 와서 그런지 얼굴이 까칠하고 힘들어 보였다. 식사하면

312

서도 어찌나 안쓰럽고 마음이 아프던지 지금도 그때 생각하면 마음이 너무 짠하고 아프다. 집 떠나 타지에서 힘들게 기숙사 생활하며 월급 탔다고 아들이 고생해서 번 돈으로 사주는 밥을 먹으며 내 마음이 어땠을지는 아무도 모르겠지만 자식의 부모라면 다 안다. 그렇잖아도 마음 짠하고 아픈데 식사 끝나자 아들 훈이는 하얀 봉투 2개를 꺼내 우리 그이랑 나에게 한 개씩 주며 "엄마, 아부지 많이 못 넣었어요. 용돈이나 하세요" 한다.

일어나 식당을 나오자 버스 타시지 말라며 지나가는 택시 불러 세우더니 기사에게 택시 요금 5천 원을 미리 건네며 "엄마 도착하면 내리실 때 거스름돈 받으세요" 했다. 인훈이랑 헤어져 택시가 출발하자 돌아서는 아들 뒷모습을 보고 오면서 내내 마음이 저리고 아파서 눈물이 핑 돌았다. 마을 입구에서 택시에서 내려 이 생각 저 생각을 하면서 집까지 걸었다. 귀한 아들이 객지에서 고생하고 직장 생활 하는 생각을 하니 한없이 마음 아팠고 마음은 아직도 아들이 어린애만 같았다. 그런데 벌써 첫 월급 탔다고 밥 사주고 용돈까지 챙겨주니 '내가 벌써 아들 효도 받는구나.' 한편 흐뭇하면서 아팠다. 그렇게 1년을 넘게 집을 떠나 안성에서 근무하다 집에서 가까운 회사에 입사했다.

우리 그이랑 나, 아들 인훈이랑 이렇게 세 가족이 오붓하게 살면서 집에서 출퇴근하며 직장 생활 열심히 했다. 서글서글한 성격은 아니지만 35년 동안 속 한 번을 안 썩이고 신경 쓰게 한 일 단 한 번도 없이 성장한 아들이다. 그래서 나는 언제나 늘 하늘에 감사하며 다행이다, 천만다행이다 지금까지 항상 마음속에 담고 살았다. 하나밖에 없는 아들이 속 썩이고 애물단지였다면 내 어찌 살았을까

313

생각하며 지금도 가슴 쓸어내리며 산다. 결혼할 때까지 한집에 같이 살면서 아들 자식 한 명이지만 자상한 딸보다 더 자상하고 꼼꼼하게 집안에 신경 쓰고 그랬다.

나는 자식들이 돈을 쓰면 끔찍이 무서워하고 자식들이 해주면 뭐든지 싫다고 사양하곤 했다. 그때만 해도 휴대폰 사려면 삼사십만 원 했는데 싫다고 해도 아들 훈이가 사주었다. 그뿐인가 아들 인훈이는 보너스 탔다고 60만 원짜리 비디오, 160만 원짜리 냉장고를 현찰로 장만해주었다. 아들 훈이는 엄마 청소하기 힘들까 봐 나한테는 말 한마디도 없이 어느 날 청소기와 비싼 무선 전화기, 생선 굽는 가스레인지, 화장품, 냉장고, 김치냉장고 딤채 160만 원. 이 모두가 아들 훈이가 장만해준 살림이다.

미혼인 아들 인훈이와 같이 이토록 자상한 아들은 세상에 드물다. 아니, 아직 여태 인훈이 같은 아들은 보지 못했다. 아들보다 딸들이 더 세심하고 결혼하기 전에 엄마 필요한 물건 사주고 결혼한다는 말은 많이 들었다. 그런데 아들이 우리 아들 인훈이처럼 집안 살림살이 사주더라는 말은 아직은 단 한 번도 못 들어봤다.

1990년 5월 어느 날 넷째 별달이가 현금 54만 7천 원짜리 금성 세탁기 사줘서 지금까지 고장 한 번 안 나고 잘 사용한다. 세탁할 때마다 별달이 얼굴이 떠오르고 생각나서 늘 고맙다는 생각을 잊지 않고 있는 이 마음 아무도 모른다. 이제는 육 남매 자식들이 모두 다 결혼해서 잘 살고 있지만 지금도 지난 옛 시절 추억 생각하면 마음 짠하다. 자식들 고생시키고 마음껏 고등교육을 시키지 못해서 늘 소원이 되고 마음이 아플 때가 많다. 젊어 고생은 금을 주고 사서 하라는 말 있듯이 젊어 고생은 인생 밑거름이라 생각하고 스스로 위

로한다. 생각하면 마음 아파할 때 많지만 지금부터라도 건강하게
큰 걱정 없이 등 따시고 배부르게 잘 살아주면 더 바랄 나위 없다.
사람마다 세상에 타고 나는 복 한 가지씩은 다 있는 법이라는데 나
는 천만다행으로 자식 복을 많이 타서 감사하다.

2010년 1월 12일 천사은심

부모 마음

정오 지나 아들 인훈이네 전화했더니 손자 민서가 받았다. 아빠 좀 바꿔달라고 해도 안 바꿔주기에 할 수 없이 휴대폰에 전화했더니 차 고치러 나와 있다기에 잠깐 집에 다녀가라고 했다. 자식 위해 한 말인데 마음이 쓰리고 아파서 며칠 동안 우울증으로 괴로웠다. 아들 인훈이 표정을 보니 서운했는지 그리 밝은 표정이 아니다.

"이사할 집은 어떻게 알아보는 중이니?" 물었더니 송탄 상가주택 30평형 5천 5백에 계약했다고 했다. 지금 부모 입장에서 뭐든 다 해주고 싶고 30평형 아파트에 살게 해주고 싶지만 내게 힘이 없다. 힘 있다 해도 젊어서 고생하는 끝에 조금 더 고생하고 열심히 저축해서 미래에 고생하지 말라고 해준 말이다. 그런데 자식들은 이런 내 마음 몰라주고 당장 서운한 것만 생각한다. 나 역시 부모 마음 몰라주는 자식들이 서운하고 억울한 생각마저 들 때는 자식들 생각하지 말고 내 형편 맞게 하고 싶은 일 다 하고 주저 없이 쓰고 싶은 곳에 쓰며 살고 싶다. 자식들에게 인심 잃어가며 바보짓하는 내가 억울할 때 많지만 결국 그렇게밖에 살지 못하는 주변머리 없는 바보다. 끝까지 자식들이 부모 마음 몰라준다면 나도 냉정한 마음으로 고생하지 않고 살다 죽고 싶다는 생각 들 때 더러 있다.

요즘 몸도 예년 같지 않아 시원찮고 노화 증상도 심해지는데다 이런저런 마음 상하는 일로 하루해 보내는 일이 버겁다. 그래도 인훈이가 현재 전세금으로 상가주택이라도 30평형을 계약했다는 말 들으니 마음이 놓인다. 아파트 생활하다 상가주택에 살자면 불편하겠지만 젊어 그만한 고생쯤이야 이겨내고 살아야지. 미래 생각지 않고 당장만 생각하고 살면 집 장만하기 어렵기에 형편에 맞게 이사하라고 했지만 마음 아픈 건 사실이다. 엄마가 왜 그렇게 하라고 하는지 자식들이 깨우치고 엄마 마음 알아주었으면 하는 바람이다. 이렇게 하는 엄마가 고맙다고 생각할 날이 있다는 걸 명심하고 고달픈 인생 잘 극복하고 열심히 노력하며 뛰고 또 뛰면서 노후에 편안한 삶 살기 바란다.

2010년 1월 30일 천사은심

부모라는 이유로

세상에 태어나서 운명이 나를 안고 살았을까? 아니면 내가 운명을 안고 살았을까? 지금까지 살아온 나의 인생 가시밭길 다시 가라면 나는 못 간다. 이 세상에 하나뿐인 소중한 인생 이슬처럼 살다 갈수 없기에 천만년 살 것처럼 고달프고 힘겹다. 고달픈 삶 살면서도 준비만 하는 내 인생 돌아보니 내가 정말 바보였구나. 물질의 노예처럼 살며 세월에 놓쳐버린 청춘을 지는 해에 실어 보내고 나니 한 많은 인생 눈물은 나를 떠밀고 세월은 어서 가자 등 떠밀며 재촉한다. 고달프고 힘겨웠던 인생길이 저편으로 희미해져가는 시점에서 무엇을 어떻게 해야 하는지 푯대를 잃어버렸다. 어떻게 사는 것이 잘 살다 가는 인생인지, 이렇게 눈뜨고 의미 없이 말 못 하는 밥만 축내며 가는 것이 인생이고 운명인지 참담하다. 무정한 세월에 눈 침침하고 피로해 책도 맘껏 읽을 수 없고 화초 가꾸는 일도 숨이 차고 힘이 든다.

이제서야 청춘이 무엇과도 바꿀 수 없는 소중한 것이었음을 알게 되는 안타까움에 서글프다. 사람들은 인생이 육십부터라고 하지만 그것은 노인을 위로하는 말일 뿐이다. 모든 것이 어제, 오늘 다르고 몸도 마음도 변해가는 게 느껴진다. 그러면서도 구두쇠처럼 살아가는 나 자신을 돌아보며 누구를 위해 종을 울리나. 지금 내 현실에서 이렇게까지 구두쇠처럼 살지 않아도 되는데 자식들에게 환영받지 못하고 인심 잃어가며 갑갑하게 사는 내가 나도 용서되지 않지만 부모라는 이유로 자식들을 위해서라면 어쩔 수 없는 일이

318

니 어찌하랴.

2010년 1월 31일 천사은심

아들 인훈이 이사한 날

설 명절 이후 계속 이 일 저 일로 바쁘고 외출이 잦아 집안일에 신경을 못 썼다. 눈코 뜰 새 없이 바쁘게 살다 보니 세월이 어찌 가는지 모르고 우울증이 사라졌다. 오늘 아들 인훈이네 이사하는 날 포장이사 하면 내가 가봐야 별 도움 될 것 같지 않다. 이사하는데도 가보지 못해 마음 불편하고 아들 훈이 고생해서 마음 짠하고 아프다. 집안일 하면서도 자꾸 신경이 쓰이는데 오전 8시 넘어 별달이 전화 왔다. "엄마 어제 인훈이가 아침 일찍 민서랑 은서 데리고 온다고 하더니 안 오는데 안 올 모양이네. 이삿짐 센터에서 일찍 온다고 하더니 인훈이가 올 새 없나 봐." 전화 끊었다.

창문 활짝 열어젖히고 집 청소하려는데 전화벨 울린다. "엄마, 방금 말 떨어지기 무섭게 민서 은서랑 왔어." 오자마자 민서가 "할머니는요?" 하고 묻더라며 할머니 안부도 묻고 민서도 이제 많이 컸다며 웃었다. 손자 민서 하는 짓이 귀여웠는지 흥분된 어조로 말하더니 "오늘은 엄마 하루 쉬슈? 안 나올 거유?" 묻는 말에 가고 싶지만 너무 힘들고 집안일이 밀려서 오늘 나도 바쁘다고 했다. "알았으니 엄마도 오늘 하루 푹 쉬슈" 하며 별달이 전화 끊었는데 은서가 걱정이다. 은서가 엄마 찾고 보채지 않았는지 집에서 일하면서도 마음은 별달이네 있다.

집안일 해놓고 나가볼까 생각도 했지만 오후 늦게 나가봐야 금세 집에 와야 할 것 같다. 못 가보고 종일 신경이 쓰여 저녁때 넷째 딸네 전화해서 은서 보채지 않고 잘 놀더냐고 물었다. 엄마, 민서 있어서 보채지는 않았는데 밥을 많이 먹지 않더라며 이런저런 통화 한참 하다 전화 끊었다. 오후 늦게 비 내리기 시작해서 아들 인훈이 비 안 맞고 이사는 잘했는지 걱정되고 궁금해서 전화했다. 오전 10시쯤 이사 잘했다는 말에 마음 놓았다. 인훈이 목소리가 힘들어 보이지 않고 기분 좋게 들려서 모든 걱정 사라지고 안심이다. 이사하는 데 많이 힘들었으면 전화 받는 목소리가 밝지 않았을 텐데 훈이 목소리 밝아서 내 기분도 좋았다. 나는 신경이 예민해서 통화 목소리만 들어봐도 상대방 마음과 기분을 어느 정도 읽을 수 있다. 자식들 전화 목소리가 밝지 않으면 무슨 일이 있나 종일 걱정되고 신경 쓰인다. 아들 인훈이 새집으로 이사하느라 얼마나 신경 쓰고 마음 고생, 육체적 고생 많았을까. 마음은 아프지만 어릴 때 강하게 키우지 못하고 온실 속에서 키운 게 잘못으로 느껴져 인생 공부 시키느라 그렇거니 이해하고 지금부터 마음으로 나는 강하다 인생 사는 데는 가족들에게 의지하지 않고 스스로 강해야 한다는 신념을 갖고 열심히 살아야 한단다. 고생도 해보고 가시밭길도 걸어봐야 돈 귀한 줄 알아서 엄마가 단돈 10원이라도 남겨주고 간 돈이 오래간다.

주머니에 오래 머무는 돈이 날개 잃은 돈이 되어 늙어 고생하지 않게 된다고 이렇게까지 말해도 깨닫지 못하고 엄마 서운하게 생각한다면 이 엄마는 정말로 슬퍼서 아무리 사랑하는 아들이라고 해도 힘들다. 엄마의 자식 사랑도 한계가 있는 법이니 지금 엄마가 너에게 왜 그러는지 엄마 마음을 좀 알아주기 바란다. 엄마가 갈 때는 빈손으로 가는 건데 지금 너한테 매정하게 하는 것은 너를 강하게 만들려고 하는 거야. 내 힘으로 너를 강하게 못 키워서 그러는데 너 어릴 때는 소중하게 키우는 게 잘 키우는 줄만 알았다. 자식 어릴 때는

321

몰랐고 나도 이제 와서 자식은 강하게 키워야 한다는 걸 깨달았기 때문이다. 지금이라도 자식이 힘들고 고생해서 마음 아파도 그냥 두고 기다려야 한다는 마음으로 우울증 겪는다.

우울증으로 살아가는 엄마인 줄 알고 열심히 노력해서 미래 걱정 없이 살기 바란다. 아들 며느리가 나한테 잘하길 바라지 않을 테니 엄마 마음 아프게는 하지 말기를 부탁한다. 부자 될 꿈 많이 많이 꾸고 복돼지 꿈 많이 많이 꾸기 바라는 이 엄마는 자식들이 잘살길 간절하게 빈다. 아들아, 이사하느라 수고 많았으니 오늘 밤 복돼지 꿈 꾸며 편히 쉬어라.

엄마는 내일 밤 왕초 누나랑 매형하고 민서, 은서 이사한 새집으로 데리고 갈게. 내일 복돼지 가득한 새집에서 만나자. 아들 인훈아, 파이팅~!

2010년 2월 27일 천사은심

시련을 많이 겪을수록 강해진다

  인간은 누구나 어떠한 형태로든 시련을 겪는다. 그러나 시련은 반드시 극복할 수 있다. 바람 부는 곳에 사는 나무의 뿌리가 강해지듯이 인간도 시련을 피하지 않고 받아들이면 극복하는 힘이 생긴다. 고산지대 눈이 항상 쌓여 있는 곳에서 자라는 백향목이 가장 단단한 재목이 되듯 인간은 시련을 통해서만 강해지는 법이다. 온갖 바람과 눈비 맞고 자란 백향목처럼 어떤 시련에도 꿋꿋하게 살아가는 사람은 성공의 길을 가는 귀한 존재다.

  그러므로 없다고 한탄하지 말고 어려움에 부딪혔다고 피하지 말고 극복해내야 한다. 그것을 고난이 아니라 오히려 자신을 강하게 해주는 축복이라 생각하자. 지구가 공전하고 낮이 밤이 되고 밤이 지나 낮이 오듯 인생도 돌고 돌아 쥐구멍에 볕들 날 있다. 흐렸다가도 쨍하고 해 뜰 날 있기에 인생을 새옹지마라 하지 않던가. 인간 천사은심, 나란 사람도 온갖 시련에 굴하지 않고 한 곳만 바라보며 살아왔기에 오늘이 있지 않은가. 시련 많은 가시밭길 인생 발자취 다시 한번 돌아본다. 오늘의 현실에서 안도의 숨 크게 한번 내쉬고 오늘따라 잿빛 구름 가득한 넓은 하늘 쳐다보니 지난날 답답하던 가슴이 뻥 뚫리듯 찬바람이 품속으로 스며들어 왠지 모르게 가슴이 시려온다.

2010년 3월 4일 천사은심

안달 떨다 밥사발 알박살 났다

머리 파마한 날짜 확인해 보니 오늘이 꼭 4개월 되는 날이다. 2009년 11월 5일 파마했는데 남들은 파마하고 한 달 되면 머리를 살짝 자른다고 한다. 그래서 두 달 만에 파마하거나 한 달에 한 번 파마하는데 나는 꼭 4개월 넘어야 했다. 3년 전까지 머리 길러 업스타일로 올림머리 할 때는 6개월에 한 번씩 해서 1년에 두 번밖에 안 하고 살았다. 요즘 파마할 시기가 지나 긴 머리를 핀으로 묶고 집에서 꼭 모자를 쓰고 지낸다.

오늘 파마하려고 아침 일찍 일어나 서둘러 국 데우려고 가스불 당겼다. 국 데우는 동안 강아지 밥부터 주려고 거실 창문으로 강아지 밥그릇을 보니 밥풀 하나도 없이 깨끗이 긁어먹었다. 내 전용 밥그릇에 밥을 조금 퍼 나가서 강아지 밥그릇에 쏟아주고 빈 밥그릇은 현관 거실 끝에 들여놓았다. 국에 밥을 말아 강아지 주고 현관문 열면서 밥그릇을 집어 들었다. 밥그릇에 두어 개 붙은 밥알이 아깝기에 밥알 떼 넣어주려고 다시 밥그릇을 집어 들었다. 그러자 강아지가 좋아 까불다 빨랫줄 장대에 줄이 친친 감겨 밥을 못 먹는다.

두 손으로 장대를 높이 들어 옮기려는데 나도 모르게 내 밥그릇을 놓쳐 시멘트 바닥에 딱 떨어졌다. 쨍그렁 밥그릇 깨지는 요란하고 무서운 소리와 함께 나의 소중한 밥그릇이 산산조각 알박살 났다. 어찌나 놀라고 당황스럽던지 순간 불길한 예감이 확 들며 가슴 쿵 오늘 매사 일에 조심해야겠구나 했다. 이른 아침부터 소중한 내 밥그릇이 깨지다 못해 산산조각으로 알박살 나서 기분 참 나쁘고 불길했다. 오늘 같은 날 차 운행하지 말고 파마도 기분 좋은 날 해야겠다는 생각이 들기에 외출 계획을 포기했다.

산산조각 깨진 도자기 밥그릇 조각을 쓸어 담으며 생각하니 참 기가 막혔다. 육십 평생 오늘처럼 그릇을 깨트려보기는 처음인데 그놈의 강아지만 얌전했으면 그릇을 안 깨트렸다. 성격과 달리 매사 일에 조신해 그릇들도 조심조심 아껴가며 아주 깨끗하게 사용한다. 살림하며 그릇 한번 깨보지 않고 여태 잘 살았는데 오늘은 무슨 액땜을 했는지 불길한 예감이 사라지지 않았다. 아직 정월 중순이고 더군다나 밥그릇이 알박살 나게 깨져 영 기분이 찜찜하고 종일 개운치 않았다. 내가 너무 안달만 안 떨었어도, 강아지가 까불지 않았어도 밥그릇이 알박살 나게 깨지는 일은 없었을 게다. 겨우 밥알 두어 개 떼어서 강아지 먹이려다 밥그릇만 깨 먹었다고 생각하니 너무 안달 떨고 산다고 되는 게 아니다.

어젯밤 꿈을 생각해보니 꿈을 꾼 것도 같은데 아무 생각이 나지 않는다. 그래도 밥그릇이 깨진 까닭을 좋게 생각하면 오늘 내 운이 좋지 않으니 차 운행하고 외출하지 말라고 하늘나라 우리 그이랑 하늘님이 예고해주신 거라고 생각했다. 깨진 밥그릇으로 모든 액땜을 했다고 생각하니 차라리 마음이 편했다. 나쁘게 생각하면 오늘 모든 일은 강아지 때문이라고 생각하겠지만 일이 그렇게 되려고 그런 것이다. 이렇게 생각해야 마음도 편하지 어쩌겠는가. 그래서 인간사는 마음대로 안 되는 법이다. 오늘 하루 찜찜한 마음으로 종일 그렇게 보내고 오후 5시 30분 저녁쌀 씻으려고 쌀 푸는데 넷째 딸 전화 왔다. 종일 전화 못 해서 해보는 거라고 하기에 이른 아침 밥그릇 알박살 나게 깨 먹었다고 대충 말해주었다. 한참 이런저런 통화하다 저녁밥 안쳐야 하고 글 써야 한다고 전화 끊었다.

2010년 3월 5일 천사은심

화이트데이 선물에 뜨거운 눈물

오늘은 집안일이 너무 바쁠 것 같아서 다른 날보다 부지런 떨고 서둘러 잠에서 일찍 깨보니 오전 6시 넘었다. 아침밥 안치고 밥솥 코드 꽂고 겉절이용으로 썰어놓은 배추에 소금을 살짝 뿌려서 절여놓고 컴퓨터 켰다. 출석체크방에 한참 글 쓰고 있는데 갑자기 전화벨이 띠리링 울려서 '이른 아침 이 시간에 혹시 둘째 딸인가? 아니면 넷째 딸 별달이 전화가 많이 오는데 두 딸 중에 누구일까?' 싶어 서둘러 "여보시유?" 전화 받았다. 그런데 아들 훈이가 한참 잠자다 전화하는 목소리로 간신히 알아듣게 기운 없이 하는 말이 전화선 타고 들린다. "엄마 아침에 엄마 차 백미러에 비닐봉지 걸어놓고 왔는데 차고에 나가보셔요." "그래, 알았다. 집에 잠깐 들르지 왜 그냥 갔니?" 아들 훈이 "새벽 4시인데 어떻게 엄마네 집에 들러요"라고 말하는 순간 가슴이 쿵 하더니 무너져 내리고 마음이 에이고 아파서 고맙다는 말 하자 얼른 전화 끊었다.

새벽에 차 백미러에 뭘 사다 걸고 갔을까 궁금해서 현관문을 나서는데 3월의 이른 아침 찬 공기가 싸늘하고 춥다. 서둘러 대문을 열고 뒤꼍 차고에 가보니 내 차 백미러에 하얀 비닐봉지가 걸려 있기에 손에 집어 들었다. '이게 뭘까?' 궁금해서 비닐봉지 안을 들여다보니 포장이 작은 물건이 들어 있기에 가지고 집 안으로 들어왔다. 거실에 들어와 탁자에 놓고 꺼내보니 예쁜 동화집 창문 안에 사탕이 가득 들어 있는 예쁜 선물 포장이 들었다. 선물 꾸러미를 좌탁 위에 올려놓고 비닐봉지 안에 들어 있는 내용물 꺼내려고 선물 포장을 꺼내놓았다. 조심조심 선물 꾸러미 포장을 열었더니 사탕이 가득 담긴 예쁜 동화집 지붕 위에 하얀 토끼 인형이 앉아 있다. 흰 토끼 한 마리인데 한참 들여다보니 눈, 코, 귀, 입을 얼마나 귀엽게 잘 만들었는지 팔엔 분홍색으로 수를 놓았다. 토끼 인형이 너무 귀엽고 예쁜 데다 목에 분홍색 스카프로 리본을 떡 하니 매고 있어서 너무나 귀엽고 이쁘다. 너무나 신기해서 어린애마냥 한참 들여다보았더니 활짝 열린 하얀 작은 창문 안에 가득 찬 사탕이 빼꼼히 보인다. 열린 창문 앞에 노란 토끼 한 마리가 선물 꾸러미 앞에 앉아 있는 모습이 어찌나 귀엽고 예쁘던지 애들이 보면 좋아하겠다.

아들 훈이 자상한 효심에 만감이 교차해서 한참 소파에 앉아 이런저런 생각하는데 눈에서 뜨거운 눈물이 핑 돌았다. 화이트데이라고 새벽 퇴근길에 선물 꾸러미 차 백미러에 걸어놓고 가서 전화한 아들 생각에 눈물을 주체할 수 없었다. 수다스럽고 서글한 성격은 아니지만 자상한 아들은 결혼 전에도 화이트데이라고 예쁘게 포장한 사탕 선물을 사 왔다. 그럴 때마다 아무 말도 못 하고 나 혼자 마음속으로 '여자 친구 주려고 선물 사는 길에 사 왔나? 아니면 여자 친구 없어서 화이트데이 그냥 혼자 보내기 쓸쓸해서 엄마한테라도 선물하고 싶었나?' 참 궁금했었다. 예전에 훈이가 사 온 사탕 선물 꽃바구니도 너무 예뻐서 아직도 버리지 못하고 여태 집에 간직하고 있다.

사탕 바구니 사 온 지 얼추 10년 넘는데 요즘은 낮에 회사 출근하고 밤 운전하고 새벽 4시까지 밤을 낮 삼아 힘들게 일한다. 몰랐는데 오늘 알아서 힘들게 일하는 아들 생각하니 짠한 마음 에이고 아픈데 힘들게 사는 자식 보는 부모 심정이 어떨까. 새벽 4시라면 남들은 한밤중으로 알고 한참 자고 있을 시간인데 일 끝나고 퇴근하는 새벽 4시에 화이트데이 선물이라니. 엄마는 화이트데이 선물 생각도 못 했는데 아들은 힘들게 일하고 새벽 퇴근길에 사탕이 가득 담긴 선물 꾸러미 놓고 갔다. 새벽이라 전화도 못 하고 아들은 내 차 백미러에 선물 꾸러미 걸어놓고 집에 가서 새벽잠 자다 말고 내게 전화했다. 새벽 잠결에 전화하던 아들의 목소리 생각하니 가슴이 무너져 내리는 부모 마음을 어떻게 표현할 길이 없었다. 삶이 아무리 힘들어도 살아야 하는 것이 인생이라고 생각하니 고달픈 삶이 너무 원망스럽고 슬프다. 이럴 때는 하늘이 무심하게 느껴지지만 아들이 힘든 상황에서 열심히 살려고 노력하는 성실함이 대견하고 감사하다. 화이트데이 사탕 선물이 너무 눈물나게 고맙지만 아들아, 앞으로는 힘들게 엄마한테까지 신경 쓰지 않아도 된다. 우리 손자 민서와 손녀 은서에게 신경 써서 가족들의 든든한 버팀목이 되어주고 화목한 가정 잘 이끌어가기만 바란다. 엄마는 한 시도 자식들 생각 안 할 때가 없는데 자식들이 등 따시고 배부른 게 효지 물질적 효심은 절대로 안 바란다. 자식들이 항상 건강하고 등 따시고 배부르고 행복하게 잘살아야 엄마도 덩달아 행복하고 걱정 없이 살 수가 있단다.

2010년 3월 14일 천사은심

꽃샘추위 운전 교육 추억

남촌에서 들려오는 봄소식에 성난 꽃샘추위에 놀란 꽃샘바람은 윙윙 바람 소리 토하고 쌀쌀하게 부는 칼바람이 무섭다. 봄을 기다리는 어린 나뭇가지에 풀이라도 하듯 거세게 흔들며 스쳐 지나간다. 아침 강아지 밥을 국에 말아 먹였는데 저녁에 강아지 먹일 국이 똑 떨어지고 없다. 어느 날 며느리가 무생채 한 입 먹어보더니 "어머니, 맛있어요" 하기에 반쯤 덜어주고 식사할 때 몇 번 맛나게 먹었는데 식구가 없다 보니 조금 남아 냉장실에 넣어두었다. 며칠 지나 꺼내보니 맛은 변하지 않고 그대로인데 젓가락이 가지 않아 멸치머리와 내장을 한 줌 넣어 푹 끓여놓고 강아지 밥 줄 때마다 밥을 말아주었다. 강아지 식성이 좋은지 국 맛이 좋은지 강아지가 밥을 너무 잘 먹는다.

강아지 국 끓이려고 가스 켜다가 우연히 주방 창밖으로 시선이 쏠렸다. 싱크대 상판 위에 두 팔 괴고 창문 밖 전경을 두루 살피며 멀찌감치 바라보았다. 직선으로 50여 미터 떨어진 배 과수원 밭에 초록 멍석을 깔아놓은 듯 잡초가 파릇파릇했다. 벌써 봄을 느끼게 싱그러워 보이고 쌀쌀한 꽃샘추위 무색해서 멀리 도망칠 정도로 무성하다. 멀리서 봐도 눈을 뗄 수 없이 예뻐 한참 동안 넋을 놓고 바라보며 사색에 잠겼다.

과수원 뒤쪽으로 보이는 산업도로 바라보니 무엇이 그리도 바쁜지 차간거리도 없이 줄지어 교차하던 차들이 빨강 신호 대기하는지 나란히 정차하고 섰다. 바쁘게 오가던 차들의 광경을 한참 멍하니 바라보고 있노라니 면허 취득하겠다고 고생한 생각이 떠오른다. 쌀쌀한 꽃샘추위에 교통도 불편한데 기능 교육 받으러 학원 다니던 추억이 떠오르자 미소 흘리며 혼자 웃었다.

3월 27일이면 운전면허 취득한 지 만 2년 되는 날이다. 2008년 이맘때 꽃샘추위 아랑곳 않고 매일 아침 학원으로 기능 교육 받으러 다녔다. 날씨 따뜻했으면 드라이브 한판 땡기고 추억 많았던 운전학원 한 바퀴 휘돌아 바람 쐬고 왔으면 좋겠다.

학원 다니는 동안 사무실 직원들과 강사들이 너무 친절하고 자상하게 가르쳐줘서 정말 정이 많이 들었다. 고마운 마음에 간식으로 봄에 귀한 밤을 삶고 달걀 한 판 삶아 갖다주었는데 지금도 가끔 생각나는 좋은 추억이다. 2008년 3월 27일 면허증 찾으러 가는 날 직원들이 축하드린다며 못 보게 돼서 서운해 어쩌나 했다. 차 사셨으니 조심조심 운전하고 가끔 놀러 오시라고 했는데 가보고 싶은 마음뿐이지 한 번도 가보지 못했다. 바쁘지 않고 심심했으면 몇 번 놀러 갔을 텐데 한번 못 가봐서 지금도 그 시절 추억이 떠오른다. 한번 놀러가보고 싶은 생각이 들 때도 있고 강사님 명함까지 갖고 있으면서도 전화 한 번 못 했다.

면허 취득하고 처음 일 년은 어데 갈 일 없나 싶고 장거리는 아니지만 가까운 딸네 자주 놀러 갔었다. 지금은 어데 갈 일 있으면 귀찮은 생각이 먼저 드는데 운전이 숙련돼서 그런가 보다. 집에서 혼자 조용히 낙서하듯 마음과 머리가 시키는 대로 손 가는 대로 즐거운 마음으로 글쓰기가 취미다. 요즘 하루해가 짧아 아쉽지만 글 쓰는 취미 살리며 혼자일지라도 행복을 느끼며 산다. 소파에 앉으면 거실 정원을 화사하게 치장해주는 곱디고운 연산홍이 참 예쁘다. 화초 둘러보며 동무 삼아 지내다 보면 짧은 하루해는 쏜살같고 아쉽기만 하다. 밤하늘에 촘촘히 수놓은 별들을 보며 이 생각 저 생각 다 버리고 나만을 생각하고 행복에 젖어 산다.

2010년 3월 16일 천사은심

오붓한 가족 나들이

봄바람에 봄꽃 향기 가득 실어 나르는 계절 시골 농촌에 농번기가 다가왔다. 비료 사 올 걱정 했더니 오후 2시쯤 아들 인훈이가 며느리, 귀여운 손자 민서, 손녀 은서를 태우고 왔다. 평일 같으면 농협 직원들과의 안면 때문에 평상복 차림으로 못 나갈 텐데 토요일 주말이라 사무실 직원은 없다. 비료 농약 판매하는 직원 서너 명만 출근하기에 의상에 신경 안 쓰고 세수도 못 하고 평상복으로 비료, 농약 사러 시내 농협으로 나갔다. 복합비료 7포, 요소 1포, 총 8포 사고 162,750원 결제하고 집에 쌓았다. 아들 인훈이 힘들었지만 늘 걱정되던 비료와 농약을 사다 싸놓고 보니 마음이 놓인다.

아들 인훈이가 엄마 차에 기름 넣어야 한다고 해서 며느리와 귀염둥이 손자 민서, 손녀 은서랑 내 차에 옮겨 타고 주유소에 갔다. 나간 김에 아들 미리내성지, 내가 좋아하는 관심지 한 바퀴 휘돌아 드라이브 한판 땡기고 집에 도착했다. 오늘따라 손녀 은서가 뽀얗고 두 갈래로 머리를 묶어 귀엽고 예뻐서 손녀 은서를 유독 예뻐하는 큰딸에게 보여주고 싶었다.

"은서야 이렇게 이쁜 모습을 큰고모 못 보여줘서 어떡하니? 너무 아쉽다." 운전석에서 운전하던 아들 인훈이가 들었는지 "엄마, 누나네 집으로 갈까요?" 하기에 "왕초가 집에 있는지 전화해봐야지" 하며 전화했더니 금세 큰딸이 받는다. "왕초야, 엄마는 지금 남사 드라이브 중인데 은서가 너무 예뻐서 너한테 보여주고 싶은데 너무 아쉽다" 했더니 집으로 오라고 한다. 드라이브 한판 땡기고 곧바로 큰딸네 집으로 달려갔다.

큰딸이 은서를 보자 예뻐서 어쩔 줄 몰라 하더니 바나나, 오렌지 가득 담은 쟁반을 내온다. 이것저것 먹으며 놀다 오후 6시쯤 큰딸네 집을 나와 우리 집으로 가는 줄 알았는데 서정리 양평해장국 식당으로 갔다. 배불러 저녁 생각은 없었지만 오랜만에 가족이 오붓하게 선지국밥 시켜 먹으니 뿌듯하고 행복한 하루가 저물었다. 아들 며느리는 조금 떨어져 살아서 내가 사 먹이는 음식은 아니지만 딸들하고만 뭉쳐 다니는 것 같아 미안했다. 딸들하고 하다못해 칼국수 먹더라도 외식할 때마다 말은 안 했지만 늘 아들 인훈이네 가족이 마음에 걸려 마음이 편치 않았었다. 오랜만에 아들 며느리랑 손자 손녀와 비싼 음식은 아니지만 선지국이라도 같이 먹으니 마음이 그렇게 편하고 흐뭇할 수 없었다. 집에 오는 길에 차에 기름 넣고 금세 집에 도착했다. 내일 일찍 출근해야 한다고 아들 며느리 손자 손녀는 바로 집으로 갔다.

식당에서 손자 민서가 남긴 밥을 가져와 우리 귀염둥이 강아지 몽실이 주었더니 게 눈 감추듯 먹어치워 먹는 것도 못 봤다. 우리 강아지 몽실이는 영리하고 식성이 좋아서 나한테 귀염 많이 받는다. 애완동물 좋아하지 않는데 몽실이는 너무 영리하고 내가 외출에서 돌아오면 그렇게 반가워하고 좋아서 어쩔 줄 모른다. 강아지 귀여워하고 예뻐하는 건 난생 생전 처음이다. 사람이나 동물이나 제 귀염은 저 하기 나름인가 보다.

어머, 깜짝이야. 깜빡 잊을 뻔했네. 비료 사러 갈 때 인훈이 차에 오르자마자 인훈이는 내게 A4 용지 건네며 "엄마 민서가 할머니한테 드리는 편지래요. 엄마 여기 용돈도 있어요." 편지 펴들고 읽어보니 '아빠, 사랑해요. 할머니, 사랑해요.' 이렇게 써놓고 하트까지 그려놓았다. "민서야, 엄마 편지는 왜 안 썼니?" 물었더니 따로 썼다고 A4 용지 한 장에 '엄마 사랑해요.' 하트 크게 그려놓고 내 용돈은 가짜 장난감 돈 몇 장을 접어 편지랑 줘서 받아 읽었다. 너무 기특하고 귀여워서 준하를 닮아가나 민서 편지도 잘 쓰네. 사랑하는 손자 민서에게 "할머니가 받은 편지 잘 간직할게. 할머니 죽거든 같이 묻어달라" 말했다.

2010년 4월 17일 천사은심

갑자기 초대받은 날

　어제는 외출하느라 종일 집을 비웠기에 오늘은 조용히 독서하며 글쓰기나 해야 되겠다는 생각을 했다. 바쁜 일은 없기에 소파에 앉아 글 쓰고 있는데 넷째 딸 별달이 전화다. "엄마, 오늘 나오슈. 예배 드리는 날이유. 점심에 비빔밥 하려고 하는데 엄마 꼭 나오슈. 그리고 엄마, 집사님도 오시는데 엄마 화장 좀 꼭 하고 나오슈? 이쁘게 차려입고 우리 집으로 오슈"라고 말한다. "몇 시에 예배드리는데?" "정오 12시유." 시계 보니 오전 10시 되어간다. "진즉 전화하지 그랬니? 글쓰기 중인데. 알았다" 하며 전화 끊고 큰딸 왕초에게 전화했더니 "엄마, 나는 버스 타고 넷째네로 갈 테니 엄마는 시간 되는 대로 준비하고 나오세요" 한다.

　11시 20분 출발, 별달이네 아파트에 도착했다. 왕초는 먼저 와 있고 별달이는 주방에서 일하고 있다. 소파에 앉아 있으니 교회 식구 세 명이 와서 삼사십 분 예배드리고 다과 시간이다. 별달이가 점심 상 차리기에 도와주려고 보니 언제 준비했는지 콩나물, 시금치 무침 해놨다. 상추채, 무생채, 봄동 겉절이 푸짐하게 준비해 골고루 담아 상 차리고 꽁보리밥 했다. 밥도 고슬고슬 비빔밥용으로 잘 짓고 된장찌개에 두부 넣어 맛있게 끓여 푸짐하게 한 상 잘 차렸다. 꽁보리 비빔밥 아주 맛나게 먹고 교회 식구들도 반찬이 맛있어서 비빔밥이 맛있다며 음식을 참 잘한다고 했다. 어머니가 음식 솜씨 있으신 것 같다며 넷째 딸에게 음식 맛나게 잘했다고 칭찬이 자자해 기분 좋았다.

점심 식사 끝나고 한참 대화 시간 이어졌는데 자식 같은 젊은 사람들에게 인생 선배로서 많은 조언을 해주었다. 내가 해주는 말에 공감하는지 귀 기울여 듣고 이해하는 듯하더니 동창 친구는 별달이가 부러운가 보다. "너는 이런 엄마 계셔서 참 좋겠다." 부럽다며 "어머니, 피부가 참 좋으시네요. 나도 우리 엄마가 젊으면 얼마나 좋아" 하는 말에 어머니 연세 몇이시냐고 물었더니 76세라고 했다. 그리고 별달이 바라보며 어제는 너무 예뻐서 몰라보고 다른 사람인 줄 알았다며 파마까지 해서 더 예쁘더라고 했다. 대화하느라 시간 가는 줄 모르고 오후 3시 넘어 교회 식구들이 돌아갔다.

별달이네 집에서 저녁밥까지 얻어먹고 오니 오후 6시 넘었다. 오자마자 컴퓨터 켜고 글 한 편 쓰니 밤 8시 50분 되어간다.

2010년 4월 22일 천사은심

눈물 젖은 김밥

　사람은 나이 들어가면서 식성도 많이 변해가나 보다. 나는 담백하고 신선한 야채만 좋아했는데 요즘 들어 입맛이 조금씩 변해간다. 느끼한 걸 싫어해 안 먹던 피자도 입에 맞는 걸 보면 시대 흐름에 따라 식성도 많이 변해가는 모양이다. 며칠 전부터 평소 별로 좋아하지 않던 김밥이 왜 자꾸만 눈앞에 떠오르고 먹고 싶었는지 모르겠다. 집에 파래김도 있고 작년 늦가을 씨앗 사다 심은 시금치는 아직 어리지만 파릇하고 싱싱하게 잘 자라고 있다. 집에 몇 가지 재료만 있으면 입맛 없을 때마다 더러 점심에 김밥을 먹으면 좋을 것 같다고 생각했다. 자가용 운전하지만 단순히 김밥 재료 사려고 마트에 가야 하나 말아야 하나 갈등할 때 있다.

　다른 볼일도 없는데 마트에 일부러 가기도 군일 같아 먹고 싶어도 그냥 참았는데 마침 큰딸한테 전화가 왔다. 토요일인데 큰사위 퇴근하면 마트 갈 것 같은 예감이 들기에 언제 마트에 갈 일 없냐고 물었다. "엄마, 오늘 나 혼자 시장에 방금 갔다 왔는데 언제 또 마트에 가게 될지 모르겠어. 엄마, 나 마트 가는 건 왜 물었어?" 엄마는 김밥 재료 좀 샀으면 좋겠는데 다른 볼일은 없고 왕초 네가 마트 간다고 하면 김밥 재료 부탁할까 해서 물었다, 네가 오늘 시장 봐서 마트에 갈 일 없으면 내일 장날인데 천상 엄마가 시장에 가서 김밥 재료 사와야겠다고 했다.

　큰딸이랑 전화 끊고 설거지하고 점심에 먹을 국 끓이려고 미역을 불려 씻는데 오전 10시 큰딸한테서 또 전화 왔다. "왕초야, 방금 전화하고 또 웬일이니?" "엄마, 우리 냉장실 열어보니 단무지만 없고 이것저것 김밥 재료가 많네. 우엉, 시금치, 햄이랑 있는데 내가 김밥 싸다 줄까?" "그래. 재료 있고 귀찮지 않으면 마음대로 하렴." "엄마, 그럼 1시쯤 엄마네 가게 될 텐데 엄마네 간 김에 안성 허브농장에 바람 쐬러 갈까?" "그래. 날씨도 화창하고 따뜻해서 좋은데 소풍 나들이 겸 바람 쐬러 나갔다 오는 것도 좋지. 엊그제 엄마 차에 기름도 가득 채워 넣었는데 걱정하지 말고 엄마 차로 바람이라도 쐬고 놀다 오자" 했다. "엄마 차에 어떻게 다 타고 가요? 넷째네도 가고 싶어 할 텐데"라며 큰사위 차로 가겠다고 한다.

전화 끊고 씻다 만 미역을 주물러 씻어 국 안치자 금세 끓기에 약불로 줄이고 뭉근하게 끓였다. 국 끓는 동안 머리 감고 세수한 얼굴에 대충 기초만 바르고 눈썹 살짝 그리고 핑크빛 립스틱을 살짝 입술에 발랐다. 외출 준비 끝내고 앉아 있는데 1시에 온다던 큰딸 왕초 벌써 대문 앞에서 문 열어달라고 엄마 찾기에 서둘러 나가 대문 열어주며 "오후에 온다고 하더니 벌써 왔냠?" "엄마, 솔지 아빠 볼일 있어서 다녀올 곳이 있대. 우리 잠깐 갔다 올 테니 엄마는 김밥 드시면서 기다리라" 하며 김밥을 건네주고 휑하고 나갔다.

대문 앞에서 김밥을 받아 들고 들어와 거실 좌탁 위에 김밥을 내려놓고 주방으로 들어갔다. 방금 끓인 미역국 간을 맞추고 한 대접 퍼 쟁반에 받쳐 들고 거실에 나와 앉으니 오전 11시 50분이다. 소파에 앉아 큰딸이 방금 가져온 사각 스테인리스 락앤락 뚜껑을 열고 한참을 들여다보았다. 차곡차곡 가득 담긴 화려한 김밥이 맛깔스럽고 하나같이 너무 예뻐 내 눈엔 김밥이 아니라 작품이다. 정성 가득 담긴 김밥은 꽃으로 만든 작품 같아 얼른 손이 가지 않고 먹기 아깝다고 생각했다. 그래도 먹고 싶었던 김밥이기에 젓가락으로 하나 집어 들어 입에 넣는 순간 가슴이 뭉클했다. 나도 모르게 가슴이 찡하고 눈물이 핑 돌더니 뜨거운 눈물이 주체할 수 없이 두 볼을 타고 주루륵 흘러내린다.

그동안 자식들에게 돈 드는 밑반찬은 못 해다주었지만 시골 농촌에서 쉽게 먹을 수 있는 밑반찬은 더러 가끔 해주었다. 뭐든지 내 손으로 해야 직성이 풀려 하다못해 김치도 내 손으로 해다주고 맛있다는 말 들을 때가 제일 기분 좋았다. 그런데 이제는 남이 해주는 음식이 더 맛있게 느껴지고 편한 게 좋다고 느껴지니 나도 모르게 가슴이 뭉클하고 울컥했다. 김밥을 먹는 동안 참아도 참아도 흐르는 눈물이 입안까지 들어가서 찝찔한 눈물 김밥을 먹었다. 아무리 참고 또 참아도 눈물이 멈추지 않아 김밥 하나 입에 넣고 손등으로 눈물 닦으며 계속 그렇게 김밥을 먹었다. 눈물 한번 닦고 미역국 한 입 떠먹고 또 눈물 닦고 김밥 입에 넣고 먹으며 생각하니 밥을 먹으며 울면 복 나갈 것 같다. 그래서 아무리 참고 참아도 김밥 다 먹을 때까지 눈물이 멈추지 않아 눈물 흘리며 김밥을 먹었다. '아~ 이래서 목구멍이 포도청이라는 말이 있구나. 감동의 눈물로 김밥을 먹었다고 복이 나를 배신하지 않겠지.' 위로 삼았다.

큰딸 왕초가 싸 온 김밥을 먹으며 감동의 눈물, 약해진 마음의 눈물 흘리는 걸 보니 나도 이제는 나이 많이 들었구나 했다. 살아온 회한의 눈물 딸의 효심에 감동 복합적인 감정의 눈물이 왜 그렇게 주체할 수 없이 흐르던지 원 없이 혼자 울었다. 효심 가득 담긴 김밥 먹으며 가슴 뭉클해서 한참을 울었지만 눈물이 날 만큼 야릇한 그때의 감정을 지금도 잊을 수 없다. 살면서 속상한 일도 없었는데 큰

340

딸 왕초가 가져온 김밥에 감정이 왜 그랬을까? 울며불며 점심에 눈물 김밥을 먹었다. 거울을 보니 눈에 눈물이 흥건하게 고였기에 딸 사위 오기 전에 수건으로 닦았더니 얼굴이 눈물범벅으로 얼룩졌다. 거울을 보며 눈물 자국을 대강 지우고 있는데 큰사위가 넷째 딸, 손자 준하 태우고 벌써 대문 앞에 와서 클랙슨 울린다. 깜짝 놀라 나가 큰사위 차 탔더니 안성 허브농장을 향해 고고씽 한참을 달려갔다.

　허브농장에 도착해 여기저기 둘러보고 오는데 큰딸 왕초, "엄마, 아부지 산소에 꽂은 꽃이 햇빛에 바래서 이쁘지 않네. 그래서 다시 꽃 사 왔는데 집에 가는 길에 아부지 산소에 들러 새로 산 꽃 꽂아놓고 성묘하고 가자" 했다. 대문 앞에서 김밥 건네주고 볼일 있다고 휭하고 나가더니 말도 안 하고 꽃 사러 시장에 갔다 왔나 보다. 산소에 가서 큰딸 왕초가 사 온 두 묶음을 화병에 꽂고 성묘하고 집에 왔다. 조화도 얼마나 비싼지 모르는데 큰딸 왕초는 맏딸이라 그런지 집안 대소사에 신경을 많이 쓴다. 17일 동안 그이가 몸져누워 있을 때 그렇게 쉽게 돌아가실 줄 모르고 있었다가 자식들은 아부지 그리움이 큰가 보다.

2010년 4월 25일 천사은심

급한 마음에 깜빡한 실수

아침 식사 전에 수건 3장 손세탁해 널고 텃밭에 나가서 양파밭, 시금치밭에 파랗게 자라 올라오는 잡초를 괭이로 박박 긁어 매주며 보니 며칠 전 씨앗을 뿌린 상추, 얼갈이배추가 벌써 싹 트기 시작했다. 브로콜리는 아직 새싹이 보이지 않아 영영 싹이 트지 않으면 어쩌나 걱정했다.

아침 식사하고 나니 날씨가 자꾸 흐려지는 것 같고 틀림없이 오후에 비 올 것 같아 오전 11시 50분 논으로 나갔다. 볏짚 불태우는 날 덜 마른 볏짚을 논둑에 날라다 펴 널었더니 마를 새 없이 비가 자꾸 와서 늘 신경이 쓰였다. 며칠 날씨 맑고 햇살이 화창해서 잘 말랐는지 모르지만 비 오기 전에 태우려고 논에 나갔다. 논둑에 잡풀이 무성하게 많이 자라고 있고 볏짚이 놓인 곳엔 풀이 훨씬 덜 나왔다. 풀이 나오지 않게 그냥 태우지 말까 생각하다 나중에 안 좋을지 몰라 라이터로 불을 당겼다. 마른 볏짚에 불을 붙였더니 바람에 활활 잘 타오르고 묵은 마른 풀까지 타버려서 논둑이 깨끗하게 잘 탔다.

동고리 쪽에 있는 논에 가보니 장둑에 내다 넌 볏짚 있어서 논둑에 풀이 없는데 볏짚이 없는 논둑에 풀이 더러 나와 자랐기에 차라리 논둑을 태우지 않는 것이 나을 것 같다. 집에서 가져간 쓰레기 태우고 집에 중간쯤 오는데 차창에 빗방울이 방울방울 내려앉는다. 주차하고 현관문 따려고 분합문 열려고 하다 생각하니 가슴이 덜컥한다. 얼마 전부터 현관문 열쇠가 잘 맞지 않고 문이 잘 열리지 않아 현관문을 안으로 잠그고 분합문 한쪽은 잠그지 않는다. 외출에서

342

돌아오면 잠기지 않은 분합문 열고 손을 디밀어 현관문 열었다.

그런데 어젯밤 잠그고 잔 걸 깜빡하고 현관문을 열어놓지 않았다. '어쩌면 좋으냐' 하고 혼자 중얼거리며 열쇠로 아무리 현관문을 따려고 해도 열쇠가 고장인지 현관 문고리가 고장인지 영 열리지 않았다. 애쓰다 할 수 없이 안방 창문을 넘으려다 보니 다리는 짧고 택도 없어 의자를 딛고 돌절구에 올라섰다. 돌절구에 올라서서 창문을 넘으려니 다리가 짧아 창문턱에 닫지 않아 힘들었다. 간신히 발이 창문턱에 닿기에 겨우 넘다 가랑이 찢어지는 줄 알았다.

벌써 현관문 손잡이 갈려고 했는데 내 손으로 할 수 없어 여태 그냥저냥 지내왔다. 벌써 창문을 몇 번째 넘었는지 셀 수도 없다. 현관문 고장 아니면 안방 창문도 항상 잠그는데 비상구로 잠그지 않았다. 창문이 높아 안방 창문 잠그지 않았지만 현관 문고리 얼른 새걸로 달고 안방 창문도 잠가야 안심이 된다. 창문 넘어 거실에 걸린 시계를 보니 오후 1시 되어간다. 가랑비가 조금씩 내리기 시작하더니 점점 빗발이 굵어지고 비에 옷 젖게 꽤 많이 내린다. 논에 나가 들녘 한 바퀴 휘돌아 와서 할 일 다 해놓고 보니 마음 홀가분한데 모심기 전에 논둑에 제초제 주고 논에 비료와 농약을 뿌려야 한다. 아들 인훈이가 너무 바빠서 농사일할 새 있을지 모르겠고 고생할 생각하니 걱정이다.

2010년 4월 26일 천사은심

늘 고마운 넷째 딸 별달이와 세탁기

 일기예보에 오늘 저녁부터 봄비가 내린다는 소식이 있다. 그래서 아침 일찍 서둘러 세탁기에 빨래부터 돌려놓고 식사했다. 세탁기 돌릴 때마다 늘 감사하고 고맙다는 생각이 드는데 오늘따라 더욱 절실하게 느껴졌다.

 우리 집 빨래해주며 나랑 동거한 지 올해로 꼭 20년이 된다. 나와의 인연으로 5월에 만났는데 5월이니 우리 집 세탁기는 스무 번째 생일을 맞았다. 1991년 5월, 별달이가 삼성전자에 근무할 때 보너스 탔다고 엄마 가용에 쓰라고 돈을 보내왔는데 마침 세탁기가 고장 나서 그 돈으로 샀다. 큰딸하고 둘이 여기저기 타 전자제품 둘러보았지만 맘에 들지 않았는데 평택역 앞 도로변에 금성전자 대리점이 있었다. 매장을 둘러보다 지금 사용하고 있는 세탁기가 눈에 들어와 사고 싶은 마음이 들었다. 꼼꼼하게 살펴보며 용량을 보니 그때는 흔하지 않은 대용량 10킬로그램 용량이라 식구 많아서 사야겠다 싶어 가격을 물었더니 54만 7천 원이라고 했다.

 당시 54만 7천 원이면 시골 농촌에서 선뜻 사기 쉽지 않은 금액이었지만 여덟 식구 빨래 쪼그리고 앉아 빨래하는 일은 중노동이라 생각되고 너무 힘들기에 눈 딱 감고 산 세탁기다. 지금 54만 7천 원은 인플레가 높아서 돈 값어치도 없을 뿐 아니라 그만큼 흔해져서 그리 큰돈이라 생각지 않지만 20년 전에는 웬만한 농촌 주부가 선뜻 사기 쉬운 금액이 아니었다.

 더구나 20년 동안 고장 한 번 없이 지금까지 잘 돌아가고 있는 세탁기 볼 때마다 20년 전 금성 세탁기 사 오던 날이 떠오르고 잊히지 않고 별달이도 함께 생각난다.

오늘 아침 식사하고 마지막 빨래 헹굼에서 탈수되기를 기다리는 동안 허리 아파 소파에 앉아 기다리고 있는데 세탁기에서 탈수하기 시작했다. 탈수되는 물소리 들리자 문득 세탁기가 무지 고맙게 느껴지더니 머릿속에서 이런 생각이 스쳤다. 한참 멋 내고 다니고 싶을 나이에 고생하고 힘들게 번 돈으로 사준 세탁기라고 하늘이 효심을 알았나? 넷째 딸의 효심을 하늘이 알고 20년을 고장 한 번 없이 잘 사용하게 해주시나? 갑자기 글로 남기고 싶어졌다. 별달이가 아직까지 내게 신경 한 번 쓰게 하지 않고 속 한 번 썩인 일 없이 잘 살아왔는데 지금까지도 늘 엄마 엄마 하고 따르며 좋아한다. 가까운 곳에 살건만 늘 멀리 떨어져 사는 것처럼 하루에 두세 번씩 꼭 전화해서 확인한다.

탈수 기다리며 세탁기가 정말 고맙다는 생각이 드는 순간 넷째 딸 별달이가 전화했기에 "네가 사준 세탁기 20년 동안 신기하게 고장 한 번 없이 잘 사용해서 늘 고맙다. 잊지 않고 감사하게 생각했는데 지금 불현듯 고장 없는 세탁기가 너무 고마운 생각이 들어서 글 쓰고 싶다. 세탁기 사용할 때마다 넷째 딸 너를 떠올리며 늘 고맙게 생각한다. 힘들게 번 돈으로 엄마에게 세탁기 선물한 효심을 하늘이 알아서 그런가 보다" 했다. 별달이는 "엄마, 셋째 언니 낳고 아들 낳았으면 어쩔 뻔했수. 나는 못 태어났지?" "아이구 별달아, 아들 인훈이 한 명으로 만족하다. 아들이 또 있다면 엄마가 지금 이 정도로 이렇게 살겠니? 아들은 울타리로 한 명이면 족하다." 사실 아들이 다섯 명이고 딸이 한 명이라면 지금 나는 어떤 모습으로 살까? 비행기

탈까 자전거 탈까 생각해보지만 누구나 팔자대로 사나 보다. 든든한 육 남매 아들딸 효심 속에서 이렇게 행복한 삶을 사는 것도 노력한 보람이겠지만 자식 복도 무시 못 한다.

2010년 5월 5일 천사은심

평생 잊지 못할 힘든 어버이날

사흘 전 아들 인훈이 "엄마, 큰매형하고 누나랑 조용하게 저녁 식사하려고 식당 예약했어요." "아들아, 뭐 하러 돈 들이고 그랬니? 그래 알았다" 했는데 아침에 일어나 아무리 생각해도 살기도 바쁘고 자식들 힘들 것 같아 인훈이에게 식당 예약 취소하면 안 되겠냐고 했다. 아들 인훈이 자다 깼는지 간신이 알아듣게 "왜요?" 하기에 "살기도 힘든데 엊그제 피자 먹은 걸로 치자" 했더니 아들 인훈이 안 좋아하는 눈치 같아 할 수 없이 언제 올 거냐고 물었다.

오후에 온다기에 할 일 다 해놓고 한가한 마음으로 가려고 오전 10시쯤 논에 나갔다. 잠깐이면 될 줄 알고 나갔는데 일거리가 심상찮아서 할 수도 없고 그렇다고 그냥 집으로 올 수도 없었다. 손에 고무장갑 끼고 논둑 얕은 곳에 헌 담요 덮고 흙을 퍼 얹었다. 앞 둑을 막아놓고 갈게 둑을 둘러보니 논둑이 얕아 물이 아래 논으로 흘러들어간다. 지금이야 비료도 농약도 주지 않아 괜찮지만 모심고 비료 농약 주면 안 될 것 같아서 갈게 논둑을 손으로 흙을 파 얹고 둑을 높여 손질했다. 기다란 갈게 논둑을 손으로 높이고 튼튼하라고 맥질해놓고 너무 힘들고 허리 무릎이 아파서 수로 난간에 앉아 쉬었다.

집에 오려고 삽을 씻고 장화 닦는데 빽 하고 오토바이 클랙슨이 울린다. 엎드려 장화 닦던 손을 멈추고 허리를 펴니 부동산 씨가 "힘들게 뭐 하세요?" 묻기에 "물꼬 보러 왔다가 논둑이 낮아 높이 쌓았는데 힘들고 여자가 할 일이 아니네요. 지금 내놓자니 여태 힘들

347

게 한 일이 억울하고 하자니 힘들고 죽으나 사나 올 한 해는 고생해야지요" 했더니 "아주머니, 이제 그만 고생해요"라더니 휑하니 가고 나는 흘러가는 물에 손발을 대강 씻고 정오 훨씬 넘어 집에 왔다.

거실에 들어와 거울에 얼굴 비춰보니 두어 시간 넘도록 논에 엎드려 논둑을 쌓으면서 얼굴에 흙이 튀어 흙 범벅이고 얼굴이 퉁퉁 부었다. 흙 범벅이 된 작업복을 벗어 대충 흙물을 부벼 빼 세탁기 돌려놓고 양치하고 세수하고 나니 오후 2시다. 대문 밖에서 엄마 부르는 소리에 내다보니 아들 인훈이 왔다. 다리 아픈데 간신히 걸어 나가 대문 열었는데 손자 민서가 카네이션 두 송이 손에 들고 서 있는 모습이 어찌나 이쁘던지 힘들어서 둘째 딸과 통화하면서 고생한 하소연하고 신세타령하던 마음이 온데간데없다. 손자 민서 얼굴에 파마머리가 어찌나 잘 어울리고 귀엽게 이쁜지 모르겠다. 안에 들어오자 손자 민서가 내게 카네이션 두 송이 건네며 "이건 할아버지 꺼, 이건 할머니 꺼" 한다. 컵에 물 담아 꽃을 꽂아놓고 아들 인훈이와 이런저런 상의 하고 있는데 휴대폰 울린다. 둘째 딸인데 아까 논에서 통화할 때 너무 힘들어 죽기 일보 직전이라 신경질적으로 전화받았더니 "엄마, 아까 누구한테 신경질 부린 거야?" "너는 신경질 부리면 누구한테 부리냐?"라고 물었더니 내 심장을 뒤집는 소리 하기에 "지금 너 나 신경질 돋구는 거냐?" 했더니 낄낄거리고 웃기에 전화 끊었다.

오후 2시 훨씬 넘었는데 손자 민서가 밥을 달라고 한다. 나도 힘들어 점심 식사 전이기에 햄을 부쳐 손자 민서 밥 먹이려고 하는데 아들 인훈이 자꾸만 나가서 칼국수라도 드시자고 하더니 서정리 해장국 먹으러 가자고 한다. 힘들어서 그런지 자꾸만 춥고 몸살이 오는 것 같아서 그냥 따라나섰다. 식당에서 식사하면서도 춥고 떨리더니 뜨거운 국물 먹고 나니 춥던 몸이 풀리기 시작한다.

식당에서 식사 주문하고 기다리는데 우리 손자 민서가 너무 예쁜지 식당 직원들이 민서 쳐다보더니 "여자야? 남자야?"라고 물으며 예뻐했다. 우리 손자 민서가 쌩끗 웃으며 "저 남자예요." 말하는 모습이 왜 그렇게 이쁘던지 우리 민서는 도대체 누굴 닮았는지 모르겠다.

아들 인훈이 "엄마, 민서가 할머니 집에 가자고 했더니 '부산 할머니요? 시골 할머니요?'라고 민서가 묻더라" 하며 부산 할머니를 좋아한다나? 그 말 듣는 순간 마음은 조금 서운했지만 우리 외손자 손녀들도 그러는데 뭘 하고는 이해했다.

다른 날 두고 하필 어버이날에 왜 힘들게 일하게 됐는지 나도 모르겠다. 매년 돌아오는 어버이날인데 오늘 고생한 추억은 평생 못 잊을 추억이다.

2010년 5월 8일 천사은심

9일 간의 병상 일기

　2010년 5월 24일 아침, 내일 모내기 위해 논에 나가 물꼬 터놓고 집에 돌아왔다. 그럭저럭 하루 지내고 오후 7시경 저녁 생각 없었지만 간단하게 식사했다. 인터넷 검색하고 정보 읽고 있는데 체한 것 같진 않은데 명치가 뻐근하다 가슴이 옥죄듯 통증이 있고 바늘로 엄지손가락 끝, 엄지발가락 끝을 몇 번씩 따도 피가 영 나오지 않는다. 바늘로 몇 번씩 손끝을 찌르고 손으로 짜서 간신이 피가 조금 나왔는데 빛깔이 새까맣고 검었다. 어쩌다 속이 좀 거북하면 바늘로 손끝을 조금만 찔러도 선홍색 붉은 피가 솟구치는데 웬일인지 간신히 짜다시피 나온 피 빛깔이 그렇게 검을 수 없었다.

　잠자는 동안 통증은 심하지 않고 새벽 3시 넘어 깼다가 다시 잠들어 일어나보니 오전 6시 조금 못 되었다. 증세가 더하지도 덜하지도 않고 두서너 차례 오구토를 하는데 쓴 물만 자꾸 넘어온다. 양치와 세수만 하고 오전 8시쯤 출발해 별달이네 아파트에 주차하고 별달이랑 같이 박애병원으로 갔다. 기다리지 않으려고 9시 전에 가서 접수하자마자 바로 진료받았다. 증세를 들은 의사 쌤이 내시경 검사해봐야 안다고 해서 돈이 들더라도 수면 내시경을 원했더니 검사료가 8만 5천 원이라고 했다.

　마취하고 내시경 검사하려다 말고 의사 쌤이 수면 내시경 못 하고 일반 내시경으로 할 테니 조금만 참으라고 한다. "왜? 수면 내시경이 왜 안 되나요?" 내가 묻자 심장 의사 쌤은 심장 박동수가 너무 느리고 맥박도 느리게 뛰어 수면 내시경을 할 수 없다고 했다. 할 수 없이 일반 내시경을 하면서 의사 쌤이 "왜 숨을 안 쉬세요? 내시경이 장까지 미치지 못하고 위 검사밖에 못 했어요" 한다. 통증이 조금씩 더하고 아파서 넷째 딸에게 초음파 담석 검진해보고 싶으니 접수하라고 했다. 초음파 검사 결과 담석이 의심되었는지 CT를 찍어보자고 했다. 그런데 갑자기 오른쪽 옆구리가 아프기 시작하더니 너무 아파 생사를 넘나드는 순간이다. 검사 결과 담석 판정이 나왔다. 의사는 소견서와 CT 찍은 CD 줄 테니 대학병원으로 가라고 했다. 나는 통증을 참을 수 없어 진통제 좀 주사해달라고 호소했다. 몇 차례나 주사를 맞았는데도 통증이 영 가라앉지 않았다. 대학병원 가는 동안 아프지 않게 진통제 좀 강하게 놔달라고 했더니 마지막 주사 한 대 맞고 진통이 어느 정도 가라앉았다. 정신을 차리고 병원 측에 119 불러달라고 부탁했더니 이용료가 14만 원이라고 했다. 그래도 불러달라고 부탁하고 생각하니 서울대학병원으로 가면 자식들이 병원에 왔다 갔다 하려면 힘들 것 같다. 간호사 불러 119 취소해달라고 부탁하고 아들 훈이한테 전화했더니 금세 달려왔다. 아들 훈이 차에 큰딸, 넷째 딸이랑 같이 타고 천안 단국대학병원으로 갔다.

박애병원에서 마지막 맞은 진통제 주사가 강했던지 입원 수속하는 동안 통증이 없어 살 것 같았다. 입원실은 1인, 2인실밖에 없어 할 수 없이 2인실에 입원하기로 하고 2층 입원실로 갔다. 그런데 멀쩡하게 통증이 가라앉자 더 기다려보고 입원할 걸 괜시리 2인실에 입원했나 싶었다. 그래서 아들딸에게 집에 와서 있다가 다인실 비면 다시 입원하자고 말했다. 아들 인훈이는 그러다 또 아프시면 어쩌려고 그러시냐고 그냥 입원하시라고 한다. 입원 수속 끝내고 2층 입원실에 가서 조금 있으니 진통제 효과가 없어지는지 다시 통증이 오기 시작하더니 참을 수 없이 아파 견딜 수 없다. 링거 꽂고 진통제 계속 맞아도 가라앉지 않고 입술이 타들어가서 입술까지 부르트고 어찌나 아프고 또 아픈지 고통이 심했다.

25일, 26일, 27일까지 물 한 모금 못 먹게 하고 링거와 진통제만 놓아주더니 수술은 27일 오후에 한다고 했다. 수술 도중 의료 사고도 많고 사람에 따라 마취에서 깨어나지 못하는 사람도 있다는 생각에 수술 당일 오전에 아들 인훈이한테 전화했다. 내가 수술받다 만약 마취에서 깨어나지 못하면 이런 일은 이렇게, 저런 일은 저렇게 하라고 자세히 말했더니 아들 반응이 침통하게 들린다. "엄마는 왜 자꾸 그런 말을 하세요?" 아들 말소리가 너무 힘이 없었다. 어쩌면 마지막 유언이 될지도 모르는 말을 했다는 생각이 들었는데 이렇게 살아 있는 내가 우습다.

그때는 수술에 대한 두려움에 차라리 수술받고 고쳐서 얼마 동안 더 살다 죽을 때 또 아파서 죽는 것보다 차라리 마취 상태에서 깨어나지 말고 그냥 편안하게 눈감는 것도 괜찮다고 생각했다.

27일 오전 내내 초긴장 속에서 시간을 보내고 오후 2시 50분 침대에 누운 채 수술실로 이동했다. 그 후부터 저녁 7시까지 아무런 기억이 없다. 수술 끝나고 회복실에서 몽롱한 정신 상태로 나도 모르게 갑자기 벌떡 일어나며 "나 술 안 먹었어. 술 안 먹었다구" 하자 주위에서 나를 다시 침대에 눕혔다. 셋째 딸이 "엄마 내가 누군지 알어? 내가 누구야?"라고 물었을 때 "옥경이" 하자 나를 입원실로 데리고 갔다. 마취에서 깨어나니 수술 상처가 너무 아파 계속 연이어 진통제 좀 놔달라고 호소했다.

수술한 첫날 밤은 셋째 딸이 내 옆을 지키고 간호했는데 통증이 너무 심해 생사를 넘나들며 한숨도 못 자고 뜬눈으로 밤을 홀딱 새우다시피 했다. 새벽녘에 겨우 잠깐 눈 붙이다 깼는데 나 때문에 셋째 딸 기쁨조도 잠 한숨 못 잤다. 밤이 왜 그렇게 길고 시간이 길던지 "기쁨조야, 벽시계 혹시 고장 난 시계 아니냐?" 물었더니 "엄마, 고장 난 시계가 아니고 정상으로 가는 시계야"라고 했다.

28일 수술한 지 이틀째 되는 날도 고통은 마찬가지다. 입술이 타고 부르터서 어찌나 아프던지 목마르고 입이 말라 죽을 지경이다. 물 한 모금 못 마시고 갈증이 심해 하루하루 어떻게 살아 돌아왔는지 지금 생각하면 악몽을 꾼 것 같다.

수술 후 사흘째 되는 날 저녁부터 죽이 나왔는데 입원한 지 닷새 만에 처음 죽을 먹어보았다. 수술 후 삼시세끼 죽으로 사흘 먹이더니 수술 후 사흘째 저녁부터 밥이 나오기 시작했다. 난생처음 병원 밥 먹으며 아흐레 만에 퇴원했는데 그렇게 오랜 시일 동안 병원 신세 질 줄이야 꿈엔들 생각 못 했었다.

이번에 병원 생활하면서 우리 육 남매 아들딸 자식들의 효심을 다시 한번 확인하고 보니 내 인생의 큰 전환점이라고 생각한다. 병원비 4백만 원이면 농촌에서는 큰돈인데 4인실, 6인실 입원했으면 입원비 적게 나왔겠지. 우리 같은 서민들 생각하면 병원 측은 입원실 많이 확보했으면 하는 바람이다.

너무나 끔찍하게 아껴가며 한 푼 두 푼 모아 저축해온 4백만 원을 좋은 일에 못 쓰고, 죽도록 아파하며 손에 만져보지도 못한 돈이라 너무 유감스럽다. 이렇게 쓰려고 그렇게 아끼고 아껴서 힘들게 저축한 것인가? 허망하고 서글프다. 농촌에서 수입도 없이 4백만 원 저축하기란 그리 쉬운 일이 아닌데 써보지도 못하고 물거품처럼 한 순간에 사라진 돈이 너무 아깝고 억울한 생각이다.

병원에 갖다주려고 하고 싶은 일도 절제하고 몸이 아파 입맛 없어 뜨끈한 칼국수 한 그릇 생각나도 참고 품위유지비 무서워 알고 지내는 사람 많아도 담쌓고 외출 삼갔는가? 누가 밥 한 끼 사준대도 부담 느껴져 사양하고 그렇게 살며 저축한 돈인데 날개 없는 돈이 하루아침에 허망하게 날아가버렸다. 그렇게 끔찍하게 모은 돈인데 병원비 너무 아깝고 억울해서 살아 돌아온 기쁨은 눈곱만큼도 없다.

자식들은 자식들대로 9일 동안이나 고생시켜가며 돈 쓰게 하고 마음 짠한데 인생 삶의 교차로에도 신호등이 있다면 얼마나 좋을까? 인생길에도 힘든 역경의 표시로 빨강 신호가 켜지면 서 있다 파란 신호일 때 직진해야 하는데 인생 교차로에는 신호등이 없다. 인생길 교차로에 신호등이 없기에 무슨 일이 생기면 이리하면 좋을까 저리하면 좋을까 헤매고 망설이다 한 치 앞을 모르고 직진하다 보면 삶의 교통 정리 못 하고 이런저런 일로 마음 아픈 일 생긴다. 내가 병원에 입원해 있는 동안 아들딸 육 남매 자식들이 너무 고생을 많이 했다. 눈감는 날까지 자식들의 지극한 효심과 고마움 잊지 않고 영원히 기억하고 간직하리라.

수술하지 않고 레이저로 담석 제거하고 2010년 5월 25일 입원 아흐레 만에 퇴원했다. 의료가 발달해 담석 수술 안 하고 레이저로 시술하는데도 이렇게 아픈데 피부 자르고 수술했으면 얼마나 더 아팠을까?

2010년 6월 3일 천사은심

큰딸에게 받은 부추 감동 스토리

2010년 5월 25일 천안 단대병원에 입원하고 사흘 만에 담석 제거 수술받고, 수술한 지 사흘째 되는 날 저녁부터 죽을 먹기 시작했다. 삼시세끼 죽만 먹이더니 죽 먹은 지 사흘째 되는 날 저녁부터 밥이 나와 입원 엿새 만에 밥을 먹었다. 원래 남의 음식 싫어하고 잘 안 먹는 성격인데 더구나 병원 밥은 상상도 못 할 일이지만 당기지 않아도 억지로 맨밥을 먹다시피 끼니를 때우다 보니 기운도 쇠약해 점점 힘이 없어 목소리가 안으로 기어들어가 말할 기운조차 없고 활동도 할 수 없었다.

수술 상처는 아프고 입맛이 없어 이러다 안 되겠다 싶어 그동안 내가 먹어본 모든 음식을 떠올리며 먹고 싶은 음식을 상상해보았다. 다 떠올려봐도 싫고 어쩌다 큰딸이 부쳐다 준 부침개가 먹고 싶었다.

그때 시간이 오전 10시 조금 넘었는데 나를 간호하느라 병원에서 같이 지내는 넷째 딸을 불러 "엄마는 언니 부침개가 먹고 싶은데 어쩌지? 언니가 병원에 왔다 갔다 하려면 힘들 텐데. 언제 부침개 부치고 동고리에서 천안까지 버스 타고 오겠니. 내가 참아야겠지?" 했다. 가만히 듣고 있던 넷째 딸, "엄마, 그럼 막내한테 전화나 해볼까?" 하는 말에 아무 말 안 하고 있었다. 넷째 딸이 휴대폰 꺼내서 번호를 꾹꾹 눌러 통화하더니 "엄마, 막내가 오늘 소연이 아빠 일찍 퇴근한다고 오후 6시 넘어야 온다네" 한다.

당장 먹고 싶고 병원 밥을 맨밥 먹다시피 해서 조석이 시원찮고

355

간식 삼아 늦어도 두세 시경에 먹고 싶었다. 오후 6시 넘어야 오겠 다는 말에 어찌나 실망스럽고 서운하던지 부침개는 눈앞에 선하게 자꾸 떠오르고 자꾸만 입맛이 다셔져서 침이 꼴깍꼴깍 넘어갔다. 생각해 보니 저녁때 막내가 오면 저녁 식사 후에 먹게 될 텐데 환자 가 밤에 밀가루 음식 먹고 자면 안 될 것 같아 막내딸 부침개 취소하 라고 했다.

그런데 나도 모르게 넷째 딸이 언제 큰딸하고 통화했는지 한참 후 에 넷째 딸이 갑자기 혼자 웃으며 "엄마, 큰언니가 참외 몇 개 갖다 주고 부추로 바꿔 왔다데. 엄마는 큰언니 안 낳았으면 어쩔 뻔했 수?" 계속 웃어댔다.

몸이 몹시 아파오고 괴로워 넷째 딸이 하는 말이 귀 밖으로 들리 고 무슨 뜻인지 잘 몰랐다. 그리고 두어 시간 후에 넷째 딸이 "엄마, 운동해야지. 산책 나갑시다" 하기에 귀찮고 힘들어 꼼짝하기 싫었 지만 빨리 퇴원할 욕심으로 간신히 일어나 손을 아픈 옆구리에 대 고 힘겹게 산책을 나갔다. 운동하다 벤치에 앉아 넷째 딸하고 이런 저런 대화하며 앉아 있는데 휴대폰 울리자 "언니, 벌써 왔어? 엄마 운동 나왔어. 공원 벤치야" 하더니 "엄마, 언니가 벌써 입원실로 왔 나 봐. 천천히 가봅시다" 한다. 입원실로 가려는데 큰딸이 허겁지겁 공원 벤치로 찾아왔다. 큰딸이 오자마자 부침개 꺼내 펼쳐놓으며 "야채가 집에 떨어지지 않고 있었는데 왜 오늘 따라 부추 사다 놓은 게 없어 갑자기 구하느라 힘들었다" 하면서 동네 나가서 집집마다 텃밭을 둘러보니 잘 모르는 딱 한집 텃밭에 부추가 있더라고 했다.

잘 아는 집도 아니고 해서 집에 와서 참외 몇 개 가지고 나가 주인 을 찾아 지금 우리 엄마 병원에 입원해서 부추가 조금 필요한데 급해서 시장에 사러 나갈 수 없어 그러니 이 참외 드시고 부추 조금만 달라고 했더니 주인이 참외는 안 줘도 된다며 칼 들고 나오더니 부추를 많이 베어주더라고 했다. 그냥 올 수 없어 사양하는 주인에게 억지로 참외를 주고 왔다는 말을 해서 감동했다. 듣고 있던 나는 "그래, 옛말에 흔하던 개똥도 약에 쓰려면 없다고 하잖니" 했더니 두 딸이 우스운지 ㅎㅎㅎ 계속 함박웃음을 웃었다.

내성적인 큰딸 성격에 용감무쌍하게 어떻게 참외까지 들고 나가 모르고 지내는 집까지 찾아가 부추를 구해 부침개 부쳐 왔는지 성격 변화에 너무 놀랍고 믿기지 않을 만큼 큰 대사건이다. 부추 구해 온 이야기 들으며 부침개 먹는 순간 마음 찡하고 감동스러워 이번 계기로 큰딸의 지극한 효심을 절실하게 피부로 느끼고 다시 한번 큰딸을 생각하게 했다. 그날 큰딸이 부쳐다 준 부침개를 어찌나 맛나게 많이 먹었던지 병원 저녁밥이 나왔는데 한술도 먹지 않고 넷째 딸에게 저녁밥으로 먹여 보내고 그날 밤 큰딸이 입원실에서 같이 자면서 나의 손발이 돼주었다.

퇴원하고 내내 큰딸이 참외 가지고 나가서 부추 바꿔다 부침개 부쳐 병원에 가져온 사연을 하루도 잊어본 적이 없다. 조용한 시간이면 그날의 일들이 주마등처럼 스치고 생생히 떠올라 내가 눈감는 날까지 못 잊을 것 같다. 얼마나 효심이 발동했으면 그 성격에 동네방네 돌아다니며 참외까지 들고 나가 부추를 다 얻어 왔을까. 지금도 나는 실감이 나지 않는데 내가 무슨 생각하며 부침개 먹었을지 자식들의 상상에 맡기고 싶다.

그리고 내성적인 큰딸의 성격이 이번 계기로 많이 바뀌고 활달해져 무엇보다 기쁘다. 성격이 많이 활달해져 요즘 또래 친구들이랑 시장 나들이하는 모습이 좋아 보여서 다행이라고 했다. 큰딸이 아픈 엄마 때문에 벌인 부추 사건 이야기 듣고 속으로 많이 놀랍고 실감이 나지 않았다. 성격이 변화되고 용감해진 큰딸의 모습이 보기 좋아서 마음은 한없이 얼마나 기뻤던지 먹고 싶은 부침개 때문이 아니다. 아흐레 동안 손발이 되어준 큰딸 효심이 고맙고 그동안 고생 참 많았다. 평생 잊지 않으마. 엄마가 큰딸 진심으로 사랑한다.

2010년 6월 6일 육 남매 엄마 천사은심

지극정성으로 간호한 자식들에게(14행시)

지: 지성이면 감천이란 옛 속담도 있다

극: 극한 상황 속에서 자식들이 힘 모아 발동한 효도 정신으로

정: 정성껏 애지중지 아픈 어미 보살피고

성: 성심 성의를 다해 간호한 육 남매 자식들이 너무 고맙고 감사해서

으: 으스러지도록 껴안고 많이많이 사랑해주고 싶다

로: 로맨스 빠빠 가족 사랑을 온전히 피부로 느끼며

간: 간간이 떠오르는 육 남매 자식들의 효심과 고마움에 뿌듯하고 행복한 나

호: 호호하하 혼자 웃음보 절로 터져 나와 하늘 보며 한바탕 웃었다

한: 한가로운 유월 오후 창밖 싱그러운 신록 풍경을 보며

자: 자식들의 변함없는 효심에 감사와 고마움의 눈물이 난다

식: 식을 줄 모르는 육 남매 자식들의 효심에 감동한 기쁜 마음 새털구름 되어

들: 들려오는 풍악 소리에 덩실덩실 춤이라도 한번 실컷 추어보고 싶구나

에: 에그머니 기분이 너무 좋아서 춤이 절로 나오니 어쩌면 좋을까

게: 게 아무도 없느냐 천사은심 오은심 여왕 마마 어명이시다. 효자, 효녀 우리 육 남매 자식들에게 효도 상금을 듬뿍듬뿍 많이 내려주거라.

2010년 6월 7일 14행시 천사은심

제4부

시들고 싶지 않은 꽃

아들아, 고생시켜서 미안

담석 제거 수술받고 퇴원 후 8일 만에 처음 병원 가는 날이다. 아들 인훈이가 결근하고 병원에 같이 가자고 오전 11시쯤 우리 집으로 왔다. 점심 식사하고 가자고 했더니 차 점검부터 하겠다며 차고에서 차 빼라고 해서 시동 걸고 출발하는데 느낌이 이상했다. 아들 인훈이가 내 차고에 주차하고 오더니 왜 차 바퀴가 돌지 않느냐 사이드 안 내리고 운전한 거 아니냐고 묻는다. 분명히 사이드 내렸는데 했더니 훈이가 점검하러 가는데 괜찮아 보였다.

한참 후에 아들 인훈이가 차 점검 못 하고 그냥 왔다고 차 수리하고 다시 가야 한다고 했다. 차에 이상 있으니 고치고 오라고 했다기에 내 차는 카센터에 맡기고 택시 타고 오라고 다시 아들 인훈이를 카센터로 보냈다. 차 맡기고 한참 만에 왔기에 보신탕 데워 식탁을 차려주었더니 맛이 없는지 조금 먹고 남겼다. 나는 밥 한술 물에 말아 간장을 찍어 먹고 한 끼 때웠다.

아들 인훈이 차 타고 농로 가면서 엄마 논 좀 돌아보고 가자고 했

362

다. 차 안에서 사방 논을 둘러보니 물이 찰랑하게 알맞게 있어 다행이라고 생각했다. 큰딸네 들러 큰딸을 태우고 30여 분 달려 천안 단대병원에 도착했다. 먼 길 서둘러 갔는데 환자가 많았는지 예약된 시간을 넘겨 진료받았다. 간호사가 수술 부위에 붙였던 거즈를 떼자 담당 의사 쌤이 상처가 잘 아물었다고 했다. 조근조근 내가 불편한 점들을 상담하고 진료 끝내자 보름치 약을 처방해주었다. 돌아오는 길에 농협에 가서 볼일 보고 카센터에 가서 아들 인훈이가 빼주는 차를 운전해 집에까지 오는데 기운이 없고 시야가 흐릿하고 잘 보이지 않아 간신히 집까지 왔다.

아들 인훈이가 다시 차 점검받으러 간 사이 어지러워 소파에 한참을 누워 있다 생각하니 보조 백미러가 떨어졌는데 깜빡하고 달지 않고 그냥 왔다. 아들 인훈이에게 메시지 보냈더니 금세 전화가 온다. 지금 카센터에 있는데 브레이크 안 들어서 점검 못 하고 다시 고치러 갔다고 했다. 인훈이 얼마나 힘들까. 몇 번씩 왔다 갔다 하는 아들 인훈이가 안쓰럽고 아들이지만 미안했다. 얼마 후 돌아온 아들 인훈이는 카센터에서 차를 어떻게 고쳤기에 몇 번씩 왔다 갔다 하게 하느냐고 따졌더니 미안하다고 그냥 고쳐주겠다고 했단다. 차 운행을 너무 안 해서 브레이크 오일이 절었다며 차 점검받으러 세 번씩이나 갔다 왔다. 아들 인훈아, 미안하다. 오늘 이 엄마를 위해서 얼마나 힘들었니. 빨리 회복해서 기한 안에 점검받으려고 했는데 한시름 놓았다. 아들 인훈아, 회사 일도 바쁜데 결근까지 하면서 수고 많았다. 고맙고 많이 미안하다.

2010년 6월 10일 천사은심

현대판 심청이 육 남매 효심

2010년 6월 15일 오후 2시, 단대병원 소화기 내과 예약 담석 제거 수술하고 퇴원한 지 14일 만에 두 번째 병원 가는 날이다. 수술 후 유증으로 여기저기 아프고 입맛도 통 없는데 소화 기능까지 떨어져 음식을 맘대로 먹지 못해 통 기력이 없다. 아직 운전이 무리일 것 같아 아들 인훈이와 의논했는데 오늘은 바쁘다고 한다. 할 수 없이 큰딸에게 전화했더니 안성 막내딸이 일찍 오겠다고 했단다. 대강 외출 준비하고 있으니 큰딸이 젤 먼저 달려오고 안성 사는 막내딸도 아이들 등교시키고 곧바로 왔다. 예약은 오후 2시인데 뭐 하러 이렇게 일찍 왔냐고 했더니 언니가 일찍 오라고 했단다. 이어 수원 사는 셋째 딸이 왔기에 일찍 점심 먹고 출발하자고 했더니 세 딸들 이구동성으로 엄마 아프고 귀찮은데 넷째 딸네 가서 점심 얻어먹고 가자고 한다.

일소대가 막내딸 차를 타고 넷째네 갔더니 오늘따라 밥이 없다며 쌀 씻어 점심밥 안친다. 입맛 없어 어제저녁 쌀 반 컵 못 되게 씻어 죽 끓여 먹고 남은 죽을 오늘 아침에 데워 먹어서 그런지 시장하기에 밥을 반 공기 못 되게 먹었더니 속이 편안하다.

정오 무렵 큰딸, 셋째, 넷째랑 막내딸 차를 타고 천안 단대병원으로 출발, 30분 넘었을까 병원에 도착했는데 점심시간이라 대기실에서 한참 기다렸다. 기다리는 동안 가만히 생각해보니 우리 딸들은 현대판 심청이나 다름이 없다. 누가 왜냐고 묻는다면 "내가 죽을병 걸린 것도 아니고 담석 제거 수술하고 퇴원한 지 14일 만에 수술 결과는 어떤지, 지금 입맛 없고 속 아픈 건 왜 그러는지 상담해보려고 가는 건데 딸 네 명이 보디가드처럼 따라다니며 나를 보호하고 한결같이 나를 지키느라 그림자처럼 붙어 다니니 현대판 심청이 아니고 뭐겠냐?"라고 이런저런 생각하고 있는데 진료 순서가 돌아왔다.

진료실에서 의사 쌤에게 대충 증상을 말하자 침대에 눕히더니 여기저기 누르며 진찰해보더니 지금 복용하는 약이 많다고 했다. 의사 쌤이 소화제 복용해보라며 준 처방전을 들고 세 딸이 약국에서 약을 지어 다시 넷째 딸네 갔다. 차가 조금 밀려 30분 후에 도착하니 힘들어 소파에 누워 쉬고 싶었다. 넷째 딸이 떡볶이 만들어 거실에 내다주기에 먹어보니 입맛이 없는데도 먹을 만해서 딸들하고 두 접시를 아주 맛있게 먹었다. 저녁때 큰사위가 퇴근길에 태우러 와서 셋째 딸하고 집에 오는 길에 식당에 들러 뼈다귀해장국으로 저녁 식사하고 마트에 갔다. 엊그제 큰딸하고 마트에 가서 사 온 싸구려 신발이 너무 편하고 가벼워 똑같은 걸로 두 켤레만 더 사 오라고 부탁했다. 나는 힘들어 차 안에 앉아 있고 큰딸하고 셋째 딸 둘이 가서 신발을 사 오고 셋째 딸이 나랑 하룻밤 자고 가겠다고 함께 우리 집으로 왔다.

내가 대문 안에 들어서는데 캄캄한데도 나를 알아보고 우리 흰둥이 강아지가 반기며 어찌나 좋아하고 어쩔 줄 몰라 하던지 집이 적적하지 않았다. 캄캄한 거실을 더듬거리며 들어와 불 켜고 소파에 앉아 있으니 셋째 딸이 쇼핑백에서 신발을 꺼내 거실 바닥에 내놓더니 "자, 엄마 신발이야"라며 신어보란다. 어머나 이걸 어쩜 좋아. 세상에 하루 종일 신고 다니는 내 신발을 보고 귀엽고 이쁘네 하는 말까지 해놓고 엉뚱하게 진분홍 색깔에 커서 신지도 못하는 신발을 사 온 게 아닌가. 셋째 딸을 바라보며 신경질 어조로 종일 신고 다니는 신발 보고도 엉뚱한 신발 사 왔나 했더니 셋째 딸 숨넘어가게 웃으며 언니에게 이 신발이 맞냐고 몇 번 물었는데 맞다고 했단다.

큰딸이 집에 도착했는지 마침 전화 와서 셋째 딸이 전화 받고 통화하다 갑자기 또 숨넘어가게 깔깔 웃으며 언니 엄마가 신발 잘못 샀대 몇 마디 통화하더니 금세 전화 끊었다. 셋째 딸 전화 끊자 "엄마, 언니가 신발 바꾸러 간다고 지금 출발한대요." 말 끝나기 무섭게 큰사위가 큰딸 태우고 왔는데 얼마나 황당하고 미안한지 혼났다. 차 타고 신발 바꾸러 가면서 큰딸에게 "애, 너하고 같이 마트에 가서 산 신발이잖니? 하루 종일 같이 다니고 신고 다니는 신발 보고 엉뚱한 신발 커서 맞지도 않는 신발 사 오냐?" 했더니 큰딸은 염치 없는 웃음을 참지도 못하고 또 한바탕 숨넘어가게 ㅎㅎㅎ 웃었다. 큰딸 제 생각에도 우스운지 배꼽 빠지도록 한바탕 깔깔대고 웃고 나더니 신발 생각이 안 나더라고 했다. 그 바람에 큰딸 셋째 딸은 숨넘어갈 정도 웃어대느라 엔돌핀이 많이 생겨 좋았겠지만 나는 너무 황당하고 기가 막히고 우스워서 스트레스 쌓였겠지.

2010년 6월 17일 천사은심

눈물로 장거리 운행

하루도 빠트리지 않고 글쓰기 하다 요즘 들어 바쁘다 보니 가족 카페 글방에 불이 자주 꺼진다. 하루라도 글을 못 쓰면 큰일 나는 줄 알았는데 병원에 아흐레 입원해 글을 못 썼다. 퇴원해서도 회복 기간이 길다 보니 글 쓰는 일이 귀찮아졌다. 그런 걸 보면 습관이 참 무섭다.

진즉에 쌀 소득 직불금 신청했어야 하는데 퇴원하고도 몸이 시원찮아 얼른 못 하고 미루었다. 어제 아침 6시, 방축리, 동고리 두 마을에 가서 물어물어 이장님 댁을 찾아가 직불금 서류에 사인받았다. 떨어져 있는 두 마을 볼일 보고 돌아와보니 오전 7시, 차 타고 갔다 왔는데도 꼭 1시간이나 걸렸다. 농지가 고덕면 주소로 돼 있어서 사인받은 직불금 신청 서류 제출하려면 고덕면사무소에 가야 한다. 오전에 외출 준비하고 오후 1시 55분 서류 제출하러 고덕면사무소에 갔다.

병원 입원하는 바람에 오랜만에 장거리 운행하면서 CD 음악 감상하며 중간쯤 가는데 갑자기 마음 한구석이 찡하고 울컥하더니 나도 모르게 눈물이 흘러 시야가 흐리고 앞이 잘 보이지 않는다. 간신히 마음 진정하고 애써 눈물을 삼키며 참고 가는 동안 이런저런 생각에 마음이 울적했다. '내가 운전면허 취득하기 참 잘했구나. 내가 운전 못 하고 차 없었으면 어쩔 뻔했을까. 어제, 오늘 같은 일들을 어떻게 처리했을까.' 생각하는 순간 둘째 딸에게 그렇게 고마워 눈물을 참지 못한 채 면사무소에 도착했다.

주차하고 사무실에 들어가 담당 직원에게 서류를 내밀었더니 왜 이제야 오셨냐고 한다. 병원에 9일 입원하고 회복을 얼른 못해서 이제 왔는데 기한이 30일까지인 줄 알고 있다고 했다. 직원은 직불금 신청 서류 마감은 6월 15일까지라며 서류를 꼼꼼하게 읽어보더니 어디론가 전화를 건다. "병원에 입원하는 바람에 직불금 신청 서류 오늘 제출하시는데…." 이런저런 통화를 한참 하더니 서류를 접수하며 내일 전화드리겠다고 한다.

사무실에서 나와 시동을 걸며 어차피 외출한 김에 큰딸네 들르고 싶어 "볼일 있어 고덕면사무소에 왔는데 너희 집에 잠깐 들를까? 그냥 갈까?" 물었더니 와서 놀다 가라고 한다. 큰딸네 거실에 앉으니 왕초가 키위, 참외 내와서 먹으며 대화하다 오후 3시 넘어 출발, 집으로 왔다.

2010년 6월 23일 천사은심

민서, 은서 까까옷 사고 행복하고 특별한 외출

지루한 장마도 이제 멀리 갔는지 어제, 오늘은 날씨 맑아 좋지만 불볕더위 무섭다. 오늘 왕초, 별달이와 만나기로 약속했기에 외출 준비하고 큰딸 왕초 태우러 갔다. 왕초가 시내까지 가면 주차 공간 없으니 개나리아파트에 주차하자고 한다. 넷째 딸은 보험사에 볼일 있어 갔는데 시간이 걸릴 것 같다고 해서 아이쇼핑하다 볼펜 한 세트, 저렴한 귀고리 한 세트 사며 시간을 보냈다. 좋은 책 있으면 한 권 사려고 서점에 들어갔는데 마음에 들지만 가격이 너무 비싸 몇 번 망설이다 그냥 나와 커피숍 앤하우스에 갔다. 깨끗하고 분위기 좋아 자리 옮기지 않고 그냥 앤하우스에서 식사하기로 하고 스위트 포테이토 치즈 커틀릿 주문했다.

점심 식사하며 분위기 좋고 너무 행복하다고 느끼며 순간 눈물이 핑 돌아 주체할 수 없었다. 두 딸이 눈치채고 "엄마 왜 또 그래?" "지금 살려고 이 더위에 고생하는 사람들이 얼마나 많니? 이런 좋은 곳에서 식사하는 내가 너무 행복해서. 자식들만 다 건강하고 잘 살면 엄마야 무슨 걱정 있니?" 두 딸은 "그렇지 뭐, 엄마야 무슨 걱정이유? 그러니 앞으로는 엄마를 위해서 돈도 쓰고 사슈. 돈 너무 아끼지만 말고 즐기면서 살아봐요. 인생이 뭐겠수? 자식들 키우느라 고생했으니 엄마야 걸리는 게 뭐 있수?" 두 딸 하는 말에 "엄마도 그런 줄 알지만 생각대로 안 된다. 머리는 그렇게 살겠다고 다짐해도 그런 생각은 잠시뿐이고. 젊어서 알뜰살뜰하게 살았으니 오늘 이 엄마가 있는게 아니냐?" 하며 식사했다.

식사 후 팥빙수 먹고 앤하우스를 나와 시장에 들러 두 딸과 쇼핑하다 휴대폰 가게 들렀다. 새로 바꾼 가게 들렀더니 충전기를 서비스로 주기에 고맙다며 받아 가지고 나와 패션마트로 갔다. 다음 주에 며느리가 손자, 손녀 데리고 1박 2일 부산 친정에 다니러 간다고 해서 민서, 은서 옷 한 벌씩 사주려고 매장을 아무리 둘러봐도 마음에 꼭 드는 옷이 없다.

패션마트에서 나와 어린아이 전문 옷집에 가서 민서, 은서 옷 한 벌씩 샀는데 며느리 마음에 들지 모르겠다. 아들 인훈이에게 전화했더니 바쁜지 전화를 받지 않아 며느리에게 전화하고 조금 있으니 아들 인훈이 전화해 회사 바쁘지만 늦게라도 들르겠다고 했다. 시장에서 더 놀다 오고 싶었지만 아들 인훈이 들른다기에 서둘러 집에 돌아오니 오후 5시 55분이다. 퇴근길에 아들 인훈이 왔기에 손자 민서, 손녀 은서 옷을 주어 보냈다.

2010년 7월 6일 천사은심

효녀 넷째 딸 별달이 웃기는 글

텃밭에 김장배추 심은 지 13일째 되는 날. 땅 냄새 맡고 뿌리 잘 잡았는지 요즘 한참 이뻐졌다. 여리디여리던 배추 모종이 제법 어린아이 손바닥만 하게 자라서 볼 때마다 농심을 뿌듯하게 했다. 힘은 들었지만 김장 무, 배추 모종을 심고 화초처럼 가꾸고 해마다 김장하곤 했다. 해마다 연례행사 치르듯 김장 끝나고 나면 이튿날부터 한 달 넘도록 자리보전하고 몸살이 나서 앓아눕곤 했다.

해마다 삼사백 포기 넘게 김장해 여덟 집이 나누어 먹었는데 자식들은 금년부터는 엄마 고생 좀 그만하고 김장하지 마시라며 입을 모아 말했다. 이제 자식들도 나이 들어 그런지 김치도 예전처럼 많이 먹지 않아 아직도 묵은지 많이 남았다고 한다. 우리도 묵은지가 아직도 딤채 안에 가득해서 금년 김장 안 한다 해도 걱정 하나도 없다. 겨울 김장만 안 해도 내가 얼마나 편하고 좋을까?

몸이 편안하면 입도 편하겠지만 그래도 편한 게 좋다. 김장 안 한다고 해도 텃밭을 묵힐 수 없어 무, 배추, 총각무, 쪽파 이것저것 각종 채소를 심는다. 금년에는 채소를 골고루 가꾸어 먹고 삼사백 포기 심던 김장배추는 백 포기 조금 넘게 심었다. 일주일 전에 심고 남은 쪽파 씨가 많이 남아 텃밭에 또 심었는데 일주일 전에 심은 쪽파는 벌써 싹이 트기 시작한다. 비가 자주 내려 촉촉한 땅을 뚫고 뾰죽뾰죽 연둣빛 새싹이 땅 위로 고개 쏙 내밀고 여린 싹이 까꿍 한다. 땅을 비집고 올라와 살포시 미소 짓는 연둣빛 새싹들의 감동을 느끼는 농심은 힘들어도 텃밭을 가꾸게 된다. 거름 뿌리고 쇠스랑으로 땅을 파 엎고 고랑을 지어 쪽파 씨를 심고 나니 두 시간 조금 넘게 걸렸다.

쪽파 거의 다 심어갈 무렵 가랑비가 조금씩 내리기 시작하더니 우주에 제법 굵은 빗방울이 내린다. 서둘러 쪽파 심고 뜨락에 들어와 흙 범벅이 된 장갑을 빨고 있는데 갑자기 전화벨이 요란하게 울린다. 오늘따라 유난히 벨이 크게 오래 울리고 자식들 전화 같아 현관문 안으로 뛰어 들어갔다. 수화기 들자마자 뚝 끊어져 발신자 확인해보니 별달이 집 전화다. 궁금해 얼른 전화했더니 그새 나갔는지 신호만 울리기에 수화기 내려놓고 있으니 전화벨이 또 울린다. 서둘러 받았더니 "엄마, 왜 전화 안 받았수? 집 전화, 휴대폰에 전화 20번도 더 걸었는데 내가 엄마 얼마나 걱정했는지 아우?" "그래? 엄마는 텃밭에서 쪽파 심느라 고생했다."

전화 끊고 쉴 겸 가족 카페 들어가보니 별달이가 나를 얼마나 궁금하고 걱정 많이 했는지 이제야 알겠다. 출석체크방에 별달이가 쓴 글 읽으며 혼자 얼마나 한바탕 웃었는지 엔돌핀 샘솟았다. 별달이가 나를 얼마나 걱정했는지 쓴 글은 바로 요 아래 있는데 읽어볼수록 웃긴다.

오늘 울 엄마 땜시 (깜짝놀람) 했다. 왜냐구? 울 오마니가 1시간 넘게 전화를 안 받으셔성^^ 휴대폰과 집 전화에 20통도 넘게 했는디 안 받으셔성 그래서 이 효녀 별달이가 개나리아파트 주변을 두 번이나 돌았지 뭡니까. 혹시 주차장에 주차하시고 시장 가셨나? 하고요. 결국 2번을 돌고 오니 전화가 오지 뭡니까 그려. 울 엄마 없으면 못 살앙. 오래오래 사세유. 울 엄니. 엄마 땜시 1시간 넘게 전화하고 완전 KO 떡

실신 땀 삐질.

넷째 딸 별달이의 웃긴 글은 여기까지인데 읽으면 읽을수록 너무 재밌다. 별달아, 넘 웃겨서 이 오마니가 십 년은 젊어지는 느낌인데 무지 싸랑한다. 네가 좋아하는 이 오마니가 너를 ㅎㅎㅎ.

2010년 9월 8일 천사은심

귀여운 손자 민서 유치원 운동회

보기에도 끔찍하게 귀엽고 이쁜 우리 손자 민서 다니는 유치원 가을 운동회 날이다. 귀여운 꼬맹이들 아빠 엄마랑 운동회 함께하기 위해 일부러 일요일 운동회 한다. 추석 때부터 아들인 훈이 "엄마, 민서 운동회에 오실 거예요?" 묻더니 엊그제 밤 다시 확인 전화했다. 첫 손자 운동회 구경 가려고 아침 일찍부터 외출 준비하고 오전 8시 10분 출발, 세교동 넷째 딸 아파트 주차장에 도착했다. 별달이에게 나오라고 전화하고 외손자 병하도 가고 싶으면 같이 나오라고 했더니 한참 후에 나왔다.

벌써 중학교 1학년생인 외손자 병하를 옆자리에 태우고 송탄 아들 인훈이네로 갔다. 조수석에 탄 외손자 병하가 대견해 보여서 '이제 많이 컸구나' 생각했다. 흐뭇한 마음에 외손자 병하를 자꾸 쳐다보며 "오늘 할머니가 외손자하고 장거리 드라이브 데이트하네?" 했더니 외손자 병하는 아무 말 없이 빙그레 웃고만 있었다. "병하야, 이것도 지나면 추억이지 뭐. 외할머니가 외손자 태우고 데이트하기 쉬운 일 아니지. 안 그래 병하야?" 하니까 외손자 병하는 "네" 하고 웃기만 한다.

자가 운전해 송탄으로 이사한 아들네 집을 찾아가는 길은 처음이지만 어렵지 않게 잘 찾아갔다. 아들네 근처에서 전화했더니 아들 훈이가 나와 주차하고 따라 올라가 현관문 열자 손자 민서가 달려들며 어찌나 반가워하고 좋아하던지 생전 처음 그런 모습을 보니 기쁘기도 하고 웬일인가 싶었다. "민서가 오늘은 웬일로 할머니 좋

374

아하고 반기니? 아빠한테 세뇌 교육받았니? 다른 때도 그러면 얼마나 좋아" 했더니 민서는 제 방에 있는 책들을 자랑하며 "침대에서 나혼자 자요" 한다. 평소에 우리 집에 오면 아무리 내가 예뻐해도 아빠, 엄마밖에 모르던 민서가 오늘은 웬일로 나를 보자 좋아 어쩔 줄몰라 하고 잘 따라서 더 귀엽고 기분 참 좋았다.

오전 9시 40분쯤 아들 훈이 차에 며느리, 손자, 손녀랑 같이 타고 유치원 운동회 가서 나무 그늘에 자리 잡고 나는 손녀 은서랑 벤치에 앉았다. 유치원 꼬맹이들이 아빠 엄마 손잡고 운동회 하는 재롱을 구경하는데 흐뭇하고 만감이 교차했다. '세상에 딸 다섯 낳고 끝으로 아들 인훈이 낳고 세상을 다 얻은 듯 기뻐했을 때가 엊그제 같은데 그 아들의 아들인 손자 민서가 벌써 일곱 살 유치원에 다니고 내가 운동회 구경 왔구나. 세월 빨라서 좋은 점도 있구나.' 이런저런 생각들을 하며 구경하는데 어느새 점심시간이 돌아왔다.

며느리가 유부초밥으로 도시락을 싸고 음료수, 거봉, 바나나, 오렌지, 과자 이것저것 간식거리 많이 준비하고 피자, 치킨, 스파게티 시켰다. 온 가족이 둘러앉아 맛있게 식사하고 오후 내내 손녀 은서랑 놀아주었다. 3시 넘어 운동회 끝나고 운동장에서 나와 아들 집에 도착했다. 아들 인훈이가 저녁 드시고 놀다 가라 했는데 그냥 가겠다고 내 차에 외손자 태우고 출발했다. 세교동에 들러 별달이랑 외손자 내려주고 집에 돌아오니 오후 4시 10분, 오늘따라 날씨가 화창하고 맑아 참 좋았다.

2010년 10월 10일 천사은심

현충사 나들이 & 둘째 공인중개사 합격

오전 10시 넘어 쓰레기 태우고 들어오니 휴대폰 울리다 뚝 끊어진다. 발신자 확인해보니 아들 인훈이다. "전화했었니? 쓰레기 태우고 들어왔는데 부재중 전화가 와 있구나." "엄마, 12시 넘어 엄마네 집에 갈게요. 점심 식사하러 가서요." 전화 끊고 외출 준비하고 있으니 아들 인훈이가 며느리와 민서, 은서를 태우고 대문 앞에 와서 클랙슨 울린다. 서둘러 나가니 송탄에서 오는 동안 손자 민서는 잠이 들었다.

역전 피자헛에 가서 피자와 샐러드바 시키고 훈제 닭고기 시켜 점심 식사하고 나는 피자가게 2층 리차드미용실에서 파마하려고 했다. 그런데 며느리가 민서, 은서 사진 찍을 겸 현충사 가자며 어머니 파마는 내일 하시라고 한다. 나간 김에 파마하면 좋겠는데 아들 며느리 말에 단풍 나들이 따라나섰다.

차 안에서 민서, 은서 재롱 보며 깔깔 웃고 즐거운 마음으로 현충사 도착해보니 어찌나 사람이 많은지 차 구경, 사람 구경 실컷 하고 돌아왔다. 아들, 며느리, 손자, 손녀랑 현충사 경내, 산책로 따라 걸어가다 사진도 찍고 구름다리 연못에서 금붕어 구경도 했다. 알록달록 금붕어가 어찌나 많고 큰지 놀랍고 현충사에 여러 번 다녀왔지만 오늘 참 즐거웠다.

한참 구경 중인데 전화벨 울려 받았더니 둘째 딸이 흥분한 목소리로 "엄마, 저 합격했어요." 합격했다는 말에 너무 기뻐 "그래, 축하한다" 했더니 "엄마, 나 지금 바빠 길게 통화 못 해요." "그래 네 합격

소식은 엄마가 형제들에게 광고할게" 하고 전화 끊었다. 어느 날 둘째 딸이 아이들 가르치고 나이 먹고 할 일 없을 때 소일거리 삼으려면 공인중개사 자격증이라도 따놓아야 할 것 같아 공부한다더니 열심히 공부해 합격한 모양이다.

둘째 딸 합격 소식에 기분이 너무 좋아 오늘은 행복한 날로 정하고 싶다. 오늘 아들 인훈이 돈 많이 써서 마음 짠하지만 너무 기분이 좋고 행복해서 지나고 나면 좋은 추억이 될 것 같다. 살아온 동안 고생한 보람 느끼게 해주려고 열심히 노력하는 자식들이 참 고맙게 감사하다. 오늘 비 소식이 있는데 날씨가 포근하고 바람 한 점 없이 맑아 야외 나들이하기 좋았다.

현충사 출발해 집에 오는데 저녁 시간인데도 가을 햇살이 차창에 비쳐 여름 날씨처럼 덥고 땀이 흐른다. 오는 길에 농협에 들러 볼일 보고 다시 집에 돌아오니 5시 되어간다. 집에 들어와서 며칠 전 둘째 딸이 택배로 보내 온 사과 한 봉지 손자 손녀 먹이라며 아들 며느리에게 싸주어 보냈다.

2010년 10월 24일 천사은심

관심지 드라이브 1시간 4분

　요즘은 날씨가 많이 풀려 활동하기 좋고 김장 무, 배추 얼지 않아 마음이 푹 놓인다. 초가을에 쓸데없이 비 많이 내리더니 요즘 비를 기다려도 오지 않아 김장밭 물주기도 큰일이다. 오늘 아침 안개 자욱해 산책 일찍 나가느라 선글라스 끼고 손에는 장갑을 꼈다. 몇 년 전 외손녀 지송이한테 선물 받은 검정 털 달린 빨간 모직 장갑 끼고 걷는데도 손이 시리다.

　산책하고 돌아와서 시계 보니 오늘은 산책하는 데 55분 소요됐다. 운동 시작한 지 벌써 한 달이 넘었다. 오전 11시 김장밭 물 주고 들어오니 부재중 전화 1통, 메시지 2통이 주인을 기다리고 있다.

　쉴 겸 소파에 앉아 메시지, 부재중 전화 확인하고 있는데 또 휴대폰 울려 받았다. 둘째 딸이 학생들 가르치며 틈틈이 공부해 일주일 전에 공인중개사 시험에 합격하더니 마음 한가한지 다음 주 금요일에 오라고 한다. 토요일, 일요일은 휴일이니 엄마 맛난 거 사드리고 이틀 동안 같이 놀아줄 수 있으니 꼭 오라고 한다. 광양에서 오전 9시 출발하는 평택행 버스 있어 그 버스 타고 가면 된다고 자꾸만 보챈다. 한번 생각해보겠다고 이런저런 통화 하다 끊었다.

　드라이브 한판 땡기고 바람 쐬고 오고 싶은 생각에 오후 1시 56분 길을 나섰다. 외곽도로에 진입해 80킬로미터 속도로 관심지 향해 달리는데 일주일 전에는 지리를 잘 몰라 입구를 지나치고 할 수 없이 휘돌아 왔는데 오늘은 성공했다. 운전하느라 좋아하는 호수도 잘 쳐다보지 못하고 힐끔힐끔 보았지만 한 바퀴 돌아오니 속이

후련하다. 길눈 어두운 편인데 그래도 집까지 무리 없이 잘 찾아와 차고 도착하니 내비게이션 지니가 오후 3시를 알린다. 오늘은 구불구불 호숫가 긴 도로 따라 완전 한 바퀴 돌았더니 1시간 4분이나 걸렸다.

평택은 아직 단풍이 들지 않아 아쉽지만 단풍 곱게 물들면 미리내 성지에 딸들하고 드라이브 한번 하고 싶다. 내일은 마을 관광 가는 날. 드라이브 한판 땡기고 쉬지도 못한 채 여행 갈 채비했다. 내일도 춥지 않고 화창했으면 좋겠는데 일기가 어떨지 모르겠다.

2010년 11월 1일 천사은심

유독 추운 날 쌀방아 찧을 건 뭐람

띠리링~. 갑자기 울리는 전화벨 소리에 놀라 받아보니 정미소다 "내일 오전 8시, 방아 찧으러 오실 수 있어요?" 내일 일찌감치 가기로 하고 전화 끊었다. 오전 7시 30분, 국도로 갈까 시골 버스 길로 갈까 망설였다. 국도는 신호등이 많아 조금이라도 빨리 가려고 외곽도로 시골 버스 길 선택했다. 서둘러 갔는데도 정미소에 도착하니 내비게이션 지니가 오전 8시를 알린다.

영하 5도까지 내려가고 더 춥다고 했지만 별로 춥지 않아 다행이라고 생각했는데 밤새 비가 요란한 바람 소리 토하고 윙윙 울더니 오늘 아침 날씨는 매섭게 쌀쌀하다.

한참 식사 중이던 정미소 주인이 "차 드릴까요?" 하기에 마시고 왔다며 사양하는데 "아줌마 차 타고 오셨어요?" "네, 자가용 없는 사람은 정미소 한번 오려면 참 힘들겠어요. 시내버스 타고 오면 면사무소 앞에서 내려 여기까지 걸어와야 하는데 2킬로미터 넘는 거리를 이 추위에 어떻게 올 수 있어요? 춥지 않은 날씨에는 운동 삼아 오겠지만요."

내가 이렇게 말하자 젊은 아주머니는 지금 몇 살이시냐 면허는 언제 따셨느냐 꼬치꼬치 묻더니 "우리 이모는 아줌마하고 연세가 비슷할까 한데 그렇게 면허 따라고 해도 무서워서 죽어도 못 한대요." 웃으며 말했다.

오전에 방아를 다 찧고 올 때는 국도로 왔는데 신호 한 번 걸렸어도 15분밖에 안 걸렸다. 갈 때는 구불구불한 시골길 1차선 도로에서 마주 오는 차들과 교차하는 데 시간이 많이 걸려 30분씩이나 걸렸나 보다. 따뜻한 날 방아 찧으려고 했는데 하필 추운 날 정미소에 가느라 이른 아침부터 고생했다. 고생하며 찧은 쌀 자식들 나누어 주려고 쌀 10포대는 집으로 가져다달라고 부탁하고 나머지 쌀은 정미소에서 판매하라고 했다.

2010년 12월 3일 천사은심

기쁨조와 다이아몬드 같은 석류알

오전에 방아 찧어 오느라 바빴는데 오후에 세탁기 돌리고 저녁 식사하고 컴퓨터 앞에 앉으니 전화벨 요란하게 울린다. 셋째 딸 기쁨조, "엄마, 나 퇴근길에 엄마네 가려고 전철 타러 가는 중이야. 내일 토요일이라 엄마랑 오늘 하룻밤 자고 내일 밤 올라갈 거야." 오산쯤 오면 전화하라고 하고 인터넷 작업하다가 지제역으로 마중 갔다. 내가 도착하자마자 양손 잔뜩 무겁게 들고 오는 기쁨조를 차에 태워 왔다. 거실에 들어서자 "엄마, 이건 엄마 선물이야"라며 빨간 석류하고 키위 두 세트를 꺼냈다.

석류는 갱년기에 좋다며 기쁨조는 해마다 석류 철 돌아오면 꼬박 사 온다. 석류 철 지나면 둘째 딸이 석류액을 인터넷에서 주문해 택배로 한 상자씩 떨어지기 전에 보내오는데 한 상자가 4개월분이다. 두 상자째 먹고 떨어진 지 사흘째 되는데 기쁨조가 배불러서 내일 먹겠다고 해도 석류를 잘라 억지로 먹여준다.

석류 먹으며 보니 다이아몬드 같은 알맹이가 어쩌면 그렇게 이쁜지 모르겠다. "애 기쁨조야, 보석 같은 석류알이 너무 이뻐서 먹기 아깝다" 했더니 제발 아낀다고 썩히지 말고 뭐든지 제때 드셔야 살아 있는 영양을 섭취한다나. 그러더니 "엄마, 솔직히 나도 인기 식을 줄 모르고 스케줄 빡빡한데 효도하러 엄마한테 온 거"라나 뭐라나 아무튼 고맙다. "나만 즐기지 말고 엄마한테 효도 좀 해야지 하는 마음으로 왔어. 엄마, 내가 와서 행복해서 웃지? 진짜 엄마같이 행복한 사람은 없어. 자식들이 다들 잘하지 엄마가 뭐 걱정 있어?

나가보면 엄마보다 훨씬 나이 많은 사람들이 고생하고 사는 사람이 얼마나 많은 줄 알아? 엄마가 시골에 산다고 일을 해 뭐를 해. 운전하고 인터넷 즐기고 엄마같이 사는 사람 흔치 않잖우?"

"그래, 누구든 다 자기 복대로 사는 거지 뭐 억지로 사니?" "그렇긴 하지만 엄마가 제일 행복한 사람이유" 했다. 기쁨조 말대로 자식들이 효자 효녀라 첫째로 고맙고 너무 감사해서 살면서 늘 감사하며 산다.

2010년 12월 3일 천사은심

한국문학정신 등단 권유 쪽지

올겨울엔 초겨울부터 유난히 눈이 자주 내리고 날씨 변죽이 심하게 심술을 부린다. 눈 많이 내리는 해는 풍년이란 말은 있지만 출퇴근하는 직장인들 안전이 걱정이다. 어제도 오늘도 밤새 눈이 내려 산야가 하얗게 눈 덮인 동화 마을이다. 아름다운 설경에 날씨도 많이 풀리고 뽀드득뽀드득 눈길 걷는 발자국 소리 재밌어 마냥 걷고 싶지만 가볍게 산책하고 들어왔다.

컴퓨터 켜고 카페 클릭하니 쪽지함에 쪽지가 한 통 와 있다.

선생님, 편집부입니다. 님의 창작글을 보고 보냅니다. 전통과 권위가 있는 한국문학정신 봄 40호 등단을 희망하시면 시 5편, 수필 3편, 소설 2편, 연락번호 보내주시면 됩니다.

끝으로 편집부 메일 주소와 사업부 전화번호, 팩스 번호가 적혀 있고 도서출판 들꾀홈 다음 한국문학정신. 끝.

취미 삼아 올리는 글인데 어느 분이 내 글을 읽고 이런 쪽지를 보냈을까? 글이라고 인정받는 것 같아 기분은 좋았지만 얼마 전 사기 전화에 놀란 경험이 있다. 누가 또 나를 놀라게 하려고 하는 짓은 아닌지 의심이 들자 기분 좋았던 마음 사라지고 궁금증이 더해졌다.

각박한 세상, 거친 세파 속에서 살아보지 않고 소박한 농촌에서 그런대로 평범하게 살았다. 그래서인지 작은 일에도 놀라고 의심부터 하는 버릇이 있어 쪽지 글도 나름대로 분석해봤다. 그때 마침 딸들한테 전화 왔기에 쪽지 내용을 말했더니 둘째 딸은 잘 알아보고 한번 도전해보라고 하고 셋째, 넷째 딸은 요즘 사기가 많으니 잘 알아보라고 한다. 왜 이런 세상이 되었는지 참으로 안타깝다. 항상 마음 졸이며 살아야 하는 시대가 원망스럽고 살얼음판을 살아가는 느낌이다.

쪽지 보낸 분이 궁금해서 확인해보니 보낸 사람 홍은희(4060 카페) 이렇게 적혔는데 제 글 보시는 분 중 혹시 아시는 분께서는 댓글 달아주시면 대단히 감사하겠습니다.

2010년 12월 28일 천사은심

맹장 수술한 아들 인훈이 불고기 먹인 사연

슬하에 딸 다섯을 낳은 끝에 여섯 번째로 탄생한 아들 인훈이와 육 남매 엄마의 어려웠던 시절 이야기다. 딸 다섯을 낳고 여섯째이자 장남인 아들 인훈이 낳고 세상에서 나 혼자만 아들 낳은 듯한 기쁨이었다. 그날은 온 세상 천하를 다 얻은 기쁨에 춤이라도 덩실덩실 추고 싶은 심정이었고 새처럼 하늘 높이 나는 기분이었다. 온갖 정성으로 어렵게 만난 아들 인훈이는 왕자처럼 꾸지람 한번 안 듣고 잘 성장했다. 아들 인훈이 올해 37세. 서른에 결혼해서 지금 손자 민서 8살, 손녀 은서 4살. 내게 토끼처럼 귀여운 손자, 손녀를 안겨준 효자이고 며느리는 간호사다.

지금은 한 가정의 가장이 된 아들 인훈이가 중학교 다니던 시절 마음 아팠던 일을 추억하며 이 글을 쓴다. 그러니까 26년 전 어느 날 저녁 잘 먹고 자던 아들 인훈이가 한밤중에 배 아프다며 열이 펄펄 끓었다. 너무 아파해 약 먹이고 이튿날 아침 병원에 데리고 엑스레이 찍어보았더니 맹장이라며 바로 수술해야 한다고 했다. 맹장이라는 검사 결과 듣는 순간 얼마나 놀랍고 당황스럽던지 지금도 그 순간이 생생해 잊히지 않는다. 의사 쌤들이 아들 인훈이를 수술실로 데리고 가기에 나도 뒤따라갔다. 보호자 대기실에서 수술 잘되기를 마음속으로 기도하며 기다리는데 왜 그렇게 가슴이 두근거리고 초조한지 견디기 힘들었다. 시간은 왜 그렇게 또 길게 느껴지고 안 가던지. 요즘 그렇게 더디게 흘러가면 얼마나 좋을까. 초조하고 긴장된 시간이 얼마나 지났을까. 우리 아들 수술 끝내고 나온 의사가 나를 보며 "수술이 잘됐습니다." 나는 몇 번이나 "감사합니다, 감사합니다." 고개 숙여 말했다.

수술실에서 나오는 아들 인훈이 침대를 옆에서 같이 밀고 입원실로 가서 나흘 만에 퇴원했다. 퇴원하는 날 오전 일찍 퇴원 수속 밟고 당시 입원비 8만 원과 얼마 더 낸 걸로 기억된다.

병원문을 나와 버스 정류장 가는 동안 생각에 젖었다. 아들 인훈이가 수술하고 사흘 동안 잘 못 먹고 고생만 해서 잘 먹여야겠다는 생각이 머릿속에 잠재했다. 그래서 시내버스 타고 시장 입구에서 내려 아들 훈이를 식당으로 데리고 갔다. 마침 점심시간이라 불고기 1인분 시켜놓고 고기를 구워 아들 인훈이만 먹여도 마음 뿌듯했다. 불고기 2인분 주문해서 아들 인훈이랑 둘이 같이 먹고 싶었지만 집에 있는 가족들을 생각해 1인분만 시켜놓고 아들 인훈이만 구워 먹였다. 점심 식사 시간 넘어 먹고 싶어 침이 넘어가도 억지로 참고 눈에 넣어도 아프지 않을 아들 인훈이에게 고기 구워 먹이며 맛나게 먹는 모습에 흐뭇했다. 1인분 더 주문해서 내가 고기 한 점 먹는다고 우리 집 살림이 어떻게 되는 것도 아니고 돈이 없어 그런 것도 아닌데 아들만 고기 먹이느라 고기 한 점은커녕 점심도 굶고 택시 타고 집에 왔다.

지금도 그때 아들 인훈이 혼자만 고기 먹이던 날이 잊히지 않고 가끔 생각난다. 요즘은 고기 먹고 싶으면 언제든 어디서나 마음대로 실컷 먹을 수 있는 형편이다. 세월이 좋아 너무 잘 먹고 사는 세상이지만 살기 어렵던 그 시절 가족이 고깃집에서 외식하기란 그리 쉬운 일이 아니었다.

언젠가 아들 인훈이에게 그때 불고기 먹이던 추억을 얘기했더니 인훈이도 잊지 않고 기억하는지 내가 그 얘기를 꺼내면 나보다 더 기억을 잘하고 내 말을 거들었다. 지금은 인플레만 높아지고 고기 값도 많이 올랐지만 그 시절 불고기 1인분에 2천 5백 원 했다. 요즘은 고깃집에 가면 삼겹살, 갈비, 주물럭 먹지만 그 시절에는 양념불고기를 먹었다. 그 시절 어쩌다 꿈에 떡 맛보듯 먹어보는 불고기는 어쩌면 그렇게 맛있던지 최고급 음식으로 알았다.

요즘은 야채가 더 비쌀 정도로 흔하고 쉽게 먹는 게 고기이고 먹거리가 너무 풍족해 서민들도 살기 편한 시대로 변했다. 지금 생각해보면 젊은 나이에 내가 어찌 그리도 지독하게 살았는지 모르겠지만 그래도 그렇게 알뜰하게 살았기에 그리운 것, 부러운 것 없이 마음 편하게 산다. 마을 사람들이 부러워할 만큼 자식들 효도 받으며 이렇게 사는 나의 삶이 늘 감사하다.

2011년 1월 11일 천사은심

둘째 딸 통화 내용에 흐뭇한 하루

눈부신 햇살에 녹아내리는 물방울이 햇빛에 반짝반짝 빛난다. 방울방울 수정처럼 맑은 물방울이 반짝이며 처마 끝에 똑똑 떨어지는 풍경이 예술 같아 넋을 놓고 바라보았다. 한가하고 조용한 시간, 어제 둘째 딸 통화 내용이 생각나서 혼자 웃었다. 부모는 결혼한 딸들에게 친정 부모보다 시댁에 더 잘하라는 말을 귀가 아프도록 해준다. 우리 둘째 딸은 친정 부모나 시댁 어른들 차이 없이 효도한다. 어찌 보면 친정보다 시댁이 더 가깝고 고부갈등 없이 화목하게 잘 지낸다. 학생들 과외 하며 살림하기도 바쁜데 휴일이면 밑반찬 만들어 시댁에 갔다 와 꼭 전화로 나한테 보고한다.

그런 둘째 딸이 신정에 우리 집 올 때 사다놓은 우동을 끓여 먹어 보니 맛있다. 둘째 딸이 내 글을 읽었는지 "엄마, 우동은 아무데서나 살 수 없어. 그래서 인터넷 주문해서 엄마네 보냈으니 내일이나 모레쯤 배달될 거야." "뭐 하러 바쁜데 그랬니? 내가 주문해도 될 텐데" 했다.

"엄마, 엊그제 아버님 어머님 우리 집에서 주무시고 가셨어요"로 시작된 통화 내용은 이렇다. 외손녀 지송이가 공부하고 있는데 사돈어른께서 손자 성준이 돌 사진 들여다보시며 "성준아, 성준아" 하고 몇 번을 부르시며 잘생겼다고 하시길래 얼른 손녀 지송이 돌 사진을 갖다 보여드리며 "아버님, 왜 성준이한테만 그러시면 안 돼요. 지송이한테도 그러세요" 했더니 사돈어른이 보시고 그냥 무표정이셨단다.

사돈어르신은 갑갑하신지 얼른 집에 가자고 하시는데 사부인께서는 추운데 조석이 귀찮으신지 얼른 가시고 싶지 않은 눈치여서 "아버님, 먼저 가세요. 어머니는 노인정 멋진 할아버지 소개시켜드릴게요" 했더니 시큰둥 아무 말씀 없으셨다고 한다. 둘째 딸이 사부인 머리에 염색까지 해드리니 "우리 서울 애기는 부동산을 해도 먹고 살고 식당을 해도 먹고 살고 미용실을 해도 먹고 살겠다" 했단다.

시집간 딸이 시댁 어른 공경 잘하고 귀여움받아야 친정 부모는 떳떳하게 어깨 펴고 살 수 있다. 친정 부모 욕 먹이지 않게 시댁에 잘하는 일이 친정 부모에게 효도하는 길이라는 생각으로 딸들에게 항상 그렇게 말해주고 가르친다. 둘째 딸이 시아버님께 거리감 없이 우스갯말까지 하며 살 수 있다는 것은 그만큼 우리 둘째 딸이 시댁 어른들께 사랑받고 산다는 증거라고 생각된다. 사돈어른들께 떳떳하고 똑 떨어지게 일하는 둘째 딸이 한없이 기특하고 정말 자랑스럽다. 사람 성격과 태생이 다 달라 부모 밑에서 좋은 말 많이 듣고 가정교육 잘 받은 자식이라고 부모가 가르친 대로 다 잘한다고 볼 수 없다. 하지만 가정교육 못 받고 부모 없이 자란 사람이나 부모 있어도 좋은 말 못 듣고 자란 사람은 어딘지 모르게 다르다. 그러기 때문에 에미애비 없이 자란 자식이라는 말을 듣게 된다. 자식들도 부모 하기 나름이란 생각이다.

2011년 1월 12일 천사은심

가슴 뭉클한 아들 인훈이 전화

올겨울처럼 눈이 자주 많이 내린 적은 난생처음이다. 아들 인훈이 가족 카페 출첵방에 눈이 많이 와서 출퇴근길 운전하기 힘들다고 글을 올렸다. 서정적인 설경에 행복했던 동심을 떠올리게 하고 낭만에 설레게 하던 눈이었는데 교통 불편 주는 눈은 이제 싫다.

극성스러운 한파로 온수가 안 나와 고생하는 걸 알고 엊그제 인훈이가 퇴근길에 들렀다. 출출했는지 컵라면 사 왔기에 주방에서 물 끓이고 있는데 내 뒷모습을 보았는지 "엄마, 흰머리 나왔어요? 우리 엄마가 벌써 이렇게 되셨나? 세월 참 허무하네. 머리 염색 좀 하세요" 한다. "얼마 전에 앞머리만 염색하고 귀찮고 추워 모자 쓰고 지낸다" 했었다.

그런데 오늘 오후 6시 넘어 전화벨 울려서 받았더니 아들 인훈이 "엄마, 저녁 식사하셨어요? 엄마 이번 주 일요일 민서 엄마 쉬는 날인데 엄마 머리 염색 해드리러 간대요." "아들아, 마음은 고맙지만 아직 머리 염색 안 해도 된다. 설 명절도 돌아오는데 그때 해야지. 그리고 앞머리는 며칠 전 했다. 뒷머리는 빗으로 빗으면 흰머리 안 보여서 괜찮아. 신경 쓰지 마라. 수고하렴." 전화 끊었는데 가슴 뭉클했다.

딸 다섯 끝에 낳은 아들이라고 나름 금지옥엽으로 키웠고 지금도 내 눈에는 어린아이처럼 보인다. 그런데 엊그제 내 뒷머리에 보인 흰머리가 아들 마음에 걸리고 짠해 며느리에게 말했는지 바쁜 며느리가 머리 염색 해주러 오겠다는 말만 들어도 고맙고 감동이다.

391

인훈이도 아들딸 낳아 가장이 되더니 어려서 받았던 부모 사랑과 정이 무엇인지 아는 것 같다. 전화 끊고 한참 이런저런 상념에 잠겨 있다 '나는 참 행복한 사람이구나'라는 생각이 들자 흐뭇하고 행복했다.

옛날도 아니고 요즘 같은 세상에 우리 아들딸 같은 자식도 드물지 않을까? 자식 농사 잘 짓는 것도 오복 중 한 가지라고 생각하니 너무 감사하고 뿌듯했다. 남편을 먼저 하늘나라에 보냈으니 오복 중 남편 복만 없을 뿐이지 네 가지 복은 잘 타고났다. 세상 사람 누구나 오복을 다 갖고 태어날 수 없고 삶에 백 프로 만족은 없기에 내게는 우리 그이 먼저 하늘나라에 보낸 죄밖에 없는데 하늘에서 보시기엔 다른 죄도 많겠지. 하지만 이 세상 하직할 때까지 지금처럼만 살 수 있다면 더 이상 바랄 나위 없다. 육 남매 한 치도 기우는 자식 없이 모두 잘 살아주기만 한다면 나보다 더 행복한 사람은 없다.

2011년 1월 13일 천사은심

설빔 손자 민서 책가방 선물

새벽 2시 넘어 잠자리 들어 깜짝 놀라 눈 떠보니 설날 오전 6시 가리키고 있다.

'어머, 벌써 시간이 이렇게 됐네.' 새벽 5시에 일어나려 했는데 얼마나 피곤했는지 알람도 못 들었다. 아직 여명이 밝지 않아 캄캄한데 당면부터 삶아 찬물에 헹궈 소쿠리에 건져놓고 양지머리 육수 담긴 곰솥을 약불에 올려놓았다. 한참 차례상 준비하고 있으니 아침 7시쯤 아들 며느리, 손자, 손녀가 다른 명절보다 일찍 왔다. 잠시 후 큰딸, 큰사위 와서 잡채 무치고 차례 지냈다.

차례상 물리고 가족들이 둘러앉아 떡국 먹으며 아들 인훈이 "엄마, 차례상 차리는 데 비용이 얼마나 들었어요?" "밤, 대추, 곶감, 배, 사과, 당면은 집에 있어 안 샀어도 30만 원 얼추 들었다" 했다. 셋째 딸하고 아들은 앞으로는 집에서 음식 차리지 말고 맞춰서 차례 지내자지만 다른 건 몰라도 차례 음식을 어떻게. 셋째 딸은 "엄마, 내가 아는 언니네는 집에서 힘들게 음식 안 하고 20만 원 들여 음식 맞추는데 골고루 음식도 충분해서 집에서 탕국만 끓이면 된대. 그러니까 엄마도 고생하지 말고 우리도 그렇게 합시다" 했다.

"음식을 사서 차례 지내면 편하고 좋겠지만 정성이 없고 가족들이 먹을 음식이 없지 않느냐?" 했더니 충분하단다. 인훈이도 옆에서 보는 사람이 더 힘들다고 말하지만 사실 행사나 명절 때마다 혼자 대식구 위해 고생 참 많았다. 이번 설 준비에 몸살까지 났다며 편한 생각을 하면 자식들 말처럼 음식을 맞춰 쓰고 싶지만 쉽지 않다. 해오

393

던 습관 하루아침에 바꿀 수 없고 성의와 정성이 없는 것 같아 그렇게 차례 지낼 수는 없는 일이니 어쩌랴.

해마다 추석 설 명절 때면 자식들 5남매가 꼭 다녀가고 용돈 하시라며 10만 원씩 주고 간다. 광양에 사는 둘째 딸은 배 한 박스, 사과 한 박스 택배로 보내 오고 사위가 통장에 10만 원 입금했다고 농협에서 휴대폰에 문자로 알려준다. 이번 설날에 자식들이 십만 원씩 주고 간 60만 원으로 차례상 차리고 손자, 손녀 세뱃돈 나가고 손자 민서 초등학교 입학 선물로 책가방 사주어야겠다.

떡국 먹고 서둘러 아들 며느리 딸 사위랑 그이 유택에 성묘 갔다. 어제 큰딸이 우리 집 오는 길에 그이 유택에 먼저 가서 화사하고 예쁜 조화 한 다발 사다 꽂아놓고 와서 보기 좋기에 '큰딸 노릇 했구나' 흐뭇했다. 큰사위 큰딸 효심에 뭉클하기도 하고 자식들 주욱 앞세우고 성묘 가는 마음이 든든했다. 해마다 명절 때 성묘하고 곧바로 자식들하고 야외로 나가든가 아니면 바닷가에 가서 회 먹고 왔다. 오늘은 몸살도 나고 우리 이쁜 손자 초등학교 입학 선물 사주려고 차 두 대에 나누어 타고 서정리 홈플러스에 갔다.

며느리랑 책가방 둘러보고 마음에 드는 책가방 고르고 가격을 보니 10만 4천 원, 할인해서 8만 4천 8백 원에 샀다. 민서가 장난감 갖고 싶어 하는데 마음에 드는 게 없어서 홈플러스 나와서 롯데마트에 갔더니 다 팔리고 없다. 그냥 집으로 돌아와보니 큰딸하고 셋째 딸 기쁨조가 차례 지내고 아침 식사한 설거지 말끔하게 해놓고 있었다.

점심밥 해서 가족들 먹으려고 하니 넷째 딸네 가족이 오더니 시댁에서 점심 먹고 왔다고 한다.

내 방에서 문 걸어 잠그고 두어 시간 자고 일어나 보니 잡채랑 전, 식혜 한 상 차려 먹고 넷째 딸네 가족은 배부른지 저녁도 안 먹고 갔다. 막내딸네 가족이 논산 시댁에서 점심 먹고 올라오는데 차 막혔는지 저녁때 도착했다.

네 집 식구 저녁 식사했는데 아이들이 크고 가족 수가 많아 잔칫집 분위기다. 저녁 식사하고 밤에 가는 바람에 음식이 많이 남았는데 몸이 시원찮아 일일이 못 싸주었다. 마음에 걸리는데 내일 또 오면 골고루 싸 보내야겠다. 둘째 딸은 멀리 살지만 5남매 자식들은 가깝게 살아 휴일 끝날 때까지 아침에 왔다 저녁까지 먹고 가니 내일 또 오겠지.

2011년 2월 3일 천사은심

아침고요수목원

어제 넷째 딸 별달이 초대받고 외출하느라 중단한 빨래 되는 동안 웹서핑하는데 전화벨 요란하게 울려 받았더니 큰딸 왕초 "엄마, 왜 그렇게 전화 늦게 받아? 우리 가평 아침고요수목원으로 여행이나 가볼까? 요즘 불꽃축제 기간인데 잡지에서 보고 방송에서도 보았는데 너무 근사하고 아름답네." 빨래 널고 서둘러 외출 준비 마치고 오전 11시도 안 돼 도착한 큰사위 차에 눈썹이 휘날리게 올라 넷째 딸 별달이 태우고 머나먼 여행길을 출발했다.

착실한 기독교 신자이자 주일학교 교사인 별달이가 교회도 안 가고 우리랑 수목원에 가는 게 이해가 안 돼서 "너는 주일날 교회도 안 가고 웬일이니?" "엄마, 주일날마다 종일 교회에 묶여 있다 보니 이제 그만 가르치고 자유를 찾고 싶어유." "어머나, 이제 너도 마귀가 역사하나 보네." 우스갯말하는 동안 아침고요수목원 입구에 도착했다.

식사 시간 됐기에 닭갈비와 막국수 먹었는데 지방마다 음식 문화 달라 오늘 같은 닭갈비는 난생처음 먹어보았다. 평택 닭갈비는 닭고기와 각종 야채 푸짐하게 넣어 빨갛고 매콤하게 볶는다. 가평 닭갈비는 닭다릿살을 발라 손바닥만 하게 납작하게 펴서 불고기 양념으로 재워서 숯불에 구워 상추 쌈에 싸 먹는다. 닭갈비 5인분에 막국수 값이 6만 9천 원, 맛은 그런대로 좋았지만 식대비가 만만찮다.

식당을 나오자 오지 마을 양 도로 가로 높고 웅장한 산들이 하늘 찌르듯 병풍처럼 서 있고 온통 동화 속 집처럼 예쁜 펜션들이 수도 없이 많아 눈길을 끌었다. 쓸쓸한 계절인데도 운치가 있고 희끗희끗 잔설이 남아 있는 환절기 풍경이 마음 설레게 했다. 설레는 감동의 물결이 출렁이자 "어머 너무 좋구나. 겨울 풍경도 이러니 봄, 여름, 가을엔 얼마나 아름다울까?" 눈앞에 펼쳐지는 운치에 연신 감탄사가 터져 나오는 동안 아침고요수목원에 도착했다. 하늘을 찌를 듯 높은 산 중턱 주차장에 차를 세우고 우리 일행은 일단 내렸다.

수목원 풍경을 보니 봄, 여름, 가을 계절엔 아름답고 공기가 싱그럽게 맑아서 가슴 탁 트이겠다. 한 번쯤 꼭 와볼 만한 수목원 풍경을 보며 이런 줄도 모르고 겨울 수목원에 뭐 하러 가나 오는 내내 무척 궁금했었다. 매표소에서 별달이가 입장권 살 때 옆에서 보니 1인 6천 원, 4인 2만 4천 원. 매표소 옆 바로 식물원에 갔다. 오밀조밀 다양하고 희귀한 다육이와 예쁜 화초와 식물을 판매하는 곳을 둘러보았다. 귀여운 다육이 사고 싶었지만 추운 날씨 먼 길 와서 화초 사기도 그렇고 해서 구경만 하고 나왔다.

수목원이 평지인 줄 알았는데 높은 산 중턱에서 거의 정상까지 구불구불한 깊은 산골 꼬부랑 길이다. 산책길 양옆으로 각가지 식물들과 아름다운 정원수 심어 가꾸고 정원처럼 예쁘게 꾸며 이루 다 말로 표현할 수 없을 만큼 멋지고 아름답다. 하늘정원수목원 산책길 따라 도로 포장해서 산책 겸 걷기도 좋았는데 아름다운 풍경을 보니 마음도 즐겁고 발걸음도 가벼웠다. 봄, 여름, 가을엔 예쁜 꽃과 화초가 아름다운 풍경을 선사하고 겨울엔 큰 수목에 트리 장식한 불꽃축제로 여행객을 유혹하는 모양이다.

느린 걸음으로 아름다운 풍경을 감상하며 하늘정원수목원 정상 관람객 쉼터에서 무수히 쏟아져 내리며 반짝이는 밤 별꽃과 불꽃축제를 보기 위해 밤을 기다렸는데 따뜻해서 좋았다. 간식으로 음료수, 핫바 사 먹으며 기다리는데 오후 5시 45분, 불이 확 켜졌다. 어둠을 기다리다 오후 6시 30분 쉼터를 나오니 사방 천지가 눈부셨다. 반짝반짝 찬란한 오색 불빛에 창피한지도 모르고 와아 탄성을 질렀다. 크고 작은 정원수 나뭇가지에 빈틈없이 반짝반짝 빛나는 불꽃으로 화려하게 장식했는데 나무 바닥에서부터 높디높은 꼭대기 가지가지마다 어떻게 장식을 했는지 놀랍고 신기했다. 이렇게 화려하고 찬란한 불빛으로 아름다운 불꽃 천지는 이날 평생 난생처음 보았다.

아직 날씨도 춥고 캄캄한 밤인데 어른 아이 할 것 없이 인산인해 이루고 여기저기서 셔터 누르느라 야단들이다. 젊은 커플이 '사진 좀 찍어주세요' 하기에 사진 몇 컷 찰칵 찍어주었다. 하늘에 별꽃 지상엔 불꽃 구경하고 정상에서 내려오며 왕초가 사진 몇 컷 찰칵했다. 살아온 흔적으로 남는 것은 추억이 담긴 사진뿐이기에 왕초랑 큰사위랑 나란히 포즈 취하라고 코치하고 몇 컷 찰칵했는데 밤이라 잘 나올지 모르겠다. 불꽃 길 따라 올라가는 길목에 높게 설치한 앰프에서 크리스마스 캐롤이 은은하게 울려 퍼져서 마음도 성스럽고 기분 좋았다. 불꽃축제 구경하고 내려올 때는 클래식 음악이 감미롭게 조용히 흐르고 행복감이 온 마음 전신에 전율처럼 흐르자 '그래, 사는 행복이 바로 이런 거였구나' 했다.

깊은 산 계곡을 흐르던 폭포수가 꽁꽁 얼어붙은 얼음 위를 건너는 오작교 다리 밑에 계곡물 흐르다 두껍게 언 얼음을 관객들에게 보이려고 일부러 깨났나 보다. 얼음 두께가 약 10센티 정도 되는데도 어디선가 끊임없이 졸졸졸 물소리가 들렸다. 오작교 위에 서서 두

리번두리번 사방 쳐다보며 물소리 따라 눈길 돌리고 자세히 살펴보았다. 어느 바위틈에서 흐르는지 가느다란 물줄기가 보였다. 계곡 사이로 흐르는 맑은 물을 보자 봄도 이제 서서히 우리 곁으로 한 발 한 발 다가오고 있구나 생각한 여심은 벌써부터 봄을 그리워하고 있었다.

예쁘게 꾸민 높다란 전망대에 오르니 현란한 불꽃 밤 풍경이 어찌나 황홀하던지, 밤새도록 머물고 싶고 집에 오고 싶지 않았다. 초저녁 7시 15분 아쉬움을 뒤로 하고 돌아오는 길에 서정리 종가갈비에서 골프채 갈비탕을 먹었다. 집에 도착하니 밤 10시 넘었고 겨우내 집에만 있다 높은 산 정상에 올라갔다 내려왔더니 다리 아파서 파스 붙였다. 귀찮지만 말끔하게 씻고 자정에 잠자리에 들었는데 딸사위 덕분에 호강하고 참 행복한 추억 많이 간직하고 왔다.

2011년 2월 13일 일요일 천사은심

라이브카페 무대에 선 내 생의 최고 행복한 봄날

오늘은 큰딸, 사위랑 강원도 여행 가는 날. 새벽 6시에 출발한다기에 밤잠 설치고 새벽 3시에 깼다. 서둘러 나들이 준비 끝내고 어쩌나, 아침밥 한술 뜨고 갈까, 그냥 나갈까 갈등했다. 금강산도 식후경이란 말이 있지만 아홉 시, 열 시나 돼서야 아침 식사하던 습관으로 밥 생각이 없다. 새벽 5시쯤 밥 한술 뜨고 생각하니 딸 사위는 식사도 안 하고 올 것 같아 간단하게 맛난 겉절이 담고 김 준비해서 도시락을 쌌다. 둥굴레차 끓여 보온병에 담아 큰사위 차 오면 금방 나갈 만반의 태세로 준비 끝내놓고 전화 걸고 언제 올 거냐고 물으니 6시 40분까지 오겠다고 했다. 오전 6시 30분 큰사위와 큰딸이 와서 지제역에 가 셋째 딸 태우고 오전 7시 9분 강원도 향해 출발했다.

딸들에게 일찍 서둘러 오느라 아침 식사 못 하고 올 것 같아 도시락 맛나게 싸 왔으니 가다가 휴게소에 들러 간단하게 아침 식사하라고 했다. 큰딸이 여행 가는데 무슨 도시락을 싸 가냐고, 간식은 다 준비했다고 한다. "엄마, 도시락은 엄마 친구들이랑 갈 때나 싸 가는 거지. 여행 가면 이것저것 먹을 게 얼마나 많은데 도시락 싸 가유?" 셋째 딸 기쁨조도 덩달아서 "엄마, 여행 가면 못 먹어본 그 지방 토속음식 먹고 와야지. 힘들게 도시락은 왜 싸요?" 나름대로 자식들 아침 안 굶기려고 신경 써서 바쁘게 준비했는데 성의를 모르고 딸 형제가 도시락 타박한다. 한참 가다 휴게소에 들러서 두 딸은 바람도 쐴 겸 화장실에 간다고 내리고 딸들이 안 보이자 사위는 "어머니,

400

도시락 주세요." 반가워서 얼른 "그려, 사위라도 식사하게나. 그래
야 내 성의가 섭섭지 않지. 사 먹는 것도 좋지만 그래도 아침밥은 먹
어야지. 셋째는 차라리 우동 사 먹는 게 낫다고 하지만 아침에 밥이
제일이지"라며 도시락 건네주었다. 운전석에서 사위가 밥 몇 술 뜨
는데 두 딸이 차에 타자마자 큰딸은 사위 옆에 찰싹 달라붙어 "겉절
이 참 맛있네" 한다. 큰딸 하는 말이 듣고 어찌나 기막히게 우습던
지 밥 다 먹으면 농담 한바탕 하려고 꾹 참고 셋째 딸 보고 너도 밥
한술 먹어보라고 했다. 밥 생각 없다며 싫다고 도리질하더니 "아이
구, 언니는 도시락 싸 왔다고 구박하더니 밥만 잘 먹네?" 큰딸은 염
치가 없는지 웃음을 참지 못하고 숨넘어가게 웃더니 겉절이 맛있으
니 너도 밥 좀 먹어보라고 한마디 한다. 큰딸은 사위랑 도시락 맛나
게 먹고 간단한 간식으로 커피와 한라봉 먹더니 다시 출발했다.
"애, 너는 엄마가 도시락 쌌다고 그렇게 구박하더니 어떻게 밥이 넘
어갔냐? 너도 참 염치는 좋다. 애, 나야 밥 안 넘어가도 아침밥 한술
뜨고 오지만 딸들하고 사위 생각해서 바쁘게 싸 온 도시락이구만.
성의도 모르고. 으이그 진짜." 한바탕 웃었다. 큰딸도 미안했던지
한참 깔깔 웃어대며 "엄마, 나는 밥 딱 한 젓가락밖에 안 먹었어. 진
짜야" 한다. 셋째 딸은 "엄마, 나는 모든 약속 다 깨고 효도 차원에서
일주일 전부터 언니랑 계획했던 효도 여행이야." "그려? 어쩐지 매
번 큰딸 저만 나들이 준비 다 하고 갑자기 전화로 여행 가자는 바람
에 세수할 새 없이 번갯불 여행 가더니 이번엔 이틀 전에 알려줘 웬
일인가 했지. 이렇게 말끔하게 멋 내고 가니 오늘은 진짜 여행가는
기분이네" 했다.
　강원도에 도착, 정동진 거쳐 심곡에서 맛있게 잘한다는 옹심이 식

당으로 갔다. 오전 10시 30분 옹심이와 수수부꾸미, 감자떡 든든하게 잘 먹고 다시 강릉으로 향했다. 해변 드라이브하는 동안 날씨 포근해서 봄 날씨 같고 파도가 잔잔하게 일어 아쉬움은 있었지만 파란 옥색 물감 풀어놓은 듯 멀리 보이는 바다 풍경이 너무 근사하고 멋지다. 푸른 에메랄드빛 물결이 어찌나 수정처럼 맑고 맑은지 바닷물 속에 한번 풍덩 빠져보고 싶었다. 천태만상으로 서 있는 기암괴석 아름다운 풍경에 행복 느끼며 강릉에 도착했다.

해변 라이브카페에서 차 마시며 바다 감상하고 대화하는데 카페 주인이 실내 소품 정리하며 왔다 갔다 하기에 대화 요청했다. 건너 옆자리에 앉기에 "실내에 책이 많은 걸 보니 책 참 좋아하시나 보네요? 저도 책 참 좋아하는데요." 그분도 시도 쓰고 취미로 음악을 좋아해 카페 운영한다고 했다. 그래서 카페도 시적으로 '달을 삼킨 바다'라고 했나? 카페 주인은 초면인데도 나를 보자 자꾸만 "노래 한 곡 부르시라" 해서 쑥스럽고 자신이 없다.

무대를 보니 드럼, 피아노, 기타, 바이올린 악기들이 참 많다. 카페 주인이 자꾸 노래 한 곡 부르라 하니 "엄마, 노래 한번 불러보셔. 엄마가 언제 이런 카페에 와서 노래 불러보겠수?" 딸들까지 자꾸 재촉하고 성화하는 바람에 "나는 노래에 자신 없다. 으이그, 내가 언제 그렇게 노래 불러봤다고 그러니? 나는 노래 못 부른다." 카페 주인은 "모니터도 있어요. 노래 한 곡 부르세요." 수록된 가요 책을 가져온다. 평소에는 그렇게 좋아하고 흥얼거리던 노래도 많더니 갑자기 무슨 노래 불러야 잘 소화할 수 있을까 망설여졌다. 신곡도 많지만 흘러간 노래가 부담 없을 것 같아 '들국화 여인' 한 곡 부르고 내려오려 했더니 주인은 세 곡은 부르셔야 한다며 신청곡 요청하기에

'나그네 설움', '백마강 달밤' 부르고 내려왔다.

무대에서 내려와 자리에 앉으니 기쁨조가 녹화한 동영상을 내게 보여준다. 내 나이에 라이브카페에서 노래 불렀다는 것이 내 삶의 역사에 행복한 추억이 될 것 같아 기분이 너무 좋았다. 카페 주인의 강요로 부른 노래지만 고맙기도 하고 마신 차 값만 계산하고 나오기 미안해서 차 한 잔씩 더 시켰다.

카페에서 나와 해변을 빙 돌아 드라이브해 주문진에 도착했다. 오징어회, 복어회, 가자미회 먹고 얼큰한 매운탕 끓여 저녁 식사했다. 셋째 딸만 밥 한 공기 시켜 식사하고 큰딸하고 사위는 매운탕만 먹었는데 복어와 가자미회는 강원도에서만 먹을 수 있는 최고급 회라고 했다. 복어회는 두 번째 먹어보지만 참 쫄깃해서 맛있고 가자미회는 아나고회와 비슷했다.

5시 넘어 횟집을 나와 강릉 바닷가 괴암괴석 앞에서 사진 몇 컷 찰칵, 바다 구경 실컷 했다. 강원도는 아직도 길만 빠하게 눈을 치워 도로 양옆에 눈이 산더미처럼 쌓였다. 계곡물은 졸졸 흐르지만 호수는 아직도 얼음이 녹지 않았고 눈이 얼마나 많이 왔는지 해변가 소나무 가지들이 무참하게 부러진 곳이 많다.

유명한 막국숫집에 가서 수육하고 막국수 먹고 돌아오는데 휴일인데도 고유가 시대라 나들이하지 않아 그런지 도로가 텅 비어 차도 안 막히고 좋았다. 예전 같으면 휴게소에 주차 공간이 없었는데 텅 비어 쓸쓸했다. 수원 셋째 딸네 내려주고 집 도착하니 밤 10시 30분이다. 여행마다 그때그때 느낌이 다르지만 오늘 평생 잊지 못할 추억 한 아름 안고 돌아와 무지 행복한 날이다. 아들 며느리한테는 미안하고 같이 못 가 마음에 걸리고 짠하지만 언제 기회 된다면

403

오붓하게 가족여행 한번 가고 싶다.

2011년 3월 6일 천사은심

엄마 차 세차해야겠어요

이틀 동안 뭐 하고 살았는지 모를 만큼 돈 생기지 않는 일로 바쁘게 지냈다. 어제 아들 인훈이는 오늘 짬 내서 아파트 계약금 주러 간다며 집도 볼 겸 같이 가자고 했다. 오전에 일찍 올 것 같아 머리 감고 기초만 바르고 아침 먹고 인터넷 작업하고 있는데 아들 인훈이왔다.

9시 넘어 나가자기에 "아들아, 엄마 차로 나가자. 네 차는 매일 아침저녁 출퇴근하잖니? 엄마 차는 일부러 시동 켜놓을 때 있는데" 하자 "그래요. 그럼 엄마가 운전하세요." 아무리 내 차지만 아들 인훈이를 조수석에 태우기 싫어 인훈이한테 운전해라 했더니 "엄마 앞으로 보험 들었잖아요?" "아니야. 아직 가족한정보험 기한 남았어. 3월 27일 만기야" 했더니 그제야 키를 받아 들었다.

농협으로, 공인중개사무소로, 이사할 집으로 여기저기 몇 군데 다니며 볼일을 봤다. 아들 인훈이 집 사서 이사할 아파트에 가보니 바로 앞에 동사무소, 옆 동에 넷째 딸이 살고 있다. 뒤에는 손자 민서가 다닐 초등학교가 있고 바로 옆 동에는 손녀 은서가 다닐 어린이집 있어 조건이 참 좋다. 며느리가 은서 낳고 간호사 못 했는데 다시 일 시작하려면 학교도 어린이집도 가까이 있어야 좋다. 인훈이 집 맘에 들어 하는 것 같은데 탁 트인 남향 집이라 햇빛도 잘 들어오고 내가 보기에도 좋다.

볼일을 다 마치고 "아들아, 기왕 나왔으니 카센터에 들러 공기압 점검하고 엔진 오일 갈 때 됐나 보자" 했다. 아들 인훈이가 나를 태우고 간 곳은 내가 다니던 곳이 아니다. '가까운 곳을 두고 여기까지 왔나?' 했는데 기사가 바퀴에 공기 주입하고 보닛을 열어 엔진오일 점검한다. 오일은 아직 깨끗하다며 부동액과 워셔액을 채워주기에 고맙다고 단골로 다녀야겠다고 했다. 내 말 끝나기 무섭게 아들 인훈이 "제가 단골로 다니는 카센터예요" 하기에 "아들이 단골이면 엄마도 단골 해야지" 했더니 기사가 빙긋 웃었다.

"엄마 차 세차해야겠어요" 하기에 날 따뜻하면 퐁퐁으로 하겠다고 했더니 기왕 나온 김에 세차하자기에 4천 원 아깝지만 반짝반짝 새 차로 변했다. 집에 돌아와 차고에 주차하고 세차한 차가 먼지 탈까 봐 홑이불로 덮고 들어왔다. 세차해서 그냥 세워두기 아쉽지만 토요일 셋째 딸 기쁨조 온다고 했으니 드라이브 한판 땡겨야겠다. 이번 주 내내 춥지 않고 따뜻하고 화창했으면 좋겠는데 변죽 많은 꽃샘추위 시위를 그 누가 막을까.

2011년 3월 23일 천사은심

내가 계산한 식대비 154,000원

어제는 봄비가 촉촉이 내려서 연둣빛 새싹들이 봄비를 듬뿍 머금고 싱그러운 여린 이쁜 새싹들이 상큼하다. 아들 인훈이 송탄에서 살다 오늘 세교동 개나리아파트로 이사하는 날인데 날씨가 좋아 다행이다. 어제부터 넷째 딸이 포장 이사해서 우리가 도와줄 일은 없지만 오후에 나오라고 한다. 이틀 쪽파 다듬고 이틀 쪽파김치 버무리느라 나흘 동안 글쓰기 못 해 신경이 쓰인다. 글 한 편 쓰고 오후 늦게 나가려고 글 쓰고 있는데 넷째 딸이 재촉해 나갔더니 넷째는 교회 가고 큰딸이 민서, 은서 돌보고 있다. 큰사위는 아들 인훈이 집들이 선물로 원가만 30만 원 드는 방범창을 그냥 해주겠다고 한다.

아들 인훈이가 넷째 딸네와 큰사위 가족에게 저녁 대접하겠다고 해서 식당으로 갔다. 아구찜으로 저녁 식사했는데 이사하느라 힘들었을 아들에게 식대비 내라고 할 수 없어서 내가 아들 몰래 계산했다. 집에 돌아와 영수증 꺼내보니 총 154,000원이다. 식사하며 넷째 사위가 "장모님, 약주 한잔하셔야죠" 해서 이슬이 세 병 주문해 아들, 넷째 사위랑 한 잔씩 마셨다. 식사 끝나고 집에 오려는데 내 차는 식당 주차장에 세워두고 큰사위가 태워다주겠다고 했다. 넷째 사위와 아들은 운동 삼아 걸어가고 큰사위는 술 안 마셔서 나를 태워다주고 갔다. 차 두고 다니는 성격이 아니고 남의 식당 주차장에 두고 올 생각 없어서 이슬이 서너 잔밖에 안 마셨다. 충분히 운전할 자신이 있는데도 아들 사위가 습관 되면 안 되고 큰일 생기면 엄마 혼자 다 뒤집어쓴다고 말린다. 집에 돌아오니 밤 8시 훨씬 지났기에 오자마자 컴퓨터 켜고 밀린 댓글 답글 쓰고 웹서핑했다.

밤늦도록 컴퓨터 앞에 앉아 생각하니 아들 대신 계산하고 와서 어미 노릇 한 것 같아 흐뭇했다. 아들이 가까운 곳으로 이사해서 갖다 줄 물건 있으면 갖다주기 좋은데 어디까지 해야 부모 노릇 잘하는 걸까?

2011년 4월 23일 천사은심

손자 민서 초등학교 첫 운동회 서운한 마음

우리 손자 민서는 송탄에서 살다 지난 토요일 이사 와서 외손자 준하가 다니는 초등학교로 전학했다. 넷째 딸 별달이 "엄마, 민서 우리 집에서 놀고 있으니 올케 저녁 식사하러 오라고 전화했는데 친정엄마 오셔서 청소하느라 못 오겠대. 엄마는 내일 운동회 오실 거유" 한다. 엊그제 훈이 쌀 가지러 왔다 가고 어젯밤 8시쯤 안부 전화했을 때도 아무 말 없었다. '부산에서 장모님 올라오셔서 내가 가면 어려워하실까 봐 그런가?'라는 생각에 연락 오기만 기다렸다.

마음으로는 손자 운동회 끝나면 사부인 모시고 아들, 며느리, 손자, 손녀랑 점심 식사나 해야겠다고 생각했다. 속으로 식대비 계산까지 하고 있었는데 아침 식사하고 이제나저제나 기다려도 소식이 없다.

창문 활짝 열어젖히고 집 청소하고 컴퓨터 앞에 앉았는데 벨 울려 받았더니 아들 훈이 "엄마, 왜 안 나오셔요?" "애, 부산에서 장모님 올라오셨다며? 그제 쌀 가져가면서 아무 말 없고 어제 안부 전화하면서도 아무 말 없어서 장모님 오셔서 내가 나가면 어려워하실까 싶은 생각에 못 갔는데 지금 언제 나가니? 벌써 10시 넘었는데" 했더니 조금 전에 운동회 시작했는데 부모가 참석해야 한다고 한다. 출근도 못 했다고 말하는 아들에게 그냥 장모님 오셨다며 가족끼리 하라고 전화 끊고 손자 첫 운동회 못 갔다.

마음이 씁쓸해서 속으로 식대비 내려고 했는데 돈 굳었다 생각하면서도 세상에서 하나밖에 없는 친손자인데 속상했다. 운동회 가보지 못해 마음이 짠하고 편치 않고 왠지 모르게 쓸쓸하고 기분 야릇했다. 해마다 외손자 운동회에 가서 사부인 모시고 딸, 사위, 외손자랑 식당에서 점심 식사했다. 그런데 친손자 민서 첫 운동회에 못 가고 엊그제 맞춘 재킷 가봉하고 왔다. 우리 사위들도 친부모보다 나한테 더 잘하고 자식처럼 하는 걸 보고 아들 결혼하기 전부터 충고했다. 결혼하면 처가댁에 예의 바르게 행동하고 공경하라고 입이 닳도록 일렀다. 아들은 결혼하면 남의 자식 된다고 생각하고 이날 여태 자식들에게 기대하지 않고 살았다. 그래도 어제 같은 경우는 너무 섭섭하고 딸 많이 낳은 게 천만다행이라는 생각이 들었다. 아들이 착하고 아무리 효자라 해도 결혼해서 각자 생활하다 보면 어쩔 수 없다는 걸 잘 알고 있다. 하지만 친손자 첫 운동회 하는데 못 가서 그런지 영 마음에 걸리고 자꾸만 쓸쓸한 기분이 드는 것은 무슨 까닭일까? 아들 성품이 착하고 자상하면서 효자라도 기분이 이런데 효자 자식 아닌 부모 심정은 어떨까 생각해봤다. 시내 나가 재킷 가봉하고 집에 돌아오니 오후 6시. 친구가 마실 와서 밤늦게까지 대화하다 보니 기분 전환 되었다.

2011년 4월 29일 천사은심

410

특별한 어버이날

    며칠 전 우리 그이 기일에 육 남매 가족들이 다녀가고 용돈을 주고 가서 오늘은 조용할 줄 알았다. 해마다 어버이날이면 귀여운 손자 민서가 꽃을 사 들고 와 가슴에 달아주곤 했는데 오늘 올까 안 올까. 오늘 아무 소식 없으면 친구랑 외출이나 할까 생각 중인데 갑자기 전화벨 울린다. 아들 인훈이, "엄마, 오늘 엄마 집에 갈게요. 오늘 점심 같이해요. 점심에 갈게요."

    서둘러 청소하려니 금세 또 전화벨 울려 이번에는 큰사위 "어머님, 오늘 식사하러 같이 나가시죠?" "어머, 어쩌나? 인훈이랑 선약했는데 훈이네로 전화해보고 같이 식사하자" 했다.

    외출 준비하고 있으니 아들 훈이가 며느리, 손자 민서, 손녀 은서 태우고 데리러 왔다. 어디로 가는지 묻지도 않고 그냥 차 타고 갔는데 컨벤션 2층 빕스로 가는 것 같아 비싼데 다른 데 가자고 했다. 아들이 일 년에 한 번 돌아오는 날인데 뭘 그러시냐고 말해 아무 말 못 하고 그냥 따라갔다. 어버이날이라 그런지 자리가 없어 조금 기다려 종업원이 안내해주는 자리에 앉아 주문했다. 스테이크와 쉬림프, 폭립 비싼 음식을 시켜서 그런지 샐러드바는 무료로 이용할 수 있었다. 가족이 오손도손 고급 음식을 먹으며 생각하니 행복하면서도 이유 없이 쓸쓸함이 느껴졌다. 이유야 있겠지? 잠재되어 알 수 없는 나의 마음인데. 그래도 손자 민서, 손녀 은서만 보면 이쁘다.

    식사 마치고 그냥 집으로 들어오기 아쉬운데 마침 호근이 동생 왔다기에 개나리아파트 후문에 내려달랬더니 자꾸만 집에 들렀다 가란다. 호근이 동생이 벌써 와 기다리고 있어 차 옮겨 탔더니 "어데로 갈까요?" 묻기에 가까운 곳에 가서 바람 쐬고 오자고 했다. 영인 휴양림은 처음 가본 곳인데 공기 맑아 상쾌하고 좋았다. 풍경이 아름답고 산 아래서 중턱까지 구불구불 드라이브 코스로 딱 좋고 도로 가 연산홍이 눈부시다. 언제 가족들이랑 한번 와보고 싶은데 꽃들이 기다려줄지 모르겠다. 그렇게 가까운 곳에 아름다운 휴양림이 있는 줄 왜 몰랐을까. 입장료 4천 원인데 차로 한 바퀴 휘돌아 나오겠다고 했더니 천 원만 달라고 한다. 가족 단위로 맑은 공기 쐬고 산 냄새 맡으며 한번 다녀올 만한 휴양림으로 입장료가 아깝지 않은 곳이다.

2011년 5월 8일 천사은심

손자 민서 문자 메시지에 감동

이틀 동안 봄비 내리더니 어제는 종일 우중충하고 잿빛 구름 가득해 마음마저 우울했다. 오늘은 맑고 햇살이 눈부시더니 오후 되면서 강한 바람이 불어 심란했다. 며칠 글쓰기도 밀리고 마음 바쁜데 어쩌다 남의 글 댓글까지 올리자니 종일 컴퓨터 앞에서 보내게 된다. 글 쓰고 팬 댓글에 답글까지 쓰자면 하루 종일 컴퓨터 앞을 못 떠나기에 카페 세 곳을 줄였어도 바쁘다. 가족 카페 글방에 글 쓸 때는 생활 여정 글 말고도 마음이 시키는 대로 서정적인 글 쓰는 일이 많았는데 요즘은 글 한 편 쓰고 답글 올리는 데만 종일 걸려 그럴 기회가 없다. 불현듯 감정이 메마르면 어쩌나 하는 생각이 들 때도 많은데 한가롭고 조용할 때 사색에 젖어볼 때도 있다. 갑자기 글 쓰고 싶은 충동으로 순수하게 쓰는 글이 없어 어느 때는 마음에서 조바심이 생길 때도 있다. 예민하던 감수성도 무뎌지고 오로지 하루 일상을 소재로 글 쓰는데도 바쁘다.

오후에 한참 정신없이 타 카페에서 팬 댓글에 답글 올리고 있는데 갑자기 휴대폰 울려서 보니 전번이 낯설어서 조심스럽게 "여보세요" 했더니 올해 초등학교 입학한 손자 민서다. "할머니, 저 민서예요." 깜짝 놀라며 "어머, 우리 민서야? 휴대폰 샀어?" 했더니 "네, 택배로 왔어요." 외갓집이 부산인데 외삼촌이 휴대폰 가게 한다더니 아마 외삼촌이 보내준 모양이다. 한참 통화하다 끊었는데 이번에는 메시지 알람 울리기에 봤더니 14시 53분, 우리 손자 민서가 문자 보내는 연습을 하는지 "할머니, 고모 형아네 집에 언제 와요?"라고 문자 보냈다. 나 보고 언제 고모네 집에 올 거냐는 소린데 고종사촌 형아까지 말하는 뜻으로 "고모? 형아네 집에 언제 와요?" 얼마나 감격스럽고 기쁘던지 애기 같은 민서가 초등학교 입학하고 휴대폰에 전화하고 메시지까지 보냈다. 얼마나 귀여운지 당장 보고 싶기에 "민서야 지금 보고 싶지만 내일 할머니가 민서 보러 갈게. 안녕." 답장 보냈다. 그런데 또 "네, 할머니" 하고 메시지 보내더니 몇 번을 전화, 문자 했는지 요금이 부담된다. 사내아이지만 얼굴이 여자아이보다 더 곱상하고 너무 이뻐서 우리 외손자들도 민서 끔찍이 위하고 예뻐한다.

2011년 5월 13일 천사은심

혹 떼러 갔다 혹 달고 왔네

　아침 식사하고 혈압 약 봉지 들여다보니 내일 복용할 약이 없어 벌써 한 달이 됐나? 외출하기 귀찮아 망설여지지만 어쩔 수 없이 병원에 다녀와야 한다. 병원 갔다 오는 길에 동고리에 가서 직불제 신청 서류에 이장님 사인 받아 와야겠다 생각하고 2시 30분 출발했다. 5만 원어치 주유하고 병원 갔더니 웬일로 주차 공간이 두 곳이나 있어 기쁘기까지 했다. 어제 저녁때 텃밭에 나가 망초대 뽑고 오늘 식전에 화단 풀 뽑고 돌나물 뜯었더니 다리가 더 아파 병원 주차 공간 없으면 어쩌나 걱정했는데 다행이다.

　기다리는 환자 한 명도 없어 바로 진료받고 약국에서 약 지어 나오는데 지인을 만났다. 식사 대접한다기에 병원 앞 국도 건너편 컨벤션 2층 빕스로 갔다. 오랜만에 만났으니 컨벤션 내 영화관에서 영화 한 편 보자고 했지만 싫다고 했다. 저녁 식사나 하고 가라기에 언젠가 식사 대접 받은 적 있어 오늘 갚아야지 생각했다. 저녁 식사하고 가는 길에 직불제 신청 서류에 사인 받으려고 미리 이장님께 전화했더니 일하는 중이라며 나중에 다시 전화하란다.

　저녁 시간 되었기에 식사하고 밥 한 끼 얻어먹은 빚 갚아야지 했는데 어느새 지인이 먼저 계산했다. 얼마나 난감하고 미안하던지 마음이 영 찜찜하고 빚진 기분이다. 빕스에서 나오며 언젠가는 갚아야 하는데 생각하며 병원 주차장으로 갔다. 지인이 쇼핑백을 건네주기에 사양했더니 회사에서 나온 사은품이라며 운전석 옆자리에 놓고 간다.

집에 돌아와 열어보니 박스가 여섯 개인데 그중 한 개를 열어보니 차 닦는 수건이다. 빚지고 못 사는 성격인데 식사 대접 받고 사은품 받은 것이 왜 이렇게 마음이 무거울까? 혹 떼러 갔다가 오히려 혹을 더 달고 온 셈이 되었다. 뻔뻔한 성격이면 이렇게 고민되지 않을 것을.

2011년 5월 17일 천사은심

오랜만에 친목회 참석

컴퓨터 앞에서 도낏자루 썩는 줄 모르고 세월 보내느라 친목회 참석을 못 해 회비가 7만 원이 밀렸다. "별달아, 엄마 귀찮아서 친목회 참석 못 하겠다. 총무 계좌번호 알려줄 테니 밀린 회비 7만 원 입금해다오." 부탁한 적 있었다. 그 후에도 쭈욱 참석을 못 해서 회비가 밀리고 오늘 또 모임인데 영 귀찮다. 밀린 회비 계산해보니 5만 원, 요즘 여기저기 나들이하느라 카페에 글도 못 올리고 마음이 참 바쁘다.

오늘도 나갈까 말까 한참을 망설이다 나갔더니 회원 두 명이 먼저 나왔다. 총 15명 중 6명밖에 참석을 안 했는데 회원들이 나를 보고 몇 년 만이냐고 반가워한다. 작년 5월에 축협 한우 먹은 날 이후 오늘 참석했으니 꼭 일 년 만이니 귀가 따갑게 야단들이다. 회원들은 컴퓨터만 하다 앉은뱅이 될까 무섭다며 컴퓨터 그만하고 모임에 빠지지 말고 꼭 참석하라고 했다. 노래교실을 다니든가 운동을 하라는 신신당부에 내 취미에서 느끼는 행복은 그 누구도 모른다고 말했다.

생고기 뷔페에서 모임을 했는데 총무는 나더러 오랜만에 나왔으니 많이 먹으라고 했다. 회원들이 오늘 회장님 대우가 참 좋다고 하길래 그러니까 나처럼 일 년에 한 번씩만 참석하라고 농담했다. 식당이 떠나갈 정도로 웃음바다였고 그리운 얼굴들 보니 참 반가웠다. 화기애애하게 도란도란 대화 나누며 쇠고기 실컷 먹으며 재밌게 시간 보냈다.

밀린 회비 5만 원 내고 식당을 나오자 시장에 들러 놀다 오고 싶었지만 나들이하느라 그동안 글도 밀렸다. 농협에서 볼일 보고 1층 마트에서 보리쌀, 우유, 콩나물, 밀가루, 라면, 퐁퐁, 대파 한 단 샀다. 집에 돌아와 물건 챙겨 냉장실에 넣고 피곤이 밀려와서 침대에 잠깐 누워 있다 한숨 자고 일어났다. 시계 보니 오후 5시 25분, 컴퓨터 켜보니 그동안 답글이 많이 밀려서 답글 쓰고 바쁘게 하루 마무리 작업했다.

2011년 5월 31일 천사은심

잊을 수 없는 단 한 사람

비 내리는
적막한 밤거리에
외로이 홀로 서서 졸고
있는 희미한 가로등
불빛 길손인 양
살며시 찾아오는 고독

깊어가는 밤
색소폰 조용히 흐르고
음악에 취해 눈 감으면
가고 없는 그 사람이
밝은 미소 지으며
내게로 다가올 것만 같다

잔잔한 가슴에
활활 타오르는 사랑
불 질러놓고 떠난 사람아
바보 같은 내 심장은
아직도 너를 잊지 못해
이렇게 마음으로 울고 있다

깊어가는 밤 자정이 넘었건만
홀로 앉아 쓰디쓴 술잔 속에
지난 추억을 타서 마시며
비수에 찔린 것처럼 아픈 상처
달래려 애쓰지만
쉽게 잊을 수 없는 사람

억겁의 세월이 흘러도
잊지 못할 나만의 고운 사랑
가슴속에 간직한 채
추억을 잊지 못해
방황하는 자신이 미워
원망하며 추억을 먹고 산다

다음 세상에서 우리
다시 만날 수 있다면
나는 너와 이별 없는 영원한
사랑 함께 행복하고 싶다

오늘도 볼 수 없는 너를
잊기 위해 쓰라린 아픔으로
너의 그리움을 술잔 속에
타서 마시며 아직도
내 가슴 속에 살아 숨 쉬는

너를 아무리 밀어내보지만

오늘따라 더욱 보고 싶은
너는 이런 내 마음 알기나 할까?
죽어도 영원히 잊을 수 없는 단 한 사람

2011년 6월 2일 천사은심

울면서 "할머니, 은서가요. 할머니 보고 싶어요"

우연히 창밖을 내다보니 만발한 망초꽃이 메밀꽃보다 더 하얗고 이쁘다. 넋을 놓고 한참 내다보고 있으려니 그렇게 소박하고 청초하게 예뻐 보이던 망초꽃이 왠지 오늘은 덜 이뻐 보인다. 까닭을 알 수 없이 망초꽃이 한없이 쓸쓸해 보인다.

저녁 식사하고 컴퓨터로 글 두 편 쓰고 마무리하는데 요란하게 전화벨 울린다. 시계 보니 밤 9시, 전화 받자마자 손자 민서 "할머니, 은서가 할머니 보고 싶다고 울어요." 민서가 하는 말에 "진짜니 민서야?" 민서가 "네"라고 하더니 갑자기 은서 목소리가 들린다. 은서가 엉엉 울면서 큰 소리로 "할머니, 은서가요. 할머니 보고 싶어요"라며 계속 엉엉 울었다. "은서야, 진짜 할머니가 보고 싶어서 우는 거야?" 엉엉 울던 네 살배기 은서가 울음 섞인 목소리로 "네, 할머니 보고 싶어요." "은서야, 울지 마. 할머니가 내일 까까 사 가지고 은서네 집에 갈게" 했더니 "아빠, 할머니가 내일 까까 사 가지고 은서네 집에 온대." 은서가 울먹이며 하는 말이 전화선을 타고 들린다. 아빠 좀 바꾸라고 해서 "재롱도 참 여러 가지다. 어째서 내가 보고 싶다고 은서가 저렇게 우니?" "은서가 계속 할머니 보고 싶어 했어요." 아들 인훈이 하는 말 들으니 은서가 보고 싶었다.

내일 오전에 압력밥솥 고치러 AS기사 왔다 가면 은서네 집에 갈까 하는데 어떻게 될지 모르겠다. 손자 민서, 손녀 은서랑 통화하고 나니 눈앞에 아른거리고 눈에 밟혀 내일은 서둘러 민서, 은서네 집에 꼭 가고 싶었다.

2011년 6월 20일 천사은심

큰사위가 한 말에

이른 아침 컴퓨터 앞에 앉아 있는데 유난히 요란스럽게 집 전화벨이 울린다. 별달이 "엄마, 오늘 큰언니 우리 집에 온다는데 엄마도 같이 나오시유." "애, 너는 시댁에 안 가니?" "엄마, 조카딸이 할머니 옆에서 간호할 테니 작은엄마는 오늘 하루 쉬래. 오늘 안 나오실 거유?" 또 묻는다. 날씨 흐리고 귀찮아 월요일에 나갈 테니 언니랑 둘이 놀라며 인터넷 작업했다.

10시 조금 넘어 아침 식사하는데 큰딸 왕초, "엄마 어찌 지내서? 궁금해서 전화했어." "엄마는 월요일 치과에 가고 머리 파마도 해야 한다." "다음 주 목요일까지 비 소식 있는데 오늘 시내 갑시다." 큰딸 왕초가 자꾸만 나를 유혹해서 안 나갈 수 없어 알았다며 전화 끊었다.

갑자기 전화 받고 급해서 간신히 양치하고 세수한 얼굴에 기초만 바르고 서둘러 개나리아파트 후문에서 별달이 태우고 큰딸 왕초 만나 빕스에 갔다. 빕스에서 점심 식사하고 시원해서 얼른 일어나지 못하고 있는데 큰딸 왕초가 계산한 영수증을 들여다봤다. 가족 세 명이 먹은 식대비가 76,600원. 부담스럽지만 오랜만에 딸들이랑 데이트하는 시간이다.

빕스에서 나와 리차드미용실에서 내가 원하는 미용사에게 파마하려고 명함 내밀고 신청했더니 손님이 많아 오래 기다려야 했다. 롤 말고 중화제 바르고 나니 넷째 딸이 왕초한테 온 전화를 건네준다. "엄마, 솔지 아빠 퇴근 차 타고 오느라 엄마한테 간다는 말도 못 하

424

고 왔는데 내가 하는 말 듣고 대답만 해." 또 무슨 말인가? 가슴 뜨끔해서 "그래, 알았어. 무슨 말인데?" 물었더니 "솔지 아빠가 엄마 파마 하신 김에 라이브카페에 가자고 여쭤보라는데?" "왕초야, 방금 파마하고 무슨 그런 곳에 가니? 나중에 가자" 하고 끊었다.

잠시 후 넷째 딸이 내게 다가와서 "엄마, 언니한테서 또 전화 왔는데 삽교천 가자는데 갈 거유?" "그래. 시원한 바닷바람 쐬고 오자" 했더니 "알았씨유. 언니한테 간다고 할게유. 엄마, 우리 한번 갔다 옵시다" 한다.

파마머리 풀며 큰사위가 한 말이 어찌나 우습던지 참기 힘들었는데 머리 감으려고 의자에 앉아 참지 못했다. 생각할수록 웃음 나서 창피한데 옆을 쳐다보니 손님 머리 감기던 미용사도 나를 보며 의미도 모르고 덩달아 웃는다. 머리 감고 거울 앞에 앉으니 미용사가 머리 손질하려고 다가오기에 나는 갈 길이 바쁘니 드라이는 하지 말라고 했다. "그냥 자연스럽게 머리만 말려줘요." "네, 그럴게요. 손님 흰머리가 많으시네요? 염색하셔야겠어요." "네, 흰머리 많을 때 됐지요. 66세인데요" 했더니 "아직 안 그렇게 보이는데요? 피부도 참 고우시고 좋으세요. 얼굴도 팽팽하시구. 언젠가 머리 자르러 오셨을 때도 제가 피부 곱다고 했잖아요?" 그 많은 손님 중에 머리 자른 지 한 달이 훨씬 넘었는데 알아보고 기억해주는 미용사가 참 고맙기도 했다. 계산하며 미용사 따라서 가격이 다른 걸 처음 알았다. 비싼 파마 값에 씁쓸했지만 미용실 나오며 넷째 딸에게 사위가 라이브카페 가자고 해서 웃음 못 참아서 죽을 뻔했다고 했다. 내 말을 들은 넷째 딸은 우습지 않은지 별 반응 없이 "그려?" 한마디뿐이고 더 이상 아무 말이 없었다.

큰사위가 태우러 와서 넷째 딸이랑 외손자, 친손자 민서랑 삽교천에 갔더니 밤바다 야경이 참 아름답다. 밤인데도 주차할 곳이 마땅찮고 사람이 많아 낮인지 밤인지 모르겠고 바닷바람이 시원해서 좋았다. 넷째 딸, 손자 민서랑 바다 그네 한 시간 넘게 탔는데 여자아이같이 곱상한 손자 민서는 무엇이 그리 우스운지 깔깔 웃으며 "아이구 행복해라, 아이구 행복해라." 재롱부리고 이쁜 짓을 해서 얼마나 귀엽던지 너무 행복했다. 생각지 않게 참 행복한 날이었고 한없이 즐거운 하루였는데 혹시 신이 시기할까 두렵다.

2011년 7월 9일 천사은심

받기 곤란할 때 울리는 전화벨

신앙심 깊어진 넷째 딸이 바쁘다 보니 내가 집에서 지내는 날이 많아졌다. 대신 돈이 덜 헤퍼서 좋지만 매일 쓰는 나의 글 소재가 많이 줄어 키보드 치는 손이 한가하다. 내 취미를 잘 아는 동네 사람들은 집에 들어앉아 있으면서 어떻게 글 쓰냐고 감옥살이하는 거라고 한다. 이리저리 쏘다니고 활동을 많이 해야 글 소재도 많고 즐거운 일도 생기고 하는데 말이다. 그런데 나는 요즘 며칠째 바빠지고 예전보다 부지런해졌다. 어쩌다 세탁기 돌리던 외출복을 매일 하다시피 손세탁하기 때문이다. 세탁하고 한 번도 안 입은 외출복이지만 장마철에 개운하지 않아 햇빛 좋은 찬스 맞추느라 바쁘다. 잽싸게 이틀에 걸러 한 번씩 손세탁해서 눈부신 햇살에 널어 말려두었더니 마음도 개운하다.

바쁜 시간에 조금 틈나면 인터넷 작업하기 바쁘고 안 먹는다고 해도 어제 큰딸하고 사위가 복숭아 한 박스 사 왔다. 복숭아 사다놓고 가며 썩혀 버리지 말고 싱싱할 때 바로바로 드시라고 신신당부하고 갔다. 딤채 야채 서랍에 넣어두고 여태 복숭아 한 개도 먹어보지 못하고 작년 가을에 사 온 사과도 그냥 있다. 이번 주 토요일 가족들하고 휴가 떠나려니 마음만 더 바쁘다.

일찍 아침 식사 끝나자 머리 염색약 바르고 부지런히 청소하고 세탁기 돌리고 머리 감고 샤워하는데 집 전화벨이 오래도록 울리다 끊어지더니 금세 휴대폰이 울린다. 틀림없이 자식들 전화인데 몸에 비누 거품은 잔뜩 묻어 있고 계속 울려대는 벨 소리에 불안하고 조

427

급했다. 초조해서 서두르느라 꼼꼼하게 샤워도 못 하고 머리 감을 수 없어서 신경이 많이 쓰였다. 급하게 샤워하고 물기도 제대로 못 닦고 뛰어와서 휴대폰 확인해보니 별달이 부재중 전화다. 궁금해서 얼른 전화해 전화 못 받은 사연을 말해주고 한참 통화하다 끊었다.

손 싸매고 있을 때 안 오던 전화도 꼭 손에 퐁퐁 묻어 있을 때 아니면 양치하거나 세수할 때 영락없이 온다. 그래서 자식들에게 엄마 집에 전화해서 벨 소리 다섯 번 이상 울리면 전화 끊으라고 당부했다. 아하, 우리 엄마 지금 외출 중? 아니면 지금 무지 바쁘구나 이렇게 생각하고 전화 끊으면 엄마가 전화한다고 했다. 벨 소리 다섯 번 이상 울려도 안 받으면 나중에 다시 전화하라고 했는데 자식들은 꼭 받기 곤란할 때만 전화한다. 그래서 오늘도 마음 편치 않게 서둘러 샤워하고 머리 감느라 스트레스 받아 엔돌핀 감소 많이 됐겠다.

2011년 7월 26일 천사은심

논산 가족 모임 밤새웠다

해마다 여름 휴가철이 돌아오면 우리 가족들은 육 남매 아들딸 가족이 모두 함께 여행을 떠난다. 집 떠나면 고생인데도 이삼 년 전까지만 해도 재미나서 또 가고 싶고 또 가고 싶었는데 이젠 힘들다. 요즘은 집이 제일 편하고 좋아서 자식들이 바다로 산으로 들로 나가자면 나는 싫다고 한다. 해마다 야외로 나가더니 작년에는 빕스에서, 재작년엔 막내딸이 사는 안성에서 가족 모임 했다. 분위기 좋은 가든에서 휴가를 즐겼는데 어른은 편하고 좋지만 손자 손녀들은 싫은 모양이다. 그래서 올해는 바다로 갈까 산으로 갈까 인훈이네 집에서 가족회의를 한 끝에 막냇사위 시골 부모님 별장으로 결정하고 7월 30일 논산으로 고고 쌩쌩 휴가 떠났다.

출발하고 갈 때 어찌나 도로에 차 막히는지 목적지 가는 데만 3시간 넘게 걸렸다. 휴게소 들렀지만 한 번 내리지 않고 그냥 앉아 갔더니 도착해서 차에서 내리는데 다리 아파 꼼짝 못 하겠다. 차에서 내려 별장을 휘둘러보니 규모도 크고 대지가 어찌나 넓은지 건물이 세 채나 지어져 있다. 아래층은 넓은 방이 두 개, 주방과 욕실, 그리고 나머지 평수는 다 거실인데 엄청 넓었다. 2층에 올라가보니 양쪽 끝으로 사람이 잘 수 있게 꾸며지고 나머지는 연회석으로 꾸며져 있었다. 통나무 원탁이 가운데로 쭉 놓여 있고 양쪽 가장자리에는 4인 탁자와 의자가 쭉 놓여 있었다. 한가운데서 고기도 구워 먹을 수 있도록 가스 화구 위에 반질반질한 대형 가마솥 뚜껑이 놓여 있다. 종중산에 지은 건물이라 평수 제한 없이 건축해서 잔디 깔린 정원도 넓다. 한겨울에 장작불도 피울 수 있고 2층에서 건너편에 지은 정자로 건너갈 수 있도록 구름다리도 놓았다. 50미터 길이 출렁다리가 놓여 있고 정원도 넓고 풀장과 작은 연못도 있었다. 풀장이 시원하도록 주변에 각종 나무들이 우거져 그늘이 지고 뒤에는 야산으로 이어져 있다. 아늑하고 풍경이 아름답게 보이는 2층에서 전경이 다 보이도록 삼면이 유리벽이라 어디에서나 다 보인다. 사면이 한눈에 내다보이고 건너편 정자에 가고 싶으면 유리 창문만 열면 구름다리 건너서 정자에 간다. 정자도 2층 높이로 지어져 있는데 원탁과 의자가 놓여 있고 바로 밑에 수영장이 내려다보인다. 차 밀려서 가는 시간이 많이 걸렸는데 도착해보니 둘째 딸이 수육도 삶아놓고 반찬들도 많이 장만해 왔다. 2층 구름다리에서 사진 몇 컷 찰칵 찍고 바깥사돈 어른, 안사돈 사부인 모시고 같이 저녁 식사했다. 사람 사는 보람 느끼며 화기애애한 분위기에 평생 이렇게 살았으면 좋겠다 생각했는데 이런 게 바로 행복이 아니겠는가.

사돈 내외분은 우리랑 같이 저녁 식사하시고 밤늦게 댁으로 돌아가셨다. 밤새 아들딸, 사위들은 고기 구워 술 한잔씩 마시며 재미있게 놀았다. 평소 같았으면 나도 한잔 마시고 놀았을 텐데 사돈 내외분 오셔서 함께 어울리지 못했다. 사부인께서 우리 둘째 사위 보시더니 "장모님이 젊으셔서 참 좋으시겠어요" 하셨는데 아마도 며느리 친정엄마가 젊으니 우리 막냇사위 생각하고 하시는 말씀 같았다. 나를 보시고는 "시골에 사셔도 일을 안 하셔서 피부도 하얗고 깨끗하다"는 민망했지만 기분 좋았다. 2층에 노래방 기기도 있고 장구도 있고 분위기 좋았지만 즐거운 시간 놓쳐서 너무나 아쉽다. 나중에 아들이 "엄마 술 한잔합시다" 하더니 테라스 원탁에 버너 가져다놓고 고기 구워 이슬이 한잔했다. 밤이 깊도록 대화하다 새벽 3시 30분을 알려 꿈나라 여행했다.

2011년 7월 30일 천사은심

청남대 나들이

휴가 후유증으로 끙끙 앓느라 밤잠을 설치고 아침에 일어나니 조금 덜 아프다. 갑자기 나들이가 생겨 오전 10시 7분 속리산을 향해 출발. 숲길 벤치에 앉아 아이스커피, 옥수수를 사 먹고 돌솥비빔밥 시켜 먹고 정이품송 배경으로 사진 몇 컷 찰칵했다. 그렇게 잘생기고 잘 자란 정이품송이 짓궂은 비바람에 가지가 잘려 나가 안타깝다.

기념사진 촬영하고 속리산을 출발해 대청댐 호수 전망대 갔더니 공원에서 야외 음악회가 열렸다. 까맣게 내려다보이는 호수 보고 있는데 음악회 하는 사람이 듣고 싶은 곡 신청하라기에 '밤안개' 신청했더니 생음악 들려줘 행복했다.

청남대 향해 달려갔는데 1인 5천 원, 전용 버스요금 왕복 8천원인데 소요 시간은 16분이다. 아름드리 고목이 터널을 이루고 은은한 향기로 정신과 머리를 맑게 해준다. 청남대 도착해 두루 관람하고 대통령 직무실에 앉아 기념 촬영했다. 사진 몇 컷 찍고 권좌에서 일어나는데 관광객들의 "잘 어울리네요" 하는 말에 기분이 좋았다. 구경할 곳은 많지만 시간이 촉박해 더 이상 구경을 못 하고 귀가하니 6시 30분. 해가 길어 해 지려면 아직도 멀어 가족 카페에 사진이랑 글 올리고 식사하고 나니 어둠이 내린다.

2011년 8월 4일 천사은심

반가운 아들 인훈이 전화벨 소리

어제 넷째 딸 별달이네 집에서 큰딸이 끓여줘서 먹은 수제비가 어찌나 맛있었는지 참 잘 먹었다. 수제비 두 그릇 먹었더니 밥 생각이 없어 저녁밥도 못 먹고 포도 한 송이로 저녁 때웠다.

피곤해 일찍 잠자리에 들었는데 전화벨 울렸다. 아들 훈이 "엄마 주무세요? 엄마네 집에 공 CD 있어요?" "없는데 뭐 하려고 그러니?" "누나가 산 CD 음악 엄마가 재미없다고 하셔서요. 좋은 음악 구워 드리려고 하는데 엄마 컴퓨터 앞에 공 CD 있는 거 엊그제 봤거든요." "으응, 그건 사진 구운 건데. 어쩌지? 됐어. 엄마 차에 음악 좋은 CD 많으니 신경 쓰지 말라" 했다.

아마 엊그제 큰딸이 엄마 위해서 샀다는 CD 음악이 별로 좋지 않다고 카페에 올린 글을 아들 인훈이가 읽었나 보다. 직장에 나가랴 바쁘고 힘들 텐데 아들 인훈이 마음 씀씀이에 감동하고 이 생각 저 생각 하느라 얼른 잠들지 못했다.

애기 봐줄 사람 없어서 육 남매 키우면서 끼니때마다 자식들 등에 업고 밥 먹고 세탁기가 없던 시절에는 업고 빨래했다. 등에 아기를 업고 쪼그리고 앉아 빨래판에 비벼 빨래하고 등에 업고 설거지하고 등에서 아이 내려놓을 새 없었다. 그렇게 힘들게 키웠더니 이제는 자식들도 자식 낳고 살면서 철이 들고 이 자식 저 자식이 효도 발동해서 감동을 안겨주니 대견하고 참 흐뭇하다. 한참 어린 육 남매 키울 때는 오늘 같은 날이 있으리라고 꿈에도 생각 못 하고 건강하게 자라기만 바라고 뒷바라지했다.

자식들만 하나도 기우는 자식 없이 모두 다 잘살기만 한다면 나처럼 바랄 게 없이 사는 사람도 흔치 않다고 생각한다. 이런 생각 들 때마다 '그래도 내가 복은 있구나' 하며 항상 감사한 마음으로 살아가는 천사 은심이다. 종교는 없지만 항상 마음속으로 하나님을 영접하고 양심 없는 일은 죽어도 못 하는 성격이다. 여생을 착하고 보람되게 살고 싶은 마음인데 운명님이 허락해주시고 뜻대로 살게 해주실는지 모르겠다.

2011년 8월 16일 천사은심

귀여운 손녀 은서 분홍색 머리끈

오전에 흐렸던 날씨가 점차 개더니 오랜만에 햇살이 쌩끗 윙크한다. 얼마나 기다리던 햇살인가? 반가워서 미루었던 일들은 다 하고 싶다. 작년에 먹던 풋고추 장아찌가 곰팡이도 안 끼고 노랗게 잘 익어 참 맛있다. 짜지 않아서 넷째 딸네 두어 번 갖다주고 먹을 사람이 없어 그냥 있다. 궁금해서 풋고추 장아찌 한 개 꺼내 먹어보니 그동안 간장이 푹 배서 너무 짜다. 물에 담가두었다가 한 시간쯤 지나 갖은 양념에 버무릴 준비 완료했다. 대파 다듬어 씻고 있는데 인기척 들리기에 내다보니 마실꾼이 2명이나 온다. 오랜만에 와서 반갑기도 하고 마을 뉴스 좀 듣겠구나 싶어 하던 일손을 멈췄다.

시간가는 줄 모르고 있다가 저녁때 마실꾼이 돌아가고 고추 장아찌 무치려다 말고 컴퓨터 켜는데 분홍색 머리끈이 있기에 손바닥에 놓고 들여다보았다. 콩알만 한 방울이 2개 달려 있기에 들여다보니 연꽃 같기도 하고 복주머니처럼 생긴 감꽃 같기도 한데 보면 볼수록 앙증맞고 예쁘다.

엊그제 넷째 딸네 집에 갔다가 손자 민서만 보고 은서는 못 보고 그냥 와서 아쉽다고 했다. 그래서인지 어제 오후 아들 인훈이가 내비게이션 업그레이드 해줄 겸 은서를 데리고 왔다. 손녀 은서가 깜빡하고 머리끈을 놓고 갔는데 은서가 예쁘니 머리 묶는 끈까지 앙증맞고 예쁘다. "은서야, 복숭아 줄까? 사탕 줄까?" "할머니, 저 사탕 주세요." "은서야, 사탕은 이것밖에 없는데?" 내가 좋아하는 계피 사탕을 주었더니 아가들이 먹는 사탕이 아니라고 뱉는다. 복숭아 깎아서 한 조각 주었더니 한입 먹어보더니 "맛없어요. 안 먹어요" 한다 "에구, 갑자기 은서에게 줄 게 없구나" 했는데 지금 아이들은 잘 먹고 살아서 웬만큼 맛없으면 입에도 안 댄다. 한참 후에 아들 인훈이가 업그레이드 마치고 은서 데리고 대문을 나서기에 배웅하고 대문 앞 화단에 잡초를 뽑았다. 내 차 관리는 아들이 꼭 해주더니 요즘은 바빠서 신경 못 썼는데 회사일이 덜 바쁜 모양이다.

2011년 8월 20일 천사은심

별달이네 아파트 황당한 실수

오늘 김장배추 심으려고 날 잡아놓은 날이다. 병원 다녀온 이틀날은 컨디션이 좋더니 약을 먹어도 차도가 없다. 배추 모종 사 와야 심을 텐데 영 몸이 시원찮아 꼼짝도 하기 싫었다. 생각 끝에 별달이한테 김장배추 모종 사다놓으면 가지러 가겠다고 했더니 오후 2시쯤 사다놓겠다고 한다. 오후 1시 40분 나오라는 별달이 문자 받고 나가 아무리 초인종을 눌러도 대답도 없고 문을 안 열어주기에 '시장에서 오면서 나오라고 전화했나? 어디에서 문자 보냈나? 이상하네.' 별달이한테 전화해서 "얘 별달아, 너 지금 어디야?" 물었더니 "엄마, 어디슈?" "너희 집 문 앞에 서 있지. 어디긴 어디야?" "그런데 왜 안 들어오슈?" 넷째 딸 말 듣고 현관문을 쳐다보니 어머나 세상에, 별달이네 집이 아니다.

깜짝 놀라 당황스러워 계단을 내려와보니 별달이가 배추 모종을 사 들고 마주 걸어온다. "아이구. 이 엄마가 이제 죽으려나 보다" 했더니 "엄마는 별소리 다 하슈" 한다. 어째서 정신없었는지 엉뚱하게 아파트 동수는 같지만 왜 딸네 집 옆 라인에 가서 초인종 누르고 실수했는지 모르겠다. "엄마, 우리 집 안 들르고 그냥 가슈?" "그래. 오늘 배추 심어야지. 그냥 갈게." 뒤도 안 돌아보고 와서 저녁밥 해놓고 김장배추 심었다.

석양이 왜 그렇게 불덩이처럼 뜨겁고 덥던지 죽을힘을 다해서 심었다. 호근이 동생이 같이 심어서 꼭 2시간 걸렸지만 얼마나 힘들었는지 몇 시간 일한 것 같다. 호근이 동생 날씨도 더운데 고생했으니 배추 잘 자라면 김장할 때 배추 좀 줘야겠다. 너무 힘들고 갈증이 나서 물을 어찌나 마셨는지 저녁밥 간신히 한술 떴다.

식사 후 쉬고 있는데 셋째 딸 기쁨조 전화해서 저녁 드셨냐고 묻는다. 배추 심고 힘들다고 했더니 몸도 시원찮으면서 배추는 또 왜 심었냐고 이제 그만 심으라고 야단이다. "카페에 올라오는 글 보고 아하, 우리 엄마가 아무 이상 없구나 생각했는데. 엄마, 내년에 제주도 구경시켜드릴게요." "제주도 구경은 갔다 왔는데 뭐 하러 또 가니? 제주도 구경시켜줄 생각하지 말고 엄마네 집에 오라" 했더니 깔깔 웃으며 "엄마, 나 죽을 만큼 보고 싶어?" 애교 떨며 묻는 말에 "그래 보고 싶다." "그럼 스케줄 조정해서 이번 주 엄마네 집에 갈게요" 한다. "애, 네가 무슨 연예인이냐? 스케줄 맞추게?" 했더니 기쁨조 또 깔깔 숨넘어가게 웃으며 "연예인보다 더 바쁘지. 엄마, 매니저하고 맞춰봐야지. 내가 인기가 얼마나 많으면 이렇게 바쁘겠어, 엄마?"

참배 맛같이 싹싹하고 비위 잘 맞추는 셋째 딸 기쁨조랑 통화하다 보니 시원찮고 힘들던 몸이 금세 가볍게 느껴졌다. 운동 부족으로 배추 좀 심었다고 다리 아파 발걸음 떼어놓을 수 없는데 자고 나면 어떨지. 오늘 배추 심으며 확실히 운동은 알맞게 해야 한다는 걸 뼈저리고 절실하게 느꼈다.

2011년 8월 22일 천사은심

한여름 땡볕에 고생한 아들 인훈이

요즘 아침저녁으로 시원해서 참 좋았는데 오늘은 한여름이 울고 갈 만큼 뜨거운 땡볕에 살이 데일 정도다. 오전 10시쯤 따르릉 벨 소리에 웹서핑하다 말고 서둘러 전화 받았더니 넷째 딸 "엄마, 인훈이가 민서랑 은서 데리고 아부지 산소 벌초하러 간다는데 어쩌지? 애들까지 가면 엄마 혼자 힘들 텐데?" "그럼 너도 인훈이랑 같이 엄마네 와서 민서, 은서랑 놀아주라" 했다.

오전 11시 넘어 아들 인훈이가 큰딸 왕초, 넷째 딸 별달이, 손자 민서, 손녀 은서를 태우고 우리 집에 왔다. 큰딸은 제빵집에 들러 크림빵 몇 가지랑 키위, 찐 옥수수 한 보따리 싸 가지고 왔다. '한낮 땡볕에 어떻게 하려고 이렇게 늦게 왔나?' 속으로 걱정하며 "점심은 어떻게 할까?" 물었더니 "엄마, 예초기 손잡이 부러졌어요. 고쳐서 오후 5시쯤 와서 할게요. 지금 한참 뜨거워서 벌초할 수도 없어요." 인훈이 말 듣고 있던 큰딸 왕초, 넷째 딸이 "우리도 갈까?" "얘들아, 인훈이는 오후에 다시 올 텐데 그냥 있으라" 했더니 인훈이 가는 길에 집으로 가겠다며 큰딸이 "엄마도 같이 나갑시다. 집에 있으면 엄마 뭘 해?" "아니다. 엄마는 몸이 시원찮아서 그냥 집에 있겠다" 했다.

예초기 고치러 가는 아들 인훈이 차 타고 큰딸, 넷째 딸, 손자, 손녀는 다시 집으로 돌아갔다. 기운이 없고 머리가 조금 멍한 것 같아 통증 잊으려고 컴퓨터 켜고 그럭저럭 한나절 보냈다. 오후 4시 40분쯤 아들 인훈이가 예초기 고쳐 와 그이 산소 벌초하러 가기에 얼음물 1병, 빵 2개 챙겨 보내고 벌초하는 동안 미역국 끓이고 오뎅

439

볶음 하고 저녁 식사 준비했다.

오후 6시 30분경 아들 인훈이가 벌초 끝내고 대문 앞에 정차하고 예초기를 내려놓는다. 저녁 식사하고 가랬더니 엄마랑 나가서 저녁 식사하려고 했다며 나가자고 했다. 반찬은 없어도 저녁 준비했으니 엄마네 집에서 한술 뜨고 가라고 했더니 주차하고 들어온다.

식탁 차려주고 아들 인훈이 식사하는 동안 인터넷 작업하다 주방에 갔더니 아들 인훈이 식사 다 했다. 인훈이 자리에서 일어서며 "엄마, 고기도 안 넣었는데 미역국이 맛있네요?" "훈아 한 냄비 퍼줄까?" 곰솥에 한가득 끓인 미역국을 작은 국솥에 퍼주었더니 감자채 볶음이 맛난지 "이것 좀 주세요." "그래? 어제 저녁에 볶았는데 쉴까 무섭구나. 감자 볶음은 안 되겠다" 했더니 나중에 좀 해달라고 했다. 아들이 미역국도 가져가고 감자채 볶음 해달라는 말에 속으로 기분이 어찌나 좋았는지 모른다. 미역국 한 솥 퍼줘서 보내고 대문 앞에서 배웅하고 들어왔다.

아들 인훈이 결혼한 지 올해 8년 차인데 아직도 내가 해 먹이던 맛을 잊지 않았나 보다. 내가 밑반찬 가져가라는 말을 하기도 전에 반찬 달라는 말 듣고 나니 기분이 참 좋았다. 컴퓨터 들여놓기 전에는 밑반찬 가끔 해다 주곤 했는데 요즘은 바쁘고 내가 먹을 반찬도 하기 싫었다.

불볕더위 기승부리는 날, 아들 인훈이 혼자 벌초하느라 얼마나 덥고 힘들었을까 생각하니 마음 짠하다. 땡볕에서 힘들었을 아들 인훈이 생각하며 아들아, 너에 대한 엄마 마음 알겠지? 오늘 수고 많았다.

2011년 8월 27일 천사은심

누가 나 몰래 차 뒷범퍼 살짝

죽을 먹고 살아도 건강이 제일인데 사나흘 두통이 심해서 머리가 깨질 듯 아프다. 머리 전체를 옥죄는 느낌이 들어서 어떤 때는 표현하기 어려운 증세들이 나를 너무 힘들게 한다. 어제부터 병원에 가서 진료하고 약이라도 지어 오고 싶었지만 일요일이기에 오늘 가려고 했다. 병원에 가지 못하고 어제 종일 두통으로 고생했는데 원인이 뭘까? 의사 쌤 진단은 갱년기 증상에 신경성이라는데 내 신경이 너무 예민한 탓일까?

세금 내려면 농협에도 가야 하고 가을볕 좋을 때 고추 말려 방앗간에 가야 한다. 고추도 빻고 면사무소 들러 병원에도 가야 하는데 큰딸이 점심 식사하러 오라고 했다. 오리고기 훈제 있다고 요즘 엄마 입맛 없어 하니 엄마랑 같이 오라고 넷째 딸한테도 전화했다고 했다. 언니네 가자고 넷째 딸이 전화했지만 마음이 바쁘다 보니 어수선하다.

농협에 너무 일찍 가서 세금 내려고 기다리는데 넷째 딸이 와서 세금 내고 넷째 딸네 집으로 갔다. 고추 자루 가지러 농협 주차장에 가 보니 누가 그랬는지 차 뒷범퍼를 살짝 긁어놓았다. 얼마나 속상하던지 기분 나쁘지만 참고 넷째 딸네 가서 고추 자루 싣고 출발했다.

고덕면사무소에서 볼일을 보고 국제병원에 들러 우울증 약 짓고 큰딸네 갔다. 조금 앉아 있으니 근사한 진수성찬 상다리 부러지게 한 상 잘 차려서 거실에 푸짐하게 내온다. 요즘 몸이 시원찮아 입맛이 없어 반찬이 많고 오리 훈제 있어도 젓가락이 안 가고 잘 안 먹힌다. 큰딸이 오리 훈제 구이도 많이 남았다고 천천히 드시라고 하는데 서너 점 먹고 나니 입맛이 영 없다. 예전 같으면 한 접시 둘이 먹고 더 먹던 고기도 통 안 먹히고 밥 반 공기도 목에 안 넘어간다. 식사 후 큰딸 왕초가 키위, 포도, 복숭아 디저트 내와서 포도 참 맛있게 먹었더니 그제야 살 것 같다. 차차 생기가 돌기 시작했는데 내가 요즘 왜 이러는지 이런 날이 올 줄 꿈에도 생각 못 했다.

오후 3시 30분, 큰딸 왕초, 별달이 태우고 집에 와서 널어놓은 고추를 자루에 담아 방앗간에 갔다. 고춧가루 빻고 넷째 딸이 쑥송편 두 팩, 떡볶이 떡 한 팩 샀는데 쫄깃하고 참 맛있다. 오리 훈제 고기 한 팩도 못 먹고 남았는데 넷째 딸이 떡볶이 해줘서 거실에 나와 몇 점 집어먹었다. 송편 한 팩 남아서 두고 오면 아이들이 안 먹고 말려버릴 것 같아 집으로 가져왔다.

현관문 들어서니 별달이네 같이 있던 큰딸 왕초는 내가 아들 인훈이네 간 새 사위 퇴근 차 타고 다녀갔다. 큰딸 왕초가 나도 없는데 포도 한 상자 거실에 놓고 갔다. 내가 낮에 큰딸 왕초네 집에서 포도 맛있게 먹는 걸 보았나 보다. 여기저기 운전하고 바람 쐬고 다니고 약 먹었더니 두통 증세가 좀 덜한데 모르겠다.

2011년 9월 26일 천사은심

당연히 안 보고 싶지

2011년 음력 9월 12일, 양력 10월 25일은 내가 제일 예뻐하고 사랑하는 민서 생일이다. 우리 가족 중 음력 9월 생일은 큰사위, 둘째 딸, 아들 인훈이, 손자 민서까지 아휴, 한 달에 생일이 4명이나 된다. 선물은 못 해주지만 한 달에 생일이 네 명이다 보니 마음으로 부담이 된다. 둘째 딸은 멀리 살아서 별로 신경 안 쓰지만 가깝게 사는 자식들은 마음에 걸리고 신경 쓰인다. 얼마 전까지만 해도 딸, 사위들도 챙기고 아들 인훈이에게 하다못해 필요한 속옷이라도 선물했다. 올해는 두 눈 딱 감고 아들 인훈이 미역국만 끓여다주었는데 마음 짠하고 신경 쓰였다.

올해는 내가 제일 예뻐하고 좋아하는 손자 민서 생일에 내 손으로 미역국 끓여주고 싶었다. 하지만 우리 민서는 자주 얼굴 보는데도 나를 잘 따르지 않는다. 어제 저녁때 별달이는 뭐가 그렇게 재밌는지 전화해서는 엄마 불러놓고 웃느라 말을 못 하고 계속 숨넘어가게 웃는다. 너무 궁금해서 "너 또 왜 그러는 거야?" "엄마, 민서야 할머니 보고 싶냐 물었더니 당연히 안 보고 싶지, 그러잖어. 엄마, 쇠고기 미역국 끓여주지 말고 옷도 사주지 마슈" 하며 또 웃는다. "너는 갑자기 무슨 소리하는 거야?" 물었더니 "엄마, 글쎄 오늘 교회 갔다 오는 길에 민서랑 왔지 뭐유. 민서야, 할머니 보고 싶냐 물었더니 그렇게 말하잖어." 또 한바탕 웃는 게 민서가 엄청 귀엽나 보다. 민서가 예쁘고 귀엽다 보니 당연히 할머니 보고 싶지 않다고 하는 말이라도 나한테는 재롱으로 들렸다.

모레 민서 생일 쇠고기 미역국 끓여다주고 싶어서 오후 4시 7분 출발, 농협 마트로 달려갔다. 일요일이라 그런지 마트에 사람이 꽤 많았다. 한우 양지머리 한 팩에 19,800원, 미역 4,800원 이것저것 여러 가지 샀다.

저녁밥 안쳐놓고 글 올리는데 아들 인훈이 한참 이런저런 통화 하더니 "민서야, 할머니하고 통화 좀 해보라" 하며 민서 바꿔주었는데 오늘은 기분 좋은지 상냥하게 받는다. 민서가 "할머니" 하고 부르기에 "민서야, 너 고모한테 뭐라고 말했니? 무슨 말 했어?" 민서는 아무 말이 없다.

"할머니 보고 싶냐고 고모가 물었을 때 당연히 안 보고 싶다고 했지? ㅎㅎ." 웃으며 물었더니 조용한 민서는 답이 없다. "괜찮아. 할머니는 네가 아무리 그런 말을 했어도 재롱으로 들린다" 해도 민서는 끝내 말을 안 했다.

어린 마음에도 내가 들으면 안 좋은 말인 줄 아는지 아무 말 없었는데 나는 귀여워서 하는 말인데 민서는 미안한가 보다. 민서가 아무 말 안 해서 끝내 통화 못 하고 끊었는데 손자 민서가 너무 귀엽다.

2011년 10월 23일 천사은심

내년부터는 엄마 석류 그만 사드려

"엄마, 지금 송탄이야." "어머, 벌써 송탄에 왔니?" 서둘러 전철역 광장에 도착했다. 정차하고 차창을 내다보니 셋째 딸 기쁨조 양손에 무겁게 한 보따리 들었다. "뭘 이렇게 힘들게 많이 샀니?" "엄마, 어제 언니랑 통화하면서 엄마 드리려고 석류 한 박스 샀다고 했더니 왕초 언니가 나한테 뭐라고 한 줄 알아?" "엄마는 모르지. 왕초가 너한테 뭐라고 말했는데?" "엄마 피부는 너무 탱탱해서 문제인데 석류를 또 사 오면 어떻게 하냐? 내년부터는 엄마 석류 그만 사다드리라" 했다며 한참 웃기에 덩달아 기분 좋았다.

갱년기에 좋다고 해마다 석류 철에 떨어지지 않게 사 오는 셋째 딸 하는 말에 나도 웃음이 나왔다. "왕초 지지배 너무 웃긴다. 엄마 피부 좋은 게 무슨 문제야? ㅎㅎ 석류 저 달라고 하는 말인가 보네. 안 그러니? 기쁨조야? 엄마는 석류 안 먹어도 된다. 이 석류는 왕초 언니 갖다주자" 했더니 "아니야. 언니 석류 안 좋아해." "그래? 그럼 엄마네 집에 석류 내려놓고 가자. 종일 차 안에 두면 햇볕에 안 되잖아?"

집에 석류 내려놓고 큰딸 왕초네 가는 동안 내내 대화하며 갔는데 내 자식이지만 나를 감동하게 하는 말을 또 했다. "엄마, 나한테 참 잘해주는 언니가 안산에 살아. 그런데 그 언니 친정아빠가 후두암 수술하시고 고생하시는데 안 가 뵐 수 없어서 그 언니네 친정집에 갔다 왔어. 얼마 안 남으신 분이신데 수염이 어찌나 길었는지 차마 볼 수가 없더라고. 그분을 뵈니 돌아가신 아빠 생각이 나서 삼중 면도날로 깨끗하게 깎아드리고 손톱까지 깎아드리고 왔어.”
“애, 자식들은 뭐하고 네가 수염을 깎아드렸니? 그 언니 친정이 어
딘데?” “안산 언니 친정은 보은이고 그 언니는 부모님한테 잘하면
서도 나처럼 살갑지 않고 잔정이 없는데 나는 우리 아빠가 생각났
어.” “그래. 엄마는 기쁨조 너를 너무 잘 알지. 그래, 착하고 말고.
너는 마음이 참 곱지. 자식들도 하기 힘든 일 참 잘했다. 너는 복
많이 받을 거야” 했더니 “엄마, 엊그제 그 언니한테서 전화 와서 한
참 통화했어. 언니 친정 식구들이 나한테 반했다고 하길래 언니 친
정아빠한테 전화드리고 저 또 보고 싶으세요 했더니 많이 보고 싶
으니 빨리 오라고 하시더라고.” 살갑고 싹싹한 셋째 딸 기쁨조는
참배맛 같고 애교스럽다.

큰딸 왕초네 도착해서 우스갯말로 “왕초야, 기쁨조 보고 엄마 석
류 그만 사다주라고 했다며?” 왕초는 서슴없이 “그럼. 엄마 피부는
지금도 좋잖아. 너무 탱탱해서 문제지. 우리들보다 엄마 피부가 더
좋잖아? 자꾸 그런 거 많이 드시면 큰일 나요.” 큰딸 왕초 말이 끝나
기 무섭게 기쁨조는 언니 주려고 좋은 거 사 왔다며 물건을 꺼내놓
는다. “그게 다 뭐야?” 물었더니 “먹는 피부 보습제 이너비야.” “그
래? 얼른 한번 보자” 했더니 “아이구, 우리 엄마 앞에서 내가 또 깜빡
하고 또 실수했네. ㅎㅎㅎ 엄마는 이거 드시면 큰일 나요.” “왜 큰일
나는데?” 웃으며 물었더니 “엄마는 지금도 피부가 좋잖아? 얼굴이
촉촉해서 보습이 좌르르한 엄마가 드시면 파리, 모기가 낙상 사건
일으키면 큰일이야.” 또 ㅎㅎ 웃는다.

수다 떠는 동안 별달이가 도착하자 기쁨조가 무겁게 가져온 물
건 보따리 펼쳐놓으니 없는 게 없다. 은행, 햄, 골뱅이, 옥수수 캔,

과자 담아 먹는 예쁜 그릇 3개. 그 많고 무거운 물건을 어찌 다 가져왔는지 모르겠다. 은행도 한 말쯤 되는데 아들 인훈이, 큰딸 왕초, 넷째 딸 별달이, 그리고 나 이렇게 서너 되씩 똑같이 그릇에 담아 나누었다. 은행은 어디서 이렇게 많이 생겼냐고 물으니 안산 언니하고 휴일마다 야외 나가 주워 왔다고 했다.

  왕초네 집에서 맛난 수제비 해 먹고 오후에 아들 인훈이네 갔더니 큰사위 퇴근해서 왔다. 인훈이는 약속 있어 같이 못 가고 식육점에서 운영하는 식당에 갔다. 직접 눈으로 보고 쇠고기 사서 구워 먹으니 신선도 높고 한우인데 식대도 저렴해서 참 좋았다.

                          2011년 11월 11일 천사은심

빼동빼동한 얼굴에 주름 하나 없이

어제 외출하고 늦게 큰딸네 잠깐 들렀는데 길에서 옛날 지인 아주머니를 만났다. 30여 년 전부터 잘 알고 지내면서 가끔 만나던 그 아주머니를 못 본 지 몇십 년 훨씬 넘은 것 같다. 반가움에 인사했더니 "아니, 이게 누구여? 아이구 반갑네" 하시며 우리 큰딸 보시고 "이 사람이 딸이여?" "네, 이 동네로 이사 왔어요." "그려? 예전에 자네 친정엄마랑 친하게 지냈어" 하시더니 나를 쳐다보시며 "근데 어쩌면 그렇게 하나도 안 늙었어? 빼동빼동한 얼굴에 주름 하나 없이 하나도 안 늙었네? 옛날 그대로네? 아직도 안 늙고 얼굴이 빼동빼동하네." 몇 번을 말씀하셨다. 속으로 기분은 좋았지만 "아이구, 그동안 지난 세월이 얼만데요. 제가 왜 안 늙었겠어요? 말씀이라도 고마워요. 에구, 시장에서 만나면 막걸리라도 한잔 사드려야겠네요." 우스갯말했다. "아니여, 나 술 못 먹어. 나 뇌졸중 왔었어. 술 못 먹어." 손사래 치신다. 연세는 잘 모르지만 고생을 많이 하셨는지 주름 자글자글한 모습 보니 세월이 무상하다.

아주머니와 헤어져 큰딸네 갔더니 어제 시댁에 갔다가 속초시장에서 유명한 치킨집에 들러 닭강정 사 왔다고 내놓는다. 유명한 치킨집인데 손님이 너무 많아 줄 서서 한참을 기다려서 사 왔다고 한다. 닭 한 마리 만오천 원, 두 마리가 한 세트인데 나 주려고 두 세트 샀다며 가져가라고 내놓는다. 큰딸이 시댁에서 오는 길에 먹다 남은 닭강정을 한 점 집어줘 먹어봤다. "어머, 맛있네? 강원도에서 어떻게 닭강정 파는 집이 있다냐? 강원도 하면 생선회가 먼저 떠오르

448

는데?" "엄마, 나도 여태 시댁에 다녀와도 몰랐는데 속초시장 갔다가 줄 서 있는 사람들 보고 알았어. 이상해서 물었더니 이 집 닭강정 맛있어서 유명하고 전국에 택배로 보내준다고 해서 사 온 거야." 가족들 나누어 먹으려고 오징어 한 축에 4만 원 주고 샀다며 오징어 3마리, 닭강정 한 세트 싸주길래 가져왔다.

2011년 11월 13일 천사은심

즐거운 고창 여행

어제 초겨울 비가 내리더니 관광 가는 어둑한 새벽 쌀쌀해서 춥다. 마을에서 일 년이면 봄, 가을 두 차례 관광을 꼭 가는데 올해는 가을 시즌 놓치고 초겨울에 가게 되었다. 밤낮으로 컴퓨터 친구랑 지내느라 밖에 나가지 않아서 한동네 사는 주민들도 자주 만나지 못하는 현실이다. 관광을 계기로 오랜만에 만난 얼굴들이 참 반가운데 오가는 동안 가족적인 분위기에 참 재밌었다. 한동네 살아도 자주 못 만난 어떤 분은 나를 보고 반가워하시며 "하나도 안 늙고 얼굴이 참 곱네" 하신다. 얼굴이 이쁘다는 말인지 피부가 곱다는 말인지 알 수 없지만. ㅎㅎㅎ 이른 아침부터 기분 좋은 말 들었다.

고창 선운사까지 거리는 멀지만 교통이 좋아 서너 시간밖에 안 걸린다. 오가는 동안 창밖 풍경을 보니 남쪽 지방이라 그런지 단풍이 많이 남았다. 온난화 현상으로 춥지 않아 밭에 심은 양파와 마늘 새싹이 한 뼘도 넘게 자라 봄 풍경을 보는 듯했다. 바다처럼 넓은 들녘엔 손도 대지 않은 김장 무, 배추가 주인을 기다리고 있다. 금년 고추 값이 너무 비싸 김장을 줄여서 그런지 지방마다 무, 배추가 남아돌아 가격 하락이다. 끝도 없이 넓은 들녘에 무, 배추 힘들게 가꾼 농부들의 마음이 얼마나 아플까 피부로 느껴졌다.

차창으로 보이는 씁쓸한 풍경들을 보며 상념에 젖어가는 동안 고창 선운사에 도착했다. 선운사 둘러보고 오후 1시쯤 풍천 장어구이 정식으로 점심을 먹었다. 생선을 별로 좋아하지 않아 망설이다 입에 한 점 넣었더니 느끼하고 속이 느글느글, 영 식성에 안 맞는다.

장어에 단백질, 칼슘이 많아 좋다는 걸 알면서도 영 입에 안 맞아 못 먹었다. 그런데 옆 사람이 피부에 좋고 골다공증에 좋다며 꼬들꼬들하게 익은 것만 골라 주기에 성의가 고마워 대여섯 점 먹었다. 둘러보니 세상에 어쩌면 그렇게 식성들이 좋은지 개운한 것만 좋아하는 나는 참 부러웠다. 피부 좋아진다는 말에 억지로 먹었더니 속이 느글거려 커피 한 잔으로 속을 달래느라 혼났다.

정읍에 들러 옛 절터 구경하고 평택에 도착해 저녁 식사했는데 해물칼국수 국물이 시원하고 먹을 만했다. 오랜만에 주민들과 어울려 가족적인 분위기에 화기애애하게 다녀온 여행이었다. 그동안 쌓였던 스트레스 모두 확 날려보내고 좋은 추억들을 마음속 가득 한 아름 담아 왔다.

2011년 12월 1일 천사은심

요즘 왜 그렇게 하고 다니슈

오늘 낮 12시 농협 예식장에서 친목회 회원 자녀 결혼식이 있는 날이다. 어제 외출하고 늦게 돌아와 글쓰기 작업 못 했기에 글 한 편 썼더니 시간이 없다. 꽃단장도 못 하고 외출복만 갈아입고 예식장으로 출발했다. 11년 전 지역 부녀회장, 농협 부녀회장 겸직할 때 함께 활동하던 동료들을 만나 얼마나 반가웠는지 모른다. 식사하며 동료가 권하는 맥주 한 잔을 받아놓고 끝내 마시지 못했다. 예전에는 소주 서너 잔은 거뜬히 마셨는데 요즘은 통 입에도 대기 싫다.

글 쓰다 시간이 없어 화장도 못 하고 나갔더니 친목회 회원마다 귀가 따갑게 야단이다. 이쁜 얼굴에 화장 좀 하고 나오지 왜 그냥 나왔냐고, 집에서 컴퓨터만 하지 말고 운동도 하고 나오라고 했다. 여기저기 사방 돌아다니지 뭐 하러 집에서만 꼼짝 안 하고 있냐며 연말 모임에 꼭 나오라고 당부했다. 축의금하고 밀린 회비 합해서 12만 원이 소리도 없이 날개 돋친 듯 날아가버렸다.

식당을 나와 오랜만에 시장 안에 지인이 운영하는 옷가게에 놀러 갔다. 주인이 오랜만에 왔다며 반가워하더니 "아니, 옛날 멋쟁이가 요즘 왜 그래?" "내가 왜? 뭐가 어때서?" "미경이 엄마 얼마나 멋쟁이였어? 그런데 요즘 많이 털털해졌어." 카페 글방에 글 쓰다 말고 나올 수 없어서 글 한 편 마무리하고 나오느라 바빠서 그냥 나왔다고 했다. 옆에서 듣고 있던 손님이 "그래도 이뻐유." "피부도 하얗고 깨끗해서 미경 엄마는 피부가 너무 고와. 전에 얼마나 멋쟁이였어?" "으이그, 외출하면 꼭 이런 말 듣는 것도 팔자인가? 왜 외출했다하면 야단들이지" 하며 웃었다. "미경 엄마는 집에서 컴퓨터만 하는 거야? 그 속에 뭐가 있길래? 밥이 들어 있어? 돈이 들어 있어? 그렇게 재밌어?" "그럼, 그 속에 무엇이든 다 들어 있지. 좋은 지식, 정보, 좋은 글까지 없는 게 없어." 지인에게 집에서는 해가 너무 짧은데 외출하면 왜 이렇게 시간이 지루한지 모르겠다고 했다. 지인이 컴퓨터 하면 그렇게 시간이 잘 가냐고 묻길래 시간 가는 줄 모르고 하루해가 너무 짧다고 했다.

한참 대화하는 중인데 손님이 와서 옷을 고르고 있는데 보니 11년 전 같이 활동했던 농협 부녀회장이다. 나이는 조금 아래지만 5년 동안 참 재밌게 활동했던 동료인데 11년 만에 처음 만났다. 얼마나 반가워하던지 "오 회장님 동네 부녀회장한테 회장님 안부 물어본 적 있어요. 농협에서 봄, 가을 관광 갈 때마다 꼭 치마만 입고 다니시던 멋쟁이 형님 잘 계시냐고 물었다" 한다. 갑자기 아저씨 돌아가셨다고 하더라며 "그동안 안 늙고 그대로시네요" 하며 반가워한다. 사람은 나이 들수록 깔끔하게 단장하고 외출해야 대우를 받는 세상이라고 큰딸은 나에게 늘 강조한다. 별달이도 "엄마, 요즘 왜 그렇게 하고 다니슈? 예전에는 엄마 이쁘게 하고 다녔잖우?" 한 적 몇 번 있는데 나도 왜 변해가는지 모르겠다. 오늘도 편하게 외출했다가 동료들의 반응에 깜짝 놀란 경험을 거울 삼아 앞으로 외출에 신경 써야겠다.

2011년 12월 3일 천사은심

453

세월의 반란

지난 23일 밤새도록 살포시 내리던 눈이 아직도 녹지 않고 이곳저곳 산과 들녘에 잔설이 희끗희끗 남았다. 겨울 날씨치고는 화창하지만 칼바람이 쌀쌀하고 혹독하고 매섭게 서슬 퍼런 동장군 기승이 대단하다. 금년 성탄절은 은빛 하얀 눈꽃이 온 세상을 눈 시리게 뒤덮으며 화이트 크리스마스를 멋지게 장식했다. 겨울 낭만 흐르는 눈꽃 풍경이 어서 빨리 밖에 나오라고 잔잔한 마음속에 돌을 던진다. 나이 탓일까, 오늘 같은 날은 유독 세월의 아쉬움이 커서 나도 반란을 일으키고 싶다. 발목 푹푹 빠지도록 백설기처럼 내린 은빛 세상에 가슴 설레고 아무리 추워도 집에만 있기에는 너무 아까운 겨울 풍경이다.

오후에 미리내성지 드라이브 갔더니 나뭇가지마다 소복소복 내려앉은 설경이 너무 환상적이고 크리스마스 이브답다. 간간이 겨울 찬바람 지나가 나뭇가지 흔들릴 때마다 한 점 두 점 툭툭 떨어지는 눈꽃송이는 아쉬움의 서러움인가 보다. 햇빛에 방울방울 녹아내리는 눈꽃이 서러운 눈물처럼 땅에 뚝뚝 떨어진다. 대롱대롱 매달린 고드름이 석양에 반짝반짝 보석 상자를 엎질러놓은 것처럼 눈부시게 반짝인다.

25일 크리스마스 성탄절, 화창해서 집에만 있기 아쉽고 영인산 휴양림 눈꽃 풍경 보고 싶기에 2시쯤 출발했다. 나뭇가지에 내려앉은 눈꽃은 겨울바람에 툭툭 다 떨어지고 볼 수 없었지만 산과 들녘, 도로 가에는 아직 눈이 많이 남아 있었다. 드라이브 기념사진 몇 컷 찰칵, 잊지 못할 추억 간직하고 싶기에 멋진 풍경을 추억과 함께 사진 속에 가득 담았다.

　이튿날 26일, 역시 겨울 날씨라고 쌀쌀하지만 겨울 고운 햇살이 눈부시게 화창했다. 언젠가 가족이 모인 자리에서 왕초가 연말 가족 모임을 평택항 여객 터미널 앞의 높은 빌딩 회전식 레스토랑에서 했으면 좋겠다고 한 말이 생각나서 드라이브 겸 가보고 싶었다. 오후 1시 넘은 시간에 출발해 평택항에 도착해보니 레스토랑은 아파트보다 더 높은 고층 빌딩에 있다. 빌딩 제일 높은 끝 건물에 원형으로 지은 건물은 사방 온통 통유리 벽이고 사방 천지 한눈에 다 내려다볼 수 있겠다. 레스토랑 안에서 움직임을 느낄 수 없을 정도로 아주 천천히 뱅글뱅글 돌아 사방 전경을 내다볼 수 있는 멋진 장소이다. 여객 터미널 앞에 도착하자 다시 출발, 아산만 해상공원에 도착해 겨울 바다 풍경을 마음껏 눈에 가득 담았다. 좋은 추억 많이 간직하고 싶기에 쌀쌀한 겨울 바닷바람에 추운 줄도 모르고 사진 몇 컷 찰칵했다. 추운 겨울 평일이라 그런지 눈에 띄는 사람 없고 한산해서 쓸쓸했지만 겨울 바다 풍경은 장관이다. 온통 하얀 눈밭에 유독 파란 바닷물은 더 차갑게 느껴지는데 파도치는 물결 위에 이리저리 떠밀려 둥둥 떠다니는 청둥오리가 귀엽다. 춥지 않고 화창한 고운 햇살 덕분에 꿈같은 시간을 보낸 사흘간의 잊지 못할 추억이다.

2011년 12월 26일 천사은심

360° 회전 레스토랑, 몬테비안코

지난해 마지막 날 연말 가족 모임 하느라 밤을 홀랑 새우다시피 하고 신년 첫날부터 온종일 우루루 일당 가족들이랑 뭉쳐 다니느라 너무 피곤해서 오늘 하루 쉬고 싶었는데 오전 10시부터 큰딸 왕초, "엄마, 전화 몇 번 했는데 왜 그렇게 안 받았어? 집 전화도 안 받고? 걱정했잖아. 엄마, 평택항 몬테비안코 회전 레스토랑에서 오늘 마지막 특별 론칭인데 정장으로 깔끔하게 차려입고 기다려. 정오에 출발합시다" 한다.

피곤해서 하루 쉬고 싶었지만 회전 레스토랑 가보고 싶은 마음에 큰사위 차 타고 30분 만에 평택항에 도착해 15층 몬테비안코에 올라갔다. 사방 통유리로 으리으리하고 움직임을 느낄 수 없을 정도로 조용하고 천천히 회전해서 고개를 돌리지 않고도 전경을 한눈에 볼 수 있다. 360° 회전하는 데 두 시간 걸리는 회전 레스토랑에서 내려다보는 바다 풍경이 참 근사하다. 드넓은 바다 풍경과 서해대교를 바로 눈앞에 두고 보면서 '바로 이런 게 행복이구나' 느끼고 있는데 큰딸 왕초, "엄마, 딸 다섯 낳기 참 잘했지? 큰딸 왕초 나는 어떻게 하면 엄마 좋은 곳에 모시고 갈까 신경 쓰지. 둘째는 엄마 용돈 많이 주는 걸로 때우고 셋째는 엄마 피부 고와지라고 떨어지지 않게 석류 사다 대주며 웃게 해주지. 넷째는 엄마 귀찮아하는 은행일 도맡아 해주고 막내 쿠키는 엄마 컴퓨터 가르쳐주지. 아들 인훈이는 엄마 효자 기둥이잖아." 큰딸 왕초가 한참 읊어대는 말에 "그래, 엄마는 딸 다섯 낳기 참 잘했다. 참 잘했는데 아들 다섯, 딸 하나 낳았으면 엄마가 지금 이렇게 살겠니? 못 살지" 하며 웃었다.

이런저런 대화하는 동안 스테이크 나왔는데 통째로 나오지 않고 잘게 썰어 나와서 먹기도 편리하고 양념 간이 잘 배어 훨씬 부드럽고 맛나다. 레스토랑이 돌아가는 동안 식사하면서 큰딸 왕초는 사진 몇 컷 찰칵하고 나는 딸, 사위 사진을 찍어주었다.

레스토랑을 나오자 큰사위는 드라이브하자며 서해대교를 건너 보령 무창포 해수욕장으로 달렸다. 겨울인데도 사람들이 많고 바다 풍경이 아름답다. 오후 4시 넘어 무창포를 출발해 대천항에서 저녁 식사하고 오후 6시 20분 출발했다. 평일이라 그런지 차가 안 막혔는데 2시간 걸리고 종일 몸은 피곤하지만 딸 사위 효심에 너무 행복했다. 레스토랑, 대천항에서 큰사위가 계산했는데 하루 식대 너무 많아 마음 짠해 보태라고 5만 원 몰래 차에 두었더니 내가 화장실 간 새 3만 원을 더 보태서 내 가방 속에 넣었는지 내가 차에서 내리자 "엄마, 가방에 8만 원 넣었어" 한다. 나중에라도 기회 봐서 큰딸 왕초와 큰사위랑 거하게 밥 한 끼 먹여야 내 마음도 편하겠다.

2012년 1월 2일 천사은심

엄마 십오만 원이야

띠리링~ 벨 소리에 수화기 들며 시계 보니 오전 10시. "엄마 뭐해? 요즘에 인간극장에 나오는 청양에 갈 건데 엄마도 갈 거유? 11시까지 모시러 갈게. 나 아직 화장 안 했으니 엄마도 준비하고 있어." "애 왕초야, 야채전이랑 잡채 데워서 간식거리 싸 가져가고 싶은데 어떻게 할까? 식혜랑 싸 가지고 갈까?" "엄마, 그런 걸 뭐하러 싸 가지고 가?" 하길래 그냥 전화 끊었다.

완벽하게 외출 준비하자면 시간이 많이 걸릴 것 같아 얼굴에 기초만 발랐다. 눈썹 살짝, 그리고 핑크빛 립스틱 살짝 바르고 평상복에 외투만 하나 걸쳐 입었다. 11시까지 오겠다던 큰사위와 큰딸 왕초는 약속 시간도 멀었는데 벌써 대문 앞에 와서 빠방 클랙슨 울린다. 차 타며 "으이그, 11시에 온다더니 왜 벌써 왔어? 좀 미리 여유 있게 말해주면 안 되냐? 맨날 갑자기 번갯불 여행이냐? 이게 뭐야. 맨날 초라하고 쪽팔리게." 조수석에 앉은 큰딸 왕초는 "괜찮어. 엄마는." "애, 엄마는 왜 괜찮은데?" 웃으며 농담조로 물었다. "엄마는 피부가 고와서 괜찮어유 ㅎㅎ." 할 말이 없는지 피부 곱다는 말로 때운다.

출발할 땐 눈이 오지 않았는데 한참 가다 보니 온 우주에 왈츠를 추듯 나폴나폴 함박눈이 내린다. 온종일 함박눈이 오락가락 삽교천에서부터 청양 다 가도록 하얀 눈 덮인 은빛 세상이다. 청양에 도착수목원 가서 드라이브 한판 땡기고 강호동 녹화 현장에 도착했다. 호수에 기다랗게 놓인 출렁다리는 근사하다. 어찌나 길던지 1킬로미터가 훨씬 넘는 길이다.

눈 내리고 날씨는 춥지만 관광버스도 몇 대 서 있고 팔짱 끼고 속삭이며 데이트하는 연인들의 모습도 보인다. 출렁다리 건너는 관광객들도 많았는데 사진 찰칵 찍느라 출렁다리 걸으니 맑은 호수 위를 걷는 기분이다. 다리는 아프지만 풍경이 멋지고 근사해서 큰사위, 큰딸 왕초와 출렁다리 맞은편까지 건너가서 사진 찍고 왔다. 발걸음 옮길 때마다 출렁다리 출렁대며 건너가서 아름다운 추억 한아름 담아 사진 몇 컷 찰칵했다.

출렁다리 구경하고 인간극장에 출연했던 흥부가든을 향해 가는데 산촌 풍경이 얼마나 근사하던지 눈이 호강했다. 엄나무 토종 백숙으로 식사하고 나오니 함박눈이 사정없이 펑펑 쏟아진다. 함박눈 풍경이 어찌나 아름답던지 사진 찍고 동영상 녹화하는 동안 살포시 소복소복 내려 쌓였다.

꽃잎처럼 사뿐히 내리는 눈꽃 풍경에 마음 빼앗기고 차에 흐르는 트롯에 한없이 즐거운 여정이다. 큰딸 왕초는 발라드를 좋아하련만 엄마랑 여행 다닐 때 꼭 들려주고 싶다며 일부러 트롯을 듣는다. 엄마가 좋아하는 CD 새로 샀다며 신유 앨범 들려주는데 그럴 때마다 표현 안 해도 마음 찡하다. "엄마, 오늘 여행 괜찮았어? 오늘 행복했어?" 조수석에서 뒤돌아보며 간간히 물었다. "그럼. 엄마는 최고로 행복하다" 했더니 "오늘 엄마 바람 쐬어주려고 우리 일부러 나온 거야" 한다.

식당에서 나와 오후 4시 7분에 출발해 집으로 오는 길에 고운 식물원 들러 휘둘러보고 집에 도착하니 오후 6시 조금 넘었다. 엄마네 집에서 저녁 먹고 가라고 했더니 배불러서 그냥 간다기에 잡채와 부침개만 꺼냈다. 전자레인지에 데워서 식혜랑 한 상 차려주었더니 맛있다며 남기지 않고 맛나게 먹고 가서 흐뭇했다.

대문 앞까지 배웅하러 나갔더니 큰딸 왕초는 "엄마, 설날에 못 왔다 갔어." 봉투 건네기에 안 받으려고 실랑이하는데 "엄마, 15만 원이야" 한다. 설 차례상 준비하느라 며칠 고생해서 피곤하지만 횡하니 바람 쐬고 한 바퀴 휘돌아 와서 스트레스 풀렸다. 큰딸 왕초, 큰사위 덕분에 나들이 잘 갔다 와서 기분 좋고 행복해서 '인생 사는 재미가 바로 이런 거구나' 생각했다.

2012년 1월 26일 천사은심

제5부

지금은 행복할 시간

무주 구천동 덕유산 눈꽃 여행

엊그제 둘째 딸한테서 전화가 왔었다. "엄마, 우리 박 서방 회사에서 무주 구천동 덕유산에 있는 콘도 무료 이용권이 나왔는데 엄마도 같이 갑시다" 하기에 딸 사위 오붓하게 잘 갔다 오라고 하고 나는 싫다고 했다. 엊그제 눈 내리고 날씨는 춥지만 친구들이랑 설경을 배경으로 사진 찰칵하고 싶어 아산에 있는 시인과 도둑 카페에 갔더니 설경이 참 멋지고 근사하다. 깊은 산속 조용한 카페 조경이 아름답고 설경이 너무나 근사해서 사진 찰칵하고 이순신 장군 묘소에 갔더니 추운 날씨에도 관람객이 꽤 많다.

사진과 동영상 찍고 산책하다가 집에 돌아오니 따르릉~ 둘째 사위한테서 전화가 온다. "장모님, 무주 덕유산 콘도에 와서 집사람하고 술 한잔하고 있는 중인데 장모님 오세요." "어머, 사위 자네인가? 지금 언제 무주까지 가나? 둘이 재밌게 놀다 가게. 엄두 안 나서 못 가네" 했더니 둘째 딸이 "엄마, 오시는 데 두 시간밖에 안 걸려요. 큰

형부랑 언니랑 같이 오세요. 요즘 덕유산 얼음 눈꽃 풍경이 진짜 멋지고 환상적이에요." 사위랑 번갈아가며 자꾸 오라는 바람에 갑자기 오후 5시 45분 출발해서 무주에 갔더니 밤 8시 20분에 도착. 둘째 사위랑 딸이 주차해놓은 차 안에서 기다리고 있다. 바로 식당으로 가서 낙지전골로 저녁 식사하고 콘도에 가서 쇠고기 굽고 땅콩 안주 삼아 둘째 사위랑 딸하고 맥주와 소주 한잔씩 하고 새벽 1시 넘어 잠자리에 들었다.

새벽에 눈뜨자마자 외출 준비하고 둘째 사위 차 타고 덕유산 향적봉 올라갔더니 등산객들과 스키 타러 온 사람들로 북적이는데 깊은 산골 이른 아침 날씨가 말도 못 하게 춥다. 덕유산에 도착해서 케이블카 탔는데 정상까지 왕복 30분이 걸린다. 엊그제 눈이 많이 내려 강원도 지방으로 착각할 만큼 눈이 많이 쌓이고 아름다운 눈꽃과 나뭇가지마다 하얗게 핀 얼음꽃이 어찌나 아름답던지 입을 다물지 못했다. 높은 덕유산 정상에 도착해 케이블카에서 내려서서 보니 얼음 눈꽃 풍경이 경이롭고 장관이다. 그렇잖아도 감수성이 예민한데 멋진 얼음 눈꽃 풍경에 빠져 내려오고 싶지 않다. 케이블카 타고 다시 내려오는데 햇살에 반짝이는 눈꽃이 눈부시게 화사하다. 눈길 가는 곳마다 멋지고 근사한 풍경을 배경으로 케이블카 안에서 동영상과 사진도 찰칵했다. 덕유산을 내려와 예약한 식당으로 갔더니 방송국에서 다녀가면서 찍은 사진들이 벽에 걸렸다. 메뉴는 산채 정식. 반찬 가짓수가 너무 많아 주인을 보며 "제가 카페에 광고해드릴게요. 반찬이 너무 많아 세어볼 수 없는데 몇 가지에요?" 했더니 38가지라고 한다. "어머나, 그래요?" 반찬들을 먹어보니 약초 나물이 많아 당귀나물, 산나물 없는 게 없고 주인은 식탁에 반찬을 갖다

놓으며 방송국에서 왔다 갔다고 자랑을 한참 늘어놓는다. 사위와
딸 덕분에 호강하고 생각지 않은 여행하고 돌아오니 마음 흐뭇하고
행복하다.

2012년 2월 1일 천사은심

우애 있고 효심 깊은 자식들에 대한 마음

계속되는 추운 날씨가 활동성을 떨어뜨리고 게으르게 만든다. 날씨 추울 때는 많은 반찬보다도 간단하게 국이나 찌개 한 가지 맛있으면 그게 제일이다. 그런데 허구한 날 아침저녁으로 날마다 끓여야 하는 국거리나 찌갯거리가 마땅치가 않다. 고기도 별로 좋아하지 않고 비린내 나는 생선은 더더욱 싫고 담백한 요리가 제일 좋다. 야채나 채소 반찬을 좋아하기 때문에 매일 김치찌개 아니면 시래기 된장국을 끓인다.

요즘처럼 날씨 추운 날 식탁에는 찌개보다 펄펄 끓는 국이 최고인데 아들 인훈이네 가끔 끓여다주고 싶다. 그런데 나랑 식성이 영 달라 국 끓여다주면 먹을까 안 먹을까 해서 마음뿐이지 행동으로 잘 안 된다. 별달이가 아들 인훈이네랑 가깝게 살아서 가끔 이런저런 국을 끓여다주지만 참 어려운 일이다.

며칠 전에 넷째 딸네 가서 아들 인훈이 좋아하는 선짓국 끓여주고 왔는데 그동안 잘 먹었는지 안 먹었는지 모르겠다. 아들 인훈이네 국이 떨어졌을 것 같아 무슨 국을 끓여다줄까 생각 중인데 전화벨 울린다. "엄마, 오늘 언제 나오실 거유?" "봐서 조금 있다 나갈게. 얘 별달아, 인훈이네 무슨 국을 끓여다줄까?" "엄마, 된장찌개 어때유?" "국은 많이 끓여서 데워 먹으면 되지만 된장찌개는 한두 끼밖에 못 먹잖아? 미역국 끓여다줄까?" "엄마 마음대로 하슈. 콩나물국이 더 시원하잖우?" "그래, 그럼 엄마 나갈게. 콩나물 좀 사다놓을래?" "알았슈. 콩나물 사다놓을 테니 빨리 나오슈" 했다.

오전 10시 40분, 큰딸을 태우고 별달이네 갔더니 큰딸이 거실에 빵을 내놓는다. 강원도 유명한 찐빵인데 한 박스 주문해 택배로 받았다면서 "이건 엄마 거, 이건 인훈이네 거, 이건 별달이네 거." 똑같이 세어서 봉지마다 담아 나누어주며 아끼지 말고 먹으라고 신신당부했다. 그리고 유명한 꿀빵이라고 한 세트 내놓으며 먹어보라기에 포장을 열어보니 동그랗다. 빵을 꿀에 재우고 통깨를 범벅으로 뿌려 보기에 참 먹음직스러워 보였다.

큰딸 왕초, 별달이는 무엇이든 박스로 사서 가깝게 사는 형제와 똑같이 나누어 먹는다. 무엇이든 나누어 먹으며 의좋게 지내는 자식들 볼 때마다 마음 뿌듯하고 흐뭇하다. 오늘도 내가 국 끓여서 아들 인훈이네 갖다주려고 했더니 별달이가 벌써 콩나물국을 끓이고 있다. 어깨 아프다고 했더니 고추 파스 효과 좋다며 붙여주더니 떡볶이를 사 온다. 달걀 두 판 삶아 조림하고 외손자 시켜 콩나물국하고 아들 인훈이네 집에 보냈다. 하나님 자녀라 그런지 내 딸이지만 천사 같은 마음이 너무 이쁜데 나는 왜 하기 힘들까. 그래서 가끔 "별달아, 너는 심성이 착해서 나중에 복 받을 거야. 진짜 고맙다." 엄마인 나도 그렇게 못 하는데 엄마 딸이지만 심성이 너무 고와서 감동 느낄 때 참 많았다. 나는 이제 나이 들어 그런지 마음은 있어도 행동으로 잘 안 돼 아들딸에게 미안하다. "애들아, 엄마가 잘해주지 못해도 자식들 부담되지 않게 하고 싶다. 자식들에게 기대 살지 않고 걱정 안 끼치고 편안하게 잘 사는 걸 다행으로 알아라." 미안한 마음을 이렇게 표현하는 수밖에 없다.

2012년 2월 10일 천사은심

466

둘째 딸 차 타고 편안하게 서울 나들이

세상에 한 분뿐인 나의 친정 언니 손자 결혼식에 참석하기 위해 광양에 사는 둘째 딸이랑 예식장에 간다. 외손자 졸업식 참석했다가 어제저녁 둘째 딸이 성준이 태우고 우리 집으로 왔다. 둘째 사위는 회사일이 너무 바빠 서운해도 둘째 딸만 참석했단다. 그래서 둘째 딸이 혼자 전주에서 올해 고등학교 졸업한 외손자 성준이를 데리고 먼 길 왔다.

한 분뿐인 이모 손자 결혼식에 참석하려고 바쁜데도 늘 먼 광양에서 한달음에 달려오는 둘째 성의가 대단하다. 오늘 아침 성준이는 죽전에 있는 단국대학교 간다고 아침 식사도 하지 않고 일찍 출발했다. 나도 둘째 딸 차 타고 서울 예식장에 가기 위해 일찍부터 외출 준비했다. 둘째 딸에게 10만 원 꺼내주며 "애 둘째야, 엄마는 바쁘니까 네가 축의금 봉투 좀 써서 준비해" 했더니 "엄마, 제가 엄마 용돈 드리는 걸로 10만 원 넣을 테니 그냥 두세요" 한다. "애, 너는 집에 올 때마다 항상 돈 많이 쓰고 가서 마음 짠한데 그냥 엄마 돈으로 축의금 봉투에 넣어" 했다. 둘째는 내 말 안 듣고 제 돈 10만 원을 봉투에 넣더니 내 이름 석 자 예쁜 글씨로 써서 가방에 넣었다.

차 많이 밀릴 것 같아 서둘러 출발했는데 달리는 차 없이 고속도로 한산해서 신경 안 쓰이고 좋았다. 너무 이른 시간에 도착할 것 같은지 둘째 딸은 휴게소에서 잠시 쉬었다 가자고 했다. 차 안에 앉아 있고 싶었지만 내려 휴게소 안에 들어가보니 예쁜 액세서리 가게가 눈에 띄었다. "엄마, 귀고리 사드릴게요." "이 귀고리 얼마예요?" 가격을 물으며 "엄마, 이 귀고리는 어때요? 엄마 이 귀고리 참 이쁘지? 이걸로 해요." 가격은 3만 5천 원인데 마음에 안 들어서 싫다고 했다. 억지로 내 귀에 달아주기에 싫다고 도리질하고 얼른 귀고리 빼놓고 다른 곳으로 갔다. 따끈한 차 한잔 마시고 휴게소에서 나왔는데 세상에 그렇게 한산하던 도로가 막히기 시작해 초조하고 조급했다. '에구, 이럴 줄 알았으면 휴게소에 들르지 말고 올 걸.' 그래도 초행길 헤매지 않고 바로 예식장 가는 길 잘 찾아갔다.

오랜만에 만난 형제자매들이 얼마나 반가워하던지 이산가족 상봉하는 기분이었다. 친정 남동생 조카들이 나를 보자 하나같이 안 늙었다고 야단법석들이다. 친정 조카딸, "고모는 너무 젊어요. 누가 고모 나이로 보겠어요. 50대 중반 같네. 진짜야, 고모" 했다. 고종사촌 남동생들은 나를 얼싸안고 반가워서 어쩔 줄 몰라 야단인데 '피붙이가 이래서 좋구나' 생각했다.

이산가족 만남의 광장을 방불케 하는 고종사촌들이 누나는 관리를 잘해서 그런지 너무 젊다고 했다. 고종사촌 남동생은 "누나 참 반갑다. 오랜만에 만난 우리 누나"라며 맛난 거 사먹으라고 오만 원을 건네주기에 "내가 이렇게 젊은데 무슨 용돈이야?" 한사코 사양했다. 내가 무슨 용돈을 받냐고 안 받았더니 나 대신 둘째 딸에게 억지로 줘서 할 수 없었다. 고종사촌 남동생에게 용돈 받은 기분을 어떻게 표현할 수 없고 아쉬움을 남긴 채 친척들과 헤어졌다.

내려오면서 별달이네 잠깐 들러 집에 왔는데 큰사위가 퇴근하고 왕초랑 둘째 보려고 한달음에 달려왔다. 별달이가 치킨 두 마리 배달시켰는데 배불러 치킨 딱 두 점만 먹었다. 이번에 둘째 딸 왔다 가면서 우리 손자 민서 5만 원, 은서 5만 원 주고 내 대신 축의금 10만 원을 대신 내주었다. 동네 친구들 만나서 찻값 5만 원, 둘째 딸 축의금 10만 원, 광양에서 서울까지 왕복 기름값까지 어휴, 돈 많이 지출했다. 못 써도 오십만 원은 썼겠네. 나는 돈 한 푼 안 들이고 예식장 갔다 오면서 친정 동생들이 용돈까지 챙겨줘서 호강했다.

2012년 2월 18일 천사은심

눈 뜨고 코 베이는 세상, 훔쳐 간 사다리

　인터넷 연결이 영 안 돼서 KT에 고장 접수했더니 기사가 총알같이 방문했다. 기사는 모뎀 살펴보고 밖으로 나가더니 한 20분 정도 있다 들어왔다. 추운데 밖에 있다 들어왔기에 커피 한 잔 내주고 소파에 앉아 글 쓰고 있는데 기사가 컴퓨터 켜보라더니 여기저기 한참 클릭해본다.

　컴퓨터 청소 한번 해야겠다며, 다 됐다고 현관문 열고 나가기에 대문 잠글 겸 따라 나갔다. 그런데 기사가 갑자기 놀라며 "어머, 사다리가 없어졌네요." 당황해한다. "무슨 사다리요?" "인터넷 선 다시 연결하느라 전신주에 사다리 놓고 올라갔다 내려왔어요. 안에서 컴퓨터 점검하는 동안 없어졌네요. 들어갔다 나온 지 몇 분 안 됐는데요." 기사는 난감해 어쩔 줄 몰라 하면서 "큰일이네. 마을 앞에 CCTV 달았다니까 어떤 차가 다녔는지 알 거예요. 사다리 잃어버리면 내가 변상해야 되는데…."

　걱정하는 기사 표정을 보니 딱하기도 하고 미안하기 짝이 없다. 우리 집 인터넷 점검하러 왔다가 잃어버려서 불편한 마음을 감출 수가 없었다. 아무리 험한 세상이라고 하지만 전신주에 기대놓은 사다리 보면 누가 봐도 알겠다. 전선 고칠 때 사용하는 사다리인 줄 뻔히 알 텐데 어떻게 대낮에 남의 물건을 가져갔는지 모르겠다. 내 물건은 아니지만 내 집에 인터넷 고치러 왔다가 비싼 사다리 잃어버리고 변상 걱정하는 기사가 안 됐다. 난감해하는 기사의 말에 자꾸 마음에 걸리고 미안한 마음이 영 가시질 않아 기분이 찜찜하고 우울하다.

2012년 2월 22일 천사은심

주름살 펴게 하는 손녀 은서

얼었던 대동강 물도 풀린다는 우수도 지나고 자박자박 봄이 걸어 오는 소리 들리는 듯하다. 올해는 윤삼월이 들어 추위는 풀렸다고 해도 여전히 쌀쌀한 바람이 옷깃을 여미게 한다. 오후 6시, 문예회 관에서 손녀 은서 재롱잔치 늦지 않게 가야 하는데 시골이라 불편 하다. 종일 시내에서 그 시간까지 있을 수 없어 애마 두고 시내버스 탔는데 요금을 몰라 물었더니 1,100원. 대중교통은 주차 걱정 없어 홀가분하다.

넷째 별달이랑 아들 인훈이랑 문예회관 공연장에서 손녀 은서 재 롱잔치 시작을 한참 앉아 기다렸다. 요즘 재롱잔치는 맞벌이하는 엄마, 아빠가 참석할 수 있도록 밤에 하는 모양이다. 마침내 귀여운 꼬맹이들 재롱잔치는 시작되고 천사 같은 꼬맹이들이 어찌나 귀엽 고 이쁘던지 즐거운 마음이다.

우리 손녀 은서는 올해 5살인데 수줍어하지도 않고 무용도 얼마 나 이쁘게 잘하는지 깜찍하고 귀엽다. 뿌듯한 마음에 미소가 떠나 지 않고 입이 귀에 걸려 시간 가는 줄 모르는데 꼬맹이들 재롱잔치 가 끝났다.

별달이가 "엄마, 우리 집에서 하룻밤 주무시고 내일 왕초 언니 나 오라고 해서 놀다가 형부 퇴근 차 타고 가슈" 하는 말에 기초 화장품 까지 챙겨 갔는데 큰사위랑 큰딸 왕초 왔길래 바로 큰사위 차 타고 집에 왔다.

넷째 딸이 은서에게 꽃다발 선물했기에 나는 은서 내일 어린이집

간식 준비해주라고 했다. 넷째 딸에게 신용카드 맡기고 집에 와보
니 편하긴 하지만 민서, 은서랑 하룻밤 자고 간식 준비해줄 걸 미처
생각 못 했다. 사람은 항상 미련이 남는 법인데 별달이가 잘 챙겨주
겠지. 별달아, 엄마는 너만 믿는다. 수고 좀 하렴.

2012년 2월 23일 천사은심

주름살 없는 비결은?

수일 전 기쁨조 셋째 딸이 안부 전화해 우스갯말해서 한참 배꼽을 잡고 웃었다. 인터넷 작업하다 눈이 침침해 거실 소파에 앉아 오랜만에 독서했다. 좌탁에 놓인 책을 펴들고 한참 책을 읽고 있는데 갑자기 따르릉 전화벨 울린다. 셋째 딸 기쁨조가 "엄마, 별일 없어요? 아무 일 없지?" "그럼, 엄마야 늘 변함없이 아무 일 없지. 엄마는 매일 그날이 그날이지 뭐. 너는 요즘 왜 조용하냐?" "엄마, 내가 좀 바쁜 사람이야 말이지. 이놈의 인기는 도대체 식을 줄 모르네. 엄마, 기쁨조인 나는 스케줄이 워낙 빡빡해서 늘 그렇지. 우리 엄마는 또 심심해서 그러는구나?" "애, 네가 무슨 연예인이나 되냐? 스케줄 맞추게. 언제 올 거야?" 물었더니 기쁨조 또 숨넘어가게 한바탕 웃는다. "엄마, 저번에 내 말 잊었어? 설날에 가서 일 년 치 효도라고 3박 4일 엄마랑 놀아줬잖아? 내가 한번 스케줄 맞춰볼게. 믿지는 말아요. 그때 내가 분명히 일 년 치 효도라고 했는데"라며 숨넘어가게 웃었다. "그래? 그럼 일 년 치로 하지 말고 차라리 십 년 치라고 하지 그랬냐? 으이그, 지지배." 웃으며 농담한 적 있다.

내가 남들에게 주름살 없다는 말 많이 듣고 사는 비결과 이유는 효심 깊은 육 남매 자식들 때문인 건 분명하다. 그런데 오늘 또 정오쯤 전화벨이 따르릉 따르릉 울리더니 상냥하게 "엄마, 뭐 해?" 한다. 셋째 딸 기쁨조 목소리기에 엄마는 지금 글쓰기 작업하는 중이라고 했다. "엄마, 내가 무지 바쁜 거 엄마도 잘 알지?" 바쁜 줄 아느냐고 묻는 뜻을 나는 너무 잘 알고 있다. 내가 웃기고 싶어서 "그래, 잘 안

474

다." 퉁명스런 어투로 크게 말했더니 기쁨조는 또 자지러지게 한바탕 웃어댄다. "엄마, 왜 또 그래요? 분명히 저번에 일 년 치 효도라고 했는데?" 기쁨조 하는 말에 "그래, 왜 일 년 치로 했냐? 차라리 십 년 치 효도한 거라고 하지. 알았다. 엄마 죽거든 울지 말고 후회하지 말라" 했다. 내 말 다 듣고 깔깔 웃음 참지 못하는 기쁨조, "엄마, 내가 무지 바쁜 몸이지만 내일 갈게. 이번에 가는 건 3년 치 효도야. 엄마, 알았지?" "그래. 알았다. 3년 치가 뭐야? 차라리 30년 치 효도라고 말하면 편하잖아?" "호호호, 엄마, 내가 간다니까 좋아? 행복해? 내일 가서 3년 치 효도하고 올게요" 했다.

나이 들어 보이지 않게 겉늙지 않은 건 나를 닮았는지 앳되고 얼굴도 이쁜 데다 싹싹하고 상냥한 셋째 딸 기쁨조다. 겉모습과 속이 아직도 소녀티를 못 벗고 품 안의 자식처럼 웃음 나게 하는 셋째 딸 기쁨조는 애교 만점이다. 내일 오면 또 얼마나 사근사근대고 웃음보따리 풀어놓고 하하호호 주름살 펴지게 할지 기대되고 기다려진다.

2012년 2월 24일 천사은심

사총사, 아름다운 예당호

어제 큰딸 왕초, 넷째 딸 별달이, 막내딸 쿠키 삼총사랑 궁평항에 봄 소풍 갔다 왔다. 그런데 막내딸 쿠키는 오늘 또 예산 예당 호반 드라이브 한 바퀴 휘돌고 광시면 한우 마을에 갔다 오자고 했다. 오전 10시 33분, 큰딸 왕초, 별달이랑 막내딸 쿠키 차 타고 예산에 도착하니 1시간 30분 정도 소요됐다.

광시면에 가려면 예당 호반 끝까지 가야 하는데 끝도 없이 길게 이어져 드라이브 코스로 딱이다. 한 폭 그림처럼 드넓게 펼쳐진 호반 풍경에 감탄이 절로 나온다. 호수에 떠 있는 방갈로와 호수 이곳 저곳에 잠긴 수목들이 표현할 수 없을 만큼 장관이다. 바다를 연상케 하는 호반 드라이브 코스는 차로도 무려 20분이 걸린다.

한우 전문식당들만 즐비하게 들어선 한우마을, 어느 식당으로 갈지 망설이다 조합장이 직영하는 원조식당이라는 상호에 믿음이 생기고 마음이 끌렸다. 삼총사 딸들이랑 식당에 들어가서 메뉴판을 보니 불고기는 1인분에 만 원이다. 한우 모듬구이는 1인분에 25,000원. 모듬구이 4인분 주문해서 사총사 즐거운 점심 식사했다. 육회, 간처녑, 소고기 초밥, 생고기 무침, 홍어찜 등 다양한 음식이 딸려 나온다. 소고기는 부드럽고 연해서 맛있었는데 그동안 한우로 알고 사 먹던 고기랑 맛이 전혀 다르다. 지금까지 사 먹은 고기는 뻣뻣하고 질겼는데 수입산인 모양이다.

네 모녀가 즐거운 점심 식사하고 예당 호반 드라이브 시원하게 한 바퀴 돌았다. 교과서에 나오는 의좋은 형제 공원 둘러보며 딸들이

476

랑 추억 한 아름 사진 찰칵했다. 어제와 오늘 딸들 효심 덕분에 즐거운 봄나들이 행복한 기억으로 남을 좋은 추억 만들었다.

2012년 3월 8일 천사은심

막내딸 효심 사강 해변 바다 향 가득

일기예보에 오늘 날씨 춥겠다고 하더니 화창하고 포근한 영락없는 봄 날씨다. 막냇사위가 그동안 회사가 바빠 몇 달 만에야 쉬는 주말이라며 서해안으로 바다 구경 가는데 같이 가자고 아침 일찍 막내딸 쿠키한테서 전화가 왔다.

오전 10시 조금 넘어 출발했는데 화성 사강에 도착하니 정오가 넘었다. 바다가 보이는 사강 해변에는 횟집들만 빼곡하게 들어서 있다. 횟집에 들어가 생선회, 매운탕 주문했는데 주인 인심이 좋은지 상이 푸짐하다.

식사 끝나고 제부도, 대부도, 탄도항을 지나 시화방조제를 건넜다. 끝도 안 보이는 시화대교 건너 오이도에 도착해 시내 한 바퀴 휘돌아 다시 달리니 인천광역시 옹진군 영흥면이 나온다. 바다 한가운데 뱀처럼 끝도 없이 긴 선재대교를 건너 한참 고고씽 달렸다. 아름다운 아치형 영흥대교와 바닷바람에 출렁이는 파도가 우리를 반긴다.

평일 딸들하고만 뭉쳐 다녔었는데 막냇사위랑 막내딸 쿠키, 큰딸 왕초랑 봄나들이 잘했다. 눈앞에 펼쳐진 바다 풍경에 반해 도낏자루 썩는 줄 몰랐다. 가슴이 탁 트이는 시원한 바닷가에서 세월을 낚는 강태공들의 낭만이 쏠쏠해 보이고 행복 충만하다.

바다 보고 싶을 때마다 아산만, 삽교천, 대천으로 가다 오랜만에 궁평항, 제부도 구경하고 왔는데 화성 쪽으로 낭만 넘치는 바다가 그렇게 많은 줄 오늘 처음 알았다. 막내딸 쿠키, 막냇사위 효심 덕분

478

에 행복한 소풍 잘 다녀왔는데 세월 지나면 좋은 추억으로 남겠지.

2012년 3월 10일 천사은심

막내딸 쿠키 효심 장고항

꽃샘추위 앙탈 부리는 고약한 날씨 탓에 우울한 글 한 편 올렸더니 막내딸 쿠키가 바람 쐴 겸 드라이브 시켜주고 싶은지 전화했다. 원곡에 조용하고 한적한 저수지 주변 식당에서 민물새우 매운탕이 가격도 착하고 먹을 만하다며 오전 10시쯤 달려왔다. 큰딸 왕초네 잠깐 들어갔다가 함께 태워 출발했다. 어디로 가려는지 어제 말하던 원곡 저수지 쪽으로 가지 않고 다른 길로 간다. 어디로 가냐고 물었더니 당진에 있는 안섬에 간다고 했다.

안섬은 처음인데 성구미포구 지나고 석문 지나더니 안섬에 도착했다. 차에서 내려보니 유난히 바닷물이 파랗고 맑다. 큰딸 왕초를 보며 "어머, 서해안 바닷물은 뿌옇고 맑지 않았는데 동해 바닷물이랑 똑같다" 했다. 빨간 등대며 바닷물에 잠긴 돌섬이 근사하고 멋지다. 안섬 풍경이 아름답기에 사진 몇 컷 찰칵하고 다시 차에 올랐다.

큰딸 왕초는 아침 일찍 바쁘게 준비했다며 가방에서 김밥 도시락을 꺼낸다. 차 안에서 김밥 도시락 먹으며 장고항 갔는데 바다 풍경이 멋지다. 넓은 바다에 고깃배들이 여기저기 떠다니고 어부들은 그물망을 손질하느라 분주하다. 장고항에 서너 번째 왔는데 바닷물에 잠긴 기암괴석과 희귀한 섬 풍경에 자꾸 눈길이 쏠렸다. 예전에는 섬에 들어가 희귀한 바위섬 구경했는데 언제부터인지 섬에 들어가지 못하게 목재 테라스처럼 울타리를 쳐 아쉬움이 컸다. 사진 몇 컷 찰칵하고 삽교천 해상공원에 가서 바다 만끽하고 매콤한 간재미

무침, 시원한 칼국수 먹고 돌아왔다.

　날씨가 화창하고 포근한 봄 날씨 같아 소풍 나들이하기 좋은데 가로수 벚꽃 나무는 아직 쓸쓸했다. 아직 꽃눈이 트지 않고 헐벗은 나무만 서 있어 도로 풍경이 쓸쓸해 보였다. 요즘 막내딸 쿠키 효심 발동에 나의 애마 붕붕이는 집에 가만히 모셔두고 있다. 안 가본 곳 없이 사방팔방 봄맞이 나들이한 덕분에 우울하던 마음도 밝아졌다.

2012년 3월 15일 천사은심

고즈넉하고 운치 있는 성은 호수

얼마 전 막내딸 쿠키가 "엄마 관심지가 어디야?" 묻더니 "엄마, 만세고개 넘어가면 성은리 호수 있는데 조용한 풍경이 운치 있어서 사람들이 많이 와. 음식값도 저렴하고 민물새우 매운탕이 먹을 만해. 엄마도 언제 한번 가봐" 했다. 그리고 식당 메뉴판, 호수 주변 풍경 사진을 가족 카페에 올렸다. 그 사진을 별달이가 보았는지 어제 오후에 전화해서 "엄마, 막내가 사진 올린 호수에 내일 우리도 한번 가봅시다. 막내 불러서 같이 갑시다." 겉절이 하려고 어제 오후에 배추 세 포기 씻어놓았는데 별달이가 나를 또 불러낸다. '오늘 못 하면 내일 해야지. 할 수 없다' 생각하고 "그래, 한번 가보자꾸나." 덜컥 약속을 했다.

큰딸 왕초, 넷째 딸 별달이 태우고 만세고개 정상 휴게소에 도착해 막내딸 쿠키가 오길 기다렸다. 만세고개 휴게소는 행정구역상으로는 안성인데 안성 시내 사는 막내딸 쿠키는 20킬로미터쯤 와야 한다. 우리는 집에서 30킬로미터 거리인데 우리가 먼저 도착했다. 기다리고 있으니 막내딸 쿠키가 와서 내 애마 붕붕이는 주차장에 두고 쿠키 차 타고 5분쯤 달려 성은 호수에 도착했다.

식당에 들어가서 민물새우 매운탕, 뼈 없는 닭발 볶음 시켜 먹고 야외 풍경을 구경했다. 별달이하고 나는 호숫가 벤치에 앉아 있고 막내딸 쿠키하고 큰딸 왕초는 산책길 걸었다. 잔잔하고 파란 호수 위에 물오리 동동 떠다니며 노닐고 있고 우뚝우뚝 병풍처럼 산들이 빙 둘러섰다. 사방 둘러친 산촌이 아늑하고 그림 같은 호수 경관이

수려해서 운치 있었다. 큰딸 왕초는 엄마가 좋아해서 잘 가는 관심지보다 성은 호수 풍경이 더 좋다고 말했다. 별달이가 "엄마, 관심지가 어디유?" 묻기에 관심지 한 바퀴 휘돌아 가르쳐줬다.

막내딸 쿠키는 "엄마, 성은리 호수 괜찮지? 여름에 사람도 많이 오고 신록 우거지면 시원해. 심심하고 우울할 때는 엄마도 호수에 와서 바람 쐬고 가요. 나는 이상하게 여기만 오면 마음이 편안해지네." 나뭇가지에 연둣빛 새순 돋고 진달래 꽃피면 성은리 호수에 또 가봐야지.

2012년 3월 29일 천사은심

손자 민서, 손녀 은서에게 양심 고백

어제 큰사위는 출근하고 큰딸이 김밥 싸들고 아들 인훈이네 식구랑 이천 도자기축제 봄 소풍 다녀왔다. 축제장에서 멋진 호수공원과 아름다운 조경 둘러보며 즐거운 시간 보냈다. 늦게 돌아오는 길에 인훈이가 민서 입힐 흰 티셔츠 한 장 사야 한다며 이마트 들렀는데 나는 몸도 시원찮고 피곤해서 내리지 않았다.

차 안에서 혼자 눈 감고 기다리고 있는데 똑똑 노크하는 소리가 들린다. 눈 떠보니 큰딸 혼자 와서 하는 말이 "엄마, 솔지 아빠가 퇴근해서 데리러 왔네. 나 먼저 갈게" 하더니 비닐봉지를 건네며 "이건 포도야. 엄마 입맛 없으니 드셔유. 애들 주지 말고 꼭 엄마 드셔야 해. 알았지?" 엄마 생각하고 말하는 큰딸에게 "어머 왕초야, 어떻게 애들도 안 주고 엄마 혼자 먹냐?" 하는데 가슴이 그새 콩닥콩닥 뛰었다. "엄마, 애들은 알아서 잘 사 먹이니까 걱정 말고 꼭 엄마만 드셔야 해. 알았지? 얼른 가방에 넣어" 해서 일단 가방에 넣었더니 그제야 큰딸은 안심하고 사위 차 타러 갔다.

내 차가 아들 인훈이네 아파트에 있으니 차에서 내릴 때 민서 조금 주고 내려야지 했는데 가는 동안 깜빡하고 그냥 내 차로 옮겨 탔다. 한참 집으로 오다 '아차, 깜빡하고 포도를 안 주고 그냥 왔네. 어쩌나? 다시 갈 수도 없고.' 집에 와서 생각하니 죄지은 기분이 들고 내내 마음에 걸리고 짠했다.

아들 하나에 딸이 다섯. 고모 다섯은 하나같이 우리 손자 민서, 손녀 은서를 유난히 예뻐하고 사랑한다. 고모님들이 간간이 신발이며

484

옷을 잘 사 입히고 큰딸은 일부러 서울 남대문시장까지 간다. 남대문시장까지 가서 꼬맹이 조카들 민서, 은서 옷 사다주고 예뻐하면서도 비싼 포도는 나 혼자 먹으라고 했다. 큰딸 효심은 고맙지만 어린 꼬맹이에게 까까도 사다 먹일 입장인데 큰딸이 사준 포도를 못 주고 그냥 왔다. 깜빡 정신에 포도 혼자 먹게 된 심정이 어땠을까?

않느라 입맛이 없어 아침 식사 시원찮아 포도 한 송이 꺼냈다. 물에 씻어 포도 한 알 입에 넣는 순간 민서, 은서에게 너무 미안한 나머지 가시를 삼킨 기분이다. 세상에 이럴 수가 있을까? 귀여운 민서, 은서 포도 한 송이 못 주고 혼자 먹은 마음고생 단단히 했다. 엄마 생각하는 큰딸 효심은 고맙지만 효심 담긴 포도 때문에 내 마음이 영 편치 않았다. 사랑하는 우리 손자 민서, 손녀 은서야, 미안해서 어쩌냐? 내일모레 시내 나가면 대신 맛난 거 사줄게. 기다려. 알았지?

2012년 4월 29일 천사은심

사돈 점심 초대

계절은 아직 봄인데 한낮 따가운 햇살 가시는 벌써 여름으로 치닫는 느낌이다. 감기 몸살로 아직 몸은 아프지만 하나밖에 없는 손자 초등학교 2학년 민서 운동회 가야 한다. 일찍 큰사위, 큰딸 왕초가 태우러 와 차에 오르려는데 "엄마, 이거 엄마 떡이야." 접시에 산처럼 쌓아 랩으로 꽁꽁 싼 쑥 개떡을 건네기에 주방에 갖다놓고 나갔다. 차에 탔더니 "이 떡은 민서네 떡, 이 떡은 별달이네 떡인데 이거 엄마 드셔보시유." 운동회 가는 동안 쑥 개떡 한 접시 먹고 나니 기운이 좀 나는 듯했는데 손자 민서 학교 운동장에 도착하자 다시 아프다.

벤치에 앉아 있는 동안 머리가 아프고 열이 나서 입술이 자꾸 마르고 뜨거워 앉아 있기도 힘들다. 안 그랬으면 2학년 꼬맹이들 무용 시간에 가깝게 다가가서 귀여운 손자 민서 무용하는 모습 보고 행복했을 텐데 얼마나 속상했는지 모른다. 마침 근로자의 날이라 아들, 사위들이 출근을 안 해서 아들, 큰사위, 넷째 사위가 총출동해서 구경했다.

넷째 딸네 막내 외손자가 올해 초등학교 6학년이니 초등학교 운동회는 마지막이다. 넷째 사위 큰형님도 오셔서 반갑게 인사 나누고 대화했다. 민서랑 외손자 준하가 어디 있는지 궁금하다고 이리저리 한참 찾아다니던 넷째 딸이 다가와서 "엄마, 준하 큰아빠가 엄마 대접하고 싶으시다고 점심 식사 같이하자고 하시네유. 우리 점심 식사 같이 해유." "부담스럽게 사돈하고 무슨 식사냐?" 하며 신경

486

쓰지 말라고 했다. "엄마, 아주버님이 벌써 10인분 예약하셨다는데 그냥 같이 식사합시다." 큰딸에게 "애, 그럼 사돈 성의인데 우리 식사 같이하자. 나중에 우리가 대접하면 되지 않겠니?" 했다. 큰딸 왕초도 그러자기에 아들 인훈이네 가족, 큰사위, 큰딸하고 식당으로 갔다.

넷째 사위랑 사돈이 예약한 식당에서 우리를 기다리고 있어 모두 한자리에 모여 삼겹살 파티 했는데 나는 도무지 입맛이 없다. 부담 스럽지만 사돈한테 식사 대접 잘 받았는데 아들 인훈이는 한약방이나 병원 가자고 성화를 했다. 여태 고생하다 이제 병원 가기 억울한 생각이 들어 큰사위 차 타고 집으로 왔는데 호근이 동생이 왔다. 인훈이가 아프신데 바람도 쐴 겸 농촌지도소에서 하는 축제나 가보라더라 했더니 심심하니 가보자기에 다녀왔다. 그럴 줄 알았으면 화장 곱게 하고 갈 걸 아쉬웠다. 몸이 시원찮아 옷에도 신경 안 쓰고 얼굴에 기초만 바르고 눈썹 살짝, 연한 립스틱 살짝 바르고 갔었다. 노오란 유채꽃, 빨강, 노랑 튤립이 예뻐 핼쑥한 모습이지만 사진 몇 컷 찰칵했다. 축제장 돌아보는 동안 힘들었지만 집 안에서 누워만 있다 바람 쐬고 나니 한결 기분이 전환됐다. 딸들하고 또 한 번 가고 싶은데 아직 몸이 영 좋지 않아 용기가 나지 않는다.

2012년 5월 1일 천사은심

아부지 산소에 꽃다발 놓는 갸륵한 효심

아들 인훈이가 손자 민서, 손녀 은서 데리고 튤립축제 갔다가 어버이날 생각했나 보다. 카네이션 꽃바구니 두 개를 손자 민서, 손녀 은서 고사리손에 들리고 대문 앞에 서 있다. 아들 인훈이가 꽃바구니 건네주기에 "비싼 꽃을 뭐 하러 사 오냐?" 했다. "엄마가 집에서 키우세요. 다년생이래요. 하나는 아버지 성묘하고 산소 앞에 놓을 게요." "산소 앞에 놓으면 누가 매일 물 주니? 괜히 죽이지 말고 그냥 집에 두고 가"라고 했더니 아들은 꽃바구니 화분 물받이 쭉 빼더니 물을 한가득 담았다. "이렇게 물 주는 거예요. 꽃이 왜 죽어요? 이렇게 물받이가 있는데. 괜찮아요" 한다. "에구, 물받이에 담긴 물로 며칠이나 버티냐?" 했더니 "비 오면 비 맞고 살아요" 하더니 "민서, 은서야 할머니 아프시다. 우리는 그만 산소에 가자." 앉지도 못하고 산소에 가는 아들 훈이, 손자 민서, 손녀 은서를 그냥 보내고 내내 마음에 걸렸다.

배웅하고 거실에 들어오니 좌탁에 놓인 휴대폰에서 부재중 전화 알람이 시끄럽게 울린다. 큰딸이 집 전화와 휴대폰에 몇 번이나 전화한 줄도 모르고 누워 있었다. "엄마, 아까는 왜 전화 안 받았어?" "휴대폰이 거실 좌탁에 있었는데 방에서 누워 있느라 못 들었다" 했더니 그런 줄도 모르고 궁금했단다. 오늘 엄마 바람 쐬어주고 드라이브 가려고 전화했었다기에 "그렇잖아도 드라이브 신청 있었다. 인훈이가 오늘 축제에 가자고 왔어도 아파서 못 갔는데 축제장에서 카네이션 생화 사 왔더라" 했다. 왕초도 내가 전화 안 받길래 그새 꽃다발 사서 우리 그이 산소 앞 꽃병에 꽂아놓고 두더지가 땅 파났기에 발로 꼭꼭 밟고 손으로 토닥토닥하고 왔단다.

큰딸이 하는 말에 자식들 효심이 너무 고마운데 그런 줄 알았으면 인훈이 산소 갈 때 같이 갈 걸 그랬다. 아쉽고 서운하고 큰딸하고 이런저런 통화 한참 하다 끊고 나니 우울했다.

글 쓰려고 컴퓨터 켜고 가족 카페 클릭했더니 아들 인훈이가 손자 민서, 손녀 은서 성묘하는 모습 찰칵 찍어 벌써 올렸다. 큰딸하고 아들 인훈이가 그이 산소 앞에 갖다놓은 꽃바구니가 화사하다. 아프지 않았으면 아들 인훈이 성묘 갈 때라도 같이 갔을 것을 그이에게 미안했다.

2012년 5월 6일 천사은심

어버이날 귀신 곡할 노릇

지독한 몸살로 고생하는데 넷째 딸이 사다놓은 고추 모종 바로 못 심어서 시들면 어쩌나 걱정이 태산이다. 누워 있어도 마음 편치 않은데 호근이 동생이 심어주겠다고 해서 이튿날 잘 심었다. 청양고추 25포기, 가지 5포기, 꽈리고추 5포기, 파프리카 1포기 심고 나니 세상 고민 싹 사라지고 이제야 살 것 같다.

이튿날 어제까지 그렇게 아프던 감기 기운이 어디로 갔나? 안 아파서 기분 좋다. 아파서 그냥 보낼 뻔한 봄과의 작별이 너무나 아쉬웠는데 딸들이랑 나들이 나섰다. 아들 인훈이가 몰래 휴가 내서 나를 병원에 데려간다는 속보에 깜짝 놀라 인훈이에게 전화했다. "아들아, 엄마 어제까지 무지 아팠는데 아침에 일어나보니 안 아픈데 귀신이 곡할 노릇이네. 햇빛 쬐고 고추 심어서 그런가?" 아들 인훈이 "어차피 휴가 냈어요. 병원에 같이 가보셔요." "아들아, 이제 괜찮다. 엄마는 외출한다. 그냥 회사에 출근하라" 했더니 "어차피 휴가 냈는데요?" "휴가 뭐 하러 냈어? 그럼 집에서 쉬라" 했다. 딸들이랑 TV 1박 2일에 나온 청양 천장호 향해서 출발 왕복 4시간 걸렸는데 감기도 뚝 멀리 보냈다.

나 병원 데리고 가려고 일부러 휴가 낸 아들 인훈이에게 많이 미안했지만 딸들과 어버이날 즐겁게 잘 보냈다. 자식들이 정성껏 보내준 용돈 모두 합해 80만 원인데 효심에 행복해도 미안한 마음이다. 용돈 주는 효심은 뿌듯하지만 자식들이 얼마나 힘들까 부담스럽다. 내게 주어진 삶을 스스로 책임지지 못해서 받는 용돈이 아니라 그나마 떳떳하지만 그래도 미안한 마음이다.

2012년 5월 8일 천사은심

고추 옮기시든가 뽑으시든가 해야겠어요

24일 전 호근이 동생이랑 심은 고추는 거름이 좋아 그런지 날씨 가물고 불볕 같은 땡볕 태양 아래에서도 잘 자라고 있다. 뿌리 내리는 동안 몸살 앓지 않고 실하게 잘 자라서 벌써 하얀 꽃이 서너 송이씩 활짝 피었다. 바라볼 때마다 대견하고 뿌듯해 고생한 보람 느끼는 농심의 입가에 번지는 미소가 가시지 않는다.

며칠 전 텃밭에 심은 고추와 가지를 둘러볼 겸 나갔더니 가지 심은 밭둑 머리에 빨간 말뚝이 꽂혀 있다. 주방 창문 앞 공터에 해마다 망초꽃과 들꽃이 흐드러지게 피어 보기에 참 좋았다.

그런데 얼마 전 아마도 내가 못 본 사이 주인이 측량을 한 듯한데 무심히 지나치고 신경을 안 썼다. 청양고추 심고 두 포기 남았는데 심을 곳이 마땅치 않아서 가지 옆에 갖다 심었다.

고추가 잘 자라 비바람 불면 쓰러질 것 같아 아침 6시 조금 넘어 지지대 꽂고 끈으로 묶어주었다. 다 묶어주고 허리 펴고 돌아서는데 어떤 아저씨가 "아주머니" 부르기에 발길을 멈췄다. "아주머니, 며칠 전에 뵈려고 집에 갔더니 안 계셔서 그냥 나왔어요. 측량해서 줄 매어놓은 대로 길을 내려고 하는데 고추 어떻게 하죠? 오늘부터 공사하려는데요. 제가 십만 원만 드릴 테니 고추 옮기시든가 뽑으시든가 해야겠어요." 황당하고 난감하다. "차라리 고추가 잘되지나 말지. 물 주고 고추 심던 날 호스로 물 뿌려주었더니 죽지 않고 잘 살았어요. 몸살도 안 앓고 고춧대에 가지 많이 돋아 실하고 튼실한데 아까워서 저 고추를 어쩌면 좋데요. 아저씨, 저는 내 손으로 저

492

고추 못 뽑아요. 얼마나 힘들게 심고 정성을 들였는데요. 비료 준 지도 며칠 안 돼요. 농심은 돈 십만 원이 문제가 아니잖아요. 저만큼 키우려면 얼마나 힘들고 정성이 드는데요." "아주머니 마음 저도 잘 알아요. 농사 안 지어본 사람은 아주머니 심정 모르지요. 미안합니다." 아저씨 말에 눈물이 날 만큼 아프고 속상하지만 측량대로 하는 일이니 할 수 없다 싶었다.

아무 말 안 하고 고추 옮길 자리에 땅을 파는데 아저씨 한 분이 오더니 "도와드릴게요" 하며 삽으로 땅을 푹푹 팠다. "저 혼자 할 수 있어요. 그냥 가세요." 도움을 사양하고 힘들어도 혼자 고추 옮겨 심을 땅을 팠다. 구덩이 파놓고 삽으로 고추 한 포기 푹 뜨려는데 땅 팔 때 도와주겠다던 아저씨가 다시 왔다. "에구 아주머니, 힘들어서 혼자 못하셔요. 도와드릴게요." 고추 포기를 삽으로 푹 뜨더니 구덩이에 넣어주신다. 땅 팔 때는 혼자 하겠다고 말했지만 힘든 건 어쨌든 땡볕에 혼자 하자니 시간 걸려서 고추가 빨리 시들 것 같았다. "아저씨, 고마워요. 그럼 수고 좀 해주세요." 장정이 고추 옮기는 일 도와줘 구덩이에 호스로 물 주고 흙만 덮으면 끝이다. 혼자 몇 시간씩 힘들게 해야 할 일인데 20분도 채 안 걸려 도와준 아저씨가 어찌나 고맙던지 감동했다. 난감하던 일을 힘 안 들이고 쉽게 끝낸 생각하니 너무 고마운 생각이 들었다. 세상 살면서 될 수 있으면 좋은 일 해보고 죽고 싶다는 생각이 머릿속에 스치고 사람은 살기 마련이구나 했다.

시대가 많이 변해서 훈훈하던 인심은 사라지고 각박한 세상에서 남을 등쳐먹는 악랄한 사람도 참 많다. 그래도 아직은 좋은 사람이 더 많다는 걸 가슴으로 느끼며 얼마 남지 않은 여생 착하게 살아야

지 생각했다. 아저씨 도움으로 힘들게 할 일을 쉽고 빠르게 끝내고
상추도 솎고 풀밭도 매주고 뿌듯한 하루였다.

2012년 5월 31일 천사은심

엄마, 글 쓸 때 이 말은 꼭 쓰시유

오늘은 누가 또 나를 불러내주지 않을까 주말이나 휴일은 혹시나 해서 내 마음은 항상 대기 중이다. 아니나 다를까 텃밭에 물 주고 들어와 컴퓨터 앞에 앉아 있는데 따르릉 전화벨 울려 받으니 "엄마 식사하셨어요? 오늘 스케줄 있으세요?" "오늘은 특별한 스케줄은 없고 둘째가 파프리카 택배로 보냈다고 해서 왕초랑 별달이네 나누어주려고 하는데 왜 그러니?" "은서가 밖에 나가고 싶어 해서 안성 허브 농원에 가볼까 생각 중인데 엄마도 같이 가실래요?" 구석구석 대청소하고 큰딸 왕초 태워 별달이네 가서 점심 먹고 있는데 아들 인훈이가 민서랑 은서를 데리고 왔다. 안성 허브농원에 갔는데 사람들이 어찌나 많은지 인산인해를 이루었다. 이름 모를 화사한 꽃들이 방긋 방문객을 반기고 허브 상품 판매하는 매장에서는 은은하고 향긋한 향기가 코끝에 머물러 간질이며 유혹했다.

딸들이 손자 민서, 손녀 은서랑 아름다운 허브꽃을 배경으로 추억을 한 아름 담아 찰칵. 행복한 순간이다. 사진 찍기 좋아하는 나는 매장 안에 있어서 사진을 못 찍어 서운하고 너무 아쉬웠다. 아름다운 예쁜 꽃을 배경으로 행복한 추억을 찰칵하고 추억으로 남기고 싶었다.

오는 길에 잠깐 들러 오려고 안성 막내딸 집에 갔더니 "에구 엄마, 방금 김 서방 친구들 왔다 갔어. 삼겹살 사 와서 구워 먹고 김 서방은 친구랑 같이 나갔어. 고기 사 올 테니 저녁 먹고 가"라며 붙잡는다. 넷째 딸 시켜서 삼겹살 사다가 삼겹살 파티 열고 막내딸하고 소

495

주 한잔 나누어 마시며 화기애애한 시간이었다. 막내딸네서 푸짐하게 한 상 차려 잘 먹고 놀다가 평택 왔는데 넷째 딸이 주무시고 가시라며 나를 붙잡았다. 오랜만에 손자 민서랑 하룻밤 자고 싶기에 민서랑 넷째 딸네 갔더니 캄캄한 밤인데도 민서는 그네 타고 싶어 했다. "고모, 그네 타러 놀이터에 가자" 하며 보채자 착한 넷째 딸이 불평 없이 캄캄한 밤인데도 데리고 나갔다.

한참 후 넷째 딸 혼자 들어오기에 "너는 민서 어떻게 하고 혼자 들어오냐" 하고 물었더니 "엄마, 너무 웃겨유. 엄마, 글 쓸 때 이 말은 꼭 쓰시유. 놀이터에서 민서가 그네 타고 놀더니 갑자기 집에 가고 싶다고 하지 뭐유. 고모네 집에서 잔다더니 왜 가냐고 물으니 고모가 짜파게티 안 끓여줘서 간다잖우. 세상에 짜파게티 없어서 라면 끓여주었더니 잘만 먹더니만 집에 가고 싶으니까 별소리 다 한다" 라며 넷째 딸이 또 웃는다. "밤이라 혼자 못 보내고 아파트 출입구까지 데려다주고 왔는데 엄마, 하나도 빼지 말고 글 올릴 때 내가 한 말 꼭 다 쓰시유." 넷째 딸이 또 웃었다.

한 아파트에 가깝게 살면서 자주 만나는 조카와 고모 사이라 그런지 넷째 딸은 손자 민서랑 아주 친하게 지낸다. 아들 인훈이 덕분에 오늘 민서, 은서랑 딸들하고 허브농장에 즐거운 나들이 잘 갔다 와서 행복 가득한 여정이었다.

2012년 6월 16일 천사은심

496

언제나 짠한 부모 마음

오후 2시에 큰사위, 큰딸하고 이마트 가기로 약속했는데 갑자기 호근이 동생이 왔다. 큰사위와 큰딸, 호근이 동생이랑 같이 이마트 갔더니 휴일인지 문을 닫았다. 큰사위가 머리 자른다기에 큰사위 미용실에 내려주고 얼마 전 산촌 식당에 두고 온 카메라 케이스 찾을 겸 드라이브 나섰다. 비가 올 기미가 없었는데 갑자기 장대비가 억수로 내린다. 퍼붓듯 쏟아져 앞이 잘 안 보일 정도였지만 빗속을 드라이브하는 기분은 낭만이다.

성은리 산촌 식당에서 케이스 찾고 오는 길에 사랑의 수양관에 들러 차 한잔 마시려 했는데 셋째 딸 기쁨조가 평택에 왔다고 전화 왔다. 세교동 미용실에 가서 셋째 딸 기쁨조 만나고 집에 오려니 셋째 딸이 여행용 가방, 물 청심환 10병, 파스 한 보따리 준다. 오랜만에 만난 셋째 딸 기쁨조랑 더 놀다 오고 싶었지만 호근이 동생이랑 함께 가서 아쉬움 남기고 헤어졌다.

집에 돌아와 웹서핑하고 있는데 셋째 딸 기쁨조가 저녁 식사하자고 호근이 동생이랑 같이 나오라고 한다. 오후 6시 넘어 송탄 종가 갈비로 아들, 손자 민서, 손녀 은서, 큰사위, 큰딸, 셋째 딸이 먼저 와 있다. 기쁨조는 넷째 딸 생일 선물로 이쁜 옷 사고 아들, 사위에게 줄 4개월분 영양제, 비타민 사 왔는데 식대 16만 원까지 계산해서 마음 짠하다. 자식들이 아무리 나이 들어도 부모 마음에는 어린애 같기만 한데 기분 좋게 식대를 내가 계산하고 왔으면 얼마나 좋았을까 생각하니 사람은 항상 미련이 앞서고 판단은 언제나 나중이

497

다. 자식들에게 늘 부담만 주는 부모가 되기 싫어서 기회가 된다면 맛난 음식 사 먹이고 싶어도 항상 마음뿐이다. 가족이 많다 보니 마음뿐인데 가족들이 안 빠지고 모두 모이면 잔칫집 분위기다. 셋째 딸 기쁨조가 너무 바빠서 예전처럼 자주 만나지 못하지만 어쩌다 왔다 갈 때마다 돈 많이 쓰고 가서 항상 짠하고 마음에 걸린다. 그래도 흐뭇하고 행복한 추억이라고 생각한다.

2012년 7월 22일 천사은심

이 모든 것이 세월 탓일까

육 남매 자식 키울 때는 사치고 뭐고 정신없이 사느라 변변한 외출복 한 벌도 없어 빌려 입을 정도로 살았다. 금년 38세 된 아들 3살 되던 해 어느 날 시장에 갔더니 우연히 한 마을 사는 친구 만나 시장 구경 다녔다. 그날 생전 처음 양장점에 갔다가 그때 만난 인연으로 지금까지 보이지 않는 깊고 고운 우정을 쌓았다. 나보다 한 살 연상이던 양장점 주인을 친구로 인연 맺은 지 햇수로 35년, 고운 인연으로 형제처럼 가깝게 지낸다. 남들은 시장에서 옷을 자주 사 입지만 나는 사계절 동안 일 년에 옷 한 가지 못 해 입더라도 싸구려 옷을 사 입지 않았다. 기회 있을 때마다 꼭 맞춤옷 해 입어서 이삼십 년 전 옷인데도 바느질 꼼꼼하고 원단 좋아 아직도 새 옷이다.

어느 날 옷 정리하다 버리기 아까운 옷들을 패션쇼 하듯 대형 거울 앞에서 입어보니 아직도 괜찮아 보였다. 버리기 아깝기에 시장 나갈 때 입으려고 옷장에 그냥 걸어두었다가 어느 날 넷째 딸네 가는 날 입고 간 적이 있다. 현관에 막 들어서는 나를 보자 별달이는 "하하하, 우리 엄마 또 70년대 패션이네. 아휴 엄마, 옷 좀 사 입고 다니슈. 우리 엄마 전에는 멋쟁이더니 요즘 왜 그러슈?" 옆에 있던 큰딸 왕초, "엄마도 이제 원피스 좀 입고 치마 좀 입어요. 시장에 갈 때는 잘 입고 가야지 그렇잖으면 무시당하고 물건 값도 더 비싸게 불러유. 엄마" 한다.

아무리 딸들이 버리라고 하지만 마음에 들어 한때는 잘 입고 다니던 옷인데 아까워 버리지 못했다. 어제 우리 귀여운 손자 민서 생일 축하해주려고 나가는 길에 시장 볼일 있어 별달이네 잠깐 들어갔다. 외출복 입기 귀찮아 화장도 하지 않고 15년 전 입었던 옷을 입고 거실 들어서자마자 "얘 별달아, 엄마 이 옷은 어때?" 했더니 힐끗 한번 쳐다보며 "그때 입었던 갈색 옷보다 좀 나아 보이네. 아니, 우리 엄마 옛날에는 멋쟁이였잖우? 그런데 요즘 왜 그러지?" "얘, 이 옷이 어때서 그래? 옷만 괜찮은데." 소파에 앉아 나를 쳐다보던 큰딸도 "엄마, 이제 원피스 같은 옷 좀 입으슈." 볼 때마다 똑같은 말을 하는 큰딸은 그렇다 치고, 얼굴에 기초 화장품도 안 바르고 사치하고는 영 거리가 먼 넷째 딸이 그러는 걸 보면 웃음이 나온다.

몇 년 전만 해도 딸들이 그런 말 하기 전에 화장 안 하면 죽어도 외출 못 하는 줄 알았는데 왜 이렇게 변했는지 모르겠다. 급하게 머리 풀 일 아니면 아무리 바빠도 화장은 꼭 하고 외출했는데 나이 탓인지 요즘은 맨얼굴로 외출한다. 딸들이 귀찮게 시비하는 것도 귀가 아픈데 어제는 시장에 나갔더니 잘 알고 절친한 지인들이 나를 보자 귀 아프게 야단이다. "아니 미경이 엄마, 그렇게 멋쟁이가 요즘은 사치도 안 내고 시장에 나오니 웬일이여?" 나는 "매일 화장하던 사람은 매일 꼭꼭 화장해야 해요. 나이 더 들어서 화장 안 하면 그때 가서 피부도 누렇게 뜬다우. 노후에 더 추해 보이기 싫어요. 그래서 지금부터 서서히 노후 준비 중이랍니다" 했다. 사치하기 싫고 귀찮아 여행 가는 일 말고는 외출하기도 싫은데 편한 것만 좋아하는 이 모든 것이 세월 탓일까?

2012년 10월 26일 천사은심

월간지 『귀한사람』 12월호에 게재된 글

2012년 10월 27일 글 제목 「이 모든 것이 세월 탓일까」와 관련해 월간지 『귀한사람』 12월호에 실린 제 글을 사진으로 올려달라는 많은 카페 회원님과 지기님들의 요청으로 사진 올립니다. 제 자랑 같아 사진을 올리지 않으려 했으나 많은 분들이 궁금해하셔서 올리는 것이니 이해 바랍니다. 자식들에게도 한 권씩 나누어주고 저에게 책을 선물해주신 분들께 보답하고자 둘째 딸이 인터넷으로 10권을 주문했는데 어제야 배송받았답니다.

2012년 11월 28일 천사은심

내가 행복한 첫째 이유는

행복이란? 인생을 살아가는 동안 가장 가까이 두고 싶어 하는 것이다. 행복은 멀리 있지 않고 누구에게나 가까이에 공평하게 있다. 하지만 행복을 가꾸지 못하는 사람은 아무리 가까이 있어도 모르고 산다. 이루어질 수 없는 허황된 욕망만을 꿈꾸며 높은 곳만을 향해 무작정 달리기 때문이다. 등 따시고 배부른 것을 큰 행복으로 알고 살아가는 사람은 사소한 일에서도 행복을 느낀다. 자식들이 하나같이 기우는 자식 없이 모두 행복하다면 나는 이 세상에서 제일 행복한 사람이라고 큰소리로 자부하고 싶다.

내가 행복한 첫째 이유는 건강이고 둘째는 사람들이 부러워할 만큼 소문난 자식들의 효심이다. 셋째는 나의 소박한 삶이다. 나는 아무리 힘들어도 양심을 걸고 남을 부러워해본 적이 단 한 번 없고 손톱만큼의 욕심도 없다.

엊그제 큰딸 왕초, 넷째 딸이랑 평택문예회관에서 학예발표회하는 손녀 은서 모습을 보고 행복했다. 재롱잔치 하는 꼬맹이들은 하나같이 귀엽고 예뻐도 유독 우리 은서가 눈에 띈다. 우리 은서의 귀엽고 예쁜 모습에 흐뭇함과 기쁨을 느끼는 순간이 바로 행복 아니겠는가?

학예회 끝나고 오면서 인훈이는 "엄마, 우리 집에 가서서 치맥 한 잔하시고 가서요." 마음은 그러고 싶었지만 술 마시면 밤길에 운전하고 집에 올 수 없기에 아쉬워도 그냥 집으로 왔다.

세상 살다 보면 걱정이란 불청객이 따르게 마련이고 걱정 없는 사람이 어디 있으랴. 아무리 힘들어도 단 한 번도 불행하다고 느껴본 적 없는 나의 삶 속에서 자식이 많다 보니 요즘은 신경 쓰인다. 생전 허리 아프다는 말 한 번 없던 막내딸 쿠키는 허리가 아프고, 큰딸 왕초는 아직 젊은 나이에 무릎이 아프다고 한다. 아침에 전화해보니 막내딸은 허리가 많이 좋아졌다고 하지만 큰딸 왕초는 관절염 초기 단계라고 했다. 누구든 자신만 책임지고 산다면 걱정 없으련만 부모는 자식이 나이 들어도 끝까지 신경이 쓰인다. 그래서 무자식 상팔자라는 말이 있는지, 자식들은 끝까지 애물단지라는 말이 틀림없다는 생각을 한다.

감정이 여리고 눈물이 많아 독하지 못하고 하찮은 일에도 금세 상처받지만 어느 때는 참 다행이란 생각이 든다. 감성이 풍부하고 신경이 예민해서 우울할 때 자연 풍경에 위로받을 때가 많다. 아름다운 풍경을 보면 조급했던 마음이 초연해지고 우울증이 자연 치유된다. 나이보다 젊게 보고 피부 좋다는 말을 듣는 것도 아직 감성이 살아 있기 때문이고 예민한 탓이 아닐까? 감성이 메마른 사람은 좋으나 싫으나 표현을 밖으로 표출하지 못하고 안으로 삭이고 답답하게 산다. 바람에 눈꽃처럼 날리는 꽃잎만 봐도 감정을 숨기지 못하고 작은 행복에도 전율을 느끼며 행복을 경험한다. 그래서 늘 집에 혼자 있어도 머릿속에 자식들 걱정만 떠오르지 않으면 무엇과도 바꿀 수 없는 행복한 삶의 보금자리다.

언젠가 인터넷에 내 마음 그대로 표현한 글 한 편 제목을 「자식들의 행복이 바로 나의 행복」이라고 정했다. 아무리 부모가 행복하다 해도 자식들이 행복하지 못하면 부모 마음이 더 아프기 때문이다. 부모 자식 모두 행복하려면 서로 걱정 없는 삶이어야 하는데 부모와 자식의 운명은 각자 다르다. 한평생 속고 사는 삶에서 젊어 고생하고 나이 들어서는 누구나 똑같이 편안한 삶이면 참 좋겠다.

2013년 2월 21일 천사은심

막내딸 외손녀 소연이랑 전망대 횟집

아침에 창밖을 내다보니 밤새 봄비가 촉촉이 내렸다. 비 내린 끝이라 한낮에 바람이 불 것 같아 '상추 씨앗부터 심고 아침 식사할까? 아니야, 오후에 비라도 내리면 밭이 다 젖어서 상추 싹이 얼른 안 트겠지?' 망설이면서 어제 뽑아다놓은 쪽파 다듬는데 아직 여리고 연한 쪽파가 맵지 않을 것 같다. 맛있게 쪽파 겉절이 해야겠다고 생각하며 부지런히 다듬었다. 어제 오늘은 괜시리 분주하고 할 일이 많아 마음만 어수선하다.

어제 막내딸이 오늘 선거하는 날이라 외손녀 소연이, 혜연이 학교 안 가는데 소연이가 삽교천 전망대 횟집에 가고 싶다고 보챈다면서 가게 되면 엄마도 같이 가자기에 오붓하게 가족 나들이하라고 했었다.

그래도 막내딸은 마음에 걸리는지 나를 데리러 왔다. 막내딸 효심이 고마워서 바쁘지만 따라나섰다. 삽교천 전망대 횟집에서 회와 매운탕 시켜서 점심 식사했다. 여태 상추 씨앗 못 심어서 마음은 콩밭이 아니라 텃밭에 가 있고 서둘러 집에 오고 싶었다. 휴일도 아닌데 사람들이 어찌나 많이 왔는지 집에 일만 아니면 더 놀다 오고 싶었다.

서둘러 집에 오고 보니 바람이 불어 상추 씨앗이 날릴 것 같아 내일 식전에 심어야겠다. 내일 식전에 심을까 망설이다 바람이 차기에 내일 날씨 어떨지 몰라서 밭을 곱게 다듬고 골 지어 상추 씨앗을 뿌렸다. 씨가 조금 날리긴 했지만 골고루 잘 뿌려졌는데 싹이 고르

504

게 잘 틀지 모르겠다. 한 시간쯤 씨앗을 뿌리고 빈 밭에 잡풀이 무성해서 괭이로 긁어 매주었다. 상추 씨앗 심고 대문 앞 화단을 보니 원추리 새싹이 뾰죽뾰죽 연하고 이쁘게 자라기에 아깝지만 다 뜯었다. 원추리나물은 여린 새싹일 때는 샐러드 해 먹고 된장국도 끓이고 삶아 나물로 무쳐 먹는다.

10여 년 전에 원추리 몇 포기 심었더니 지금은 많이 퍼져서 오늘 양동이에 80%쯤 차게 뜯었다. 딸들도 갖다주고 싶은데 자식들은 어릴 때 먹어보긴 했지만 지금은 잘 안 먹을 것 같다. 살짝 데쳐서 말렸다가 정월 열나흗날 보름에 볶아 먹어도 좋을 것 같아 삶아 말리고 싶다. 자식들이 이 글을 읽고 원추리나물 주문하면 내일 뛰뛰빵빵 타고 얼른 갖다줘야지.

2012년 4월 11일 천사은심

엄마 거동 못 하면 내가 모실 거야

넷째 딸 별달이네 가기로 약속한 날이기에 서둘러 설거지하는데 반가운 둘째 딸 전화 와서 세제 잔뜩 묻힌 손으로 간신히 수화기 들고 한참 통화했다. 요즘 이유도 없이 우울해서 어젯밤 노후 생활에 관한 「황혼의 단상」 글 한 편 올렸는데 둘째가 언제 읽었는지 효심 가득한 댓글 올렸다. '엄마, 내가 시아버님 편히 모시는 건 다 엄마 노후 대비 보험이야. 오지도 않은 미래 걱정 마시고 현재의 순간순간을 추억으로 꾸미세요. 밭일도 조금씩만. 거기에 너무 많은 시간을 투자하지 마세요. 저는 이만 뿅 갑니다.' 둘째 딸은 오늘 4박 5일 중국 여행 가는데 다음 주 월요일 귀국한다고 한다.

얼마 전 둘째 딸은 "엄마, 오늘이 제일 젊은 날이니 돈 너무 아끼지 말고 즐겁게 살아요. 나중에 엄마 나이 더 들고 거동 못 하면 엄마 내가 모시고 살게. 아무 걱정하지 말아요. 지금 내가 우리 아버님 모시는 것도 나중에 엄마 생각해서 보험 든다 생각하고 모시는 거유." '나이 더 들어 엄마 거동 못 하면 내가 모실 거야'라는 말을 몇 번이나 했는데 오늘 통화에서도 그 말을 또 한다. 아들이 있고 딸이 다섯인데 나중에 어느 자식하고 살게 될지? 아니면 끝까지 조용하게 혼자 살다 죽을지 아무도 모르는 일이지만 둘째 딸이 지금부터 생각하고 있는 효심이 참 고맙고 감사하다. 지금 성격 같아서는 끝까지 내 손으로 밥 해 먹고 활동하다 자식들에게 짐 되지 않게 가고 싶은 심정이다. 나뿐 아니라 누구나 다 같은 생각을 하겠지만 사람 죽고 사는 문제는 마음처럼 되는 일이 절대 아니다. 오래 살고 싶지

506

않지만 눈 깜짝할 새 물처럼 흐르는 세월이 야속하리만큼 초조한 마음을 자꾸만 부추긴다. 지금 마음 같아서는 내가 앞으로 더 나이 들더라도 혼자 조용하게 살고 싶다. 하지만 말이라도 둘째 딸 하는 말이 가슴 쩡하도록 감동적이고 부모 입장에서 든든하고 흐뭇하다.

그러나 나는 자식들 힘들지 않게 내 의지대로 살고 싶다. 육 남매가 하나같이 기우는 자식 없이 건강하고 화목하게 잘 살았으면 하는 소망뿐이다. 쥐꼬리만큼 남은 나의 인생 여정을 후회 없고 보람된 삶으로 조용히 살다 편안하게 잠들었으면 하는 바람뿐이다.

2013년 5월 30일 천사은심

장모님은 더 젊어지십니다

오전 일찍 호근이 동생은 텃밭에 하지감자 심는 일을 끝내고 집 주변 묵은 잡초 넝쿨 제거에 한참 바빴다. 취나물 새싹은 아직 보이지 않지만 반갑잖은 잡초는 호미로 매고 살살 긁어주니 집 주변이 훤하다. 텃밭 일 하느라 느지감치 아침 식탁 차리는데 9시 9분 휴대폰 울려 받으니 오랜만에 반가운 외손녀 솔지, "할머니, 안녕하세요?" 에구, 얼마나 반갑던지. "우리 외손녀 솔지 오랜만에 왔구나. 언제 왔니?" "저 어제 왔어요. 할머니, 엄마 바꿔드릴게요." 금세 왕초 지지배 엄마 하고 부른다. 내가 큰 소리로 "네" 대답하자 왕초는 "엄마 어떻게 지냈어?" "엄마야 씩씩하게 잘 살지. 걱정 말고 너희들이나 잘 살으렴." 큰딸 왕초랑 전화 끊고 아침 식사하고 집 청소하고 머리 감으니 눈 깜짝할 새 정오다.

호근이 동생이 한방백숙 사주겠다며 먹으러 가자고 했지만 나는 그런 요리를 좋아하지 않아 싫다고 했다. 양념간장 한 가지에 밥을 비벼 먹고 디저트로 호근이 동생이 사 온 오렌지 먹었더니 세상 부러울 게 없다. 디저트 먹으며 호근이 동생, "이것도 싫다, 저것도 싫다 그러지 말고 우리 더치커피 찻집에라도 가요." 기분이 우울해 찻집 가고 싶은 맘은 없지만 호근이 동생이 심심해하는 것 같아 가기로 했다. 그토록 걱정하던 하지감자도 심고 마음 홀가분한데 어째서 기분이 우울한지 대화를 좋아하는 내가 꿀 먹은 벙어리가 됐다.

카페로 가는 중에 전화벨 울려 받았더니 셋째 딸 기쁨조, "엄마, 왜 집에 안 계서?" "너는 어제도 왔다 가고 또 웬일이니?" "언니가 엄마네 간다고 해서 나도 왔는데?" "엄마는 약속 없었는데? 엄마는 지금 성환 더치커피에 도착했다." "엄마, 우리도 찻집으로 갈게요."

목천 숨 카페 도착해 감자 심느라 수고한 호근이 동생 차 한잔 사주고 싶었는데 어느새 호근이가 먼저 주문했다. 한참 후 왕초, 솔지, 기쁨조, 동이 일소대가 찻집에 들어서자 반갑기도 하고 찻집이 훤하게 빛이 난다. 호근이 동생이 주문하는 걸 보니 6인 찻값만 4만 2천 원, 시내 찻집보다 두 배나 비싸다. 찻집도 두세 명이면 모를까 대가족이 가면 식사 한 끼 값이지만 또 그런대로 분위기와 낭만이 있어 좋았다.

여럿이 모이다 보니 오랜만에 보는 솔지랑 대화도 별로 못 해 아쉬움이 많았지만 얼굴 봤으니 만족해야지. 찻집에서 일어나며 기쁨조가 저녁 식사하러 가자는 말에 오붓하게 너희끼리 식사하라고 그냥 집으로 오고 싶었지만 오랜만에 외손녀 솔지도 만났고 늦은 시간에 밥할 새 없을 것 같아 눈 한 번 딱 감고 또 뭉쳤다. 가족들과 뭉쳐 다니면 자식들이 돈 헤플까 봐 뭉치지 말자고 굳게 마음 다짐을 하지만 얼마 못 가서 수포로 돌아가고 만다.

채선당에서 제일 저렴한 식대가 1인당 만칠천몇백 원인데 자식들 덕분에 즐거운 만찬이지만 마음 부담이 컸다. 유치원 갈 때까지 왕초네 집보다 우리 집에서 나랑 더 많이 살고 업어 키운 외손녀 솔지 오랜만에 만난 뜻깊은 날이다. 걱정되던 감자도 일찍 잘 심고 홀가분한 마음인데 생각잖게 딸 사위 외손녀 솔지랑 뭉치고 즐거운 추억이 될 하루 여정이다.

채선당에서 저녁 식사를 하고 왕초, 기쁨조와 헤어져 돌아오는 길에 휴대폰 울리기에 받았더니 둘째 사위 박 서방, "아~ 장모님?" "어머, 박 서방 반갑네. 지금 왕초네랑 기쁨조네랑 저녁 식사하고 집에 가는 중이네." "호근이 아저씨가 보낸 사진 보니 장모님은 점점 더 젊어지십니다." "ㅎㅎ 어머 그래? 사위, 지금 한 그 말에 큰 위로 삼겠네. 고맙네." "장모님, 성준이 엄마 시의원 출마합니다. 날마다 나를 이리저리 사방 데리고 다니며 인사시키느라 요즘 바쁘고 힘들어 죽겠습니다." "어머, 그럼 얼른 내 주민등록 그쪽으로 옮기고 나도 한 표 협조해야지 ㅎㅎ" 하며 한바탕 웃었다. 한동안 이유 없이 계속되던 우울증을 잠시 떨쳐버리고 오늘도 감사한 하루 여정 잘 살았노라고 기도하는 마음이다.

2016년 3월 20일 천사은심

야외 라이브카페에서

요즘 그동안 써오던 글들을 선별 수정하느라 하루가 바쁘게 시간을 보낸다. 어제 명월초 가지 잘랐는데 자른 가지 짧게 잘라 하얗게 뿌리 내리면 삽목하려고 물에 담가놓았다. 어제저녁 아들 인훈이 차 타고 손자 민서, 손녀 은서랑 데이트하고 돌아와 자른 명월초 이파리는 깨끗이 씻었다. 아침에 물기 다 빠졌기에 끓여 식힌 장아찌 간장 부었더니 숨 죽었기에 냉장실에 넣었다.

오전, 오후 내내 글 선별 수정 작업하느라 정신없는데 갑자기 전화벨 울려 두근두근 전화 받았더니 큰딸 왕초, "엄마, 셋째 기쁨조가 식사 대접한다고 나오래요." "그래, 언제?" "영인산 놀러 갔다 저녁때 온다니 엄마 우리 집으로 오시유." "그래, 점심 식사하고 준비하는 대로 갈게." 전화 끊고 감잣국에 밥 한술 말아 먹으며 생각하니 왕초는 일찍 오라고 재촉하지만 시간이 아까운 것 같아 왕초에게 전화해서 바쁜 일 있으니 천천히 가겠다고 했다.

큰사위 6시 30분 퇴근한다기에 5시쯤 큰딸네 집에 가려고 준비하는데 왕초 "엄마, 솔지 아빠 퇴근하면 엄마 태우러 갈까? 엄마도 우리 차 타고 나갑시다" 한다. 글 선별 수정 작업하다가 오후 7시, 큰사위 차 타고 만세고개 라이브카페에 도착해 기다리고 있으니 셋째 딸 기쁨조가 임 서방이랑 예쁘고 정열적인 빨강 장미꽃 다발을 한 아름 안겨준다. 오랜만에 받아보는 꽃 선물이 얼마나 기분 좋던지 미안하면서도 가슴 뿌듯하고 행복했다.

레스토랑에서 딸 사위들이랑 야외 라이브 쇼 보면서 저녁 식사하고 행복하고 즐거운 시간 만끽했다. 돈가스 정식 1인분에 18,000원. 요리도 맛깔스럽고 디저트도 깔끔하고 레스토랑 분위기도 참 좋았다. 이름 없는 가수들이지만 얼마나 노래를 잘 부르던지, 아이스커피 마시며 라이브 쇼 보느라 시간 가는 줄 몰랐다. 우리 셋째 딸 기쁨조 웃으며, "엄마, 오늘 효도는 몇 년으로 할까? 호호" 하기에 "애, 효도할 때마다 귀찮지 않게 아주 영영 효도라고 하자." 기쁨조 숨넘어갈 정도로 깔깔 웃으며 "엄마, 앞으로 엄마한테 안 와도 되지?" "그래, 효도 조금 하면 1년 치 효도네 3년 치 효도네 하지 말고 아주 영영 효도로 정해라" 하며 우스갯말했다. 식사 후 디저트 먹고 아이스커피 마시며 하하호호 즐거운 시간 즐기면서 기쁨조는 사진 찰칵찰칵 찍어댔다.

라이브 쇼 끝나고 밤 11시 4분, 기쁨조 동이랑 헤어져 집에 도착하니 밤 11시 30분 넘었다. 생각지 않게 즐거운 저녁 시간 충만한데 셋째 딸 기쁨조가 돈 많이 쓰고 임 서방 꽃 선물까지 받아서 기분 좋지만 미안했다. "셋째 딸 기쁨조야, 영영 치 효도로 행복한 시간 갖게 해줘서 덕분에 즐겁고 행복한 저녁 시간 아주 잘 보냈다." 임 서방, 동이가 준 장미꽃 선물도 고맙고 기쁨조 우스갯말 3년 치 효도네 영영 효도네 한 말도 재밌고 참 즐거웠다.

2013년 7월 29일 천사은심

한 회사 성실 근무 17년 근속상

어제부터 오늘 종일 강풍이 몰아치고 집이 날아갈 듯 왱강댕강 바위 무너지는 바람 소리 울어 불안했다. 정서 불안했던 하루 글 한 편 쓰고 마무리하는데 아들 인훈이 엄마 부르며 현관에 들어선다. "어머 아들아, 갑자기 인훈이 네가 웬일이니?" "퇴근길에 잠깐 들렀어요." "그래? 엄마 저녁밥이 없어서 지금 방금 저녁밥 안쳐야 하는데 기왕에 왔으니 아들아, 저녁밥 먹고 가렴." 서둘러 밥을 안쳐놓고 인훈이랑 이런저런 대화하느라 시간 가는 줄 몰랐다.

삶, 직장에 관한 이야기 나누다 안경알이 크니까 편안해 보인다며 내 안경알도 컸으면 좋겠다고 했더니 "안경 그렇게 안 비싸요. 엄마도 새로 하세요. 제 안경 한번 써보세요"라며 벗어준다. 훈이가 벗어주는 안경을 받아서 써보니 시력이 달라서인지 흐릿하고 잘 안 보였다. "엄마, 이마트 가시면 안경 다시 맞추세요. 7월에 회사 17년 근속상 타면 부상으로 70만 원 상품권 나오니까 그걸로 엄마 안경이나 다시 맞추세요."

내가 그때까지 기다려 인훈이 근속상 부상으로 나오는 상품권으로 안경 맞출 리 없지만 가슴이 뭉클했다. 딸 다섯 낳은 끝에 여섯째 장남으로 태어난 아들 훈이 내 입에 넣었던 것도 꺼내 먹일 정도로 애지중지 키운 아들이다. 사회에 진출하기 전까지 고생이란 모르고 성장한 아들 인훈이가 어느 날 "엄마, 나를 왜 그렇게 연약하게 키우셨어요?"라고 한 적이 있다. 그래서 군 제대하면 집에서 한 달만 푹 쉬었다가 천천히 직장 구하라고 여러 번 말했었다. 하지만 아들 인

513

훈이는 제대하고 한 달은커녕 사나흘 만에 아르바이트하고 지금 직장 구해 열심히 다녔는데 벌써 17년이라니 세월 참 빠르다.

인훈이 키울 때 귀하기만 해서 미래를 위해 강하게 키울 생각은 조금도 하지 못하고 금지옥엽으로 키웠다. 그렇게 배고픔도 고생도 모르고 성장한 아들 인훈이가 스스로 자신의 삶을 개척하고 한 회사에 17년 근면 성실한 근속상을 탄다는 말을 듣는 순간 가슴 뭉클했다. "엄마, 요즘 식사는 잘하셔요? 누나들이 엄마가 예전 같지 않다고 걱정했어요. 지난 주말에 엄마 집에 오려고 했었는데 못 와봤어요. 식사 잘하시고 엄마가 건강하셔야지요. 봉투가 없어서요. 엄마, 맛있는 거 사 드셔요"라며 용돈을 주기에 안 받았더니 "우리는 잘살아요. 걱정 마셔요"라며 좌탁에 놓았다. "나중에 정년퇴직하면 퇴직금 타고 연금 나오고 논 있으니 농사짓고 할 일 없으면 하다못해 경비라도 나가면 돼요." 노후까지 계획하는 아들 인훈이 말 듣는 순간 찌뿌둥하던 몸살 증상이 봄눈 녹듯 사라지는 느낌이다.

밥솥에서 부저 울리기에 반찬 없어도 식사하고 가라고 했더니 아들 인훈이는 그냥 가겠단다. 내가 시원찮아 보였는지 "엄마, 아프지 마시고 식사 잘하세요"라며 일어서기에 대문까지 따라 나가 배웅하고 들어왔다. 하나뿐인 아들 강하게 키우지 못했으면 어쩔 뻔했나 정신 아찔했다. 힘든 일 이겨내지 못하고 이 회사, 저 회사 전전하고 가족을 책임 못 지면 어쩔 뻔했을까. 생각하면 할수록 정신이 번쩍 들었는데 근면 성실한 아들 인훈이 고맙고 감사하다.

2016년 5월 4일 천사은심

창살 없는 감옥

만 4년 동안 고장 한 번 없이 나와 잘 지내던 컴퓨터가 무리하게 일을 시켜 화가 난 모양이다. 자꾸 에러가 나더니 아예 로그인도 안 되고 실망을 안겨준다. 넷째 딸 별달이가 "엄마, 제발 컴퓨터 청소 좀 해주슈. 벌써 몇 년이유?"라고 해도 못 들은 척했었다. 이번 기회에 별달이 말대로 큰맘 먹고 기사 불러 다시 깔았더니 속도도 빠르고 너무 잘된다.

어제 오후 기사는 "지금 작업 중입니다. 오후 6시에 들어갈게요" 하더니 자료가 많아 밤 9시에나 오겠다더니 무소식이다. 오늘 오후 다시 전화했더니 기사는 "자료가 너무 많아 어젯밤 12시에 작업 끝났어요. 오늘 오후 5시에 들어갈게요" 하더니 6시 넘어도 무소식이기에 '오늘 기사 오기 또 틀렸구나' 하고 대문 걸고 들어왔다.

새로 지은 밥에 오늘 담근 열무김치로 한참 저녁밥 맛나게 먹고 있는데 대문에서 소리 들리기에 큰 소리로 "네, 나가요"라며 서둘러 나갔다. 컴퓨터 본체를 껴안고 서 있는 기사를 보자 혼내기는커녕 어찌나 반갑던지, 상냥하게 "사흘 동안 여러 번 전화하게 할 때는 오기만 해봐라, 한바탕 듣기 싫은 잔소리 따다다 쏘아주고 공전 안 주려고 했다. 으이그, 컴퓨터 없이는 하루도 못 산다고 말했잖아요. 그런데 이제 오시면 어떡해요?" 생글거리며 내가 한 말에 인터넷 기사도 싱글싱글 웃으며 "자료가 많아 시간이 많이 걸렸어요" 한다. 나도 바탕화면에 저장해놓은 사진들 보존해달라고 부탁한 게 떠올라 그냥 웃어넘기고 말았다.

황금 들녘에 알곡이 알알이 영글어가는 가을 향연은 잊고 살던 옛 추억 한 자락을 꺼내 보고 싶게 하고 누군가 옆에 있었으면 하는 바람으로 모두가 시인이 되는 계절이다. 가을이 깊어가는 만큼 생각도 깊어지고 우리 인생도 단풍색으로 채색되어간다. 소중하기에 가꾸고 아끼던 나날들이 곱고 아름다운 추억으로 가는 길목에서 어딘가 따뜻한 곳이 그리운 날이다. 그런 그리움들을 쓰고 싶었는데 사흘 동안 창살 없는 감옥 생활을 했다.

　컴퓨터가 병원에 가 있는 동안 자연히 집안일을 찾아 하게 되고 일손이 잘 잡혀 어수선하던 집 안이 훤하고 살림이 반짝반짝 빛났다. 오랜만에 통화한 친구가 얼굴이나 보자고 하기에 그러자고는 했지만 내일 봐야 알겠다. 사흘 동안 인터넷 작업을 못 하고 지내다 보니 어렵게 술 담배 끊는 사람의 심정을 알겠다. PC 테이블 새로 사 와서 글쓰기 작업하는 자세가 얼마나 편안하고 좋은지 시간도 많이 단축된다. 호사다마라고 새 테이블에서 편안하고 즐거운 마음으로 글쓰기 작업했는데 갑자기 자꾸 오류가 나서 속상했었다. 별달이 말 좀 진즉에 들을 걸.

2013년 9월 28일 천사은심

어느 공인의 고백

자다 깨서 이른 아침 창밖을 바라보니 바람 한 점 없이 조용한데 언제부터인지 우주에 비가 내린다. 아침밥을 안치고 웹서핑 하는 동안 밥이 다 되었기에 오늘은 다른 날보다 정상적인 시간에 아침 식사했다. 다듬은 아욱 있기에 받아놓은 쌀뜨물에 된장, 고추장 풀고 마른 새우 한 움큼 넣고 아욱국을 안쳤다. 가스 켜서 중불에 맞춰 놓고 돌아서자 오전 9시 전화벨 울려서 전화번호 확인할 새 없이 젖은 손 닦으며 전화를 받았다 "아~ 매씨(누님), 안녕하세요?" "네, 안녕하세요?" "매씨, 여기는 비가 많이 내리고 있습니다." "네에, 그래요? 여기도 지금 비 내리는데요. 오늘은 차 한잔 생각나게 하는 날이네요." "하하. 매씨, 그럼 차 한잔하시죠." 이렇게 시작한 통화가 42분 20초, 통화 중 벨 소리 들리더니 "전화 왔습니다. 잠깐만요." 끊더니 9시 54분 또 전화 왔기에 1시간 13초 통화하니 휴대폰에 양쪽 귀가 데일 정도로 뜨겁다.

전화하신 분은 반기문 유엔총장 환영 인파 행복을 찾는 각 지역 단체 총 58건 관리하는 각 지방 단체모임 총회장이시다. 전국 단체 모임 임원들만 가입한 '행복을 찾는 이들'과 자매 카페 '행복을 찾는 사람들' 두 곳을 운영하고 있다. 개인 글방 개설해놓고 글 올려달라는 부탁으로 4년 동안 올리다 힘들어 글을 안 올리면 글을 재촉하고 야단이다. 얼마 전 회장님 전화인 줄 모르고 받았더니 첫마디에 매씨를 명인 명장으로 선정하고 싶다고 해서 절대 사양했다. "무슨 말씀이세요? 명인은 무슨 명인이에요? 저는 자격이 없어 절대 사양입

517

니다" 했더니 이해를 돕기 위해 자세히 설명해주신 적 있다.

　오늘 전화한 이유도 명인 명장에 대한 이해를 돕기 위한 전화다. 회장님은 "처음엔 매씨 글 보고 아~ 일기문 쓰시는구나. 예사로 생각하다 점점 매씨의 글에 반하게 되더라" 했다. 상업적 글은 아예 클릭도 하지 않으며 매씨의 글은 현실이 살아 있는 글이고 요즘 손수 매씨처럼 쓰는 글이 많지 않다고 했다. 글을 계속 읽으면서 현실이 그대로 담기고 자연에 밀착해 살아 움직이고 돌아다니는 글에 반했다고 했다. 매씨 글은 우리 행복 단체 이미지에 꼭 맞는 행복 전도사이고 우리 단체 메이커라며 글 명인 명장으로 정하겠노라 했다. 우리가 정하는 것이 아니라 위에서 명인 명장 정하라는 지시가 있어야 한다며 아무나 되는 게 아니라고 했다.

　어딘가에도 참석하고 반기문 총장 초대에 참석한 공인이라며 얼마 후 반기문 총장 귀국 환영식 하러 공항에 간다고 했다. 그런 공인이 마음대로 함부로 행동할 수 있냐며 입이 닳도록 나를 설득하려고 길게 설교했지만 나는 자신이 없다. 무슨 말뜻인지 자기 PR을 한참 하더니 "나 만나고 싶어도 쉽게 만날 수 없는 사람"이라며 자기를 놓치지 말라고 했다. 나중에 후회하지 말라며 덧붙인 말은 "나도 매씨를 절대로 놓지 않겠다"라며 광주 행사에 한번 내려와서 참석해달라고 했다. 명인이라면 모든 이의 인증인데 아무나 명인 명장으로 정할 수 없노라며 나를 설득하는 긴 통화를 했다.

　두 시간 통화했지만 명인 명장이고 뭐고 삶의 여백 메우기 위한 취미 생활로 즐겁게 사는 것뿐 다른 뜻은 없다고 했다. 차 한잔 마시며 이런저런 상념에 젖어 '취미로 쓰는 글이지만 그래도 내 글을 인정하는 이도 있구나' 생각했다. 외롭고 심심하지 않으려고 글쓰기 시작한 생활글이지만 누가 글로 인정해주지 않아도 나만의 즐거움이면 된다고 생각했었다. 글방에 다녀간 흔적에 고운 댓글로 용기와 힘을 실어주고 응원해주는 회원님들의 따뜻한 격려와 배려에 많은 힘을 얻는다. 인터넷 글방에 글 쓰는 동안 회원님들의 따뜻한 고운 우정이 없었다면 이렇게 긴 세월 취미 생활할 수 있었을까? 감사하다.

2016년 5월 24일 천사은심

우리 엄마가 너무 이뻐서 눈물이

아침 설거지하느라 수돗물 쏟아지는 소리에 휴대폰 울리는 소리 못 들어서 오는 전화를 못 받았다. 부재중 전화 알람 소리에 폰을 열어보니 아들 인훈이 부재중 전화. 궁금해서 전화했더니 바쁜지 한참 후에 전화 받는다. 아들 훈이는 내 전화 받자마자 "엄마, 퇴근길에 김치 가지러 가려고 전화했는데요." "그래, 미역국 있는데 식사하고 갈래?" "예, 밥 먹고 갈게요." 전화 끊고 국 데우며 대강 식탁 차리고 나니 아들 인훈이 퇴근길에 왔다. "인훈아, 너 좋아하는 반찬이 없네"라며 밥이랑 국 한 대접 퍼주고 주방일 하면서 식사하는 인훈이랑 이런저런 대화했다.

언젠가 아들 인훈이가 "엄마, 돈도 좋지만 너무 바빠서 힘들었는데 요즘은 조금 한가해졌어요"라는 말에 너무 과로하지 말라고 한 적 있다. 그런데 아침 식사하며 하는 말이 "엄마, 요즘 부서에서 하는 일이 바빠서 어제도 늦게 퇴근했어요." 바쁜 부서로 옮겼는데 옮긴 부서 직원들을 관리하라는 사장님 지시에 요즘 일 배우는 중이라고 한다.

아들 인훈이 집에 보내고 머리 감고 세수하고 나니 오전 10시 훨씬 넘어 기초 바르고 그럭저럭 하다 보니 오전 11시 된다. 펄펄 끓는 소금물에 데친 우렁 한 탕기쯤 되는데 미나리, 양파, 쪽파, 대파, 청양 풋고추, 초고추장, 고춧가루 넣고 버무렸다. 호근이 동생은 갑갑한지 오전부터 자꾸만 찻집에 가자고 조르기에 서둘러 점심 식사하고 나니 오후 12시 15분이다. 설거지하는 동안 호근이 동생은 애마 붕붕이 점검하고 워셔액을 보충했다고 한다. "어느 찻집에 갈 거야?" 물었더니 목천 더치커피 숨 카페로 가자고 해서 연천에서 오려면 삼백 리 넘고 차 안 막혀도 세 시간 정도 걸리는데 왕복하면 차 혹사시키니까 배터리 충전 차원에서 애마 붕붕이 타고 가자고 했다.

호근이 동생은 자기 차 타고 가겠다고 하기에 할 수 없이 그러라며 차 탔더니 더치커피 숨 카페 향해 고고씽, 한 시간 후 도착했다. 찻집에 손님이 얼마나 많던지 요즘은 실내보다 실외 정원 파라솔 분위기가 더 좋다. 호근이 동생이 주문한 아이스 더치커피가 주문하자마자 바로 나와 호근이 동생이 차 쟁반 들고 파라솔 탁자로 차를 내왔다. 시원한 아이스 더치커피 마시며 대화하던 호근이 동생은 폰으로 사진 찰칵하더니 둘째, 셋째 딸에게 보냈다고 한다.

카페 자연 풍경과 분위기가 얼마나 좋던지 기분 좋은데 셋째 딸 기쁨조 전화다. "울 엄마 너무 이쁘네. 앞으로 그렇게 화사한 옷으로 이쁘게 입고 즐겁게 살아요." 아무렇게나 하고 다닌다고 맨날 잔소리하던 기쁨조는 어느 날부터 조용하고 잠잠하더니 오늘은 이쁘단 말을 다 했다. 호근이 동생이 찍어서 보낸 사진이 잘 나왔는지 기쁨조가 울 엄마 이쁘다고 말하기에 "너 감기 들렸니? 감기 든 목소리다." "엄마, 나 감기 안 들었어. 울어서 그래." 기쁨조 울었다는 말 듣는 순간 가슴 철렁. "왜 울었어?" "울 엄마 너무 이뻐서 눈물이 나서 울었어요. 요즘 엄마 많이 아프고 맨날 우울하게 보내서 나는 너무 무서웠는데 엄마 기분 많이 좋아져서 너무 좋아요. 엄마 사진 보니 너무 이쁘고 눈물 나서 울었어." 목멘 소리로 말하더니 울컥했는지 또 울기에 "너 울면 어떡하니? 너 우는 바람에 엄마도 눈물이 난다" 했더니 기쁨조는 "엄마, 즐겁게 지내시고 아저씨한테 고맙다고 전하세요"라며 통화 끊었다.

전화 끊고 애가 왜 울었나? 한편 걱정이 되면서도 '울 엄마가 이뻐서 울었다'라는 의미가 도대체 무슨 뜻인지 알 길이 없어 궁금했다. 분위기 좋은 찻집에서 즐거운 시간 보내면서도 기쁨조가 왜 울었는지 이런저런 생각이 교차하는 순간 걱정이 다가왔다. 호근이 동생은 먼 길 가야 할 시간 늦지 않으려고 서둘러 출발해 한 시간쯤 걸렸는데 가까운 거리 아니다.

2016년 5월 29일 천사은심

휴일 오후 행복한 여정

어젯밤 늦도록 행복이 가득하던 우리 집 정신없는 아침 거실 풍경에 아휴 이걸 어쩌나, 하지만 글 수정이 더 시급했다. 마음 급해서 소파에 앉아 잠옷을 갈아입는데 좌탁에 놓인 무선마이크가 눈에 띄자 신나게 노래 몇 곡 불러줬었다. 철이 있나? 바빠서 중단한 글 한 편 수정 끝내고 아침 식사하려니 밑반찬은 많지만 국이 없으니 밥이 안 넘어간다. 그래도 다행히 좋아하는 상추 있기에 밥 한 공기 상추 쌈 싸서 먹고 설거지하고 거실에 나오며 호근이 동생에게 물었다. "우리 오후 스케줄 뭐야?" "뭐 어디 횡하고 드라이브 나가요. 아니면 찻집에서 시원한 차 마시든가 빙수 먹든가 합시다." 그럼 외출 준비할 테니 동이가 사온 컴퓨터 구경하고 인터넷이 얼마나 방정맞게 빠른지 컴퓨터 켜보라고 했다.

외출 준비하고 드라이브 가려면 일찍 점심 식사해야 시간을 벌 것 같아 서둘러 점심 식사 준비하려는데 전화벨 울린다. 서둘러 전화 받았더니 기쁨조, "엄마, 오늘 뭐 하실 거예요?" "호근이 아저씨 드라이브 가든가 찻집에 가자고 하는데 왜?" "아니, 왕초 언니가 엄마네 놀러 가자고 전화했길래 전화해본 거야." "그래? 그럼 너희들 오늘 엄마네 집에 올래?" "아니야, 엄마 아저씨랑 나가셔서 즐겁게 놀다 오셔요." 알았다고 전화 끊고 돌아서자 또 전화벨 울린다. 다시 기쁨조, "엄마, 오리고기 좋아하시지? 엄마네 집에서 오리고기 굽고 점심 먹을까? 아니면 차라리 저녁 식사할까?" "그런 건 너희들 마음대로 하렴. 근데 언제 점심 준비하냐? 차라리 놀다 저녁 식사하면 어떨까?" "엄마, 그러네. 차라리 저녁 식사하는 게 좋겠네. 점심은 각자 알아서 해결합시다."

통화 끝나고 호근이 동생은 먹다 남은 백숙을 전자레인지에 데워 나 역시 좋아하는 상추쌈 싸서 점심 식사했다. "누님, 감자가 노랗게 시드는 데 왜 그런지 감자 두어 포기 캐다 쪄서 왕초랑 기쁨조네 오면 같이 먹읍시다." "으이그, 언제 누가 감자 껍질 깔 겨?" "감자는 내가 깔 테니 걱정 말아요." 감자 두어 포기만 캐 오라고 했더니 호근이 동생이 텃밭에 나가 감자 캐 금세 껍질 벗겼기에 솥에 넣고 소금, 설탕 넣어 달달하게 폭 쪘다.

왕초, 기쁨조 기다리며 무선마이크로 좋아하는 가요 룰루랄라 멋들어지게 부르는데 우루루 일당들이 몰려온다. 드라이브 나갈 준비한 엄마는 집에 놔두고 산책 나갔던 두 딸 들어오더니 아이스커피 사서 소풍공원에 놀러 가자고 한다. 놀다 집에 와서 오리고기 구워 먹자기에 동이 차, 큰사위 차, 호근이 동생 차 3대 출발했다. 딸들은 아이스커피 사러 가고 나는 호근이 동생 차로 소풍공원으로 가서 자리 잡았다. 휴일이라 차도 많고 사람도 많지만 마침 정자에 앉아 놀던 사람들이 일어나기에 자리 뺏길세라 서둘러 차지했다. 얼마나 속이 시원하던지, 조금 있으니 커피 사러 갔던 일당이 우루루 정자에 올라왔다.

커피 몇 모금 마시는데 소풍 나온 다른 일행 4명이 정자에 올라와 우리들끼리 마시기 미안해 "우리만 차 마셔서 미안하다" 했더니 괜찮다 했지만 마음도 편치 않은데 기쁨조가 "엄마, 노래 한 곡 부르시지?" 하며 마이크 건네주기에 '영시의 이별'을 부르자 이방인들은 "아이구, 노래 잘 부르시네요. 한 곡만 더 듣고 우리는 가야지" 한다.

이번엔 '곰배령'을 불렀더니 "노래 잘 부르시는데 연습하시는 거예요?" 한다. "네에. 노래자랑에 나가려구요." 우스갯말했더니 "전국노래자랑이유" 하면서 나이를 묻기에 말해줬더니 놀라는 기색이다.

이방인들은 가고 우리 가족만 남았는데 야외에서 노래방 기기로 노래 부르는 낭만적인 기분 한없이 좋아서 너무 행복했다. 저녁 할 시간 되자 기쁨조, "엄마, 내가 집에 가서 밥해 갖고 올까?" 하기에 힘들지 않으면 마음대로 하라고 했더니 금세 출발했다. 시원한 정자에 앉아 노래방에 도낏자루 썩는 줄도 모르고 있는데 바지런한 기쁨조 금세 밥해 가지고 온다. 밥 식을까 봐 동이는 전기밥솥채 껴안고 기쁨조는 오리고기 구워 상추랑 부재료 준비해서 다람쥐 모양 재빠르게 왔다. 준비성이 철저하고 똑 부러지는 기쁨조 야무진 솜씨 발휘하고 요것조것 골고루 깔끔하게 진수성찬 차렸다. 밥이 잘돼서 맛있고 야외에서 가족들과 낭만적인 저녁 식사 분위기에 휴일 오후 행복한 여정에 푹 빠졌다. 밤이 깊어가자 왕초랑 기쁨조랑은 헤어지고 노래 몇 곡 더 부르고 출발했는데 나같이 행복한 인생 어디 또 있을까?

2016년 6월 12일 천사은심

망각할 수 없는 추억

된장 시래기국 한 사발 푸고 주걱으로 살살 밥을 저어보니 촉촉하고 맛있게 잘됐다. 울타리 콩밥이 포근포근하고 구수해서 밥 냄새도 좋고 밥이 참 맛있다 하고 느끼는 순간 매일 먹고 사는 쌀밥이 새삼 너무 감사하다. 요즘은 옛날만큼 밥도 많이 안 먹어 쌀 소비량도 많이 줄었지만 예전엔 쌀이 참 귀해서 요즘처럼 흔하게 못 먹었다. 요즘은 세상 귀한 것 없이 너 나 할 것 없이 잘 먹고 살아 고기도 맛있네 맛없네 하지만 옛날엔 고기 한 번 실컷 못 먹고 살았다. 살기 힘들었던 그 시절엔 추수도 전에 양식이 떨어지고 논의 벼들에 누런 방울 앉으면 누구네 할 것 없이 풋벼를 베어 먹었다. 당장 먹을 양식을 마련하려고 아직 여물지도 않은 풋벼를 논 한 귀퉁이에서 베어 홀태로 이삭을 털어 멍석에 말렸다. 쌀 한 가마니 정도면 방앗간에서 찧고 서너 말쯤 되면 집에서 절구통에 찧어 먹었다.

한참 젊은 나이에 논에서 집까지 2킬로미터 훨씬 넘는 거리를 풋벼 80킬로그램 머리에 이고 걸어온 적이 있다. 초가을 아침 우리 그이는 풋벼 베러 논에 나가면서 "내가 논에 나가 벼 베서 훑어놓을 테니 당신이 좀 가지러 오라" 했다. 알았다며 오전 집안일 하고 논에 나갔더니 그이는 풋벼를 홀태에 쭉쭉 훑으며 벼 자루 저기 있으니 머리에 이고 가라고 했다. 쌀 80킬로그램 들어가는 누런 자루에 풋벼를 가득 담은 자루를 그이랑 둘이 간신히 쳐들어 머리에 이고 출발했다. 집은 아직도 멀었는데 벼 자루가 무거워 자라목처럼 쏙 들어가고 머리에 인 덩치 큰 벼 자루가 눈을 가려 앞이 영 잘 안 보였다. 벼 자루 움켜잡은 양손과 팔다리가 후들후들 떨리고 머리에서 무겁게 짓누르는 벼 자루 무거워 발걸음을 옮길 수 없었다.

주위에 사람이라도 있으면 벼 자루 메쳐놓고 잠시라도 쉬었다 오면 좋으련만 사방 둘러봐도 사람 하나 눈에 띄지 않았다. 무거운 풋벼 자루 80킬로그램 머리에 이고 고바위 긴 언덕길 올라오다 힘들어 다 버리고 오고 싶었지만 꾹 참고 인내심 발휘했다. 팔다리가 후들거려도 악착같이 죽을힘 다해서 간신히 집에 와서 마당에 탁 메치는 순간 눈앞이 캄캄하고 핑 돌았다. 아직도 기억이 생생한데 우리 그이도 그렇지. 연약한 아낙에게 80킬로그램 덩치 큰 자루를 어찌 머리에 이어 보냈을까? 잔정이 없는 성격이지만 주방에서 설거지할 때면 어쩌다 뒤에 와서 "나는 세상에서 아무개만 젤 사랑하니께" 하던 그이였다. 그런 그이가 먼 들녘에서 집까지 그 무거운 자루를 머리에 이고 어떻게 걸어가라고 보냈을까. 그때 그 힘들었던 고생은 망각할 수 없는 기억이고 지금 생각하면 무정한 그이가 너무 서운한데 그때는 왜 그럴 수밖에 없었을까. 미련하게 그 무거운 자루를 아녀자의 몸으로 버겁게 머리에 어찌 이고 왔을까. 지금 생각해도 참 대단했다.

아침 식사하면서 맛있는 밥을 먹다 보니 쌀밥에 감사함을 느끼는 순간 불현듯 아주 머언 먼 그 옛날 고생한 기억이 떠올랐다. 지금은 황금 자루를 공짜로 준다 해도 그렇게 무거우면 엄두를 못 낼 일인데 이렇게 늦팔자 좋은 것은 그때 엄청 고생한 보상일까? 그이나 나나 참 미련하게 살지 않았나 싶지만 그때는 환경의 지배를 받고 그렇게 살 수밖에 없었다. 갑자기 왜 죽어도 망각하지 못할 정도로 고생한 추억이 떠올랐는지 아침밥 맛있는 것도 무슨 죄인가 보다.

지금은 이렇게 웃으면서 망각할 수 없는 세월의 추억을 떠올릴 수 있을 만큼 여유로움에 진정 감사할 따름이다.

2016년 7월 8일 천사은심

국정조사 대기업 총수 청문회

새벽잠 일찍 깼지만 김장 후유증에 시달려 몸이 예전 같지 않은데 요즘 추워서 느지막이 일어난다. 오전 8시, 중천에 떠오른 겨울 아침 햇살이 너무 밝아 눈이 부셔서 눈도 제대로 잘 못 뜨겠다. 겨울답게 쌀쌀해서 춥게 느껴졌지만 화창한 햇살 반가움에 아침 기분이 업되는 순간이다. 이렇게 눈부시게 화창한 고운 날을 얼마나 기다렸던가. 아침 식사하자 청소하고 머리 감아야겠다. 우중충한 날씨 연속이고 몸도 시원찮아 누워만 지냈더니 오랜만에 단장하고 싶다. 콩닥콩닥 설레는 마음에 서둘러 아침 식사하고 그렇게 아끼던 애호박을 채 썰어 양파, 청양고추 썰어 넣고 부침개 반죽했다. 바로 부치는 것보다 숙성시켜 부친 부침개가 더 쫄깃하고 맛있다.

주방을 나와 침대 방 정리하러 들어간 시간은 오전 10시, TV에서 한참 청문회 방송 시작하는 중이다. 몸져눕기 전만 해도 가끔 뉴스만 시청했는데 요즘은 인터넷을 많이 줄이고 종일 TV 시청한다. 청소하려다 말고 오늘 하려던 일 계획을 다 접고 따뜻한 침대에 누워 국회 청문회를 시청했다. 최순실 사건으로 어수선하고 불안정한 시국이 걱정되는 시점에서 청문회 방송을 시청 안 할 수 없었다. 청문회 보니 비극적인 소설보다 더 슬픈 나라 시국이다. 오늘의 시국이 고스란히 기록된 역사를 먼 훗날 후손들이 볼까 봐 두렵다. 오후 12시 30분부터 오후 2시 30분까지 오찬 시간 청문회 놓치지 않고 시청하려면 점심 식사 얼른 해야겠다.

청문회 시간 맞추려고 숙성시킨 반죽으로 서둘러 부침개 몇 쪽을 부쳤다. 청문회 놓칠세라 조급해서 부침개 5쪽 부쳐서 3쪽은 먹고 2쪽은 밥반찬 간장 찍어 밥 반 공기 먹었다. 아무리 죽게 아프거나 바빠도 밥그릇을 물에 담가놓은 적은 평생 단 한 번도 없었는데 청문회 시작할까 봐 밥공기 그냥 물에 담가두고 자리도 뜨지 않고 시청했다.

시골 농촌에서 아무것도 모르고 소박하게 살아온 인생이지만 기업이나 정부의 비리를 파헤치는 청문회 시청하며 마음이 참 무겁고 너무 안타까운 심정이었다. 진실하게 순수한 우리네 서민들이 경제가 어려워도 착실하게 납부한 세금을 불법으로 남용을 하다니. 억울한 생각도 들었고 앞으로 다가올 국운을 걱정하지 않을 수 없는 현실이 너무나 슬픈 비극이다. 무식한 서민도 불안한 시국이 이렇게 걱정인데 양심 있는 진정한 정치인들의 마음은 오죽할까.

연이어 을씨년스럽더니 오늘 오랜만에 고운 햇살 눈부시게 화창한데 청문회 시청하느라 햇살 놀려서 아깝다. 부침개 부치며 주방 창문 정경 내다보니 햇살이 너무 화창해서 여복하면 나도 모르게 혼잣말했다. 아휴 아까워라, 아휴 아까워라. 제발 내일도 오늘처럼만 고운 햇살 좀 화창해달라고 혼자 중얼중얼했다.

2016년 12월 6일 천사은심

530

어제도 오늘도 하루는 24시간

어제도 오늘도 하루는 24시간
365일 내내 하루 24시간
흘러가는 속도는 한 치도 틀림없이 똑같건만
삶이 지루하게 느껴지는 어느 날은
하루 24시간이 길게 느껴지기도 하고
또 어느 하루 24시간은
너무 짧게 느껴질 때가 있을 것이다

하지만 시간 가는 속도는 언제나
한결같고 똑같은데 하루 24시간
삶의 여정에 따라 하루 24시간이
길게도 짧게도 느껴질 때 있을 것이다

하루 삶의 여정에 따라
세월과 시간은 늘었다 줄었다 하는
고무줄처럼 느껴지겠지만
하루도 변함없이 가고 오는
세월과 시간의 속도는
언제나 한 치도 다름없는데
삶의 여정에 따라 다르게 느껴진다

하루 24시간의 삶을 지루하게 살며
세월과 시간을 길다고 느끼지 말고
누구나 앞으로 내게 남은
보석보다 귀한 세월과 소중한 시간을
보람으로 채우며 행복한 삶을 산다면
속도 빠른 세월 붙들어두고 싶은 심정에
하루 24시간이 너무나 짧게 느껴질 것이다

모든 것 다 내려놓고 욕심 없는 마음으로
흥겨운 음악 속에서 늘 즐겁게 노래 부르며
세상에서 가장 사랑하는 이와 함께
연분홍 봄날 행복한 인생 꽃길을
걷는다면 하루 24시간이
물처럼 흘러가는 것 같고
강물 같은 세월 꽁꽁 묶어
잡아두고 싶고
천년을 하루같이 살고픈 인생 아닐까

2017년 6월 10일 천사은심

외손녀 지송이 깜찍한 질문

추억은 언제나 그리운 것. 날씨 인심이 따뜻한지, 내가 추위를 못 느끼는지 잠자다 깨서 거실에 나오니 실내 공기가 아늑하다. 어제 머리 파마하고 오후에 에뜰리에 찻집에서 에이드 한 잔 마시고 1시간쯤 머물다 나왔다. 집에 오는 길 하나로마트에 들러 흑미 1봉, 짬뽕라면 5봉, 무 1개, 배추 6포기 사 왔다. 배추는 뜨락에 놓고 솜이불 덮었는데 밤새 얼지 않았을까 궁금해 나가봤다. 혹독하게 추웠으면 배추 6포기 덮은 솜이불 들춰봤을 텐데 하나도 춥지 않기에 배추 덮은 이불 안 열어봤다. 기초 운동은 실내에서 하고 나갔지만 춥지 않기에 평상 마루에 앉아 팔다리, 호흡 운동까지 열심히 했다.

하루가 다르게 모든 자연들이 점점 눈앞에서 사라져가는 요즘 오랜만에 반가운 새소리 들린다. 사계절 아침마다 여기서 쨱쨱, 저기서 쨱쨱. 고운 햇살이랑 나뭇가지에서 노니는 참새 소리가 참 듣기 좋았다. 사방이 조용하고 고즈넉한 아침 혹시 좋은 소식 오려나. 까치 대신 참새가 재잘재잘대는 노랫소리 강물 흐른다. 사방 둘러와도 참새는 보이지 않기에 먼발치로 보이는 아름드리 나무를 한참 바라보았다. 참새 몇 마리가 아침 고운 햇살이 반갑고 좋은지 나뭇가지에 요리조리 자리를 옮겨 다니며 날았다 앉았다 노닐고 있다. 파란 하늘 중천에 뜬 해님이 얼마나 눈부시게 밝고 환한지 마음속 생각을 모두 비우고 한참 넋 놓고 올려다봤다.

오늘은 큰맘을 먹고 딤채 야채실을 깨끗이 대청소했다. 사과, 배, 멜론, 키위, 파프리카, 오징어채 모두 다 꺼내놓고 세제 묻힌 수세미

533

로 박스 안과 겉을 박박 문질러 닦았다. 물기 말려서 마른 수건으로 깨끗이 닦고 야채통 받침대도 세제로 박박 닦고 마른 수건으로 닦았다. 쓸 만한 물건은 다시 넣고 상한 과일은 칼로 도려내고 발라내 얼른 먹으려고 식탁 위에 올려놓았다.

아무리 세상없이 바빠도 아침 식사 후엔 커피 타임이 즐거운 낭만인데 딤채 청소하느라 차 한잔 못 마시고 보니 어느새 오전 10시 42분이 다 되었다. 머리 파마하느라 어제도 종일 공 때리고 잔뜩 밀린 인터넷 작업 바쁜데 전화벨 울린다. "엄마, 여행에서 어제 돌아왔어." "어머 그래? 잘 갔다 왔다니 반갑구나." "엄마, 근데 왜 목소리에 힘이 없어? 엄마 또 어디 아파?" "아니, 아프긴? 어디 아픈 데 하나도 없다." "엄마, 그럼 왜 그렇게 힘이 없어? 엄마 마음이 아파?" "그래, 마음이 아프다"라며 둘째 딸이랑 이런저런 통화 한참 했다.

"엄마, 요즘 지송이 방학인데 할머니 김치가 먹고 싶다네. 그래서 전화했어." "애, 김치 먹고 싶으면 와야지." "엄마, 지송이가 할머니 친구 지금도 만나느냐고 물어보라고 하네. ㅎㅎㅎ 엄마, 지금 지송이 바꿔줄게 잠깐만" 하더니 외손녀 지송이, "할머니, 안녕하세요?" "그래 지송아, 오랜만이네. 너는 벌써 방학했니?" "네, 벌써 한 달 됐어요." "어머 지송아, 방학이 왜 그렇게 길어?" "저 이제 부산으로 실습 나가요. 근데 할머니 친구 지금도 만나세요?" "엉, 만나지. 그런데 왜? 할머니 친구 만나야 좋아? 안 만나야 좋아?" "할머니 친구 만나야 좋아요." "어머나, 그래? 왜?" "아저씨가 할머니께 너무 잘해주셔서 좋아요. 우리가 언제 할머니 집에 가면 함께 만나요." "으이그, 지송이 지지배. 아저씨 올 때마다 너 이쁘다는 말 해서 그러지? 맨날 아저씨 오기만 하면 무슨 말 할 때마다 지송이는 조신하고 키도

534

크고 참 이쁘다고 말하는데…. 그럼 할머니는 아저씨 말 들어보려고 으이그 지송이 지지배가 이쁘긴 뭐가 이쁘다고 그래, 한단다." 지송이는 "헤헤 할머니 김치 먹고 싶어요." "그래? 으이그, 김치는 네가 와서 먹어야지. 안 그래? 지송아?" "12월 안으로 할머니 댁에 갈 거예요. 할머니, 엄마 바꿔드릴게요." "엄마, 언제 우리가 가게 되면 엄마랑 며칠 잘 놀아줄게"라며 전화 끊을 생각 안 해서 "너는 전화 걸면 맨날 바쁘다며 오늘은 안 바쁘니? 너 오늘 긴 통화 오래 했다. 이만 끊자." 세상에, 41분 41초 통화하고 끊었다.

2017년 12월 8일 천사은심

둘째 사위, 넷째 사위랑 데이트

저녁에 먹을 국이 없기에 국거리 신경을 쓰다 주먹만 한 감자 한 개 껍질 까서 감잣국 안치느라 한참 바빴다. 감자 한 개 채 썰어 국 안친 냄비 올려놓고 가스불 탁 켜는 순간 전화벨 울려서 받았더니 둘째 사위 전화다. "여보세요?" 둘째 사위, "예. 장모님, 박 서방입니다. 지금 가는 중인데 거의 다 와갑니다." 갑자기 당황해서 "에구, 미리 전화 좀 하고 오면 저녁밥 해놨지?" 사위는 "아닙니다. 밖에서 황 서방이랑 한잔해야지요. 옷 갈아입으세요." 사위랑 통화하다 끊고 국이 끓기에 급해서 감자 익었는지 모르고 마늘, 대파, 청양고추 넣고 간 맞추자 불 껐다. 둘째 사위 어디쯤 오다 전화했는지 금세 대문 밖에 도착했기에 나갔더니 차 타시라며 황 서방이 기다린다고 했다. 둘째 사위 차 타자 내비게이션 안내 따라 가보니 넷째 사위는 시내 주민센터 앞 느티나무 그늘에 앉아 기다리고 있다. 넷째 사위 차에 태우고 법원 쪽으로 가자 저기 보이는 풍성갈비 식당이라며 손으로 가리키더니 차에서 내렸다.

넷째 딸 별달이 만나기만 하면 풍성갈비집 이야기 몇 번 해서 알았는데 아마도 넷째 사위 단골 식당인가 보다. 식당 안에 방도 있지만 홀에 앉으니 마음에 들었는데 앉자마자 넷째 사위가 양념 소갈비 주문했다. 여태 살아도 그렇게 크고 굵은 소갈비는 처음 보았는데 소갈비 3인분, 돼지 삼겹살 1인분 총 4인분 주문했다. 넷째 사위는 소주, 둘째 사위는 맥주 주문하기에 막걸리 마시라고 권했더니 오케이. 나는 술 안 마신 지 몇 년 넘었다.

536

두 사위가 자꾸 권해서 막걸리 몇 잔 마시고 넷째 사위가 자꾸 냉면 드시라고 했지만 배불러서 냉면은 안 먹었다. 두 사위가 2차 노래방 가자기에 노래방보다 조용한 찻집에 가서 서로 못다 한 대화를 하자 했더니 오케이 한다. 찻집에서 자몽에이드, 레몬에이드 주문했는데 둘째 사위가 오더니 직원이 들고 있는 내 카드를 빼앗아 들었다. 내게 카드 건네주며 왜 이러시냐고 하더니 둘째 사위가 에이드 3잔 주문하고 대화하기 좋은 자리를 찾아 앉았다.

사위에게 하고 싶은 말 있으면 기탄없이 하라고 말했더니 둘째 사위가 "장모님은 여장부십니다. 장모님은 육 남매 다 휘어잡는 카리스마가 있습니다." "사위, 내가 육 남매 휘어잡는 게 아니고 자식들보다 인생을 더 오래 살아온 선배로서 자식들 의견이라도 내가 봤을 때 그렇게 하면 안 되는 일은 잘되는 방향으로 하자는 의도지, 무조건 다 내 뜻대로 하자는 건 아니잖나? 그것도 다 힘이 있어야 하네. 나도 이제 편하게 자식들이 소금 섬을 짊어지고 물로 들어간대도 알아서 하라고 자식들이 하게 그냥 둘 거야. 자식들이 건강하고 잘 살아야만 부모도 덩달아 행복한 거라구. 나만 배부르고 잘 살면 뭘 하나? 사위들은 안 그런가? 그러니까 앞으로 사위들도 나한테 신경 쓰지 말게. 장모 때문에 못 살았다고 하지 말고 열심히 가족들이랑 잘 살게. 그래야 나도 사위들에게 빚도 덜 지고 부담 없이 살다 갈 수 있잖겠나? 둘째 사위도 나 용돈 주는 일도 줄이게. 내가 자식들에게 빚을 많이 지면 빚 갚고 죽기 힘들고 부담되니까 제발 앞으로 내 마음 가볍게 해달라" 하고 부탁했다.

"넷째 사위, 하고 싶은 말 있으면 해보게. 내게 불만을 말해도 오늘만큼은 이해하고 좋게 받아들일 테니 말해보게." 넷째 사위, "장모님은 주장이 너무 강하서서 딸들이 다 장모님 말 한마디가 법이 잖아요? 내가 생각할 땐 이게 아닌데 딸들은 장모님 하자는 대로 무조건 따르잖아요." "그래? 딸들 의견도 존중하지만 안 되는 일은 안되는 거야. 그래서 내가 어때?" 넷째 사위, "장모님은 가까이하기엔 그리 쉽지 않지요." 불만 있으면 언제든지 터놓고 말하라며 이런저런 대화 하다 호근이 동생 전화 받고 통화 중에 둘째 사위 자꾸만 바꿔달라기에 잠깐 전화 바꿔줬더니 둘이 통화하다 휴대폰 건네주기에 짧게 통화하다 끊었다.

둘째 사위 큰사위네 집에서 자자고 전화 왔는데 사위는 술 마셔서 대리운전 부르고 나를 대문 앞에 내려주고 나갔다. 둘째 사위는 넷째 사위랑 당구장에서 놀다 찜질방에 간다고 둘이 다시 나갔는데 일단 문밖에 나서면 돈이다.

2018년 8월 25일 천사은심

물 만난 고기처럼

일주일 전부터 점심 식사하자고 넷째 사위가 초대했지만 분주하고 한갓지지 못해 못 나갔다. 넷째 딸 별달이, "엄마, 그럼 우리 다음 주말에 만납시다." 일주일 전 약속한 날이 바로 오늘이다. 전용 자가용 애마 붕붕이 있지만 주차 공간이 없어 면허 취득한 지 얼마 안 된 외손자 준하가 태우러 온다고 했다.

기다리지 않게 외출 준비 서둘러 머리 감았더니 머리카락 한 움큼 빠져서 가슴이 쿵 하고 뜨끔했다. 나이 들면 성한 구석 한군데 없이 소진하는 서글픔에 세월 탓하며 기초만 바르고 외출복 입었다. 무엇이든 아끼는 버릇에 반반한 외출복은 많지만 고깃집에서 식사하는데 아끼는 옷 입고 가면 안 되겠다. 조촐한 모임이라면 단정하게 한껏 치장하고 가겠지만 좋은 옷에 고기 굽는 냄새 배면 손세탁해야 한다. 그래서 부담 없는 수수한 옷차림으로 외출 준비 끝내고 평상 마루에 앉아 있으니 금세 사위 차 온다.

대문 밖에 나가 차 문을 열자 넷째 사위랑 외손자 준하가 "안녕하세요?" 목례하기에 "오랜만이네. 참 반갑네." 뒷좌석 별달이 옆에 타고 가다 생각하니 바삐 서두르느라 안경을 깜빡 두고 와 안타깝다. 운전하는 준하가 대견해서 "어머. 준하야, 너무 멋지고 근사하다. 사위랑 준하 때문에 오늘 글 소재 화려하겠네." 우스갯말하는 동안 큰딸 왕초네 도착하자 왕초가 양손에 한 보따리 들고 나온다. "그게 다 뭐냐?" "엄마가 믹서에 도토리 갈아서 묵 쒔다길래 인터넷 검색 했더니 남들도 믹서에 갈아서 한대. 그래서 도토리 한 됫박 있길래 믹서에 갈아서 생전 처음 묵을 쒀봤는데 잘됐는지 모르겠네" 하며 묵을 한 모씩 준다. 엄마 묵이 젤 크다며 별달이랑 훈이네랑 한 모씩 나누어주는 동안 식당에 도착했다.

식당은 신축한 지 얼마 안 된 도서관 정면 맞은편 도로 가의 새로 지은 건물에 오픈한 고깃집이다. 넷째 사위 직장 동료가 개업한 지 사흘 된 식당인데 안에 들어가서 보니 새 건물이라 심플했다. 내부는 그리 넓지 않지만 심플한 식당 분위기에 사장님 인상도 좋고 붙임성이 좋아 고기도 맛있다. 갈빗살이 너무 맛있기에 사장님을 손짓해 불렀더니 바쁜 일 끝내고 왔기에 "고기 참 맛있는데 이런 고기 처음 먹어요. 고기도 너무 맛있고 사장님 인상도 좋으신데 붙임성 좋으셔서 인터넷 광고해야겠어요." 고맙다고 인사하는 사장님께 황 서방은 "우리 장모님이셔. 장모님, 한잔하셔야죠?" "그럼, 한잔해야지" 했더니 소주 한 병 주문한다.

어찌나 기분 좋은지 사위가 술 한잔 따라주기에 "황 서방, 너무 즐겁고 행복하네. 이런 자리 마련해준 사위가 고맙네. 진심이네. 예전에 가족 모임 할 때 사위들이랑 술 한잔씩 주거니 받거니 했지만 요즘 진짜 술 통 안 마셔봤네. 자네도 봐서 알잖나? 생일 개념 없애라고 그렇게 당부해도 가족 모임 할 때나 연말 가족 모임 할 때도 나는 여태 술 한 잔 안 마신 거 사위도 알지?" 술 한잔 더 드시라며 주거니 받거니 사위랑 똑같이 술잔을 비웠다. "왕초야, 엄마 기분 왜 이렇게 좋니? 특별한 좋은 일 없는데 오늘 이상하게 기분 좋아서 술맛이 달고 자꾸 땡기네." "그려? 엄마 기분 좋은데 고기 많이 드셔"라며 고기 굽는 대로 다 익었다며 내 앞에 갖다 놔주며 자꾸 권했다.

이유는 모르겠는데 왜 그렇게 행복하고 즐겁던지, "왕초야, 이럴

540

줄 알았으면 화장하고 외출복 입고 나올걸 아쉽다." "엄마는 화장
안 해도 괜찮고 지금 입은 옷도 잘 어울리고 좋아" 했는데 왕초 만날
때마다 항상 듣는 말이다. 외식하며 오늘처럼 즐겁고 행복한 기분
은 난생 처음인데 이유는 모르지만 고기도 참 맛있고 배부르게 잘
먹었다. "황 서방, 너무 즐겁고 행복한데 고기도 너무 맛있게 잘 먹
었네. 고마워." "장모님, 저는 카페 가는 취미 없어요. 장모님 처형,
병하 엄마랑 카페 앞에 태워다드릴 테니 카페 가시고 저는 집에 가
서 쉴게요." "에궁, 사위도 같이 카페 가서 터놓고 대화도 하고 휴식
하면 좋을 텐데 가세? 사위." "아니에요, 저는 그냥 집에 갈게요."
"그래, 그럼 편히 쉬고 다음에 만나세." 대화하는 동안 세교동사무
소 맞은편 도로 가 토프레소 커피숍에 도착했다. 참 오랜만에 왕초,
별달이랑 커피숍에서 삶의 이야기꽃을 피우며 "왕초야, 엄마가 육
남매 키울 때 고생 참 많았다. 그때 엄마가 고생을 조금이라도 덜 했
으면 지금보다 훨씬 덜 늙었을 텐데. 그래도 엄마는 후회 없다. 한
때는 엄마도 키 늘씬하다, 이쁘다, 울성리에서 살기 아깝다, 서울 낚
시꾼이 우물에서 엄마를 보고 이런 시골에도 저런 사람 있냐고 묻
더라고 말해준 사람도 있었는데 고생 많았지만 중년에 사회활동
5년 참 화려하게 재밌게 했다. 자식들 건강하고 행복하면 엄마보다
더 행복한 사람 없는데 왕초야, 나는 어떤 엄마니?" "연예인 같은 엄
마지." "왜?" "다방면으로 다 잘하니까 연예인 같은 엄마지." "그래?
고맙다" 하는데 눈시울이 뜨겁더니 감동의 눈물이 주르르 흘렀다.
고생한 옛 추억의 감정, 자식들 걱정, 노년의 행복한 삶의 현실에 대
한 감사함의 눈물, 복합적인 뜨거운 눈물이었다.

찻잔 앞에서 왕초랑 별달이랑 시간 가는 줄 모르고 대화하는데 왕

초 휴대폰 받더니 "엄마, 솔지 아빠가 남양에 견적 내러 가는데 드라이브 삼아 가자고 태우러 온대." 왕초 말 끝나기 무섭게 큰사위 차가 커피숍 앞에 정차하자 일당 세 모녀는 우루루 큰사위 차에 올라 방콕하다 물 만난 고기처럼 활기찬 기분으로 뜻밖의 드라이브에 올랐다. 차 안에서 "외손자 병하, 준하 운전하는 차 타봤으니 이제 솔지가 운전하는 차 타보고 싶다." "솔지는 운전 못할 거야." "왜, 겁이 많아서?" 솔지가 운전하는 모습 이쁠 텐데 내가 많이 키워서 그런지 보고 싶다. 그래서 낳은 정보다 기른 정이 더하다 했는데 아무리 내 속으로 낳은 자식이지만 자주 못 보면 정 없는 게 사실이다.

붉고 곱게 물든 저녁노을 보면서 가는 동안 어느새 향남에 도착해 큰사위는 볼일 보러 가고 우리 삼총사는 차 안에서 커피숍 기분 내며 이야기꽃 피우느라 시간 가는 줄 몰랐다. 큰사위 볼일 마치고 집으로 향하자 사방 땅거미 내려앉고 가로등 불빛 행렬이 배웅했다.

점심 식사하면서 "황 서방, 이렇게 맛있는 고기 안주랑 술 마시려니 술 좋아하는 둘째 사위랑 같이 마시면 좋겠네" 한 말이 떠올라 둘째 사위 휴대폰에 터치했더니 둘째 사위, "아, 장모님." "그래 박 서방, 진짜 오랜만이네. 오늘 엄청 즐겁고 행복하네. 황 서방이랑 소주 세 병이나 마시고 더 마시고 덜 마시지 않고 똑같이 마셨네. 박 서방은 지금 어딘가?" "예, 저는 지금 제주도에 있습니다. 성준이, 지송이, 집사람이랑 제주도 왔습니다." "아하, 그래? 자네도 무지 행복하게나 ㅎㅎㅎ." "ㅎㅎㅎ 예, 저는 지금 회 주문하고 기다리는 중입니다. 전화드리라고 할게요." "아녀 아녀, 다시 전화 안 해도 괜찮다" 하며 통화 끊자마자 금세 휴대폰 울려서 받았더니 기뚜오다. "애, 엄마는 황 서방이랑 소주 세 병이나 똑같이 마셨는데 오늘은 괜시리 즐겁고 엄청 행복하다." "엄마, 매일 그렇게 살아유. 성준이는 8백 명에서 4명 뽑는 시험에 합격하고 친구랑 먼저 제주에 왔다"라며 한참 자랑질을 했다. 축하한다 했더니 얼른 지송이 바꿔주기에 "지송아, 생선회 맛있게 잘 먹고 더욱 건강하고 행복하고 예뻐져라. 지송아 사랑한다, 안뇽" 하며 휴대폰 끄려는데 기뚜오 "엄마, 오늘처럼 매일 행복하게 사셔. 외손녀 사랑한다는 할머니 보기 드물어, 엄마." 잘 지내시라며 휴대폰 톡 끄고 오는데 큰사위는 가다가 해물칼국수 드시고 가자고 한다. 배는 부르지만 해가 저물어 큰사위 시장할까 봐 오케이. 서포 칼국숫집 도착, 배부른데 겉절이 보리밥이 참 맛있다. 배부르지만 보리밥 한 숟가락 맛있게 먹고 또 주문해서 두 숟가락 먹었는데 왕초가 자꾸만 왕새우랑 칼국수 퍼준다. 배부른데도 구수하고 달큰한 해물칼국수 국물이 어찌나 시원한지 진짜 아주 맛있고 배부르게 잘 먹고 왔다. 즐겁고 행복한 하루였지만 집에 도착하자 힘들게 사는 큰사위, 넷째 사위 식대비 부담시켜서 짠하고 미안했다. 요즘 정신없이 바쁘게 지내다 딸 사위 효심 덕분에 행복한 하루 감사하게 잘 살았는데 한동안 자숙해야겠다.

2019년 10월 26일 천사은심

세월에 쌓이는 나이

신체 기능이 예전 같지 않은지 어쩌다 부엌일하다 힘들어서 잠시 허리를 펴는 순간 다 세월 탓이구나 했다. 허리를 펴고 창밖을 하염없이 멍하니 바라보며 살아온 세월에 쌓이는 나이, 말하고 싶지 않은 나이지만 손꼽아 헤아려보며 어느새 내가 이렇게 여기까지 달려왔을까 내 나이 정말 맞나, 도저히 믿기지 않는다. 아무리 나이는 숫자에 불과하다지만 살아보니 어느 면에선 맞는 말이기도 한데 그래도 나이 든 사람에게 용기와 자신을 잃지 말라는 뜻에서, 배려와 위로 차원에서 하는 말이 아닐까 하고 더러 생각이 들 때가 있다. 나이 한 살 더 추가되더니 그렇게 추웠다는 작년 겨울 보일러 외출에 맞추고 보일러실에서 방으로 들어오는 호스가 얼 정도로 추웠지만 추운 줄 모르고 살았는데 올겨울엔 춥게 느껴져서 실내 온도 외출에서 한 눈금 더 올렸다.

늙으면 아이 된다는 말은 그냥 하는 말이 아니라 세상 다 살아본 경험에서 나오는 말이라 하나도 틀림이 없다. 섣달 강추위에 연료비 아껴보려고 보일러 편히 놀리다 실내 온도 외출에서 한 눈금 더 올렸는데 작년보다 더 춥다. 엊그제만 해도 봄날 같던 날씨 변죽인지 어제부터 춥더니 하룻밤 자고 일어난 아침엔 지구가 꽁꽁 언 느낌이다. 새벽잠 깨서 침대 밑에 내려서니 발바닥이 방바닥에 닿자 절절 끓어서 데일 정도인데 얼마나 날씨 추우면 그럴까. 어제 종일 보일러 돌지 않아서 혹시 고장인가? 종일 방바닥이 차갑다 못해 얼음장이더니 보일러가 마구 도나 보다. 온도계는 최저에 맞추고 건

544

드리지 않아도 추우면 보일러가 알아서 자동으로 도는데 방바닥이 데일 정도로 뜨겁다. 방바닥이 뜨거운 걸 보니 추운 날씨인데 호근이 동생이 주방 벽에 고장 난 보온매트 두르고 못 박아서 수도 안 얼었다. 추위 엄습하는 순간 엊그제 세탁 잘했구나 했는데 바빠서 어제 못 걷고 빨랫줄에 마른 빨래가 그냥 널려 있다. 그렇게 바빠도 평소와 다름없이 인터넷 작업, 아침 식사, 설거지, 세수한 얼굴에 기초 바르자 오전 10시 40분이다.

거실에 나오니 날씨는 추위도 뜨락엔 눈부신 햇살이 쏟아져 내리지만 그래도 찬바람이 쌀쌀하다. 인터넷 작업하는 동안 시간은 바야흐로 흘러 정오 12시 점심밥 없기에 주방에 가서 밥하려고 쌀을 꺼내 씻었다. 배추 우거지 된장국 끓이려고 뽀얀 쌀뜨물 받아놓고 쌀 씻어 밥 안치고 받아놓은 쌀뜨물에 멸치 한 줌 퐁당 넣었다. 당장 점심에 먹을 찌개 없기에 급한 대로 김치 송송 썰어 김치찌개 안치고 가스 켜자 금세 끓기에 약불로 줄여놨다. 멸치 육수 우리려고 받아놓은 쌀뜨물에 멸치 한 줌 퐁당 넣은 곰솥을 가스불에 얹고 쿠쿠가 밥하는 동안 운동했다.

평상 마루에 걸터앉아 쉬는데 겨울 찬바람이 어찌나 앙칼지고 쌀쌀한지 걸음아 나 살려라 뛰어 들어오고 싶었다. 운동하다 뽀송하게 마른 빨래 걷어 안고 거실에 들어와 소파에 앉아 빨래 개켜서 장롱 서랍에 챙겨 넣고 주방으로 향했다. 쿠쿠가 밥 다 했기에 밥을 저어보니 밥이 얼마나 맛있게 잘됐는지 보글보글 잘 끓는 김치찌개 퍼놓고 식사했다. 점심 식사 생각 없지만 김치찌개가 얼마나 맛있는지 새로 지은 밥 한 공기 맛있게 먹었더니 진수성찬 따로 없다.

점심 설거지하고 삶은 배추 우거지 꺼내서 네 번이나 씻어 숭덩숭

덩 썬 대파, 마늘, 된장, 고추장 넣고 무쳐놨다. 오후 4시 45분 생활 글 쓰다 말고 주방에 가보니 멸치 육수 은근히 오래 끓어서 충분히 잘 우러났기에 국을 안쳤다. 끓고 있는 멸치 육수에서 우려낸 멸치 는 다 건져내고 양념을 넣고 조물조물 무친 배추 우거지 넣어 한소 끔 푹 끓였다. 곰솥에서 잘 끓는 우거지 된장국에 미리 준비한 대파 송송 넣고 마늘, 고추장, 된장을 넣고 푹 끓이다 간을 맞추었다.

국이 싱겁기에 소금 한 꼬집 넣고 간을 맞추어 한소끔 끓이는 동 안 냉동실에서 청양 풋고추 한 줌 꺼내서 송송 썰어 넣었다. 역시 시 래기국, 우거지 된장국엔 청양 풋고추가 국 맛을 좌우하는데, 국 간 맞출 때만 해도 덤덤하고 맛이 없었다. 청양 풋고추 한 줌 송송 썰어 넣고 바글바글 끓는 국을 국자로 휘휘 저어 떠먹어보니 국 맛이 벌 써 차원이 다르다. 국 간을 맞출 때는 된장국이 밍밍하고 맛이 없어 청양 풋고추 한 줌 썰어 넣었더니 매콤하고 얼큰해서 구수하고 맛 있다. 우거지 된장국 한 사발만 있으면 반찬도 필요 없는데 기쁨조 가 사 온 물미역 데치고 썰어서 초고추장을 곁들였다. 얼큰하고 구 수한 우거지 된장국에 밥을 말아 새파란 물미역을 초고추장에 콕 찍어 먹으니 진수성찬이 안 부럽다.

2019년 1월 16일 천사은심

546

연예인 이정길 님과 전화 데이트

오후 8시 휴대폰 삘리리리. "여보세요?" 둘째 딸, "엄마, 전화 왜 그렇게 안 받았어?" "받았는데 네가 끊었잖어." "엄마, 이정길 선생님 알아?" "그럼, 잘 알지." "선생님 어떻게 알아?" "연예인 배우를 왜 몰라?" "엄마, 나 지금 이정길 선생님이랑 식사 중이야. 엄마, 잠깐만."

금세 연예인 이정길 님, "여보세요, 안녕하세요?" "어머, 안녕하세요? 반갑습니다." "아이고, 금방 목소리 가다듬으시네요. ㅎㅎㅎ 따님이 부모님한테 참 잘하시고 효녀이십니다." "아휴, 네 감사합니다. 이정길 선생님께서 어떻게 저희 딸이랑 같이 식사를 하시게 되셨어요? 우리 딸 영광이네요." "아니, 오늘 이렇게 따님을 뵙게 된 거는 처음이지요. 처음인데 오늘 여기 순천에 또 유명한 화백과 저와 화가분들하고 인사동에서 전시회를 크게 하시는데 와서 뵙고 또 우리 법조계 유명한 판사분과 변호사분들께서 이렇게 오늘 일정이 돼서 저녁 먹자고 왔다가 부모님 말씀을 하시길래 통화하게 됐습니다." "네, 그러세요. 아유 이정길 님, 너무 반갑고 영광이고 진짜 진짜 제가 그냥 당장 죽어도 이제 원이 없네요." "아이고, 감사합니다. 어머니 저를 잘 아세요?" "그럼요. 이정길 선생님 잘 알다마다요. 아이구 아이구, 저기 누구더라? 깜빡깜빡하네요. 저기 안성 미리내성지에서 찻집 하시는 분이 누구시더라? 입에서 뱅뱅 도네요." "아아~ 노주현이요? 주현이, 노주현이요." "네, 맞아요. 저 그분이랑 찍은 사진도 있어요. 가끔 딸이랑 친구랑 갔었는데 요즘 뜸해졌어요."

"잘하셨어요, 잘하셨어요." "아이, 처음에 제 딸이 이정길 선생님이랑 통화하게 해준다고 전화 바꿔도 안 믿었어요. 선생님 전화 음성이 드라마에서 들은 목소리랑 똑같아서 지금은 믿어요." "ㅎㅎ 그 사람이 그 사람이지요, 뭐." "아이, 근데 선생님 실물을 못 봬서 그게 좀 아쉽기는 하네요." "아니, 그보다도 아까 따님이랑 사진 찍었거든요. 어머니한테 보내드리라고 할게요." "네, 감사합니다." "잠깐만요. 아 그리고 건강하세요." "네, 선생님 감사합니다. 건강하시고 행복하시고 승승장구하세요." "엄마, 자세한 얘기는 만나서 해요. 안녕." "그래 안녕, 바이바이." 통화 끊고 생각하니 흐뭇하다.

둘째 딸이 어쩌다 지인들이랑 식사한다며 통화하다 갑자기 지인을 바꿔줄 때는 당황했는데 오늘은 기분 참 좋다. 시골 농촌 아낙 74세에 부족하고 못난 어미의 존재 부끄러워하지 않고 남에게 당당하게 알리는 둘째 딸이 너무 고맙다. 이정길 님과 전화 데이트 마치자 둘째 딸이 바로 사진과 통화 음성녹음 파일 카톡방에 보내서 반가웠다. 갤러리에 옮기려고 해도 사진만 간신히 올라가고 녹음 파일은 카톡방 내 이름에 올라가고 갤러리엔 안 올라가서 아쉽다. 처음부터 녹음했으면 좋았을 텐데 중간부터 녹음이 돼서 얼마나 아쉽던지. 아침에 까치가 울더니 오늘은 기분 좋은 날~.

2019년 11월 15일 초저녁 8시 행복한 전화 통화 천사은심

요즘 못 만나서 헤어지는 사람 많겠다

어디를 가봐도 나처럼 자신을 아끼지 않고 학대하는 사람은 없다. 남들은 죽음이란 말만 해도 질색팔색을 하고, 어디가 조금만 아파도 병원 문턱이 다 닳도록 다닌다. 그뿐인가, 약봉지를 산더미처럼 쌓아놓고 살면서 왜 얼른 못 낫고 자꾸 아프다고 할까.

나는 웬만큼 아픈 건 병원도 안 가고 약도 안 먹어 그런지 면역력이 강해 밥만 잘 먹고 며칠 견디다 보면 자연 치유된다. 그렇기에 남들은 요즘 코로나19 전염될까 봐 벌벌 떨고 야단들이지만 나는 꿈쩍도 안 한다. 인명은 재천이라고 타고난 명대로 살다 가면 그만이고 명을 짧게 타고난 사람이면 별짓 다 해도 소용이 없다. 아들딸이 마스크 가져올 때마다 젊은 너희들이나 잘 착용하라며 사양해도 자꾸 가져온다.

꼼짝 안 하고 방콕하다가 엊그제 어제 아들, 손녀 은서, 딸, 사위랑 밖에 나가보니 코로나가 무섭긴 무섭나 보다. 작년까지만 해도 벚꽃 터널 꽃그늘에 상춘객들이 미어터지더니 한산하고 쓸쓸했다. 그런 걸 보면 자기 자신을 얼마나 아끼고 오래 살고 싶어 하는지 알 수 있는데 나는 왜 장수에 그렇게 관심 없는지 모르겠다.

엊그제 금요일 오후, 큰딸 왕초, 넷째 딸 별달이랑 큰사위 차 타고 벚꽃 터널 구경할 겸 드라이브했다. 가는 길에 이런저런 대화하는데 큰사위랑 큰딸 왕초는 마스크 착용하고 별달이랑 나는 마스크 있지만 안 썼다. 벚꽃 터널이 너무 우아하고 멋진 감동에 "어머나 세상에, 벚꽃이 솜방망이네. 오늘 밖에 안 나왔으면 어쩔 뻔했냐?

올봄에 벚꽃 시즌 놓치면 호근이 아재랑 사요나라 하려고 했는데." "아이구, 엄마는 아저씨가 오신다고 해도 무섭지. 엄마도 조심하셔야 해." "조심은 무슨. 타고난 명대로 사는 거지." "어머, 요즘 못 만나서 헤어지는 사람 많겠다." "별달아, 왜?" "사람들이 오래 못 만나다 보면 자연히 헤어지게 되지." "어머, 우리 별달이 하는 말이 왜 그렇게 재밌고 우습니? ㅎㅎ 별달이 하는 말이 참 재밌네. 지지배." 연애도 한 번 안 해보고 결혼한 순수한 별달이 지지배가 하는 말이 얼마나 우습던지, "별달아, 네가 말한 재밌는 말 그대로 엄마 글 소재로 써야겠다. 어머, 진짜 우리 별달이 하는 말이 왜 그렇게 재밌니?"

별달이 재밌는 말 그대로 글로 올리겠다고 몇 번이나 말해놓고 다른 소재도 많은데다 깜빡하고 엊그제 못 썼다. 남들은 마스크 착용 안 하면 큰일이고 밖에 외출 못 하는데 나도 그렇지만 별달이 역시 과감하게 그냥 다닌다. 나는 원래 오래 사는 데 별 관심 없어 사회적 거리 두기도 무시하고 그냥 살지만 넷째 딸 별달이는 하나님 자녀 자격만 믿나보다. 왕초와 기쁨조는 코로나 무서워서 꼼짝도 못 하고 벌벌 떨어도 우리 별달이 지지배는 마스크 안 쓰고 그냥 거리를 활보한다.

사는 동안 건강하고 적당하게 살다 인생 소풍 끝나면 이 세상에 더 좋은 행복이 또 있을까. 무조건 오래만 산다고 좋은 게 아니다. 무턱대고 오래 사는 것만 좋은 게 아닌데 사람들은 어렵고 힘든 환경에 처해도 그저 오래만 살기 좋아하지만 나는 아니다.

2020년 4월 5일 천사은심

따뜻한 청년의 온정

아침에 호근 아재는 무슨 경황으로 포도 한 팩, 체리 세 팩 사 왔는지 또 한 잔소리 들었다. 현관에 들어서는 호근 아재 손에 한 보따리 들렸기에 "그건 또 뭐야?" "누님 좋아하는 체리 좀 샀어요." "으이그, 지금 이런 거 사 들고 다닐 때야? 요즘 포도랑 체리 비쌀 텐데 치료받으러 다니면서 뭐 하러 사 왔어?" "그럼 이런 것도 못 사오면 어떻게 살아요." "그래, 씩씩해 보여서 좋네. 잘 먹을게"라며 받았다. 포도알이 얼마나 크고 탱글탱글한지 먹기도 아깝기에 체리 한 팩 개봉해서 씻었다. 호근 아재 먹으라고 씻었더니 나 먹으라며 딱 두 개만 먹고 안 먹어 좋아하는 내가 혼자 다 먹었다.

시계 보니 오전 7시, 차 운행한 지 며칠 지났기에 차 충전 차원에서 소풍정원 한 바퀴 돌아오자고 했다. 소풍정원에 도착하니 평일에는 텅텅 비어 있던 주차장이 주말이라 그런지 만차다. 뉘 집 차들인지 이른 아침부터 주차장을 꽉 메웠지만 다행히 공간 있기에 일단 주차했다.

차 안에 앉아 차창으로 들어오는 소풍정원 풍경을 둘러보고 있으려니 휴대폰 울렸다.

"여보시유?" 기쁨조, "엄마, 뭐 하서? 아침 식사하셨어요?" "아니, 아직 안 먹었다." 기쁨조는 "왜 안 드셨어?" "엄마 지금 소풍정원에 와 있어. 애마 붕붕이 충전 차원에서 잠깐 한 바퀴 돌아보고 가려고 왔지." "엄마 혼자?" "아니, 호근 아재 다리 아픈데 사장이 현장 잠깐 봐달래서 어제 연천에 갔었다네. 몇 시간 현장 감독하고 일 봐줬더니 사장이 치료비에 보태라며 4백만 원 배려해주더라며 이른 아침 왔기에 소풍정원에 왔다."

기쁨조, "엄마 레모네이드 드셨어?" "지금 먹고 있는 중"이라고 했더니 "엄마 낼모레 육개장 택배 보낼게." "얘 기쁨조야, 돈 좀 아껴 써라." "다 먹고살려고 돈도 버는 거야, 엄마. 돈도 다 쓸 만하니까 쓰는 거야. 무턱대고 돈 안 써. 엄마, 뭐든지 아끼지만 말고 그때그때 바로바로 드시라" 하며 한참 통화하다 끊었다.

기쁨조랑 통화 마치고 공동묘지 앞 왕초네 텃밭에 가보니 봄비가 자주 내려서인지 고추도 열리고 고구마순도 자랐다. 상추는 아직 어리지만 호근 아재가 손에 딱 한 줌 뜯어 집에 와서 김치찌개 데워 아침 식사했다.

설거지하고 주방에서 나오는데 휴대폰 울리기에 받았더니 왕초, "엄마 상추 조금 뜯었는데 집에 있던 상추랑 엄마네 주려고 폴라포도 사다놨는데 밖에 나가는 길에 엄마 주고 나갈게." 휴대폰 끄고 뜨락에 나가 평상에 앉아 기다리고 있으니 큰딸 왕초가 상추랑 폴라포 10개나 가져왔다. 맛있게 잘 먹겠다며 대문 앞에서 조심히 잘 가라며 배웅하고 들어와 상추 씻고 점심밥 안친 후 외출 준비했다.

호근 아재가 공룡에 가자기에 다음에 가자며 김치찌개 한 가지 식탁에 놓고 상추쌈이랑 점심 식사했다. 호근 아재가 심심하게 집에만 있지 말고 바람 쐬러 가자기에 이제 갈 데도 없으니 꽃피는 산골이나 가자고 했다. 지난 주말 아들 훈이랑 손녀 은서랑 처음 가보니 공기 좋고 풍경 좋아 또 갔더니 향기 좋은 찔레꽃이 한물갔다. 눈에 박히도록 사방 구경하고 내려와 고삼 저수지 한 바퀴 돌았다.

집으로 가는 도중에 호근 아재가 아이스 아메리카노랑 1.5리터

파인애플 주스 한 병을 사왔다. 찻집을 그렇게 좋아하던 나는 어느 날부터인지 통 가기가 싫어져서 시원한 그늘을 찾아 휴식했다. 공터 가로수 그늘에서 호근 아재가 사 온 음료수 마시며 삶의 이야기에 시간 가는 줄 몰랐다. 음료수 마시며 대화 실컷 하다 원곡 낚시터에 들러 세월을 낚는 강태공들의 낚시 구경하다가 큰사위, 큰딸 왕초랑 먹었던 식당에 갔다.

칼국수 먹고 야경 멋진 원곡 낚시터에 다시 가서 땅거미 내리기만 기다리는데 승용차 한 대 온다. 차창 활짝 열어놓고 아름다운 낙조 보고 있는데 한 젊은 청년이 시루떡 한 팩을 내게 건네며 "개업식에서 가져온 떡인데 드세요." "어머, 고마워요. 잘 먹을게요"라며 받았다. 떡집에서 포장한, 팥고물 넉넉하고 포근포근한 시루떡을 뜯어 한 쪽씩 먹었다. 어찌나 찰지고 폭신폭신하고 두툼한지, 손바닥만 한 찰시루떡 두 쪽이나 되는데 둘이서 다 먹었다. 낚시하러 나온 청년이 얼마나 고맙던지, 떡을 먹는 내내 고맙다는 말을 수도 없이 하며 소주라도 한 병 사주고 싶었다.

떡을 먹으며 반짝반짝 까만 밤을 수놓은 오색찬란한 전등불 깜빡이는 야경을 구경하다 집을 향해 고고씽 했다. 집에 오며 생각하니 칼국수 배부르게 먹고 생전 먹고 싶지 않고 잘 안 먹던 시루떡이 왜 그렇게 맛있었는지 모르겠다. 처음 보는 청년이 건넨 시루떡을 참 맛있게 먹으며 진심으로 고마운 마음이 뜨겁게 피부로 느껴지고 얼른 가시지 않았다. 각박한 요즘 세상에 보기 드문 청년의 온정에 어찌나 감동이 되던지 우울한 마음 잠시 다 잊을 수 있어 감사했다.

2020년 5월 30일 천사은심

변화하는 계절의 안부

벚꽃은 지면서 눈꽃 날리고 눈꽃은 지면서 잠든 대지를 깨운다. 봄에도 칼바람 스미는 날 있는 것처럼 한겨울에도 포근한 햇살이 포옹할 때 있다. 누구에게나 좋아하는 계절이 있다. 아름다운 계절은 취향에 따라 다른데 나 같은 경우는 강추위와 살인적 무더위만 빼면 사계절 다 좋다. 뜨락에 낙엽 한 잎 뒹굴더니 점점 쌓여 하나둘 세어보니 열여섯 잎 바짝 마른 가랑잎이 바스락거린다. 엊그제만 해도 울긋불긋 곱던 단풍이 추풍낙엽 되어 쓸려나갔다. 춥지 않아서 부지런히 운동하고 들어오니 오전 여덟 시 오 분 전이다. 어제는 할 일 많아 정신없더니 미역국도 한 솥 있겠다, 국만 데우면 되기에 뚝배기에 미역국을 덜어 가스에 올렸다.

무심히 창밖을 내다보니 앞집 지붕에 하얗게 첫 서리꽃이 내렸다. 계절이 바뀔 때마다 세월의 빠름을 느끼곤 했는데 첫서리 풍경을 보니 왠지 모르게 기분이 싸하다. 서리꽃을 보며 이런저런 감정에 푹 빠져 있는데 미역국이 바글바글 끓기에 아침 식사했다. 설거지하고 청소는 내일로 미루고 세수를 할까 하다 곧장 뜨락으로 나갔다. 요즘 쌀을 씻으면 죽은 바구미가 뜨기에 한 말쯤 되는 쌀을 스테인리스 소쿠리에 흔들어 내렸다. 들어와서 구석구석 먼지 탈탈 털어내고 청소기 돌려 대청소했다.

잠깐 쉬려고 거실 탁자에 앉아 있는데 갑자기 불현듯 유행가 가사가 떠오른다. 노래 좋아하던 추억이 생각나서 노랫말 가사를 떠올려보니 영 생각이 나질 않고 눈앞이 캄캄하다. 한때는 좋아하는 계절 자연 풍경을 벗 삼아 좋아하는 노래 부르는 취미로 세월이 가는지 오는지 모르게 걱정도 없고 스트레스도 없는 사람처럼 그렇게 살았다. 나의 삶은 언제나 변함없이 그대로인데 어느 날부터인지 좋아하는 노래가 쏙 들어갔다. 그렇게 하루하루 재미없는 인생을 살았는데 오늘 문득 인생은 단 한 번뿐이고 누구나 자신의 삶을 타고나는데 홀홀 털어버리고 내 인생을 살자고 했다. 그렇게 생각하니 생각나지 않던 노랫말이 생각나서 노래 두세 곡을 흥얼대다 말았다. 노랫말도 생각이 안 나고 생각은 낙천적이지만 마음은 사뭇 어두운 터널이다.

흥얼대다 세수하고 별달이랑 통화하다 컴퓨터 켜니 오전 10시 45분, 짧은 오전 시간에 무슨 일 할 수 있을까. 가족 카페 불 꺼진 메뉴방에 자료 올리고 글 두 편 수정 작업하고 시계 보니 벌써 오후 두 시다. 점심 생각 없기에 딤채 열어보니 엊그제 주말 셋째 딸 기쁨조가 사 온 떡볶이가 있다. 재료를 반만 덜어 전골냄비에 끓였더니 먹을 만해서 다 먹고 국물에 밥 한술 비벼 먹었다. 설거지하고 저녁 쌀 씻어 미리 밥 안치고 나오니 벌써 3시를 훌쩍 넘었다. 뉴스 한 편 읽고 글 한 편 쓰는 동안 시간은 쏜살같이 흘러가고 창밖엔 어느새 땅거미 찾아오고 어둠이 내렸다.

2020년 11월 11일 천사은심

김치찌개 먹다 장모님 생각나서 전화했습니다

일찌감치 서둘러 저녁 식사하고 샤워하고 나오니 7시 10분이다. 한참 기초 케어 하는데 둘째 사위, "아~ 장모님." "어머, 박 서방 반갑네. 요즘 건강하게 잘 지냈지?" "네, 김치찌개 먹다 장모님 생각나서 전화했습니다. 잘 계시지요?" "그럼, 나야 매일 그날이 그날이지. 아들딸 사위들만 건강하게 잘 지내면 나는 별고 없으니 걱정 말게나."

코로나로 인해 힘든 사회 분위기에서 삶을 영위하다 보니 할 말이 많아 둘째 사위랑 통화 오래오래 했다. 둘째 사위가 전화할 때마다 삶의 이런저런 이야기 하느라 통화 시간이 긴데 왜 그런지 나도 모르겠다. 끊고 보니 통화 시간 25분이다.

2021년 9월 8일 천사은심

죽기 전에 하고 싶은 10가지

어제 둘째 딸 오뚝이가 죽기 전에 하고 싶은 일 10가지만 쓰라던 말이 생각났다. 청춘 때 같으면 하고 싶은 일 갖고 싶은 것도 많겠지만 지금 아무 부족함이 없고 만족하는데 하고 싶은 일이 있을까. 인생을 사계절로 치자면 봄, 여름, 가을 다 지나가고 한겨울 중반을 넘긴 시점에서 무슨 하고 싶은 일이 열 가지나 있을까. 나이에 상관없이 하고 싶은 일 있고 없고는 사람 나름이겠지만 현재 나에게는 하고 싶은 일은 없어도 바람은 많다.

첫 번째 바람은 육 남매 자식들이 건강하고 근심 걱정 없이 배부르고 등 따시고 화목하고 행복하게 잘 사는 모습 보고 죽는 것. 두 번째는 오래 살지 말고 남은 여생 아프지 말고 밤에 잠자듯이 아침에 깨어나지 말고 소풍 마무리하고 싶다. 세 번째는 코로나 마스크 얼른 벗고 죽기 전에 경제 부담 없이 육 남매 자식 식당에 불러내 밥 한 끼 실컷 사 먹이고 싶다. 조용조용한 분위기에서 가족들과 오순도순 진지하게 대화 소통하고 싶다.

네 번째 바람은 세월 먹고 나이 쌓이다 보니 가전제품 하나 고장 나도 가슴 쿵 태산 같은 걱정이 파도처럼 밀려온다. 죽는 날까지 놀라지 않고 살았으면 좋겠고 관공서 갈 일 없었으면 하는 바람이다. 2~3년 전만 해도 애마 붕붕이 있어서 볼일 있으면 횡하고 나갔는데 나이 들고 보니 차 있어도 쉽지가 않다. 주차 걱정만 없다면 날마다 외출할 텐데. 다리 아파서 주차 공간 없으면 다시 집에 오게 된다. 차를 멀리 주차하면 걸어야 하고 무거운 짐을 카트에 싣고 차에 갖다 실으면 다시 빈 카트 밀고 왔다 갔다 해야 한다. 나이 들면 이렇게 서러운 줄 미처 몰랐는데 날이 가면 갈수록 세월을 실감하며 요즘 살아가는 삶이 보통 힘든 일이 아니다. 지금은 먹고 사는 건 힘들지 않지만 내 손으로 해결하지 못할 소소한 집안일로 걱정하고 스트레스 받을 때는 당장 죽고 싶다. 불우한 환경에서 살면서 오백 살까지 살고 싶다는 말 들었던 기억이 생생한데 그런 말 들으면 이해 못 하겠다. 나는 왜 그런 생의 미련이 없을까.

다섯째는 지금까지 쓴 글 선별해 나만의 책을 한 권 만들고 싶다. 여섯째는 고기반찬 아니어도 좋으니 옛날처럼 아무거나 쓰고 단 것 없이 삼시 세 끼니 밥맛 좀 한번 있어봤음 좋겠다. 누가 들으면 배불러 그런 말 한다고 하겠지만 나이 들면서 몸이 소진해가는 과정인 것 같다.

일곱 번째는 매일 힘들게 운동만 안 해도 덜 바쁘고 스트레스 없을 텐데 운동 안 해도 지금처럼 활동하고 살 수 있다면 좋겠다. 오래 살기 위한 운동이 아니라 방콕하고 컴퓨터 앞에만 앉아 있으면 아픈 다리 더 힘을 못 쓰고 활동 못 할까 봐 하는 운동이다. 여덟 번째는 시간 개념 없이 좋은 책을 많이 읽었으면 좋겠다. 젊어 독서 좋아해서 어려운 형편에 신문도 배달해 읽고 월간지도 다달이 주문해 읽었는데 요즘은 책을 멀리하게 된다. 아홉 번째는 요즘 같은 우울 모드는 멀리 사라지고 예전 기분 돌아와서 이유 없이 두려움 느끼는 원인이 사라지는 것이다. 마지막 열 번째는 하루 속히 코로나 소멸되고 마스크 벗은 모습으로 온 가족이 마음 놓고 한자리에 모이는 그날을 간절히 바라는 마음이다.

2021년 9월 9일 천사은심

18일 간의 생활 수필

한동안 입맛이 통 없어 제때 식사도 잘 못하고 먹기 싫은 밥을 억지춘향으로 먹는 둥 마는 둥 했다. 그러다 언젠가부터 둘째 딸 오뚝이, 셋째 딸 기쁨조가 보내준 기정떡과 절편으로 끼니를 때우곤 했다. 그렇게 즐겁지 않은 하루 이틀 영위하며 아까운 세월 보냈는데 갑자기 어느 날부터 맨밥이 그렇게 맛있고 묵은지, 겉절이만 꺼내도 맛있었다. 5~6년 전부터 서서히 입맛을 잃어 밥 한번 맛있게 못 먹어봤는데 참 이상하다 했다. 여북하면 내가 죽으려고 이러나 생각할 때도 있었다.

그러다 다시 서서히 밥맛이 없어져 점심 한 끼는 꼭 떡라면을 먹기 시작했고 적신호를 느끼기 시작했다. 발등이 붓고, 자고 일어나면 눈도 얼굴도 퉁퉁 붓더니 딱히 아픈 곳은 없는데 자꾸만 눕고 싶었다. 낮에 눕거나 낮잠 한번 자지 않는 성격인데 식사는 거르지 않아도 시름시름 자리보전하고 자꾸 잠만 쏟아진다. 그러길 며칠 큰사위, 큰딸 왕초가 나를 성모병원에 데리고 가서 휠체어에 앉아 진료받았다. 의사는 예전보다 건강이 더 나빠지지는 않았다며 처방전 주기에 열흘 치 약을 지어 왔다.

지어온 약을 다 먹어도 차도가 없자 7월 12일 주말, 이번에는 아들 인훈이가 강제로 나를 성모병원에 데리고 갔다. 연명치료는 안 하더라도 시름시름 몸져눕는 원인이라도 알고 싶기에 소변 검사, 혈액 검사, 가슴 에스레이 검사, CT까지 하라는 검사를 다 받았다. 내가 검사 결과를 직접 들은 건 아니지만 아들딸 말에 의하면 아무 이상이 없단다.

검사만 받고 약도 없이 집에 온 이튿날 아침엔 영 일어날 수 없어 아침 겸 점심 겸 10시 넘어 식사했다. 병원에서 검사 받고 사흘째 되던 날 7월 21일 넷째 딸 별달이 왔기에 열무김치에 밥을 비벼 둘이 한 숟가락씩 퍼먹고 누워 있었다. 오후 큰사위 차 타고 큰딸 왕초랑 아산 배방면 드라이브하고 찻집에서 대화하며 시간 보내다 저녁 식사하고 집에 도착했다.

시일이 꽤 많이 지나도 차도 없어 자식들이 걱정되는지 셋째 딸 기쁨조 전화할 때마다 "엄마, 우리 집에 오시라" 하며 성가시게 했다. 엄마네 집 환경 때문인 것 같은데 우리 집에 계시다 장마 끝나고 더위 좀 식으면 가시라고 기쁨조 입이 닳도록 보챘다. 그래도 싫다고 안 간다 했는데 7월 24일 오후 큰사위 큰딸 왕초 오더니 갑자기 기쁨조네 집에 가자고 서둘러 간단한 짐을 꾸렸다. 7월 24일부터 타향살이 시작인데 둘째 딸은 전화할 때마다 우리 집에 오시라고 했지만 내 보금자리 둥지를 떠나기 쉽지 않았다.

기쁨조네는 15층 고층 아파트인데 실내 공기도 청정하고 환경도 쾌적해 잠자리가 너무 편안했다. 셋째 딸 기쁨조가 너무 잘 보살펴 주었지만 59년 살아온 둥지를 갑자기 떠나 딸 집에서 지내려니 불편했다. 몸이 시원찮아 다 귀찮고 죽고 싶은 마음뿐인데 기쁨조는 엄마 머리 염색해주겠다며 싫대도 강제로 내 머리에 염색약을 발랐다. 그뿐인가, 발톱까지 싹 다 깎아주며 "엄마, 발톱이 또 길면 말해. 내가 엄마 발톱 또 깎아줄게." 내가 불편할까 봐 기쁨조 시장에서 목욕 의자 사 오고 온종일 앉지도 않고 나의 오른팔 노릇 하느라 얼마나 귀찮고 힘들었을까. "엄마, 나 낳길 잘했지? 아부지가 왜 나 지우라고 하셨어?"라는 기쁨조에게 떳떳하게 해줄 말이 없어 미안했다.

기쁨조가 아이 다루듯 불편함 없이 잘 돌봐줘서 6일 동안 잘 지내고 있는데 갑자기 광양에서 둘째 사위, 둘째 딸이 데리러 왔다. 7월 29일 주말 오후 6시 예약한 식당에서 가족 모임 하고 저녁 식사하자 한다. 7시 둘째 사위 차 타고 광양으로 출발했다. 다행히 차 막히지 않아 3시간 넘게 고고씽. 밤 10시 넘어 둘째 딸네 도착하니 외손녀 지송이가 반겨준다.

2023년 7월 29일 밤부터 둘째 딸 집에서 나의 생활이 시작되었다. 34평 아파트 9층, 한여름 실내가 너무 추워서 체온에 안 맞았다. 춥다고 에어컨 끄라고 하면 딸네 가족은 더운지 금세 에어컨 껐다 또 켜면 큰 수건이나 옷으로 몸을 감싸고 있어도 너무 추웠다. 둘째 딸은 아침 출근하기도 바쁠 텐데 이것저것 새로 반찬 만들고 달걀반숙, 떠먹는 요구르트 강제로 먹이더니 아침 차려주고 설거지하자마자 출근한다. 둘째 딸 점심 식사는 시청 직원들과 입맛대로 먹는데 나 때문에 꼭 집에 와서 같이 식사했다.

저녁에 퇴근하면 식사하고 나서 싫다고 해도 차에 태우고 사방팔방 드라이브 나갔다. 이순신대교를 달리고 황홀한 야경 불빛 따라 한두 시간씩 드라이브하면서 구봉산 전망대 두 번이나 갔다 왔다. 내가 광양에 도착한 이튿날 저녁에 퇴근한 둘째 딸이 구봉산 정상이 유명하다며 드라이브 갔다 왔는데 별달이랑 두 번째로 갔다. 높은 산 정상에서 내려다보이는 광양의 야경이 얼마나 화려한지, 보석 상자 엎질러놓은 것처럼 반짝이는 불빛에 눈이 시리다.

광양에 내려간 지 일주일 만인 8월 5일 주말, 오전 둘째 딸이 드라이브 나가자며 간식을 준비했다. 이순신대교를 건너 여수 지나 고흥으로 고고씽. 차창으로 들어오는 자연 풍경이 장관이다. 짙어가는 8월의 푸른 녹색 숲, 싱그러운 자연 풍경에 눈이 맑아지는 느낌이고 가는 곳마다 가로수 목백일홍이 수놓았다.

건강은 양호하지 못해도 둘째 딸이 저녁에 퇴근하면 나를 조금이라도 움직이게 하려고 꼭 드라이브 나가곤 했다. 눈만 마주치면 둘째 딸, "엄마 여기서 나랑 같이 살자"라는 말을 수없이 하고 둘째 사위는 출근하고 근무 시간에도 전화했다. "장모님, 오래 푹 쉬셔야 합니다. 아무 걱정 마시고 편하게 지내세요." 둘째 사위와 딸 효심은 극진했지만 고기도 저 놀던 물이 좋다고 59년 살아온 둥지 보금자리 그리워 하루가 여삼추 같았다.

광양 둘째 딸네 내려간 지 12일 만인 8월 9일 오전, 휴대폰 울려서 받았더니 셋째 딸 기쁨조, "엄마, 솔직하게 말해줘요. 엄마, 평택 집에 진짜 오고 싶으셔? 솔직하게 말해야 돼." "그럼, 집에 가고 싶지. 둘째네 집 거실은 너무 추워서 못 살겠다." "엄마, 그럼 알았어. 내가 언니한테 전화해볼게." 전화 끊고 한참 후 둘째 전화다. "엄마…" 하고 한마디 하더니 훌쩍훌쩍 엉엉 우느라 통화 안 돼서 휴대폰 끄자 몇 분 후 휴대폰이 울렸다. 큰딸이 "엄마, 진짜 집에 오고 싶으셔? 천안쯤 가는 중인데 엄마 집에 안 오고 싶으면 우리 다시 집으로 가면 되는데…." "얘, 집 나온 지가 벌써 언제냐? 집에 가야지."

오후 2시쯤 큰사위 딸 왕초 도착했다. 둘째 딸이 점심시간에 집에 와서 점심밥 준비하고 묵은지 닭찜 배달시켜 식사하자 둘째 딸이 이것저것 챙겨준다. 나랑 별달이랑 먹으라고 외손녀 지송이가 과자 한 박스 택배로 보냈는데 별달이 싸주고 쌀도 10킬로그램 가

져가라고 내놓았다. 큰사위 차에 기름 넣어주려고 생각하고 있었
는데 둘째 딸이 형부 기름 넣고 통행료 내라고 10만 원 내놔서 많
이 미안했다.

오후 3시 좀 넘어 큰사위 차 타고 출발해 오는데 휴대폰 울려 받
았더니 둘째 사위와 외손녀 지송이가 갑자기 왜 가시냐며 서운함을
표했다. 둘째 사위, 외손녀 지송이의 서운해하는 표현 속에 진실함
이 느껴져서 너무 고맙고 감사하고 왠지 모르게 가슴이 뭉클했다.

오후 6시 평택에 도착해 중화요릿집에서 짜장면 먹고 집에 도착
했다. 날씨도 더운데 큰사위 딸 왕초가 집 안팎으로 깨끗하게 대청
소 잘해서 얼마나 쾌적한지 기분 좋았지만 미안했다.

2023년 8월 15일 천사은심

제6부

육 남매 웃음꽃

아무리 생각해도 부정행위가 틀림없음, 송 형사 불러

병하가 며칠 전에 시험을 봤는데 아무래도 부정 의혹이 ㅋㅋㅋ. 생전 공부하고는 담을 높다랗게 쌓고 사는 병하가 4과목 모두 80점 이상 맞았지 뭡니까. ㅋㅋ 아무래도 송 형사를 불러야 할 듯. 부정 행위가 있을 땐 송 형사를 부르라기에 장난으로 써봅니다. ㅋㅋㅋ.

2008년 3월 13일 넷째 별달이

엄마 주행 연습 꽃피는 3월 희망의 글

요즘 엄마가 도로 주행 때문에 매일 외출하시는 것 같다. 환갑이 넘은 연세에 운전면허 취득을 위해 노력하시는 엄마 모습이 참 보기 좋다. 30대 중반인 나도 못 하는 일을 해내는 우리 엄마가 참 자랑스럽다. 3월도 벌써 중순을 달리고 있는데 어서 완연한 봄이 왔으면 좋겠다. 우리 가족들 반가운 소식만 들렸으면 좋겠고, 하는 일마다 다 잘되고 행복한 일만 있으면 좋으련만 살다 보면 힘든 일도 있고 뜻하지 않게 고난을 당하기도 한다. 그럴 때마다 오뚜기처럼 다시 일어설 수 있는 힘을 길러야 한다. 엄마가 주행 시험 잘 봐서 빨리 운전면허증 나왔으면 하는 바람이고, 민서네도 건강한 아이 태어나길 간절히 기도한다. 설사 괴로운 일이 있더라도 두려워하지도 말고 슬퍼하지도 말자. 희망은 늘 그 괴로운 언덕 너머에서 기다리고 있다는 것을 기억하며.

2008년 3월 13일 넷째 별달이

아부지 산소를 다녀와서

오늘 연대투쟁 다녀와서 잠시 누워 있는데 아부지가 보고 싶어졌다. 그래서 조합원들에게 잠시 나갔다 오겠다 하고 아부지 산소로 향했다. 산소에 담배를 꽂고 절을 하고 가만히 있는데 아부지 산소에 벌써 풀들이 자라기 시작했다. 어느덧 봄이 온 것이다. 그동안 삶에 찌들어 봄이 오는지 여름이 오는지 아무런 생각 없이 하루하루를 보냈다. 그런데 아부지 산소에 푸른빛이 도는 걸 보니 '벌써 아부지 돌아가신 지 1년이 돼가는구나' 하는 생각이 뇌리를 스쳤다.

얼마 나지 않은 풀이지만 아부지가 담배를 다 태우실 때까지 풀을 뽑았다. 작년부터 풀 약을 자주 주고 풀도 자주 뽑아서인지 다른 산소들보다는 풀이 잘 나지 않는 듯했다. 5월이면 아부지 돌아가신 지 1년이다. 그동안 아부지 묘 앞에서 수없이 외쳤다. 반드시 승리해서 회사로 복귀하겠다고. 하지만 2008년 3월이 다 되어가도록 아부지와 한 약속을 지키지 못하고 있다.

참 오늘 죄송스러운 마음이 들었다. 아부지한테 그동안 우리 이사한 얘기며 엄마가 어제 면허시험 떨어진 얘기며 이런저런 얘기를 해드리고 담배가 다 탔기에 차를 돌려 돌아왔다.

하늘나라에서는 아주 편안하신 것 같다. 요즘 꿈에도 잘 나타나시질 않는 걸 보면 말이다. 이번 주말에는 아부지 묘에 풀 약을 줘야겠다. 더 이상 풀이 나지 않도록….

2008년 3월 18일 아들 인훈

새봄

인간이 발전된 문명을 이룬 것은 다른 동물과 달리 직립보행을 했기 때문이다. 다른 동물들이 네 발로 기어다니는 동안 인간은 두 발로 서서 두 손으로 새로운 역사를 일궈냈다. 엄마가 드디어 겨우내 힘겨운 싸움 끝에 새봄을 맞이했다. 그것은 단지 스쳐가는 봄이 아니라 제2의 인생의 시작이다.

인간의 두 손이 큰일을 이루어냈듯이 굴러다니는 바퀴는 우리에게 또 다른 자유를 주기에 엄마가 60여 년 동안 억눌렀던 자유를 맘껏 누리시길 마음속으로 바란다.

아무나 해낼 수 없는 일, 아무나 도전할 수 없는 그 일을 이뤄낸 우리 엄마는 우리에게 자랑거리고 우리를 되돌아보게 하는 거울이다. 엄마의 멋진 제2의 인생에 기대와 응원을 보낸다.

2008년 3월 21일 둘째 별모음

엄마의 밑반찬

월요일인가요. 엄마 운전 연습시키고 엄마 집에서 싱건지하고 짠지를 가져왔네요. 그동안 집에서 밥 먹을 일이 없어 못 먹고 있다가 민서 밥을 먹이다가 먹어봤더니 무척 맛이 있습니다. 그전에는 좋아하지 않았던 반찬들인데 나이를 먹어 그런지 엄마의 솜씨가 좋아져서인지 무척 맛있네요. 특히 싱건지는 시원하고 새콤해서 그냥 먹어도 맛있고 민서도 무지 잘 먹네요. 얼른 먹고 다시 가지러 가야겠습니다.

2008년 4월 10일 아들 훈이

자식이 웬수입니다

오늘 집사람이 아침 근무라 일찍 집에 왔길래 서정리 장에 갔다가 엄마네 집에 김치 가지러 갔다. 장 보고 집에 오려는데 문득 엄마네 가본 지도 열흘 넘은 것 같고 민서 엄마도 시골집에 들어간 지도 오래된 것 같고 엄마도 보고 싶고 이래저래 들렀다. 엄마 힘들까 봐 얼른 오려 했는데 저녁 먹고 가라시기에 밥 생각 없지만 엄마 혼자 식사하시는 게 마음에 걸려 넷이 간만에 저녁 식사하고 일찍 돌아왔다.

그런데 왠지 기분이 이상하다. 저녁이라 그런지 아버지도 보고 싶고 엄마 혼자 집에 계신다 생각하니 마음이 불편하다. 작년까지만 해도 이맘때 아버지가 계셨었는데 하는 생각도 들고 엄마 뒷목이 뻐근하시다는 말을 듣고 나니 자꾸 걱정이 앞선다. 혼자 계신데 쓰러지기라도 하시면 어떡하나 하는 생각에 얼른 건강검진 받으시라는 말만 하고 돌아서 왔다. 자식으로서 아무것도 해줄 수 없는 마음이 이리도 아픈지 모르겠다. 민서가 자꾸 뽀로로 틀어달래서 이만 줄입니다. 하고 싶은 말은 많지만 자식이 웬수입니다.

2008년 4월 22일 아들 훈이

571

민서 대박 사고

민서가 드디어 선교원에서 사고를 쳤습니다. 글쎄, 어제 선교원에서 다른 아이의 바이올린을 부쉈다는군요. 오늘 민서 수첩에 선생님이 적어놓으셨네요. 민서가 바이올린을 던져서 부서졌다고. 금방 전화해 가격을 물으니 12만 원대라고 하네요. 자전거 사서 기름값 아끼려 했더니 아들놈이 큰 사고 쳤네요. 이런 젠장.

2008년 4월 22일 아들 훈이

민서는 열애 중

  저녁에 민서 올 시간이 되어 아파트 입구로 나갔다. 선교원 차에서 민서가 내리기에 얼른 달려가 민서를 받아 안고 집으로 가려는데 선생님이 부르신다. 민서가 좋아하는 아이가 차에 있으니 한번 보고 가시란다. 그래서 차 안을 들여다보았더니 여자아이 두 명이 있었다. 선생님이 뒷좌석 문 쪽에 있는 아이를 가리키며 민서가 좋아하는 아이란다. 의아한 표정으로 있는데 글쎄, 오늘 민서가 그 아이를 껴안고 뽀뽀하고 종일 스킨십을 엄청 했다면서 웃으신다. 그 애를 자세히 보려고 차를 들여다보니 나를 멍하니 쳐다보는 것이 아닌가.

  한참 생각하고 나니 너무 웃긴다. 자식이 저도 남자라고 벌써부터 여자를 밝히니 참 앞날이 훤하다. 얼마나 스킨십을 해댔기에 선생님이 그러실까 하고 집에 돌아와 "민서야, 규빈이는 어떡해?" 했더니 규빈이는 이제 싫단다. 내가 볼 때는 사진첩에 있는 친구 딸 규빈이가 더 귀엽고 이쁜데 민서 눈에는 선교원 아이가 더욱 좋은가 보다. 정말 좋아서 그러는 것인지 아무것도 모르고 그러는 것인지 모르겠지만 하여간 선생님 말씀을 듣자면 민서가 엄청 좋아하는 것 같단다. 민서는 이미 정략결혼을 한 처자가 있는데 어떻게 해야 할지.

2008년 5월 8일 아들 훈이

나도 나중에 우리 색시한테 호두 5개 사줄 거예요

오늘 학교 갔다 온 준하가 나에게 "엄마, 선생님이 그러시는데 여자가 아기 낳을 때 호두를 먹으면 아기 머리가 좋아진대요. 그래서 나도 나중에 우리 색시한테 호두 5개 사줄 거예요. 그래야 우리 아가 머리가 좋아져서 나중에 일을 잘하게 되고 돈도 많이 벌게 되잖아요."

너무 웃겨서 뒤로 넘어갈 뻔했다. 진짜 웃긴다. 하하하 하하하 하하하 하하하.

2008년 11월 15일 넷째 별달이

엄니 집에 드디어 컴퓨터 도착

오늘 엄마네 집에 컴퓨터와 인터넷이 들어옵니다. 그런데 워낙 집이 시골이라 인터넷이 KT밖에 안 들어가네요. KT는 사은품이 11만 원밖에 안 된다지만 그래도 인터넷이 들어가는 게 어딥니까. "어무이, 이제는 집에서 편안히 글 올리세요. 눈치 보지 마시고, 참고로 컴퓨터와 인터넷은 옥경 누님이 제공해주었습니다."

2009년 7월 21일 아들 훈이

엄마, 고마워요

오늘은 수업을 마치고 모처럼 공원을 한 바퀴 돌고 왔다. 성준이가 고등학교 간 후로 내가 많이 한가해졌다. 모두 잠든 시간, 육 남매 가족 카페 들르니 엄마 모습이 눈에 띈다. 피자 드시는 모습이 참 보기 좋다. 아이들이 태어나면 부모는 다양한 경험을 시키려 애쓰는데 정녕 연세 드신 엄마를 위해, 늘 흐르는 시간에 가슴 졸이는 엄마를 위해 그동안 해보지 못한 경험들, 멀리 있다는 이유로 함께하지 못했다.

요즘 들어 엄마가 참 고맙다. 첫째는 세련되고, 지혜로워서 대화가 통하는 것. 둘째는 깨어 있어 시간을 아끼고, 우리도 하지 못하는 창작 활동을 하셔서 치매 걱정을 덜어주는 것, 셋째는 건강하셔서 병원을 모르고 사시는 것.

조금 안 좋은 점도 있다. 너무 경우가 밝아 주위 사람들이 피곤한 것, 너무 예민한 것(살은 어떻게 찌는지), 너무 앞서는 것(일어나지도 않을 일을 걱정하는 것, 때로는 먼저 계산하는 것) 몇 가지 빼고는 엄마가 자랑스럽다. 센스 있어 운전도 잘하시고, 총명하셔서 필기도 단번에, 화술에 능한 것. 참, 또 한 가지 안 좋은 것, 완벽주의자로 손자 손녀를 벌벌 떨게 하는 것.

그래도 그런 엄마 있어 참 좋다. 조금만 돈에 벌벌 떨지 않으면(우리 죄도 크지만), 조금만 흐트러지는 것 참아주면, 조금만 앞서 걱정하지 않으면, 조금만 속상한 일 얼른 잊어주면 좋겠지만 어디에 나서도 뒤지지 않는 우리 엄마가 든든하게 살아 계시니 참 좋다.

엄마, 멀리 있어 죄송해요. 더 늦기 전에 꼭 해보고 싶은 것 열 가지 생각해보고 카페에 올려주세요(해외여행이라든지, 서점에서 책 사기 등등). 그리고 낳아주시고 키워주시고 지금까지 맛있는 김장 감사해요. 공인중개사 공부해야지. 그래서 쫓기는 맘으로. 꾸벅.

2009년 5월 6일 23시 37분 둘째 딸 올림

글이 좋아 저희 잡지에 게재했으면

안녕하세요. 천사은심 님의 10월 27일 자 「이 모든 것이 세월 탓일까」 글이 좋아 저희 잡지에 게재했으면 하고 여쭙니다. 저희 잡지는 희망과 용기를 나누는 사람들이 보는 책, 월간 『귀한사람』입니다. 선생님께서 승인해주시면 게재하고 책을 우송해드리겠습니다. 승인하신다면 주소와 성명을 적어 보내주시기 바랍니다. 필명이나 익명을 요구하시면 그렇게 해드리겠습니다. 성명은 글쓴이로 넣을 것이며, 주소는 책을 우송하는 데만 사용할 것입니다. 좋은 하루 되세요. 감사합니다.

2017년 5월 6일
문의: 010-××××-××××
－ 월간 『귀한사람』 편집장

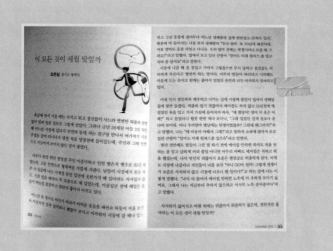

사람이 좋다, 값진 노년 설계하는 농군의 아내 '천사은심'

'생활글' 수준 넘어 역사적 자료로 가치 충분
먼저 간 남편 그리며 쓴 애절한 '사부곡'에 눈물
강하고 멋진 어머니들의 표상이자, 노년의 셀럽

세상의 모든 생명체는 '먹고사는 일'에 온전히 몰두하게 마련이다. '食'을 해결하기 위한 일에 염치를 차릴 필요는 없다. 주춤거리는 찰나의 순간에도 뺏고 빼앗기는 긴박함이 끊임없이 되풀이되는 생존경쟁에 내몰려 있기 때문이다. 그럼에도 불구하고 인간은 착각인 줄도 모르는 우월감을 자랑한다. 아마도 감각기관에만 의존하지 않는 유일한 생명체라는 자부심 때문일 것이다. 그래서일까, 혹자들은 인간이 육안뿐만 아니라 심안을 지닌 존재라고 말하기도 한다. 심안…. 필자도 들어 익숙한 단어이지만 아무리 주변을 둘러보아도 '심안을 가졌다'고 일컬을 만한 이는 없는 듯하다. '어머니'라는 존재 이외에는.

• **마음속 외침 기록하며 시작된 새로운 삶**

연일 계속되는 한파 소식에 이부자리 밖이 내키지 않았지만 스스로를 다독이며 출근길에 올랐다. 오전에 약속된 인터뷰에 늦지 않으려면 조금은 서둘러야 했던 터라 간간히 신호를 무시하며 급한 걸음을 재촉했다. 카메라와 녹음기를 챙겨들고 한적한 길가에 자리한 농가에 도착했다. 전화를 걸자 반갑게 맞이하며 대문을 열어주던 이는 고향을 찾은 외지의 자식들을 기다리는 순박한 어머니였다. 제보에 따르면 오랜 시간 일기를 쓰고, 밴드나 카페 등을 통한 문예 활동을 하시는 분이라고 했다. 그래서일까. 비록 시골에 살고 있지만 농사보다는 전원을 즐기며 우아하게 노년을 즐기는 세련된 할머니(?)일 거라 생각했다. 예상은 여지없이 빗나갔다.

그러고 보니 필자 역시 어머니라는 존재를 독립된 개인으로 생각해본 적이 없는 듯하다. '우리 어머니', '우리 엄마….' 일부러 의도하지는 않았지만 어머니라는 존재를 늘 가족 공동의 소유처럼 여기며 살아왔다. 어머니는 자신을 내세운 적이 한 번도 없었으니 말이다. 간혹 어머니의 잔소리가 이기적인 횡포로 느껴지기도 했지만 그 역시 자신을 위한 것은 아니었다. 터질 듯 차오른 한스러운 외침도 그저 속으로만 참아야 했던 어머니들. 오은심 어머니는 자신의 외침을 한 자 한 자 기록하며 스스로를 치유하는 방법으로 새로운 삶을 사는, 폼 나는 길을 선택했다.

• 나이 들며 생긴 인생의 회의, 생활글로 극복

6남매의 어머니이자 5년 동안 부녀회장으로 마을 일을 돌보던 오은심 어머니가 일기를 쓰기 시작한 것은 30여 년 전이다. 평소 글 읽기를 좋아했던 오은심 어머니는 마을 일과 집안일이 바쁜 와중에도 틈만 나면 책을 손에 들었다고 한다. 마땅히 읽을거리가 없을 때는 아이들의 책가방을 열어 교과서라도 읽었다고 하니 그녀의 열정을 알고도 남을 터이다. 1996년 3월부터 쓰기 시작한 생활글(그녀는 일기라는 표현 대신 생활글이라고 했다)에는 눈을 뜨면서부터 잠자리에 들기 전까지 그녀의 모든 일상이 상세하게 기록되어 있었다. 탁자에 올려놓은 빛바랜 노트들이 그녀의 시간만큼이나 쌓여 있었다. 평범한 농군의 아내인데 어쩌다 일기를 쓰게 되었는지 물었다. "워낙 책을 좋아하기도 했지만 어느 날부터인가 인생에 대한 회의가 느껴졌어요. 그러다 나의 생활을 기록해보아야겠다고 생각했지요"라며, "그렇게 시작된 글쓰기는 남편과 아이들의 적극적인 응원에 힘입어 계속할 수 있었습니다"라고 말을 뗐다. 남편이 살아 있을 때는 그야말로 혼자만의 생활글이 주를 이루었다. 그러다 편수가 늘어나고 인터넷 활동을 시작하면서 글쓰기는 인생의 큰 즐거움이 되었단다. 그녀의 글쓰기를 적극적으로 응원하는 자식들이 마련해준 컴퓨터만 해도 벌써 3대째라니 말해 뭣하겠는가.

• 독자 의식하는 글 아닌, 행복한 글 쓰고파

오은심 어머니는 '천사은심'이라는 닉네임으로 활동하는 '전문 글쟁이'이다. 비록 정식으로 문단에 데뷔를 하지는 않았지만 예사롭지 않은 그녀의 글솜씨에 반한 이들이 한둘이 아니다. 그녀에게 프로포즈한 ○○잡지사나, 끊임없이 댓글로 환호하는 이들만 보아도 알 수 있다. 돌아가신 어머니를 마주한 듯한 편안함에 한참이나 수다를 떨던 중에 그녀가 책 한 권을 펼쳐 들었다. 그녀의 글이 실려 있는 문예지였는데, 남편에게 보내는 애잔한 '思夫曲'이 담겨 있었다. 더듬더듬 돋보기를 찾아 든 그녀가 떨리는 목소리로 글을 읽어주며 간간이 흘리던 눈물이 지금도 잊히지 않는다. 살아생전 남편은 그 녀에게 운전을 배우라고 했단다. 당시에는 흘려들었던 남편의 당부 를 지키고자 60이 넘어 면허를 땄고, 작은 차도 마련했다. 그래서일 까, 그녀는 매사에 적극적이다. 삶을 허투루 보내지 않으려는 노력 이 곳곳에서 느껴진다. 글을 쓰면서 어려운 일은 없었는지 물었다. "처음엔 글을 쓰는 일이 너무 행복했어요. 노트에서 인터넷으로 옮 겨간 이후에는 댓글에 답글을 달며 소통의 즐거움도 느꼈구요. 그 러다 어느 순간부터 글 쓰는 일이 부담스럽기 시작하더군요"라고 했다. 아마도 독자를 의식한 글쓰기가 시작되었기 때문일 것이다. 한편으로 생각해보면 이미 '글쟁이'의 대열에 들어섰기 때문일지도 모른다. 혼자만의 글쓰기가 독자층을 형성했으니 말이다.

• 자녀들과 만든 '가족 카페' 활성화 노력

그녀에게 잠시 노트를 읽어보고 싶다고 요청했다. 필자 역시 글 쓰는 일에 관심이 많은 터라 그녀의 솜씨가 내심 궁금했다. 빼곡하 게 써내려간 사연이 예사롭지 않았다. 자세한 묘사력도 그렇지만 함부로 지나칠 수 없는 어머니들의 내면이나 당시의 생활상이 생생 하게 담겨 있었다. 물론, 조금은 투박하지만 문장력 또한 나무랄 데 없었다. 개인의 삶과 역사적 풍경을 엿볼 수 있는 살아 있는 '생자 료'였다. 인터뷰를 마무리하며 앞으로의 바람을 물었다. "가족 카페

가 있어요. 그곳을 통해 아이들과 소통하고 글도 올리지요. 처음에는 적극적이던 아이들이 최근엔 카페에 소홀한 것이 안타깝습니다"라며, "바빠서 그런 줄은 알지만 우리 가족 카페에 불이 꺼지지 않았으면 좋겠어요. 제가 글을 쓰는 이유는 남에게 잘 보이기 위함도, 유명세를 타기 위함도 아닙니다. 그저 나의 생각과 마음을 사랑하는 이들과 나누기 위함이에요"라고 말한다.

혹자들은 그녀를 보고 시골 아낙이나 평범한 어머니와는 다른 삶을 산다고 할 것이다. 그러나 필자가 본 그녀는 '우리의 어머니' 그 자체였다. 어떤 어려움 속에서도 자신을 놓지 않고 스스로를 달래며 가족을 지켜온 많은 어머니들. 다른 이에게는 한없는 위로를 건네면서도, 정작 자신은 아무에게도 위로받지 못하고 스스로를 위로해야 하는 가련한 여인. 그러나 누구보다 강한 어머니. 농군의 아내 '천사은심'은 우리 어머니들의 가장 아름다운 표상이자, 노년의 멋진 셀럽이다.

강주형 기자
iou8686@naver.com
평택신문 2022. 1. 8. 11:39

값진 노년 설계하는 농군의 아내 '천사 은심'

'생활글' 수준 넘어 역사적 자료로 가치 충분해
먼저 간 남편 그리며 쓴 애절한 '사부곡'에 눈물
강하고 멋진 어머니들의 표상이자, 노년의 셀럽

세상의 모든 생명체는 '먹고 사는 일'에 온전히 몰두하게 마련이다. '食'을 해결하기 위한 일에 염치를 차릴 필요는 없다. 주춤거리는 찰나의 순간에도 뺏고 빼앗기는 긴박함이 끊임없이 되풀이되는 생존경쟁에 내몰려 있기 때문이다. 그럼에도 불구하고 인간은 착각인들로 먹고 사는 걸 모르는 유일한 생명체다. 아마도 감각기관에만 의존하지 않는 유일한 생명체라는 자부심 때문일 것이다. 그래서일까, 혹자들은 인간이 육안뿐만 아니라 심안을 지닌 존재라고 말하기도 한다. 심안……

필자도 듯이 익숙한 단어이지만 아무리 주변을 둘러보아도 '심안을 가졌다'고 일컬을 만한 이는 없는 듯하다. '어머니'라는 존재 이외에는.

6남매의 어머니이자 5년 동안 부녀회장으로 마을 일을 돌보던 오은심 어머니가 일기를 쓰기 시작한 것은 60이 넘어서였다. 젊은 시절 읽기를 좋아했던 오은심 어머니는 마을일과 집안일이 바쁜 외중에도 틈만 나면 책을 손에 들었다고 한다. 마땅히 읽을거리가 없을 때는 아이들의 책가방을 열어 교과서라도 읽었다고 하니 그녀의 일천을 알고도 남을 터이다.

1966년 3부터 쓰기 시작한 '생활글'이다 그녀는 일기라는 표현 대신 생활글이라고 했다. 나에는 눈물 뜨면서부터 장사의에 들기 전까지 그녀의 모든 일상이 상세하게 기록되어 있었다. 필자가 올려놓은 빛바랜 노트를

마음속 외침 기록하며 시작된 새로운 삶

인생 계속됨을 한끗 소식에 이부자리 밖이 내키지 않았지만 스스로를 다독이며 출근길에 올랐다. 오전에 약속된 인터뷰에 늦지 않으려면 조금은 서둘러야 했던 터라 간간이 신호를 무시하며 급히 걸음을 재촉했다. 카메라와 녹음기를 챙겨들고 한적한 집가에 자리한 농가에 도착했다.

전화 걸자 반갑게 맞이하며 대문을 열어 주는 이는 고향을 찾은 외지의 자식들을 기다리는 순박한 어머니였다. 제보에 따르면 꽤 오랜 시간 읽기를 쓰고, 밴드나 카페 등을 통한 문예활동을 하시는 분이라고 했다. 그래서일까, 비록 시골에 살고 있지만 농사보다는 전원을 즐기며 유아하게 노년을 즐기는 세련된 할머니(?)일거라 생각했다. 예상은 어지없이 빗나갔다.

그러고 보니 필자에게 어머니라는 존재 독립된 개인으로 생각해 본적이 없는 듯하다. '우리 어머니', '우리 엄마'……일부러 의도하지는 않았지만 어머니라는 존재는 늘 가족 공동의 소유쯤의 여기며 살아왔다. 어머니는 자신을 내세운 적이 한 번도 없었으니 말이다. 간혹 어머니의 잔소리가 이기적인 불보로 느껴졌지만 했지만 그 역시 자신을 위한 것은 아니었다.

터질 듯 차오른 한숨과 한 외침도 그저 속으로만 삼켜야 했던 어머니들, 오은심 어머니는 자식의 외침을 한 자 한 자 기록하며 스스로를 치유하는 반평을 삶을 사는 힘을 선택했다.

나이 들며 생긴 인생의 회의 생활글로 극복

오은심 어머니는 '천사 은심'이라는 네임으로 활동하는 전문 글쟁이다.
비록 정식으로 문단에 데뷔를 하자는 말

이 그녀의 시간만큼이나 쌓여 있었다. 펼침한 농군의 아내라던 어찌나 일기를 쓰게 되었나 물었다. "워낙 책을 좋아하기도 했지만 느낌 날 부터인가 인생에 대한 회의가 느껴졌어요. 그러다 나의 생활을 기록해 아아겠다고 생각했지요"라며. "그렇게 시작된 글쓰기는 남편과 아이들의 적극적인 응원에 힘입어 계속할 수 있었습니다"고 믿음 깊다. 남편이 살아있을 때는 그야말로 혼자만의 생활글이 주를 이루었다. 그러다 팬수가 늘어나고 인터넷 활동을 시작하면서 글쓰기의 영역은 인생의 큰 즐거움이 되었다나.

그녀의 글쓰기를 적극적으로 응원하는 자식들이 마련해준 컴퓨터 만해도 벌써 3대째나니 믿해 짐작하겠는가.

독자 의식하는 글 아닌 행복한 글 쓰고파

있자만 예사롭지 않은 그녀의 글 솜씨에 반한 이들이 한 둘이 아니다. 그녀에게 프로모션한 ○광지사나 깊임없이 댓글로 환호하는 이들만 보아도 알 수 있다. 돌아가신 어머니를 마주하듯이 편안함에 아련이나 다른 뭔가 속에 그녀가 쓴 한 귀를 펼쳐 놓고. 그녀의 글이 실려 있는 밴에 있는데, 남편에게 보내는 애절한 '뿔찌속'이 담겨 있었다. 더듬더듬 돋보기를 찾아 든 그녀가 떨리는 목소리로 글을 읽어주자 간간이 흘리는 눈물이 자금도 잊혀 지지 않는다.

삼녀생은 남편을 그 누구보다 운전을 배우고 싶다고 말했다. 당신이는 흘러 들었던 남편의 당부를 지키고자 60이 넘어 면허를 받고, 작은 차도 마련했다. 그래서일까, 그녀는 매사에 적극적이다. 삶을 하루하루 보내지 않으려는 노력이 곳곳에서 느껴진다. 글을 쓰면서 이러한 일은 없었느냐 물었다. "처음엔 글을 쓰는 일이 너무 보복했어요. 노트에서 인터넷으로 옮겨간 이후에는 댓글에 답글을 달며 소통의 즐거움을 느꼈구요. 그러다 어느 순간부터 글 쓰는 일이 부담스럽게 시작하더군요이고 있다. 아마도 독자를 의식한 글쓰기가 시작되었기 때문일 것이다. 한편으로 생각해보면 이미 '글쟁이'의 대열에 들어 있기 때문임지도 모른다. 혼자만의 글쓰기가 독자층을 형성했으니 말이다.

자녀들과 만든 '가족 카페' 활성화 위해 노력

그녀에게 잠시 노트를 읽어 보고 싶다가 요청했다. 필자 역시 글 쓰는 일에 관심이 많은 터라 그녀의 솜씨가 내심 궁금했다.

빼곡하게 씌어내간 사연이 여사롭지 않았다. 자세한 묘사처럼 그럴지만 함부로 지나칠 수 없는 어머니들의 내면이나 당시의 생활상이 진하에 담겨 있었다.

물론, 조금은 투박하지만 문장력 또한 나무랄 데 없다. 어머니의 삶과 역사적 풍경을 엿볼 수 있는 삶아 있는 '생사료'였다. 인터뷰를 미무리하며 앞으로의 바람을 물었다.

"가족 카페가 있어요. 그곳을 통해 아이들과 소통하고 글도 올리지요. 처음에는 적극적이던 아이들이 흐릿쯤 카페에 소홀한 것이 안타깝습니다"라며, "비바서 그런 좋은 앞지만 우리 가족 카페에 틈이 끼지지 않았으면 좋겠어요. 제가 글을 쓰는 이유는 남에게 잘 보이기 위함도, 유명세를 탐기 위함도 아닙니다. 그저 나의 생각과 마음을 사랑하는 이들과 나누기 위함이에요"라고 말한다.

혹자들은 그녀를 보고 사람아니라나 별반된 어머니들과 다른 삶을 산다고 할 것이다. 그러나 필자가 본 그녀는 '우리의 어머니' 그 자체였다. 어떤 어려움 속에서도 자신을 놓지 않고 스스로를 달래며 가족을 지켜온 많은 어머니들. 다른 이에게는 한없는 위로를 건네면서도, 정작 자신은 아무에게도 위로받지 못하고 스스로를 위로해야 하는 가련한 여인. 그러나 누구보다 강한 어머니. 농군의 아내 '천사 은심'은 우리 어머니들의 가장 아름다운 표상이자, 노년의 멋진 셀럽이다.

강주형 기자
iou8686@naver.com

에필로그

~~~~~~

책을 참 좋아하지만 환경이 허락지 않아 마음 놓고 책 한 권 사 읽
지 못했다. 바쁘게 일하다 힘들면 신문이나 자식들 교과서라도 들
여다보며 잠시 쉬곤 했었다. 그렇게 힘겨운 삶을 살다 보니 어느새
내 나이 50대 중반, 육 남매 모두 건강하게 성장해 내 품을 떠나자
몸은 편해졌지만 남은 것은 쓸쓸함과 외로움과 공허함뿐이었다.

그러던 어느 날 문득 다이어리에 낙서처럼 끄적거리기 시작한 것
이 어느새 28년 세월로 이어졌다. 육필로 쓴 다이어리가 16권, 인터
넷 가족 카페 '나의 글방'에 쓴 글이 현재까지 6,516편. 나도 놀라지
않을 수 없다.

효심 깊은 육 남매 자식들이 내 팔순 기념으로 그동안 쓴 글을 책
으로 묶자고 서둘러 출판사에 보냈다. '글 오래 쓰다 보니 이런 날도
오는구나.' 감개무량하고 자식들 효심에 가슴이 뭉클하다.

취미로 쓴 글이라 투박하고 많이 부족하지만 자식들 덕분에 살다
간 흔적 남길 수 있어 뿌듯하다. 내가 가고 없어도 '엄마' 불러보고

싶은 날에 한 번씩 떠들어 보고 내 뒤에 오는 소중한 생명들에게도 들려줄 이야기가 된다면 더 바랄 나위 없겠다.

삶은 저마다의 무늬를 소중하게 그려가는 아름다운 사람들의 연결이다.

은행잎 노랗게 물들어가는 11월 어느 날
오은심